치명적인 은총

A FATAL GRACE

옮긴이 이동윤
서울대학교에서 사회학을 전공했다. 미스터리 애독자인 그는 고전부터 현대, 본격 추리부터 코지까지 폭넓은 미스터리를 독자에게 소개하기 위해 번역가의 길을 선택했다. 옮긴 책으로 루스 렌들의 『활자잔혹극』, 케네스 피어링의 『빅 클락』, 앤서니 버클리의 『독 초콜릿 사건』, 존 딕슨 카의 『황제의 코담뱃갑』 등이 있다.

A Fatal Grace
Copyright © 2006 by Louise Penny
All rights reserved

Korean translation copyright © by FINIS AFRICAE
Korean translation rights arranged with Teresa Chris Literary Agency,
through EYA(Eric Yang Agency)

이 책의 한국어판 저작권은 EYA(Eric Yang Agency)를 통해
Teresa Chris Literary Agency와 독점계약한
피니스 아프리카에에 있습니다.
저작권법에 의하여 한국 내에서 보호를 받는 저작물이므로
무단전재와 복제를 금합니다.

이 도서의 국립중앙도서관 출판시 도서목록(CIP)은 서지정보유통지원시스템 홈페이지(http://seoji.nl.go.kr)와 국가자료공동목록시스템(http://www.nl.go.kr/kolisnet)에서 이용하실 수 있습니다.
CIP제어번호: CIP2012000273

A Fatal Grace

루이즈 페니 지음 | 이동윤 옮김

치명적인 은총

LOUISE PENNY

피니스
아프리카에

나에게 진정한 용기가 무엇인지 보여 준
내 형제 더그와 그의 가족 메리, 브라이언, 찰스에게
나마스테

한국 독자에게 부치는 저자의 서문

당신이 이 책을 들고 이 글을 읽고 있다는 사실이 굉장히 기쁩니다. 나는 캐나다 퀘벡 주에 있는 집에서 이 글을 쓰고 있습니다. 벽난로 옆에서요. 우리는 몬트리올 남부, 두 개의 산 사이에 있는 시골에 삽니다. 밖은 굉장히 춥고, 일기예보에서는 눈이 더 내릴 거라고 합니다. 하지만 집 안에서 차를 마시고 있으니 안락하고 따뜻하군요. 남편 마이클은 핫초콜릿, 나는 홍차입니다. 물론 케이크도 좀 곁들이고요.

지금 당신이 어디서 이 글을 읽고 있을지 궁금하군요. 동네 서점인가요? 어쩌면 집일 수도 있겠지요. 나는 한국에서 사는 당신의 모습을 상상해 봅니다. 어쩌면 당신도 이곳 캐나다에서 사는 내 모습을 그려 보려 할지 모르겠군요.

당신이 이 책을 다 읽게 될 즈음에는, 이곳에서의 삶은 – 그리고 가끔 죽음도 – 어떨지 구체적인 생각을 떠올릴 수 있게 되기를 바랍니다. 내가 좋아하는 작가인 에밀리 디킨슨은 소설이란 우리가 평소에는 절대

갈 수 없는 곳으로 데려다 주는 배와 같다고 했습니다. 이것이야말로 내 작품에서 바라는 모습입니다. 만일 당신이 이 책을 읽고, 살을 에는 듯한 바람을 느끼고 카페라테와 장작 냄새를 맡으며 버터를 듬뿍 넣은 크루아상 맛을 떠올릴 수 있다면 얼마나 기쁠지 모르겠습니다.

그런데 그 아래 깔려 있는, 이곳의 지명이나 살아가는 방식에 대한 이야기들은 모두 실제 모습 그대로입니다. 정서적 풍경 역시 마찬가지입니다. 상실과 슬픔, 우정과 친밀함, 그리고 사랑. 내 작품들은 분명 살인을 다루는 추리소설이지만 사실은 죽음보다 삶에 대한 이야기에 더 가깝습니다. 그리고 이 이야기를 통해서 우리들이 어디에 살고 있든 서로의 감정을 충실히 나누려 합니다.

어린 시절부터 글을 쓰면서 살기를 꿈꿔 왔고 이제 작가의 길을 걷고 있습니다. 내가 꾼 꿈 중에서 가장 무모했던 그 꿈을 넘어서 - 나는 무모한 꿈을 굉장히 많이 꾸는 사람이지요 - 가마슈 경감 시리즈는 전 세계적으로 독자들에게 알려졌고, 여러 미스터리 문학상을 수상하였으며, 결국 「런던 타임스」와 「뉴욕 타임스」 베스트셀러 목록에 오르기도 했습니다.

눈물을 흘리며 글을 쓸 때가 있습니다. 내가 쓴 글에 취해서가 아니라 이 일을 하고 있다는 사실에 감사하는 마음 때문입니다. 평생 저널리스트로 활동하면서 여러 죽음과 사고, 끔찍한 사건들뿐만 아니라 사람들 입에 덜 오르내리는 절망과 빈곤 같은 불행을 다루었습니다. 이제 나는 매일 작업실에 출근해서 커피를 올리고 컴퓨터를 켠 후 상상 속의 친구들을 만나러 갑니다. 가마슈, 보부아르, 클라라, 피터. 이런 사람들에 대한 이야기를 쓸 수 있다니, 이 얼마나 굉장한 특권인가요.

그리고 마지막으로, 내 작품들의 주제에 대한 이야기를 조금 해 보려 합니다. 나는 이 작품들을 쓰면서 W. H. 오든의 시 「Melville」의 다음 두 행에서 영감을 받았습니다.

선善의 존재는 새로운 지식일지니,
공포의 기세가 꺾여 직시할 수 있으리.

이 얼마나 강렬한 메시지인가요? 내 작품들은 공포에 대한 이야기를 다룹니다. 음울한 공포는 우리 각자의 마음속 깊숙이 자리잡고 있습니다. 캐나다와 한국에서도 마찬가지일 테지요. 하지만 살인을 다루는 것보다 더, 고약한 감정과 행동을 그려 내는 것보다 더, 내 작품들은 선함에 대한 이야기를 합니다. 그리고 친절에 대한, 선택에 대한, 우정과 친밀함에 대한 이야기를 합니다. 그리고 사랑에 대해서도요. 오랫동안 변치 않는 사랑에 대해서 이야기합니다.
만약 당신이 내 작품들에서 단 하나만 얻어 간다면, 바로 이것이었으면 좋겠습니다.
선이 존재한다는 것을요.

2011년 12월
루이즈 페니

† 일러두기
본문의 모든 주는 옮긴이 주입니다.

1

만일 CC 드 푸아티에가 자신이 살해당하리라는 사실을 알았더라면, 그녀는 남편 리샤르에게 크리스마스 선물을 사 주었으리라. 심지어 미스 에드워드 여학교에 다니는 딸이 출연하는 학기말 야외극을 참관했을 지도 몰랐다. 그녀는 여학교 School for Girls가 아니라 뚱뚱보 Girths 학교가 아니냐며 몸이 점점 불어나는 딸을 조롱하곤 했다. 만일 CC 드 푸아티에가 자신의 종말이 가까이 다가왔다는 사실을 알았더라면, 그녀는 몬트리올 리츠 호텔에서 가장 저렴한 객실에 투숙하는 대신 계속 일에 열중했으리라. 그러나 그녀가 생각하고 있는 유일한 종말은 사울이라는 남자와의 관계에 대한 것이었다.

"자, 어떻게 생각해? 마음에 들어?" 그녀는 자신의 창백한 배 위에 책을 반듯이 놓았다.

사울은 책을 바라보았다. 처음 하는 행동이 아니었다. 최근 며칠 동안 그녀는 그를 만날 때마다 커다란 핸드백에서 이 책을 꺼내 그에게 5분씩 보여 주곤 했다. 업무 미팅이나 저녁 식사를 하는 와중이나 몬트리올의 눈 덮인 도로를 달리는 택시 안에서 그녀는 마치 처녀생식이라도 하듯 갑자기 몸을 굽혀 자신의 책을 쥐고 득의양양하게 일어나곤 했다.

"사진은 잘 나왔는데." 그는 모욕이라는 걸 알면서도 이렇게 말했다. 자신이 그 사진을 찍었으니까. 그는 그녀가 부탁하고 애원하리라는 사실을, 더 나아가 자신이 더 이상 그녀에게 자비를 베풀지 않으리라는 사실을 알았다. 그리고 그는 자신이 CC 드 푸아티에와 똑같은 인간이 되기 전에 얼마나 더 그녀 곁에 머무를 수 있을지 궁금했다. 물론 육체적인 의미는 아니었다. 그녀는 그보다 몇 살 젊은 마흔여덟 살이었다. 그녀는 밧줄처럼 날씬하고 탄력 있는 몸매에 치아는 불가사의할 정도로 하얗고 머리카락은 불가사의할 정도로 금발이었다. 그녀를 건드리는 것은 얼음 장식을 쓰다듬는 것 같았다. 그는 그런 아름다움과 나약함에 매력을 느꼈다. 그러나 위험 또한 상존했다. 만일 그녀가 폭발해 버린다면, 만일 그녀가 산산조각이 나 버린다면, 그녀는 그를 갈기갈기 찢어 버릴 수도 있었다.

그러나 그녀의 외모는 중요한 문제가 아니었다. 그는 그녀가 자신을 애무하는 것보다 훨씬 부드러운 손길로 책을 어루만지는 모습을 바라보며, 그녀의 피부 아래에 흐르는 얼음물이 자신에게 스며들지는 않을까 하는 의문을 품었다. 어쩌면 섹스를 하는 동안 천천히 얼어 버릴지도 몰랐다. 이미 그는 자신의 신체 일부에 감각이 없었다.

쉰두 살인 사울 페트로프는 지금껏 사귀어 왔던 친구들이 그다지 멋지지도 않고 그다지 똑똑하지도 않으며 예전처럼 날씬하지도 않다는 사실을 이제 막 눈치채기 시작한 참이었다. 사실 그는 대부분의 세상 사람들에게 싫증을 느끼기 시작했다. 게다가 그들 역시 자신을 만나면 한두 번 하품을 하곤 한다는 사실도 진작에 알고 있었다. 그들은 점점 살이 찌고 머리가 벗어진 아둔한 인간으로 변해 갔고, 그는 자신 역시 그렇게 변하고 있는 게 아닌지 의심쩍어했다. 여자들이 이제는 좀처럼 자신을 바라보지 않는다거나, 주 종목을 활강 스키에서 크로스컨트리로 바꾸어야 하는지 고민하기 시작했다거나, 다니던 병원의 의사가 처음으로 전립선 검사 예약을 잡아 주었다거나 하는 일들은 견딜 만했다. 그런 변화는 충분히 감수할 수 있었다. 사울 페트로프를 새벽 2시에 잠에서 깨우는 것은 이제는 너도 따분한 인간이 되었다고 귓가에 속삭이는 목소리였다. 마치 어린 시절에 자신의 침대 밑에 사자가 있다고 경고하는 목소리 같았다. 그는 밤공기 사이로 깊고 어두운 한숨을 들이쉬며, 함께 저녁 식사를 하는 상대가 하품을 애써 참는 것은 와인이나 오리 가슴살 구이 때문일 거라고 스스로 달랬다. 그도 아니면 실용적인 겨울용 스웨터를 입고 따뜻한 몬트리올 레스토랑에 앉아 있으니 졸음이 밀려왔기 때문이거나.

그러나 밤마다 다가오는 목소리는 여전히 으르렁대며 다가올 위험에 대해 경고했다. 재앙이 임박했다는. 이야기를 쓸데없이 오래 늘어놓기라도 하면, 사람들의 관심은 금세 사라지고 그들의 눈 흰자위만이 자신을 주시하리라. 사람들은 시계나 슬쩍 훔쳐보다가 예의에 어긋나지 않는 시점에서 바로 일어나 버릴 터였다. 사람들은 방 안을 둘러보고 다른 사람들은 아직 팔팔하다는 사실에 망연자실하리라.

그래서 그는 CC의 유혹에 자신을 내맡겼다. 그녀에게 유혹당해 잡아먹혔으니, 침대 밑에 있던 사자를 침대 위로 들인 꼴이었다. 그는 이 자기중심적인 여자가 자기 자신에게 몰두하다 못해 그녀 자신은 물론이고 남편과 실패작인 딸마저 이미 빨아들인 다음, 이제는 자신을 흡수하는 데 열중하고 있는 게 아닐까 하는 의심을 품었다.

그는 그녀와 함께 일하기 시작했을 때부터 이미 고통스러운 기분에 젖어 있었다. 그리고 그는 자신을 경멸하기 시작했다. 그러나 그녀를 경멸하는 만큼은 아니었다.

"매혹적인 책이야." 그녀가 그를 무시하며 말했다. "내 말은, 정말이지 누가 이걸 거부할 수 있겠어?" 그녀는 그의 얼굴에 대고 책을 흔들었다. "사람들은 글자 하나하나를 씹어 먹으려고 할걸. 세상에는 어찌나 골칫덩이 인간들뿐인지." 이제 그녀는 몸을 돌려 호텔 창문을 통해 반대편 건물을 바라보았다. 마치 '인간들'을 조사하는 모습이었다. "내가 누굴 위해서 이 일을 했는데." 이제 그녀는 다시 그에게로 몸을 돌렸다. 그녀의 크게 뜬 눈은 진실해 보였다.

자신이 한 말을 진짜로 믿고 있는 걸까?

그는 물론 그 책을 읽어 보았다. 그녀는 책 제목을 『비 캄Be Calm』이라고 붙였다. 몇 년 전에 그 회사를 설립한 이래 그 말은 그녀의 신경쇠약 증세 앞에서 웃음거리에 지나지 않았다. 불안감과 초조함에 젖은 그녀의 손은 항상 무언가를 매끈하고 팽팽하게 정리하려 매만졌다. 그런 그녀에게 불손한 대답을 한다면 그녀의 조급함은 분노로 넘쳐흐르리라.

그녀의 차분하고 얼음장 같은 겉모습에도 불구하고 마음을 가라앉히라는 말은 CC 드 푸아티에에게 적용할 수 있는 표현이 아니었다.

그녀는 이 책을 들고 출판사들을 순례했다. 뉴욕에 있는 대형 출판사부터 시작하여 생 폴리카르프에 있는 레장이라는 다 쓰러져 가는 출판사까지. 그들은 모두 출간을 거절했다. 그 원고가 불교와 힌두교의 가르침으로 어설프게 포장된 우스꽝스러운 개똥철학의 빈약한 이합집산이라는 사실을 금세 알아보았기 때문이다.

"진리를 깨친 놈들이 하나도 없다니." 그녀는 몬트리올에 있는 자신의 사무실에서 사울에게 말했다. 그녀는 한 묶음의 출판 거절 편지를 갈기갈기 찢어 바닥에 떨어뜨렸다. 종잇조각은 청소부더러 치우라고 할 작정이었다. "세상이 미쳐 돌아간다고 했잖아. 인간들이 잔인하고 타인의 고통에 무감각하니까 서로 등쳐 먹고 다니지. 사랑이나 연민 따윈 찾을 수가 없어." 그녀는 고대 신화 속에 등장하는 망치로 모루를 내리치듯 자신의 책을 사정없이 바닥에 던졌다. "이 책은 사람들에게 행복을 찾는 법을 가르쳐 줄 텐데."

그녀의 목소리는 낮게 깔렸고, 내뱉는 말은 원한의 무게에 짓눌려 있었다. 그녀는 출판사 순례를 마친 다음 자비출판을 결정했다. 책은 반드시 크리스마스 시즌에 맞춰서 낼 작정이었다. 사울은 빛에 대하여 많은 대목을 할애하고 있는 책을 정작 동짓날에 출간한다는 사실이 재미있으면서도 역설적이라고 생각했다. 1년 중 가장 어두운 날이니까.

"저걸 출간하겠다는 사람이 또 나타났어?" 그는 자신을 주체할 수 없었다. 그녀는 아무 말도 하지 않았다. "아, 생각났다. 출간하고 싶어 한 사람은 아무도 없었지. 분명 끔찍했을 테니까." 그는 잠시 이야기를 멈추고 상처 주는 말을 한 건 아닌지 고심했다. 쳇, 알 게 뭐야. "그래서 기분은 어때?" 움찔하는 표정이라도 보여 주려나?

그러나 그녀는 무언의 항변을 하는 양, 여전히 무표정한 얼굴로 침묵을 지켰다. CC에게는 자신의 마음에 들지 않는 것은 존재하지 않는 것이나 다름없었다. 여기에는 그녀의 남편과 딸도 포함되어 있었다. 불쾌한 일, 세간의 비평, 자신 말고 다른 사람이 내뱉는 가혹한 말, 그리고 감정 일체가 포함되었다. 사울이 알기로 CC는 자신만의 세상 속에서 살고 있었다. 그곳은 그녀가 완벽해질 수 있는 곳, 그녀의 감정과 결점을 숨길 수 있는 곳이었다.

그는 그 세상이 폭발할 때까지 시간이 얼마나 남았을지 궁금했다. 그 모습을 곁에서 지켜볼 수 있기를 바랐다. 하지만 당장은 아니야.

그녀는 사람들이 잔인하고 무감각하다고 말했다. 잔인하고 무감각하다고. 프리랜서로 활동하다가 CC의 전속 사진작가로 계약을 맺고 애인이 되기 전까지는 세상이 정말로 아름답다고 생각했다. 그리 오래전 일도 아니었다. 매일 아침 그는 일찍 잠자리에서 일어나 이른 일과를 시작했다. 아침이면 세상은 새롭고 어떤 일이든 가능한 것처럼 보였다. 그리고 매우 아름다운 몬트리올을 만끽할 수 있었다. 그는 사람들이 카페에서 카푸치노를 마시거나 싱싱한 꽃이나 바게트를 들고 가면서 서로 미소 짓는 모습을 바라보았다. 가을이면 아이들이 마로니에 나무에서 떨어진 열매를 줍는 모습을 바라보았다. 나이 든 여성들끼리 팔짱을 끼고 메인 가를 내려가는 모습을 바라보았다.

그는 노숙자를 외면할 정도로 멍청하거나 눈이 먼 사람은 아니었다. 멍들고 구타당한 사람들의 얼굴을 보고 공허하고 길었던 지난밤과 그보다 더 길 그날 하루를 짐작할 수 있었다.

그러나 그는 세상은 사랑스러운 곳이라고 마음속 깊이 믿었다. 그리고 그의 사진은 그러한 생각을 비추어 빛과 희망을 포착했다. 여기에 그림자가 자연스럽게 빛에 도전하는 형국이었다.

역설적으로 그의 그런 훌륭한 점이 CC의 이목을 끌어 그녀가 계약을 제의하도록 한 원동력이 되었다. 한 몬트리올 패션 잡지에서는 그를 '잘 나가는' 사진작가라고 소개했고, CC는 언제나 최고가 아니면 직성이 풀리지 않았다. 그들이 항상 리츠 호텔에 객실을 얻는 것도 마찬가지 이유에서였다. 제대로 된 풍경도 볼 수 없는 저층의 비좁고 음침한 방이었지만, 그래도 리츠 아닌가. 그녀는 자신의 가치를 증명이라도 하려는 듯,

그를 골랐던 것처럼 객실에 비치된 샴푸와 필기구를 골라 가져갔다. 그리고 별 관심 없는 사람들에게 은근히 어필하기 위해 그 물건들을 사용했다. 그를 이용했던 것처럼. 그러다가 결국 그녀는 모든 것을 버리려 했다. 그녀의 남편이 옆으로 밀려난 것이나 그녀의 딸이 무시와 조롱을 당했던 것처럼.

세상은 잔인하고 무감각하다.

이제 그는 그 사실을 믿었다.

그는 CC 드 푸아티에를 증오했다.

그는 CC를 남겨 둔 채 침대를 빠져나왔다. 그녀가 바라보고 있는 책이 그녀의 진짜 연인일 터였다. 그는 그녀를 바라보았다. 그녀의 모습이 초점에서 자꾸만 벗어났다. 그는 머리를 한쪽으로 기울였다. 또 지나치게 술을 마셨나? 그러나 그녀는 계속 어렴풋하게 보였다. 그는 마치 프리즘을 통해서 두 명의 다른 여자를 보는 것 같았다. 한 명은 아름답고 풍만하며 쾌활한 여자였지만 다른 한 명은 애처로워 보였다. 염색한 금발 머리는 구불구불하게 매듭이 진 밧줄처럼 거칠게 엉켜 있었다. 그리고 그 여자는 위험했다.

"이건 뭐야?" 그는 쓰레기통으로 손을 뻗어 포트폴리오 한 부를 꺼냈다. 그는 즉각 그것이 어떤 예술가가 만든 홍보 자료라는 사실을 알아차렸다. 아름답게 공들여 묶인 종이들은 공문서에 쓰이는 아르슈지紙 프랑스에서 제작되는 수채화 용지였다. 그는 포트폴리오를 가볍게 펼쳐 보다가 숨이 턱 막혔다.

어둠 속의 빛을 그린 연작이었다. 그 빛이 이 매끄러운 종이를 다 태워 버릴 것 같았다. 그는 가슴속에서 감정이 고양되는 듯한 느낌을 받았다. 그 그림들은 사랑과 상처가 동시에 존재하는 세상을 보여 주고 있었다. 그러나 그림 속은 대체적으로 희망과 위안이 존재하는 세상이었다. 그곳은 분명 이 예술가가 매일같이 보고, 또 살고 있는 세상이리라. 자신도 한때는 빛과 희망이 존재하는 세상에 살았으니까.

그림들은 단순하게 보였지만 사실은 굉장히 복잡하게 그려져 있었다. 이미지와 색채가 켜켜이 겹쳐 있었다. 이 예술가는 자신이 표현하고자 했던 효과를 내기 위해 매번 몇 시간, 혹은 며칠 동안의 시간을 바쳐야 했으리라.

그는 이제 자신 앞에 놓인 작품 한 점을 가만히 내려다보았다. 위풍당당한 나무 한 그루가 태양을 애도하듯 하늘로 치솟아 있었다. 이 예술가가 직접 찍은 사진이었는데, 어떤 재주를 부렸는지 앵글을 혼란스럽게 바꾸지 않고도 운동성을 포착했다. 대신 나무 자체는 우아하면서도 평온했고, 무엇보다 힘이 넘쳤다. 마치 확신과 동경의 감정에조차 작은 의심이 존재하는 듯, 각각의 나뭇가지 끄트머리는 녹아내리는 것 같기도, 어쩌면 솜털로 보송보송해지는 것 같기도 했다. 매혹적인 작품이었다.

CC에 대한 생각은 어디론가 사라져 버렸다. 그는 나무를 타고 올라가 있었다. 거친 나무껍질이 간질이는 듯한 기분마저 느낄 지경이었다. 마치 할아버지의 무릎에 앉아, 면도를 하지 않은 할아버지의 얼굴에 자신의 얼굴을 문지르던 어린 시절로 돌아간 기분이었다. 어떻게 그런 기분이 들게 할 수 있는 거지?

그는 서명을 알아볼 수 없었다. 다른 페이지를 넘겨 보았다. 자신의 얼어붙은 얼굴에 서서히 미소가 떠오르고 딱딱하게 굳은 마음에 감동이 일기 시작했다.

어쩌면 언젠가 CC와의 관계를 완전히 청산하는 날이 오면 자신도 다시 이런 작품을 남길 수 있을지도 몰랐다.

그는 속에 품고 있었던 어둠을 모조리 뱉어 내었다.

"그러니까 이게 마음에 드느냐고?" CC는 자신의 책을 들어 올려 그에게 흔들었다.

2

크리는 흰 시폰 천을 찢지 않으려 조심하며 무대 의상으로 갈아입었다. 크리스마스 야외 연극제는 이미 시작됐다. 〈그 어리신 예수Away in a manger〉를 부르는 소리가 들려왔는데, 수상쩍게도 〈구유 속 고래A whale in a manger〉라고 들렸다. 잠시 그녀는 그 노래가 자신에게 하는 소리가 아닌지 고심했다. 다들 나를 비웃고 있을까? 그녀는 그런 생각을 삼키며 계속해서 옷을 입었다. 그러면서 노래 한 소절을 흥얼거렸다.

"거기 누구야?" 음악 교사인 마담 라투르의 목소리는 흥분한 사람들로 바글거리는 방 안에서도 잘 들렸다. "지금 누가 흥얼거린 거지?"

마담 라투르는 크리가 혼자 옷을 갈아입으려 숨어든 구석에 가냘프고 밝은 얼굴을 들이밀었다. 크리는 본능적으로 의상을 움켜쥐고는 반쯤 벌거벗은 열네 살 소녀의 몸을 가리려 했다. 물론 불가능했다. 거대한 몸에 비해 시폰 천은 너무 작았다.

"너였니?"

크리는 너무 놀라 아무 말도 못하고 바라볼 뿐이었다. 그녀의 어머니는 경고를 내린 적이 있었다. 사람들 앞에서는 노래를 부르지 말라는 경고였다.

하지만 들뜬 마음 탓에 소리 내어 노래를 몇 마디 흥얼거렸다.

마담 라투르는 이 거대한 소녀를 보자 아까 먹은 점심이 목에 걸리는 기분이었다. 저 늘어진 뱃살하며, 흉물스러운 보조개, 속옷은 살 속에 파묻혀 보이지도 않았다. 얼어붙은 그녀의 얼굴이 이쪽을 가만히 바라보고 있었다. 과학 교사인 무슈 드라포는 크리가 자신의 수업에서 1등이라는 사실을 언급한 적이 있었다. 그러나 다른 교사는 그 학기의 수업 주제가 비타민과 미네랄이었으니, 크리는 교과서를 먹어 치웠을지도 모른다고 지적했다.

그럼에도 그녀는 야외 연극제에 나왔다. 어쩌면 자기 자신을 극복할 수 있을지도 모르는 일이었다. 비록 해야 할 일이 많기는 하지만.

"서두르는 게 좋겠구나. 곧 네 차례란다." 그녀는 대답을 기다리지 않고 밖으로 나갔다.

크리에게는 미스 에드워드 여학교에 다니는 5년 동안 처음으로 출연하는 크리스마스 야외 연극제였다. 그녀는 이전까지 매년 학생들이 저마다 무대 의상을 만드는 동안 이런저런 변명을 웅얼거리듯 늘어놓았다. 아무도 그녀를 설득하려 들지 않았다. 대신 그녀는 대회 조명을 담당했다. 라투르 부인이 들은 대로 그녀는 기술적인 일에 능했기 때문이었다. 기계는 살아 있는 존재가 아니었으니까. 그래서 크리는 매년 무대 뒤편 어둠 속에서 홀로 크리스마스 연극제를 지켜보았다. 무대에서는 타고난 아름다움을 빛내는 소녀들이 크리가 보내는 조명을 받으며 춤을 추고 크리스마스의 기적에 대한 노래를 불렀다.

하지만 올해는 달랐다.

그녀는 무대 의상으로 갈아입고 자신을 거울에 비춰 보았다. 커다란 시폰 천으로 둘러싸인 눈송이 하나가 거울 속에서 이쪽을 바라보고 있었다. 말은 바로 해야지. 눈송이라기보다는 눈 더미라고 하는 쪽이 더욱 잘 어울렸다. 어쨌거나 무대 의상은 무대 의상이다 보니 꽤 아름다웠다. 다른 소녀들은 어머니의 도움을 받았지만 크리는 혼자서 옷을 완성했다. 엄마를 놀래 줘야지. 그녀는 자신에게 되뇌며 다른 목소리는 듣지 않으려 애썼다.

만일 그녀가 의상을 자세히 들여다보았더라면, 섬세하지 못한 통통한 손가락이 바늘을 잘못 놀려서 난 작은 핏자국들을 발견할 수 있었을 터였다. 그러나 그녀는 옷이 완성될 때까지 인내심을 갖고 작업을 계속했다. 그러다가 그녀에게 묘안이 떠올랐다. 사실 그녀의 14년 인생을 통틀어 가장 훌륭한 생각이었다.

그녀가 알기로 어머니는 빛을 숭배했다. 그녀는 평생 동안 빛을 추구해야 한다는 말을 어머니에게 듣고 살았다. 왜 깨우침enlightenment이라는 단어에 빛light이 들어가는 줄 아니? 왜 영리한 사람을 똑똑하다bright고 하는 줄 아니? 날씬한 사람들이 성공하는 건 당연해. 다른 사람들보다 더 가벼우니까lighter.

모두 명백한 사실이었다.

그래서 크리는 실제로 눈송이 연기를 할 작정이었다. 가장 하얗고 밝게 빛나는 존재. 그러면 나도 조금은 밝게 빛날 수 있을까? 그녀는 1달러 상점에 가서 용돈으로 반짝이 풀을 한 병 샀다. 심지어 오랫동안 요란하게 전시되어 있던 초콜릿바에 손을 대지 않고 지나쳐 버릴 수도 있었다. 크리는 한 달 동안 다이어트를 했기 때문에, 이제 어머니도 눈치채리라고 확신했다.

그녀는 옷에 반짝이 풀을 발랐고, 이제 그 결과물을 보고 있었다.

난생처음으로 크리는 자신이 아름답다고 생각했다. 그리고 어머니 역시 단지 몇 분 동안만이라도 그렇게 생각해 주리라.

클라라 모로는 성에가 낀 거실 창문 중간 문설주 사이로 스리 파인스의 작은 정경을 바라보았다. 그녀는 몸을 앞으로 기울여 창문에서 성에를 약간 긁어내었다. 이제 돈이 좀 생겼으니 낡은 창문을 교체해야겠지. 그녀는 어떤 일을 하는 게 합리적인지 알고 있었지만 그녀가 내리는 대부분의 결정은 합리적인 것과는 거리가 멀었다. 그러나 그런 결정이야말로 그녀의 삶에 잘 어울렸다. 그래서 그녀는 스리 파인스라는 스노볼 흔들면 눈이 내리는 둥근 모양의 장식용 장난감을 바라보며, 자신은 낡은 창문에 낀 성에 사이로 바라보는 풍경이 좋다고 생각했다.

그녀는 핫초콜릿을 홀짝거리며 밝은색 옷으로 단단하게 싸맨 마을 사람들이 부드럽게 내리는 눈 속을 산책하는 모습을 지켜보았다. 사람들은 저마다 손을 흔들며 인사를 나눴고, 이따금 멈춰 서서 이야기를 주고받았다. 입김을 불어 가며 대화하는 모습이 꼭 만화 속 등장인물들이 말풍선으로 이야기하는 것 같았다. 몇몇은 카페라테를 마시러 올리비에의 비스트로로 향했고, 몇몇은 신선한 빵이나 과자를 사러 사라네 불랑제리빵집로 갔다. 비스트로 옆에 있는 머나의 헌책방은 쉬는 날이었다. 벨리보 씨는 눈삽을 들고 잡화점 앞길에 쌓인 눈을 치우며 가브리에게 손을 흔들었다. 덩치가 크고 호들갑스러운 가브리는 모퉁이에 있는 자신의 비앤비B&B, Bed&Breakfast 아침 식사를 제공하는 여관에서 나와 마을 광장을 가로질러 달려오는 중이었다. 이방인들에게 마을 사람들은 그 사람이 다 그 사람 같거나, 심지어 성별마저 구별이 안 될 정도였다. 퀘벡 지방의 겨울에는 모든 사람이 다 비슷비슷했다. 내복을 단단히 껴입은 다음 거위털과 신설레이트3M사가 개발한 의복용 단열재가 들어간 두꺼운 옷으로 몸을 감싸고 큰 보폭으로 뒤뚱뒤뚱 걸으니 마른 사람들조차 통통하게 보였고, 통통한 사람들은 아예 커다란 공처럼 보였다. 모두 똑같아 보였다. 머리에 쓰고 있는 끝이 뾰족한 털모자만이 서로 달랐다. 루스의 밝은 녹색 털뭉치가 달린 털모자가, 넬리가 긴긴 가을 밤을 보내며 짠 웨인의 챙 달린 알록달록한 모자에게 고개를 끄덕이는 모습이 보였다. 레베크네 아이들은 푸른 고글을 쓰고 하키 퍽을 쫓아 얼어붙은 호수 아래위로 스케이트를 지쳤다. 어린 로제가 골대 앞에서 심하게 떨고 있어서, 클라라는 그녀의 청록색 보닛이 흔들리는 모습마저 볼 수 있었다. 그녀의 오빠들은 그녀를 너무나 사랑했기에 골대 앞으로 달려올 때마다 발을 헛디디는 척을 했고, 맹렬하게 슛을 때리는 대신 그녀 앞으로 부드럽게 퍽을 밀어 주었다. 어수선하면서도 행복한 그런 광경은 아이들이 골대 옆 길가에 한 무더기로 널브러질 때까지 계속되었다. 클라라에게는 그런 모습이 마치 쿠리어 앤 이베스 판화나다니엘 커리어와 제임스 메리트 이베스의 석판 인쇄 회사에서 제작한 미국의 역사와 생활, 풍속 등을 묘사한 판화 같아서, 그녀는 어린아이처럼 몇 시간이나 그 모습을 바라보다가 급기야는 뛰어들어 함께 놀고 싶은 생각이 들었다.

스리 파인스는 하얀 눈 속에 자취를 감췄다. 최근 몇 주 동안 30센티미터가 넘는 눈이 쌓여 광장 주변의 오래된 집들은 저마다 순백의 털모자를 쓰고 있었다. 살아 숨 쉬는 듯 굴뚝에서 연기를 피워 올리는 집들의 문간에는 크리스마스 장식 화환이 매달려 있었다. 밤이 되면 이스턴 타운십스의 이 작은 마을은 크리스마스 장식에서 나오는 빛으로 밝게 빛났다. 크리스마스 행사를 준비하며 어른 아이 할 것 없이 흥얼거리는 노랫소리가 부드럽게 들렸다.

"어쩌면 그녀의 차가 움직이지 않을지도 몰라." 클라라의 남편 피터가 거실로 들어왔다. 키가 크고 날씬한 몸매의 그는 '포춘 500'경제지 「포춘」이 매년 게재하는 미국 및 해외 기업의 매상 규모 상위 500사(社) 리스트에 올랐던 그의 아버지 기업체의 중역처럼 보였다. 그러나 그는 기업을 경영하는 대신 이젤 앞에서 몸을 굽히고 며칠을 꼬박 허비했다. 디테일이 극도로 강화된 추상적인 작업을 느릿느릿 진행하며 곱슬거리는 회색 머리카락을 유화 물감으로 물들였다. 그의 작품들은 수천 달러에 전 세계로 팔려 나갔지만 그는 작업을 굉장히 느리게 진행하는 편이었다. 1년에 한두 점의 작품만 완성했기 때문에 그들은 언제나 가난했다. 최근까지는 그랬다. 클라라의 자궁 전사(戰士)와 녹아내리는 나무 그림들은 아직까지 전혀 팔리지 않았다.

"그래도 올 거야." 클라라가 그렇게 말하자 피터는 아내를 바라보았다. 그녀의 푸른 눈은 따뜻했고, 아직 40대 후반이지만 한때 어두운 색이었던 머리카락이 이제 회색으로 변했다. 그녀는 배와 허벅지에 조금씩 살이 붙기 시작해서, 최근에는 마들레느가 여는 운동 교실에 나가 볼까 하는 말을 부쩍 입에 올리기 시작했다. 피터는 그런 질문에는 대답을 회피하는 게 가장 좋은 방법이라는 사실을 알았다.

"정말 내가 같이 안 가도 돼?" 그는 죽음의 덫 같은 머나의 자동차에 올라타 덜컹거리며 도시로 향하고 싶은 진짜 욕망을 억누르고 넌지시 물었다.

"절대 안 돼. 당신 크리스마스 선물을 살 거니까. 게다가 머나 차에 머나랑 당신이랑 내가 한꺼번에 타면 선물을 실을 자리가 없다고. 자기는 몬트리올에 남겨 두고 와야 할걸."

조그마한 자동차가 문단속을 하지 않는 그들의 현관 앞에 멈추었고, 커다란 흑인 여자가 차에서 내렸다. 이 광경이야말로 클라라가 머나와 함께 외출할 때 가장 좋아하는 모습이었다. 그녀가 엄청나게 작은 자동차에 오르고 내리는 모습을 보는 것. 클라라는 머나의 덩치가 실제로 자동차보다 클 거라고 확신했다. 여름에 치마를 허리춤까지 올리고 버둥대는 그녀의 모습은 장관이었다. 그러나 머나는 그저 웃어넘길 뿐이었다. 겨울이면 머나는 정열의 분홍색 파카를 입어 덩치가 거의 두 배나 되기 때문에 훨씬 더 재미있었다.

"나는 섬 출신이야. 추워 죽겠네."

"그래 봤자 몬트리올 섬이면서." 클라라가 지적했다.

"맞아." 머나는 웃으면서 인정했다. "그래도 남쪽 끄트머리잖아. 난 겨울이 좋아. 유일하게 분홍색 옷을 입을 수 있는 계절이거든. 어때? 무사 통과야?"

"뭐가?"

"백인 같은지 말이야."

"백인이 되고 싶어?"

머나는 갑자기 진지한 눈으로 자신이 가장 좋아하는 친구를 바라보며 미소를 지었다. "아니. 더 이상은 절대로. 흠."

그녀는 머나의 대답에 기쁘기도, 조금은 놀라기도 했다.

분홍색 옷을 입어 가짜 백인 차림이 된 머나는 밝고 다채로운 색의 스카프를 겹겹이 두르고 오렌지색 털 뭉치가 달린 보라색 모자를 쓴 채 눈을 갓 치운 길을 쿵쿵 소리를 내며 걸었다.

그들은 이내 몬트리올에 도착했다. 눈길 속에서도 한 시간 반이 채 못 되는 짧은 드라이브였다. 클라라는 오후 동안 크리스마스 쇼핑을 할 생각이었지만, 이날 여정의 하이라이트는 비밀이었다. 매년 크리스마스 때면 몬트리올을 방문해서 하는 일이 있었고, 그것은 그녀만의 기쁨이었다.

클라라는 오길비 백화점의 크리스마스 쇼윈도가 보고 싶어 죽을 지경이었다.

몬트리올 중심가에 있는 이 고풍스러운 백화점에는 세계에서 가장 황홀한 크리스마스 쇼윈도가 있었다. 11월 중순에 종이로 가려진 커다란 판유리 안은 컴컴하고 텅 빈 채였다. 그 종이가 벗겨지는 때가 오면 신나는 일이 시작되리라. 크리스마스 연휴의 경이로운 볼거리가 언제 공개되는 거지? 그녀는 아이처럼 산타클로스 퍼레이드보다는 이쪽에 좀 더 가슴이 두근거렸다. 오길비 백화점에서 쇼윈도를 가린 종이를 벗겨냈다는 소식이 들리면 클라라는 시내로 달려가 곧장 이 멋진 쇼윈도로 향했다.

그곳에 가면 있을 거야. 클라라는 쇼윈도로 달려가다가도 막상 그 앞에 도착하면 일부러 시선을 다른 곳으로 돌리곤 했다. 그녀는 매번 눈을 감고 정신을 바짝 집중한 다음, 한 발짝 앞으로 나서며 눈을 떴다. 그곳에 있었다. 클라라의 마을. 힘겨운 일이 이 섬세한 소녀에게 밀어닥쳐 낙심할 때마다 찾던 곳이었다. 여름, 겨울을 가릴 것 없이 그녀가 눈을 감기만 하면 그곳에 갈 수 있었다. 곰들이 춤을 추고, 오리가 스케이트를 타고, 빅토리아 시대 의상을 입은 개구리가 다리 위에서 낚시를 했다. 굴ghoul 사람 시체를 먹는 괴물이 씩씩대는 콧소리를 내며 발톱을 세워 그녀의 침실 바닥을 긁어 대는 밤이 오면, 그녀는 조그마한 푸른 눈을 꼭 감고 그 황홀한 쇼윈도 속 세상으로 자신을 인도했다. 다정한 기운이 입구를 지키고 있는 그곳은 굴 따위는 찾을 수 없는 곳이었다.

좀 더 시간이 지나 그녀 인생에 그 무엇보다 경이로운 일이 일어났다. 그녀는 피터 모로와 사랑에 빠져 충동적으로 뉴욕행을 취소했다. 대신 그가 사랑하는 몬트리올 남부 작은 마을로 이사하는 데 동의했다. 클라라 같은 도시 출신 소녀에게 그곳은 익숙지 않은 지역이었다. 그러나 그녀는 피터를 무척 사랑했기에 일말의 주저함도 보이지 않았다.

26년 전 영민하고 냉소적인 예술 전공 대학원생이었던 클라라는 덜컹대는 폴크스바겐에서 내리자마자 울음을 터뜨렸다.

피터는 그녀에게 어린 시절의 그 황홀한 마을을 보여 줬다. 그곳은 클라라가 그동안 어른스러운 태도를 견지하느라 잊고 지냈던 마을이었다. 오길비 백화점의 크리스마스 쇼윈도는 결국 실재했다는 사실이 밝혀졌고, 그곳이 바로 스리 파인스였다. 그들은 마을 광장 옆에 있는 작은 집을 구입하여 정착했다. 클라라가 감히 꿈꿀 수도 없었던 삶보다도 훨씬 더 마법 같은 삶이었다.

몇 분 후 클라라는 따뜻한 차 안에서 파카 지퍼를 내리고 차창 밖으로 지나가는 눈 덮인 시골 풍경을 바라보았다. 이번 크리스마스는 특별했다. 고통스러운 동시에 경이로웠기 때문에. 겨우 1년여 전에 그녀가 사랑하는 친구이자 이웃인 제인 닐이 살해당했다. 그리고 그녀는 클라라에게 자신의 모든 유산을 남겨 주었다. 지난 크리스마스 때는 죄책감을 느낀 나머지 차마 유산에 손을 댈 수가 없었다. 제인 닐의 죽음으로 이득을 취했다는 기분이 들었기 때문에.

머나는 친구를 흘끗 쳐다보았다. 그녀 역시 클라라와 비슷한 생각을 하고 있었다. 사랑하는 고故 제인 닐을 생각하며, 제인 살인 사건 이후 클라라에게 건넸던 조언을 떠올렸다. 머나는 조언을 하는 데 익숙했다. 그녀는 몬트리올에서 임상심리사 일을 했지만, 환자들이 사실은 자신들이 나아지길 바라지 않는다는 사실을 깨닫고 일을 그만두었다. 그들이 원하는 것은 항우울제와 자신들은 아무런 잘못도 저지르지 않았다는 위안뿐이었다.

그래서 머나는 모두 팽개쳐 버렸다. 자신의 조그마한 자동차에 책과 옷가지를 싣고, 몬트리올 섬을 빠져나가는 다리를 건너 미국 국경을 향해 남쪽으로 달렸다. 플로리다 해안에 앉아 생각에 잠겨 볼 작정이었다.

그러나 운명과 극심한 허기가 그녀의 인생에 끼어들었다. 머나는 서두를 이유가 없어 천천히 차를 몰았다. 그런데 그림 같은 시골길을 한 시간가량 달렸을 때 갑자기 배가 고팠다. 울퉁불퉁한 길을 따라 나지막한 산등성이 정상에 오르자, 산과 숲 사이에 숨은 마을이 눈에 띄었다. 차에서 내린 머나는 주변 경치에 마음을 온통 빼앗겼다. 무엇보다 이 마을의 존재가 놀라웠다. 때는 늦봄이었고, 햇빛은 점점 짙어지고 있었다.

오래된 석조 제재소에서 흘러내린 물줄기는 하얀 참나무 판자로 지은 작은 교회를 지나 마을 한쪽으로 구불구불하게 흘러갔다. 마을은 비포장도로가 사방으로 뻗어 있는 원형 모양이었다. 마을 한가운데에는 마을 광장이 있었고, 오래된 집들이 그 광장을 둘러쌌다. 몇몇 집들은 가파르게 경사진 양철 지붕과 좁은 지붕창을 한 퀘벡 스타일이었고, 어떤 집들은 베란다가 노출된 된 참나무 판자로 지은 집이었다. 그중 한 집만이 자연석으로 지어져 있었다. 한 개척민이 앞으로 다가올 살인적인 겨울을 이기려 혈안이 되어 들판에서 옮긴 돌로 직접 지은 집이었다.

그녀의 눈에 광장 연못과 하늘 높이 솟은 위풍당당한 소나무 세 그루가 들어왔다.

머나는 퀘벡 주 지도를 구입했다. 2, 3분 후 조심스레 지도를 접은 그녀는 어이가 없어서 차에 몸을 기댔다. 이 마을은 지도에 나와 있지 않았다. 지도에는 수십 년 전에 이미 사라져 버린 장소도 나와 있었다. 아주 작은 낚시터 마을은 물론이고 집 두 채에 교회 하나 정도 되는 마을 공동체도 죄다 나와 있었다.

그러나 이 마을만은 지도에 없었다.

그녀는 마을 사람들이 정원을 가꾸고 개를 산책시키며 연못가 벤치에 앉아 책을 읽는 모습을 내려다보았다. 어쩌면 이 마을은 브리가둔1947년에 제작된 뮤지컬 제목이자 작품 속에 등장하는 신비로운 스코틀랜드 마을 이름. 이 마을은 1백 년 주기로 딱 하루만 모습을 드러낸다 같은 곳일지도 몰라. 계속해서 모습을 드러내는 대신, 이 마을을 찾아야 할 이유가 있는 사람 눈에만 보이는 마을일지도 모르지. 그러나 머나는 여전히 주저했다. 분명 이 마을에는 그녀가 갈망하는 것들이 없을 터였다. 차를 돌려 지도에 나와 있는 윌리엄스버그로 향하기 직전, 그녀는 모험을 해 보기로 결심했다.

스리 파인스는 그녀가 갈망하던 것들을 갖추고 있었다.

스리 파인스에는 크루아상과 카페라테가 있었다. 감자튀김을 곁들인 스테이크와 「뉴욕 타임스」도 있었다. 빵집, 비스트로, 비앤비, 잡화점도 있었다. 평화와 고요함이 존재하는 동시에 웃음이 있었다. 커다란 즐거움과 깊은 슬픔이 상존했고, 양자를 모두 받아들일 수 있는 기품이 느껴졌다. 우정과 다정함도 발견할 수 있었다.

그리고 고미다락이 있는 빈 가게도 있었다. 기다리고 있었다. 바로 그녀를.

머나는 이 마을을 떠나지 않았다.

그녀는 불과 한 시간 만에 불평불만으로 가득 찬 세상에서 자족감을 즐기는 세상으로 들어왔다. 바로 6년 전 일이었다. 이제 그녀는 새 책과 헌책을, 그리고 해묵은 조언을 친구들에게 제공하며 살았다.

"제발, 요강에 앉았으면 싸란 말이지." 클라라에게 하는 조언이었다. "제인이 죽은 지 몇 달이나 지났다고. 자기는 살인 사건을 해결하는 데 공헌도 했잖아. 전 재산을 다 물려줬는데, 손끝 하나 대지 않았다는 사실을 제인이 알아 봐. 자기도 알다시피 짜증을 낼걸. 차라리 나한테 물려줄 것이지." 머나는 이해할 수 없다는 시늉을 하며 고개를 흔들었다.

"난 그 돈으로 뭘 할 건지 벌써 정해 놨지. 비행기를 타고 자메이카로 날아가서 래스터패리언에티오피아의 옛 황제 하일레 세라세를 숭상하는 자메이카 종교 신자. 흑인들이 언젠가는 아프리카로 돌아갈 것이라고 믿고 독특한 복장과 행동 양식을 따른다 남자랑 좋은 책 한 권을 구해서……."

"잠깐. 래스터패리언 남자가 있는데 책을 읽을 거라고?"

"아, 그럼. 각각 목적이 다르잖아. 예를 들면, 래스터패리언 남자는 딱 딱해졌을 때 근사하지만 책은 아니지."

당시에 클라라는 웃음을 터뜨렸다. 두 사람 모두 하드커버 책을 업신여겼다. 책의 내용이 아니라 표지가 싫었던 것이다. 간단히 말해서 하드커버 책은 들고 읽기에 너무 딱딱했다. 특히 침대 위에서는.

"래스터패리언 남자랑은 다르지." 머나가 말했다.

머나는 이런 식으로 친구가 제인의 죽음을 받아들이고 유산을 쓰도록 설득하는 데 성공했다. 클라라는 오늘 그 유산을 쓸 계획이었다. 마침내 자동차 뒷좌석은 화려한 색의 무거운 쇼핑백으로 가득 찼다. 쇼핑백에는 저마다 끈으로 된 손잡이가 달려 있었고, 홀트 렌프루^{캐나다의 명품 백화점 체인}나 오길비의 이름이 돋을새김되어 있었다. 달러 라마^{캐나다에서 가장 큰 1달러 상점 체인}의 질 좋은 노란색 비닐봉지는 하나도 찾아볼 수 없었다. 비록 클라라는 마음속으로 1달러 상점을 흠모했지만.

집에 남은 피터는 창문 밖을 응시하며 자리에서 일어나 뭔가 생산적인 일을 해야겠다고 생각했다. 스튜디오로 돌아가서 그림 작업을 계속해야지. 바로 그때, 창유리에 낀 성에를 누가 긁어 놓았다는 사실을 알아차렸다. 하트 모양으로. 그는 미소를 지으며 창유리를 바라보았다. 스리 파인스는 조용히 움직이고 있었다. 그는 시선을 높여 언덕 위에 사지를 뻗고 있는 옛 해들리 저택을 바라보았다. 서리가 다시 내리면서 그의 가슴도 얼어붙기 시작했다.

3

"누구 작품이야?" 사울은 포트폴리오를 집으며 CC에게 물었다.

"뭐가?"

"이거 말이야." 그는 벌거벗은 채 일어났다. "쓰레기통에 있던데. 누구 거야?"

"내 거."

"당신 작품이라고?" 그는 깜짝 놀랐다. 일순간 그는 그녀를 잘못 판단했던 것은 아닐까 하는 생각이 들었다. 그것은 분명 타고난 예술가의 작품이었다.

"물론 아니지. 그 마을에서 어떤 조그맣고 불쌍해 보이는 사람이 그걸 내밀면서 갤러리를 하는 내 친구들에게 보여 줄 수 있느냐고 부탁하던데. 알랑거리는 꼴이 얼마나 볼만하던지. '오, CC, 부탁해요. 그쪽 방면으로 아는 분이 많다고 들었어요.' '오, CC, 혹시 연이 닿는 분께 제 작품을 좀 보여 주실 수 있을까요?' 정말 짜증 났다니까. 감히 나한테 부탁을 해? 그 뻔뻔스러운 인간이 데니스 포틴을 콕 찍어서 그에게 보여 주라는 말까지 하더라고."

"그래서 뭐라고 했는데?" 그의 마음이 가라앉았다. 당연히 무슨 대답을 했을지 알고 있었으니까.

"기꺼이 해 주겠다고 말했지. 다시 쓰레기통에 처박아 버려."

사울은 주저하며 포트폴리오를 덮어 다시 쓰레기통에 집어넣었다. 이처럼 반짝반짝 빛나는 포트폴리오를 없애 버리다니 자신이 미워질 지경이었다. 마음 한구석에서 정말로 없애고 싶은 생각이 든다는 사실이 더욱 싫었다.

"오늘 오후에 할 일 없어?" 그가 물었다.

그녀는 침대 옆 테이블에 놓인 유리잔과 램프의 위치를 조절했다. 한 번에 1밀리미터씩 원래 자리에 위치할 때까지 조금씩 자리를 옮겼다.

"중요한 일은 없어." 그녀는 테이블에 잔뜩 내려앉은 먼지를 훔쳤다. 정말 여기가 리츠 맞아? 매니저에게 항의해야겠어. 그녀는 창가에 서 있는 사울을 바라보았다.

"세상에, 요즘 음식 조절 안 해?"

분명 예전에는 멋진 몸매였다. 그러나 이제는 탄력 없는 살이 온통 늘어져 있었다. CC는 뚱뚱한 남자들과 사귄 적이 있었다. 몸매가 어디 하나 빠지지 않는 남자들과도 사귄 적이 있었다. 그녀로서는 어느 쪽으로든 극단적이기만 하면 만족했다. 그러나 과도기에 있는 남자는 구역질이 났다.

그녀는 사울에게 혐오감을 느꼈다. 왜 자신이 이 관계가 좋다고 생각했는지 기억이 잘 나지 않았다. 그녀는 윤이 나는 자신의 책 표지를 내려다보다가 그제야 기억했다.

사진 때문이었다. 사울은 굉장한 사진작가였다. '비 캄'이라는 제목 위쪽으로 그녀의 얼굴 사진이 인쇄되어 있었다. 금발 머리는 거의 흰색으로 보일 지경이었고, 입술은 빨갛고 통통했으며, 눈은 선명하고 지적인 푸른빛이었다. 그리고 얼굴은 너무나 희었다. 눈과 입, 귀의 윤곽만 표지에 드러난 채, 얼굴은 거의 배경 속으로 사라져 버릴 지경이었다.

CC는 이 사진을 아주 좋아했다.

이번 크리스마스가 지나면 사울을 내쫓아야지. 그가 마지막 작업을 다 마치고 나면. 그녀는 그가 포트폴리오를 정신없이 들여다보다가 책상 앞에 있는 의자에 부딪혔다는 사실을 눈치챘다. 의자는 이제 제자리에서 어긋나 있었다. 그녀는 가슴이 긴장감으로 팽팽해지는 것을 느꼈다. 젠장, 일부러 내 신경을 건드리려고 저러는 거야. 빌어먹을 포트폴리오. CC는 침대에서 뛰쳐나와 번지르르한 의자를 제자리에 옮겨 놓았다. 하는 김에 전화기 역시 책상 가장자리와 평행이 되도록 위치를 조절했다.

그러고는 다시 침대로 뛰어들어 무릎에 덮인 시트를 팽팽하게 매만졌다. 택시를 타고 사무실로 돌아가야 하나. 그러나 그녀는 다른 곳에 가야 한다는 사실이 떠올랐다. 꼭 가야 하는 곳이었다.

오길비 백화점은 세일 중이었고, 몽타뉴 거리에 있는 이누이트 예술품 상점에서 부츠 한 켤레를 사고 싶었다.

퀘벡 전역에 걸쳐 내 옷과 가구를 파는 상점들을 열게 되기까지 이제 얼마 남지 않았어. 전 세계에 열게 될 거야. 건방지게 멋이나 부리고 다니는 인간들, 나를 모욕했던 디자이너들은 곧 후회하게 되겠지. 모든 사람들이 디자인과 삶에 대한 나의 철학을, '리 비앙'을 알게 될 날도 이제 머지 않았어. 풍수지리 따윈 과거의 유물이야. 사람들은 변화를 갈망하고 있어. 그러니 내가 제공해야지. '리 비앙'은 만인의 언어에 실리고 집집마다 깃들겠지.

"휴가를 보낼 샬레_{산간 지방의 지붕이 뾰족한 목조 주택}는 예약했어?"

"아니, 내일 계약하려고. 그건 그렇고, 그런 시골 마을 한복판에 있는 집은 왜 산 거야?"

"다 이유가 있다니까." 그녀는 자신의 판단에 의문을 표하는 그를 보자 분노가 살짝 스쳐 지나갔다.

그녀는 스리 파인스에 집을 사려고 5년 동안이나 기다렸다. CC 드 푸아티에는 그래야 한다면, 그래야 할 충분한 이유가 있다면, 인내심을 얼마든지 발휘할 수 있는 사람이었다.

그녀는 현지 부동산 중개인을 대동하고 이 형편없는 작은 마을을 여러 차례 방문했고, 심지어 생 레미나 윌리엄스버그 인근에 사는 상점 종업원들과 이야기를 나누기도 했다. 몇 년이 흘렀다. 듣자 하니 스리 파인스에서는 집 매물이 쉽게 나오지 않는다고 했다.

그러다가 1년쯤 전, 욜랑드 퐁텐이라는 부동산 중개인에게서 전화를 받았다. 매물이 나온 것이었다. 언덕 위에서 마을을 내려다보는 빅토리아 시대의 귀부인풍 저택이었다. 제재 회사 사장이 살던 집이었다. 즉, 보스의 집이었다.

"가격은요?" 그녀는 자신이 치를 수 있는 값을 넘어서리라고 확신했다. 자신이 설립한 회사에서 있는 대로 돈을 빼 오고, 자신의 모든 소유물을 저당 잡히고, 남편의 보험 증서와 RRSP^{비과세 은퇴 저축 상품}를 상환해야 할 게 분명했다.

그러나 부동산 중개인의 대답을 듣고 놀랐다. 시세보다 훨씬 낮았다.

"사소한 문제가 하나 있어요." 욜랑드는 지나칠 정도로 감상적인 목소리로 설명했다.

"말해 봐요."

"살인 사건이 있었거든요. 그리고 살인 미수도 한 건."

"그게 다인가요?"

"뭐, 그런 것 같아요. 엄밀히 따지면 납치 사건도 하나 있었지만. 어쨌든 그래서 그 집이 그렇게 싼 거예요. 그래도 굉장히 좋은 매물이죠. 배관 상태도 아주 훌륭하고요. 대부분 황동이라니까요. 지붕은 고작 이십 년밖에 안 됐어요. 그리고……."

"내가 구입하죠."

"집을 보지도 않고요?" 욜랑드는 그 질문을 입 밖에 내자마자 자책했다. 이 바보 천치가 옛 해들리 저택을 둘러보지도 않겠다는데. 정밀 검사나 엑소시즘 같은 것도 하지 않고 산다고 하잖아. 그냥 그러라고 해.

"그냥 계약서를 작성해 줘요. 오후에 수표로 계약금을 치를게요."

그리고 그녀는 자신의 말대로 처리했다. 남편에게는 일주일 후나 어쩌면 그보다 좀 더 지나서 말할 작정이었다. RRSP를 상환하려면 그의 서명이 필요했다. 그는 반항할 테지만 그 또한 아주 미약할 테니 누가 보더라도 그게 반항인지조차 알아차리지 못할 터였다.

옛 해들리 저택이야. 언덕 위의 그 커다란 저택이 내 거야. 그녀는 더 이상 행복할 수 없을 것 같았다. 완벽해. 스리 파인스는 완벽해. 아니면 적어도 일이 다 끝날 때쯤이면 완벽해져 있겠지.

사울은 콧방귀를 뀌며 몸을 돌렸다. 벽에 적힌 낙서가 보였다. 그 촌 마을에서 있을 CC와의 마지막 사진 작업이 끝나는 대로 그녀에게 버림받으리라. 그 일은 그녀의 첫 번째 카탈로그 작업으로, 그는 크리스마스에 그녀가 마을 주민들 사이에서 즐거운 시간을 보내는 모습을 찍어 달라는 주문을 받았다. 가능하다면 현지 주민들이 CC를 경이와 애정 어린 눈길로 바라보는 장면도 찍어야 했다. 그러려면 돈이 필요했다.

CC는 어떤 일을 하든 목적을 갖고 움직였다. 그 목적은 보통 두 가지로 귀결되기 마련이었다. 그녀의 지갑과 자존심을 살찌우는 것.

그렇다면 그녀는 왜 아무도 들어 본 적 없는 마을에 집을 샀을까? 위신 때문은 절대로 아냐. 그렇다면 다른 하나일 수밖에 없지.

돈.

CC는 그 마을에 대해 다른 사람들이 모르는 무언가를 알고 있음이 틀림없다. 그리고 분명 돈이 얽힌 일이리라.

그는 스리 파인스에 대한 흥미가 동하기 시작했다.

"크리! 제발 비켜."

이 말이 의미하는 바는 문자 그대로였다. 신탁 자금을 운용하는 아버지와 미인 대회 출신의 어머니 사이에서 태어난, 뼈가 가늘고 예쁜 옷으로 치장한 아이가 크리가 분장한 눈 더미 뒤에서 눈에 띄려고 갖은 애를 쓰고 있었다. 그녀는 무대 위에서 춤을 추며 천사 같은 눈송이를 달고 빙글빙글 돌다가 갑자기 동작을 멈췄다. 예루살렘에 눈이 오는 건 말도 안 된다고 생각하는 사람은 아무도 없는 것 같았다. 나름대로 공정한 태도를 취하던 교사는 처녀 수태를 믿는 사람이라면 그 기적 같은 날 밤 눈이 내렸다는 사실 역시 믿을 거라고 생각했다. 그런데 사람들이 말도 안 된다고 생각하고 있던 것은 바로 무대 위 눈송이 중 한 명이었다. 무대 한가운데에만 기후가 다른 것처럼 눈송이 하나가 꼼짝 않고 서 있었다. 아기 예수 앞에.

"비켜, 뚱보야."

이제까지 언제나 그랬듯 모욕적인 언사가 크리를 스쳐 지나갔다. 모욕은 그녀 인생에 항상 따라붙는 소음이었다. 그녀는 더 이상 그 소리마저 들을 수 없었다. 이제 그녀는 얼어붙은 듯 무대 위에 서서 관객들을 똑바로 응시하고 있었다.

"브리 치즈가 무대 공포증이 있나 보네." 연극 교사인 마담 브루뉴가 음악 교사인 마담 라투르에게 속삭였다. 뭐라도 저지르기를 기대하는 눈치였다. 교사들조차 크리가 없는 곳에서는 그녀를 브리 치즈라고 불렀다. 적어도 그들은 그녀가 없는 곳에서만 그렇게 부른다고 생각했다. 그들은 그 이상할 정도로 말이 없는 소녀가 무슨 말을 듣든 걱정하지 않게 된 지 오래였다.

"나도 눈이 있어." 마담 라투르가 톡 쏘았다. 매년 미스 에드워드 크리스마스 야외 연극제를 준비하느라 누적된 어마어마한 스트레스가 결국 그녀를 무너뜨렸다.

그러나 크리가 겁에 질린 이유는 무대 때문이 아니었다. 관객 때문도 아니었다. 그녀가 죽은 듯이 멈춰 버린 것은 그 자리에 모습을 드러내지 않은 존재 때문이었다.

크리는 오랜 경험을 통하여 눈에 보이지 않는 것이야말로 가장 무섭다는 사실을 알고 있었다.

그리고 크리의 눈에 보이지 않는 누군가가 그녀의 마음을 산산조각 냈다.

"내 첫 번째 스승님 라멘 다스께서 해 주신 말씀이 기억나네." CC는 흰색 가운을 입고 호텔 방 안을 돌아다녔다. 그녀는 필기구와 비누를 주워 모으며 가장 좋아하는 이야기를 다시 꺼냈다.

"CC 다스. 라멘 다스께서는 나를 그렇게 부르셨지." 그녀는 문구류에 대고 말했다. "여성이 그런 명예로운 일을 겪는 건 드문 일이었어. 특히 당시 인도에서는 말이야."

혹시 라멘 다스라는 이가 CC가 여자라는 사실을 몰랐던 게 아닐까?

"이십 년이나 지난 일이야. 난 그저 순진한 어린애였지만 그때부터 이미 진리를 추구하고 있었지. 산속에서 라멘 다스를 우연히 만나자마자 우리는 곧바로 영적 교감을 했어."

그녀는 두 손을 모았다. 설마 그 말을 하려는 건 아니겠지…….

"나마스테." CC는 그렇게 말하며 고개를 숙였다. "그분께서 내게 가르침을 주셨지. 굉장히 영적인 가르침을 말이야."

그녀는 '영적인'이라는 말을 너무 자주 사용한 나머지 사울은 그 말에 아무런 의미를 갖지 못했다.

"그분께서는 이렇게 말씀하셨어. CC 다스, 그대에게는 훌륭한 영적 재능이 있군. 그대는 이곳을 떠나 온 세상 사람들과 그 재능을 함께 나눠야 하네. 사람들에게 마음을 가라앉혀야 한다는 메시지를 전달하게."

그녀가 이야기하는 동안, 사울은 익숙해진 가락에 맞춰 입 모양으로 그녀의 대사를 따라 했다.

"그분께서는 또 이렇게 말씀하셨지. CC 다스, 무엇보다 차크라가 일렬로 배열되었을 때 모든 것이 하얗게 변한다는 사실을 명심하게. 그리고 세상이 하얗게 변하게 되면 모든 게 올바르게 배열된다네."

그녀는 인도 신비주의자와 KKK단을 혼동하는 게 아닐까? 만약에 그렇다면 정말 아이러니한 일이지.

"자네는 속세로 돌아가야 해. 더 이상 여기 머물러서는 안 되네. 회사를 세우고 그 이름을 '비 캄'이라고 하게나. 그래서 난 그의 말씀을 따랐지. 이 책을 쓴 이유도 그래서였고 다 영적인 깨달음을 전파하기 위해서야. 사람들은 이걸 알아야 해. 신뢰할 수 없는 종파들은 모두 사람들을 이용해 먹기만 할 뿐이지. 사람들에게 '리 비앙'을 전파해야 해."

"이제 난 좀 헷갈리는데." 사울은 분노로 붉게 물드는 그녀의 얼굴을 즐겁게 바라보았다. 이런 말은 언제나 효과 만점이었다. 그녀는 극도로 예측하기 쉬웠다. "그 라멘 다스라는 사람이 '리 비앙'에 대해 말해 줬다는 거야?"

"아니, 멍청하긴. 라멘 다스는 인도분이시잖아. '리 비앙'이라는 것은 우리 가문에 대대로 전해 내려온 동양철학 개념이라고."

"고대 중국 사상가들의 철학?" 어차피 이 관계가 오래가지 못할 거라면 일찍 끝내 버리는 편이 낫지. 게다가 나중에 우스갯소리로 써먹을 수도 있을 테고. 멍청하고 답답한 대화는 집어치우자. CC를 웃음거리로 만들어야지.

그녀는 혀를 차며 씩씩거렸다. "우리 집안이 프랑스 출신이라는 거 알잖아. 프랑스는 동양에 식민지를 경영한 유구한 역사가 있다고."

"아, 그래. 베트남."

"바로 그거야. 당시 우리 집안 사람들 중에 외교관이 몇 명 있었는데, 그들이 귀국하면서 '리 비앙'을 포함한 종교적 가르침을 가져왔어. 예전에 다 말해 줬잖아. 내 말을 듣고나 있는 거야? 게다가 책에 다 나와 있는데. 책 안 읽었어?"

그녀는 그에게 책을 던졌다. 그는 몸을 굽혔으나 미처 피하지 못해 팔에 맞고 말았다. 맞은 자리가 얼얼했다.

"그 빌어먹을 책은 당연히 읽어 봤지. 읽고 또 읽었다고." 그는 평소에 생각하던 것처럼 그 책을 '헛소리 목록'이라고 부르지 않으려고 갖은 노력을 기울였다. "그 이야기도 알아. 당신 어머니가 '리 비앙'볼ball이라는 것에 그림을 그렸다면서. 그리고 그게 어머니에게 물려받은 유일한 물건이고."

"그냥 어머니한테서 받은 게 아냐, 이 멍청아. 집안에 전해 내려오는 가보를 내가 물려받은 거라고." 이제 그녀는 화난 어조로 말하고 있었다. 그는 그녀의 화를 더욱 돋우고 싶었지만, 더 이상 어떻게 해야 할지 뾰족한 생각이 나지 않았다. 그녀가 일어나서 그에게 쏟아지는 햇빛을 가리고 서자 그는 갑자기 몸을 웅크린 5, 60센티미터 정도의 갓난아기가 된 기분이었다. 그의 내면은 줄어들고, 시들고, 구부러졌다. 겉보기에는 성인 남성이 꼼짝도 하지 않고 그녀를 바라보며 의문에 빠진 채 서 있었다. 대체 누가 이런 괴물을 만들어 냈을까?

CC는 그의 팔을 잡아 뜯고 싶었다. 튀어나온 눈을 얼굴에서 뽑아 버리고 싶었다. 뼈에서 살을 발라 버리고 싶었다. 가슴이 아플 정도로 힘이 솟아나는 것 같았다. 태양이 초신성으로 변할 때처럼 힘이 솟구쳤다. 그녀는 그의 목을 졸랐다. 그녀의 손은 그의 목 혈관 속에서 약동하는 심장 소리를 느끼려 팽팽하게 긴장했다. 그가 그녀보다 더 크고 몸무게가 더 나갔지만, 그녀는 그런 행동을 할 수 있었다. 그녀가 이런 기분을 느낄 때면 아무것도 그녀를 막을 수 없었다.

클라라와 머나는 연어 찜과 지고 다뇨양 넓적다리 구이로 점심 식사를 마친 후, 각자 크리스마스 쇼핑을 하기 위해 헤어졌다. 그러나 클라라는 먼저 지그프리드 사순영국 시인. 제1차 세계 대전에 참전한 체험을 바탕으로 전쟁의 비참함을 서정시로 읊어 반전 시인으로 이름을 떨쳤다을 찾아 떠나려 했다.

"서점에 간다는 소리야?"

"물론 아니지. 머리하러 갈 거야." 사실, 머나는 클라라가 무슨 말을 하는지 진작에 눈치채고 있었다.

"지그프리드 사순한테?"

"직접 만져 주지는 않겠지. 가게 스태프가 해 주지 않을까?"

"그가 이끄는 부대원들이 해 주거나. 젊어서 너무 많이 웃는 사람은 지옥에 간다지그프리드 사순의 시 「Suicide in the Trenches」의 한 대목는 말을 이해하겠네."

클라라는 사순 살롱 사진을 본 적 있었다. 사진 속 여자들은 입을 삐쭉 내밀고 불행한 표정을 짓고 있었다. 그 사진으로 판단해 보건대, 머나의 표현은 크게 틀린 말이 아닌 것 같았다. 과장을 조금 덜어 낸다면.

몇 시간 후 클라라는 벙어리장갑을 낀 손으로 선물로 가득 찬 쇼핑백 손잡이를 움켜쥐고 성 카트린 거리를 따라 힘겹게 걷고 있었다. 그녀는 기진맥진했지만 기뻤다. 그녀의 구매욕은 훌륭하게 해소되었다. 피터에게 줄 완벽한 선물과 가족과 친구들에게 줄 좀 더 작은 물건들을 구입했다. 머나 말이 맞았다. 제인은 자신이 돈을 쓰는 모습을 보고 재미있어 했으리라. 그리고 머나가 사순에 대해 한 수수께끼 같은 표현 역시 맞는 말이었다.

"양말은 샀어? 초콜릿은?" 그녀의 등 뒤에서 서정적이고 따뜻한 목소리가 들렸다.

"지금 딱 자기 생각을 하고 있었어, 이 배신자. 몬트리올 슬럼가에서 처음 보는 사람들에게 지그프리드 사순을 어디 가서 찾을 수 있는지 물어보게 하다니."

머나는 옛 은행 건물에 기대어 몸을 흔들며 웃었다.

"내가 일차 세계 대전에 참전했던 죽은 시인에게 머리를 맡기고 싶다고 말하고 다니는 걸 알아차린 사람이 아무도 없다니. 그 사실에 속상해야 하는지 아니면 안도해야 하는지 모르겠네. 왜 지그프리드가 아니라 비달 사순이라고 말 안 해줬어?" 이제 클라라 역시 쇼핑백들을 눈 덮인 인도 위에 떨어뜨리고 웃기 시작했다.

"머리 멋지다." 머나는 뒤로 물러나 클라라를 살펴보았다. 그녀의 웃음이 마침내 가라앉았다.

"난 지금 털모자를 쓰고 있다고, 이 바보." 클라라가 털실로 짠 방울을 귓가로 잡아당기며 그렇게 말하자 두 사람은 다시 웃음을 터뜨렸다.

이런 분위기라면 마음이 편하지 않을 도리가 없었다. 12월 22일인 오늘은 오후 4시가 다가오자 해가 지기 시작했다. 언제나 매력이 넘치는 몬트리올의 거리는 이제 크리스마스를 맞이하는 불빛으로 가득했다. 성 카트린 거리 위아래로 크리스마스 장식물들이 쌓인 눈에 반사된 빛을 받아 반짝였다. 차들은 러시아워에 휘말려 엉금엉금 기어 다녔고, 행인들은 눈 덮인 인도를 바삐 걷다가 이따금 밝은 쇼윈도를 바라보려고 발걸음을 멈췄다.

그들의 목적지는 바로 앞에 있었다. 오길비 백화점. 그리고 쇼윈도. 반 블록이나 떨어진 곳이었지만 클라라는 쇼윈도의 은은한 불빛과 그 안을 들여다보는 아이들의 얼굴에 비친 마법 같은 광경을 볼 수 있었다. 순간 추위가 사라졌다. 조금 전까지 팔꿈치로 밀치고 쿡쿡 찌르던 군중들도 보이지 않았다. 클라라가 쇼윈도로 다가서자 머나마저 아득히 멀어지는 것 같았다. 그곳에 있었다. 숲 속의 방앗간이 있었다.

"거기서 보자." 머나는 속삭였지만 그녀의 친구는 이미 출발한 후였다. 클라라는 쇼윈도에 달라붙었다. 황홀한 듯 도취된 아이들을 지나고 눈 덮인 인도에 떨어져 있는 옷 무더기를 넘어 목가적인 크리스마스 풍경을 향해 돌진했다. 그녀는 이제 나무 다리를 건너 나무로 지은 방앗간에 사는 할머니 곰에게 걸어가고 있었다.

"한 푼만 줍쇼. 제발 한 푼만, 라르정 실 부 플레 L'argent, s'il vous plaît 한 푼만 줍쇼. 제발 한 푼만."

무언가 게워 내는 소리가 클라라의 세계를 비집고 들어왔다.

"악, 더러워, 엄마." 클라라가 쇼윈도에서 눈을 떼고 아래를 내려다본 순간 한 아이가 울음을 터뜨렸다. 그 옷 무더기가 토를 한 것이었다. 그가 두르고 있는 딱딱한 담요 위로 토사물이 흘러 더운 김이 살짝 피어오르고 있었다. 어쩌면 그가 아니라 그녀일 수도 있었다. 클라라는 둘 중 어느 쪽인지 몰랐고, 알고 싶지도 않았다. 그녀는 짜증이 났다. 1년 내내, 이번 주 내내, 하루 종일 이 순간만을 기다려왔는데 어디서 왔는지도 모를 부랑자가 사방에 구토를 한 것이다. 이제 사방에서 아이들이 울고 있었고 마법은 사라졌다.

클라라는 쇼윈도에서 물러나 머나를 찾아 주변을 둘러보았다. 그녀는 이미 안으로 들어가 큰 행사 자리에 가 있으리라. 오늘 그들은 쇼윈도를 보러 오길비 백화점에 온 것이 아니었다. 마을 이웃이자 좋은 친구인 루스가 지하 서점에서 신작 출간 행사를 하고 있었다.

루스 자도의 얇은 시집은 보통 스리 파인스의 비스트로에서 처음 선보인 다음, 별 관심을 보이지 않는 대중들에게 선보였다. 그러나 믿기 어려운 일이 일어났다. 늙어서 주름이 자글자글한 스리 파인스 출신의 이 사나운 시인이 연방 총독상을 수상한 것이었다. 누가 수상하든 그보다 놀랍지는 않았을 터였다. 그녀가 상을 수상할 자격이 없어서가 아니었다. 클라라는 그녀의 시가 대단히 아름답다는 사실을 알고 있었다.

**회복할 수 없을 만큼 깊은 상처를 입은 적이 있어서
매번 입을 삐죽거리며 맞이하는 거니?
항상 상처받는 건 아니야.**

아니, 루스 자도는 상을 받을 자격이 있어. 다른 사람들이 그 사실을 알고 있었다는 사실이 놀라울 뿐이지.
내게도 저런 일이 일어날 수 있을까? 클라라는 회전문을 통과하여 좋은 향기가 나는 오길비 백화점의 조용한 분위기 속으로 휙 들어가며 생각에 잠겼다. 내게 무명에서 벗어날 용기가 생긴 걸까? 그녀는 결국 용기를 쥐어짜 내 자신의 포트폴리오를 새로 이웃이 된 CC 드 푸아티에에게 건네주었다. 비스트로에서 그녀가 데니스 포틴과 절친한 사이라고 말하는 것을 엿들었기 때문이다.
몬트리올 우트레몽 지구에 있는 포틴 갤러리에서 전시회를 열 수 있는 기회가 찾아온 것이다. 그는 그 누구보다 뛰어나고 최신 경향을 달리며, 심오하고 대담한 예술 세계를 갖춘 작가만을 선택했다. 그리고 그는 전 세계적으로 연이 닿아 있었다. 감히 내가……. 내가 꿈이라도 꿀 수 있을까? 뉴욕 현대 미술관이라니. **MOMA**Museum of Modern Art. **몸마 미아.**
클라라는 포틴 갤러리에서 베르니사주미술 전시회 개최 전날의 초대 행사를 여

는 자신의 모습을 상상해 보았다. 경외감에 젖은 사람들의 주목을 받으면서 빛나고 재치 있는 모습을 보이는 거야. 나보다 못한 예술가들과 유명 비평가들은 내 통찰력 있는 말 한 마디 한 마디를 놓치지 않으려 할 테지. 피터는 나를 찬미하는 사람들 무리와 조금 떨어진 곳에 서서 작은 미소를 지으며 바라보고 있을 거야. 그는 나를 자랑스러워하며 비로소 나를 동료 예술가로 대접해 주겠지.

크리는 미스 에드워드 학교의 눈 덮인 계단에 앉았다. 이제 날이 어두웠다. 안과 밖 모두. 그녀는 앞을 응시했지만 아무것도 보고 있지 않았다. 그녀의 모자와 어깨에 눈이 쌓여 가고 있었다. 그녀의 옆에는 눈송이 의상을 넣은 가방이 놓여 있었다. 성적표는 가방에 쑤셔 박아 둔 채였다.

전 과목 A.

그녀를 가르치는 교사들은 혀를 차며 고개를 흔들었다. 이토록 훌륭한 두뇌가 하자 있는 몸에 버려져 있다는 사실이 한탄스러웠던 것이다. 얼마나 통탄할 일이야. 그들 중 한 명이 이렇게 말하자 모두 그 말이 재치 있다는 듯 웃음을 터뜨렸다. 마침 지나가던 크리만 빼고.

결국 크리는 일어나 몬트리올 중심가를 향해 조심스럽게 걷기 시작했다. 미끄러운 비탈길이었고, 시폰 눈송이가 감당하기 어려울 정도로 무거워 균형을 쉽게 잡을 수 없었다.

4

 클라라는 오길비 백화점 문 안으로 들어서자 부랑자의 악취와 향수 판매대에서 풍기는 너더리 나는 향수 냄새 중 뭐가 더 나쁜지 확신할 수 없었다. 날씬하고 젊은 점원인지 뭔지가 클라라에게 족히 50번은 향수를 분사하고 나자 답을 내놓을 수 있었다. 그녀는 자신에게조차 공격적으로 변했다.
 "참 지랄 같은 때 왔네." 루스 자도가 클라라에게 절뚝거리며 다가왔다. "노숙자처럼 보이는데." 그녀는 클라라와 양쪽 뺨에 키스를 교환했다. "냄새도 나고."
 "내가 아니라 머나에게서 나는 거라고요." 클라라는 이렇게 속삭이고 바로 옆에 있는 친구에게 고개를 끄덕이면서 코 밑에서 부채질을 했다. 사실 이 정도는 평소 이 시인이 하는 환대치고는 따뜻한 축에 속했다.
 "자, 한 권 사." 루스는 그녀에게 새로 나온 『난 괜찮아 I'm FINE』라는 제목의 시집을 한 권 건넸다. "사인까지 해 줄 테니까. 하지만 먼저 한 권 사 가지고 와."
 키가 크고 위엄이 넘치는 루스 자도는 지팡이에 몸을 지탱한 채 커다란 서점 한쪽 구석에 놓인 책상으로 절뚝거리며 돌아갔다. 그 자리에서 사인을 받으러 오는 사람을 기다리고 있던 중이었다.
 클라라는 일단 가서 책을 구입한 다음 사인을 받았다. 그녀는 이곳에 모인 사람 모두를 알고 있었다. 가브리 뒤보와 그의 파트너 올리비에 브뢸레가 와 있었다. 가브리는 큰 덩치에 성정이 여렸고, 명백히 항아리 같은 몸매가 되어 가고 있었다. 30대 중반에 접어든 그는 젊고 멋진 몸매의 게이로서의 삶을 충분히 만끽했다. 그렇다고 게이라는 정체성에 싫증이 난 것은 아니었다. 그의 옆에는 올리비에가 서 있었다. 그는 잘생긴 데다 날씬하고 우아하기까지 했다. 파트너의 짙은 머리색과 달리 그는 금발이었다. 그는 입고 있는 터틀넥 스웨터에 딱하게 붙어 있는 머리카락 한 올을 떼어 내는 중이었다. 다시 머리에 붙일 수 있으면 좋겠다고 생각하는 게 분명했다.

사실, 루스는 출판 행사 때문에 몬트리올까지 와야 하는 귀찮은 일을 할 필요가 없었다. 모습을 드러낸 사람들은 모두 스리 파인스 주민들이었으니까.

"이건 시간 낭비야." 그녀는 짧게 자른, 백발이 성성한 머리를 클라라의 책 위로 숙였다. "몬트리올 사람들은 한 명도 없잖아. 놈팡이 한 놈 안 보이는데. 당신들만 잔뜩 오고. 따분해 죽겠네."

"빈말이라도 고맙네요, 이 삼류 글쟁이 할망구." 가브리가 커다란 손에 책 두 권을 들고 말했다.

"말 한번 잘했군." 루스는 그를 올려다보았다. "여긴 서점이야." 그녀가 커다란 목소리로 느릿느릿 말했다. "글을 읽을 수 있는 사람들이 오는 곳이라고. 공중목욕탕인 줄 알아?"

"정말 심하다." 가브리는 클라라를 바라보았다.

"머나한테서 나는 냄새야." 그러나 머나는 건너편에서 에밀리 롱프레와 담소를 나누는 중이어서, 그녀의 말은 신뢰를 얻지 못했다.

"적어도 당신 때문에 루스의 시에서 나는 악취는 못 맡겠네." 가브리는 들고 있던 시집을 몸에서 멀리 떨어뜨리는 시늉을 했다.

"호모 자식." 루스가 쏘아붙였다.

"쭈그렁 할망구." 가브리도 쏘아붙이며 클라라에게 윙크했다. "살뤼 마 셰르Salut, ma chère 안녕."

"살뤼 몬 아무르Salut, mon amour 안녕. 다른 한 권은 뭐야?"

"CC가 쓴 책. 우리 새 이웃이 책을 한 권 냈다는 거 알아요?"

"세상에, 자기가 읽은 것보다 쓴 책 수가 더 많다니." 루스 자도가 말했다.

"저기서 가져왔어요." 그는 재고품 상자에 쌓인 흰색 표지의 책 무더기를 가리켰다. 루스는 코웃음을 치다가 이내 멈췄다. 자신이 공들여 빚어 낸 아름다운 시가 담겨 있는 작은 책이 저 관 속으로 들어가 CC가 싸질러 놓은 책 옆에 자리 잡게 되는 것도 시간문제였기 때문이다.

이 자리에 온 사람들 중에는 '스리 파인스의 세 귀부인'도 있었다. 에밀리 롱프레는 작고 우아한 슬림 스커트를 입었고, 셔츠 위에 실크 스카프를 걸치고 있었다. 주름투성이 케이 톰슨은 세 친구 중 가장 나이가 많았다. 그녀는 바포럽 연고기침 억제나 국부 진통제로 사용하는 연고 냄새를 풍기는 감자 같았다. 붉은 머리카락이 산발이 된 베아트리스 메이어Beatrice Mayer는 몸매가 부드럽고 포동포동했다. 그리고 목에 건 두툼한 장신구가 품이 낙낙한 호박색 카프탄 아래에서도 뚜렷하게 드러나 있었다. 마을 사람들에게 비Bea '어머니'라고 불리는 그녀는 CC의 책을 한 권 들고 있었다. 그녀는 몸을 돌려 클라라가 있는 쪽을 바라보았다. 아주 잠깐 동안이었지만 그것만으로 충분했다.

클라라가 제대로 정의할 수 없는 어떤 감정이 비 '어머니'를 엄습한 듯했다. 분노? 공포? 어떤 점에 대해 극심하게 걱정하고 있다는 것을 클라라는 확신할 수 있었다. 이윽고 그 감정은 '어머니'의 평화롭고 쾌활한 얼굴, 온통 분홍빛에 주름이 진 솔직한 얼굴에 가려 사라졌다.

"자, 이제 저쪽으로 가자고." 루스는 힘겹게 일어나다가 가브리가 내민 팔을 잡았다. "여기선 더 이상 할 일이 없어. 위대한 시를 갈망하는 사람들이 들이닥치면 그때 내 자리로 달려가면 되지."

"봉주르Bonjour 안녕." 자그마한 에밀리가 클라라의 양쪽 뺨에 키스했다. 대부분의 퀘벡 사람들이 양모와 파카에 둘러싸여 만화 속 등장인물처럼 보이게 되는 겨울에도 엠은 우아하고 품위 있게 보였다. 그녀는 우아한 연갈색으로 염색한 머리를 아름답게 매만져 놓았다. 옷차림과 화장이 절묘하게 잘 어울렸다. 여든두 살인 그녀는 마을의 여성 대표격인 존재였다.

"이거 봤어요?" 올리비에가 클라라에게 책 한 권을 건넸다. CC가 잔인하고 차가운 눈으로 노려보고 있었다.

『비 캄』.

클라라는 '어머니'를 살펴보았다. 이제야 그녀는 비 '어머니'가 왜 그런 상태였는지 이해했다.

"이거 봐요." 가브리가 뒤표지에 쓰인 글을 읽기 시작했다. "CC 드 푸아티에 씨는 풍수지리의 시대는 갔다고 공식적으로 선언했다."

"당연하지. 풍수지리는 고대 중국 사상인데." 케이가 말했다.

"대신 이 디자인계의 새로운 여성 중진이 우리를 훨씬 풍요롭게 해 줄 것이다. 보다 유의미한 그녀의 철학이 우리에게 선사하는 진정한 가르침을 보라. 색깔은 우리의 고향일 뿐 아니라 다름 아닌 우리의 영혼, 우리의 매 순간, 우리의 결단, 우리의 숨결인 것이다. '리 비앙'에, 빛에 자리를 양보하라."

"'리 비앙'이 뭐야?" 올리비에가 던진 질문은 특정인을 향한 것이 아니었다. 클라라는 '어머니'가 입을 열었다가 곧바로 다시 다물었다고 생각했다.

"뭔가 아세요, '어머니'?"

"나? 아냐. 난 몰라. 왜 그런 걸 묻지?"

"요가 명상 센터를 운영하시니까 '리 비앙' 같은 개념에 익숙하시지 않을까 생각했어요." 클라라는 조심스럽게 이야기를 꺼내려 애썼다.

"내가 영적인 길에 대해서는 좀 알지." 클라라는 그렇게 말한 그녀가 약간 과장된 표현을 쓰고 있다고 생각했다. "그런데 이건 모르겠네." 이 말이 함축하는 바는 명백했다.

"그럼에도 이상한 우연의 일치 아닌가요?" 가브리가 말했다.

"뭐가?" '어머니'의 목소리와 얼굴은 평온했지만 어깨가 귓가에까지 올라가 있었다.

"어, CC가 책 제목을 『비 캄』이라고 붙인 거요. 운영하시는 명상 센터 이름이잖아요?"

침묵이 흘렀다.

"제가 무슨?" 가브리는 자신이 뭔가 실수했다는 사실을 눈치챘다.

"분명 우연일 테지." 에밀리가 차분하게 말했다. "어쩌면 마 벨ma belle 우리 예쁜이에게 헌정한다는 뜻인지도 몰라." 그녀는 '어머니'에게 몸을 돌려 가냘픈 손을 친구의 통통한 팔 위에 얹었다. "그녀가 옛 해들리 저택으로 이사 온 지 일 년은 됐으니까. 자기가 하는 일에서 영감을 받았다고 해도 이상한 일은 아니지. 자기 영혼에 대한 존경의 표시일 거야."
"그녀가 싸지른 책 무더기가 당신 것보다 더 높은 것 같아." 케이가 루스를 안심시켰다. "그건 분명 위안이 될 테지. 그게 가능할 거라고 생각하지 않았는데." 루스는 기뻐하며 자신의 영웅을 바라보았다.
"머리 멋지네." 올리비에가 긴장감을 좀 누그러뜨릴 수 있기를 바라면서 클라라에게 몸을 돌리고 말했다.
"고마워." 클라라는 두 손을 머리카락 사이에 넣어 놀랐다는 듯이 머리카락을 쭈뼛쭈뼛 세웠다.
"당신 말이 맞네." 올리비에는 머나를 향했다. "꼭 비미프랑스 북부의 마을로 제1차 세계 대전 때 전장 참호 속에서 겁에 질린 병사 같아. 그런 모습이 어울리는 사람은 별로 없는데. 엄청 대담한 게 신식 밀레니엄 스타일이야. 경례하겠습니다."
클라라는 눈을 찌푸리고 입이 찢어져라 웃는 머나를 노려보았다.
"교황 따원 엿이나 먹으라지." 케이가 말했다.

CC는 다시 의자의 위치를 바로잡았다. 그녀는 옷을 입은 채 호텔 방 안에 혼자 서 있었다. 사울은 작별 키스를 하지도, 받으려는 생각도 없이 떠나 버렸다.
그녀는 그가 떠나는 모습을 보면서 안도감을 느꼈다. 이제, 마침내, 해낼 수 있어.
CC는 『비 캄』 한 권을 들고 창가로 다가갔다. 그녀는 천천히 책을 가슴께까지 들어 올려, 그 책이 마치 평생 잃어버리고 있었던 몸의 일부라도 되는 듯 가슴에 꼭 눌렀다.

그녀는 머리를 젖히고 기다렸다. 새해에도 사람들이 나를 피해 다닐까? 아니. 그녀의 아랫입술이 살짝 떨렸다. 계속해서 눈동자가 흔들렸고 목에서는 뭐가 걸린 듯 쉬익 하는 소리가 났다. 그리고 그들이 들이닥쳤다. 그녀의 차가워진 뺨을 지나, 아무 말도 하지 않고 휑뎅그렁하게 벌린 입안으로 질주했다. 그녀는 그들을 쫓아 어둡고 깊은 구렁텅이 속으로 굴러떨어졌고 정신을 차려 보니 낯익은 방 안에 있었다. 크리스마스였다.

그녀의 어머니는 오래전에 말라 죽은 데다 장식도 없는 소나무 옆에 서 있었다. 그 나무는 뾰족한 솔잎들이 드문드문 떨어져 있는 황량하고 어두운 방구석에 처박혀 있었다. 동그란 장식용 구체(球體) 하나가 나무에 매달려 있었고, 그녀의 어머니는 히스테리에 빠져 울부짖다가 그것을 홱 잡아당겼다. 지금도 여전히 CC는 우수수 떨어지는 솔잎들이 바닥을 때리는 소리를 들을 수 있었고, 장식용 구체가 자신을 향해 날아오는 모습을 볼 수 있었다. 잡을 생각은 없었다. 그저 자신의 얼굴을 보호하려 손을 올렸을 뿐이었다. 그런데 그 장식품은 정확히 그녀의 손바닥에 안착하여, 마치 집이라도 찾은 듯 손안에서 움직이지 않았다. 이제 어머니는 바닥에 드러누워 몸부림을 치며 통곡하고 있었다. CC는 필사적으로 그녀를 달랬다. 필사적으로 그녀의 입을 막고 그녀를 진정시키려 했다. 만일 이웃들이 경찰에 재차 연락을 한다면, 어머니는 또다시 끌려가리라. 그렇게 되면 CC는 이방인들 사이에 홀로 남아야 했다.

일순간이었지만 CC는 주저하며 손에 들고 있는 구체를 바라보았다. 따뜻하게 빛나고 있었다. 그 위에는 단순한 그림이 하나 그려져 있었다. 세 그루의 커다란 소나무가 가족처럼 무리 지어 섰고, 고개 숙인 나뭇가지에는 눈이 포근히 내려앉아 있었다. 그림 아래에는 어머니의 필체로 다음과 같은 글귀가 적혀 있었다. 노엘Noel 크리스마스.

구체에 몸을 구부린 CC는 넋을 잃고 그 평화로움과 고요함, 그리고 밝은 빛에 빠져들었다. 하지만 너무 오래 바라보고 있었던 게 분명했다. 문을 두드리는 소리가 그녀를 세 그루의 소나무에서 잡아채어, 그녀에게 들이닥친 공포 속으로 되돌려 놓았다.

"무슨 일입니까? 문을 여십시오." 문밖에서 한 남자가 명령했다.

CC는 문을 열었다. 그녀는 마지막으로 타인을 안으로 들였다. 그 이후로는 그 어디에도, 그 누구도 들이지 않았다.

크리는 리츠 호텔을 지나치다 걸음을 멈추고 안을 들여다보았다. 도어맨은 그녀를 무시하며 문을 열어 주지 않았다. 그녀는 느릿느릿 발걸음을 옮겼다. 부츠는 진창이 된 눈으로 흠뻑 젖었고, 양털 벙어리장갑은 손을 벗어나 딱딱해진 눈에 질질 끌렸다.

그녀는 신경 쓰지 않았다. 그녀는 어둡고 눈이 쌓인 혼잡한 거리를 터덜터덜 걸었다. 행인들은 그녀와 부딪히자 혐오스럽다는 표정으로 쏘아보았다. 마치 뚱뚱한 아이들은 그러한 혐오감을 응당 감수해야 한다는 듯한 태도였다.

그녀는 계속 걸었다. 이제 발은 얼어 가고 있었다. 제대로 된 겨울 부츠 없이 집을 나섰던 것이다. 아버지가 좀 더 따뜻한 부츠가 필요하지 않겠느냐고 애매하게 말했지만 그녀는 아버지의 말을 무시했다.

어머니가 그를 무시했던 것처럼. 세상이 그를 무시했던 것처럼.

그녀는 레코드 가게 앞에서 걸음을 멈췄다. 브리트니 스피어스가 뜨거운 해변에서 춤을 추고 있는 포스터가 붙어 있었다. 백보컬들은 행복하다는 표정으로 활짝 웃으며 빙글빙글 돌고 있었다.

크리는 유리창 앞에서 오랜 시간 서 있었다. 손과 발에는 더 이상 아무런 감각이 없었다. 더 이상 아무것도 느껴지지 않았다.

"뭐라고 하셨어요?" 클라라가 물었다.

"교황 따윈 엿이나 먹으라고." 케이가 명명백백하게 반복했다. 비 '어머니'는 이 말을 듣지 못한 척했고, 에밀리는 케이가 쓰러질 경우를 대비하기라도 하듯 친구에게 조금 더 가까이 다가갔다.

"아흔두 살쯤 먹으면 세상에 모르는 게 없지." 케이가 말했다. "딱 하나만 빼면." 그녀는 마지못해 인정했다.

다시 긴 침묵이 흘렀다. 그러나 호기심이 어색함을 이겼다. 평소에는 말이 없고 퉁명스러웠던 케이가 입을 열려 하고 있었다. 친구들은 더 가까이 모여들었다.

"내 아버지는 일차 세계 대전에 참전했지." 그들은 그녀가 무슨 말을 할지 온갖 추측을 했지만 이것만큼은 예상하지 못했다. 그녀는 이제 부드럽게 말을 하고 있었다. 그녀의 얼굴은 평온해 보였고, 눈은 책꽂이의 책들에 꽂혀 있었다. 케이는 시간 여행 중이었다. 비 '어머니'가 결가부좌를 튼 채 몸을 고양시키다 보면 도달할 수 있다고 했지만 실제로는 한 번도 이루지 못한 경지였다.

"특별히 가톨릭교도로 구성된 사단이 하나 편제되었어. 물론 대부분 아버지 같은 아일랜드 출신이나 퀘벡 출신 사람들이었지. 아버지는 전쟁에 대한 이야기는 단 한 번도 해 준 적이 없었어. 전쟁에 나섰던 사람들은 다들 그랬지. 나 역시 한 번도 물어본 적 없었고. 상상이 가? 아버지는 내가 물어보기를 바랐을까? 어떻게 생각해?" 케이는 조용히 듣고 있는 엠을 바라보았다. "전쟁에 대해서 딱 하나 이야기해 준 게 있어." 그녀는 이야기를 멈췄다. 주위를 둘러보다가 푹신한 솜털로 짠 자신의 모자에 시선을 떨구었다. 그녀는 모자를 들어 머리에 쓴 다음, 뭔가를 기대하는 듯 엠을 바라보았다. 아무도 숨을 쉴 수 없었다. 다들 좀 더 듣기를 바라며 케이를 바라볼 뿐이었다.

"아, 진짜, 이 여자야, 말을 해." 루스가 쉿소리를 내며 말했다.

"아, 그래." 케이는 그제야 주변에 사람들이 있다는 사실을 알아차린 것 같았다. "아버지는 말이지. 솜 전투에 참전했어. 다들 알다시피 그 멍청한 롤리슨이 지휘하던 군대였지. 난 이리저리 조사해 봤어. 아버지는 말이랑 사람 배설물이 가슴까지 차오르는 참호 속에서 싸웠던 거야. 음식에는 구더기가 들끓었고, 피부는 썩어서 온몸이 화끈거렸어. 머리카락과 이가 빠지기 시작했지. 그들은 오래전부터 국왕과 국가를 위해 싸운다는 생각은 하지 않았어. 아무런 목적 없이 그저 서로 싸웠던 거야. 아버지는 동료들을 사랑했으니까."

케이는 엠을 바라보다 '어머니'에게 시선을 돌렸다.

"소년병들이 정렬해 있었어. 총검을 점검하라는 명령을 받았지."

모두 조금 더 앞으로 몸을 기울였다.

"마지막 열까지 모두 출발하는 데는 일 분도 채 걸리지 않았을 거야. 그리고 이내 쓸려 나갔지. 그들은 비명 소리를 듣고, 갈갈이 찢겨 경련하는 사지가 참호 속으로 날아오는 모습을 보았어. 이제 아버지와 동료들의 순서였지. 그들은 명령을 기다렸어. 아버지는 자신이 죽을 거라는 사실을 알고 있었어. 이제 살아 숨 쉴 수 있는 순간은 찰나에 불과하다는 사실을 알았던 거야. 아버지는 마지막으로 어떤 말을 남겨야 할지 알고 있었지. 그 소년병들이 돌격하면서 뭐라고 소리쳤을 것 같아?"

세상은 움직임을 멈추고 그녀의 말에 집중했다.

"그들은 성호를 긋고 외쳤어. '교황 따윈 엿이나 먹어'."

저마다 그 광경을 상상해 보며 그 말에 상처라도 입은 듯 움찔했다. 그녀의 냉랭한 푸른 눈이 클라라를 탐색하듯 바라보았다.

"왜일까?"

클라라는 케이가 왜 자신이 그 이유를 알 거라고 생각했는지 궁금했다. 그녀는 이유를 몰랐다. 그리고 그녀는 아무 말도 하지 않을 만큼 현명했다. 케이는 머리가 갑자기 무거워지기라도 한 듯 고개를 떨궜다. 그녀의 야윈 뒷덜미가 깊은 참호처럼 움푹 파여 있었다.

"이제 돌아가자. 피곤해 보이네." 엠은 케이의 팔에 조심스레 손을 얹었고, 비 어머니는 다른 팔을 잡았다. 세 노인은 천천히 서점을 빠져나가 스리 파인스의 집으로 향했다.

"우리도 가는 게 좋겠어요. 태워 줘요?" 머나가 루스에게 물었다.

"아니, 최후까지 여기에 있어야지. 쥐새끼들이 날 걱정해 줄 필요는 없어. 그냥 날 두고 가."

"이교도들 위에 드높이 계신 루스라네「시편」 46편을 빗댄 농담." 가브리가 말했다.

"위대한 시인이여, 우리가 함께하겠나이다." 올리비에가 말했다.

"그녀의 이름은 루스." 가브리가 말했다.

"그녀는 늙어 친구는 파스." 올리비에가 말했다.

"자, 그만 가자." 머나가 클라라를 잡아끌었다. 클라라는 그들이 '루스'와 '파스' 다음에 어떤 각운을 생각해 낼지 궁금해하며 끌려갔다. 무스mooth? 구스gooth? 아냐, 실제로 사용하는 단어를 쓰는 게 좋겠어. 시인이 되기란 보기보다 어렵네.

"급한 일이 하나 있어. 일 분이면 돼." 클라라가 말했다.

"차를 빼 올 테니 밖에서 만나." 머나는 서둘러 밖으로 나갔다. 클라라는 오길비 백화점 안에서 작은 식당을 발견하고는 파니니이탈리아식 샌드위치 하나와 크리스마스 쿠키 몇 개를 샀다. 커피도 큰 사이즈로 하나 사서 에스컬레이터로 향했다.

그녀는 쇼윈도를 보기 위해 자신이 넘어갔던 노숙자에 대해 켕기는 기분을 느끼고 있었다. 그녀는 하느님이 이 땅에 내려온다면 거지의 모습으로 오지 않을까 하는 비밀스러운 의혹을 품고 있었다. 그가 혹시? 아니면 그녀인가? 아무려면 어때. 만일 그 사람이 하느님이라면 클라라는 속았다는, 거의 종교적인 감정을 느꼈으리라. 클라라는 사람이 붐비는 에스컬레이터에 올라타고 1층으로 올라가다가 낯익은 사람이 내려오는 모습을 보았다. CC 드 푸아티에. 그녀는 CC도 자신을 보았으리라고 확신했다.

CC 드 푸아티에는 에스컬레이터 난간을 꽉 쥐고, 아래층에서 에스컬레이터를 타는 여자를 지켜보았다. 클라라 모로. 우쭐대며 웃음이나 흘리고 다니는 독선적인 촌뜨기. 저 여자는 항상 친구들에 둘러싸여 있었다. 모로 집안 사람을 잡은 게 마치 천성적인 기형아들보다 우월하다는 증거라도 된다는 듯, 그녀는 항상 그 잘생긴 남편을 달고 다녔다. 클라라가 순진하고 행복해 보이는 모습으로 다가오자 CC는 속에서 분노가 끓어오르는 것을 느꼈다.

CC는 매끈한 금속 칸막이를 넘어 클라라에게 덤벼들게 되지 않기를 바라며 난간을 더 세게 거머쥐었다. 그녀는 분노를 꽁꽁 뭉쳐 미사일을 만들었다. 마치 아합 왕구약성경에 등장하는 이스라엘의 왕으로 재위 기간 동안 갖은 악행을 저질렀다이 된 기분이었다. 만일 자신의 가슴이 대포였다면 클라라를 향하여 자신의 심장을 쏘았으리라.

대신 그녀는 더할 나위 없는 행동을 했다.

그녀는 옆에 있는 남자에게 몸을 돌려 말을 걸었다. "아쉽군요, 데니스. 클라라의 작품이 서투르고 시시하다니. 그렇다면 그녀는 시간을 허비할 따름이네요?"

CC는 클라라가 지나가는 모습을 보면서 만족스러워했다. 우쭐대고 오만하게 구는 저 못생긴 작은 얼굴이 구겨지는 꼴을 보라지. 직격탄이었다. CC는 자신의 옆에서 당황스러워하는 생판 모르는 사람에게 고개를 돌려 미소를 지었다. 사실, 그가 자신을 어떻게 생각할지는 중요한 문제가 아니었다.

클라라는 꿈을 꾸듯 에스컬레이터에서 내렸다. 밖으로 나가는 길은 굉장히 길어 보였고, 벽은 뒷걸음질 치고 있었다. 숨을 쉬어. 숨을 쉬라고. 이러다 죽을까 봐 살짝 겁이 난 클라라는 자신에게 명령을 내렸다. 말에 살해당했다. CC에게 살해당했다. 그토록 태평스러우면서도 잔인한 말이라니. 그녀는 포틴을 사진으로만 봤을 뿐이어서 CC 옆에 있는 남자가 그인지는 알 수 없었다.

서투르고 시시하다.

이윽고 고통이 눈물로 터져 나오기 시작했다. 그녀는 평생 들어가기를 갈망했던 오길비 백화점 쇼윈도 앞에 서서 눈물을 흘렸다. 흐느끼며 소중한 선물을 대리석 바닥에 늘어뜨렸다. 샌드위치를 바닥에 내려놓고, 어린아이가 산타클로스에게 음식을 건네듯 쿠키와 커피를 조심스레 놓았다. 그러고는 무릎을 꿇고 최후의 공물인 고통의 정수를 바쳤다.

서투르고 시시하다. 이제껏 품어 왔던 의혹과 공포는 사실이었다. 피터가 잠든 사이, 어둠 속에서 자신에게 속삭이던 목소리는 결국 거짓말을 하지 않았다.

네 작품은 쓰레기야.

쇼핑을 나온 사람들은 그녀를 굽이쳐 지나갔다. 그녀에게 도움의 손길을 내미는 사람은 아무도 없었다. 클라라는 이 광경이 밖에 있는 부랑자에게 도움을 주지 않았던 자신의 모습과 똑같다는 사실을 깨달았다. 천천히 그녀는 자신과 짐을 추슬러, 발을 질질 끌며 회전문을 통과했다.

밖은 어둡고 추웠다. 눈과 바람이 다시 날려서 그녀의 따뜻한 피부가 긴장했다. 클라라는 어둠에 익숙해지려고 그 자리에 멈췄다.

저기, 쇼윈도 아래에 그 부랑자가 여전히 널브러져 있었다.

그녀는 그 거지에게 다가갔다. 모락모락 피어오르던 김은 이제 사라졌고, 토사물은 그 자리에서 얼어붙어 있었다. 클라라는 더 가까이 다가가면서 그 거지가 늙은 여자라고 확신했다. 듬성듬성 빠진 철회색 머리카락과 딱딱한 담요를 무릎께에 끌어안고 있는 앙상한 팔이 보였다. 클라라가 몸을 굽히니 냄새가 훅 끼쳤다. 그것만으로도 그녀에게 재갈을 채우기에 충분했다. 그녀는 본능적으로 뒤로 물러났다가 다시 가까이 다가갔다. 그녀는 무거운 쇼핑백들을 바닥에 내려놓고 음식을 그 여자 옆에 놓았다.

"음식을 좀 사 왔어요." 그녀는 처음에는 영어로, 그다음에는 프랑스어로 말했다. 그녀는 샌드위치가 든 봉투를 조금씩 가까이 그녀에게 내밀고는, 여자가 봉투를 보길 바라면서 커피를 꺼내 들었다.

그녀는 움직이지 않았다. 클라라는 걱정이 일기 시작했다. 살아 있기는 한 걸까? 클라라는 팔을 뻗어 더께가 잔뜩 내려앉은 턱을 부드럽게 들어 올렸다.

"괜찮으세요?"

더러운 벙어리장갑이 불쑥 튀어나와 클라라의 허리를 감쌌다. 머리가 위로 솟았다. 눈물이 흐르는 지친 눈이 클라라의 눈과 마주치더니 오랫동안 머물렀다.

"나는 언제나 네 작품을 사랑했단다, 클라라."

5

"하지만 그건 믿기 어려운데." 머나는 친구를 의심한다는 인상을 주고 싶지 않았다. 그러나 사실, 믿기 어렵다는 말은 너그러운 표현이었다. 말도 안 되는 소리였다. 난롯불을 쬐며 차를 마시고 있음에도 불구하고 그녀의 팔에는 소름이 돋았다.

그들은 CBC 라디오에서 방송하는 크리스마스 콘서트를 들으면서 몬트리올에서 조용히 집으로 돌아왔다. 다음 날 아침, 클라라는 못내 이야기를 하고 싶어서 새벽같이 그녀의 서점으로 찾아왔다.

"맞아." 클라라는 차를 홀짝거리고 쇼트브레드 쿠키를 하나 더 집으며 머나의 말에 동의했다. 머나가 사발에 부려 놓은 감초 과자와 설탕에 잰 생강을 언제부터 먹어야 양심에 거리낌을 느끼지 않을까?

"정말 '나는 언제나 네 작품을 사랑했단다, 클라라.'라고 했다고?"

클라라는 고개를 끄덕였다.

"그리고 CC가 자기 작품에 대해 이러쿵저러쿵한 직후였고?"

"CC뿐 아니라 포틴도 있었어. 서투르고 시시하다고 했다니까. 상관없어. 하느님이 내 작품을 좋아하시니까."

"그러니까 하느님께 맹세코, 오물 범벅을 한 여자가 그렇게 말했다는 거지?"

"그렇다니까."

그녀는 흔들의자에서 구부정하게 몸을 굽혔다. 그녀 주변에는 여느 때처럼 검사하고 값을 매겨야 할 책들이 쌓여 있었다. 클라라는 책들이 다리가 돋아나 머나를 따라 마을 도처를 돌아다닌다는 느낌을 받았다. 그녀가 가는 곳에는 어디든지 책들이 있었다. 흡사 거추장스러운 명함 같았다.

머나는 돌이켜 생각해 보았다. 그녀는 그 부랑자에게만 신경을 쓰고 있지만, 머나는 대부분의 부랑자에게 신경을 썼다. 만일 단 한 번이라도 내가 아는 사람이 부랑자로 지낸다는 사실을 알게 된다면 어떨까? 그녀는 수년 동안 몬트리올 정신병원에서 환자들을 보아 왔다. 그러다가 가끔씩, 퇴원 동의서에 서명해야 하는 때가 찾아왔다. 놀란 척하고 싶었지만 손님 – 환자들은 하룻밤 사이에 손님이 되곤 했다 – 들을 퇴원시키라는 메모가 오는 것은 그다지 갑작스러운 일이 아니었다. 그녀는 물론 이의를 제기했지만 결국 동의했다. 그리고 정신을 차려 보면 그녀는 낡은 책상 너머로 줄지어 있는 '손님들'의 눈을 바라보며 그들이 다 나았다는 거짓 소견서를 주고 있었다. 처방전과 기도문을.

그들 대부분은 자신들이 받은 처방전을 받자마자 잃어버렸고, 기도는 절대 하지 않았다.

아마 클라라가 만난 여자는 빼고.

클라라가 거리에서 하느님을 만났다는 게 가능할까? 머나는 머그컵 가장자리 너머로 친구를 바라보았다. 머나는 하느님을 믿었고, 퇴원 증명서에 서명해 줌으로써 저버렸던 남녀들 중 한 명이 하느님이 아니길 기도했다. 그녀가 짊어진 무게는 허리에만 있는 것이 아니었다.

클라라는 책으로 가득 찬 나무 책장을 지나 창문 밖을 바라보았다. 머나는 클라라가 무엇을 보고 있는지 정확히 알았다. 머나는 바로 그 의자에 앉아 수도 없이 창문 밖을 바라보면서 꿈을 꾸었다. 그녀의 꿈은 단순했다.

리 헌트19세기 영국의 시인의 아부 벤 애드헴리 헌트의 시 「Abou Ben Adhem」의 제목이자 이 시에 등장하는 인물처럼, 그녀가 한때 간절히 꿈꾸었던 것은 평화였다. 그리고 그녀는 자신이 꿈꾸던 것을 바로 이곳에서, 이스턴 타운십스의 한 소박하고 잊힌 마을에서 찾게 되었다. 절대 차도가 없는 사람들을 수십 년 동안 치료하고 나서야, 창문 밖으로 길 잃은 영혼이 방황하다 거리를 새로운 집으로 삼는 모습을 수년 동안 바라보고 나서야, 그녀는 다른 모습을 볼 수 있기를 간절히 바라게 되었다.

그녀는 클라라가 무엇을 보고 있는지 알았다. 그녀는 이제 눈이 30센티미터는 쌓인 마을 광장과 빙질이 고르지 못한 스케이트 링크와 광장 저 먼 끄트머리에서 밤이면 갖가지 색으로 쾌활하게 빛나는 한 쌍의 눈사람과 세 그루의 커다란 소나무를 보고 있었다. 세 그루 중 가장 큰 나무 꼭대기에는 하얗게 빛나는 별 하나가 수 킬로미터 밖에서도 보일 정도로 반짝이고 있었다.

클라라는 평화를 보고 있었다.

머나는 일어나 가게 한복판에 놓여 있는 장작 스토브로 향했다. 그 위에 얹어 놓은 낡은 찻주전자를 들어 자신이 마실 차를 한 잔 더 따랐다. 작은 냄비를 꺼내 우유를 데워 핫초콜릿을 만들면 어떨까 하는 생각을 했지만, 그걸 마시기에는 아직은 너무 이른 것 같았다.

그녀는 스토브 한쪽 옆에는 흔들의자를, 그 맞은편에는 피터가 윌리엄스버그에서 쓰레기통을 뒤지다 발견한 소파를 놓았다. 빌리 윌리엄스가 숲에서 베어 온 크리스마스트리는 구석 자리에 두어, 서점 안을 달콤한 향기로 채웠다. 이제 크리스마스트리 장식은 다 마무리되었고, 그 아래에는 가볍게 포장한 선물들이 놓여 있었다. 그 옆에는 잠시 들르는 사람들을 위한 쿠키 쟁반을 두었고, 서점 어디든 쉽게 다가갈 수 있는 곳마다 사탕 그릇을 놓았다.

"그녀가 어떻게 자기 작품에 대해 알고 있었을까?" 머나는 그렇게 물어볼 수밖에 없었다.

"자기 생각은 어때?" 클라라는 순수하게 머나의 생각을 알고 싶었다.

두 사람 모두 클라라가 무엇을 믿고 있는지 알았다.

머나는 책 한 권을 손에 든 채 잠시 생각에 잠겼다. 그녀는 책을 들고 있으면 생각이 더 잘 되었다. 그러나 이번에는 아무런 생각도 떠오르지 않았다.

"모르겠어."

"확실해?" 클라라가 싱긋 웃으며 물었다.

"자기도 모르면서. 하느님이었다고 믿고 싶은 거잖아. 이 이야기는 해야겠네. 사람들은 쓸데없는 일에 집착하곤 해."

"하지만 오래 그러고 있지는 않잖아." 클라라는 머나의 주의를 환기했다. "자, 내 처지가 된다면 어느 쪽을 믿겠어? CC 말이 맞고 내 작품은 쓰레기라는 쪽이야, 그 부랑자가 하느님이고 내 작품은 굉장하다는 쪽이야?"

"사람들 말에 신경 쓰는 일은 그만두고 혼자 결정하는 방법도 있지."

"시도는 해 봤어." 클라라는 웃었다. "오후 두 시에는 내 작품이 굉장하게 보였는데, 새벽 두 시에는 쓰레기 같더라니까." 그녀는 자신의 손이 머나의 손에 거의 닿을 만큼 몸을 기울였다. 그녀는 친구의 따뜻한 눈을 바라보면 아주 조용히 말했다. "나는 하느님을 만났다고 믿어."

머나는 미소를 지었지만 책망하는 표정은 아니었다. 머나는 자신이 아는 유일한 사실이 자신이 아는 게 별로 없다는 것이었다.

"저거 루스의 책이야?" 클라라는 『난 괜찮아』를 집어 들었다. "이거 파는 거야?"

"어제 한 권 샀잖아. 우리 둘 다 한 권씩 사서 사인까지 받았으면서. 난 루스가 몇 권인가에는 오든20세기 영국의 시인의 이름으로 서명하는 걸 본 것 같아."

"내 책은 어디서 잃어버렸나 봐. 일단 이걸 사고, 루스가 앤서니 헤흐트20세기 미국의 시인로 서명한 책이 있으면 그것도 살래."

클라라는 책을 무작정 펼쳐 읽기 시작했다.

"그래, 모든 아이들은 슬퍼하지
그러나 이겨 내는 아이들도 있어
남은 축복을 헤아려 보렴. 그보다는
모자를 사렴. 코트나 반려동물을 사렴
잊을 수 있도록 계속해서 춤을 춰."

"루스가 이런 걸 쓰다니. 만날 주정뱅이 노인네라고 욕을 했는데."
"하느님도 주정뱅이라고 생각했으면서."
"들어 봐.

무엇을 잊을까?
너의 슬픔, 너의 그림자
무엇이든 너를 아프게 하는 것들을
원유회園遊會 날에
네가 햇빛에 빨갛게 그을린 채 안으로 들어오면
너의 입은 설탕으로 샐쭉해져 있고
리본이 달린 너의 새 드레스에는
아이스크림 자국이 묻어 있겠지

그러면 욕실에서 자신에게 이렇게 말해 보렴
난 사랑받는 아이가 아냐."

머나는 창밖을 바라보며, 그토록 섬세하고 소중한 자신들의 평화가 커다란 타격을 받게 되지는 않을까 걱정했다. CC 드 푸아티에가 이사 온 이후, 자신들의 작은 공동체에는 우울함이 밀려들었다. 그녀는 크리스마스에 맞춰 스리 파인스에 악취를 몰고 왔다.

6

크리스마스까지의 며칠간은 원기가 왕성한 나날이었다. 클라라는 이 계절을 사랑했다. 감상적인 광고에서부터 캐나디안 타이어사에서 후원하는 엉성한 페레 노엘Père Noël 산타클로스 가두 행진이 생 레미를 지나가는 모습과 가브리가 조직한 성가대에 이르기까지, 이 계절의 모든 것을 사랑했다. 성가대는 눈 덮인 마을의 밤공기를 옛날 노래와 웃음으로 채우고, 노래와 내리는 눈 때문에 가쁜 숨을 몰아쉬며 집집마다 돌아다녔다. 마을 사람들은 그들을 거실로 초대했다. 그들은 피아노나 크리스마스트리 주변에 모여 노래를 부르며, 브랜디 에그노그술에 계란과 우유를 섞은 음료를 마시고 쇼트브레드 쿠키와 훈제 연어, 달콤한 꽈배기, 크리스마스를 위해 구운 각종 별미들을 맛보았다. 성가대는 마지막 며칠 밤 동안 마을의 모든 집을 돌아다니며 노래를 불렀다. 딱 한 채를 제외하고. 그들은 서로 암묵적인 동의하에 언덕 위에 있는 어두운 집에는 접근하지 않았다. 옛 해들리 저택.

가브리는 빅토리아 시대의 망토와 실크해트를 걸치고 성가대를 이끌었다. 그의 목소리는 아름다웠지만 그보다 더 아름다워지기를 갈망했다. 루스 자도는 매년 산타클로스 차림을 하고 비스트로를 찾았다. 가브리 말로 그녀는 특별히 수염을 기를 필요가 없기 때문에 선별된 산타클로스였다. 매년 가브리는 그녀의 무릎에 앉아 보이 소프라노로 소원을 빌었고, 매년 산타클로스는 그를 걷어차 무릎에서 쫓아냈다.

배콘 부부는 매해 크리스마스면 낡은 크레슈crèche 구유를 앞마당 잔디밭에 내놓았다. 다리가 달린 욕조 속에 들어 있는 아기 예수와 그를 둘러싸고 있는 세 현자와 플라스틱으로 만든 가축들까지 완비되어 있었다. 이 아기 예수는 천천히 눈 속에 파묻혔다가 봄이 되면 변치 않은 모습으로 재차 등장했다. 배콘 부부는 이 사실을 마을 사람들과 나누지 않았지만 그들에게는 또 하나의 기적이었다.

빌리 윌리엄스는 짐말에 선홍색 썰매를 매달고 소년 소녀들을 태워 마을 주변과 눈 덮인 동산을 달렸다. 위풍당당한 회색 거인들이 아주 조용히 썰매를 끄는 동안 아이들은 더러운 곰가죽 깔개 밑으로 기어들어가 핫초콜릿 잔을 조심스레 감싸 쥐었다. 말들은 자신들이 끌고 있는 화물이 아주 소중한 것이라고 판단한 듯했다. 비스트로 안에서는 부모들이 당연하다는 듯이 창가 자리를 차지하고 뜨거운 사과술을 마시며 아이들을 지켜보았다. 아이들은 물랭 길 너머로 사라졌다가, 낡은 건물 뼈대에는 어울리지 않는 가구와 탁 트인 벽난로가 있는 따뜻한 실내로 돌아왔다.

클라라와 피터는 크리스마스 장식을 마쳤다. 거실에 놓여 있는 커다란 유럽 소나무에 추가해서 활짝 벌어진 소나무 가지를 부엌에 걸어 두었다. 그들의 집은 다른 사람들의 집처럼 숲 향기가 났다.

선물들은 모조리 포장하여 크리스마스트리 아래에 놓아두었다. 클라라는 매일 아침 신이 나서 선물 곁을 지나다녔다. 그녀는 제인 닐에게 감사했다. 윌리엄스버그 쓰레기 하치장에서 주워 온 선물은 하나도 없었다. 마침내 그들은 소독할 필요가 없는 선물을 교환할 수 있었다.

피터는 벽난로 위 선반에 양말을 걸어 놓았다. 그들은 별이나 나무, 눈사람 모양으로 쿠키를 구워 은색 구슬로 장식했는데, 그 구슬은 산탄총 탄환일 수도 있었다. 매일 저녁 성가대가 오기 전까지 피터는 거실에서 불을 살피며 책을 읽었고, 클라라는 익숙하게 피아노를 치며 음정이 벗어난 캐럴을 불렀다. 밤마다 머나나 루스, 가브리나 올리비에가 들러 술을 마시거나 간단한 저녁을 함께 먹었다.

이윽고 그들이 모르는 사이에 크리스마스이브가 되었다. 그들은 모두 에밀리의 레베이용réveillon 크리스마스 축하 파티에 참석할 예정이었다. 그러나 우선 세인트 토머스 교회의 자정 미사에 출석해야 했다.

"고요한 밤, 거룩한 밤." 신도들은 솜씨보다는 열정을 발휘하여 노래를 불렀다. 사실 조금은, 오래된 뱃노래 〈술 취한 선원을 어떻게 하지?〉처럼 들렸다. 가브리의 아름다운 테너가 자연스럽게 노래를 이끌었다.

적어도 사람들을 음악의 황무지에서 헤매게 하고 있다는 사실은 명백했다. 어쩌면 길 잃은 바다 한복판이었을지도. 그러나 한 사람만은 달랐다. 나무로 지은 교회 뒤편에서 굉장히 아름답고 투명한 목소리가 들렸다. 가브리마저 그 목소리에 깜짝 놀랐다. 그 아이의 목소리는 신자석에서 튀어나와 신자들의 두서없는 목소리와 어우러져, 신성한 소나무 가지 주변에서 맴돌았다. 미사를 드리는 사람들이 교회 안에 있는 것이 아니라 숲 속에 있다는 기분을 맛볼 수 있도록 성공회 부인회가 곳곳에 놓아둔 것이었다. 헐벗은 단풍나무 가지는 빌리 윌리엄스가 서까래에 붙여 두었다. 게다가 '어머니'가 이끄는 부인회는 그에게 부탁하여 작은 백열 전구를 줄줄이 꼬아 가지에 느슨하게 감아 두기까지 했다. 믿음을 가진 사람들이 조촐하게 모인 자리에서, 이러한 시도는 마치 천국에 있는 듯한 효과를 냈다. 교회는 푸른 나뭇잎과 불빛으로 가득 찼다.

"녹색은 주요 차크라의 색이니까." '어머니'는 이렇게 설명했다.

"주교님도 기뻐하실 거야." 케이가 말했다.

크리스마스이브에는 장식물뿐 아니라, 들뜬 동시에 기진맥진한 아이들과 가족들이 세인트 토머스 교회를 가득 메웠다. 평생 이 교회에 나와 같은 자리에 앉고, 같은 신에게 미사를 드리고, 세례를 받고, 결혼을 하고, 사랑하는 사람을 묻은 노인들이 나와 있었다. 그들이 직접 묻을 수 없는 사람들도 있었는데, 대신 그들은 작은 스테인드글라스에서 불멸의 존재가 되어 아침 햇살을 가장 먼저 받을 수 있는 곳에 자리 잡았다. 노란색, 파란색, 녹색이 섞인 따뜻한 빛의 형태로 행진하는 그들은 세계대전을 추모하며 그 자리에 완전한 모습으로 영원히 존재했다. 그 아래에는 그 훌륭한 소년병들의 이름과 다음과 같은 글귀가 식각飾刻되어 있었다. '그들은 우리의 자식이었습니다'.

이날 밤 교회는 온갖 사람들로 가득 차 있었다. 성공회교도와 가톨릭교도, 유대교도는 물론이고 신앙을 갖지 않은 사람과 교회에 한정되거나 구속받지 않는 믿음을 가진 사람들도 교회로 향했다. 그들이 이 자리에 나온 이유는 크리스마스이브의 세인트 토머스 교회가 푸른 나뭇잎과 빛으로 가득했기 때문이다.

그러나 올해 크리스마스에는 그 누구도 예상하지 못한, 극도로 아름다운 목소리 역시 교회를 가득 메웠다.

"어둠에 묻힌 밤." 바다에 침몰하는 신자들을 구하는 듯한 목소리였다. 클라라는 고개를 돌려 그 아이가 누구인지 찾으려 했다. 다른 사람들 역시 자신들을 인도하는 목소리가 누구의 것인지 목을 빼고 둘러보았다. 가브리조차 마지못해 이 뜻밖의 손님에게 자신의 위치를 양보해야 했다. 그는 이 성스러운 목소리를 전적으로 반길 수만은 없었다. 예이츠의 시에 나오듯, 죽은 사람들의 흐느낌을 듣다가 지친 천사가 활기 넘치는 이 모임을 찾아온 것 같았다.

갑자기 그 광경이 클라라의 눈에 띄었다.

CC 드 푸아티에가 새끼 고양이 털처럼 부드러운 캐시미어로 짠 푹신한 흰색 스웨터를 입고 뒤편에 서 있었다. 그녀 옆에는 불그레한 얼굴로 입을 다물고 있는 그녀의 남편이 있었다. 그리고 그의 옆에는 덩치가 거대한 아이가 소매 없는, 아주 연한 핑크색 여름용 원피스를 입고 있었다. 그녀의 불룩 튀어나온 팔뚝은 축 늘어져 있었고, 허리에 붙은 군살 때문에 몸에 딱 달라붙은 드레스는 녹고 있는 딸기 아이스크림처럼 보였다. 기괴한 모습이었다.

그러나 그녀의 얼굴은 아름다웠다. 클라라는 전에 이 아이를 본 적이 있었는데, 그때 먼 거리에서 본 그 얼굴은 시무룩하고 불행해 보였었다. 그러나 이제 그 얼굴은 빛나는 서까래를 향해 고개를 젖히고 시선을 고정하고 있었다. 클라라는 그녀가 더없이 행복해 보인다고 생각했다.

"주의 부모 앉아서." 크리의 더없이 아름다운 목소리는 전구가 매달린 서까래에 도달한 다음 오래된 교회 문 아래로 미끄러져 나가 부드럽게 내리는 눈송이들과 함께 춤추다가 자동차와 헐벗은 단풍나무 가지에 내려앉았다. 이 오래된 캐럴의 가사는 얼어붙은 연못을 미끄러지듯 건너 스리 파인스의 모든 행복한 집 안으로 스며들어 크리스마스트리에 둥지를 틀었다.

미사가 끝나자 신부는 서둘러 교회를 떠났다. 클레그혼 홀트 근처에서 열리는 크리스마스이브 축하 행사에 늦었기 때문이다.

"주아이요 노엘Joyeux Noël 메리 크리스마스." 피터가 가브리에게 말했다. 마을을 지나 에밀리의 집으로 짧은 산책을 할 사람들이 교회 밖 계단에 모여 있었다. "정말 아름다운 밤이야."

"그리고 얼마나 아름다운 미사였는지." 클라라가 피터 곁으로 다가가며 말했다. "그 아이의 목소리가 믿겨?"

"나쁘진 않았지." 가브리가 마지못해 인정했다.

"나쁘지 않았다고?" 비 '어머니'는 사람들 사이를 계속해서 오갔다. 케이는 그녀의 팔에 머프양쪽으로 손을 넣게 된 원통형 방한용 토시처럼 달라붙어 있었고, 에밀리는 케이의 다른 쪽 팔을 붙잡고 있었다. "믿을 수 없는 목소리였어. 난 그런 목소리는 처음 들어. 안 그래?"

"난 술 한잔해야겠어. 언제 출발하는 거야?" 케이가 말했다.

"당장 가야지." 엠이 호언했다.

"올리비에는 음식을 가지러 비스트로에 갔어요. 연어 찜을 만들었거든요." 가브리가 말했다.

"나랑 결혼해 줄래?" 머나가 물었다.

"아무한테나 그런 말을 하면서."

"자기가 처음이야." 머나가 고백하며 웃었다. 그러나 그녀의 웃음이 갑자기 잦아들었다.

"이 바보, 멍청한 계집애." 교회 반대편에서 쉬익 하는 목소리가 들렸다. 상쾌한 밤공기를 뚫고 들려온 말이 야기한 정적에 다들 깜짝 놀라 얼어붙었다. "다들 너를 쳐다보고 있었잖아. 사람 망신을 시켜도 유분수지."

CC의 목소리였다. 교회 측문이 있는 쪽에는 물랭 길을 가로질러 옛 해들리 저택으로 이어지는 길이 나 있었다. 그들은 CC가 교회 그림자 속에 서 있다는 사실을 알아차렸다.

"다들 너를 비웃는 걸 몰라? '뽀드득뽀드득 소리가 나는 눈이 고르게 쌓여 있네<크리스마스캐럴 〈선왕 원체슬라스〉의 가사>.'" CC는 비웃는 듯한 목소리로 음정을 틀려 가며 어린아이처럼 노래 불렀다. "그리고 옷은 그게 뭐야? 어디 아파? 애가 정서적으로 불안정한 게 아닌가 몰라."

"자, CC." 한 남자의 목소리가 들렸다. 그 목소리는 눈발을 뚫고 나오기에는 너무 온순하고 연약했다.

"당신 딸이잖아. 애를 봐. 뚱뚱하고 못생긴 데다 게으르기까지. 딱 당신 꼴이지. 너 미쳤니, 크리? 미친 거야? 그래? 그런 거냐고?"

사람들은 괴물의 눈에 띄지 않으려는 듯 그 자리에 얼어붙어 조용히 애원했다. 제발, 제발, 누가 좀 그녀를 말려 줘요. 누구라도.

"게다가 너 벌써 크리스마스 선물을 열어 봤더라. 이 자기만 아는 꼬맹이가."

"하지만 엄마가 나더러……." 아주 작은 목소리가 흘러나왔다.

"나, 나, 나. 애가 자기만 알지. 언제 나한테 고맙다는 말이나 한 적 있어?"

"초콜릿 고맙습니다, 엄마." 소녀는 목소리와 함께 줄어들어 거의 존재하지 않는 것 같았다.

"이미 늦었어. 엎드려 절 받는 게 무슨 소용이야." CC가 발톱을 세워 걷는 것처럼 딸깍거리며 길을 내려갔기 때문에 마지막 말은 거의 들리지 않았다.

신자들은 말없이 서 있었다. 클라라의 옆에서 가브리가 낮고 느린 목소리로 오래된 크리스마스캐럴을 부르기 시작했지만, 이내 그 소리도 거의 들리지 않았다. "슬픔과 한숨, 출혈과 죽음은 차디찬 무덤 속에 봉해졌네."

그들은 괴물을 피할 수 있었다. 대신 그 괴물은 한 겁먹은 어린아이를 걸신 들린 듯 먹어 치웠다.

7

"주아이요 노엘, 투 르 몽드Joyeux Noël, tout le monde 다들 메리 크리스마스." 몇 분 후 문을 연 엠이 손님들을 맞으며 활짝 웃었다. 한 살 먹은 셰퍼드 앙리가 문가로 달려 나와 크리스마스 케이크를 뇌물로 바치기도 전에 모든 사람들에게 달려들었다. 혼돈과 행복한 소란 덕택에 CC의 감정 폭발이 야기한 불안감이 해소될 수 있었다. 마치 마을 사람들 전부가 몰려와 엠의 넓은 베란다 계단으로 뛰어올라 모자와 코트에 내려앉은 눈을 떨고 있는 것 같았다.

모로네 집에서 광장을 가로지른 지점에 있는 엠의 집은 참나무 판자로 지은, 제멋대로 팔다리를 뻗고 있는 낡은 시골집이었다. 올리비에는 현관 불빛이 미치지 않는 곳에서 연어 찜이 담긴 접시의 균형을 잡느라 잠시 걸음을 멈췄다.

그는 엠의 집으로 향할 때면, 특히 밤에 갈 때면 항상 그 집에 매혹당했다. 흡사 침대보 아래에서 손전등을 비추며 읽었던 동화에 나오는 요정의 집으로 가는 것 같았다. 그 요정의 집은 작은 돌다리가 놓인, 벽난로에서 불이 타오르는, 자족하는 사람들이 서로 손을 잡고 있는 장미로 가득 덮인 오두막이었다. 그의 아버지는 그가 「플레이보이」를 읽고 있다고 생각해서 안도의 한숨을 쉬었지만, 그는 그 대신 훨씬 즐겁고 위험한 것을 탐독하고 있었다. 그는 혼자서 이러한 동화 속 세상을 건설하고 싶다는 꿈을 꾸었고, 적어도 부분적으로는 성공을 거두었다. 그 자신이 요정이 된 것이었다. 그리고 버터 색 불빛이 흐르는 엠의 작은 집을 바라볼 때마다 그 책 속으로 들어왔다고 생각했다. 세상이 차갑고 힘겹고 불공평하게 보일 때마다 스스로를 위로하면서 본 바로 그 책 속으로. 그는 미소를 지으며 크리스마스이브 축하 음식을 들고 그 집을 향해 걸었다. 그는 살포시 덮인 눈 아래 숨어 있지도 모를 얼음에 미끄러지지 않으려 조심했다. 순백의 층은 아름다운 동시에 위험했다. 그 아래 무엇이 숨어 있을지 절대 모를 일이었다. 퀘벡의 겨울은 사람을 매혹시키기도 하지만 사람을 죽일 수도 있었다.

사람들이 도착하면서 음식들이 친숙한 주방으로 속속 들어왔고, 오븐은 캐서롤과 파이로 꽉 들어찼다. 설탕에 잰 생강과 초콜릿을 두른 체리, 설탕을 입힌 과일이 그릇마다 넘쳐흘렀고, 그 옆에는 푸딩과 케이크, 쿠키가 있었다. 어린 로제 레베크는 부쉬 드 노엘을 올려다보았다. 버터를 듬뿍 넣은 케이크 베이스에 두꺼운 설탕을 입힌 장작 모양의 전통적인 크리스마스 케이크를. 그녀의 조그맣고 토실토실한 손가락이 산타클로스와 순록과 크리스마스트리를 수놓은 식탁보 위에서 안절부절 못했다. 거실에서는 루스와 피터가 칵테일을 만들고 있었다. 루스는 자신이 가지고 온 스카치위스키를 피터가 꽃병이라고 생각한 그릇에 들이부었다.

크리스마스트리의 불빛이 빛났다. 배콘네 아이들은 트리 옆에 앉아 밝은 색 포장지에 싸여 있는 선물 더미 속에서 자신들의 선물을 찾으려 꼬리표를 읽고 있었다. 불이 타오르고 있는 벽난로 앞에는 손님 몇 명이 서 있었다. 식당에 활짝 펼쳐진 접이식 탁자 위에는 캐서롤과 투르티에 돼지고기 파이, 당밀을 넣어 구운 콩, 단풍나무로 훈제한 햄으로 가득했다.

칠면조는 빅토리아 시대 신사처럼 탁자 상석을 차지했다. 탁자 가운데는 비워 두었다. 머나가 매년 가져오는 화려하고 생기 넘치는 꽃꽂이를 놓기 위해서였다. 올해는 유럽 소나무 가지 주변에 격조 높은 붉은 아마릴리스를 더했다. 소나무 수풀 속에 둥지를 틀고 있는 것은 휴런 크리스마스캐럴캐나다에서 가장 오래된 캐럴 중 하나이 흘러나오는 뮤직 박스로 밀감과 크랜베리, 초콜릿이 깔린 바닥에 놓여 있었다.

올리비에는 연어 찜을 전부 탁자 위에 올려놓았다. 아무런 제지 없이 사탕으로 배를 가득 채우고 있는 아이들을 위해 펀치도 만들었다.

이렇게 에밀리 롱프레는 크리스마스이브와 크리스마스 당일에 걸친 크리스마스 만찬 파티를 치렀다. 퀘벡 지방의 오래된 전통대로 그녀의 어머니와 할머니가 바로 이 집에서 바로 같은 날 치렀던 것처럼. 클라라는 엠이 사람들 사이를 바삐 돌아다니는 모습을 발견하고 그녀의 가는 허리에 팔을 둘렀다.

"도와 드릴까요?"

"괜찮아. 그냥 다들 재미있게 지내고 있는지 둘러보는 거야."

"여기서는 항상 즐겁게 지내잖아요." 클라라는 진심을 담아 엠의 양볼에 키스했다. 그녀의 뺨에서는 소금 맛이 났다. 그녀는 이날 밤 울고 있었고, 클라라는 그 이유를 알았다. 크리스마스에는 집마다 그곳에 있는 사람들과 그곳에 없는 사람들로 가득 차 있었다.

"그래서 언제 산타클로스 수염을 뗄 작정이에요?" 가브리가 벽난로 옆 낡은 소파에 앉아 있는 루스 옆에 앉으며 물었다.

"개 같은 년." 루스가 투덜댔다.

"망할 할망구." 가브리가 말했다.

"저걸 봐." 머나가 루스 옆 가브리 반대쪽에 앉았다. 그녀의 덩치가 풀썩 주저앉자 두 사람은 거의 소파에서 날아갈 뻔했다. 머나는 들고 있던 접시로 크리스마스트리 곁에 모여 있는 젊은 여자들을 가리켰다. 그들은 서로의 헤어스타일을 품평하는 중이었다. "저 여자애들은 오늘 일진이 안 좋다고 생각해. 자, 잠깐 기다려 봐."
"맞아." 클라라는 앉을 의자를 찾느라 주변을 둘러보며 말했다. 방 안은 프랑스어나 영어로 수다를 늘어놓는 사람들로 가득 차 있었다. 그녀는 결국 음식이 넘쳐흐르는 접시를 커피 테이블 위에 놓고 바닥에 앉았다. 피터가 그녀의 옆에 합류했다.
"무슨 이야기를 하는 거야?"
"머리 이야기."
"어서 달아나요." 올리비에는 피터에게 팔을 뻗었다. "우리들은 너무 늦었지만 당신은 아직 달아날 수 있어요. 다른 소파에서는 전립선에 대한 대화를 나누고 있는 것 같던데."
"앉아." 클라라는 피터의 벨트를 쥐고 잡아당겼다. "저기 있는 여자애들은 다 자기 헤어스타일이 마음에 안 드나 봐."
"곧 폐경기 이야기가 나올걸." 머나가 확언했다.
"전립선 이야기라면서?" 피터가 올리비에에게 물었다.
"그리고 아이스하키 이야기도." 그는 한숨을 쉬었다.
"다들 듣고 있는 거야?"
"여자란 참 고달프지." 가브리가 말했다. "생리를 시작하면 당신들 같은 짐승들에게 순결을 잃고, 아이들이 자라서 떠나게 되면 자신이 누군지 더 이상 알지 못하게 되는 거야……."

"삶의 가장 빛나는 시기를 배은망덕한 개자식이랑 이기적인 아이들에게 허비하는 셈이야." 올리비에가 고개를 끄덕였다.

"그리고 도자기나 타이 요리 교실에 등록하게 되는 시기가 오면, 쾅……."

"아닐 수도 있지." 피터가 클라라에게 미소를 지으며 말했다.

"자기, 조심해." 그녀가 포크로 그를 찔렀다.

"폐경기 이야기를 시작합니다." 올리비에는 CBC 방송국 아나운서 같은 낭랑한 목소리로 말했다.

"처음으로 새치가 났다는데. 그래서 일진이 사나운 날이라는 거네." 머나가 남자들을 무시하며 말했다.

"턱에서 처음으로 새치를 발견하는 날이 와 봐. 그게 일진이 사나운 날이지." 루스가 말했다.

"세상에, 맞아." '어머니'가 그들 사이에 끼어들며 웃었다. "길고 뻣뻣한 게 났었다니까."

"콧수염 이야기도 해야지." 케이는 머나가 권한 자리에 삐걱거리는 소리를 내며 앉았다. 가브리가 일어나서 '어머니'에게 자리를 양보했다. "우린 엄숙한 모임을 하나 결성했지." 케이는 '어머니'에게 고개를 끄덕이고는 이웃들과 담소를 나누고 있는 엠을 건너보았다. "우리 중 하나가 병원에서 혼수상태에 빠지면, 나머지 사람이 뽑아 주기로 약속했어."

"생명 유지 장치 플러그?" 루스가 물었다.

"턱에 돋은 수염 말이야." 케이가 놀란 표정으로 루스를 바라보았다. "당신은 방문자 명단에서 빼야겠네. '어머니', 적어 둬."

"아, 벌써 몇 년 전에 적어 뒀어."

빈 접시를 들고 음식이 있는 곳으로 간 클라라가 몇 분 후 트라이플과 브라우니, 올소스 감초 캔디를 담아 돌아왔다.
"아이들한테서 훔쳐 왔어." 그녀가 머나에게 말했다. "먹고 싶으면 서두르는 게 좋을걸. 애들이 점점 똑똑해진다니까."
"난 자기 걸 먹을 뿐이야." 머나가 정말로 하나 집으려는데 포크가 그녀의 손을 위협했다.
"완전 중독됐구나, 가련한 인간이여." 머나가 반쯤 빈 루스의 스카치 위스키 술병을 살펴보았다.
"잘못 찾아왔어." 루스가 머나의 시선을 좇으며 말했다. "이게 요즘 내 중독품이야. 십 대 시절에는 남의 부탁을 들어주는 데 중독되어 있었지. 이십 대 때는 남의 의견에 찬성하는 데 중독됐었고. 삼십 대에는 사랑, 사십 대에는 스카치였어. 그게 쭉 지속되어 가다가," 루스는 인정했다. "이제 내가 바라는 건 쾌변뿐이야."
"난 명상에 중독됐어." '어머니'가 세 번째 트라이플을 먹으며 말했다.
"좋은 생각이 있어." 케이가 루스에게 몸을 돌렸다. "센터에 가서 '어머니'에게 상담을 받아 봐. 명상을 하면 똥이 죽죽 흘러내릴걸."
이 말을 끝으로 침묵이 찾아왔다. 마음속에 갑자기 떠오른 역겨운 이미지를 지우기 위해 아무 생각이라도 하려고 애를 쓰던 클라라는 커피 테이블 밑에 쌓여 있는 책 무더기 속에서 책 한 권을 집어 들고 흔드는 가브리에게 감사했다.
"똥 이야기가 나와서 말인데, 이거 CC의 책 아냐? 엠이 당신 출간 기념회에 갔을 때 사 온 모양인데요, 루스."
"아마 나만큼이나 많이 팔았을걸. 이 배신자들 같으니."

"이거 들어 봐요." 가브리가 『비 캄』을 펼쳤다. 클라라는 자리를 뜨려고 일어나는 '어머니'를 케이가 꼬집는 것을 눈치챘다.

"따라서," 가브리는 책을 읽기 시작했다. "색채는 감정과 마찬가지로 해롭다는 사실을 추론할 수 있다. 부정적인 감정이 색채를 띠고 있다는 사실은 우연이 아니다. 빨간색은 분노를 뜻하고, 초록색은 질투, 파란색은 우울함을 뜻한다. 그러나 모든 색을 하나로 합치면 어떻게 되는가? 흰색이 된다. 흰색은 신성과 균형의 색이다. 목표는 균형이다. 이를 달성하기 위한 유일한 길은 감정을 드러내지 않는 것. 더 나아가서 흰색의 장막 아래 두는 것이다. 이것이 '리 비앙', 고대로부터 내려온 공경해야 할 가르침이다. 진정한 감정을 숨기고, 잔인하게 도덕적 판단을 내리는 세상에서 그 감정을 안전하게 보호하는 방법을 이 책에서 배우게 될 것이다. '리 비앙'은 내면에 그림을 그리는 고대 중국의 기술이다. 색채와 감정을 내면에 간직하는 것. 그것이야말로 평화와 조화, 평온을 달성하는 유일한 방법이다. 우리의 모든 감정을 내면에 가둘 수 있다면 갈등도 해악도 폭력도 전쟁도 존재하지 않으리라. 나는 이 책을 통해 당신에게, 이 세상에 평화를 제안한다." 가브리는 탁 소리를 내며 책을 덮었다.

"그녀는 오늘 밤엔 '리 비앙'인가 하는 음양 이론을 따르지 않았나 봐."

피터는 사람들과 함께 웃었지만 그 누구와도 눈이 마주치지 않도록 조심했다. 피터는 마음속으로 은밀하게 CC의 주장에 동의하고 있었다. 감정은 위험해. 감정이란 건 차분하고 평화롭게 보이는 겉치장 아래 숨기는 게 가장 좋아.

"하지만 이건 말이 안 되는데." 클라라는 책장을 휙휙 넘기며 한 특정한 구절에 대해 골똘히 생각했다.

"그럼 다른 건 말이 된다는 소리야?" 머나가 물었다.

"그것도 그렇지만, 책에서 그녀는 인도에서 철학을 깨쳤다고 했잖아. 그런데 '리 비앙'은 중국 철학이라고 말했잖아?"

"정말로 거기서 말이 되는 걸 찾고 있는 거야?" 머나가 물었다. 클라라는 재차 책에 얼굴을 묻고 천천히 어깨를 들썩거리기 시작했다. 그러다가 그녀는 등마저 떨기 시작하더니 마침내 모여든 친구들에게 걱정스러운 얼굴을 들었다.

"뭐야?" 머나는 울고 있는 클라라에게 팔을 뻗었다.

"그녀의 스승들 이름 말이야." 클라라가 흐느끼며 말했다. 머나는 더 이상 그녀가 울고 있는지, 웃고 있는지 확신할 수 없었다.

"크리슈나무르티 다스, 라비 샨카르 다스, 간디 다스, 라멘 다스, 칼릴 다스, 지브란 다스. 이 사람들이 그녀를 CC 다스라고 부르기도 했대." 클라라는 이미 대부분의 사람들과 함께 폭소를 터뜨리고 있었다.

대부분. 모두 그랬던 것은 아니었다.

"그게 뭐가 잘못인지 모르겠는데." 올리비에가 눈가를 훔치며 말했다. "가브리랑 나는 하겐 다스의 가르침을 따르고 있거든. 그 길은 가끔 험난하기도 해."

"그리고 당신이 가장 좋아하는 영화는 〈다스 부트특전U보트〉잖아. 당신은 깨달음을 얻었겠는데." 클라라가 피터에게 말했다.

"사실이야. 퇴보한 다스지만."

클라라는 웃다가 피터에게 쓰러졌고, 앙리가 달려와 두 사람에게 뛰어올랐다. 정신을 차리고 앙리를 달랜 클라라는 '어머니'가 자리를 떴다는 사실을 알아차리고 놀랐다.

"'어머니'는 괜찮아요?" 그녀가 케이에게 물었다. 케이는 친구가 식당에 있는 엠에게 가는 모습을 지켜보고 있었다. "우리가 무슨 말실수라도 했나요?"

"아니."

"그녀를 모욕할 생각은 없었어요." 클라라는 케이 옆 '어머니'의 자리에 앉았다.

"그런 적 없다니까. 그녀에 대한 이야기는 하지도 않았잖아."

"'어머니'가 중요하게 생각하는 일에 대해 비웃었으니까요."

"자긴 CC를 비웃은 거지, '어머니'를 비웃은 게 아냐. 그녀도 그 차이를 알고 있어."

그러나 클라라는 고민에 빠졌다. CC와 '어머니' 모두 자신의 사업에 '비 캄'이라는 이름을 붙였다. 두 사람 모두 스리 파인스에 거주하며, 두 사람 모두 비슷한 영적인 길을 걷고 있었다. 여자들이란 감정 말고도 얼마나 많은 비밀을 숨기고 있는지.

파티가 끝나고 영어와 프랑스어로 "메리 크리스마스."를 외치는 소리가 쾌적한 밤공기 사이로 사라졌다. 에밀리는 마지막으로 떠나는 손님들에게 손을 흔들고 문을 닫았다.

크리스마스 날 오전 2시 30분이었다. 그녀는 기진맥진했다. 그녀는 몸을 가누려 탁자에 손을 짚고 천천히 거실로 향했다. 그녀가 작은 잔에 스카치를 따라 놓고 루스와 소파에 앉아 이야기를 나누는 동안 클라라와 머나를 비롯한 사람들이 집을 치우고 조용히 접시를 닦아 놓았다.

그녀는 언제나 루스를 좋아했다. 10년도 전에 그녀의 첫 번째 시집이 출간되었을 때, 사람들은 기절하는 듯한 기분을 느꼈다. 얼핏 봐도 그렇게 정서가 불안정하고 신랄한 여인이 그렇게 아름다운 시를 쓸 수 있다는 사실에 놀랐다. 그러나 엠은 알고 있었다. 항상 알고 있었다. 그것은 그녀가 클라라와 공유하는 비밀 중 하나였다. 그리고 그녀는 클라라가 스리 파인스에 처음 도착했을 때부터, 이 도도하고 웃음이 헤프며 재능이 넘치는 젊은 여자에게 끌렸다. 클라라는 다른 사람이 보지 못하는 것을 보았다. 〈식스 센스〉에 나오는 꼬마 같았다. 클라라는 유령을 보는 대신 선량함을 보았다. 그 자체만으로도 무서운 점이었다. 타인에게서 악덕을 찾아낼 수 있다면 훨씬 위안이 된다. 하지만 선량함은? 아니, 정말로 비범한 사람들만이 타인에게서 선량함을 찾아낸다.

그러나 엠이 알고 있듯이, 모든 사람이 선량한 것은 아니었다.

그녀는 전축으로 걸어가 서랍을 열고 양털 벙어리장갑 한 짝을 우아하게 들어 올렸다. 그 아래에는 레코드판이 한 장 있었다. 그녀는 미켈란젤로가 그린 〈천지창조〉의 연약한 버전 같은, 구부러지고 떨리는 손가락으로 레코드판을 전축에 걸고 재생 버튼을 눌렀다. 그리고 그녀는 다시 소파로 걸어가 누군가 벙어리장갑에 손을 넣고 있기라도 한 듯 조심스레 장갑을 집었다.

집 뒤쪽에 있는 침실에서는 '어머니'와 케이가 자고 있었다. 수년 전부터 세 친구들은 크리스마스이브를 함께 보내며 자신들만의 조용한 방식대로 명절을 기념했다. 엠은 올해가 마지막 크리스마스가 아닐까 의심했다. 케이에게도, 어쩌면 '어머니'에게도. 2시 30분이었다.

음악이 시작되자 에밀리 롱프레는 눈을 감았다.

뒤쪽 침실에서 '어머니'는 차이코프스키 〈바이올린 협주곡 D장조〉의 첫 소절을 들을 수 있었다. 이 곡은 '어머니'가 가장 좋아하는 곡이었지만 크리스마스이브에만 들을 수 있는 곡이기도 했다. 이 곡은 한때 자신들 모두에게 특별했다. 그중에서도 엠에게 가장 특별했는데 그것은 당연한 일이라 할 수 있었다. 이제 그녀는 이 곡을 1년에 단 한 번, 크리스마스이브와 크리스마스 사이의 짧은 시간 동안에만 틀었다. '어머니'는 이 곡을 들으며, 친구가 거실에 홀로 있다는 생각에 가슴이 찢어졌다. 그러나 그녀는 엠을 너무나 존경하고 사랑했기에 홀로 비탄에 젖어 아들과 함께 있는 그녀를 말릴 수 없었다.

그리고 오늘 밤 그녀 역시 비탄에 젖어 있었다. 그녀는 계속해서 되뇌었다. 마음을 가라앉혀라. 마음을 가라앉혀라. 그러나 오랜 세월 동안 그녀를 달래던 주문이 갑자기 공허해졌다. 상처를 치유하는 힘을 그 끔찍하고 기괴하게 일그러진 여자에게 도둑맞고 말았다. 빌어먹을 CC 드 푸아티에.

케이는 삐걱거리는 침대 위에 누웠다. 돌아눕기만 해도 삐걱거리는 통에 참기 어려웠다. 그녀의 몸은 이제 항복할 참이었다. 자신이 불러낸 끔찍한 유령에 두 손을 들 작정이었다. 실은 그 반대였다. 실제로 그녀가 유령이 되어 가고 있었다. 그녀는 눈을 뜨고 어둠에 익숙해지려 했다. 멀리 떨어진 곳에서 차이코프스키가 들렸다. 음악 소리는 그녀의 귀를 통해 들리는 것이 아니라 가슴을 통해, 그 선율을 알고 있는 심장 속으로 직접 들어오는 것 같았다. 견디기 힘들 지경이었다. 깊고 거친 숨을 들이마신 케이는 에밀리에게 음악을 멈추라고 소리를 지를 뻔했다.

그 신성한 음악을 멈춰. 그러나 그녀는 그러지 않았다. 친구를 너무나 사랑해서 그녀가 데이비드와 함께하는 시간을 방해할 수 없었기에.

그 음악을 들으니 다른 아이가 떠올랐다. 크리Crie. 누가 자기 자식에게 크리라는 이름을 붙일까? 크라이Cry? 케이는 이름이 중요하다는 사실을 알았다. 말은 중요했다. 그 아이는 오늘 밤 천사처럼 노래했고, 그 짧은 시간 동안 모든 사람들을 인간 이상의 신성한 존재로 만들어 주었다. 그러나 그녀의 어머니가 제대로 골라낸 몇 마디 말이, 몇 분 전에는 그토록 아름다웠던 그녀를 추한 존재로 만들어 버렸다. CC는 연금술사 같았다. 금을 납으로 바꾸는, 믿기 힘든 재능을 지닌 연금술사.

크리의 어머니는 뭘 듣고 그렇게 날이 선 반응을 보였을까? 분명 그녀는 같은 목소리를 들은 게 아닐 거야. 아니면 듣긴 했어도 거기에 무슨 문제가 있었거나. 그리고 아마 다른 목소리들도 들었겠지.

CC에 대한 생각은 집어치워.

케이는 그런 생각을 떨치려 했지만 생각은 제 마음대로 밀고 들어왔다. 그리고 또 다른 생각, 또 다른 목소리가 꼬리를 물었다. 서정적인 아일랜드 억양, 남성적이면서도 친절한 목소리가.

"그 아이를 도와줬어야지. 왜 아무것도 하지 않았지?"

항상 같은 질문에 항상 같은 대답이었다. 그녀는 두려웠다. 평생 두려웠다.

그리고 어둠이 닥쳤지
당신이 오랫동안 기다리던 어둠이
결국 새로울 건 없지.

루스 자도의 시 한 구절이 그녀의 마음속에서 떠돌았다. 오늘 닥친 어둠에는 이름과 얼굴이 있었고 분홍색 드레스까지 입고 있었다.

어둠은 CC가 아니라 크리의 모습을 하고 그녀를 비난했다.

케이는 시선을 거두고 턱밑까지 덮은 플란넬 시트 아래에서 온기를 유지하려 주먹을 말아 쥐었다. 그녀는 사실 최근 몇 년 동안 따뜻하다고 느낀 적이 없었다. 디지털 시계의 붉은 숫자가 이목을 끌었다. 3시. 그리고 그녀는 자신만의 참호 속에 있었다. 추워서 몸이 떨렸다. 오늘 밤 평생 겁쟁이로 지내 왔던 순간들을 만회할 수 있는 기회가 있었다. 그 아이를 보호해 주기만 했다면.

케이는 이 신호가 곧 사라지리라는 것을 알았다. 그러면 곧 참호 속에서 기어 나와 무엇이 다가오는지 정면으로 마주해야 하리라. 그러나 그녀는 아직 준비가 되지 않았다. 아직은 안 돼. 제발.

젠장, 그 빌어먹을 여자.

엠은 친근한 장소에 다시 찾아온 바이올린 선율을 들었다. 그 선율은 크리스마스트리를 맴돌며 선물을 찾다가 친숙한 잔디 광장에서 불을 밝히고 있는 소나무가 내다보이는 창가에서 웃음을 터뜨렸다. 협주곡은 방 안을 가득 채웠고, 그 축복된 순간에 엠은 눈을 감고 예후디 미국의 바이올리니스트가 아닌 다른 사람이 연주하고 있다고 상상했다.

매년 크리스마스면 엠은 같은 행동을 했다. 그러나 올해가 최악이었다. 그녀는 너무 많은 것을 들었다. 너무 많은 것을 보았다.

이제 그녀는 무엇을 해야 할지 알았다.

크리스마스 새벽은 맑고 선명했다. 전날 내린 눈가루가 이리저리 날아다니다 나뭇가지에 내려앉아 광채를 더했다. 클라라는 머드룸 문을 열고 골든 레트리버 루시를 내보내며 차디찬 공기를 깊이 들이마셨다.

이날은 느긋하게 지나갔다. 피터와 클라라는 퍼즐과 잡지, 캔디 등으로 가득 찬 양말을 살펴보았다. 피터의 양말에서는 캐슈너트가 쏟아져 나왔고, 클라라의 양말에서 나온 곰돌이 젤리는 이내 사라져 버렸다. 그들은 커피와 팬케이크를 들며 좀 더 큰 선물 상자들을 개봉했다. 피터는 아르마니 시계가 퍽 마음에 들어서, 곧바로 손목에 찬 다음 시계가 보이도록 나이트가운 소매를 팔꿈치까지 걷어 올렸다.

그는 트리 밑을 뒤지며 클라라의 선물을 잃어버린 척 거창한 연기를 하다가 마침내 모습을 드러냈다. 몸을 구부리고 있던 탓에 얼굴이 붉게 물들어 있었다.

그는 순록이 그려진 포장지에 싸인 구체를 그녀에게 건넸다.

"선물을 풀어 보기 전에 할 말이 있어." 그의 얼굴이 한층 더 붉어졌다. "당신이 포틴이랑 CC 일로 얼마나 상처받았는지 알아." 그는 손을 들어 그녀의 항의를 잠재웠다. "하느님 일에 대해서도." 그는 이 말을 하는 자신이 믿을 수 없을 만큼 멍청하게 느껴졌다. "내가 믿지 않는데도 거리에서 하느님을 만난 이야기를 해 준 거 말이야. 그저 내가 비웃지 않을 거라고 믿고 내게 말해 준 것에 대해 내가 감사하게 생각한다는 걸 알아줬으면 좋겠어."

"하지만 비웃었잖아."

"뭐, 그리 심하게는 아니었잖아. 어쨌든 내가 생각을 많이 했다는 걸 말해 주고 싶었어. 당신 말이 맞아. 난 하느님이 부랑자 모습으로 나타나셨다는 건 믿지 않지만……."

"당신이 믿는 하느님은 뭔데?"

자신은 그녀에게 선물을 주려고 했을 뿐인데, 그녀는 자신에게 하느님에 대한 질문을 던지고 있었다.

"내가 뭘 믿는지 알잖아, 클라라. 난 사람들을 믿어."

그녀는 침묵에 빠졌다. 그가 하느님을 믿지 않는다는 건 알고 있었고, 그건 아무래도 좋았다. 그가 반드시 그래야 할 필요는 없으니까. 그러나 그녀는, 그가 사실 사람들조차 믿지 않는다는 것 또한 알고 있었다. 적어도 그는 사람들이 선하고 친절하며 훌륭하다는 사실을 믿지 않았다. 어쩌면 한때는 그렇다고 믿었는지 모르지만 제인에게 닥친 일 이후에는 절대로 그렇지 않았다.

제인은 살해됐다. 그리고 피터 안의 무언가도 그녀와 함께 죽었다.

그녀는 남편을 정말 좋아했지만 그가 오직 자신만 믿는다는 사실을 받아들여야 했다.

"그렇지 않다는 걸 알면서." 그가 그녀가 앉아 있는 소파 옆자리에 앉으며 말했다. "무슨 생각을 하는지 다 알아. 난 당신을 믿어."

클라라는 모로 집안 남자의 진지하고 사랑스러운 얼굴을 바라보다가 그 얼굴에 키스했다.

"CC랑 포틴은 멍청이야. 나는 당신 예술 세계를 이해 못해. 어쩌면 결코 이해하지 못할지도 모르지만 난 당신이 굉장한 예술가라는 걸 알아. 이곳에서 알아."

그는 자신의 가슴에 손을 얹었고, 클라라는 그런 그를 믿었다. 어쩌면 그의 마음이 자신에게 전달됐는지도 몰랐다. 그게 아니면 자신의 비위를 맞추는 그의 말솜씨가 늘었거나. 그녀는 양쪽 다라고 생각했다.

"선물 풀어 봐."

클라라는 포장지를 갈기갈기 찢어 피터를 움찔하게 했다. 작은 종잇조각들이 구체에서 날리자, 피터는 종잇조각을 주워서 치웠다.

내용물은 구체였다. 그 사실은 놀라울 게 없었다. 놀랄 만한 것은 그 구체가 굉장히 아름답다는 사실이었다. 그것은 그녀의 손안에서 빛났다. 표면에는 아주 간단한 그림이 그려져 있었다. 눈이 쌓인 세 그루의 소나무였다. 그 아래에는 한 단어가 적혀 있었다. '노엘'. 그림은 비록 단순했지만 원시적이거나 순진해 보이지 않았다. 클라라가 한 번도 본 적이 없는 작품作風 같았다. 너그러운 우아함. 자신감 넘치는 아름다움.

클라라는 그것을 들어 불빛에 비춰 보았다. 그림을 그려 놓은 구체가 어쩌면 이렇게 선명하게 빛날 수 있지? 이내 그녀는 좀 더 가까이에서 바라보았다. 그리고 미소를 지었다. 그녀는 피터를 보았다. 그의 걱정스러운 얼굴이 자신의 얼굴 쪽으로 기울어 있었다. "겉에다 그린 게 아니네. 겉은 전부 유리야. 그림은 안쪽에 있어. 상상이 돼?"

"마음에 들어?" 그가 부드럽게 말했다.

"정말 마음에 들어. 사랑해. 고마워, 피터." 그녀는 여전히 그 구체를 든 채 그를 끌어안았다. "이건 크리스마스 장식품일 거야. 당신은 이게 스리 파인스를 그린 그림이라고 생각한 거지? 내 말은, 물론 이건 그냥 세 그루의 소나무이기도 하지만, 실제로 우리 마을 광장에 있는 소나무를 그린 것 같아. 사철나무 세 그루가 모여 있는 게 꼭 닮았잖아. 아주 마음에 들어, 피터. 지금까지 받은 선물 중 최고야. 어디서 이걸 구했는지 물어보지 않을게."

피터는 그 사실에 매우 감사했다.

오전이 절반쯤 지나자 속에 밤을 채워 넣은 칠면조가 오븐에서 익기 시작하여, 크리스마스 때만 느낄 수 있는 멋진 냄새가 집 안을 가득 채웠다. 피터와 클라라는 비스트로에 가는 동안 마주친 마을 사람들과 인사를 나눴다. 두 사람은 개나 고양이가 물어뜯곤 했던 낡은 털모자 대신 크리스마스 양말 속에 들어 있었던 새 모자를 쓰고 있어서 옛 모자에 익숙했던 사람들 대부분이 그들을 알아보지 못했다. 마을 사람들이 키우는 반려동물들은 겨우내 모자에 달린 털실 방울을 가만히 놓아두지 못했기 때문에 사람들은 방울 대신 양초처럼 머리 꼭대기에 심지만 달고 다니기 마련이었다.

비스트로에서 클라라는 벽난로 옆에 앉아 멀드 와인레드 와인에 설탕, 레몬 껍질, 향신료 등을 넣어 가열시킨 음료을 홀짝이는 머나를 발견했다. 그들은 제 주인을 들여보내고 싶지 않은 듯한 코트를 벗느라 낑낑댔다. 장갑과 모자는 벗어서 따뜻해지라고 라디에이터 위에 얹어 두었다. 마을 사람들과 아이들이 제재소 위 언덕에서 크로스컨트리 스키나 스노슈, 썰매를 타거나 연못에서 스케이트를 지치다가 얼굴이 빨갛게 된 채 도착했다. 어떤 사람들은 생 레미 산에서 반나절 동안 활강 스키를 탔다.

"저기 누구야?" 머나가 혼자 앉아 있는 남자를 가리켰다.

"몰슨 캐나디안캐나다의 대표적인 맥주 회사 씨. 항상 같은 맥주만 주문하더라고요. 팁도 후하고." 올리비에가 피터와 클라라가 주문한 아이리시 커피 두 잔과 감초 파이프 캔디 두 개를 테이블에 놓으며 말했다. "메리 크리스마스." 그는 두 사람의 뺨에 키스를 하고 그 낯선 남자를 향해 고개를 끄덕였다. "이틀 전부터 오던데."

"새로 온 세입자겠지." 머나가 말했다. 스리 파인스에서 낯선 사람을 보기란 드문 일이었다. 스리 파인스는 찾기 어려운 곳이어서 지나다 우연히 발에 걸리는 경우는 거의 없었다.

사울 페트로프는 녹인 스틸턴 치즈를 얹은 바게트에 아루굴라를 넣어 만든 로스트 비프 샌드위치를 한 입 베어 물고 맥주를 마셨다. 접시에 쌓여 있던 슈스트링 감자튀김은 상당히 줄어 있었다.

완벽하군.

사울은 수년 만에 처음으로 사람 같은 기분을 느꼈다. 그는 이 친절한 사람들에게 가까이 접근할 생각이 없었지만, 만일 자기가 그런 시도를 한다면 그들은 함께 이야기를 나누자고 할 게 분명했다. 그냥 그럴 사람들 같았다. 벌써 몇 사람이 자신이 앉은 쪽을 향해 미소 짓고 잔을 들어 '상테Santé 건배'나 '주아이요 노엘' 같은 말을 한 터였다.

친절해 보이는군.

CC가 저들을 혐오하는 것도 당연해.

사울은 감자튀김 하나를 작은 그릇에 담긴 마요네즈에 찍으면서 저들 중 어떤 사람이 바로 그 예술가일지 고민했다. 녹아내리는 나무 같은 놀라운 작품을 완성한 사람이 누굴까? 그는 그 사람이 남자인지 여자인지조차 알지 못했다.

그는 누구에게 물어야 할지 몰랐다. 스리 파인스는 아주 작아서 분명 누군가는 알고 있으리라. 그는 예술가의 작품을 칭찬하고 맥주를 한잔 사면서 그들의 작품 세계에 대해 이야기하는 것을 좋아했다. CC랑 함께 어두컴컴한 곳에 틀어박히는 대신 창조적인 일에 대한 이야기를 나눌 수 있을 테니까. 그러나 그는 스리 파인스에서 먼저 해야 할 일이 있었다. 하지만 그 일이 끝나면 그 예술가를 찾아 나서리라.

"실례합니다." 그가 올려다보자 거대한 흑인 여자가 자신을 향해 미소를 짓고 있었다. "저는 머나라고 해요. 옆 가게에서 서점을 운영하고 있죠. 내일 오전에 윌리엄스버그에서 조찬 모임과 컬링 시합이 있어요. 마을 사람들은 전부 가요. 지역 병원 모금 행사도 있고요. 혹시 모르고 계신가 해서요. 오신다면 기꺼이 환영할게요."

"그래요?" 그는 자신의 목소리가 생각하는 만큼 잠겨 있지 않기를 바랐다. 왜 갑자기 두려워진 거지? 물론 이 여자가 두려운 건 아냐. 혹시, 그녀의 친절이 두려운 걸까? 그녀가 나를 다른 사람으로 착각했을까 봐? 내가 아닌 재능 있고 재미있고 친절한 사람으로.

"조찬 모임은 재향군인회관에서 여덟 시에 있고, 컬링 대회는 열 시에 브룀 호수에서 시작해요."

"메르시Merci 고맙습니다."

"드 리앙De rien 천만에요. 주아이요 노엘." 그녀는 영어 악센트가 섞인 아름다운 프랑스어로 말했다. 그는 점심 값을 치르고 평상시보다 더 많은 팁을 지불한 후 비스트로를 나와 자동차를 몰고 언덕 위에 있는 옛 해들리 저택으로 향했다.

CC에게 이 이벤트에 대해 말해 줘야겠어. 완벽해. 내가 찾던 거야.

그리고 그 이벤트가 끝나면 자신이 해야 할 일은 다 끝나는 셈이었다. 그 일이 끝나면, 어쩌면 그 사람들과 함께 자리할 수 있을지도 몰라.

8

"뭔가 찾아냈어?"

아르망 가마슈 경감은 아내의 손에 들려 있는 서류를 유심히 바라보다가 그녀에게 페리에 한 잔을 따라 주고 그녀의 정수리에 키스했다. 이날은 박싱 데이크리스마스 뒤에 오는 첫 평일. 영국, 캐나다 등지에서는 이날을 공휴일로 지정였고, 그들은 경찰청 본부에 있는 그의 사무실에 있었다. 그는 휴일임을 알고 있었지만, 결국 평소에 출근할 때 입는 회색 플란넬 셔츠에 타이를 맸고, 그 위에 우아한 캐시미어 카디건을 걸쳤다. 그는 아직 50대 초반이었지만 예전 시대의 예의범절 덕택에 고색창연한 매력이 흘렀다. 그는 아내를 내려다보며 미소를 지었다. 그의 깊은 갈색 눈은 부드럽게 물결치는 그녀의 회색 머리카락을 바라보고 있었다. 그가 서 있는 곳에서는 자신이 매년 크리스마스면 선물하는 장 파투의 조이 오 드 투왈렛 냄새만 희미하게 맡을 수 있었다. 그는 그녀 맞은편에 친숙한 모양으로 파인 가죽 의자에 조심조심 앉았다. 좋은 음식을 먹고 긴 산책을 하는 생활이 신체적인 접촉을 하는 스포츠보다 더 낫다는 사실을 그의 몸이 증명했다.

아내 렌 마리는 다른 가죽 의자에 앉아 있었다. 빨갛고 흰 체크무늬가 있는 커다란 냅킨을 무릎에 깔고 한 손에는 서류를, 다른 손에는 칠면조 샌드위치를 들고 있었다. 그녀는 샌드위치를 한 입 먹고 줄이 달린 독서용 안경을 벗어 늘어뜨렸다.

"뭘 발견했다고 생각했는데 아니었어. 수사관이 묻지 않은 질문이 하나 있었다고 생각했는데 좀 나중에 물었네."

"어떤 사건인데?"

"라바르 사건. 지하철에 떠밀린 남자."

"기억나." 가마슈는 물을 조금 마셨다. 그들 주위 바닥에는 서류철들이 단정하게 쌓여 있었다. "그게 미해결 상태인 줄 몰랐는데. 뭐 찾아낸 거 없어?"

"미안해, 여보. 올해는 일이 잘 안 되네."

"가끔은 찾아낼 만한 게 없을 때도 있으니까."

두 사람은 새 서류철을 펼쳐 들고 다정한 침묵 속에서 다시 읽어 나가기 시작했다. 이것이 그들의 박싱 데이 전통 행사였다. 그들은 터키 샌드위치와 과일과 치즈로 소풍용 도시락을 싼 다음, 가마슈의 살인반 사무실에 와서 살인 사건 보고서를 읽으며 하루를 보냈다.

그녀는 서류에 머리를 박고 있는 남편을 건너보았다. 그는 그 속에서 진실을 뽑아내려고, 건조한 단어들의 틈바구니와 사실과 숫자의 나열 속에서 인간의 모습을 발견하려고 애를 쓰고 있었다. 누런 서류철마다 살인자들이 살아 있었기에.

모두 미해결 살인 사건들이었다. 몇 년 전 가마슈 경감은 몬트리올 경찰국 살인반 반장과 접촉하여 생 드니 클럽에서 코냑을 기울이며 제안을 한 적이 있었다.

"교환 수사란 말이지, 아르망? 그 일을 어떻게 한다는 거지?" 마크 브로는 당시 그렇게 물었다.

"박싱 데이면 괜찮을 것 같군. 그날은 경찰청 본부도 조용할 테고, 아마 자네 사무실도 그럴 테지."

브로는 흥미로운 표정으로 가마슈를 바라보며 끄덕였다. 그는 대부분의 동료들과 마찬가지로 이 조용한 남자에게 한없는 존경심을 품었다. 오직 바보들만이 그를 과소평가할 뿐이었지만, 브로는 이 조직에는 바보들 천지라는 사실을 알았다. 권력을 쥔 바보들과 총을 쥔 바보들.

아르노 사건은 의심의 여지가 없었다. 그리고 그 사건은 자신 앞에 있는 이 덩치 크고 사려 깊은 남자를 거의 파괴할 뻔했다. 브로는 가마슈가 사건의 전모를 알고 있는지 궁금했다. 아마 모르리라.

아르망 가마슈는 낮고 상냥한 목소리로 이야기를 하고 있었다. 브로는 그의 관자놀이와 희끗희끗하게 센 정수리를 주목했다. 명백하게 탈모가 진행 중이었지만 빗으로 머리카락을 넘겨 가리려 하지 않았다. 잘 다듬은 그의 짙은 콧수염은 빽빽했고, 역시 하얗게 세어 가고 있었다. 그의 얼굴은 걱정으로 굳어 있었지만 웃음기 역시 서려 있었다. 반달형 안경 너머로 브로를 바라보는 그의 짙은 갈색 눈은 사려 깊어 보였다.

어떻게 살아남았지? 브로는 그 사실이 궁금했다. 몬트리올 경찰국 내부도 인정사정없는 세계였지만 퀘벡 경찰청은 그보다 더 심한 곳이라고 알고 있었다. 이해관계가 더 복잡한 곳이니까. 그럼에도 불구하고 승진한 가마슈는 경찰청에서 가장 크고 위엄 있는 부서를 맡게 되었다.

물론 더 승진할 수는 없겠지. 가마슈조차 그 사실을 알았다. 그러나 야망을 품고 있는 브로와 달리, 아르망 가마슈는 자신의 인생에 만족하고 있는 데다 심지어는 행복해하는 것처럼 보였다. 브로는 아르노 사건 이전에는 가마슈가 지위에 비해 능력이 좀 모자란 사람이 아닐까 하는 의심을 품은 적이 있었다. 그러나 그는 이제 더 이상 그런 생각을 하지 않았다. 그는 이제 그 상냥한 눈과 평온한 얼굴 뒤에 어떤 면이 존재하는지 알았다.

바로 그때 브로는 가마슈가 자신의 머릿속과 경찰청의 미궁과도 같은 사고방식을 모두 꿰뚫고 있는 게 아닐까 하는 이상한 생각이 들었다.

"각자의 미제 사건을 서로 교환한 다음에 며칠 동안 읽어 보자는 거야. 무언가 발견할 수 있는지 알아보는 거지."

브로는 코냑을 한 모금 마시고 의자 등받이에 기대며 생각에 잠겼다. 좋은 아이디어야. 하지만 관례를 거스르는 일이라 누군가 눈치채면 아마도 소동이 벌어질 텐데. 그는 가마슈에게 미소를 지으며 다시 몸을 앞으로 기울였다.

"왜지? 일 년 동안 하는 일로 충분치 않은가? 아니면 크리스마스가 되면 가족에게서 간절하게 도망치고 싶은 거야?"

"뭐, 할 수만 있다면 사무실로 옮겨 와 자판기 커피나 뽑아 마시며 살고 싶네. 너무 바쁜 데다 가족들은 날 싫어하니까."

"자네에 대해 들었네, 아르망. 사실, 난 자네를 싫어해."

"누가 할 소리."

두 남자는 웃었다. "나라면 누가 나를 위해 이런 일을 해 주길 바랄 거야, 마크. 아주 간단하면서도 이기적인 이유지. 만일 내가 살해당한다면 사건이 미제로 남게 되기를 바라지 않을 걸세. 누군가 좀 더 노력하겠지. 그걸 어떻게 부정하겠나?"

간단한 이야기다. 그리고 옳은 이야기다.

마크 브로는 손을 뻗어 가마슈의 커다란 손을 잡고 흔들었다. "좋아, 아르망, 알았다고."

"좋아, 마크. 만약 자네에게 무슨 일이 닥치기라도 한다면 절대 미제로 남겨 두지 않겠네." 그 말은 지극히 단순했고, 브로는 그 말에 담긴 많은 의미에 놀랐다.

그리하여 지난 몇 년 동안 두 남자는 경찰청 본부 주차장에서 만나 서류가 담긴 박스를 교환했다. 얄궂게도 이 회동은 박싱 데이에 이루어졌다. 매년 박싱 데이가 되면 아르망과 렌 마리는 상자를 열고 그 안에 담긴 살인자들을 찾아 헤맸다.

"이건 좀 이상하네." 렌 마리가 들고 있던 서류를 아래로 내리면서 그의 시선을 끌고는 웃으며 말을 이었다. "바로 며칠 전에 일어난 사건이야. 왜 이 사건이 여기 들어왔담."

"크리스마스 대목이잖아. 분명 누군가 실수를 했겠지. 자, 이리 줘. 내가 기결 서류함에 가져다 놓지." 그가 손을 내밀었지만 그녀는 눈을 다시 떨구고 서류를 읽기 시작했다. 잠시 후 그는 손을 내렸다.

"미안해, 아르망. 내가 이 여자를 알고 있어서."

"괜찮아." 가마슈는 자신이 보던 서류를 옆에 내려놓고 렌 마리의 곁으로 다가갔다. "어떻게 아는 사람인데? 무슨 사건이야?"

"내 친구나 지인 같은 사람은 아니야. 아마 당신도 아는 사람일걸. 저아래 베리 버스 정류장 근처에 있던 여자 노숙자 말이야. 날씨가 어떻든 옷을 몽땅 껴입고 있던 사람 알지? 거기 몇 년 동안 있었잖아."

가마슈는 고개를 끄덕였다. "그게 벌써 미제 사건으로 분류될 리가 없는데. 바로 며칠 전에 죽었다고?"

"이십이 일에 죽었어. 그런데 이게 이상해. 베리 정류장에서 죽은 게 아냐. 몽타뉴 거리에 있는 오길비 백화점 옆에서 죽었어. 거긴 좋은,

뭐? 거긴 몽타뉴 거리에서 십, 아니 십오 블록은 떨어진 곳인데."

가마슈는 자기 자리로 돌아가 렌 마리가 서류를 읽는 모습을 바라보며 기다렸다. 그녀의 회색 머리카락 몇 가닥이 이마에 흘러내려 있었다. 50대 초반인 그녀는 자신들이 결혼했을 때보다 더욱 사랑스러웠다. 그녀는 민낯으로 다니는 쪽을 편하게 생각해서 화장을 거의 하지 않았다.

가마슈는 하루 종일이라도 그녀를 바라보며 앉아 있을 수 있었다. 그가 국립도서관에서 일하는 그녀를 데리러 갈 때면 일부러 일찍 가서 그녀가 고개를 숙이고 심각한 눈으로 고문서를 검토하며 기록하는 모습을 바라보았다.

이내 그녀가 고개를 들어 자신을 바라보고 있는 그를 보고 파안대소했다.

"그녀는 교살당했어." 렌 마리는 서류를 아래로 내렸다. "여기 이름은 엘Elle 프랑스어의 여성 인칭대명사이라고 적혀 있네. 성은 안 나와 있어. 믿을 수 없어. 이건 모욕이야. 진짜 이름을 찾아 주는 건 신경도 쓰지 않고 그저 '그녀'라고 하다니."

"그런 건 좀 까다로운 일이라서."

"그렇게 어려운 일이라서 유치원생이 살인반 형사가 될 수 없는 거로구나."

가마슈는 그녀의 말에 웃을 수밖에 없었다.

"시도도 하지 않았어, 아르망. 이걸 봐." 그녀는 서류를 들어 올렸다. "여기서 가장 얇은 서류야. 그녀가 단지 부랑자에 불과하다는 거지."

"내가 좀 조사해 볼까?"

"그럴 수 있겠어? 그냥 이름을 찾는 일인데."

그는 엘 사건이 들어 있던 상자를 찾았다. 그 상자는 브로가 건네준 다른 상자와 함께 그의 사무실 한쪽 벽에 쌓여 있었다. 가마슈는 장갑을 끼고 상자를 비워 내용물을 사무실 바닥에 펼쳐 놓았다. 오래 지나지 않아 방 안은 퀴퀴하고 썩은 냄새를 풍기는 옷과 블루 치즈는 저리 가라 할 냄새로 가득 찼다.

더럽게 구겨진 헌 신문지는 옷 옆에 두었다. 이 혹독한 몬트리올의 겨울에 이걸 이불 대용으로 사용한 걸까. 신문 기사는 많은 일을 할 수 있지만 추위를 막아 줄 수는 없었다. 렌 마리가 그와 합류하여 두 사람은 함께 상자를 꼼꼼하게 살폈다.

"문자 그대로 문자에 둘러싸여 있었나 보네." 렌 마리가 책을 한 권 들어 올리며 말했다.

"신문지를 이불로 썼던 데다 책까지 한 권 있는데."

그녀는 아무 곳이나 펼쳐서 읽기 시작했다.

"오래전에 죽어 다른 도시에 묻혔나니
내 어머니는 아직 나를 포기하지 않았다네."

"내가 좀 봐도 돼?" 가마슈는 책을 받아 표지를 보았다. "이 시인은 아는 사람인데. 만난 적이 있어. 루스 자도." 그는 표지를 보았다. 『난 괜찮아』.

"당신이 그렇게 좋아했던 그 작은 마을에 사는 사람? 당신이 가장 좋아하는 시인들 중 한 명 아냐?"

가마슈는 고개를 끄덕이고 첫 페이지를 펼쳤다. "이 시집은 나한테 없는데. 분명 새로 출간한 책이겠지. 엘이 이걸 읽었을 것 같지는 않아." 그는 출간 일자를 찾아보다가 증정 문구를 발견했다. '당신 냄새나. 사랑을 담아, 루스.'

가마슈는 전화기 쪽으로 가서 전화를 걸었다.

"오길비 서점입니까? 좀 문의할 게 있어서……, 예, 기다리겠습니다." 그는 렌 마리를 향해 눈을 치뜨고 미소를 지었다. 그녀는 증거 수집용 장갑을 끼고, 역시 증거물 보관함에서 나온 작은 나무 상자로 팔을 뻗었다. 단순하게 생긴 낡은 상자였다. 렌 마리는 상자를 뒤집다가 상자 바닥에 붙어 있는 네 개의 알파벳을 발견했다.

"이게 뭐라고 생각해?" 그녀가 아르망에게 알파벳 글자를 보이며 물었다.

B KLM

"열려 있어?"

그녀는 부드럽게 상자 뚜껑을 비틀어 열고 안쪽을 들여다보았고, 그녀의 얼굴은 점차 더욱 알쏭달쏭한 표정으로 변했다.

상자 속은 알파벳으로 가득 차 있었다.

"당신은 왜……, 예, 여보세요?" 그는 사과의 뜻으로 눈썹을 추켜올렸다. "루스 자도의 최근 시집에 대해 문의하려고 합니다. 맞습니다. 사람들이 얼마나 왔죠? 알겠습니다. 메르시." 그는 수화기를 내려놓았다. 렌 마리는 상자 속 내용물을 그의 책상 위에 가져다 놓은 후, 깨끗한 서류철에 알파벳들을 정리하고 있었다.

알파벳은 전부 다섯 종류였다. B, C, M, L, K.

"C만 빼고 바닥에 붙어 있던 것들과 같아. 왜 알파벳이 들어 있는 데다, 또 왜 다 대문자일까?"

"전부 대문자인 게 중요하다고 생각해?" 가마슈가 물었다.

"모르겠어. 하지만 내가 직장에서 다루는 문서들의 경우를 보면, 대문자들을 이어 쓴다는 건 각 대문자가 한 단어를 대표한다는 뜻이야."

"RCMP_{Royal Canadian Mounted Police} 캐나다 기마 경찰나 DOA_{Dead On Arrival} 병원에 도착 시 이미 사망처럼."

"천생 경찰이라니까. 어쨌든 바로 그거야. 예를 들어, 『난 괜찮아_{I'm FINE}』를 봐." 그녀는 이제 가마슈의 책상 위에 놓여 있는 루스의 책을 가리켰다. "저 제목에 다른 의미가 있다는 데 돈을 걸 수도 있어. 서점에서는 뭐래?"

"루스 자도는 며칠 전에 오길비 백화점 서점에서 이 책의 출간 행사를 열었대. 십이월 이십이일에."

"엘이 죽은 날이네."

가마슈는 고개를 끄덕였다. 루스는 왜 이 부랑자에게 '사랑을 담아, 루스'라고 서명한 책을 주었을까? 그는 이 노인이 '사랑'이라는 말을 마구 휘두르고 다닐 사람이 아니라는 것을 충분히 알고 있었다. 그는 다시 전화기로 향했지만, 그가 수화기를 들기 직전에 전화벨이 울렸다.

"위 알루_{Oui, allô} 여보세요? 가마슈입니다."

전화를 건 쪽에서는 잠시 침묵을 지켰다.

"위 봉주르_{Oui, bonjour} 여보세요?" 그는 다시 말을 걸어 보았다.

"가마슈 경감님이십니까?" 목소리가 전화선을 타고 들려왔다. "전화를 직접 받으실 줄은 몰랐습니다."

"난 하는 일이 많지." 그는 친근하게 웃었다. "무슨 일인가?"

"제 이름은 로베르 르미외입니다. 저는 이스턴 타운십스의 코완스빌 경찰서의 당직 경관입니다."

"기억하네. 제인 닐 사건 때 만난 적이 있었지."

"그렇습니다, 경감님."

"무슨 일인가, 친구?"

"살인 사건입니다."

가마슈는 정황을 들은 후 전화를 끊고 아내를 바라보았다. 그녀는 침착하고 태연하게 의자에 앉아 있었다.

"내복은 있어?" 그녀가 물었다.

"그렇습니다, 부인." 그는 책상 첫 번째 서랍을 열어 짙은 파란색 실크 뭉치를 보여 주었다.

"경찰들은 보통 거기에 총을 넣고 다니는 거 아냐?"

"내복만 잘 입어도 안전이 충분히 보장되거든."

"다행이네." 그녀는 그를 끌어안았다. "어서 가 봐. 할 일이 있잖아."

그녀는 그가 문가에서 자신에게 등을 돌리고 전화를 하며 창문 밖 몬트리올의 스카이라인을 응시하는 모습을 바라보았다. 그녀는 그가 자신이 잘 아는 방식으로 움직이는 모습을 바라보다가 그의 머리카락이 목 부근에서 살짝 곱슬거리는 것을 보았고, 수화기를 귀에 대고 있는 그의 강인한 손을 보았다.

20분도 채 되지 않아, 아르망 가마슈는 자신의 부관인 장 기 보부아르 경위를 대동하고 사건 현장으로 출발했다. 그들은 자동차를 몰아 샹플랭 다리를 건너 고속도로로 진입하여 약 한 시간 반 정도 달린 끝에 이스턴 타운십스의 중심부에 도달했다.

가마슈는 차창 밖을 몇 분 동안 바라보다가 다시 한 번 책을 펼쳐 렌
마리가 자신에게 읽어 주던 시를 끝까지 읽었다.

죽음이 우리를 갈라 놓는 날이 오면
용서받은 자와 용서하는 자는 다시 만나게 되리
과연 그렇게 될까, 아니면 언제나처럼 너무 늦어 버렸을까?

9

"피해자의 이름은 세실리아 드 푸아티에입니다." 로베르 르미외 형사
는 가마슈의 첫 질문에 이렇게 대답했다. "하지만 다들 그녀를 CC라고
부릅니다. 이곳이 사건 현장입니다, 경감님." 르미외는 너무 열렬한 목
소리를 내지 않으려 노력하고 있었다. 하지만 무신경한 목소리 또한 최
선은 아냐. 그는 꼿꼿하게 서서 자신이 하는 일을 잘 알고 있는 것처럼
보이도록 애를 썼다.
"이곳인가?" 가마슈는 눈 위로 몸을 굽혔다.
"그렇습니다, 경감님."
"어떻게 이곳인지 알지?" 장 기 보부아르가 물었다. "내게는 다 똑같

아 보이는데."

실제로 그랬다. 눈 위에 찍힌 발자국이 사방에 널려 있었다. 산타클로스 가두 행진이 살인 사건 현장을 지나갔다고 하는 편이 더 나을 지경이었다. 보부아르는 검정 스키 모자를 아무렇게나 푹 눌러쓰고는 귀덮개를 세게 잡아당겨 귀를 덮었다. 이 모자는 그가 찾을 수 있었던 가장 멋진 모자였고, 게다가 거의 기대한 만큼 따뜻했다. 장 기 보부아르는 날씬하고 탄탄한 몸매를 과시하고 싶은 욕구와 탱탱한 엉덩이를 얼지 않게 보호하고 싶은 욕구가 엇갈리는 전장으로 끊임없이 자신을 내몰았다. 퀘벡의 겨울에 패션과 따뜻함을 동시에 만족시키기란 불가능에 가까웠다. 그리고 장 기 보부아르는 파카와 바보 같은 모자를 걸쳐 얼간이처럼 보이고 싶은 생각은 추호도 없었다. 그는 침착하게 서 있는 가마슈를 바라보았다. 대장님도 나처럼 덜덜 떨고 있는지 모르겠지만, 어쩌면 그처럼 아무런 내색을 하지 않을 수 있지? 그는 회색 털모자를 쓰고 노란색 캐시미어 목도리를 둘렀으며, 옅은 브리티시 카키색의 긴 극한지용 파카를 입고 있었다. 따뜻해 보였다. 그리고 보부아르는 영하 10도의 날씨에는 파카와 우스꽝스러운 모자, 맹꽁이 장갑 같은 것을 걸쳤을지라도 따뜻해 보이는 차림이야말로 얼마나 매력적인지 감탄을 금할 수 없었다. 우스꽝스러워 보이는 사람은 자신이 아닐까 하는 의심이 들기 시작했다. 그러나 돌풍이 그가 입고 있는 멋들어진 항공 재킷을 헤치고 뼛속 깊숙이 들이닥치자, 애써 쓸데없는 생각을 몰아냈다. 그는 덜덜 떨면서 발을 동동 굴렀다. 그들은 황량하고 차갑게 얼어붙은 호수 위에 서 있었다. 호숫가까지는 90미터나 떨어져 있었고, 저 멀리 떨어진 호숫가는 그저 어둡고 가느다란 선처럼 보였다. 보부아르는 왼쪽에 있는 반구

형의 바위투성이 지역을 지나면 윌리엄스버그 시가지가 나온다는 사실을 알고 있었다. 그러나 이곳에 서 있자니 문명으로부터 멀리 고립되어 있다는 인상을 받았다. 자신들이 무언가 야만적인 행위가 자행된 장소에 서 있다는 사실은 분명했다.

누군가 바로 이곳에서 살해당했다.

당시 그 사실을 알아차린 사람이 아무도 없었다는 사실은 애석한 일이었다.

"구체적인 정황을 말해 주게." 가마슈가 르미외에게 말했다.

이때야말로 보부아르가 가장 좋아하는 순간이었다. 또 하나의 수수께끼가 시작되는 순간. 그러나 가마슈는 다른 살인 사건과 마찬가지로, 이 수수께끼 역시 오래전에 시작되었다는 사실을 알고 있었다. 이 순간은 시작도 끝도 아니었다.

가마슈는 얼어붙은 호수 위에서 몇 걸음 더 앞으로 나아갔다. 부츠가 딱딱하게 얼어붙은 눈 표면을 뚫고 그 아래 좀 더 부드러운 층으로 진입했다. 가마슈는 발목에서 무언가 조금씩 흐르는 느낌을 받고는, 눈이 부츠 속에 스며들고 있다는 사실을 깨달았다.

"목격자들에 따르면, 피해자는 그야말로 그냥 쓰러졌다고 합니다." 르미외는 경감이 자신의 대답에 만족했는지 살피려 그를 바라보았다. 그는 심기가 언짢은 듯 보여, 르미외는 속으로 움찔했다. 벌써 뭔가 잘못을 저지른 건가? "그들은 그녀가 심장마비가 온 줄 알고 심폐 소생술을 시도하다가 트럭에 실어 병원으로 데려갔다고 합니다."

"그렇다면 살인 현장을 죄다 짓밟아 놓았겠군." 보부아르는 그게 르미외의 잘못인 양 말했다.

"그렇습니다, 경위님. 그들로서는 최선을 다했다고 생각합니다."

르미외는 다시 질책이 날아오기를 기다렸지만, 아무런 힐난도 듣지 않았다. 대신 보부아르는 씩씩거렸고, 가마슈는 이렇게 말할 뿐이었다.

"계속하게."

"응급실 당직 의사인 닥터 랑베르가 약 삼십 분 후에 경찰에 신고했습니다. 대략 오전 열한 시 삼십 분경이었습니다. 그는 변사자가 들어왔다고 했습니다. 그리고 검시관에게 연락해서 피해자가 감전사한 것 같다고 말했습니다. 말씀드린 대로, 그는 살인으로 판명되기 전까지는 일단 공식적으로 변사라고 밝혔습니다. 그러나 우리가 도착했을 시점에는 이미 확진을 내린 상태였습니다. 그녀는 살해당했습니다."

"그녀를 이름으로 부르게, 형사." 가마슈가 책망하는 기색 없이 말했다. "드 푸아티에 부인을 한 명의 인간으로 대해 주어야 하네."

"알겠습니다, 경감님. 그녀는, 드 푸아티에 부인은 바로 이 자리에서 감전사했습니다."

이미 르미외가 전화로 보고한 내용이었다. 사무실에서 전화로 받은 보고도 충분히 이상하게 들렸지만 현장에서 듣자니 한층 더 기이했다.

어떻게 얼어붙은 호수 한가운데에서 감전사할 수 있을까? 예전엔 사람들이 욕조 속에서 감전사하는 일은 더러 있었지만 대부분의 가전제품에 자동 차단 장치가 달려 나오기 전 이야기였다. 배우자가 들어가 있는 욕조 속에 토스터를 던져 넣는다 해도, 얻을 수 있는 것이라고는 타 버린 퓨즈와 고장 난 토스터, 그리고 배우자의 분노뿐이다.

텍사스 주지사라도 되지 않는 한 요즘 같은 시대에 누군가를 감전사시키기란 거의 불가능했다. 더군다나 수십 명의 사람들이 모여 있는 얼어쨌든 호수 위에서 그런 짓을 시도하려는 건 미친 짓이었다.

누군가 그런 짓을 시도할 만큼 미친 사람이 있었다.

누군가 그런 짓을 성공할 정도로 똑똑했다.

어떻게 했을까? 가마슈는 천천히 몸을 돌렸지만 특별한 것은 눈에 띄지 않았다. 검게 그을린 구식 텔레비전이나 토스터는 분명 찾아볼 수 없었다. 그러나 눈 위에 세 개의 알루미늄 접이식 의자가 있었고, 그중 하나는 뒤집어져 있었다. 의자 뒤에 우뚝 솟아 있는 것은 4.5미터 높이의 커다란 크롬 버섯처럼 보였다. 그 왼쪽으로 약 6미터 떨어진 곳에는 지붕이 없는 관중석이 있었다.

이 모든 게 관중석 앞에 있는, 6미터는 족히 되어 보이는 얼음 공터를 면해 있었다. 가마슈는 좀 더 높이 쌓여 있는 눈 더미를 피해 그쪽으로 걸어갔다. 그 공터는 길고 좁은 직사각형 형태였고, 커다랗고 둥근 돌이 흩어져 있었다.

컬링.

가마슈는 한 번도 컬링을 해 본 적이 없었지만 텔레비전에서 브라이어 대회1백 년 가까운 역사가 있는 캐나다의 전국 컬링 대회를 본 적이 있어서 컬링에 사용되는 돌 정도는 구분할 수 있었다. 경기장은 버려진 장소가 그렇듯, 을씨년스럽게 보였다. 가마슈는 돌이 얼음 위를 미끄러져 가는 소리와 시합을 하는 동료들이 서로 외치는 소리를 들을 수 있을 것 같았다. 몇 시간 전만 하더라도 이곳은 즐거워하는 사람들로 가득했으리라. 단 한 사람만 빼놓고. 그는 불행했기에, 심신이 피폐했기에 다른 사람의 생명을 앗아야 했으리라. 가마슈는 그 사람이 어떤 행동을 했는지 상상해 보려고 했다. 그는 어디에 앉아 있었을까? 다른 사람들과 함께 관중석에 있었을까, 아니면 다른 사람 눈에 띌 것이라는 사실을 알고 사람들과 거리를 두고 있었을까? 그는 죽음 앞에서 흥분했을까, 아니면 두려워했을까? 사소한 일까지 상세히 계획을 짜 두었을까, 아니면 별안간 엄청난 분노에 압도되어 범행을 저지를 수밖에 없었을까? 가마슈는 조용히 서서 이제 살인범의 목소리를 들을 수 있을지, 그의 목소리를 아이들의 귀신 같은 웃음소리와 팀원들에게 외치는 동료의 목소리로부터 구분해 낼 수 있을지 신중하게 귀를 기울였다.

그러나 그는 그럴 수 없었다. 아직까지는.

그리고 어쩌면 목소리 같은 것은 없었을지도 몰랐다. 단지 바람만이 쌓인 눈을 휘저어 올려 작은 얼음 파도를 만들며 경쾌하게 지나갔을 수도 있었다.

감식반은 노란 현장 통제 테이프를 치고, 센티미터 단위로 사건 현장의 사진을 찍고, 증거물처럼 보이는 것은 뭐든 수집했다. 치수를 재고, 비닐봉지에 넣고, 지문을 채취하는 작업은 영하 10도의 날씨에 쉬운 일이 아니었다. 가마슈는 자신들이 시간과 싸움을 벌이고 있다는 사실을 알았다. 지금은 사건 발생 시각에서 약 세 시간이 지난 오후 2시 30분이었고, 기상은 악화되고 있었다. 야외에서 발생한 살인 사건 현장은 어떤 곳이든 힘겨운 곳이었지만 한겨울의 호수 한가운데야말로 특별히 더 혹독한 곳이었다.

"어떻게 이런 곳에서 감전사할 수 있지?" 보부아르가 성마르게 물었다. "목격자들은 뭐라고 하던가?"

"컬링 시합은 약 열 시경에 시작했습니다." 르미외는 수첩을 참고하면서 대답했다. "아마도 열 시 삼십 분경에는 모두 이곳에 모였을 겁니다. 대부분은 저쪽에 서 있었지만, 피해자와 다른 한 여성은 이 의자에 앉아 있었답니다."

"피해자는 저 뒤집힌 의자에 앉아 있었나?" 보부아르가 물었다.

"잘 모르겠습니다." 르미외는 죽고 싶었다. 그러나 이상하게도 가마슈는 처음으로 의례적인 관심 이상의 눈길을 담아 그를 바라보았다. "사람들이 문제가 발생했다고 처음 알아차렸을 때는 옆에 앉아 있던 여성이 소리를 질렀을 때였습니다. 경기장에서 나는 소음 때문에 처음에는 아무도 듣지 못했다고 합니다."

"폭동이라도 일어났다던가?" 보부아르가 믿지 못하겠다는 투로 말했다. 그가 상상할 수 있는 폭동이란 사람들이 돌아가려고 우르르 몰리는 것뿐이었다.

"누군가 멋진 플레이를 한 것 같습니다."

"섣부른 추측은 하지 않는 게 좋아." 가마슈가 조용히 말했다.

"알겠습니다, 경감님." 르미외는 고개를 떨구고 간단한 지적에 너무 마음이 상한 것처럼 보이지 않으려 애썼다. 그는 의욕만 앞서는 학생처럼 보이고 싶지 않았다. 미묘한 타이밍이야. 바른 인상을 보여 줘야 해.

"사람들은 무슨 일이 일어났는지 알아차리자 드 푸아티에 부인에게 심폐 소생술을 시도했습니다. 의용 소방대원이 있었다고 합니다."

"루스 자도도 있었나?" 가마슈가 물었다.

"어떻게 아셨습니까?"

"지난 사건 때 만난 적이 있지. 그녀가 여전히 스리 파인스 의용 소방대 대장인가?"

"그렇습니다, 경감님. 그녀는 몇몇 사람들과 함께 이곳에 와 있었습니다. 올리비에 브륄레, 가브리 뒤보, 그리고 피터와 클라라 모로 부부…….”

가마슈는 그 이름들을 듣자 미소를 지었다.

“……그들은 심폐 소생술을 실시한 후 피해자를 근처에 있는 트럭으로 옮겨 코완스빌에 있는 병원으로 데려갔습니다. 그녀는 그곳에서 사망 판정을 받았습니다.”

“의사는 그녀가 감전사했다는 사실을 어떻게 알았나?” 보부아르가 물었다.

“화상 자국입니다. 그녀의 손발이 그을려 있었습니다.”

“그러면 심폐 소생술을 실시했을 때 그 사실을 알아차린 사람이 아무도 없었나?” 보부아르가 물었다.

르미외는 이제 침묵할 때라는 사실을 너무도 잘 알았다. 잠시 후 그는 입을 열었다.

“푸아티에 부인에게는 남편과 딸 하나가 있습니다. 그들도 이곳에 왔다가 그녀와 함께 병원으로 향했습니다. 그들의 이름과 주소를 적어 두었습니다.”

“몇 명이나 이 일을 목격했지?” 가마슈가 물었다.

“서른 명 정도. 어쩌면 그보다 더 많을 수도 있습니다. 매년 있는 컬링 시합이라니까요. 컬링을 하기 전에는 재향군인회관에서 조찬 모임이 있었답니다.”

그들 주변에는 온통 현장 감식 요원들이 작업 중이었다. 이따금 가마슈에게 질문을 하거나 의견을 내러 다가올 때를 제외하고는 쉬는 법이 없었다. 보부아르는 증거 수집 과정을 감독하러 자리를 떴고, 가마슈는 부하들이 일하는 모습을 바라보며 얼음 위에 잠시 서 있다가 장갑을 낀 손으로 뒷짐을 지고 걸음을 세어 가며 사건 현장을 빙빙 돌기 시작했다. 르미외 형사는 경감이 자신만의 세계로 걸어 들어가고 있는 것 같다고 생각했다.

"같이 좀 걸을까." 경감이 걸음을 멈추고 갑작스레 몸을 돌렸기 때문에, 르미외는 가마슈의 선명한 갈색 눈 속에 꼼짝없이 사로잡히고 말았다. 르미외는 눈 속을 거칠게 헤치면서 경감을 따라잡아 그 옆에서 걸으며 고민에 빠졌다. 내게 어떤 기대를 하고 있는 걸까? 1, 2분 정도 지나자 자신이 해야 할 일은 이 남자의 곁에 있어 주는 게 전부가 아닐까 하는 생각이 들었다. 그래서 르미외 역시 뒷짐을 지고, 부츠로 밟은 자리에 길이 생겨날 때까지 범행 장소 주변을 천천히 돌고 또 돌았다. 그리고 그 원의 중심부에는 눈깔사탕처럼 CC 드 푸아티에가 죽은 자리가 더 작은 원으로 표시되어 있었다.

"저건 뭐지?" 가마슈가 마침내 입을 열었다. 그는 사건 현장 너머에 솟아 있는, 얼어붙은 소형 원자폭탄 같은 커다란 버섯을 가리켰다.

"저건 전열기입니다, 경감님. 가로등 같은 겁니다. 빛 대신 열을 낸다는 게 다르죠."

"퀘벡 시에서 테라스 같은 데 놓여 있는 것을 본 적이 있네." 가마슈는 비유 퀘벡퀘벡 시의 옛 시가지의 오래된 테라스 위에서 마셨던 화이트 와인과 초가을 야외에서 저녁 식사를 하는 사람들을 위해 설치되어 있던 전열기를 기억해 냈다. "그런데 그것들은 훨씬 작았는데."

"대부분 그렇습니다. 이건 공업용이죠. 겨울철 건설 현장이나 스포츠 경기에서 사용하곤 합니다. 저건 윌리엄스버그의 밴텀 하키 리그북미에서

13~14세 아이들이 뛰는 연령별 아이스하키 리그에서 빌려 온 것 같습니다. 그 아이들은 대부분의 시합을 야외에서 하기 때문에 사람들이 몇 년 전에 큰 모금 행사를 열어 관중석을 짓고 관중들을 위한 난방 장치를 구입했습니다."

"자네는 이 근방 출신인가?"

"그렇습니다, 경감님. 저는 생 레미에서 자랐습니다. 가족들은 이사를 했지만, 저는 경찰대학을 졸업하자 이곳으로 돌아오고 싶었습니다."

"왜지?"

왜냐고? 그 질문은 르미외를 놀라게 했다. 아무도 그런 질문을 한 적이 없었다. 이건 가마슈가 시험 삼아 내 보는 속임수가 아닐까? 그는 자기 앞에 서 있는 커다란 남자를 바라보며, 아마 그렇지 않을 거라고 생각했다. 그는 속임수를 쓰는 부류로는 보이지 않았다. 여전히 외교적인 답변을 하는 것이 최선으로 보였다.

"저는 경찰청에서 근무하고 싶기 때문에 이곳에서 일하는 게 좀 더 유리하리라고 생각했습니다. 여기는 아는 사람들이 많으니까요."

가마슈는 잠시 그를 바라보았다. 잠깐의 어색한 순간이 지난 뒤 그는 뒤로 돌아 전열 기구를 바라보았다. 르미외는 조금 긴장을 풀었다.

"저건 분명 전기를 쓸 테지. 드 푸아티에 부인을 죽인 전기는 아마 저기서 왔을 거야. 하지만 그녀가 쓰러진 곳은 저기서 꽤 멀리 떨어진 곳이었네. 전열기가 접촉 불량이 났고, 어째서인지 드 푸아티에 부인이 거기 손을 댔다가 쓰러지기 전에 몇 걸음 걸을 수 있었다고 한다면 어떤가? 자네 생각은 어떤가?"

"추측도 괜찮습니까?"

가마슈는 웃었다. "그래, 하지만 보부아르에게는 말하지 말게."

"전기를 생산하려고 근처에서 발전기를 내내 돌렸을 겁니다. 집집마다 하나씩은 있으니까요. 누군가 그녀를 발전기에 접촉시켰을 가능성도 있다고 봅니다."

"자네 말은 점퍼 케이블을 사용해서 그녀에게 두 갈래로 물려 놓았다는 건가?" 그는 믿지 못하겠다는 내색을 하지 않으려 노력했지만, 어려운 일이었다. "그녀가 눈치챘을지도 모른다는 생각은 해 봤나?"

"컬링 시합을 보고 있었다면 눈치채지 못했을 수도 있습니다."

젊은 르미외 형사와 달리 가마슈 경감은 컬링 경기를 본 경험이 꽤 되는 편이었다. 가마슈는 전국 대회 결승전을 시청할 정도로 컬링을 좋아했다. 캐나다인으로서의 필요조건을 거의 만족한다고 할 수 있었다. 눈을 못 떼고 볼 정도는 아니었지만. 만일 렌 마리가 갑자기 발전기를 돌려 자신의 귀에 두 개의 커다란 악어 입 클립을 물린다면 반드시 눈치챌 터였다.

"다른 생각은 없나?"

르미외는 고개를 흔들고 인상 깊은 생각을 짜내려 애를 썼다.

장 기 보부아르는 어느새 현장 감식 요원들에게서 벗어나 가마슈 쪽으로 와서 이제는 전열기 옆에 서 있었다.

"어떻게 전원을 넣지, 장 기?"

"짐작도 가지 않습니다. 먼지를 떨고 사진도 찍었으니, 원하신다면 만져 보셔도 됩니다."

두 남자는 전열기를 둘러싸고 두 수도승의 아주 짧은 참배처럼 번갈아 고개를 숙였다가 하늘을 향해 치켜들었다.

"여기 전원 스위치가 있군." 가마슈가 스위치를 가볍게 올리자 놀랄 것도 없이 아무 일도 일어나지 않았다.

"수수께끼가 하나 더 생겼군요." 보부아르가 미소 지었다.

"절대 풀리지 않을 수수께끼일까?"

가마슈는 앞쪽에서 르미외 형사가 관중석에 앉아 손을 불어 가며 수첩에 메모를 하고 있는 모습을 바라보았다. 가마슈는 그에게 수첩에 메모한 내용을 정리해 두라고 명령한 터였다.

"저 친구 어떻게 생각해?"

"르미외 말씀이십니까?" 보부아르는 마음이 무거워졌다. "괜찮은 것 같습니다."

"하지만?"

'하지만'이 따라 나올 줄 어떻게 알았을까? 가마슈가 실제로 자신의 마음을 읽을 수 없기를 바란 게 이번이 처음은 아니었다. 그의 머릿속은 잡동사니들로 가득했다. 할아버지는 이렇게 말하곤 했다. "네 머릿속에 혼자 틀어박혀 있지 말거라, 몽 프티mon petit 애야. 그곳은 아주 무서운 곳이란다."

그 가르침은 벽에 부딪히고 말았다. 보부아르는 자신의 머릿속을 둘러보는 데도 거의 시간을 할애하지 않았으니, 다른 사람의 머릿속에 관심이 있을 리 만무했다. 그는 사실과 증거, 보고 만지며 잡을 수 있는 것을 선호했다. 사람의 마음에 관한 문제는 가마슈 같은 더욱 용감한 사람들에게 미루었다. 그러나 이제 그는 대장이 자신의 마음속에 이르는 길을 발견하지 않았을까 전전긍긍하고 있었다. 그는 들키면 당혹스러울 비밀이 굉장히 많았다. 그중 상당수는 포르노그래피나 다름없었다. 그는 이자벨 라코스트 형사를 두고 한두 번 성적 판타지를 품은 적이 있었다. 심지어 1년쯤 전에 겪었던 끔찍한 이베트 니콜 수습 형사를 두고도. 이런 판타지가 밝혀지면 능지처참을 당할 수도 있었다. 그러나 가마슈가 보부아르의 마음속을 살펴본다면, 자신에 대한 존경심만 찾을 수 있을 터였다. 그리고 만약 그가 충분히 깊이 파고들어 간다면, 가마슈는 결국 보부아르가 자기 자신에게조차 감추려 했던 방을 찾아낼지도 몰랐다. 그 방 안에는 보부아르의 공포와 악취, 굶주림이 기다리고 있었다. 그리고 거절과 친밀감의 공포 아래에 숨어 몸을 수그리고 앉아 있는 것은 언젠가 가마슈를 잃게 되리라는 공포였다. 그리고 그 숨겨진 방 속의 공포 옆에는 다른 것도 자리 잡고 있었다. 보부아르의 사랑이 조그마한 공처럼 웅크리고 마음 한구석 가장 깊숙한 곳에 숨어 있었다.

"저 친구는 지나치게 열심인 것 같더군요. 뭔가 있어요. 저는 그를 믿지 않습니다."

"그가 드 푸아티에 부인을 도우려 했던 마을 사람들을 옹호하려 했기 때문인가?"

"물론 아닙니다." 보부아르는 거짓말을 했다. 그는 특별히 꼬마에게 반박당하는 게 싫었다. "그냥 능력이 부족한 것 같습니다. 경찰청 수사관이 되기에는 역부족입니다."

"하지만 살인반에서 훈련을 받지 않았네. 갑자기 수술을 떠맡아야 하는 신출내기 의사 같은 처지인 거지. 이론상 그는 임무를 수행할 수 있어야 하네. 아마 버스 차장보다는 훈련을 좀 더 잘 받았겠지만 그가 하는 일은 버스 운전이 아니니까. 만일 내가 마약 단속반이나 내사과로 배치된다면 일을 제대로 할 수 있을지 장담할 수 없네. 실수를 몇 번 저지르지 않을까? 난 르미외 형사가 그렇게까지 나쁘지는 않다고 보는데."

이제 시작이로군. "그리 나쁘지 않다는 것만으로는 부족합니다. 경감님 기준은 상당히 낮으니까요. 여긴 살인반입니다. 경찰청에서도 엘리트 부서죠." 그는 가마슈가 발끈했다는 사실을 눈치챌 수 있었다. 이런 말을 들을 때면 항상 그러곤 했으니까. 보부아르로서는 대체 무슨 이유에서인지 몰라도, 가마슈는 이 명백한 말에 수긍하지 않았다. 최상층부조차 같은 생각을 했다. 최고 중 최고만이 살인반에 들어갔다. 누구보다 명석하고 용감한 사람들, 매일 아침 집에서 편히 일어나 아이들에게 키스하고 신중하게 살인을 저지르는 자들을 신중하게 사냥하러 나가는 사람들. 나약한 인간이 들어올 곳이 아니었다. 그리고 수습 형사는 천성적으로 나약했다. 나약함은 실수로 이어지고 실수는 끔찍한 결과를 초래하기 마련이었다. 살인범이 달아나 재차 살인을 저지를 수도 있고, 어쩌면 경찰청 수사관조차 해를 입을 수도 있었다. 어쩌면 당신조차. 어쩌면-문이 아주 천천히 조금 열리고 꼭꼭 숨겨진 방에서 굴ghoul이 빠져나왔다- 어쩌면 아르망 가마슈 당신조차. 언젠가 그의 욕구가 철부지 형사로 하여금 자신을 죽이도록 부채질하리라. 보부아르는 문을 쾅 닫았지만 자신 앞에 서 있는 남자에 대한 분노가 치밀어 오르는 것을 막을 수 없었다.

"이런 일은 전에도 겪지 않았습니까, 경감님." 그의 목소리는 매정하고 화가 나 있었다. "우리는 팀입니다. 경감님의 팀이라고요. 우리는 언제나 경감님의 명령을 따릅니다. 하지만 제발 부탁입니다. 우리에게 이런 질문은 그만해 주십시오."

"그럴 수는 없네, 장 기. 내가 자네를 트루아 리비에 분견대에서 찾아낸 걸 잊었나?"

보부아르는 눈동자를 굴렸다.

"자네는 바구니 안 갈대reed 사이에 앉아 있었지이집트 왕의 박해를 피해 바구니에 넣은 아기 모세를 갈대 숲에 숨긴 「출애굽기」의 내용을 빗댄 농담."

"잡초weed입니다, 경감님. 잡초라고 얼마나 더 말씀드려야 합니까? 마리화나 말입니다. 전 우리가 압수한 마리화나 무더기 속에 앉아 있었습니다. 그리고 바구니가 아니라 양동이입니다. KFC에서 치킨을 담아 주는 것 말입니다. 게다가 전 그 안에 없었다고요."

"이제 기분이 좀 상하는군. 브레뵈프 경정에게 자네를 바구니 속에서 찾았다고 했는데. 이것 참. 그래도 분명히 기억하지? 그곳에서 자네는 증거물 더미 속에서 생매장당하고 있었네. 왜 그랬지? 자네가 모두에게 귀찮게 굴었기 때문에 자네를 계속해서 증거 보관실에 배치한 거지."

보부아르는 매일같이 그날을 생각했다. 그는 구원받았던 때를 절대 잊지 못했다. 자신 앞에 있는 이 덩치 큰 남자가 자신을 구원했다. 잘 다듬은 회색 머리카락에 흠잡을 데 없는 복장을 한 짙은 갈색 눈의 이 사내가.

"자네는 따분해하고 분노에 차 있었지. 아무도 자네를 원하지 않을 때 내가 떠맡았네." 가마슈는 부드럽게 이야기를 꺼내고 있어서, 다른 사람은 아무도 이 대화를 듣지 못했다. 그리고 그는 노골적인 애정을 담아 말하고 있었다. 보부아르는 갑자기 자신이 늘 잊어버리려 급급해했던 경험이 떠올랐다. 가마슈는 경찰청 사람들 중 가장 훌륭하고 명석하며 용감하고 강인한 사람이었다. 기꺼이 자신의 머릿속에 틀어박힐 수 있는 사람이기에, 기꺼이 그곳에 있는 모든 문을 열려고 하기 때문에, 기꺼이 다른 사람들의 마음속 깊이 숨겨진 어두운 방 속으로 들어가려

하기 때문에. 살인자들의 마음속으로도. 그리고 그는 어떤 괴물이 다가오든 제압했다. 그는 보부아르가 꿈에서조차 존재한다는 사실을 몰랐던 장소로 향하는 사람이었다.

그것이 아르망 가마슈가 그들의 대장인, 그의 대장인 이유였다. 그리고 그가 가마슈를 사랑하는 이유였다. 장 기 보부아르가 보호는 원하지도 필요하지도 않다고 명확히 선을 긋는 이 남자를 보호하려고 매일같이 발버둥 치는 이유이기도 했다. 사실 가마슈는 보호라는 것이 임시방편적 책략에 지나지 않는다고 매번 보부아르를 납득시키려 했다. 그 모든 게 끔찍한 존재가 다가오고 있을 때 시야를 가리는 행위에 불과하다는 것이었다. 직접 보고 접하는 게 최선이다. 그리고 어쨌든 제대로 보호해 주지도 못할 갑옷 뒤에 숨어서는 안 된다. 자신들이 찾는 것에 저항해서는 안 된다.

"하지만 이 말만은 해 두지, 장 기." 이제 가마슈는 활짝 웃고 있었다. "자네가 르미외 형사를 맡고 싶지 않다면 내가 맡도록 하지. 자네에게 그 친구를 강요하지는 않겠네."

"좋습니다. 그를 맡으세요. 하지만 그 녀석이 살인자라는 사실이 밝혀진 뒤에 제게 와서 울지 마시고요."

가마슈는 웃음을 터뜨렸다. "명심하겠네. 그동안 나쁜 선택을 꽤 많이 해 왔는데, 요즘 들어 더 심하단 말이야." 그는 이베트 니콜 형사를 뜻했지만, 그녀의 이름을 절대 입 밖에 내지 않았다. "하지만 승자가 될 수 있을 거야. 여전히, 공포에 떨며 사는 것보다는 위험을 감수하는 게 나으니까."

가마슈는 너그러운 애정을 담아 그의 팔을 두드렸다. 이럴 때면 보부아르는 거의 숨이 멎는 것 같았다. 그러고 나서 다른 수사관들에게 고개를 끄덕여 보이고, 결단력 있는 걸음으로 로베르 르미외 형사가 있는 쪽으로 빙판을 가로질렀다. 저 젊은 녀석은 즐거운 하루를 보내게 되겠군. 즐거운 일주일도. 그리고 커리어도 그렇게 되겠지.

보부아르는 가마슈가 조용히 르미외에게 말을 건네는 모습을 지켜보았다. 그 젊은이는 아주 놀란 듯한 표정을 지었다. 보부아르에게는 천사가 강림한 것처럼 보였다. 그것은 사람들이 가마슈와 이야기를 나눌 때 보부아르가 자주 보던 표정이었다. 그리고 자신을 바라보는 사람들에게서는 절대로 볼 수 없었던 표정이었다.

보부아르는 경탄하며 고개를 흔들고 당면한 과업으로 돌아갔다.

10

"누가 왔는지 봐." 피터가 주방에서 거실에 있는 클라라를 불렀다. 클라라는 책을 덮고 싱크대 앞에 있는 남편에게 다가갔다. 커튼을 젖히자 친숙하고 호감 가는 모습을 한 사람이 집으로 이어지는 길을 따라 올라오는 모습이 보였다. 그의 옆에는 낯선 사람이 한 명 있었다.

클라라는 급히 머드룸으로 달려가 문을 열고, 집을 지키는 데에는 관심도 없는 루시를 넘어 밖으로 나갔다. 루시는 오직 루스에게만 짖었는데 그것도 단지 루스가 맞받아 짖어 댔기 때문이다.

"춥지 않으세요?" 클라라가 큰 소리로 외쳤다.

"눈이 올 거라고 하더군요." 가마슈가 대답했다.

그가 대답하자 클라라가 웃었다. 그녀는 제인 살인 사건 이후로 그를 1년 넘게 보지 못했다. 가마슈를 다시 만나게 된다면 예전의 상처가 되살아나지는 않을까 하는 고민을 가끔 하곤 했다. 그 끔찍한 순간을 영원히 그와 결부시키게 될까? 단지 제인을 잃은 슬픔만이 아니라 옛 해들리 저택 지하실에 갇혔던 그 무서운 순간까지? 그러나 이제 그가 도착하는 모습을 보니 그녀는 반가움만 느꼈다. 그리고 위안도. 그녀는 이 선임 경찰청 수사관의 영국 악센트가 살짝 섞인 완벽한 영어를 듣는 즐거움을 잊고 지냈다. 가마슈에게 어디서 영어를 배웠는지 물어볼 작정이었지만 늘 잊어버렸다.

가마슈는 클라라의 양 볼에 키스를 하고 피터에게 애정이 담긴 손짓을 했다. "로베르 르미외 형사를 소개하지요. 코완스빌 경찰청에서 우리와 두 번째로 일하게 됐습니다."

"앙샹테Enchanté 처음 뵙겠습니다." 르미외가 말했다.

"엉 프레지르Un plaisir 반가워요." 클라라가 대답했다.

"그렇다면 살인 사건이군요." 피터가 두 사람의 코트를 받으며 말했다. 그는 CC를 데리고 병원으로 갔었고, 병원에 도착하기 한참 전에 그녀가 죽었다는 사실을 알았다. 당시 그는 컬링 경기장에서 '어머니'의 장대한 마지막 샷을 지켜보던 중이었다. 그는 건너편 관중석의 관중들이 컬링 선수들을 지켜보는 대신 전부 자리에서 일어나 다른 광경을 바라보고 있는 모습을 보았다. 그는 컬링용 브러시를 떨어뜨리고 쏜살같이 달려갔다.

그곳에는 CC 드 푸아티에가 눈 위에 정신을 잃은 채 쓰러져 있었다. 그녀의 모든 근육은 어떤 힘에 맞서 안간힘을 쓰기라도 한 것처럼 팽팽하게 경직되어 있었다.

그들은 심폐 소생술을 시도하다가 앰뷸런스를 불렀고, 끝내 그녀를 직접 병원으로 데려가는 것이 가장 빠른 길이라는 결론을 내렸다. 그리하여 그들은 빌리 윌리엄스의 픽업트럭 적재함에 그녀를 싣고 눈 덮인 시골길에서는 위험할 정도의 속력으로 여기저기 부딪치며 거칠게 코완스빌로 향했다. 빌리 윌리엄스가 미친 듯이 차를 몰았고, 그와 올리비에, 루스가 짐칸에 올라탔다. 운전석에 앉은 빌리 옆에는 CC의 혹덩이 들인 남편과 딸이 탑승했다. 그들은 똑바로 앞만 바라보고 있었다. 조용히 앉아 움직이지도 않았다. 피터는 자신이 인정머리 없다는 사실을 알고 있었지만, 완전한 타인들이 그 난리 법석을 떠는 와중에도 자신의 아내를 구하려 아무런 행동도 하지 않는 남자를 경멸할 수밖에 없었다.

올리비에는 리드미컬하게 그녀의 가슴을 압박하며 심장 마사지를 했다. 루스는 맥박을 쟀다. 그리고 그는 싫은 일을 떠맡게 됐다. 그녀의 멈춰 버린 폐 속에 공기를 불어넣어야 했다. 그녀의 폐는 죽어 버렸다. 모두 그 사실을 알고 있었지만 빌리가 윌리엄스버그와 코완스빌 사이에 있는 모든 구덩이와 얼음덩이에 차를 들이박는 동안 그들은 계속해서 분투했다. 얼어붙은 철제 바닥에 무릎을 꿇고 있자니 피터는 차가 덜컹거릴 때마다 무릎이 붕 뜨다가 떨어지는 듯한 기분을 느꼈고, 무릎에는 점점 멍이 늘어 갔다. 그러나 그는 계속해서 인내심을 발휘했다. CC를 위해서라기보다 올리비에가 자신의 옆에서 똑같은 처지를 겪고 있기 때문이었다. 게다가 루스 역시 무릎을 꿇고 아픈 엉덩이와 삐걱거리는 무릎을 바닥에 부딪혀 가며 부드러우면서도 흔들림 없이 CC의 머리를 붙들고 있었다. 그녀는 맥박을 재면서도 결코 목소리가 떨리는 법이 없었다. 그는 자신의 따뜻한 입술을 점점 더 차갑고 딱딱해지는 CC의 입술에 대고 심폐 소생술을 계속했다. 그는 그저 무슨 일이 일어나는지 알아보려고 스키 스틱에 키스했던 어린 시절의 기억이 떠올랐다. 스키 스틱은 너무 차가워서 불타는 듯한 느낌이었고, 그의 입술은 스키 스틱에 달라붙어 떨어지지 않았다. 그는 결국 입술이 홀랑 벗겨지고 말았다. 스키 스틱에 얇은 표피가 붙어 있었다. 그는 입술에서 피를 흘리며, 그 광경을 본 사람이 없는지 재빨리 주위를 둘러보았다.

CC에게 심폐 소생술을 하고 있으니 딱 그때의 느낌이 들었다. 만약 자신이 계속해서 심폐 소생술을 시도한다면, 결국 자신의 촉촉한 입술은 그녀의 입에 납땜한 것처럼 달라붙어, 입술을 뜯어내기 전까지 꼼짝달싹 못하리라는 생각이 들었다. 자신의 피부 일부를 그녀에게 남긴 채. 피투성이의 인공호흡이 아닐 수 없었다.

그것은 그가 해야만 했던 일 중 가장 역겨운 일이었다. 그는 그녀를 자신의 인생에서 손꼽을 정도로 혐오스러운 인간이라고 생각했기 때문에 그 일이 더욱 역겨웠다. 죽어서도 나아진 게 없어.

"살인 사건입니다. 드 푸아티에 부인은 고의적으로 감전사당했습니다." 가마슈가 말했다.

클라라는 남편에게 몸을 돌렸다. "당신은 의사들이 살인일지도 모른다고 의심한다는 걸 알고 있었잖아."

"닥터 랑베르가 경찰관이랑 이야기하는 걸 들었어. 잠깐, 그 경찰관이 당신이었나요?" 피터가 르미외에게 물었다.

"위Oui 그렇습니다, 무슈. 저도 당신을 알아봤습니다. 사실, 우리는 몇몇 지역 행사에서 이미 만난 적이 있었을 겁니다."

"분명 그럴 가능성이 있어요. 감전사라." 피터는 생각에 잠기며 말했다. "사실 냄새가 났어요. 바비큐 같은."

"이제야 말하는 거야? 나도 기억나요." 클라라는 넌더리 난다는 듯 말했다. "굉장한 소란이 일어나서 그때 일을 떠올리기가 쉽지 않네요."

"그래도 부디 기억을 더듬어 주었으면 합니다." 가마슈는 르미외에게 메모를 하라고 손짓하면서 말했다. 피터는 그들을 아늑한 거실로 안내하고, 벽난로에 자작나무 장작을 던져 넣었다. 불 속에 들어간 나무껍질이 터지자 불꽃은 나무를 움켜쥐고 탁탁 소리를 내며 튀어 올랐다. 가마슈는 오랜만에 넓게 켠 유럽 적송 널빤지를 깐 마룻바닥과 마을 광장을 향해 나 있는 중간 문설주가 달린 창문을 다시 볼 수 있었다. 피아노와 한쪽 벽을 다 차지하고 있는, 책이 가득 꽂혀 있는 책장도. 소파 한 개가 벽난로를 마주 보고 있었고, 큰 안락의자 두 개가 소파를 감싸듯 놓여 있었다. 자리마다 놓여 있는 무릎방석 위에는 헌 신문이며 잡지와 책이 마구잡이로 쌓여 있었다. 가마슈가 보기에 이 친숙한 방에서 유일하게 변한 것이 있다면, 화려하게 장식된 커다란 크리스마스트리였다. 트리는 달콤한 향기를 내뿜고 있었다. 클라라가 차와 비스킷이 담긴 쟁반을 들고 따라 들어와, 네 사람은 따뜻한 벽난로 주변에 앉았다. 창밖에는 해가 지고 있었고, 구름은 어둑어둑한 지평선 위에 모여들었다.

"어디부터 이야기할까요?"

"오늘 아침부터 부탁합니다. 조찬 모임이 있었다고 들었는데요?"

"래리 가에 있는 왕립 캐나다 재향군인회관에서 있었어요. 피터랑 저는 조찬 준비 때문에 일찍 도착했어요. 병원 기금 모금 행사였죠."

"그곳에는 대략 일곱 시쯤 도착했습니다." 피터가 말을 받았다. "다른 자원봉사자들이 몇 명 나와 있었어요. 머나 랜더스, 에밀리 롱프레, 비 메이어, 케이 톰슨. 이제 제대로 기억이 납니다. 클라라와 제가 식탁과 의자를 내다 놓았고, 다른 사람들이 커피를 끓이고 음식을 차렸죠."

"사실, 박싱 데이 아침에는 사람들이 그리 배가 고프지 않죠. 십 달러씩 받고 음식은 뷔페식으로 제공했어요." 클라라가 말했다. "엠과 케이가 서빙을 하고 피터랑 저는 음식을 만들었어요. 케이는 이백 살쯤 됐을 텐데도 여전히 일을 하려고 했어요. 이제 그녀도 앉아서 할 수 있는 일을 찾아야 할 텐데요."

"주변 사람들을 쥐고 흔드는 일 같은 거 말이죠." 피터가 말했다.

"절대 당신을 쥐고 흔들진 못할걸. 그건 내 일이야. 자원봉사지."

"시민 의식이 투철하시네." 피터는 인내심 있게 웃어 주었다.

"다른 사람들은 무엇을 했습니까?" 가마슈가 그렇게 물어서 르미외는 놀랐다. 저들이 계속해서 살인 사건보다 한참 전에 있었던 이야기만 늘어놓는다면 수첩에 더 이상 쓸 곳이 없어질 텐데. 그는 글씨를 작게 쓰려고 노력했다.

"누가 남았지?" 피터가 클라라를 향했다. "머나 랜더스랑 비 메이어로군요."

"벌bee이오?" 르미외가 물었다.

"그녀의 이름은 베아트리스Beatrice입니다. 하지만 다들 비Bea라고 부르죠." 피터는 르미외에게 베아트리스의 철자를 불러 주었다.

"사실, 다들 그녀를 '어머니'라고 불러요." 클라라가 말했다.

"왜죠?" 가마슈가 물었다.

"한번 맞혀 보세요." 클라라가 말했다. 르미외는 대장이 건방지고 격의 없는 말투에 짜증이 나지 않았는지 쳐다보았지만 그는 웃고 있었다.

"머나와 비는 조찬 준비로 무엇을 했나요?"

"그 둘은 식사 중간중간 식탁을 치우고 차와 커피를 내왔습니다." 피터가 말했다.

"아, 그래요. '어머니'의 차는 약초를 우린 거예요. 맛이 끔찍해요. 전차 정도는 괜찮고 탕약도 감당할 수 있지만, 매년 내놓는 '어머니'의 차에는 대체 뭐가 들어갔을지 생각도 하기 싫어요. 어느 정도는 감탄스럽기도 해요. 아무도 그 차를 마신 적이 없는데도 계속해서 권하니까요."

가마슈는 곰곰이 생각했다. 고결한 인내심과 광기는 종이 한 장 차이지. "드 푸아티에 부인과 그녀의 가족들이 그곳에 왔습니까?"

"정확히는 몰라요." 클라라는 잠시 생각을 하고 입을 열었다. "우리는 내내 음식을 하고 있어서 내다볼 짬이 나지 않았어요."

"조찬 중에 뭔가 이상한 일은 없었습니까?"

피터와 클라라는 기억을 더듬어 본 다음 고개를 흔들었다.

"피터는 올해 컬링 시합에서 처음으로 엠의 팀에 참가하게 됐어요. 그래서 일찍 자리를 떴죠."

"제가 밖으로 나갔을 때 엠과 '어머니'는 이미 호수에 가 있었습니다. 길을 내려가면 바로 오른편이 호수거든요. 회관에서 걸어서 대충 오 분 정도 걸립니다."

"그러면 팀원들이 당신을 기다리지 않았나요?"

"뭐, 조르주가 기다려 줬습니다. 그도 우리 팀이었거든요. 그도 올해 컬링이 처음이었다더군요."

"그의 성은 뭐죠?"

"심농입니다." 피터는 가마슈의 눈썹이 치켜 올라가는 모습을 보고 웃었다. "무슨 생각 하시는지 알아요. 그의 어머니가 책을 놓지 못하는 저주에 걸렸었거든요."

"그리고 아들에게 저주를 걸었군요."

"저랑 조르주가 브륌 호수로 내려갔더니 엠과 '어머니'가 있더군요. 빌리 윌리엄스가 이미 얼음판을 손질해 놓아서 컬링을 바로 시작할 수 있었습니다. 그가 크리스마스 며칠 전에 관중석까지 지어 놓았죠."

"얼음은 잘 얼어 있었습니까?"

"아, 예전에 꽁꽁 얼었죠. 게다가 경기장은 호숫가에서 가까운 지점이기도 했고, 빌리가 아마 송곳으로 얼음 두께를 쟀을 겁니다. 빌리는 굉장히 신중한 친구라서요."

"호수에서 다른 특별한 건 발견하지 못했나요?"

피터는 기억을 되짚었다. 그는 길 한쪽에 서서 작은 경사면 아래 눈 덮인 호수를 바라보던 때를 기억했다. 건너편에는 '어머니'와 엠이 의자 옆에 서 있었다.

"의자요. '어머니'랑 엠, 케이는 항상 전열기 가까이 앉을 수 있도록 의자를 가지고 다닙니다."

"오늘 오전에는 의자가 몇 개 있었죠?"

"세 개요. 두 개는 전열기 가까이에 놓여 있었고, 다른 하나는 조금 앞에 있었습니다."

"그래서 어떤 일이 일어났습니까?" 가마슈는 커다란 손으로 따뜻한 머그잔을 부드럽게 감싸 쥐고 몸을 앞으로 기울였다. 그의 눈은 선명하고 초롱초롱했다.

"다들 한꺼번에 도착했던 것 같습니다. 조르주와 내가 도착했을 때 엠과 '어머니'는 의자에 앉아 있었죠. 우리가 잠시 동안 전략을 짜고 있으려니 다른 팀이 도착했습니다. 머지않아 관중석이 만석이 되었고요."

"저는 컬링 시합이 막 시작했을 때 도착했어요." 클라라가 말했다.

"그러면 CC도 거기 있었습니까?"

"전열기 옆에 있는 의자에 앉아 있었죠." 클라라는 아주 작은 미소를 띠었다.

"무슨 일입니까?" 가마슈가 물었다.

클라라는 은밀한 순간이 들키자 얼굴을 약간 붉혔다. "저는 CC를 알아요. 가장 좋은 자리를 차지하는 사람이죠. 사실, 그녀가 고른 건 전열기에서 가장 가까운 곳에 놓인 의자였어요. 원래는 케이가 앉아야 하는 자리였죠."

"그녀를 좋아하지 않는군요?"

"그래요. 전 그녀가 잔인하고 이기적인 사람이라고 생각해요. 그래도 죽어 마땅한 사람은 아니었는데."

"그러면 어떤 대접을 받아야 마땅할까요?"

그녀는 이 질문에 큰 충격을 받았다. CC가 어떤 취급을 당해야 마땅하냐고? 그녀는 불꽃을 탁탁 튀기며 일렁이는 벽난로를 바라보며 생각에 잠겼다. 르미외는 앉은 자세를 바꾸며 뭐라고 말을 걸려고 했다. 그러나 가마슈가 조용히 하라고 눈짓으로 그를 제지했다.
"그녀는 홀로 지내야 마땅해요. 그게 그녀가 사람들을 업신여기고 상처 입힌 벌이에요." 그녀는 단호하고 침착한 목소리를 내려고 애를 썼지만 목소리가 떨리고 있는 것을 느끼고는 눈물만은 나오지 않기를 바랐다. "그녀는 다른 사람들의 신뢰를 얻지 못했어요."
가마슈는 침묵을 지켰다. CC가 클라라에게 무슨 짓을 했기에, 이 선량한 여인이 큰 상처를 받아 그런 무서운 벌을 내리려 하는 걸까? 클라라와 마찬가지로 가마슈 역시 사람들에게서 고립되는 것이 죽음보다 훨씬 가혹하다는 사실을 알고 있었다.
그는 이 사건이 쉽게 해결되지 않으리라고 생각했다. 이 정도의 해악을 자초할 정도로 망가진 사람은 온갖 비밀과 적들로 점철된 삶을 살아왔으리라. 가마슈는 벽난로에 조금 더 가까이 다가갔다. 밖은 해가 완전히 져, 밤이 스리 파인스에 내려와 있었다.

11

"그렇게 나쁜 여자는 아니었어." 루스 자도는 와인병에 코르크 마개를 다시 거칠게 쑤셔 박았다. 그녀는 손님들에게는 권하지도 않고 자신의 잔에만 와인을 한 잔 더 따른 참이었다.

 루스가 무척이나 싸늘한 주방에서 이른바 '저녁 식사'를 준비하는 동안, 가마슈와 르미외는 흰색 레진을 덧댄 정원용 의자에 앉아 있어야 했다. 두 남자는 파카 차림이었지만 루스는 좀먹은 스웨터를 두 벌 껴입고 있었다.

 르미외 형사는 둥글게 만 한 손을 다른 손으로 문지르며 손에 입김을 불고 싶은 충동을 억제하려 애썼다. 그와 가마슈는 모로 부부와 이야기를 마친 후 마을 광장을 지나, 그가 이제껏 본 것 중 가장 작은 집으로 향했다. 그 집에는 창문이 1층에 두 개, 다락에 한 개가 있을 뿐이어서 판잣집보다 더 작아 보였다. 집에 칠해 놓은 흰색 페인트는 군데군데 떨어져 있었고, 현관 전구 중 하나는 불이 들어오지 않았다.

 문은 막대기를 받쳐 열어 놓았다. 그녀와 관련된 모든 것은 여위어 보였다. 그녀의 몸, 그녀의 팔, 그녀의 입술, 그녀의 유머 감각까지. 전압이 낮아 희미한 불빛을 내고 있는 복도 전등 아래를 지나면서 그는 몇 번인가 쌓아 놓은 책 더미에 걸려 넘어질 뻔했다.

 "경찰청이 이제 장애인도 고용하나 보지." 루스가 그를 향해 지팡이를 휘두르며 말했다. "그래도 당신이 지난번에 데려온 녀석보다는 좀 나은 것 같은데. 그 여자 이름이 뭐요? 알 게 뭐야. 엄청난 골칫덩이였지. 건방지기 이를 데 없고. 꼭 앉아야겠다면 앉아요. 너무 편하게 있으려고는 하지 말고."

 르미외는 다시 손을 문지르고 펜을 들어 메모를 하기 시작했다.

 "CC 드 푸아티에는 잔인하고 이기적인 사람이었다고 하더군요." 가마슈는 말을 하다가 입김이 서리지 않는다는 사실에 놀랐다.

"그래서?"

"사실, 그리 좋은 평은 아니죠."

"뭐, 아주 좋은 사람은 아니었지만 그렇게 나쁜 여자는 아니었어. 그러니까 내 말은," 늙은 시인은 와인을 꿀꺽꿀꺽 들이켜고 둥그런 플라스틱 탁자에 잔을 내려놓았다. "잔인하고 이기적이지 않은 사람도 있나?"

가마슈는 그동안 루스 자도라는 커다란 즐거움을 잊고 있었다. 그는 크게 웃음을 터뜨려 그녀의 이목을 끌었다. 그녀 역시 웃기 시작했다.

로베르 르미외는 이 광경을 이해할 수 없었다.

"난 그녀가 격렬하면서도 옹졸한 사람이라고 생각하는데. 맞아, 굉장히 잔인한 사람이지. 하지만 거기에는 이유가 있을 거요. 그녀를 이해하기에는 그녀에 대해 알고 있는 게 별로 없어."

"그녀를 언제부터 알고 지냈습니까?"

"일 년쯤 됐나. 그녀가 티머 해들리가 살던 집을 샀다오." 루스는 어떤 반응을 기대하며 가마슈를 면밀히 살펴보았지만, 이내 실망하고 말았다. 그는 이미 30분 전에 클라라와 피터의 집에서 이미 그에 대한 반응을 보였었다. CC가 옛 해들리 저택을 산 이야기를 클라라가 해 주었었다. 이제 세 사람 모두 침묵을 지키며 앉아 있었고, 르미외 형사는 다시 홀로 남겨졌다. 대체 내가 놓치고 있는 게 뭐지?

아르망 가마슈가 마지막으로 해들리 저택을 방문했을 때, 그는 피터와 클라라, 보부아르와 함께 거의 죽을 뻔했었다. 만약에 눈물을 흘리는 집이 존재한다면 바로 그곳이었다.

가마슈는 결코 그 지하실과 어둠을 잊지 못하리라. 지금도 여전히 따뜻한 머그잔을 쥐고 포근한 불 앞에 앉아 친구와 동료들과 있을 때에도 가마슈는 공포로 몸이 살짝 떨리곤 했다.

그는 그 어두운 곳으로 돌아가고 싶지 않았지만 이제 다시 가 봐야 한다는 사실을 알았다. CC 드 푸아티에가 그 집을 샀다. 그것이 어떤 부연 설명보다 그녀에 대해 더 많은 것을 웅변했다.

"그녀는 주말에만 그 집에 왔다오." 그녀는 자신이 던진 폭탄이 불발이라는 사실을 확인하고 말을 이었다. "남편과 딸도 데리고 왔지. 이제 패배자 두 명만 남았구려. 그녀는 그나마 활기차게 살았지. 인생이란 게 있었어. 하지만 다른 두 사람은 참고 봐 줄 수 없는 멍청이들이야. 뚱뚱한 데다 게으르기까지. 그리고 따분한 인간들이지. 그것도 아주."

루스 자도에게 따분하다는 말은 가장 큰 모욕이었다. 그 표현은 친절과 상냥이라는 말과 함께 그녀가 질색하는 표현의 1등을 다퉜다.

"컬링 시합에서 무슨 일이 있었습니까?"

루스는 CC의 가족 이야기를 하면서 화가 난 것처럼 보였다. 그녀는 한층 더 퉁명스러워졌다.

"그녀가 죽었지."

"두 단어보다는 좀 더 긴 말이 듣고 싶습니다."

"엠의 팀이 평소 때처럼 지고 있었고, 그러다 CC가 죽었어." 루스는 의자 등받이에 몸을 기대고 앉아 가마슈를 노려보았다.

"저와 장난칠 생각은 마십시오, 마담 자도." 그가 흥미로운 표정으로 그녀를 응시하며 상냥하게 말했다. "예전에 있었던 일을 다시 반복해야 합니까? 그런 태도에 지치지도 않습니까?"

"분노 말인가? 이것만큼 좋은 거지." 그녀는 잔을 들어 그를 놀리듯 경례를 붙였다.

"그런데 왜 그렇게 화가 나신 겁니까?"

"당신은 살인 사건을 보고도 화가 나지 않나 보지?"

"하지만 당신은 그 때문에 화가 난 게 아닙니다." 그는 거의 다정하게 보일 만큼 친절하게 말을 건넸다. "적어도 그 때문만은 아니죠. 다른 이유가 더 있어요."

"똑똑한 양반이로군. 학교 다닐 때 똑똑하다는 말 많이 들었을 것 같은데. 지금 몇 시요?"

"네 시 사십오 분입니다."

"곧 나가 봐야 해. 약속이 있어서."

"컬링 시합에서 무슨 일이 있었습니까?" 가마슈는 다시 시도했다. 르미외는 숨을 멈췄다. 이유는 몰랐지만 그는 지금이 중요한 순간처럼 보였다. 늙은 시인은 가마슈를 빤히 쳐다보았다. 그녀의 얼굴과 몸에는 분노가 넘실대고 있었다. 가마슈는 단지 마주 바라볼 뿐으로 그의 얼굴은 솔직하고 사려 깊고 강인해 보였다.

루스 자도는 눈을 깜빡였다. 문자 그대로 눈을 감았다 떴다. 르미외는 그녀가 분노를 가늠하면서 눈을 감았다가, 눈을 뜨면서 그 분노를 새로운 세상 속으로 보낸 것 같다고 생각했다. 아니면 적어도 새로운 태도거나. 그녀는 깊이 숨을 들이마시고 잿빛 머리를 끄덕였다. 그녀는 살짝 미소를 지었다.

"내 안에서 최악의 것을 끄집어내는구려, 경감."

"이제 품위 있게 행동하시겠다는 뜻인가요?"

"유감스럽지만 그래요."

"사과드리겠습니다, 마담." 가마슈는 앉아 있던 플라스틱 의자에서 잠깐 일어나 머리를 숙였다. 그녀도 그에게 머리를 기울였다.

르미외는 지금 무슨 일이 일어났는지 전혀 이해할 수 없었다. 혹시 괴상한 영국계 관습이 아닐까? 공격에서 항복까지 하나의 춤동작 같았다. 자신의 빈약한 경험에 비추어 보건대, 프랑스계끼리 만나면 이런 일은 거의 일어나지 않았다. 그가 느끼기에 프랑스계가 자신의 감정에 훨씬 솔직했다. 영국계? 글쎄, 기만적인 사람들이지. 그들이 대체 무슨 생각을 하는지 모르겠다니까. 감정에는 절대 신경 쓰지 않는 사람들이지.

"난 가브리와 관중석에 있었지. 잠시 동안 컬링 게임이 진행되고 있었어. 아까도 말했듯이 엠 쪽이 지고 있었어요. 불쌍한 엠은 맨날 진다니까. 상황이 꽤 안 좋아서 그녀는 '비 캄'이라고 팀 이름을 선창했다오. 마음을 가라앉히라는 뜻이었던 게지. 그 후로 얼마나 시간이 흘렀을까, 가브리가 내 옆구리를 찔렀지. 누군가 사고가 일어났다고 외치더군."

루스는 당시 상황을 머릿속에서 재연해 보면서 묘사했다. 당시 그녀는 어떤 소동이 일어났는지 자세히 살펴보려 몸을 앞뒤로 흔들었다. 모두 두꺼운 파카와 털모자, 스카프를 걸치고 있어서 그녀는 제대로 된 시야를 확보할 수 없었다. 이윽고 당황한 듯 이리저리 움직이던 사람들이 뒤집어진 의자로 모이자 관중석은 텅 비었다. 사람들은 처음에는 걷다가 최종적으로는 달리기 시작했다.

루스는 케이가 쓰러졌다고 생각해서 고함을 치며 사람들을 뚫고 앞으로 나섰다. "소방대 대장님이 행차하시니, 썩 비켜."

물론 화재가 발생한 것은 아니었고 루스도 화재를 염두에 두고 있지는 않았다. 그럼에도 루스는 대부분의 사람들이 권위를 싫어한다고 주장할지언정 책임을 지고 명령을 내리는 사람을 동경한다는 사실을 알고 있었다.

CC가 반듯이 누워 있었다. 죽었군. 그녀는 즉시 알아챘다. 하지만 노력은 해 봐야겠지.

"올리비에, 심장 마사지를 해. 피터? 피터 모로 어디 있나?"

"예, 여기요." 그가 사람들을 뚫고 다가왔다. 그는 컬링 경기장에서 호수를 가로질러 전력으로 달려온 터였다. "무슨 일이죠?"

"자네는 인공호흡을 해." 그는 그녀의 말에 부응하여 주저하지 않고 올리비에 옆에 무릎을 꿇었다. 준비 완료. 두 사람은 루스를 올려다보았다. 그러나 그녀에게는 내려야 할 명령이 하나 더 남아 있었다.

"가브리, 남편을 찾아와. 클라라?"

"예."

"딸을 찾아와."

그녀는 자신이 내린 명령이 제대로 전달되었는지 확인한 후 몸을 돌려 맥박을 재기 시작했다.

"그녀에게 무슨 일이 일어났는지 알았습니까?" 가마슈는 그녀를 다시 이쪽 세계로 끌어와 질문을 던졌다.

"전혀."

그녀의 냉정한 눈이 흔들린 것 같았는데, 내 상상일까? 그는 잠시 조용히 기다렸지만 다른 낌새를 느낄 수 없었다.

"그다음에는 어떻게 되었습니까?"

"빌리 윌리엄스가 자기 트럭이 출발할 수 있다고 해서 우리는 그녀를 차에 실었지. 누가 이미 앰뷸런스를 불렀지만 도착하는 데 이십 분, 다시 가는 데 이십 분. 이쪽에서 가는 게 더 빨랐지."

그녀는 코완스빌을 향한 끔찍한 여정을 묘사했다. 그녀의 말은 아까 피터 모로가 했던 이야기와 대체로 부합했다.

"지금 몇 시요?" 그녀가 따져 물었다.

"네 시 오십오 분입니다."

"시간 다 됐어요." 그녀는 일어나 그들을 쳐다보지도 않고 복도로 인도했다. 마치 정문 밖에 자신을 구원해 줄 존재가 있다는 듯이. 르미외 형사는 무거운 발걸음으로 벽장 앞을 지나다 벽장 안에서 덜컹거리는 소리를 들었다. 해골이겠지. 아니면 술병이거나. 둘 다일 수도.

그는 루스 자도를 도통 좋아할 수가 없어서 대장이 왜 그녀를 좋아하는지 궁금했다.

"나가요." 그녀는 문을 친히 열고 아직 부츠도 제대로 신지 못한 그들을 밖으로 밀쳐 냈다. 그녀는 르미외의 생각보다 훨씬 팔심이 셌다.

가마슈는 파카 주머니에 손을 넣어 무언가를 꺼냈다. 르미외는 털모자나 장갑일 거라고 생각했지만, 나온 것은 책 한 권이었다. 대장은 어둠을 가르고 있는 하나 남은 현관 전등 쪽으로 걸어가, 루스가 볼 수 있도록 그 아래에서 책을 들었다.

"이 책을 몬트리올에서 찾았습니다."

"대단하시구먼. 내 맞혀 보지. 서점에서 찾았을 테지?"

"사실은 아닙니다." 그는 아직 그녀에게 말하지 않기로 결정했다.

"그러면 지금 내게 사인을 해 달라고 부탁할 참인가?"

"벌써 사인이 되어 있더군요. 이리 와서 좀 봐 주시겠습니까?"

르미외 형사는 신랄한 반응에 대비했으나 필요 없는 짓이었다. 그녀는 절뚝거리며 가마슈에게 다가갔고, 가마슈는 얇은 책을 펼쳤다.

"당신 냄새나. 사랑을 담아, 루스." 루스가 큰 소리로 읽었다.

"누구한테 한 말입니까?"

"일일이 누구에게 어떤 말을 써 줬는지 기억해 내라는 말이오?"

"당신 냄새나. 사랑을 담아, 루스." 가마슈는 그 문구를 반복했다. "아무리 당신이지만 의례적인 문구는 아닐 텐데요, 마담 자도."

"기억이 안 나. 난 너무 늙어서."

그녀는 현관에서 내려와 마을 광장을 가로질러 잡화점에서 흘러나오는 불빛 쪽으로 향했다. 그러나 그녀는 중간에 멈추더니 그 자리에 주저앉았다.

어둠 속에. 추위 속에. 잔디 광장 한가운데의 얼어붙은 벤치 위에.

르미외는 이 여자의 뻔뻔한 행동에 놀라면서도 감명을 받았다. 약속이 있다고 우기면서 사람을 쫓아내고는 아무것도 하지 않고 뻔뻔하게 벤치에 앉다니. 그것은 분명히 사람을 모욕하는 짓이었다. 르미외는 이에 대한 이야기를 하고 싶어 가마슈를 향했지만, 대장은 골똘히 생각에 잠겨 있는 듯 보였다. 루스 자도도 참으로 아름답게 빛나고 있는 나무들과 반짝이는 별을 바라보고 있었다. 그리고 아르망 가마슈는 그녀를 바라보고 있었다.

12

르미외는 모로네 집 옆에 주차한 자동차로 뛰어가 시동을 걸어 두기로 결정했다. 그들은 아직 돌아갈 예정이 아니었지만 해가 졌기 때문에 자동차 시동을 걸어서 예열을 해 둬야 할 터였다. 지금 시동을 걸어 두면 이따 차에 탈 즈음 내부 공기가 훈훈해지고 창문에 내린 서리도 다 녹으리라. 이런 으스스한 12월의 밤에는 어느 쪽이든 이득이었다.

"이해가 가지 않습니다, 경감님." 그가 가마슈에게 몸을 돌려 말했다.

"이해 가지 않는 일들은 많지." 가마슈가 웃으며 말했다. "특별히 어떤 점이 자네를 괴롭히던가?"

"아시다시피, 이번이 제 첫 번째 살인 사건입니다."

"그래."

"그런데 제가 보기에 사람을 죽이려면 이보다 더 나은 방법이 얼마든지 있는 것 같습니다."

"예컨대?"

"프랑쉬멍franchement 솔직히, 어떤 방법을 사용해도 사람들이 바글대는 얼어붙은 호수 한가운데서 여자를 감전사시키는 것보다는 나을 겁니다. 미친 짓입니다."

바로 그게 가마슈를 괴롭히는 문제였다. 그것은 미친 짓이었다.

"그러니까 제 말은, 왜 총을 쏘거나 목을 조르지 않았느냐는 겁니다. 여기는 한겨울 퀘벡입니다. 왜 그녀와 함께 드라이브하러 가서 밖으로 떠밀어 버리지 않았을까요? 그렇게 했다면 우리는 코완스빌 페트 데 네 즈Fête des Neiges 눈 축제에서 그녀를 얼음 조각상으로 쓸 수 있었을 겁니다. 말이 안 됩니다."

"그렇다면 첫 번째 교훈을 가르쳐 주겠네." 그들은 올리비에의 비스트로를 향해서 걷고 있었다. 가마슈가 신중하지만 넓은 보폭으로 레스토랑의 밝은 불빛을 향하여 성큼성큼 걸어가자 르미외는 이 덩치 큰 남자 옆에서 보폭을 맞추느라 분투했다. "말이 된다네."

가마슈가 갑자기 걸음을 멈추자 르미외는 그를 들이받지 않으려고 방향을 틀어야 했다. 대장은 이 젊은 형사를 심각한 얼굴로 바라보았다.

"이걸 알아야 해. 모든 것은 말이 되네. 모든 것이. 단지 우리는 아직까지 그 이유를 모를 뿐이야. 자네는 살인범의 관점을 꿰뚫어 봐야 하네. 그게 비결이야, 르미외 형사. 그리고 그게 아무나 살인반에 들어올 수 없는 이유이기도 하지. 자네는 범행을 저지른 인간이 생각하고 행동하는 방식을 알아내야 해. 나를 믿게. '와, 이건 멍청한 짓처럼 보이지만, 어쨌든 이대로 저지르겠어.'라고 생각하는 살인범은 단 한 명도 없네. 르미외 형사, 우리들의 일이란 말이 되는 이유를 찾아내는 걸세."

"어떻게 말입니까?"

"물론 증거를 모아야지. 그게 수사에서 가장 중요한 부분이야."

"하지만 그것 말고도 더 있지 않습니까?" 르미외는 가마슈가 완벽에 가까운 범인 검거율을 자랑한다는 사실을 알고 있었다. 다른 사람들이 진상을 파악하고 있지 못하는 사이에 어떻게든 범인을 밝혀내는 사람이었다. 이제 르미외는 미동도 하지 않은 채 서 있었다. 이제 이 덩치 큰 남자가 자신의 노하우를 이야기해 주리라.

"귀를 기울이게."

"그게 답니까?"

"우리는 정말로 열심히 듣고 다니지. 그게 도움이 되지?" 가마슈는 싱긋 웃었다. "우리는 고통스러워질 때까지 듣는다고 하네. 그러니까 사실은 그냥 듣기만 하는 거라네."

가마슈는 비스트로 문을 열고 안으로 한 걸음 내디뎠다.

"파트롱Patron 반장님." 올리비에가 다가와 가마슈의 양쪽 볼에 키스했다. "눈이 내릴 거라고 하던데요."

"내일이면 오 센티미터는 쌓일 거랍니다." 그는 현명하게 고개를 끄덕였다. "어쩌면 더 내릴 수도 있고요."

"메테오 메디아캐나다에서 프랑스어로 24시간 방송하는 날씨 전문 채널에서 들으셨어요, 아니면 벌링턴 지역 뉴스에서 들으셨나요?"

"라디오 캐나다에서 들었습니다."

"오, 반장님. 거기서는 분리주의자들이 지난 총선에서 승리할 거라고 점쳤잖아요. 라디오 캐나다의 예측을 신뢰하시면 안 되죠."

"일리가 있는 것 같군요." 가마슈는 웃다가 르미외를 소개했다. 비스트로는 저녁 전에 한잔하려는 사람들로 가득 차 있었다. 그는 몇몇 사람에게 고개를 끄덕였다. "다행히 사람이 많군요."

"크리스마스 직후에는 항상 이래요. 사람들이 가족들을 만나러 스리파인스로 오기도 하고, 이런저런 계획도 벌이는 날이거든요. 그러니 다들 릭의 카페로 오는 거죠."

릭의 카페? 릭의 카페가 뭐지? 르미외는 이미 대화의 흐름을 놓쳤다. 아마도 신기록일 터였다. 지금까지 이 사건과 관련해서 진행한 몇몇 인터뷰에서 그가 혼란스러워질 때까지는 그래도 몇 분은 걸렸고, 대개 영국계와의 대화였다. 이제 대장은 프랑스어로 프랑스계 퀘벡 사람들과 대화를 나누고 있는데도 르미외는 벌써 방향을 상실했다. 좋은 징조가 아니었다.

"사람들이 그리 슬퍼하는 것 같지는 않군요." 가마슈가 말했다.

"세 브레C'est vrai 사실이에요." 올리비에가 동의했다.

"괴물이 죽었으니 마을 사람들이 축배를 드는 거죠." 가브리가 가마슈 바로 옆에 나타났다.

"가브리." 올리비에가 책망했다. "어떻게 그런 끔찍한 말을. 죽은 사람에 대해서는 좋은 말만 해야 한다는 걸 몰라?"

"미안해, 자기 말이 맞아. CC는 죽었지." 가브리가 가마슈에게 몸을 돌리면서 말했다. "잘됐네요."

"오, 하느님. 저리 가. 베티 데이비스 흉내를 내는 거예요."

"평탄치 않은 밤이 되겠군요베티 데이비스 주연의 〈이브의 모든 것〉에 나오는 명대사." 가브리가 말했다. "살뤼, 몽 아무르Salut, mon amour 안녕, 내 사랑." 가브리와 가마슈는 포옹을 나눴다. "아직 아내분과 사시죠?" 가브리가 물었다.

"당신은?"

가브리가 올리비에 옆으로 가서 섰다. "생각은 하고 있어요. 이제 합법이잖아요작중 시점에서 불과 몇 개월 전인 2005년 7월부터 캐나다에 동성 결혼이 합법화되었다. 경감님이 우리 들러리가 될 수도 있을 텐데요."

"루스가 우리 들러리가 되려고 할 것 같아요."

"정말이에요. 미안해요, 반장님."

"어쩌면 나는 신부 쪽 들러리 대표가 될 수도 있겠군요. 결정되면 알려 줘요. 오늘 드 푸아티 부인을 구하느라 힘든 하루를 보냈다고 들었습니다."

"피터가 더 고생했죠. 저는 루스보다도 한 일이 없을걸요." 그는 갑자기 창문가로 머리를 내밀었다. 보이지 않는 여자가 추위 속에 홀로 앉아 있었다.

"스카치를 마시러 곧 들르겠네요."

중요한 약속이라는 게 이거였군. 르미외는 생각했다.

가마슈는 가브리에게 말을 건넸다. "비앤비에 방 두 개를 예약하고 싶습니다."

"지난번에 왔던 그 끔찍한 수습 형사는 없었으면 좋겠는데요."

"아니, 보부아르 경위와 저뿐입니다."

"메르베이유Merveilleux 멋진데요. 두 분 예약해 드릴게요."

"메르시, 파트롱patron 주인장. 내일 봅지요."

가마슈는 문가로 걸어가면서 르미외에게 속삭였다. "릭의 카페는 영화 〈카사블랑카〉에 나오는 곳이지. 자, 두 번째 교훈이야. 무엇이든 모르는 게 있을 때는 물어보게. 자신이 모르는 게 존재한다는 사실을 받아들여야 해. 그렇지 않으면 점점 더 혼란에 빠지게 되거나, 더 안 좋은 경우에는 잘못된 결론으로 비약하게 되지. 내가 저지른 모든 실수는 뭔가를 가정하고 마치 그게 사실인 양 행동했기 때문이라네. 아주 위험한 행동이야, 르미외 형사. 내 말을 믿게. 자네가 이미 잘못된 결론으로 건너뛰어 버린 것은 아닌지 걱정이 되네."

이 말은 르미외를 깊숙하게 후벼 팠다. 그는 가마슈에게 좋은 인상을 주고 싶은 생각이 간절했다. 임무를 완수해서 그에게 좋은 인상을 남겨야 했다. 그러나 지금까지는 무슨 이유에서인지, 대장은 자신이 그릇된 길로 접어들지도 모른다고 생각하는 모양이었다. 그러나 르미외가 알기로, 자신은 아직 아무 길에도 오르지 않았거니와 이 사건에 대해서도 아직 아무런 결론에 도달하지 않은 상태였다. 누가 그렇게 빨리 사건을 해결할 수 있을까?

"조심스럽게 발을 디뎌야 하네, 르미외 형사. 나는 종종 우리가 자주 쓰는 쪽 손등에 다음과 같은 문신을 새겨야 하지 않을까 하는 생각을 하네. '내가 틀렸을지도 모른다'."

비스트로 밖에 선 가마슈 경감의 얼굴은 어둠 속에 묻혀 있었다. 르미외는 그가 웃고 있을 거라고 추측했다. 분명 농담일 거야. 퀘벡 경찰청의 살인반 반장이 설마 저런 자기 회의에 빠져 있을 리가 없었다.

여전히 그는 가마슈에게 배우는 것이 자신의 임무라는 것을 알았다. 그리고 만일 자신이 대장을 주시하고 그의 말을 듣는다면 수수께끼가 밝혀질 뿐 아니라 가마슈가 어떤 사람인지도 밝혀지리라.

그리고 로베르 르미외는 그렇게 되기를 간절히 바랐다.

그는 수첩을 꺼내 살을 에는 추위 속에서 두 가지 교훈을 적어 내려갔다. 그리고 그는 교훈이 더 있을 경우를 대비하며 기다렸지만 아르망 가마슈는 그 자리에 얼어붙은 것 같았다. 그는 털모자를 쓰고 있었고 장갑도 끼고 있었다. 모든 준비를 마친 상태였지만 그 자신만은 아직 준비가 덜 된 것 같았다.

그는 저 멀리 떨어진 곳에 있는 무언가를 바라보고 있었다. 이 매혹적인 마을 너머, 루스 자도 너머, 그녀의 반짝이는 크리스마스트리 너머를 바라보고 있었다. 그는 어둠 속에 숨어 있는 무언가를 바라보고 있었다.

르미외가 좀 더 집중해서 바라보자 눈이 밤에 익숙해졌고, 그는 밤보다 더 어두운 것의 윤곽을 알아차릴 수 있었다. 언덕 위의 집 한 채가 마을을 내려다보고 있었다. 그가 바라보자 그 어둠은 깜깜한 하늘과 더욱 깜깜한 소나무 숲을 배경으로 등장한, 작은 탑의 형태와 이미지를 띠고 있는 것 같았다. 그는 여러 굴뚝 중 한 곳에서 숲 속으로 향하는 유령처럼 느릿느릿 움직이는 연기의 흔적 정도만 볼 수 있었다.

가마슈는 둥실 떠오르는 입김을 내쉬며 한숨 돌리고는 옆에 있는 젊은이에게 몸을 돌리고 있었다.

"준비됐나?"

"예, 경감님."

르미외는 이유는 몰랐지만 갑자기 밀려오는 두려움을 느끼고 가마슈와 함께 있다는 사실이 그 무엇보다 기뻤다.

언덕 꼭대기에서 르미외 형사는 미끄러지듯 차를 몰아 눈 더미 옆에 있는 정류장에 세웠다. 그는 대장이 내리기에 충분한 공간을 남겨 두었길 바랐다.

공간은 충분했다. 가마슈는 커다랗고 어두운 저택을 조망하려 아주 잠시 서 있다가 단호하게 길을 내려가 불도 켜지 않은 정문으로 향했다. 옛 해들리 저택이 가까워지자 가마슈는 그 집이 자신을 바라보고 있다는 인상을 지우려 노력했다. 블라인드가 절반 정도 내려온 창문은 반쯤 감은 뱀의 눈처럼 보였다. 상상일 뿐이었지만 그런 상상을 받아들이고 심지어 고무하는 쪽은 그 자신이었다. 그것이 때로는 도움이 되지만 때로는 고통스러웠다. 이번엔 어느 쪽인지 확신할 수 없었다.

저택 안에서 리샤르 리옹은 두 사람이 다가오는 모습을 바라보았다. 어느 쪽이 상관인지는 명백했다. 단지 길을 따라 걷고 있을 뿐만 아니라 명령을 내리기도 하는 것처럼 보였으니까. 리옹은 다른 사람들이 지닌 자질에 관심을 기울였다. 대개는 자신의 재능 없는 처지와 대조하곤 했다. 다른 한 사람은 상관 쪽보다 좀 더 작고 호리호리했고, 나이도 더 젊은 듯 다소 통통 튀듯 걸었다.

 심호흡을 해. 꾹 참고 넘겨. 남자답게 굴어. 남자답게. 그들은 이제 거의 문 앞까지 도달했다. 도착하기 전에 가서 문을 열어 주어야 할까? 아니면 초인종이 울릴 때까지 기다려야 하나? 저들을 기다리게 하면 건방지다고 생각하지 않을까? 문을 미리 열면 불안해한다고 여길 텐데?

 리샤르 리옹의 마음은 달음박질쳤지만 반대로 몸은 얼어붙었다. 평상시 모습대로였다. 그의 두뇌는 굉장히 빈약했지만 몸은 매우 후덕했다.

 남자답게 굴어. 악수는 단호하게. 상대방을 똑바로 바라보고. 목소리를 깔아. 그는 살짝 노래를 흥얼거리며 자신의 목소리를 소프라노 음역 밑으로 떨어뜨리려 애썼다. 그의 뒤쪽 어두운 거실에는 딸 크리가 허공을 응시하고 있었다.

 이제 뭘 하지? 이런 때에는 보통 CC가 무엇을 해야 하는지 자신에게 명령하곤 했다. 남자답게 굴어. 꾹 참고 넘겨. 그는 여전히 머릿속에서 울려 퍼지는 그녀의 목소리를 듣고 화들짝 놀랐다. 그녀의 말은 거의 격려처럼 들렸다.

 젠장, 이 패배자.

 '거의' 격려일 뿐이었다. 그녀가 뭔가 건설적인 이야기를 해 주었더라면 도움이 되었으리라. 예컨대, "가서 문이나 열어, 이 바보야."나 "엉덩이 붙이고 앉아서 그 사람들을 좀 기다리게 해." 같은 이야기.

초인종 소리가 그의 껍질을 벗겨 그는 허물을 남겨 둔 채 뛰어나갔다.

이 바보. 저들이 왔다는 걸 알고 있었으면서. 가까이 왔을 때 얼른 문을 열고 안으로 들였어야지. 이제 내가 건방지다고 생각할 텐데. 젠장, 이 패배자.

아르망 가마슈는 자신이 마지막으로 이곳에 왔을 때를 기억하지 않으려 노력하면서 문 앞에 서 있었다. 그의 뒤에는 르미외가 있었다. 옛 해들리 저택을 그냥 건물 한 채일 뿐이라고 생각하자. 일상적인 생활의 자취가 존재하는 평범한 집일 뿐이야. 우트레몽에 있는 내 집과 똑같은 일상의 자취가 스며들어 있어. 이곳은 특별할 게 없어. 그러나 이 집은 여전히 신음하며 떨고 있는 것 같았다.

아르망 가마슈는 어깨를 약간 젖히고 고개를 좀 더 들어 올리며 몸에 단단히 힘을 주었다. 이 집이 자신을 이기도록 내버려 둔다면 나는 지옥에 떨어지리라. 그러나 그의 몸 일부는 유령 들린 집에 도전 삼아 다가가는 여섯 살 난 어린아이 같았다. 그리고 그 꼬마는 이제 늙은 다리를 움직일 수 있을 만큼 빨리 놀려 집으로 도망가고 싶었다.

가마슈 경감은 소리를 지르며 르미외를 지나쳐 아래쪽 마을로 도망치는 자신과, 그 모습을 바라보는 르미외의 모습을 상상해 보았다. 꼴불견일 테지. 그런 꼴을 보여 줄 수는 없어. 아직은 안 돼.

"집에 아무도 없는 것 같습니다." 르미외는 희망을 품고 주변을 둘러보았다.

"아니, 사람이 있어."

"안녕하십니까." 갑자기 문이 확 열려서 르미외는 깜짝 놀랐다. 문가에 작고 땅딸막한 남자가 아주 낮은 목소리로 이야기하며 서 있었다. 그는 이제 막 후두염에서 회복하고 있는 사람 같은 소리를 냈다. 그 남자는 목을 가다듬더니 다시 시도했다.

"안녕하십니까." 이제 훨씬 건강해 보이는 음역대에서 소리가 나기 시작했다.

"리옹 씨입니까? 아르망 가마슈라고 합니다. 저는 퀘벡 경찰청 살인반 반장입니다. 멋대로 찾아와서 죄송합니다."

"이해합니다." 리옹은 대답하면서 자신이 낸 어조와 단어 선택에 기뻐했다. 연습을 하지도 않았는데. "끔찍해요. 끔찍한 하루였습니다. 물론 우리는 엄청난 슬픔에 빠져 있습니다. 들어오세요."

가마슈의 귀에는 이 남자가 그 말을 연습했던 것처럼 들렸다. 아니, 연습을 충분히 하지 못했을 수도. 단어 선택은 괜찮았지만 어조에서 실수를 했어. 외우기만 하고 가슴에서 우러나오지 못하는 대사를 하는 삼류 배우 같군.

가마슈는 숨을 깊게 들이쉬고 문턱을 넘었다. 그는 유령과 악마 들이 자신의 머리 주변을 맴돌지 않는다는 사실에 놀랄 뻔했다. 격변의 대재앙은 일어나지 않았다.

정신을 차려 보니 그는 음울한 현관 복도에 서 있었다. 그는 거의 웃음을 터뜨릴 뻔했다.

집 안은 그리 많이 변하지 않았다. 어두운 색의 나무 벽은 여전히 현관 복도에서 그다지 환영하지 않는 태도로 손님들을 맞이하고 있었다. 차가운 대리석 바닥에는 티끌 하나 없었다. 그들이 리옹을 따라 거실로 통하는 복도를 걷고 있을 때, 가마슈는 집 안에 크리스마스 장식이 하나도 되어 있지 않다는 사실을 눈치챘다. 이곳저곳에 빛의 웅덩이가 몇 개 있었지만 우울한 어둠을 몰아내기에는 턱없이 부족했다.

"조명을 좀 더 켜도 되겠습니까?" 가마슈가 르미외에게 고갯짓을 하자 그는 재빨리 돌아다니며 방 안이 밝아질 때까지 전등 스위치를 올렸다. 그래도 쾌적한 분위기는 생기지 않았다. 티머 해들리가 그림을 걸어두었던 자리에 생긴 직사각형 모양 자국을 제외하면 벽에는 아무것도 없었다. CC나 그녀의 남편은 굳이 벽을 새로 칠하려 하지 않았다. 그들은 웬만하면 귀찮음을 감수하려 들지 않았던 것 같았다. 가구는 아마도 이 집에 원래 딸려 있던 것이리라. 가구는 육중하고 화려했지만 가마슈는 불현듯 이 가구들이 끔찍하게 불편하리라는 사실을 깨달았다.

"내 딸 크리입니다." 리옹은 그들 앞으로 뒤뚱뒤뚱 걸어가 노란색 여름 원피스를 입고 소파에 앉아 있는 거대한 소녀를 가리켰다. "크리, 경찰에서 오신 분들이다. 인사드려야지."

그녀는 인사하지 않았다.

가마슈는 그녀 옆에 앉아 똑바로 정면을 응시하고 있는 그녀를 바라보았다. 혹시 자폐증이 아닐까? 분명 내성적인 아이일 테지만 어머니가 살해당한 현장을 목격한 지 얼마 되지 않았으니까. 어린아이가 겪어서는 안 되는 일이었다.

"크리, 나는 아르망 가마슈라고 한단다. 경찰청에서 일하지. 어머니 일은 정말 유감이구나."

"저 애는 언제나 저럽니다. 듣자 하니 학교 성적은 좋다고 하던데요. 어린 여자애들에게는 자연스러운 모습인 것 같습니다. 쓸데없이 청승

떠는 거 말이죠." 리옹이 설명했다. 괜찮을 거야. 그는 자신을 다독였다. 이미 저 사람을 속였잖아. 일을 망치지만 마. 아내가 죽어서 슬프지만 딸을 위로하는 모습을 보여. 남자답게 굴라고.

"크리는 몇 살입니까?"

르미외는 구석에 있는 작은 의자에 앉아 수첩을 꺼내 들었다.

"열세 살입니다. 아니, 잠깐만요. 열두 살입니다. 가만있자. 애가 지금……."

이런, 세상에.

"됐습니다, 리옹 씨. 우리가 확인해 볼 수 있을 겁니다. 따로 대화를 나눴으면 합니다만."

"아, 크리는 신경 쓰지 않을 겁니다. 그렇지?"

침묵이 흘렀다.

"제가 신경 쓰입니다." 가마슈가 말했다.

귀를 기울이면서 메모를 하고 있던 르미외는 가마슈의 충고를 따라 이 나약하고 짹짹대며 고상한 척이나 하는 멍청하고 조그마한 남자에 대해 섣부른 결론을 내리지 않으려 애를 썼다.

"크리, 올라가서 잠시 텔레비전이나 보고 있을래?"

크리는 계속해서 허공을 응시했다.

리옹은 약간 얼굴을 붉혔다. "크리, 아빠 말을 들어야지. 제발 위에……."

"우리가 다른 방으로 가도 되지 않을까요?"

"그럴 필요 없습니다."

"아닙니다. 그렇게 하죠." 가마슈는 부드럽게 말하고 자리에서 일어섰다. 그는 팔을 뻗어 리옹을 자신의 앞으로 인도했다. 이 작은 남자는 뒤뚱거리며 현관 복도를 가로질러 그 뒤에 있는 방으로 들어갔다. 가마슈는 문가에서 크리를 돌아보았다. 마치 잡아먹으려고 키운 닭처럼 포동포동했고, 털까지 뽑혀 있는 것 같았다.

이곳은 아직도 비극의 집이었다.

13

"예, 우리는 오늘 아침에 조찬 모임에 갔습니다." 리옹이 말했다.
"세 분 다요?"
"예." 리옹은 주저했다.
가마슈는 기다렸다. 그들은 이제 식당에 있었다.
"CC와 저는 각각 다른 차로 갔습니다. 동료를 만나고 온다더군요."
"조찬 전에 말입니까?"
"요즘 엄청나게 스트레스를 받고 있어서요. 굉장히 중요한 시기입니다. 큰 건이 있으니까요."
"아내분은 무슨 일을 했습니까?"
"모르시나요?" 리옹은 정말 놀란 것 같았다.

가마슈는 눈썹을 추켜올리며 고개를 흔들었다.

리옹은 자리에서 일어나 방을 뛰쳐나가, 잠시 후 책을 한 권 가지고 돌아왔다. "CC가 쓴 책입니다."

가마슈는 책을 받아 표지를 바라보았다. 한가운데 떠 있는 검은 아치형 눈썹과 날카로운 푸른 눈, 빨간색으로 길게 칠한 입술과 콧구멍 정도를 제외하면 온통 하얀색이었다. 사진은 기교가 넘치면서도 기이했다. 그 결과 혐오감만 끌어낼 뿐이었다. 이 사진을 찍은 사람은 분명 그녀를 경멸했을 거야.

책의 제목은 『비 캄』이었다.

가마슈는 왜 이 책의 제목이 친숙하게 느껴지는지 생각해 내려 애썼다. 곧 생각나겠지. 제목 아래에는 검은색 기호가 그려져 있었다.

"이건 뭡니까?"

"아, 예. 그건 알아보기 쉽지 않죠. CC가 설립한 회사의 로고입니다. 독수리죠."

가마슈는 검은 얼룩을 바라보았다. 리옹이 말해 주었기 때문에 가마슈는 독수리를 알아볼 수 있었다. 갈고리 같은 부리가 보였고, 옆으로 돌린 머리가 보였다. 독수리는 입을 벌리고 울고 있었다. 그는 마케팅 수업을 들은 적이 없었지만 대부분의 단체나 회사 들은 강인함이나 창의성, 신뢰 등의 긍정적인 가치를 표현하는 로고를 선택하리라고 생각했다. 이 로고에서는 분노가 느껴졌다. 꼭 분노로 몸부림치는 새처럼 보였다.

"책은 가지세요. 더 있으니까요."

"감사합니다. 그런데 전 아직도 부인이 하시는 일을 모르겠군요."

"그녀는 '비 캄'에 있어요." 리옹은 모든 사람이 CC 드 푸아티에의 궤도를 공전하는 것은 아니라는 사실을 이해하지 못하는 것 같았다. "디자인 회사 모르세요? '리 비앙'은요? 소프트 팔레트는요?"

"틀니를 디자인하나요?" 가마슈는 추측해 보았다.

"틀니요? 아뇨. 집이나 인테리어, 가구, 옷, 모두 다요. 인생을 디자인하는 거죠. CC가 다 해요." 그는 구약성경에 나오는 예언자처럼 팔을 넓게 벌렸다. "그녀는 굉장했어요. 이 책에는 그녀의 인생과 철학이 모두 담겨 있죠."

"어떤 철학 말인가요?"

"음, 마치 달걀 같은 거죠. 아니면 벽에 그린 그림과 더 비슷하다고 할까요. 물론 벽이 아니라 '리 비앙'이지만요. 그 벽 안쪽에 그림을 그리는 거죠. 그거랑 비슷합니다."

로베르 르미외의 펜이 수첩 위에서 맴돌았다. 이걸 받아 적어야 하는 거야?

오, 하느님. 리옹은 생각했다. 닥쳐. 제발 닥치고 있으라고. 넌 뚱뚱하고 못생기고 멍청한 패배자일 뿐이야.

"그녀는 오늘 아침 언제 집을 나섰습니까?" 가마슈는 다른 방향에서 접근해 보기로 했다.

"일어났을 때는 벌써 나가고 없었어요. 제가 코를 골까 걱정돼서 각방을 쓰거든요. 하지만 커피 냄새가 났으니 제가 일어났을 때는 막 떠난 후였을 겁니다."

"그때가 몇 시였습니까?"

"일곱 시 반쯤 됐나. 제가 한 시간 후에 재향군인회관에 도착했을 때는 CC가 이미 와 있었어요."

"그 동료란 사람과 함께였습니까?"

다시 주저하는 것처럼 보이는데?

"예. 사울 머시기라는 사람이었는데, 크리스마스 휴가 기간 동안 근처에서 별장을 하나 대여했다고 하더라고요."

"그러면 그 사람은 부인과 무슨 일을 합니까?" 가마슈는 르미외가 계속해서 무표정한 얼굴을 견지할 수 있기를 바랐다.

"그는 사진작가예요. 사진을 찍으러 왔습니다. 이 사진도 찍었고요. 멋지지 않나요?" 리옹은 가마슈가 들고 있는 책을 가리켰다.

"그는 조찬 모임 사진도 찍었습니까?"

리옹은 고개를 끄덕였다. 그의 동그란 눈이 살짝 부어 있었다. 왜 그런지 모르겠지만 애원하는 것 같았다. 내게 뭘 바라는 거지?

가마슈는 불현듯 깨달았다. 그와 관련된 질문을 더 하지 말아 달라는 거군.

"사진작가는 컬링 시합 중에도 그 자리에 있었습니까?" 가마슈는 질문을 계속했다.

리옹은 슬픈 표정으로 고개를 끄덕였다.

"그게 무슨 의미인지는 알고 있겠죠?"

"그건 헛소문이에요. 근거도 없는 더러운 거짓말이라고요."

"제 말은 아내를 죽인 사람 사진을 찍었을지도 모른다는 뜻입니다."

"아." 그는 깜짝 놀란 듯 보였다. 그러나 가마슈는 아무리 애를 써 생각해도 그가 반색하고 있는지 질색하고 있는지 알 수 없었다.

"당신은 누가 그랬다고 생각해?" 클라라는 레드 와인이 담긴 잔을 피터에게 건네고는 다시 안락의자에 기대어 자기 잔을 홀짝거렸다.

"루스."

"루스? 진심이야?" 클라라는 자리에서 일어나 피터를 응시했다. 그는 틀린 적이 거의 없었다. 그건 그의 가장 짜증 나는 특징 중 하나였다. "루스가 CC를 죽였다고 생각한다고?"

"내가 계속 말하고 다니는 건 결국 들어맞는 것 같더라고. 이 마을에서 두 번 생각하지 않고 사람을 죽일 수 있는 사람은, 내가 아는 한 루스뿐인데."

"정말 그녀가 그랬다고 생각하는 건 아니지?" 클라라는 놀랐다. 루스에 대한 그의 평에는 동의할 수밖에 없었지만.

"그랬다고 생각해. 루스는 천성이 그러니까. 그녀가 이제까지 사람을 한번도 죽인 적이 없다면 단지 동기나 기회가 없었기 때문일걸. 능력이야 충분할 테고."

"하지만 그녀가 누구를 감전시켜 죽인다고? 난 항상 루스가 누군가를 죽인다면 지팡이나 총을 쓸 거라고 생각했는데. 아니면 차로 치어 버리거나. 그녀는 눈에 띄지 않는 행동을 하는 사람이 아니잖아."

피터는 책장으로 다가가 마구잡이로 밀어 넣어 잔뜩 쌓여 있는 책들을 뒤졌다. 그는 자서전에서 시작하여 소설과 문학 부분을 지나 역사 분야에 이르기까지 제목을 훑어보았다. 꽤 많은 추리소설. 그리고 시집. 욕조 안의 클라라를 흥얼거리거나 신음하게 만드는 멋진 시들이었다. 대부분의 시집들은 얇고 젖은 손으로도 잡기 쉬웠기 때문에 욕조야말로 그녀가 시를 읽기 가장 좋아하는 장소였다. 시는 그가 원했던 방식대로 그녀를 애무했다. 그녀 안에 들어가 그녀를 어루만지기라도 하는 것처럼 그녀를 신음하게 했다. 그녀의 신음 소리는 모두 자신의 것이어야 했다. 피터는 아내에게 그러한 즐거움을 안겨 주는 시를 질투했다. 그러나 그녀는 헤흐트나 애트우드, 안젤루는 물론이고 심지어는 예이츠를 읽으면서도 신음했다. 오든과 플레스너를 읽으며 기쁨에 겨워 신음 소리를 내면서 읊조렸다. 그러나 그녀는 가장 좋아하는 시인의 자리를 루스 자도를 위하여 남겨 두었다.

"이거 기억해?" 그는 작은 책을 한 권 가져와 클라라에게 건넸다. 그녀는 책을 펼쳐 아무 곳이나 읽기 시작했다.

"너는 한 마리 나방

내 뺨에 대고 퍼덕이고 있구나

어둠 속에서

내 널 죽였구나

네가 침이 없는

나방에 지나지 않은 줄

모르고서."

그녀는 다시 무작위로 다른 페이지를 펼쳤다. 그리고 또 다음, 다음 페이지를 넘겼다.

"대부분이 죽음, 혹은 상실에 대한 시네." 그녀가 책을 내리며 말했다. "그걸 깨닫지 못했어. 루스의 시 대부분은 죽음에 대한 거야." 그녀는 책을 덮었다. 이 책은 루스가 예전에 낸 시집 중 하나였다.

"그냥 죽음에 대한 이야기가 아니야." 피터는 자작나무 장작을 벽난로 속에 던져 넣고 장작이 타오르는 모습을 보며 말했다. 그리고 저녁 식사로 먹을 캐서롤이 다 데워졌는지 확인하러 주방으로 향했다. 그가 주방에서 소리쳤다. "게다가 알아차리기 어려울 정도로 미묘한 구석도 있어. 루스에게는 우리가 모르는 면이 많아."

"네가 침이 없는 나방에 지나지 않은 줄 모르고서." 클라라는 시를 다시 읊었다. CC가 고작 나방 정도일까? 아냐. CC 드 푸아티에게는 침이 있었어. 그 여자에게 가까이 다가가면 누구라도 알 수 있을걸. 클라라는 자신이 루스에 대한 피터의 견해에 동의하는지 확실치 않았다. 루스는 자신의 모든 비애를 시 안에 쏟아 내지. 그녀는 아무것도 속에 담아 두지 않아. 클라라는 분노가 살인으로 이어지려면 헛된 웃음과 이유 속에 봉인된 채 오랫동안 숙성되어야 한다는 사실을 알고 있었다.

전화벨이 울리자 전화를 받은 피터가 몇 마디 한 후 끊었다.

"마시러 가자." 피터가 문가에서 그녀를 불렀다. "머나가 비스트로로 빨리 오라는데."

"술 마시러 가려고 지금 마시던 술을 한달음에 비우라고?"

"자주 그러면서 뭘 그래?"

아르망 가마슈는 옛 해들리 저택 밖에 서 있었다. 그는 문이 닫히자 비로소 숨을 내쉴 수 있을 것 같았다. 또한 바보 같은 기분을 통감했다. 그는 리옹과 함께 그 음침한 저택을 둘러보았지만, 굴ghoul을 숨기고 있는 곳이라는 징후는 어디에서도 찾아볼 수 없었다. 그곳은 그저 지치고 슬픔에 잠겨 웃음을 갈망하고 있는 곳이었다. 꼭 그곳에 살고 있는 사람들 같았다.
 그는 떠나기 전, 크리가 여전히 여름 원피스와 끈 달린 슬리퍼 차림으로 앉아 있는 거실로 돌아갔다. 그녀에게 담요를 둘러 주고 맞은편에 앉았다. 그녀의 무표정한 얼굴을 잠시 바라본 후 눈을 감았다.
 그는 앞으로 괜찮아질 거라고 그녀를 위로하려 했다. 그렇게 될 거야. 삶은 항상 이렇게 고통스러운 것만은 아니란다. 세상이 언제까지나 잔인하지만은 않을 테고. 기회를 주렴, 애야. 삶에 한 번 더 기회를 주겠니? 기운을 내렴.
 그는 이 말을 속으로 몇 번 반복한 후 눈을 뜨고 르미외를 바라보았다. 그는 문가에서 이 광경을 보고 있었다.
 이제 가마슈는 코트 속으로 어깨를 움츠리듯 팔을 깊게 집어넣고, 자동차를 향하여 걸음을 옮겼다. 솜털처럼 가벼운 눈발이 이제 막 사랑스럽게 휘날리기 시작했다. 그는 아래쪽에 있는 마을을 내려다보았다. 마을은 온통 크리스마스 장식 불빛과 눈발로 반짝거리고 있었다. 그때 가브리가 한 말이 눈송이처럼 머릿속에 떠올랐다. '괴물이 죽었으니 마을 사람들이 축배를 드는 거죠.' 프랑켄슈타인을 암시하는 걸까? 그러나 그 이야기에서 마을 사람들은 단지 괴물의 죽음에 축배를 들었을 뿐만 아니라 자신들이 직접 그 괴물을 죽였다.
 이 나른하고 사랑스럽고 평화적인 마을이 한데 뭉쳐 CC 드 푸아티에를 살해했을 가능성이 있을까?
 가마슈는 그 생각을 거의 떨쳐 버렸다. 말도 안 되는 생각이야. 그러나 가마슈는 이 사건이 말도 안 되는 사건이라는 사실 역시 기억했다.
 "내게 물어볼 거라도 있나?" 가마슈는 자신의 뒤를 따라오는 젊은이에게 고개를 돌리지도 않고 물었다.

"아닙니다, 경감님."

"세 번째 교훈이네. 절대로 내게 거짓말하지 말 것." 그는 그제야 몸을 돌려, 이 젊은이가 절대로 잊지 못할 표정으로 르미외 형사를 바라보았다. 그 표정은 배려를 담고 있었지만 경고 또한 내포되어 있었다.

"거실에서 그 딸아이랑 무엇을 하신 겁니까?"

"그 애 이름은 크리라고 하지. 뭘 하는 것처럼 보였나?"

"말을 건네는 것치고는 너무 멀리 앉아 계시더군요. 게다가……."

"계속해 보게."

"눈을 감고 계셨습니다."

"맞아."

"기도라도 하고 계셨습니까?" 이런 질문을 하자니 르미외는 얼굴이 화끈거렸다. 자신의 세대에서는 기도가 강간보다 더, 남색보다 더, 실패보다 더 끔찍한 것으로 간주되었다. 그는 자신이 방금 대장을 크게 모욕한 것은 아닐까 하는 느낌이 들었다. 그럼에도 이미 뱉은 말이었다.

"그래, 기도하고 있었지. 전통적인 방식은 아닌 것 같지만. 나는 크리에 대해 생각하면서, 그 애에게 세상은 괜찮은 곳일 수도 있으니 한 번 더 기회를 줘 보라는 메시지를 보내려고 했네."

이것은 로베르 르미외 형사가 바라던 것 이상의 정보였다. 어떤 면에서는 그 이상이었다. 그는 이 임무가 얼마나 어려워질지 고민하기 시작했다. 그러나 대장이 생각에 잠겨 느릿느릿 자동차 쪽으로 걸어가는 모습을 보자 어떤 이유에서인지 가마슈의 대답이 자신을 위로해 주었다는 사실을 인정하지 않을 수 없었다. 그들은 따뜻한 자동차 좌석에 자리를 잡았다. 가마슈는 젊은 르미외 형사가 수첩을 꺼내 자신이 한 말을 받아 적고 있는 모습을 보며 미소를 지었다.

피터와 클라라는 코트 위에 내려앉은 눈을 떨어내 옷걸이에 걸고 주변을 둘러보았다. 비스트로는 만원이었고, 사방에서 대화가 활발히 오갔다. 종업원들은 음료와 음식이 놓인 쟁반의 균형을 절묘하게 유지한 채 작고 둥근 나무 탁자 사이를 능숙하게 돌아다녔다.
"이쪽이야." 머나가 벽난로 앞에 놓인 소파 옆에 서 있었다. 그녀 옆에는 루스가 있었고, 한 커플이 떠나려고 막 일어서는 참이었다.
"우리 자리에 앉아요." 선출직 마을 대표인 해나 파라가 말했다. 그녀와 남편 로어는 목에 스카프를 두르고 있었다. "눈 와요?"
"조금요." 피터가 말했다. "그래도 길은 괜찮을 거예요."
"우리 집은 금방이니까. 운전이야 간단하지." 로어는 그들과 악수를 나눴고, 해나는 그들의 양쪽 뺨에 키스를 했다. 퀘벡에서는 길을 떠나는 일이 그리 사소한 문제가 아니었다.
그러나 도착하는 것 역시 그랬다.
피터와 클라라는 비스트로를 한 바퀴 돌면서 사람들의 볼에 키스를 한 후 안락의자에 앉았다. 피터가 가브리의 시선을 끌자 그 덩치가 큰 남자가 곧 캐슈너트와 와인을 들고 도착했다.
"오늘 일어난 일이 믿어져요?" 가브리가 클라라의 와인을 한 모금 마시고 캐슈너트를 한 줌 집었다.
"살인이 확실하대?" 머나가 물었다.
피터와 클라라는 고개를 끄덕였다.

"그 위대한 멍청이 가마슈가 다시 사건을 맡았더군." 루스가 피터의 와인에 손을 뻗으며 말했다. "그때 결국 무슨 일이 벌어졌었는지 알지?" 그녀는 와인을 벌컥벌컥 들이켰다.

"사건을 해결하지 않았던가요?" 머나가 자신의 스카치 잔을 탁자 반대편으로 옮기며 말했다.

"그 인간이?" 루스가 재미있다는 표정으로 그녀를 보았다. "운이 좋았지. 무슨 말인고 하니, 이걸 한번 생각해 봐. 얼음판 위에서 쓰러졌는데 감전사했다고 생각한다며? 뭐에 감전됐지? 하느님의 손길?"

"하지만 그녀는 감전사한 게 맞아요." 피터가 그렇게 말했을 때 올리비에가 막 합류했다.

"그거 CC 이야기죠?" 그가 갈망하는 눈빛으로 벽난로 옆에 있는 빈 의자를 바라보았다. 그러나 레스토랑 안은 손님들로 가득 차 있어서 앉더라도 금세 비워 줘야 할 판이었다.

"피터는 당신이 저질렀다고 생각하던데요." 클라라가 말했다.

"그렇게 말했다면 내가 그랬겠지. 그리고 다음 차례는 자네야." 그녀는 피터에게 광기 어린 미소를 지어 보였다. 그는 클라라가 입을 닥치고 있었으면 얼마나 좋았을까 하는 심정이었다.

루스는 탁자 위로 손을 뻗어 가장 가까이 있는 술잔을 집었다.

"경찰한테 뭐라고 말했어요?" 올리비에가 피터에게 물었다.

"그냥 당시 정황만 설명해 줬어."

"경감님이 비앤비에 방을 예약했어요." 올리비에가 피터의 빈 와인잔을 집어 그에게 기울이며 말없이 물었다. 피터는 잔이 비었다는 데 놀라 고개를 흔들었다. 그의 주량은 딱 두 잔이었다.

"그녀가 감전사했다고 생각하지 않아요?" 클라라가 루스에게 물었다.
"아, 감전사했다는 건 알아. 그때 바로 알았지. 그 멍청한 가마슈가 그렇게 빨리 관심을 가질 줄 몰라서 놀랐을 뿐이야."
"어떻게 바로 알았는데요?" 의심이 많은 머나가 물었다.

"타는 냄새가 놀란 공기를 가득 채웠네
CC 드 푸아티에는 더 이상 그곳에 없었지영국의 시인이자 정치가인 힐러리 벨록의 말을 살짝 바꾼 것."

머나는 자신도 모르게 웃고 말았다. 각별한 인용구가 아닐 수 없었다. 아니면 부적절한 인용구일 수도. 실제로 타는 냄새가 놀란 공기를 가득 채웠다.
"사실, 난 다른 시가 떠올랐어요.

이 세상이 그를 오랫동안 괴롭힌 나머지
그는 찌꺼기만 남을 때까지 자신을 태워 버렸네
그래서 몇몇 사람들은 이렇게 생각했지
그는 굉장한 악취를 남기고 떠나갔다고조나단 스위프트의 시 「A Satirical Elegy」의 한 구절."

클라라가 시를 암송하자 벽난로 주변이 침묵 속으로 빠져들었다. 그들 뒤에서 여러 대화가 조수처럼 밀려왔다 밀려갔다. 웃음이 터지는 소리가 들렸다. 술잔을 부딪치는 소리도 들렸다. 아무도 CC 드 푸아티에의 죽음을 애도하고 있지 않았다. 스리 파인스는 그녀의 죽음에 위축

되지 않았다. 그녀는 악취를 남기고 떠났지만, 그 악취마저 점점 걷히고 있었다. 스리 파인스는 상실을 경험했음에도 더욱 밝고 생생해졌다.

가마슈는 문을 열고 들어가기도 전에 스튜 냄새를 맡을 수 있었다. 부르고뉴 와인과 알이 작은 양파를 넣고 끓인 소고기 등심과 버섯 냄새가 나는 걸 보니 뵈프 부르기뇽이었다. 그는 사무실에서 퇴근한다고 렌 마리에게 미리 전화를 걸었고, 그녀의 부탁으로 집 근처 모퉁이에 있는 빵집에서 신선한 바게트를 사 오는 길이었다. 증거물 상자와 가방에 귀중한 바게트까지 들고 문을 열려니 이만저만 고생이 아니었다. 그는 집에 들어가기도 전에 바게트를 부러뜨리고 싶지 않았다. 비록 이전에 여러 번 저지른 일이기는 했지만.

"풀장 청소pool boy 나이 많은 부자의 집에 일하러 와서 그의 젊은 아내와 불륜 관계를 맺는 매력적인 젊은이를 뜻한다하러 왔니?"

"농Non 아뇨, 마담 가마슈, 데졸레désolé 유감입니다. 그냥 빵을 배달하러 왔습니다."

"바게트 사 왔네." 그녀가 수건에 손을 닦으며 주방에서 나왔다.

그를 보자 그녀의 얼굴에 웃음이 번졌다. 그녀는 웃음을 참을 수가 없었다. 그는 양손에 상자를 들고 복도에 서 있었다. 가죽 가방은 어깨에서 떨어져 그의 커다란 연갈색 코트를 끌어내렸고, 팔 밑에 낀 바게트 껍질이 얼굴을 간질이고 있었다.

"그렇게 팔팔한 사람은 못 됩니다. 예전엔 그랬던 적도 있었는데." 그는 비꼬는 듯한 미소를 지었다.

"내게는 완벽한 사람인걸요, 무슈." 그녀가 조심스레 그의 팔 밑에서 바게트를 빼내자 한결 몸놀림이 자유스러워진 그는 몸을 굽혀 상자를 바닥에 내려놓았다.

"부알라Voilà 아. 집에 오니 좋군." 그녀를 끌어안은 그는 코트 사이로 그녀의 부드러운 몸을 느끼며 그녀에게 키스했다. 두 사람 모두 처음 만났을 때보다 살이 올라 있었다. 양쪽 다 결혼식 때 입었던 옷을 더 이상 입을 수 없었다. 그러나 그들은 다른 면에서도 역시 성장했고, 가마슈는 살이 붙은 것 정도는 남는 장사라고 생각했다. 인생이 사방으로 성장하는 것이라고 한다면, 가마슈는 현재 모습이 마음에 들었다.

렌 마리는 그를 다시 안아 주었다. 눈을 맞은 그의 코트 때문에 그녀의 스웨터마저 축축해졌다. 그러나 그녀는 남는 장사라고 생각했다. 약간의 불편함을 감수해서 커다란 위안을 얻었으니까.

가마슈는 샤워를 하고 터틀넥 셔츠와 트위드 재킷으로 갈아입었다. 그는 벽난로 앞에서 와인을 한 잔 마시려고 그녀 옆에 앉았다. 최근 몇 주 만에 가족들이나 크리스마스 파티 손님 없이 처음 맞이하는 조용한 밤이었다.

"여기서 저녁을 먹을까?" 그가 물었다.

"좋은 생각이야."

그는 접이식 탁자를 꺼내 의자 앞에 펼쳤고, 그녀는 에그 누들 위에 끼얹은 뵈프 부르기뇽과 바게트를 잘라 담은 바구니를 내왔다.

"참 이상한 부부네." 그가 렌 마리에게 그날 있었던 일을 이야기해 주자 그녀가 이렇게 말했다. "CC와 리샤르가 왜 같이 사는지 모르겠어. 아니, 애초에 결혼은 왜 한 거야?"

"동감이야. 리옹은 아주 소극적인 데다 흐리멍덩하기까지 해. 그래도 어디까지가 연기인지 모르겠어. 어느 쪽이든 같이 살기에 굉장히 짜증 나는 사람이라는 건 분명해. 똑같이 흐리멍덩하거나 인내심이 아주 강하지 않다면 말이지. 그리고 CC 드 푸아티에는 둘 중 어느 쪽도 아닌 것 같던데. 그녀 이름을 들어 본 적 있어?"

"전혀. 하지만 영국계 사이에서는 알려진 사람일지도 몰라."

"거울 속에서만 유명한 게 아닐까? 리옹이 이걸 줬어." 그는 안락의자 옆에 놓아둔 가방 속에 손을 넣어 『비 캄』을 꺼냈다.

"자비출판이네." 렌 마리가 표지를 검사한 후 논평했다. "리옹과 딸이 사건 현장을 다 본 거야?"

가마슈는 부드러운 스튜를 포크로 집어 입안에 넣고 고개를 끄덕였다. "스탠드에 있었어. 리옹은 사람들이 모두 CC가 앉아 있던 곳을 볼 때까지 무슨 일이 일어났는지 모르고 있었대. 이내 사람들이 자리를 뜨기 시작했고. 가브리가 자신에게 와서 사고가 났다고 말해 줬다는군."

그는 가브리가 렌 마리와 면식이 있는 사이인 양 말했다는 사실을 깨달았다. 게다가 그녀도 그렇게 느끼는 것 같았다.

"그러면 딸은? 크리가 그 애 이름이라고 했던가? 왜 아이 이름을 크리라고 지었대? 자식한테 그런 끔찍한 짓을 하다니. 불쌍해."

"불쌍한 정도가 아니던데. 상태가 좋지 않아, 렌 마리. 긴장증緊張症이 아닐까 싶을 정도로 내성적이야. 게다가 엄청나게 뚱뚱해. 표준 체중보다 족히 이십오 킬로그램은 더 나갈 텐데 이제 겨우 열두세 살 정도야. 리옹은 딸 나이도 모르더군."

"뚱뚱하다는 게 불행의 징후는 아니야, 아르망. 적어도 그러지 않기를 바라."

"맞아. 하지만 당신이 생각하는 것 이상이야. 마치 주변과 단절된 것처럼 보여. 게다가 뭔가 다른 게 더 있어. 리옹은 살인 사건이 발생했을 당시 CC가 누워 있던 모습과 구조자들이 그녀를 살리려고 애쓰는 모습을 이야기했는데, 정작 크리가 어디 있었는지는 모르더군."

"크리를 찾지도 않았다는 뜻이야?" 렌 마리의 포크는 놀라서 중간에 멈췄다.

가마슈는 고개를 끄덕였다.

"끔찍한 인간이야."

가마슈는 이 말에 동의하지 않기 어려웠다. 가마슈는 고민에 빠졌다. 내가 왜 동의하지 않으려고 그렇게 애를 쓰고 있지?

어쩌면 그 답은 나왔을 수도 있고, 지나치게 쉬운지도 모르겠군. 멸시당하고 굴욕적인 처지에 놓인 데다 상대의 외도를 접한 남편이 이기적인 아내를 살해했다는 재미없는 해결책을 바라지 않기 때문인지도 몰라. 위대한 아르망 가마슈에게는 너무 쉬운 답일 수도 있지.

"당신의 자아일 뿐이야." 그의 속내를 읽은 렌 마리가 말했다.

"뭐가?"

"당신이 리옹에 대한 내 생각에 동의하지 않는 이유 말이야. 아마도 그가 범행을 저질렀다고 생각하지? 그들의 관계가 비정상적일 거라는 것도 알고. 그녀는 왜 그를 그런 식으로 대했고, 그는 왜 그런 취급을 받아들였을까? 그리고 자신들의 딸을 거의 투명인간처럼 방치했을까? 당신 말대로라면 아무도 그 애가 거기 있었는지 없었는지 눈치채지도 못했어."

"거기 있었어. 함께 트럭으로 병원에 갔지. 하지만 당신 말이 맞아."

"어떤 점이?"
"나는 리샤르 리옹이 범인이 아니길 바라."
"왜?" 그녀가 몸을 앞으로 기울였다.
"그가 마음에 들거든. 그 사람을 보고 있으면 소니 생각이 나."
"우리 개 말이야?"
"그 녀석이 뒷마당에서 뒷마당으로 소풍을 다니며 얼마나 쏘다녔는지 기억나?"
"삼십사 번 버스를 타고 웨스트마운트까지 간 적도 있었지."
"리옹을 보면 소니 생각이 나. 열렬하게 비위를 맞추려 하고 관계에 굶주려 있지. 그리고 그는 본성이 착한 것 같아."
"착한 사람은 상처를 받기 마련이야. 착한 마음은 깨지기 마련이고, 아르망. 그렇게 되면 공격적으로 변해. 조심해. 미안. 이런 말을 하는 게 아니었는데. 당신 일은 당신이 나보다 더 잘 알겠지. 용서해 줘."
"날 깨우쳐 주는 거라면 얼마든지 환영이야. 특히 내 자아에 대한 거라면. 황제 뒤에 서서 귀에다 '폐하가 최고이십니다.'라고 속삭이는 게 직업인 사람이 영화 〈줄리어스 시저〉에 나오지."
"그럼 이제 당신이 황제라는 거야? 어째 조짐이 좋지 않은데."
"조심해." 그는 바삭거리는 바게트 조각으로 접시에 남아 있는 그레이비소스를 모조리 닦았다. "그렇지 않으면 당신이 내 자아를 완전히 박살 낼 거야. 그러면 난 사라져 버릴 테지."
"그런 걱정은 안 해." 그녀는 그에게 키스하고 식사를 마친 접시들을 모아 주방으로 향했다.
"CC는 왜 가족들과 함께 앉아 있지 않았던 거야?" 몇 분 후 가마슈는 설거지를 하고 그녀는 접시의 물기를 제거하고 있었다. "그게 이상하다는 생각 안 들어?"
"모든 게 다 이상하게 보여. 처음부터 이렇게까지 말이 안 되는 사건을 맡은 적이 있는지 모르겠군." 가마슈는 소매를 걷고 손이 온통 거품 투성이가 된 채 르크루제 냄비를 북북 문질러 닦았다.
"왜 자기 가족을 추운 관중석에 내버려 두고 자신은 전열기 옆 편한 의자를 차지하고 앉았을까?" 렌 마리는 정말로 당혹스러워 보였다.
"그 답은 간단한 것 같아." 가마슈가 웃으며 그녀에게 냄비를 건넸다. "거기가 안락하고 따뜻해서였겠지."
"그렇다면 그녀는 이기적이고 그는 혐오스러워. 내가 크리라도 사라져 버렸을 거야."
설거지가 끝나자 그들은 커피 잔이 놓인 쟁반을 들고 거실로 갔다. 가마슈는 엘 살인 사건의 증거물이 담긴 상자를 가져왔다. 이제 기어를 바꿀 때군. 적어도 잠시 동안은. 그는 커피를 홀짝거리거나 이따금 서류를 내려놓고 난롯불을 바라보기도 하면서 그날 오전보다 훨씬 철두철미하게 상자를 조사했다.
그는 각인이 된 작은 상자를 열어 여러 가지 알파벳 견본을 응시했다. 분별 있는 노숙자에 대한 이야기를 들은 적이 없지만, 그렇다고 하더라도 그녀는 왜 이 알파벳들을 오렸던 걸까? C, B, L, K, M. 그는 상자를 뒤집어 바닥에 테이프로 붙여 놓은 알파벳을 다시 보았다. B KLM.
어쩌면 C가 떨어졌는지도 모르겠군. 그게 B와 K 사이의 빈 공간에 붙어 있었겠지.
그는 검시 보고서를 집어 들었다. 엘은 교살당했다. 그녀의 혈액에서 알코올이 검출되었고, 만성적인 알코올중독의 징후도 있었다. 마약은 검출되지 않았다. 당연히 그녀의 목 주위에는 멍 자국이 나 있었다.

왜 이 여자 노숙자는 살해당했을까?

살인범은 거의 확실히 다른 노숙자였으리라. 다른 하위문화권과 마찬가지로, 이 세계 역시 주로 그 내부에서 교류한다. 일반적인 행인이라면 아마도 엘을 죽일 정도로 그녀에게 신경을 쓰지는 않았을 것이다.

그는 사건 현장 사진이 들어 있는 크라프트지 봉투를 열었다. 그녀의 얼굴은 더러웠고 놀란 표정이었다. 그녀의 다리는 벌려진 채 여러 벌의 옷과 신문지에 싸여 있었다. 그는 사진을 내려놓고 상자 속을 유심히 들여다보았다. 그 안에 있었다. 누렇게 뜬 신문지 몇 장과 비교적 새 신문지 몇 장이 엘의 다리와 팔, 몸통 모양으로 구부러진 채 상자 안에 들어 있었다. 마치 산산조각 난 유령 같았다.

엘의 아주 더러운 손과 기괴한 손톱을 찍은 사진도 몇 장 있었다. 길고 뒤틀린 손톱은 신만이 그 아래 무엇이 있는지 알 정도로 엉망이었다. 사실, 검시관은 무엇이 있었는지 알 터였다. 그는 보고서를 찾아보았다. 흙. 음식. 분뇨.

한쪽 손에는 피가 묻어 있었다. 보고서에 의하면 그녀 자신의 피였다. 그 손바닥 중앙에는 마치 성흔 같은 자상이 몇 개 새로 나 있었다. 누가 그녀를 죽였든 그의 몸에도 피가 튀었으리라. 설사 옷을 세탁했더라도 여전히 DNA는 남는다. 살인범에게는 피가 새로운 장애물인 것이다.

가마슈는 이 점을 메모한 후 마지막 사진으로 시선을 돌렸다. 검시관의 차가운 이송용 침대에 누워 있는 엘의 알몸 사진이었다. 그는 언제부터 시체를 보는 데 익숙해졌는지 궁금해하며 잠시 동안 사진을 바라보앉다. 살인은 언제나 그에게 충격을 안겨 주었다.

그다음으로 그는 돋보기를 들어 천천히 시신을 검사했다. 그는 알파벳을 찾고 있었다. 그녀는 자신의 몸에 알파벳 K, L, C, B, M을 적거나 붙여 놓지 않았을까? 어쩌면 그 알파벳들은 강박적인 성향을 반영하는 부적일 터였다. 어떤 미친 사람들은 악마를 물리치기 위해 십자가상을 자신의 몸과 집 전체에 그리기도 했다. 어쩌면 이 알파벳들은 엘의 십자가상일 터였다.

그는 돋보기를 내려놓았다. 알파벳이 보이지 않는 그녀의 몸에는 때가 덕지덕지 붙어 있었다. 몇 년 동안 이 상태였겠지. 가끔 올드 브루어리 미션몬트리올에 소재한 캐나다에서 가장 큰 사설 노숙자 구호시설에서 목욕이나 샤워를 하는 것만으로는 이 때를 벗길 수 없었으리라. 때가 그녀의 몸에 문신처럼 각인되어 있었다. 그리고 이야기를 들려준다는 점에서도 때는 문신과 닮은 점이 있었다. 루스의 시처럼 달변이었다.

이해해. 넌 아무것도 아낄 수가 없지
아무것도. 손 하나, 빵 한 조각, 숄 하나
추위와 맞서려면
따뜻한 말도 필요하지만, 그건
두루 돌아갈 정도로 충분하지 않다는 걸
하느님께서는 알고 계셔. 당신에겐 전부 필요한데마거릿 애트우드의 시 「Half-hanged Mary」의 한 구절.

따뜻한 말이라. 그 말을 들으니 다른 것이 생각났다. 크리. 엘처럼 그녀도 따뜻한 말 한마디를 갈망하고 있을 텐데. 엘이 음식을 구걸했던 것처럼 분명 그 말을 구걸했으리라.

오물로 새긴 문신은 그녀의 외면적인 삶에 대해서는 말해 주었지만, 그녀의 내면에 일어난 일에 대해서는 조용했다. 악취가 진동하는 옷 무더기와 때와 알코올에 찌든 피부 아래에 대해서는 침묵을 지켰다. 이송용 침대 위에 놓인 시체 사진을 바라보고 있자니, 가마슈는 그녀가 어떤 생각을 하고 무슨 기분을 느꼈을지 궁금했다. 가마슈는 그런 생각이나 감정이 그녀와 함께 죽었으리라는 것을 알았다. 자신이 그녀의 이름을 알아낸다면 그녀를 살해한 범인을 찾을 수 있을 테지만 절대 그녀 자체는 찾아낼 수 없으리라. 이 여성은 여러 해 전에 이미 자신을 잃었다.

크리처럼 그녀도 내면 속 깊이 내려가 버린 걸까?

그때 가마슈는 그것을 보았다. 다른 곳과 달리 조그맣게 변색된 부분을. 그 부분은 어둡고 둥근 모양이었고, 오물이라고 하기에는 지나치게 균등한 모양이었다. 그것은 그녀의 가슴, 가슴뼈 위에 있었다.

그는 다시 돋보기를 들고 그 부분을 얼마 동안 살펴보았다. 확실히 해두고 싶었다. 그리고 그가 고개를 들자, 그는 다시 위대한 아르망 가마슈가 되어 있었다.

그는 다른 사진들을 다시 꺼내 특히 한 장을 주의 깊게 살펴보았다. 그런 다음 무언가를 찾으려 증거물 상자를 이리저리 움직였다. 자칫하면 못 보고 넘어갈 수도 있는 것이었다. 하지만 그것은 그 안에 없었다.

그는 신중하게 박스 속의 내용물을 모조리 꺼내 문 옆에 놓았다. 그러고 나서 난로 옆 따뜻한 의자로 돌아와 잠시 렌 마리가 책을 읽는 모습을 바라보았다. 가끔 그녀의 입술이 아주 살짝 움직였고, 그녀의 눈썹은 그녀를 아주 잘 아는 그만이 알아차릴 수 있을 정도만큼 아래위로 오르내렸다.

그는 『비 캄』을 집어 읽기 시작했다.

14

장 기 보부아르는 손을 녹이려 팀 호튼 더블더블 커피가 담긴 종이컵을 감싸 쥐었다. 중앙에 있는 커다란 검정색 장작 스토브는 최대 화력을 냈지만 지금까지 그리 큰 효과는 거두지 못하고 있었다.

눈이 내리는 오전 10시였다. 살인 사건 발생 시각에서 거의 24시간이 흘렀고, 경찰청 반원들은 스리 파인스에 설치된 수사본부에 집결해 있었다. 수사본부에는 커다란 붉은색 소방차가 있었다. 징두리판벽 위에 붙여 놓은 흰색 상황판에는 이 지역의 자세한 지도와 화재 진압 전략이 적힌 도표, 연방 총독 문학상 수상자를 기념하는 커다란 포스터가 붙어 있었다.

이곳은 루스 자도가 지휘하는 스리 파인스 의용 소방대 본부였다.

"타바르나클르Tabernacle 젠장, 노망난 할망구가 따로 없습니다. 저걸 치워서는 안 된다니요." 보부아르는 실내의 절반을 차지하고 있는 소방차를 엄지손가락으로 밀어 보았다.

"마담 자도가 이유를 말해 주던가?" 가마슈가 물었다.

"화재가 났을 때를 대비하여 소방차가 얼지 않도록 관리할 필요가 있다나요. 언제 마지막으로 화재가 발생했느냐고 물었더니 기밀이랍니다. 기밀이오? 대체 언제부터 비밀 화재라는 게 생겼답니까?"

"시작해 볼까. 브리핑을 부탁하네." 가마슈는 탁자 상석에 앉았다. 그는 셔츠와 타이 위에 라운드넥 메리노 양모 스웨터와 트위드 재킷을 입고 있었다. 그는 펜을 하나 쥐고 있었지만 메모를 하는 경우는 드물었다. 기술반이 사방에 전화와 팩스, 컴퓨터를 가설하고 있었고, 책상과 칠판, 하역 장비 역시 설치 중이었다. 그러나 가마슈는 아무런 소리도 듣지 못했다. 그는 온전히 자신이 듣는 말에만 집중하고 있었다.

로베르 르미외 형사는 자신의 가장 좋은 나들이용 구두를 반짝거리게 닦아 신고 있었다. 그리고 본능이 작은 목소리로 귀띔해 준 것에 대해 감사했고, 그 본능의 목소리를 따랐던 것에 대해서는 더욱 감사했다. 그의 옆에는 젊은 여자 형사가 커피를 홀짝거리며 조심스레 몸을 앞으로 기울이고 있었다. 그녀는 자신을 이자벨 라코스트 형사라고 소개했다. 르미외는 그녀가 바에서 금세 눈에 띨 타입은 아니라고 생각했다. 그렇지만 그녀는 바에서 어슬렁거릴 사람으로는 보이지 않았다. 그보다는 생 레미 산에서 더 많이 볼 수 있는 유형이었다. 권모술수 따위는 느껴지지 않는, 자연스럽고 너그러운 모습이었다. 그녀는 밝은색 스웨터에 스카프를 두르고 면바지를 입고 있었다. 자신의 몸에 편안하게 잘 맞는, 소박하면서도 질 좋은 옷이었다. 그녀의 짙은 색 눈은 초롱초롱했고 옅은 갈색 머리카락은 얼굴에 흘러내리지 않도록 폭이 넓은 머리끈으로 묶었다. 르미외는 귀고리 한 짝이 그녀의 귀에 달려 있다는 사실을 알아차렸다. 그녀가 즉시 다가와 자신을 맞이했다. 그는 본능적으로 그녀의 왼손을 확인했고, 놀랍게도 그녀는 결혼 반지를 끼고 있었다.

"아이가 둘이에요." 그녀가 웃으며 말했다. 그녀는 자신의 얼굴에서 시선을 떼지 않았음에도, 자신이 흘깃 훔쳐본 것을 놓치지 않았다. "아들 이름은 르네고, 딸애는 마리라고 해요. 투아Toi 당신은?"

"아직 미혼입니다. 여자 친구도 없어요."

"차라리 다행이네요. 적어도 수사가 진행 중일 때는 말이죠." 그녀가 그에게 몸을 숙이며 속삭였다. "그리고 평소처럼 행동하도록 해요. 반장님은 가식적으로 행동하는 사람은 뽑지 않으시니까."

"그리고 짐작하건대 일을 잘하는 사람을 뽑으시겠죠?" 그는 그녀를 칭찬하는 의미에서 그렇게 말을 꺼냈다.

"아, 매mais 하지만, 프랑쉬멍franchement 분명히 말해서, 자기 자신이 어떤 사람인지 모른다면 당신은 절대 이 일을 잘 해낼 수 없을 거예요. 자신에 대한 진실도 받아들일 수 없다면 어떻게 다른 사람에 대한 진실을 찾아낼 수 있겠어요?"

"봉Bon 좋습니다." 보부아르가 몸을 앞으로 굽혔다. "좋은 소식은 전기를 어떻게 호수 위의 컬링 경기장으로 끌어왔는지 알아냈다는 겁니다. 어제 오후 CC를 트럭에 태워 병원까지 데려간 빌리 윌리엄스와 이야기를 나눴습니다. 그는 자신이 전열기에 전기를 연결했다고 하더군요. 자, 개요를 보여 드리겠습니다. 여러분 중 일부는 아직 사건 현장을 보지도 못했으니까요."

보부아르는 한 손으로 초콜릿을 씌운 도넛을 하나 집고 다른 한 손에는 매직펜을 들고 압정으로 벽에 붙여 놓은 커다란 종이쪽으로 걸음을 옮겼다.
"이곳이 브림 호수고 이쪽이 윌리엄스버그 마을입니다. 여기는 재향군인회관입니다. 알겠습니까?"
보부아르에게 피카소 같은 재능은 없었지만 살인반 형사로서는 오히려 다행스러운 일이었다. 그의 그림은 언제나 지극히 명확하고 단순했다. 커다란 원이 브림 호수였다. 그보다 조금 작은 원이 지구를 도는 달처럼 큰 원에 접해 있었다. 윌리엄스버그. 호숫가에서 인접한 곳에 표시해 놓은 X자는 재향군인회관이었다.
"자, 실제로는 마을 회관에서 호수가 보이지 않습니다. 이 길을 따라 내려가 모퉁이를 돌아야 합니다. 그래 봐야 걸어서 오 분 남짓입니다. 컬링 시합 전에 사람들은 재향군인회관에서 열린 조찬 모임에 참석하고 있었습니다. 빌리 윌리엄스는 조찬 전에 컬링 경기장으로 트럭을 몰고 가서 얼음 위에 세워 두었다고 하더군요."
"얼음 위에 세워 두어도 안전합니까?" 수사관들이 물었다.
"그곳의 얼음은 사십오 센티미터 정도라고 합니다. 크리스마스 며칠 전 그가 전열기를 설치할 때 측정해 봤다더군요. 어제, 그러니까 컬링 시합이 있던 날, 그가 한 일은 경기장에서 눈을 치우고 전열기에 전원을 연결한 것뿐입니다. 그날은 맑아서 아침 식사를 하러 재향군인회관으로 가기 전에 두 가지 모두 끝마칠 수 있었다고 하더군요. 이곳이 그가 트럭을 세워 놓은 장소입니다. 사건 현장 사진에는 바퀴가 지나간 자국이 나와 있습니다." 그는 자신이 그린 그림에 작은 X자 표시를 한 다음 사진을 나누어 주었다. 호숫가에서 가까운 얼음 위였다.

"자, 이 부분이 중요합니다. 여기에 그의 트럭이 있었고, 여기에 전열기가 있었습니다. 복사열 난방기라는 건데, 여기에 세워져 있었고, 이쪽 가장자리에는," 그는 종이 위에 직사각형을 하나 그렸다. "컬링 경기장이 있습니다. 빌리 윌리엄스는 캐나다 자동차 협회의 이 지역 담당 정비공이라서 이런 몬스터 트럭을 소유하고 있습니다. 내가 실제로 봤는데 더럽게 크더라고. 바퀴 높이가 이 정도라니까." 가마슈가 헛기침을 하자 보부아르는 정신을 차렸다. "어쨌든, 그는 방전된 자동차 배터리를 충전할 때 쓰는 발전기를 짐칸에 싣고 다닙니다. 그런데 다시 말하지만, 이게 또 보통 발전기가 아닙니다. 어마어마하게 큰 물건이죠. 얼어붙은 세미트레일러나 건설 중장비를 급속 충전하려면 그 정도는 돼야 한다는 겁니다. 그래서 윌리엄스는 간단하게 부스터 케이블_{자동차 배터리 방전 시 전원을 연결할 때 사용하는 케이블}을 꺼내 한쪽은 발전기에 연결하고 다른 한쪽은 전열기에 연결해 놓았죠. 부알라_{Voilà 이상}, 전열기 전력 공급에 대한 이야기를 마치겠습니다."

르미외 형사는 자리에 앉은 채 자세를 바꾸며 라코스트 형사의 눈길을 끌었다. 그녀는 그를 바라보며 퉁명스럽게 고개를 끄덕였다. 용기를 내라고? 그녀는 재차 고개를 끄덕이며 눈을 크게 떴다.

"경위님." 그는 자신의 목소리가 갈라지지 않았다는 사실에 감사했다. 보부아르는 뻔뻔하게 브리핑을 방해하는 이 신참을 놀란 눈으로 바라보았다.

"뭔가?"

"저기, 저것들 말입니다." 그는 그림을 가리켰다. "전열기라고 할까요? 어제 저걸 봤을 때 떠오른 의문점이 있었지만 입 밖으로 내기 전에 먼저 확인해 보고 싶었습니다. 저런 전열기들은 대부분 프로판가스를 연료로 합니다. 전기를 쓰는 게 아니라요." 그는 탁자에 앉은 사람들을 둘러보았다. 사람들은 모두 그를 주목하고 있었다. "전기 기술자인 제 친구에게 전화를 걸어 봤습니다. 그 녀석도 근처 성인 리그에서 아이스하키를 하거든요."

놀랍게도 보부아르는 미소를 지었다. 편안하고 솔직한 미소 덕택에 그의 얼굴은 한층 젊어 보였다.

"자네 말이 맞아. 이것도 예전에는 프로판가스를 썼지. 하지만 고장이 나서 폐기 처분되기 직전에 빌리 윌리엄스가 주워 온 거야. 전기를 쓰도록 개조하면 일 년에 한 번쯤 컬링 시합에서 써먹기 충분할 거라고 생각했던 거지. 그게 이 년 전 일이고, 지금까지는 잘 돌아갔다더군. 제대로 써먹으려면 발전기가 있어야 하지만."

"르미외 형사가 어제 내게 발전기에 대한 이야기를 해 줬지." 가마슈는 똑바로 자세를 고쳐 앉아 앉은키가 약간 커진 르미외에게 고개를 끄덕였다. "내가 자네 말을 대수롭지 않게 받아들인 것 같군. 미안하네."

르미외는 이제껏 상관에게서 사과를 받아 본 적이 한 번도 없었다. 그는 어찌해야 할지 몰라서 그냥 가만히 있었다.

"윌리엄스 씨의 발전기는 사람을 죽일 수 있을 정도로 강력한가?" 가마슈가 물었다.

"그게 문제입니다. 어제 코완스빌 병원에 들러 검시관 해리스 박사와 이야기를 나누었습니다. 검시 보고서를 받아 왔습니다. 그녀는 윌리엄스를 알고 있었는데, 그의 발전기는 사람을 죽이기에 충분히 강력한 물건이라고 하더군요. 사실, 그건 그리 중요한 문제가 아닙니다." 보부아르는 자신의 자리로 돌아와 펜으로 커피를 저으며 한 입가량 남은 도넛을 다 먹어 치웠다. "해리스 박사가 경감님께 드릴 말씀이 있다더군요. 오늘 오전 늦게 좀 더 자세한 보고서와 피해자가 입었던 옷을 가지고 온다고 했습니다. 그런데 그녀는 절대로 사고사가 아니라고 단정하더군요. 의문점이 좀 있기는 하지만요."

보부아르는 자신의 수첩을 내려다보았다. 그는 어디서부터 이야기를 시작해야 할지 도통 알 수가 없었다. 이 사건은 기이하다거나, 미치지 않고서야 이런 식으로 살인을 저지를 수 없다는 말을 반복하기는 죽기보다 더 싫었다. 가마슈는 그 심정을 이미 알고 있었다. 그들 모두가 같은 심정이었다. 그러나 샤론 해리스 박사는 어제 오후 자신을 만나 이 사건이 기이하다는 말을 여러 차례 한 터였다.

"현 상황을 완벽하게 이해하고 있는 것 같지 않군요, 경위님. 이걸 봐요." 해리스 박사는 피해자를 덮고 있던 하얀색 시트를 걷었다. 차갑고 딱딱한 이송용 침대 위에, 역시 차갑고 딱딱하게 굳은 여인이 누워 있었다. 그녀는 으르렁대는 듯한 표정을 짓고 있었기 때문에 보부아르는 가족들이 그녀를 알아볼 수 있을까 궁금했다. 샤론 해리스는 몇 분 동안 이 여인의 주변을 돌면서 흥미로운 지점을 가리켰다. 흡사 대규모 공동묘지를 안내하는 여행 가이드 같았다.

그는 오전 브리핑 중에 해리스 박사가 검시 도중 찍은 사진을 몇 장 더 돌렸다. 모두 사진을 살펴보았고 수사본부에는 침묵이 흘렀다.

가마슈는 사진을 주의 깊게 살펴본 후 라코스트 형사에게 넘겼다. 그는 의자를 살짝 돌리고 다리를 꼰 다음 창문 밖을 바라보았다. 눈이 내려 자동차와 집 위에서 서로 조우하거나 나뭇가지 위에 높이 쌓이고 있었다. 시체 사진이나 옛 기차역 건물 안에서 오가는 대화와는 극심한 대조를 이루는 평화로운 광경이었다. 그가 앉은 자리에서는 스리 파인스를 흐르는 벨라벨라 강 양 기슭을 연결하는 아치형 돌다리가 보였다. 자동차가 느릿느릿 다리를 건널 때마다 눈이 자동차 소리를 조용히 감싸 주었다.

수사본부 안에서는 나무 연기 냄새와 진한 커피 냄새가 났다. 젖은 종이컵의 희미한 광택제 냄새와 오래된 책의 사향 냄새도 풍겼다. 책이 아니라 낡은 기차 시간표에서 나는 냄새일지도 몰랐다. 이제는 폐쇄된 다른 수많은 캐나다 국립 기차역처럼 스리 파인스도 목재와 벽돌로 지은 이 낡은 건물을 제대로 사용하는 법을 발견했다.

가마슈는 커피를 감싸고 있어 따뜻해진 손을 코로 가져갔다. 코는 차가웠다. 그리고 약간 젖어 있었다. 그가 개라면 건강하다는 신호일 터였다. 그러나 수사본부는 계속해서 난방을 가동하고 있는 중이었고, 그 안에 추위를 더 선호하는 존재는 없었다. 열기가 수사본부 안을 채우고 있었다.

아르망 가마슈는 지금 그런 기분을 느끼고 있었다. 그는 행복했고 만족스러웠다. 그는 자신의 직업을 사랑하고 부하들을 사랑했다. 그는 경찰청에서 더 이상 승진하지 못할 테지만 아르망 가마슈라는 인간은 경쟁을 즐기는 사람이 아니었기 때문에 오히려 이런 평화로움을 즐기고 있었다. 그는 현 상태가 만족스러웠다.

그리고 그는 현 단계가 사건 수사 과정에서 가장 좋았다. 자신의 부하들과 함께 앉아 누가 살인을 저질렀는지 추려 내는 단계.

"그녀의 손을 보셨습니까? 발은요?" 보부아르는 검시 사진 두 장을 들었다. "새까맣게 타 있습니다. 목격자 중 누구도 타는 냄새를 맡지 못했답니까?" 그가 가마슈에게 물었다.

"맡았다던데. 희미한 냄새이기는 했지만."

보부아르는 고개를 끄덕였다. "해리스 박사도 그랬을 거라고 하더군요. 냄새가 났을 거랍니다. 살이 타는 냄새요. 그녀가 최근 접했던, 감전으로 인한 사망자들은 좀 더 확실했다고 합니다. 실제로 연기가 피어오르는 사람도 있었다고 하니까요."

몇몇 살인반 수사관들이 움찔했다.

"문자 그대로, 이런 식으로 죽는 사람들 대부분은 고압선에 감전되었답니다. 전기 기술자나 시설 정비공이거나, 불운하게도 어쩌다 고압선에 접촉했던 사람들이었다고 하고요. 폭풍에 휩쓸리거나 사고로 끊어진 전선에 감전된 거지요. 그럴 경우 즉사한다고 합니다."

보부아르는 잠시 말을 끊었다. 가마슈는 몸을 앞으로 기울이고 있었다. 장 기 보부아르를 익히 아는 그는 그가 극적인 행동에는 관심이 없다는 사실 역시 알았다. 사실 그런 쪽을 무시하는 편이었다. 그러나 그는 말을 할 때 잠시 멈추길 즐겼다. 그런 행동은 거의 매번 그가 하려는 말을 누설했다. 거짓말쟁이가 큰 거짓말을 하기 전에 헛기침을 하는 것처럼, 포커 선수가 코를 문지르는 것처럼, 보부아르는 이런 극적인 침묵으로 자신이 말하려는 바를 무심코 드러냈다.

"해리스 박사는 여남은 해 동안 이처럼 낮은 전압에 사망한 사람은 처음 봤다고 합니다. 가전제품에 자동 차단 장치가 달려 나오기 시작하면서부터는 한 건도 없었답니다. 이런 일은 거의 불가능하다더군요."

이제 모든 사람들이 그를 주목했다. 조금 전까지 정신없이 일하던 기술반원들까지 동작이 느려지더니 아예 일을 멈추고 들었다.

보부아르는 계속 검시관의 말을 전했다. "몇 가지 조건들이 결합하면 가능할 수도 있습니다. 일단 CC 드 푸아티에는 물웅덩이 위에 서 있어야 합니다. 영하 십 도의 기온에 얼어붙은 호수 한가운데서 물 위에 서 있어야 한다니. 그리고 맨손으로 전류가 흐르는 물체에 접촉해야 합니다. 맨손으로요." 그는 두 손을 들어 올렸다. 마치 반원들에게 손이란 게 어떻게 생겼는지 알려 주어야 한다는 생각 같았다. "다시 말해서, 이렇게 추운 날에 장갑을 벗어야 한다는 뜻입니다. 그리고 전체에 전류가 흐르고 있는 물체를 만져야 한다는 거죠. 하지만 이것으로 끝이 아닙니다. 전류는 그녀의 몸을 흐르다가 발을 통해 물웅덩이로 빠져나가야 합니다. 모두 발을 보십시오."

모두 그를 바라보았다.

"내 발 말고, 자네들 발. 자네들 발을 보라고."

보부아르만 빼고 사람들의 얼굴이 모두 탁자 밑으로 사라졌다. 아르망 가마슈도 몸을 굽혀 신고 있던 부츠를 바라보았다. 부츠의 외피는 나일론이었고, 내부는 신설레이트와 펠트가 층을 이루고 있었다.

"신발 밑창을 보라니까." 보부아르는 화를 냈다.

그들은 다시 밑으로 내려갔다.

"뭐가 있지?"

"고무군요." 이자벨 라코스트가 말했다. 보부아르는 그녀의 명석한 얼굴 표정을 보고 그녀가 이해했다는 것을 알았다. "마찰력을 증가하기 위해 고무에 홈이 파여 있죠. 그래야 얼음이나 눈 위에서 미끄러지지 않을 테니까요. 다들 고무 밑창이 있는 신을 신고 있을 겁니다."

모두들 고개를 끄덕였다.

"바로 그겁니다." 보부아르는 가까스로 자제심을 발휘할 수 있었다. "확실히 하기 위해서는 조사가 필요할 테지만, 퀘벡에서 고무 밑창이 달리지 않은 부츠는 단 하나도 팔리지 않았을 거라는 데 돈을 걸겠습니다. 이것이 마지막 관문이자, 어쩌면 이런 일련의 조건 중에서 가장 믿기 어려운 일일 겁니다. CC 드 푸아티에가 고무 밑창, 그도 아니라 가죽 밑창이 달린 부츠를 신고 있었다면, 그녀는 죽지 않았을 겁니다. 그녀는 금속 물체를 잡았습니다. 금속은 전기를 전도합니다. 땅도 전기를 전도합니다. 사람의 몸도 전기를 전도합니다. 해리스 박사의 말로는 전기는 마치 살아 있는 존재 같다고 합니다. 필사적으로 살아남으려 한다는 거지요. 전기는 한쪽에서 다른 쪽으로 흐릅니다. 금속 물체를 통해서, 우리 몸을 통해서 땅속으로 흐릅니다. 그러는 과정에서 전기는 심장을 통과합니다. 심장에는 그 나름의 전기적 신호가 존재합니다. 놀랍지 않습니까? 다 해리스 박사가 설명해 준 겁니다. 만약 전기가 몸을 곧바로 통과한다면 전기는 불과 몇 초 만에 심장에 영향을 끼치게 됩니다. 평소 리듬을 흩뜨리고, 그……," 그는 수첩을 확인했다. "심실세동을 일으킨다는 거죠."

"그래서 병원에서 심장이 멎은 환자를 살릴 때 전기가 흐르는 탁구 라켓 같은 걸 사용하는 거군요." 라코스트가 말했다.

"그리고 체내에 페이스메이커를 삽입하는 이유도 그 때문이지. 심장에 전기 자극을 주려는 목적이니 사실 건전지나 다를 바 없다고 해야 하나." 보부아르는 신이 나서 동의했다. 설명해야 하는 것이 있다는 사실에 흥분한 모습이었다. "CC가 금속 물체를 만지고 몇 초 안에 그녀의 심장에 영향이 미쳤을 겁니다."

"그런데 말이지," 아르망 가마슈가 입을 열자 모든 시선이 그에게 쏠렸다. "마담 드 푸아티에가 감전사하려면 바닥과 접지하는 부분이 있어야 했을 텐데."

수사본부는 다시 침묵에 휩싸였다. 이미 수사본부의 온도는 충분히 올랐지만 가마슈는 여전히 싸늘한 냉기를 느꼈다. 그는 보부아르를 바라보고 아직 더 나올 이야기가 있다는 것을 알아차렸다.

보부아르는 옆에 있는 가방 속에 손을 집어넣어 부츠 한 켤레를 꺼내 탁자 위에 올려놓았다.

그들 앞에 CC 푸아티에의 부츠가 놓였다. 아주 어리고 하얀, 극상의 새끼 바다표범 가죽으로 만든 부츠였다. 다른 사람들의 부츠 밑창은 모두 고무였지만, 수사관들은 이 부츠에서 아주 작은 갈고리를 발견할 수 있었다.

보부아르는 부츠 한 짝을 옆으로 뒤집어 밑창이 보이도록 했다. 밑창은 기괴한 모양으로 뒤틀리고 검게 타 있어서 가죽 밑창에서 튀어나온 갈고리가 금속 이빨을 드러내고 있었다.

아르망 가마슈는 자신도 모르게 이를 악물었다. 누가 저런 부츠를 신지? 아마 이누이트들이겠지. 극지방에서. 그러나 이누이트들은 새끼 바다표범을 죽이지 않는데. 공손하고 현명한 사냥꾼인 그들은 새끼를 죽이는 짓은 꿈에도 하지 않아. 그럴 필요도 없고.

아니, 오직 짐승 같은 자들만이 새끼를 죽인다. 그리고 짐승 같은 자들만이 저런 거래를 자행한다. 그들 앞에 놓여 있는 물건은 새끼 바다표범 두 마리의 시체였다. 동물 시체이기는 하나 무분별한 살상은 언제나 가마슈를 질리게 했다. 대체 어떤 여자가 어린 동물 시체로 부츠를 만들고 거기에다 금속 갈고리를 박아 넣고 다니지?

아르망 가마슈는 CC 드 푸아티에가 당혹스러워하는 하느님과 두 마리의 성난 바다표범 앞에서 어떤 평계를 대며 자신을 변호했을지 궁금했다.

15

보부아르는 벽에 압정으로 고정한 다른 종이 앞에 섰다. CC의 부츠는 조각품처럼 탁자 한가운데에 놓여 있었다. 살인범과 피해자 모두 얼마나 이상한 인간들인지를 상기시키면서.

"그러니까 요약하자면, 살인범이 성공적으로 일을 완수하기 위해서는 네 가지 조건이 들어맞아야 한다는 겁니다." 보부아르는 말을 하면서 써 내려갔다. "A, 피해자는 물 위에 서 있어야 한다. B, 피해자는 장갑을 벗어야 한다. C, 피해자는 전기가 흐르는 물체를 만져야 한다. D, 피해자는 바닥에 금속 물체가 박힌 부츠를 신고 있어야 한다."

"현장 보고서를 가져왔어요." 전날 현장 감식반을 지휘했던 이자벨 라코스트가 입을 열었다. "물론 예비 보고서입니다. 하지만 어쨌든 한

가지 질문에 대한 답은 내놓을 수 있어요. 물에 대한 겁니다. 현장 사진을 다시 보면, 뒤집힌 의자 주변 눈 위로 푸르스름한 기미가 보인다는 사실을 알 수 있을 거예요."

가마슈는 가까이 들여다보았다. 그는 그 부분이 그림자 때문이라고 생각했었다. 눈 위에서 특정한 각도와 조명하에 사진을 찍으면 그림자가 푸른 색으로 보인다. 그러나 이런 뚜렷한 색이 사진의 장난 같지는 않았다. 좀 더 사진을 가까이 들여다본 그는 그 정체를 알아차릴 수 있었다. 그는 거의 신음 소리를 낼 뻔했다. 진작에 알아차렸어야 했다. 모두들 진작에 알아차렸어야 했다.

범인이 물웅덩이를 만들 수 있는 방법은 두 가지가 있었다. 그곳의 얼음과 눈을 녹이는 것, 그리고 그 위에 어떤 액체를 붓는 것이었다. 그러나 커피나 차, 청량음료 같은 것을 부었다가는 금세 얼어 버릴 터였다.

얼지 않는 게 뭐지?

얼지 않도록 고안된 것일 텐데.

자동차 유리에 사용하는 결빙 방지액. 캐나다에 사는 사람이라면 누구나 갤런 단위로 자동차에 들이붓는, 어디서나 찾아볼 수 있는 연한 푸른색 액체. 그것은 자동차 유리에 뿌려져 얼음과 염분을 제거하는 용도로 사용된다. 그리고 다시 얼어붙지 않는 효과도 있었다.

그렇게 쉬운 답일까?

"자동차 유리에 쓰는 결빙 방지액입니다." 라코스트가 말했다.

그렇다는군. 적어도 이 사건에서 간단한 문제가 하나쯤은 있었던 셈이군.

"살인범은 어떻게 남의 눈에 띄지 않고 결빙 방지액을 뿌릴 수 있었을까요?" 라코스트가 질문을 던졌다.

"글쎄, 살인범이 눈에 띄지 않았다고는 확신할 수 없지." 가마슈가 입을 열었다. "사람들에게 아직 그런 질문은 하지 않았으니까. 마담 드 푸아티에 바로 옆에 앉아 있었던 사람이 있지. 그 사람은 봤을지도 몰라."

"누구 말입니까?" 보부아르가 물었다.

"케이 톰슨." 가마슈는 자리에서 일어나 보부아르가 그려 놓은 사건 현장 그림으로 걸어갔다. 그는 반원들에게 전날 진행했던 인터뷰 내용을 들려주고, 전열기 근처에서 무리를 이루도록 X 자 세 개를 그렸다.

"접이식 의자야. 할머니 셋이 자신들이 앉으려고 가져다 놓은 거지. 그런데 그중 한 사람만 의자를 사용했네. 케이 톰슨이 이 의자에 앉아 있었어." 가마슈는 X 자 중 하나를 가리켰다. "다른 두 명은 컬링을 하고 있었고, CC가 전열기에서 가장 가까운 의자에 앉아 버렸지. 그러면 이 의자 말인데," 그는 컬링 경기장에서 가장 가까운 곳에 놓여 있는 의자에 동그라미를 쳤다. "옆으로 누워 있었지. 그리고 이 의자 아래에는 결빙 방지액이 뿌려져 있었고. 맞지?" 그가 라코스트에게 묻자 그녀는 고개를 끄덕였다.

"실험실에서 검사 중입니다만 그 의자가 살인에 사용된 도구가 아닐까 합니다."

"그러면 전열기가 범행 도구가 아니라는 말씀입니까?" 한 형사가 질문하면서 보부아르를 바라보았다. "피해자는 전기가 흐르는 물체를 건드렸다고 말씀하신 것으로 아는데요. 전열기가 그런 물건 아닙니까?"

"세 브레C'est vrai 맞아." 보부아르는 인정했다. "하지만 그게 그녀를 죽인 물건은 아닌 것 같네. 의자가 범행 도구라고 생각하고 있네. 그녀 손에 난 상처 자국을 보면, 의자 등받이에 붙어 있는 알루미늄 막대와 일치하니까."

"하지만 어떻게 말입니까?" 기술반 요원 한 명이 물었다.

"그게 우리가 알아내야 할 일이네." 그는 이 수수께끼에 몰두한 나머지 그 기술반 요원에게 돌아가서 하던 일을 계속하라는 말을 하지 못했다. 그녀는 정확한 질문을 했다. 전류가 전열기에서 어떻게 빠져나와 전기의자를 만들었을까?

전기의자라.

장 기 보부아르는 그 개념을 냉철하고 분석적인 자신의 머릿속에서 이리저리 굴려 보았다. 그게 중요한 문제일까? 살인범에게는 CC 드 푸아티에를 전기의자로 살해해야 할 이유가 있는 걸까?

징벌의 의미일까? 복수? CC가 저지른 범죄에 대한 처벌일까? 만일 그렇다면, 캐나다에서 50년 만에 처음으로 집행된 사형이리라.

"무슨 생각이지?" 가마슈가 질문을 던졌던 기술반 요원에게 몸을 돌렸다. 작업복을 입은 그녀는 공구 벨트를 차고 있었다. "그리고 자네 이름이 뭐지?"

"셀린 프로보스트입니다, 경감님. 저는 경찰청 기술반의 전기 기사입니다. 컴퓨터를 연결하려고 왔을 뿐입니다."

"봉Bon 좋아. 프로보스트 요원. 자네 의견을 말해 주겠나?"

그녀는 꼬박 1분 동안 도표를 응시하며 생각에 잠겼다. "발전기 전압이 얼마죠?"

보부아르가 말해 주자 그녀는 고개를 끄덕이며 다시 생각에 잠겼다. 그러고 나서 그녀는 고개를 흔들었다.

"살인범이 전열기에서부터 의자까지 부스터 케이블을 연장해서 사용했을 수도 있고, 아니면 눈 밑에 전선을 묻었을 수도 있습니다. 그 방법이라면 의자에 전기를 통하게 할 수 있습니다."

"하지만?"

"하지만 그렇게 되면 의자에는 계속해서 전기가 통하고 있어야 합니다. 살인범이 케이블을 의자에 연결하자마자 의자에 전기가 통하게 되는 거죠. 누구든 의자를 만지게 되면 감전됩니다. 살인자로서는 마담 드 푸아티에가 처음으로 의자를 만지게 될 거라고 확신할 수는 없었을 겁니다."

"전기를 켰다 껐다 할 수 있는 방법은 없나?"

"없습니다. 트럭 발전기에서 차단하는 방법밖에는요. 그리고 그 방법은 소리가 요란합니다. 누구든지 전기가 끊겼다는 사실을 알아차렸을 겁니다. 만일 살인범이 케이블을 마지막 순간에 가서 연결했다면, 말씀하셨던 그 여자가 분명히 그 광경을 목격했을 겁니다. 바로 그 장소에 앉아 있었으니까요."

가마슈는 그녀의 말을 검토해 보았다. 그녀 말이 맞았다.

"유감입니다, 경감님."

"다른 보고 사항은 없나?" 가마슈가 자리로 돌아가 앉으며 말했다.

이후 20분 동안 여러 형사들이 사건 현장에서 발견한 단서들과 예비 분석 결과, 신원 조사 결과 등을 보고했다.

"이제까지," 라코스트 형사가 보고를 시작했다. "리샤르 리옹은 좋게 말하면, 옷가게 점원으로 일하고 있다는 사실을 알아냈습니다. 그는 서류 작업과 근무 교대표를 작성합니다. 하지만 쉬는 시간에는 이런 걸 발명했더군요." 그녀는 도표를 한 장 들어 올렸다.

"수수께끼는 충분히 많은데." 보부아르가 말했다. "그건 뭐지?"

"소리가 나지 않는 벨크로예요. 듣자 하니 미합중국 군대에서 이와 관련된 문제 때문에 골머리를 앓고 있다더군요. 점점 더 제한된 공간에서 전투를 벌이는 빈도가 늘어나기 때문에 소음이 아주 중요한 문제라고 합니다. 적에게 몰래 접근해야 한다나요." 그녀는 자신의 책상 앞에서 몸을 구부리더니 몰래 숨는 시늉을 했다. "이러면서 사격할 기회를 노리는 거죠. 그런데 장비들을 죄다 벨크로로 전투복에 부착한다고 합니다. 예컨대 주머니를 열자마자 벨크로가 뜯기면서 위치가 노출되는 거죠. 이게 큰 문젯거리가 되었다고 합니다. 무소음 벨크로를 발명하는 사람은 떼돈을 벌 테죠."

가마슈는 사람들의 머릿속이 복잡하게 돌아가고 있다는 것을 알았다.

"그래서 리옹은 성공했나?"

"글쎄, 이걸 발명하긴 했습니다. 자석을 이용해서 주머니를 잠그는 방식입니다."

"기발하군."

"안 그래도 무거운 전투복에 자석을 달면 더 무거워진다는 점이 문제였죠. 각 주머니마다 자석이 두 개 필요하고, 전투복에는 보통 주머니가 약 마흔 개 정도 달려 있습니다. 자석 무게만 대략 칠 킬로그램은 된다는 점에서 이미 입고 다니기는 그른 거죠."

몇 사람이 낄낄댔다.

"그는 아홉 분야에 특허를 갖고 있습니다. 전부 실패작들이지만요."

"실패자로군." 보부아르가 말했다.

"그래도 여전히 노력하고 있는 모양이에요." 라코스트가 지적했다.
"하나만 성공하면 상상 이상으로 돈을 긁어모을 수 있으니까요."
가마슈는 이 말을 듣고 전날 밤 렌 마리가 했던 질문을 떠올렸다. 리샤르 리옹과 CC 드 푸아티에는 왜 결혼했을까? 그리고 그들은 왜 여전히 결혼 상태를 유지하고 있었을까? 한쪽은 야심이 넘치고 이기적이며 잔인한 사람이고, 다른 한쪽은 나약하고 우유부단한 사람인데? 그는 CC가 남편을 살해할지도 모른다는 예상은 할 수 있었지만, 그 반대는 아니었다.

그때 그는 자신이, 리옹이 그의 아내를 죽였다는 가설을 거의 당연시하고 있다는 사실을 깨달았다. 무엇이든 당연시 여기는 것은 굉장히 위험했다. 리샤르 리옹이 결국 쓸 만한 물건을 발명해 냈다는 가정도 가능하지 않을까? 만일 큰돈을 나누는 게 싫어서 아내를 살해한 거라면?

"이 사건에는 이상한 점이 또 있습니다." 라코스트는 보부아르 경위에게 사과의 뜻으로 웃어 보였다. 두 사람은 여러 사건에서 함께 수사를 해 왔기 때문에, 그녀는 그의 성격이 날카롭고 분석적이라는 사실을 알고 있었다. 이처럼 잡동사니와 혼돈으로 가득 찬 사건은 그에게 고문이나 다름없으리라. 그는 자신을 추스르고 고개를 끄덕였다. "저는 또한 컴퓨터로 CC 드 푸아티에에 대해 조사해 보았지만 아무것도 발견하지 못했습니다. 뭐, 운전면허나 건강 기록 카드 정도요. 그런데 출생증명서도 존재하지 않았고 여권도 없었습니다. 최근 이십 년간 아무것도 찾을 수 없었습니다. 그래서 저는 CC 리옹, 세실리아 리옹, 세실리아 드 푸아티에라는 이름으로도 찾아봤습니다." 그녀는 항복의 뜻으로 두 손을 들어 올렸다.

"엘레오노르와 앙리 드 푸아티에라는 이름으로 시도해 보게." 가마슈는 자신의 앞에 있는 책을 내려다보며 제안했다. "그녀의 책에 따르면 자신의 부모 이름이라더군. '리 비앙'에 대해서도 찾아보고." 그는 그 단어의 철자를 불러 주었다.

"그게 뭡니까?"

"그녀의 인생철학 같은 거지. 그녀가 풍수지리를 대체하길 바라고 있는 철학이라는데."

보부아르는 그에 대해 흥미를 갖고 있으며 식견이 넘치는 것처럼 보이려 애썼다. 그는 어느 쪽에도 해당되지 않았으므로.

"그 철학으로 말이지." 가마슈가 말을 이었다. "사실 그녀는 더욱 더 부자가 되기를 바라고 있었지."

"살인 동기입니까?" 보부아르는 기운을 차렸다.

"어쩌면 그녀는 실제로 성공을 거두었는지도 몰라. 그러나 지금까지 CC 드 푸아티에가 거둔 성공이란 남편이 한 일의 결과물과 크게 다르지 않은 것처럼 보이네. 이제 다 됐으면 임무를 분배해 볼까?" 그는 몸을 일으켰다.

"경감님, 하나 더 있습니다." 로베르 르미외 형사였다. "경감님께서 리옹의 집에서 제게 주신 쓰레기 말입니다. 음, 그걸 자세히 조사해서 물품 목록을 만들어 왔습니다."

"그건 좀 기다리게. 고맙네. 오늘은 바쁜 하루가 될 거야. 나는 케이 톰슨이 무엇을 봤는지 알아보겠네. 자네는 리샤르 리옹이 말한 사진작가를 찾아보게." 가마슈가 보부아르에게 지시하자, 그는 시작될 사냥에 대한 열망으로 씩씩하게 고개를 끄덕였다. "적어도 그는 조찬 모임과 컬링 경기 사진을 찍었을 거야. 어쩌면 살인범의 사진을 찍었을지도 모르지. 그의 이름이 사울 뭐였는데."

"사울 페트로프입니다." 커다란 빨간 소방차가 여자 목소리를 냈다.

그 뒤에서 젊은 여자가 등장했다.

"제가 찾아냈습니다."

그녀는 걸어오면서 사람들의 표정을 알아차릴 수밖에 없었다. 탁자 주변에 있던 사람들의 얼굴에는 충격은 물론이고 심지어는 공포마저 엿보였다. 그녀는 놀라지 않았다. 그녀는 이런 반응을 각오하고 있었다.

"좋은 아침이네, 니콜 형사." 아르망 가마슈가 말했다.

16

가마슈가 이베트 니콜 형사와 단둘이 이야기를 나누는 사이, 보부아르는 임무를 할당했다. 이곳에는 검표원이 쓰던 방이 하나 있었다. 최근에는 루스 자도가 그 방을 차지했다. 그 안에는 책상과 의자가 한 개씩, 그리고 약 3백여 권의 책이 있었다. 이곳은 분명 화재 위험 장소였다.

가마슈 경감은 니콜 형사가 나타나는 모습을 보자마자 자리에서 일어섰다. 마치 사형선고를 받은 사람이 사형 집행을 받아들이려 일어나는 것 같았다. 그는 보부아르에게 고개를 끄덕였고, 그의 부관인 보부아르는 본능적으로 무슨 뜻인지 알아차렸다. 가마슈는 말 한마디 없이 방을 가로질러 수사본부 중간 지점에서 니콜을 맞이하더니 그녀를 데리고 작은 방으로 들어갔다.

이제 보부아르는 컴퓨터와 전화기에 달라붙어 일을 하고 있는 반원들을 바라보았다. 그러나 그의 신경은 대장에게 쏠려 있었다. 그리고 니콜에게도. 고약하고 끔찍하고 옹졸하기까지 한 이 조그만 여자는 예전 사건을 하마터면 망칠 뻔했고, 조화를 즐기고 중시하는 팀에 커다란 분열을 초래하는 존재였다.

"무슨 일인지 설명해 주겠나?" 가마슈는 이 자그마한 형사보다 키가 훨씬 컸다. 그녀의 짧고 칙칙한 갈색 머리카락은 털모자 밖으로 삐져나와 헝클어졌을 뿐 아니라 만취한 정원사가 전지가위로 잘라 놓은 것처럼 엉망이었다. 그녀는 몸에 맞지 않은 칙칙한 스타일의 옷을 입고 있었고, 가마슈는 올이 잔뜩 일어 있는 그녀의 양모 스웨터에 붙어 있는 게 계란 노른자가 아닐까 생각했다. 그녀의 얼굴은 상처투성이었고, 10대 시절 고생했던 심한 여드름 탓에 보랏빛 자국이 남아 있었다. 그리고 보랏빛으로 변하지 않은 부분은 창백했다. 그녀의 회색 눈에서 불꽃을 튀기고 있는 유일한 감정은 두려움이었다. 어쩌면 다른 것일 수도 있지. 교활함. 누군가를 두려워하고 있지만 나는 아니야.

"저는 경감님께 배정되었습니다." 그녀는 그를 바싹 쳐다보았다. "프랑쾨르 경정님께서 오늘 아침 저를 호출하시더니 경감님께 신고하라고 말씀하셨습니다. 저도 놀랐습니다." 그녀는 깊게 뉘우치는 어조를 내려고 애썼지만 그저 불평하는 것처럼 들렸을 뿐이었다. "경감님과 보부아르 경위가 작성한 현장 기록 보고서를 읽었습니다."

"어떻게?"

"음, 경정님께서 집으로 보내 주셨습니다. 경감님의 보고서에서 그 사진작가에 대한 내용을 보고 경감님께서 우선 순위로 생각하실 거라는 걸 알았습니다. 저도 그렇게 생각······,"

"그 말을 들으니 안심이 되는군."

"제 말은, 경감님이 옳다는 뜻입니다. 어, 그러니까 당연히 경감님 이," 이제 그녀는 허둥거리기 시작했다. "여기요." 그녀는 종이 한 장을 들고 있는 손을 냅다 밀어붙였다. 그는 종이를 받아 들고 읽었다.

사울 페트로프, 트리오른 가 17번지.

"그곳을 지도에서 찾아보았습니다. 보세요, 여기입니다." 그녀는 재킷 주머니에서 지도를 한 장 꺼내 그에게 건넸다. 그는 지도를 받지 않았다. 그녀를 바라볼 뿐이었다.

"이 지역에 있는 부동산 사무소 대략 열다섯 곳에 전화를 했습니다. 그를 아는 사람은 아무도 없었지만, 결국 생 레미에 있는 르 상 수시라는 레스토랑을 찾아냈습니다. 그곳에서는 샬레 대여 광고를 하고 있습니다. 주인에게 물어봤더니 며칠 전에 몬트리올에 있는 한 남자에게서 비슷한 전화를 받았다고 합니다. 남자는 곧바로 샬레를 하나 대여했고요. 그래서 그에게 전화를 걸어 본 다음, 그가 이 사진작가라는 것을 확신했습니다. 사울 페트로프라고 합니다."

"그와 이야기를 나눴나?"

"예, 경감님. 그래야 했습니다. 신원을 확인해야 했거든요."

"그가 살인범일지도 모른다는 생각은 해 봤나? 전화를 받은 그가 사진을 모조리 태워 버리고 자동차에 짐을 싣고 도망치는 중이라는 생각은? 전화를 건 지 얼마나 됐지?"

"약 두 시간 전입니다." 이베트 니콜의 목소리는 거의 속삭이는 것처럼 들릴 만큼 작아졌다.

가마슈는 깊이 숨을 들이마시고 잠시 그녀를 바라보더니 문밖으로 성큼성큼 걸어 나갔다.

"보부아르 경위? 형사 한 명을 데리고 이 사람이 우리가 찾고 있는 사진작가가 맞는지 확인하게. 르미외 형사는 여기 남아 있게. 할 말이 있으니."

그는 다시 니콜에게 몸을 돌렸다. "앉아서 기다리게."

그녀는 다리가 아래서부터 잘려나간 듯 의자에 털썩 주저앉았다.

보부아르는 종이쪽지를 받아 들고 잠시 벽에 걸려 있는 지도를 참고한 후 문밖으로 나갔다. 그러나 그전에 니콜 형사를 바라보았다. 그녀는 답답할 정도로 좁은 방 안에서 사람이 지을 수 있는 가장 비참한 표정으로 주위를 둘러보며 앉아 있었다. 그는 마음속에서 그녀에 대한 동정심이 조금 일었다는 사실에 놀랐다. 가마슈 경감의 못된 면은 가히 전설이라 할 수 있었다. 그에게 그토록 나쁜 점이 있어서가 아니라 그가 훌륭하게 감추고 있기 때문이었다. 그런 모습을 발견해 낸 사람은 거의 없었다. 그러나 그 측면을 발견한 사람은 절대로 잊지 못했다.

"자네에게 임무를 하나 주지." 가마슈는 르미외에게 말했다. "날 위해 몬트리올에 가서 탐문을 좀 해 주게. 엘이라는 여성에 대한 거야. 진짜 이름은 아니지만. 그녀는 궁핍한 사람이었고, 크리스마스 바로 직전에 살해당했지."

"드 푸아티에 사건과 관련이 있습니까?"

"아니."

"제가 무슨 잘못이라도 했습니까?" 르미외는 의기소침한 듯 보였다.

"절대 아닐세. 그 사건에 대해 몇 가지 알아봐야 할 점이 있어. 게다가 자네에게는 좋은 훈련이 될 거야. 몬트리올에서 일해 본 적이 있나?"

"가 본 적 없습니다." 그는 마지못해 시인했다.

"그렇다면 지금이 기회로군." 그는 르미외 형사의 얼굴에서 걱정스러워하는 표정을 읽을 수 있었다. "잘할 수 있을 거야. 두 가지 사항을 고려하지 않았다면 자네를 보내지 않을 걸세. 첫째로 자네가 할 수 있는 일이기 때문이고, 둘째로 자네가 해야 하는 일이기 때문이야."

"무엇을 하면 됩니까?"

가마슈가 그에게 자세한 내용을 일러 주었고, 두 사람은 가마슈의 차로 향했다. 그는 판지로 된 증거물 상자를 트렁크에서 꺼내 그에게 건네며 지시를 내렸다.

가마슈는 르미외가 차를 몰고 낡은 돌다리를 천천히 건너는 모습을 바라보았다. 물랭 길을 타고 스리 파인스를 빠져나가려면 커먼스 길에 진입하여 마을 광장을 둘러가야 했다. 반장은 천천히 내리고 있는 눈을 맞으며 서서 마을 광장에 있는 사람들을 내려다보았다. 몇몇 가족들이 스케이트를 타고 있었다. 몇몇 사람들은 개를 산책시키는 중이었다. 어린 셰퍼드 한 마리가 눈밭 위를 구르며 땅을 파다가 공중으로 무언가를 던지고 있었다.

그는 소니가 그리웠다.

내리는 눈 사이로 보이는 사람들은 다 고만고만하게 보였다. 솜털 파카와 털모자로 온몸을 둘러싸고 있으니 누가 누구인지 분간이 가지 않았다. 그는 아이들과 개들을 분간할 수 있다면, 그들을 데리고 있는 어른들 역시 분간할 수 있을 거라고 생각했다. 퀘벡의 겨울은 모든 사람을 다 닮아 보이게 했다. 형형색색의 마시멜로처럼 남자와 여자를 구분하기조차 어려웠다. 얼굴, 머리카락, 손, 발, 몸통 할 것 없이 죄다 추위를 막으려 꽁꽁 싸매고 있으니까. 만일 누군가가 살인범을 목격했다 할지라도 과연 누군지 알아볼 수 있었을까?

그는 개들이 즐겁게 뛰노는 모습을 바라보다가 무엇을 하며 놀고 있는지 알아차리고 미소를 지었다. 소니가 가장 좋아했던 겨울 선물.

얼어붙은 개똥. 아이스 개똥캔디.

그는 그마저 그리웠다.

"자네는 내 팀에서 환영받지 못해, 니콜 형사." 몇 분 후 그는 겁먹은 상처투성이 얼굴을 바라보고 있었다.

그는 그녀의 속임수와 오만함과 분노에 질린 지 오래였다. 지난번 사건을 수사하는 동안 충분히 경험했었다.

"알고 있습니다, 경감님. 이건 제 생각이 아니었습니다. 지난번 임무에서 얼마나 엉망진창이었는지도 알고 있습니다. 정말 죄송합니다. 제가 변했다는 걸 어떻게 보여 드리면 되겠습니까?"

"돌아가는 방법이 있네."

"저도 그럴 수 있으면 좋겠습니다." 그녀는 비참해 보였다. "정말입니다. 경감님께서 저를 어떻게 생각하시는지 알고 있지만, 절대 경감님을 탓할 생각은 없습니다. 지난번에 제가 무슨 생각을 하고 다녔는지 모르겠습니다. 멍청하고 오만했죠. 하지만 저는 변했다고 생각합니다. 마약반에서 일 년을 보내는 동안요." 그녀는 이 말이 어떤 영향을 미치고 있는지 궁금해서 그의 얼굴을 살폈다.

미치지 않았어.

"잘 가게, 니콜 형사."

그는 방 밖으로 걸어나가 다시 코트를 입고 돌아보지도 않은 채 자동차에 올랐다.

"죄송해요, 경감님. 하지만 케이 톰슨은 지금 여기 없어요. 오늘 친구네 집에서 자고 올 거라고 했어요. 에밀리 롱프레의 집에서요."
윌리엄스버그에 있는 양로원의 수간호사는 친절하고 유능해 보였다. 대저택을 개조한 양로원 건물의 각 방은 크고 우아했다. 그러나 어딘지 모르게 피곤한 기운이 맴도는 것 같았고, 탤컴파우더 냄새가 진하게 배어 있었다. 꼭 이곳의 거주민들처럼.

가마슈는 적어도 자신을 비웃을 정도의 지각을 갖고 있었다. 마담 롱프레는 스리 파인스에 살고 있었고, 심지어는 그가 마을 광장을 가로지르면서 보았던 익명의 존재 중 한 명일 수도 있었다. 그는 니콜 형사에게 너무나 화가 난 나머지 차에 올라타 쌩하고 달려가 버렸다. 그는 그녀가 심통이 난 어린아이 같다고 생각했지만 정작 어린아이는 자신이었다. 이런 상황이다 보니, 정작 목격자는 조금 전 자신이 있었던 장소에서 단 몇 미터 떨어진 곳에 있었는데도 수 킬로미터나 떨어진 이곳으로 와 버린 것이다. 그가 웃자, 수간호사는 이 덩치 큰 남자가 무엇 때문에 웃는지 궁금해하며 자리를 떴다.

스리 파인스로 곧장 돌아가는 대신 가마슈는 재향군인회관에 차를 세우고 안으로 들어갔다. 문은 잠겨 있지 않았다. 이 근방에서는 대부분 문단속을 하지 않았다. 그가 홀을 여기저기 돌아다니자 그의 부츠 소리가 커다랗고 텅 빈 홀에 가볍게 울렸다. 한쪽 벽에는 주방과 연결된 카페테리아 형식의 창구가 나 있었다. 그는 박싱 데이 조찬 모임에서 사람들이 북적거리는 광경을, 왁자지껄하게 인사를 나누는 모습을, 여기저기서 들려오는 차나 커피를 청하는 소리를 상상해 보았다. 베아트리스 메이어가 자신이 직접 만든 수상쩍은 차를 권하는 모습도.

자, 그녀는 왜 '어머니'라고 불리는 걸까? 그는 아직 그녀를 만난 적이 없었지만, 그럼에도 클라라는 자신이 그 이유를 맞힐 수 있다고 생각하는 것 같았다. 베아트리스 메이어? 비 '어머니'? 그는 고개를 흔들었다. 그러나 결국에는 알아내리라. 그는 이런 종류의 작은 수수께끼를 좋아했다.

그는 다시 상상 속에서 박싱 데이 조찬 모임에 참석한 사람들 틈바구니에 끼어들었다. 그곳은 따뜻하고 활기차며, 구할 수 있는 가장 싸구려 크리스마스 장식물로 치장한 곳이었다. 그런 상상에는 그다지 큰 노력이 필요하지 않았다. 그 장식물들은 여전히 걸려 있었다. 플라스틱과 크레이프지로 만든 별과 눈송이들. 플라스틱과 철사로 만든 인조나무 가지는 적어도 절반은 사라져 있었다.

종이로 만든 종과 녹색과 파란색 크레용으로 칠한 눈사람은 너무 흥분한 나머지 기진맥진해진, 대단한 재능은 없는 탁아소 아이들의 작품이었다. 구석에 있는 업라이트 피아노현을 세로로 친 직립형 피아노로 캐럴을 연주한 게 분명했다. 홀 안은 마을 근처 단풍나무에서 채취한 메이플 시럽을 곁들인 팬케이크 냄새로 가득했으리라. 달걀과 훈제한 캐나다산 등심 베이컨 역시 빠지지 않았으리라.

그리고 CC와 그녀의 가족은? 그들은 어디에 앉았을까? 그녀가 살아생전 마지막 식사를 하는 동안 누구라도 그녀와 합석을 했을까? 누구라도 그때가 그녀의 마지막 식사라는 사실을 알고 있던 사람이 있었을까?

한 사람은 알고 있었다. 박싱 데이에 바로 이 홀 안 어딘가에 앉아 먹고 마시고 웃으며 크리스마스캐럴을 부르고 있었으리라. 살인을 계획하면서.

가마슈는 밖에서 방향을 가늠하느라 잠시 멈추었다가 시간을 재며 브롬 호수를 향해 출발했다. 그는 언제나 윌리엄스버그가 좋았다. 좀 더 프랑스적인 생 레미와는 달리, 윌리엄스버그는 전통적인 영국 문화권에 속해 있었다. 비록 두 개의 언어와 문화가 섞이면서 이 또한 달라지기 시작했지만 그는 걸으면서 온통 순백의 눈이 쌓여 있는 아름다운 집과 상점들을 보았다. 지구가 쉬기라도 하는 듯한 겨울에 찾아오는 평화로움과 평온함으로 주위가 고요했다. 자동차는 눈 쿠션 때문에 소리가 거의 나지 않았다. 사람들은 인도를 따라 조용히 걸어 다녔고, 그들의 발걸음에서는 소리가 나지 않았다. 모든 것이 소리를 낮추고 침묵해 있었다. 굉장히, 굉장히 평화로운 풍경이었다.

재향군인회관에서 호수까지는 4분 30초가 걸렸다. 서둘러 걷지는 않았지만, 그는 다리가 길었기 때문에 다른 사람들은 시간이 조금 더 걸릴 것이라고 생각했다. 그래도 얼추 평균치라고 할 수 있었다.

그는 길가에 서서 눈이 쌓여 얼음이 보이지 않는 텅 빈 호수를 내려다보았다. 컬링 경기장은 거의 보이지 않았고, 이곳에 무슨 일이 있었다는 사실을 알려 주는 유일한 실제 증거는 관중석뿐이었다. 그것 역시 절대 돌아오지 않을 사람들을 기다리듯 텅 빈 채 외롭게 서 있었다.

이베트 니콜을 어떻게 해야 하지? 이곳의 평화는 그에게 당면한 문제에 대해 심사숙고를 할 짬을 내주었다. 그녀가 문제였다. 이제 그는 그 사실을 알았다. 그녀에게 한 번 속아 넘어갔었지만, 아르망 가마슈는 두 번 속는 사람이 아니었다.

그녀가 이곳에 온 이유가 있을 거야. 그리고 그 이유는 CC 드 푸아티에의 살인 사건과는 상관없는 문제일 테지.

보부아르 경위는 차를 몰고 스리 파인스를 빠져나가 생 레미로 향했다. 몇 분 후 나무가 우거지고 눈이 쌓인 뒷길을 걸어 내려간 다음 차도로 접어들어, 볼품없는 목조 주택에 도착했다. 그는 만약을 위해 형사 한 명을 데리고 왔다. 문을 두드린 그는 여유롭다 못해 산만한 인상을 주려고 팔다리를 늘어뜨린 채 서 있었다. 그는 여유롭지 못했다. 언제든지 추적에 나설 수 있도록 대비했다. 사실 추격이 불가피해지는 상황이 되기를 바라고 있었다. 앉아서 대화를 나누는 것은 가마슈 경감의 영역이었다. 그의 몫은 뜀박질이었다.

"위Oui 예?" 산발을 한 중년 남자가 문턱에 서 있었다.

"무슈 페트로프? 사울 페트로프입니까?"

"위, 세 모아c'est moi 접니다만."

"CC 드 푸아티에 살인 사건 수사차 왔습니다. 그녀를 알고 계시죠?"

"당신을 기다리고 있었습니다. 왜 그렇게 오래 걸린 겁니까? 당신이 흥미로워할지도 모를 사진이 몇 장 있습니다."

가마슈는 속에서 뭉친 재킷과 스웨터를 바로잡은 다음 커다란 코트 속으로 팔을 집어넣었다. 겨울에는 누구나 그러하듯 그 역시 누가 그의 등에다 쥐 한 마리를 넣은 것 같은 기분이었다. 그는 생각을 그러모으며 잠시 걸음을 멈췄다가 이내 작은 전화 부스로 들어가 수화기를 들고 다이얼을 돌렸다.

"아, 자네인가, 아르망. 내가 보낸 선물은 받았나?"

"니콜 형사를 말씀하시는 거라면, 받았습니다, 프랑쾨르 경정님. 메르시." 가마슈는 수화기에 대고 명랑하게 말했다.

"무슨 일인가?" 프랑쾨르의 목소리는 낮고 부드러우며 지적이었다. 책임자 자리에 앉아 있는 사람 특유의, 교활하고 기만적이며 잔인한 기미는 느낄 수 없었다.

"왜 그녀를 보내셨는지 알고 싶습니다."

"자네가 너무 성급한 판단을 내린 것 같네, 경감. 니콜 형사는 이곳 마약반에서 일 년 동안 일했고, 우리는 그녀에게 매우 만족하고 있네."

"그러면 왜 그녀를 제게 보내신 겁니까?"

"내 판단에 토를 다는 건가?"

"아닙니다, 경정님. 경정님이 무슨 일을 하든 토를 달 필요는 없죠."

가마슈는 자신이 직격탄을 날렸다는 사실을 알았다. 독을 완전히 쏟아 버리고 거대하고 공허한 침묵을 채웠다.

"왜 전화한 거지, 가마슈?" 겉치레를 다 집어치운 으르렁거리는 목소리였다.

"니콜 형사를 보내주셔서 감사하다는 말씀을 드리고 싶었습니다. 주아이요 노엘Joyeux Noël 메리 크리스마스."

그는 수화기를 내려놓았지만 그전에 이미 전화를 끊는 소리가 들렸다. 가마슈는 필요한 것을 얻었다.

그는 자신의 의견이 한때 몸담았던 퀘벡 경찰청 최상층부의 의사 결정 과정에서 철저하게 배제되고 있다는 사실을 알았다. 공식적으로 그는 여전히 살인반 반장이었고, 경찰 내부에서도 선임 수사관이었다. 그러나 상황이 은밀하게 변했다. 아르노 사건 이후로.

그러나 얼마나 많은 변화가 있었는지 제대로 인식하게 된 것은 극히 최근의 일이었다. 그는 보부아르가 다른 사건 수사를 지휘할 수 있도록 해 달라는 요청을 더 이상 하지 않았다. 이자벨 라코스트 형사는 아르노 사건 이후로 몇 번이나 작은 부서에서 진행하는 사소한 사건에 배정되었다. 살인반의 다른 반원들 또한 마찬가지였다. 가마슈는 자신의 부하들이 필요했기 때문에 일시적으로 이루어진 부서 이동이라고 생각해서 크게 염두에 두지 않았다. 자신이 행한 일 때문에 부하들이 처벌받는 일은 전혀 일어나지 않았다.

그러던 몇 주 전 어느 날, 그의 직속 상사이자 친구인 미셸 브레뵈프 경정이 렌 마리와 자신을 저녁 식사에 초대하고는, 식사가 끝난 후 자신을 한쪽으로 데리고 갔다.

"사 바Ça va 잘 지내나, 아르망?"

"위, 메르시, 미셸. 아이들이 걱정이야. 도통 소식을 들을 수 있어야 말이지. 사표를 낸 다니엘이 로슬린과 딸아이와 함께 해외 여행을 떠나고 싶어 하더군. 아니는 지나치게 열심히 일하고 있고. 각종 불합리한 소송에 파묻힌 알코하사社를 변호하면서 말이야. 고의로 오염 물질을 배출하는 기업이 상상이 가나?" 가마슈가 웃으며 말했다.

"충격적이군." 브레뵈프는 그에게 코냑과 시가를 내밀었다. 가마슈는 술은 받아 들였지만 담배는 거절했다. 그들은 친근감이 어린 침묵 속에서 브레뵈프의 서재에 앉아 있었다. 밖에서 아내들이 소곤소곤 웃고 떠드는 소리와 라디오 캐나다 방송 소리가 들려와, 그들은 그 소리에 귀를 기울였다.

"내게 하고 싶은 말이 있지?" 가마슈가 의자에 앉은 채 몸을 돌려 브레뵈프를 정면으로 바라보았다.

"언젠가 자네는 신세를 망치고 말 거야, 아르망." 브레뵈프는 친구에게 겸연쩍은 웃음을 지어 보였다. 가마슈가 어떻게 자신의 속내를 짐작했는지에 대해 당황하여 어쩔 줄 모를 때 하는 행동이었다. 그러나 가마슈라도 모든 것을 알 수는 없을 터였다.

"자네 말대로라면 미셸, 나는 이미 신세를 망쳤고 구경거리로 전락했지. 그런 날은 이미 왔다가 지나갔네."

"아니. 아직 지나가지 않았어."

상황이 그랬다. 침묵이 다시 한 번 눈송이처럼 두 친구 위에 내려앉자 가마슈는 갑자기 문제의 심각성을 알 수 있었다. 그는 자신도 모르게 보부아르를 비롯해 다른 부하들을 끌어들이고 말았다. 그들은 이제 거짓말과 증오의 장막 아래 매장당하고 있었다.

"아르노 사건은 끝난 게 아니지?" 가마슈는 브레뵈프의 흔들림 없는 눈을 바라보았다. 그때 그는 자신에게 이런 말을 해 준 친구의 용기를 알았다.

"조심하게, 아르망. 자네가 아는 것 이상으로 훨씬 심각해."

"자네 말이 맞겠지." 그는 마지못해 인정했다.

그리고 이제 프랑쾨르 경정이 니콜 형사를 돌려보낸 것이다. 물론 별다른 뜻이 아닐 수도 있었다. 어쩌면 그녀가 그곳에서도 엉망으로 굴어, 프랑쾨르가 니콜을 자신에게 보내며 작은 보복을 한 것일 수도 있었다. 그래, 그게 가장 그럴싸한 설명이지. 악의적인 장난질 그 이상은 아냐.

17

"성공입니다." 보부아르는 따뜻한 수사본부로 성큼성큼 들어오면서 코트를 벗어 던졌다. 그는 털모자를 책상 위에 아무렇게나 던지고는 장갑도 똑같이 처리했다. "경감님 말씀이 맞았습니다. 그 사진작가가 사진을 찍었습니다."

"잘됐군." 가마슈가 그의 어깨를 두드렸다. "어서 보여 주게."

"아, 그는 사진을 갖고 있지 않답니다." 보부아르는 가마슈가 너무 무리한 기대를 하고 있다는 듯 말했다.

"어디 있는데?" 그의 목소리는 다소 풀이 꺾여 있었다.

"생 랑베르에 있는 단골 현상소에 우편으로 부쳤답니다. 특급 송달로 부쳤기 때문에 내일 도착할 거라더군요."

"현상소에 말이지?"

"프레시제멍Précisément 바로 그렇습니다." 보부아르는 바라던 것보다 다소 반응이 약하다는 느낌을 받았다. "그는 조찬 모임과 컬링 시합 때 수백 장의 사진을 찍었답니다."

보부아르는 주위를 둘러보았다. 이자벨 라코스트는 컴퓨터에 정신을 빼앗겨 있었고, 이베트 니콜 형사는 탁자 한쪽 끝에 홀로 떨어져 앉아 있었다. 마치 섬에서 본토를 하염없이 바라보는 듯한 모습이었다. 그리고 그 본토의 이름은 가마슈였다.

"특별히 목격한 게 있었다던가?" 가마슈가 물었다.

"그 질문을 했습니다. 사진작가다 보니 촬영에 지나치게 열중하고 있어서 무슨 일이 일어났는지 실제로 신경을 쓸 여유가 없었답니다. 그래서 CC가 쓰러졌을 때 다른 사람들처럼 놀랐다고 하더군요. 하지만 그의 역할은 오직 CC만을 촬영하는 것이어서, 내내 카메라 렌즈를 그녀에게 들이대고 있었답니다."

"그렇다면 분명히 뭔가 보았을 거야."

"그랬을지도 모르겠군요." 보부아르는 수긍했다. "하지만 자신이 무엇을 보고 있는지 몰랐을 수도 있습니다. 만일 그녀가 칼에 찔렸거나 몽둥이에 얻어맞았거나 목이 졸렸다면 그도 반응을 보였겠지만 이 경우에는 다소 확실하지 않습니다. CC가 한 행동은 자리에서 일어나 자기 앞에 놓여 있는 의자를 건드린 것뿐입니다. 그리 이상한 행동이 아니고 전혀 위험하게 보이지도 않았을 겁니다."

그 말은 사실이었다.

"그녀는 왜 그런 행동을 했을까? 자네 말이 맞아. 분명 아무런 관심을 끌 행동이 아니었을 거야. 하지만 아직 수상한 점이 있네. 그리고 우리는 전적으로 사울 페트로프의 증언에만 의존하고 있네. 고객 사진을 찍느라 바빴다고는 하지만 그녀를 감전시키느라 분주했을 수도 있지."

"그렇습니다." 보부아르는 장작 스토브 옆에서 손을 녹이며 커피포트로 손을 뻗었다. "그는 열성적으로 도와주고 싶어 하는 것 같았습니다. 너무 열성적이지 않나 하는 생각이 들 만큼요." 보부아르의 사고방식으로는 기꺼이 도와주려는 사람은 자동적으로 용의자로 분류되었다.

에밀리 롱프레는 세 사람 몫의 식탁을 차렸다. 그녀는 천으로 된 냅킨을 접어 반듯하게 매만졌다. 냅킨은 필요한 수보다 더 많았다. 반복적인 동작을 하다 보면 어딘지 모르게 위안이 되었다. '어머니'는 아직 도착하지 않았지만 곧 모습을 보일 터였다. 주방 시계를 보니 '어머니'의 정오 명상 수업이 곧 끝날 시간이었다.

케이는 낮잠을 자고 있었지만 엠은 쉴 수 없었다. 평상시에는 차 한 잔을 들고 자리에 조용히 앉아 그날 치 「라 프레스」를 읽었지만 이날은 정신을 차리고 보니 요리책 표지를 닦고, 이미 흠뻑 젖은 화분에 물을 주고 있었다. 달음박질하는 마음을 다른 곳으로 돌릴 수만 있다면 무슨 일이든 좋았다.

그녀는 커다란 냄비에 뼈가 붙은 햄을 넣고 풍미가 고루 섞이도록 완두콩 수프를 젓는 일에 몰두했다. 앙리가 그녀의 발치에 끈기 있게 앉아 그녀의 진지한 눈을 바라보고 있었다. 마치 의지력만으로 뼈다귀를 냄비에서 들어 올려 자신의 입속으로 가져올 수 있다고 간절히 생각하는 것 같았다. 앙리는 엠이 주방을 부산하게 돌아다닐 때마다 꼬리를 흔들다가 틈을 노려 그녀를 방해했다.

옥수수빵은 진작에 오븐 속에 넣어 두었으니, 잘 구워졌을 때쯤이면 '어머니'가 도착할 것이다.

아니나 다를까 30분 후 '어머니'의 자동차가 엠의 집 진입로에 들어섰다. '어머니'가 뒤뚱거리며 차에서 내려 미끌거리는 길을 거침없이 걸어왔다. 그녀의 무게 중심은 굉장히 낮아서 케이는 종종 '어머니'가 스스로 넘어지고 싶을 때조차 그렇게 할 수 없을 거라고 논평하곤 했다. 케이는 그녀가 물에 빠져 죽을 수도 없다고 했다. 엠으로서는 그 이유를 절대 알 수 없었지만, 케이는 무슨 이유에서인지 비가 언젠가 하느님을 영접하게 될 방식에 대해서 끊임없이 분석하려고 했다. 비 '어머니'는 적어도 자신은 하느님을 만나게 될 거라고 끝없이 설명하면서 케이에게 맞받아쳤다.

이제 오랜 세 친구들은 버터가 녹아 스며든 따뜻하고 신선한 빵과 수프를 각자의 그릇에 담았다. 그들은 안락한 주방 탁자에 앉았다. 식탁 아래 몸을 웅크리고 부스러기라도 떨어지지 않을까 고대하던 앙리는 식당 밖으로 쫓겨났다.

10분 후 가마슈가 도착했을 때, 그들 앞에 놓여 있는 음식들은 아직 손도 대지 않은 채 차갑게 남아 있었다. 만일 가마슈가 창가에서 몰래 안을 염탐할 생각이었다면, 그는 세 친구들이 탁자를 빙 둘러싸고 손을 잡은 채 끝이 없어 보이는 기도를 하고 있는 모습을 보았으리라.

"눈 걱정은 하지 마세요, 경감님." 가마슈가 머드룸 돌바닥에 찍혀 있는 눈투성이 부츠 발자국을 돌아보자 엠이 그렇게 말했다. "앙리랑 나는 매번 집 안에 눈 범벅을 하고 다니는걸요." 그녀는 대략 6개월 정도 되어 보이는 독일 셰퍼드 강아지에게 고개를 끄덕였다. 앙리는 흥분하다 못해 폭발할 것 같았다. 앙리는 폭발하는 대신 꼬리와 엉덩이를 기술적으로 땅에 붙인 채 미친 듯이 흔들었다. 가마슈는 꼬리로 불을 낼 수 있을지도 모르겠다고 생각했다.

가마슈는 인사를 나누고 부츠를 벗은 다음 점심 식사를 방해한 것에 대해 사과했다. 주방에서는 집에서 만든 프랑스계 캐나다인 특유의 완두콩 수프와 갓 구운 빵 냄새가 났다.

"나마스테." '어머니'는 두 손을 합장하면서 손님들에게 살짝 고개를 숙였다.

"오, 진짜, 그거 다시는 하지 말랬잖아." 케이가 말했다.

"나마스테?" 가마슈가 물었다. 보부아르는 그녀가 나이가 많고, 앙글레영국계인 데다 보라색 카프탄까지 입고 있었기 때문에 굳이 물어보려 하지 않았다. 이런 사람들은 언제나 알 수 없는 소리만 늘어놓지.

대장은 진지하게 고개를 마주 숙였다. 보부아르는 못 본 척했다.

"이건 옛날부터 내려온 공손한 인사법이에요." 베아트리스 메이어가 흐트러진 붉은 머리카락을 매만지며 걱정스러운 눈빛으로 케이를 쏘아보았다. 그러나 케이는 그녀를 간단하게 무시해 버렸다.

"쓰다듬어도 되나요?" 가마슈는 앙리를 가리켰다.

"위험을 각오해야 할걸요, 무슈. 죽을 때까지 핥을지도 몰라요." 엠이 경고했다.

"침 때문에 익사한다는 게 더 맞는 표현이지." 케이가 집 안쪽으로 걸음을 옮기며 말했다.

가마슈는 무릎을 꿇고 앙리의 머리 위에 돛처럼 우뚝 솟아 있는 귀를 긁어 주었다. 개는 즉각 배도 긁어 달라며 드러누웠다. 가마슈는 배도 긁어 주었다.

엠은 주방을 거쳐 거실로 그들을 안내했다. 이 집은 매력적이고 안락한, 할머니의 오두막 같은 느낌을 주었다. 나쁜 일들은 절대로 일어나지 않을 곳 같았다. 보부아르조차 집에 있는 것처럼 편안한 기분이었다. 가마슈는 이런 곳이라면 누구든지 집에 있는 듯한 기분을 느끼는지 궁금했다. 그리고 이 여성과 함께 있어도.

에밀리 롱프레는 사과를 하며 자리를 비운 다음, 잠시 후 수프 두 그릇을 가지고 돌아왔다.

"시장해 보여서요." 그녀는 그렇게 간단히 말하고 다시 주방으로 사라졌다.

그들 두 사람은 거절할 새도 없었다. 정신을 차려 보니 벽난로 앞에 앉아 있었다. 김이 모락모락 나는 수프 두 그릇과 옥수수빵이 담긴 바구니가 놓인 식사용 탁자가 그들 앞에 등장해 있었다. 가마슈는 자신이 다소 솔직하지 못했다는 것을 알았다. 진작에 이 나이 든 세 여성의 식사 대접을 큰 소리로 사양할 수도 있었지만 에밀리 롱프레의 말이 맞았다. 자신들은 배가 고팠다.

두 경찰청 수사관은 음식을 먹으며 자신들의 질문에 답하는 나이 든 삼총사의 대답을 들었다.

"어제 무슨 일이 일어났는지 말씀해 주시겠습니까?" 보부아르가 케이에게 물었다. "컬링 경기가 있었다고 알고 있는데요."

"어머니가 막 집 청소를 끝냈을 때였어요." 케이가 이야기를 시작하자 보부아르는 곧바로 그녀에게 첫 질문을 한 자신의 결정을 후회했다.

이 문장을 도통 이해할 수가 없었던 것이다.

"어머니가 막 집 청소를 끝냈을 때였어요. 리앙Rien 도대체가, 전혀 말이 안 되잖아. 괴짜 영국계가 또 등장하셨군. 하지만 그렇게까지 놀랄 일은 못 되지. 그는 몇 킬로미터 떨어진 곳에 있는 정신병원에서 탈출하는 그녀의 모습을 그려 볼 수 있었다. 그렇게 정신병원에서 빠져나와 이제 자신의 앞에 앉아 있었다. 두꺼운 스웨터와 담요 아래 거의 잠수해 있는 듯한 모습이었다. 그녀는 마치 빨래 바구니 같았다. 뚜껑이 달린. 아주 작고 오래된 뚜껑. 그녀의 시들어 버린 작은 두피에서 총 열 가닥의 머리카락이 겨울철 집 안 정전기 때문에 똑바로 서 있었다.

그녀는 꼭두각시 줄이 달린 머펫 인형 같았다.

"데졸레, 매 케스크 부자베 디Désolé, mais qu'est-ce que vous avez dit 죄송하지만, 뭐라고 하셨습니까?" 그가 불어로 다시 물었다.

"어머니가. 막. 집. 청소를. 끝냈을. 때였어요." 늙은 여인은 놀랄 정도로 목소리에 힘을 주며 아주 또렷하게 말했다.

전부 눈여겨보고 있던 가마슈는 에밀리와 베아트리스가 미소를 교환하는 모습을 눈치챘다. 마치 그런 농담과 익살맞은 눈짓을 주고받으며 평생을 지내 온 것 같은 악의가 없는 친숙한 눈짓.

"지금 우리가 같은 이야기를 하고 있나요, 마담? 컬링 말입니다."

"아, 알겠어요." 케이는 웃었다. 보부아르는 그녀의 웃음이 멋지다는 것을 깨달았다. 그 웃음이 의문이 가득한 초췌한 얼굴을 극상의 유쾌한 얼굴로 바꾸었다. "예, 믿거나 말거나 컬링 시합 이야기를 하고 있는 거랍니다. '어머니'는 이쪽이고요." 그녀는 쭈글쭈글한 손가락으로 카프탄 차림의 친구를 가리켰다. 무슨 이유에서인지 그는 이 사실에 놀라지 않앉다. 그는 '어머니'를 본 순간부터 그녀가 싫었고, 이제 싫은 이유가 하나 더 늘어났다. '어머니'라니. 대체 어떤 인간이 '어머니'라고 불러 달라고 고집을 부릴까? 수녀원장Mother Superior이 아니고서야. 보부아르는 그녀를 바라보며 혹시 정말로 수녀원장이 아닐까 하는 의심을 품었다.

그녀가 골칫거리라는 것은 알고 있었다. 그는 감이라는 말을 절대 쓰지 않았고 가마슈 앞에서는 더욱 쓰지 않았지만, 어쨌든 감으로 알 수 있었다.

"무슨 말씀이죠, 마담?" 보부아르는 다시 케이에게 시선을 돌리고 턱에 버터가 흐르지 않도록 조심하면서 옥수수빵을 한입 베어 물었다.

"'집을 청소한다'는 건 컬링 용어예요. 엠이 더 잘 설명해 줄 거예요. 그녀가 스킵이니까. 그건 팀의 대장이라는 뜻이에요."

보부아르는 마담 롱프레에게 시선을 돌렸다. 그녀의 푸른 눈은 사려 깊고 활기가 넘쳤으며, 어딘지 모르게 약간 피곤한 기색이 엿보였다. 그녀는 머리카락을 알아채기 어려운 연갈색으로 염색했고, 얼굴에 잘 어울리도록 멋을 냈다. 침착한 그녀는 친절해 보였다. 그녀를 보고 있자니 렌 마리 가마슈가 떠올랐다. 그는 평상시처럼 침착하게 귀를 기울이고 있는 대장을 흘끗 쳐다보았다. 대장이 마담 롱프레를 바라보았을 때, 그녀의 얼굴에서 30년 후 렌 마리의 얼굴을 떠올리지 않았을까?

"컬링을 한 번도 해 본 적 없나요, 경위님?" 엠이 물었다.

보부아르는 그 질문에 놀라다 못해 심지어 화가 났다. 컬링이라고? 그는 경찰청 아이스하키 팀에서 중앙 공격수를 맡고 있었다. 서른여섯의 나이에도 자신보다 열 살은 어린 선수들을 박살 내곤 했다. 컬링이라고? 그는 그 단어를 생각하는 것만으로도 당황스러웠다.

"아마 해 본 적이 없나 보군요." 엠이 말을 이었다. "정말 부끄러운 일이에요. 훌륭한 스포츠인데."

"스포츠라고요, 마담?"

"매 위Mais oui 그렇다마다요. 아주 어렵답니다. 균형 감각에다 손과 눈의 동작을 일치시킬 수 있는 날카로운 감각이 필요해요. 한번 해 보고 싶을 텐데요."

"직접 보여 주시겠습니까?" 그들이 자리에 앉은 후 처음으로 가마슈가 입을 열었다. 이제 그는 엠을 따뜻한 눈길로 바라보았고, 그녀는 그에게 고개를 끄덕이며 마주 웃어 주었다.

"내일 아침은 어떤가요?"

"좋습니다." 가마슈가 대답했다.

"무슨 일이 있었는지 이야기해 주시겠습니까? 뭔가 잘못됐다는 생각이 들었을 시점까지요." 보부아르는 에밀리 쪽으로 몸을 돌렸다. 정신이 온전한 사람에게 묻는 편이 나을 거라고 생각했다.

"우리는 거의 한 시간 가까이 컬링을 하고 있었어요. 재미로 하는 시합이어서 정규 시합보다는 더 짧게 진행했어요. 게다가 밖에서 오래 있으면 다들 너무 추워할 테니까요."

"소용없었지. 얼어 죽는 줄 알았다고. 내 평생 가장 추웠다니까." 케이가 말했다.

"우리가 지고 있었어요. 여느 때처럼." 엠이 말을 이어 나갔다. "그러던 중 상대 팀이 그 많은 스톤을 전부 다 집 안에 넣었다는 사실을 깨달았죠."

그녀는 보부아르의 표정을 보고 설명했다. "집이란 건 얼음 위에 붉은색으로 그려 놓은 원이에요. 그 안에 스톤을 집어넣어야 하죠. 상대 팀이 좋은 플레이를 해서 집은 상대방의 스톤으로 가득했어요. 그래서 나는 '어머니'에게 이른바 '집을 청소하라'고 했죠."

"나는 자세를 잡고 스톤을 얼음 위로 밀었어요." '어머니'는 일어나 오른팔을 앞으로 내밀었다가 뒤로 휘둘렀다. 그다음 빠른 동작으로 팔을 내리더니 다시 앞으로 뻗으며 추가 흔들리는 동작을 반복했다. "스톤을 미끄러뜨려 상대방 돌에 부딪쳐서 가능한 한 많은 스톤을 밖으로 밀어내는 거죠."

"풀에서 브레이크를 하는 것처럼 들리는군요.break in pool 당구 종목 중 하나인 에이트볼에서 맨 처음 공을 쳐서 모여 있는 공을 흩어 놓는 것." 보부아르는 이 말을 꺼내고 나서 그들의 얼굴을 보고, 자신이 '집을 청소하다'라는 표현을 듣고 지은 표정이 저랬을 거라는 걸 깨달았다.

"얼마나 재미있다고요." '어머니'가 말했다.

"사실은 말이죠." 엠이 덧붙였다. "너무 재미있어서 박싱 데이의 전통이 되었죠. 나는 대부분의 사람들이 틀림없이 '어머니'가 집을 청소하는 모습을 봤을 거라고 확신해요."

"아주 극적이었지. 스톤이 쾅 하고 사방으로 부딪쳤다고." '어머니'가 말했다.

"시끄러웠어." 케이가 말했다.

"그런 플레이는 보통, 게임이 끝났다는 걸 뜻해요. 그렇게 시합을 마치면 우린 재향군인회관으로 돌아가 핫 버터드 럼을 마시곤 하죠."

"어제는 빼고요." 보부아르가 말했다. "어제 무슨 일이 있었습니까?"

"다들 케이랑 CC 드 푸아티에가 앉아 있던 장소로 뛰기 시작할 때까지 난 무슨 문제가 생겼는지도 모르고 있었어요." '어머니'가 말했다.

"나도 그랬어요." 엠이 말했다. "나는 '어머니'의 스톤을 보고 있었거든요. 다들 그랬죠. 그때 커다란 함성이 일어났다가 갑자기 멈췄어요. 나는 그때……."

"무슨 생각을 했습니까, 마담?" 그는 그녀의 연로한 얼굴을 바라보며 물었다.

"내가 쓰러졌다고 생각했겠지." 케이가 말했다. "그렇지?"

엠이 고개를 끄덕였다.

"그런 행운이 찾아올 리가. 그녀는 우리들보다 더 오래 살걸요." '어머니'가 말했다. "벌써 백마흔다섯 살이라니까요."

"그건 내 아이큐고." 케이가 말했다. "난 사실 아흔두 살이에요. '어머니'는 일흔여덟 살이고. 자기 아이큐보다 더 나이가 많은 사람들을 얼마 못 봤죠?"

"무슨 문제가 생겼다고 느낀 게 언제입니까?"

보부아르는 이 질문이 핵심이라는 사실을 드러내지 않으려 애쓰며 케이에게 무심하게 질문을 던졌다. 자신들 앞에 앉아 있는 사람은 이 사건의 유일한 목격자였다.

케이는 잠시 생각에 잠겼다. 그녀의 조그맣고 주름진 얼굴은 태양 아래 너무 오래 방치해 놓은 포테이토 헤드 부인감자처럼 생긴 플라스틱 인형 장난감처럼 보였다.

"그 죽은 여자 말이에요, CC라고 했나? 그녀는 엠의 의자에 앉아 있었어요. 우리는 항상 직접 접의식 의자를 가져와서 전열기 앞에 놓아둬요. 사람들은 아주 친절하게도 우리에게 가장 따뜻한 자리를 양보했죠.

그 끔찍한 여자만 빼면……."

"케이." 에밀리가 나무라는 듯한 목소리로 말했다.

"그런 사람이라는 건 다 알고 있었잖아. 항상 사람들을 좌지우지하고, 제멋대로 물건을 옮겨 강박적으로 정리하고 말이지. 조찬 모임 때 내가 탁자마다 소금이랑 후추를 가져다 놨는데, 그녀가 돌아다니면서 죄다 건드리지 뭐야. 차 맛에 대해 불평이나 해 대면서."

"그건 내 차였어." '어머니'가 말했다. "그녀는 인도에서 지낸 척하면서도 그런 자연의 유기농 약초가 들어간 탕약은 한 번도 먹어 본 적이 없었나 봐."

"제발, 그 불쌍한 여자는 죽었잖아." 에밀리가 말했다.

"CC랑 나는 일이 미터 간격으로 나란히 앉아 있었어요. 아까 말했듯이 엄청나게 추워서 옷을 꽁꽁 껴입고 있었죠. 아마 잠깐 졸았던 것 같아요. 그 후로 내가 본 건 CC가 '어머니'의 의자 등받이를 붙잡고 있는 모습이었어요. 마치 의자를 집어서 던지려는 것 같았다니까요. 하지만 그녀는 떨고 있는 것 같았어요. 주변 사람들은 모두 응원의 함성을 보내며 박수를 치고 있었지만 나는 CC가 함성이 아니라 비명을 지르고 있다는 사실을 깨달았어요. 그러다가 그녀는 의자를 놓더니 그 자리에 쓰러졌어요."

"그래서 어떻게 했습니까?"

"물론 일어나서 무슨 일이 일어났는지 살펴보려고 했죠. 그녀는 반듯이 누워 있었고, 이상한 냄새가 났어요. 내가 소리를 질렀던 게 분명해요. 사람들이 모두 내 주변으로 몰려들었으니까요. 이내 루스 자도가 상황을 통제했어요. 정말 두목 행세하는 여자라니까. 끔찍한 시를 쓰고.

운율도 안 맞고. 나는 워즈워스가 더 좋아요."

"그녀는 왜 의자에서 일어났습니까?" 보부아르는 케이나 가마슈, 혹은 두 사람이 한꺼번에 시를 인용하려 들기 전에 서둘러 물었다.

"내가 어떻게 알겠어요?"

"의자 주변에서 다른 사람은 못 봤습니까? 의자에 몸을 굽히고 있는 사람은요? 아니면 뭔가 음료수 같은 걸 흘린 사람은요?"

"아무도 못 봤어요." 케이는 단호하게 말했다.

"마담 드 푸아티에는 당신에게 전혀 말을 걸지 않았습니까?" 가마슈가 물었다.

케이는 주저했다. "그녀는 '어머니'의 의자 때문에 심란해하는 것 같았어요. 그게 뭔가 그녀를 화나게 했나 봐요."

"뭐라고?" '어머니'가 말했다. "그런 말은 내게 한 적 없잖아. 대체 내 의자가 어땠길래 그녀가 화를 냈다는 거야? 다 좋은데 그저 내 의자라서? 그 여자는 내 일을 넘보고 있었다고. 그러다가 내 의자를 움켜쥐고 죽은 거지."

'어머니'의 얼굴은 입고 있는 카프탄의 색깔과 잘 어울리게 변했고, 그녀의 격렬한 목소리는 고요하고 평온한 방 안을 가득 채웠다. 그녀는 자기 목소리가 어떻게 들리는지 깨달은 듯 자신을 추슬렀다.

"무슨 뜻입니까, 마담?" 가마슈가 물었다.

"뭐가 말이에요?"

"마담 푸아티에가 당신 일을 넘보고 있었다고 했습니다. 그 말이 무슨 뜻입니까?"

'어머니'는 갑자기 어찌할 줄을 모르고 겁에 질린 채 에밀리와 케이를 바라보았다.

"그녀 말은요." 케이가 친구를 구하려고 뛰어들었다. "CC 드 푸아티에가 멍청하고 시시한 데다 앙심이나 품고 다니는 여자라는 뜻이에요. 그러니 자업자득이라고요."

로베르 르미외 형사는 몬트리올에 있는 경찰청 본부 깊숙한 곳에 있었다. 그는 경찰 신규 모집 포스터에서 이 건물을 본 적 있었지만 실제로 와 본 것은 이번이 처음이었다. 모집 포스터에서는 행복한 표정의 퀘벡 사람들이 정복을 입은 경찰청 수사관을 정중하게 둘러싸고 있었다. 그는 그런 모습을 현실에서는 단 한 번도 접한 적이 없었다.

그는 마침내 찾던 문을 발견했다. 닫힌 문 위 반투명 유리에는 가마슈 경감이 그에게 알려 준 이름이 붙어 있었다.

그는 노크를 하면서 어깨에 멘 배낭 끈을 바로잡았다.

"브네Venez 들어와." 으르렁대는 목소리였다. 마르고 머리가 벗어진 남자가 비스듬히 놓인 책상에 앉아 그를 올려다보았다. 작은 램프가 빛나고 있었고, 그 램프가 이 방의 유일한 조명이었다. 르미외는 이 방이 비좁은지, 아니면 휑뎅그렁하게 넓은지 도통 구분할 수가 없었다. 그러나 짐작할 수는 있었다. 폐소공포증을 느꼈으니까.

"자네가 르미외인가?"

"그렇습니다. 가마슈 경감님이 보내서 왔습니다." 그는 포름알데히드 냄새가 풍기는 강렬한 인상의 주인의 방 안으로 한 걸음 내디뎠다.

"알아. 그렇지 않았다면 내다보지도 않았을 걸세. 난 바빠. 가져온 거나 내놔."

르미외는 배낭 속을 뒤져 엘의 더러운 손을 찍은 사진을 꺼냈다.
"이게 뭐?"
"그러니까, 여기 보이십니까?" 르미외가 집게손가락으로 사진 속 손의 가운데 부분을 가리켰다.
"이 핏자국 말하는 건가?"
르미외는 고개를 끄덕였다. 그는 무게를 잡으려 애쓰면서, 이 퉁명스러운 남자가 왜 이런 걸 보여 주느냐고 묻지 않기를 간절히 기도했다.
"무슨 말인지 알겠군. 놀라운데. 좋아, 경감한테 때가 되면 알 수 있을 거라고 전해. 이제 가 봐."
르미외 형사는 그 말을 따랐다.

"음, 흥미롭군요." 눈투성이가 된 채 수사본부로 돌아오는 길에 보부아르가 그렇게 말했다.
"어떤 점이 흥미롭지?" 뒷짐을 진 채 걷고 있던 가마슈가 물었다.
"'어머니' 말입니다. 무언가 숨기고 있어요."
"어쩌면. 하지만 그녀가 살인범일 수 있을까? 내내 컬링을 하고 있었잖아."
"하지만 컬링 시합을 하기 전에 미리 전선을 연결해 두었을 수도 있습니다."
"맞아. 그녀가 자동차 유리 결빙 방지액을 뿌렸을 수도 있지. 하지만 어떻게 CC가 다른 사람들보다 먼저 그 의자를 만지도록 했을까? 사방에 아이들이 뛰어다니고 있었어. 아이들 중 누가 의자를 붙잡았을 수도 있네. 어쩌면 케이가 건드렸을 수도 있고."

"그 두 사람은 우리가 있던 중에도 내내 싸우던데요. 어쩌면 마담 톰슨을 감전사시키려고 계획했을 수도 있습니다. '어머니'는 사람을 잘못 죽였을지도 모르죠."

"그것도 가능하지. 하지만 마담 메이어가 다른 사람의 생명을 담보로 할 것 같지는 않군."

"그래서 컬링 선수는 모두 제외합니까?" 실망한 보부아르가 물었다.

"그래야 할 것 같군. 하지만 내일 호수에서 마담 롱프레를 만나 보면 더 나은 생각이 떠오를 거야."

보부아르는 한숨을 쉬었다.

그는 솔직히 온 마을 사람들이 아직까지 지루해서 죽어 버리지 않았다는 사실에 놀랐다. 그저 컬링 이야기나 하며 지낸다는 것은 그에게서 살아가려는 의지를 곧장 앗아 가는 것과 다름없었다. 체크무늬 옷을 입고 소리를 지르는 데 양해를 구하는 어떤 영국계에 관한 농담 같았다. 그가 알기로 대부분의 영국계들은 목소리를 높이는 것을 좋아하지 않았다. 프랑스계들은 끊임없이 몸짓을 하고 소리를 치며 서로 껴안았다. 보부아르는 왜 영국계들에게 팔이 달려 있는지 도무지 알 수 없었다. 돈을 끌어안고 내뺄 때를 빼놓고는 필요할 일이 없을 텐데. 적어도 컬링은 감정을 분출할 기회를 제공하는군. 그는 CBC 텔레비전 채널에서 브라이어 대회를 잠시 본 적이 있었다. 그가 기억할 수 있는 것은 빗자루를 든 사내들이 몰려나와 그들 중 한 사람이 소리치는 동안 나머지 사람들은 돌멩이를 물끄러미 바라보던 모습뿐이었다.

"살인범은 어떻게 아무도 모르는 사이에 CC 드 푸아티에를 살해할 수 있었을까요?"

보부아르가 수사본부에 들어서며 가마슈에게 물었다. 두 사람은 발을 굴러 마지막까지 부츠에 남아 있던 눈을 떨어냈다.

"모르겠네." 가마슈는 자신의 시선을 끌어 보려 애를 쓰는 니콜 형사를 곧바로 지나쳐 걸어가며 마지못해 인정했다. 그녀는 그가 아까 수사본부에서 나갔을 때부터 텅 빈 책상 앞에 앉아 있었고, 지금도 여전히 그 자리에 있었다.

가마슈는 코트를 털어 옷걸이에 걸었다. 그의 옆에서 보부아르가 코트에 내려앉은 작은 티끌까지 지나치게 꼼꼼히 떨어내고 있었다.

"저 눈을 치우지 않아도 되니 얼마나 다행인지 모릅니다."

"모든 사람들에게 각자 자신들의 눈을 치우게 하라. 그러면 도시 전체가 통행이 가능해지리라." 가마슈가 보부아르의 당황스러워하는 얼굴을 보면서 덧붙였다. "에머슨."

"레이크 앤드 파머에머슨, 레이크 앤드 파머. 그렉 레이크, 키스 에머슨, 칼 파머가 결성한 미국의 3인조 프로그레시브 록 밴드 말씀이십니까?"

"랠프 앤드 왈도랠프 왈도 에머슨. 미국의 초월주의 사상가라네."

가마슈는 사건에 집중해야 한다고 생각하면서 자신의 책상으로 걸어갔지만 정신은 계속 니콜에게 머물러 있었다. 자신과 니콜이 지나치게 깊은 관계가 된 건 아닐까 하는 생각이 들었다.

에머슨, 랠프 앤드 왈도? 그게 뭐지? 보부아르는 생각에 잠겼다. 아마 60년대 무명 히피 그룹이겠지. 그 가사는 말도 안 돼.

보부아르가 〈럭키맨에머슨, 레이크 앤드 파머의 대표곡〉을 흥얼거리는 동안, 가마슈는 자신에게 온 이메일을 30분 동안 읽고, 보고를 들었다. 그다음에는 다시 코트를 입고 모자를 쓰고 장갑을 낀 다음 수사본부를 떠났다.

그는 눈을 맞으며 마을 광장 둘레를 걷고 또 걸었다. 그는 눈 신을 신고 있거나 크로스컨트리 스키를 타고 미끄러지듯 나아가는 사람들을 지나쳤다. 집 앞 진입로에 쌓인 눈을 치우고 있는 주민들에게 손을 흔들었다. 빌리 윌리엄스가 제설차를 몰고 지나가면서 길가와 사람들의 정원에 폭포처럼 눈을 쏟아부었다. 아무도 신경 쓰는 것 같지 않았다. 30센티미터 더 쌓이는 게 무슨 대수라고.

그러나 가마슈는 사람들을 바라보기보다는 주로 생각에 잠겨 있었다.

18

"경감님."
"경감님."
"경감님."
가마슈가 수사본부로 돌아오자 그와 이야기를 나누려는 사람들의 합창이 그를 덮쳤다.
"경감님, 몬트리올에 있는 로베르 르미외 형사에게서 전화가 와 있습니다."
"잠시 기다리라고 전해 주게. 저기서 전화를 받을 테니." 그는 작은 사무실을 턱으로 가리켰다.

"경감님." 이자벨 라코스트가 수사본부 저쪽 편에서 불렀다. "문제가 좀 있습니다."

"경감님." 보부아르가 그에게 다가왔다. "사진 현상소와 통화했습니다. 아직 필름을 받지 못했다는데 도착하는 즉시 알려 주겠답니다."

"잘됐군. 가서 라코스트를 도와주게. 나도 곧 갈 테니. 니콜 형사?"

수사본부 안의 모든 활동이 멈췄다. 불가사의하게도 수사본부 내의 불협화음이 일시에 그쳤다. 모든 눈이 니콜에게 쏠렸다가, 그다음 가마슈에게로 되돌아갔다.

"이리 오게."

모든 눈이 가마슈를 따라 작은 사무실 안으로 들어가는 니콜에게 쏠렸다.

"앉게." 가마슈는 방 안에 있는 유일한 의자를 턱으로 가리키고 전화기를 들었다. "르미외를 연결해 주게." 그는 잠시 기다렸다. "르미외 형사? 지금 어딘가?"

"노숙자 구호시설에 와 있습니다. 본부에서 지금 막 도착했습니다. 경감님께서 부탁하신 것은 처리해 놓겠답니다."

"언제 끝날지는 말 안 하던가?"

"그렇습니다, 경감님."

가마슈는 미소를 지었다. 그는 그토록 무시무시한 방에서 그토록 재능이 뛰어나고 무시무시한 남자와 함께 있는 르미외를 상상할 수 있었다. 불쌍한 르미외.

"잘했네."

"감사합니다. 그런데 경감님 말씀이 맞았습니다. 그 부랑자는 이곳 시설에 있었다고 합니다." 그의 목소리는 방금 원자를 쪼개는 방법을 알아낸 사람처럼 흥분해 있었다.

"엘이라는 이름으로 말인가?"

"그렇습니다, 경감님. 다른 이름은 모른다고 합니다. 하지만 다른 점에 대해서는 경감님 말씀이 맞았습니다. 시설 책임자가 제 옆에 있습니다. 통화하시겠습니까?"

"그의 이름이 뭐지?"

"테리 모셔입니다."

"위, 실 부 플레 Oui, s'il vous plait 그래, 부탁하네. 모셔 씨를 바꿔 주게."

잠시 후, 낮고 권위적인 목소리가 전화를 받았다.

"봉주르, 경감님."

"무슈 모셔, 이 사건은 우리 관할이 아니라는 점을 분명히 해 두고 싶습니다. 몬트리올에서 벌어진 살인 사건이지만 신중하게 조사하라는 요청을 받았습니다."

"이해합니다, 경감님. 질문에 답변드리자면, 엘은 다른 사람들과 그리 이야기를 나누려 들지 않았습니다. 이곳에서는 대부분의 사람들이 그런 태도를 취합니다. 따라서 그녀에 대해서는 잘 알지 못합니다. 다른 스태프들도 마찬가지고요. 하지만 수소문해 보니 주방 스태프 몇 명이 그녀의 목에 펜던트가 걸려 있었다는 사실을 기억하고 있었습니다. 낡은 펜던트였다고 하더군요."

가마슈는 눈을 감고 다음 질문에 대한 대답을 들을 수 있기를 바라며 짧게 기도했다.

"그 펜던트가 어떻게 생겼는지 기억하는 사람이 있습니까?"

"아뇨. 요리사 중 한 명이 엘과 그 펜던트에 대해 이야기를 한 적이 있다고 했습니다. 대화를 트기 위한 수단으로 말입니다. 그런데 엘은 즉각 펜던트를 가리더라는 겁니다. 그 물건은 그녀에게 중요한 것 같았습니다. 말도 안 되는 물건이지만 거리의 사람들에게는 중요할 수도 있으니까요. 그들은 물건에 대한 집착과 강박관념을 갖고 있습니다. 그 펜던트 역시 엘에게 그런 물건들 중 하나 같습니다."

"하나요? 다른 물건들도 갖고 있었습니까?"

"아마도요. 하지만 그렇더라도 우리는 모릅니다. 우리는 그들의 사생활을 존중하려고 노력하니까요."

"이제 용건은 끝났습니다, 무슈 모셔. 바쁘실 텐데요."

"겨울에는 항상 바쁩니다. 그녀를 죽인 범인을 꼭 찾으시길 바랍니다. 대개 날씨가 그들을 데려가는 법이죠. 오늘 밤도 사람이 죽을 만큼 추울 겁니다."

두 사람 모두 전화를 끊고 나서 서로를 만나게 되어 다행이라고 생각했다.

"경감님." 보부아르가 문 사이로 머리를 들이밀었다. "나오셔서 라코스트 형사가 한 일을 좀 보시겠습니까?"

"곧 가겠네."

보부아르는 문을 닫았지만, 그 전에 조각상처럼 의자에 앉아 있는 니콜 형사를 흘끗 쳐다보았다. 그녀가 입고 있는 옷은 칙칙한 데다 몸에 맞지도 않았다. 헤어스타일은 10년이나 유행에 뒤떨어져 있었고, 그녀의 눈과 낯빛은 모두 회색이었다. 퀘벡 여자들 대부분은, 특히 프랑스계 퀘벡 여자들은 스타일리시하고 우아했다. 젊은 여자들은 종종 경찰청 안에서조차 드레스를 입는 대담한 행동을 했다. 예를 들어 라코스트 형사는 니콜보다 조금 더 나이가 많을 뿐이었지만, 니콜과는 천양지차였다. 그녀는 사슴 같은 품격을 지녔다. 머리칼은 언제나 깨끗했고, 평상시에도 우아한 스타일로 자르고 다녔다. 그녀의 옷차림은 소박했지만 색채 감각과 개성이 배어 있었다. 물론 니콜의 복장과 몸가짐 역시 독특했다. 그런 둔감함이 그녀를 돋보이게 했다. 보부아르는 방 안에 머무르면서, 대장이 어떻게 감히 다시 나타났느냐며 그녀를 들볶는 모습을 보고 싶었다.

가마슈는 다시 문이 닫히자 자신의 앞에 앉아 있는 이 젊은 여자에 대한 고민으로 돌아갔다.

그녀 때문에 짜증이 났다. 그는 그녀의 표정으로 자리 잡은 '불쌍한' 얼굴을 바라볼 뿐이었다. 그녀는 교활하고 성마르며 오만했다. 그는 그 사실을 알았다.

그러나 그는 또한 자신이 틀렸음을 알았다.

그것이 바로 그가 마을 광장을 맴돌며 심사숙고하던 것이었다. 계속해서 돌았지만 언제나 같은 장소로 되돌아왔다.

내가 틀렸다.

"미안하네." 그는 그녀의 눈을 똑바로 바라보며 말했다. 그녀는 더 나올 말이 있으리라고 기대하며 그를 마주 보았다. 미안하네, 자네는 해고야. 미안하네, 집으로 돌아가도록. 미안하네, 자네는 한심한 패배자이니 이 사건과 관련된 곳에는 얼씬도 하지 말게.

그리고 그녀 생각이 맞았다. 더 나올 말이 있었다.

"내가 자네를 무시했던 건 잘못된 행동이었네."

그녀는 여전히 그의 얼굴을 바라보며 기다렸다. 그의 엄격하면서도 사려 깊은, 짙은 갈색 눈을 바라보았다. 가마슈는 그녀를 내려다보았다. 그는 두 손을 편하게 늘어뜨렸다. 머리카락과 콧수염은 잘 다듬어져 있었다. 작은 방 안에 희미하게 백단향 냄새가 났다. 그 향은 감지하기 힘들 만큼 미묘해서 니콜은 자신이 혹시 상상으로 지어낸 냄새가 아닌가 고심했지만 그런 건 아니라고 생각했다. 그녀의 모든 감각이 처형 순간을 기다리며 팽팽하게 고조되어 있었다. 다음에 나올 말이 자신을 몬트리올로 수치스럽게 돌려보내리라. 마약반으로 복귀하게 되겠지. 그리고 몬트리올 동쪽 끝에 있는 눈 쌓인 채소밭이 딸린 비좁고 깔끔한 우리 집으로 가야 하겠지. 내 성공을 아주 자랑스럽게 여기고 계신 아버지가 계신 곳으로.

어떻게 아버지께 또다시 파면당했다는 말씀을 드리지? 이번이 마지막 기회였는데. 너무 많은 사람들이 기대를 걸고 있는데. 단지 아버지뿐만 아니라 경정님에게도.

"자네에게 기회를 한 번 더 주겠네, 니콜 형사. 리샤르 리옹과 그의 딸 크리의 배경을 조사하게. 학교, 재정 상황, 교우 관계, 가족 관계 등등. 내일 아침까지 보고할 수 있도록."

니콜은 꿈을 꾸듯 자리에서 일어났다. 자신 앞에서 가마슈 경감이 자신이 나타난 이후 처음으로 얼굴에 작은 미소를 띠고 따뜻한 눈으로 바라보고 있었다.

"자네는 이제 변했다고 했지?"

니콜은 고개를 끄덕였다. "지난번에는 제가 끔찍하게 굴었다는 걸 압니다. 정말 죄송합니다. 이번에는 좀 더 잘하겠습니다. 정말입니다."
 그는 바싹 다가와 그녀를 바라보며 고개를 끄덕였다. 그러고는 손을 내밀었다. "좋아. 그러면 다시 시작해 볼 수 있겠군. 새 출발이네."
 그녀는 작은 손으로 그의 손을 살짝 잡았다.
 이 멍청한 녀석은 나를 믿고 있어.

 사무실 밖 수사본부에서는 보부아르가 두 사람이 악수를 나누는 모습을 보고 작별 인사를 나누는 중이기를 간절히 바랐다. 하지만 의심스러운 생각이 들었다. 니콜이 방을 나서자 그가 급히 들어왔다.
 "그렇게 하지 않으셨군요."
 "뭘 말인가, 장 기?"
 "경감님이 더없이 잘 알고 계시잖습니까? 그녀를 다시 받아들이지는 않으셨겠죠?"
 "선택의 여지가 없었네. 프랑쾨르 경정이 그녀를 내게 배치했어."
 "거절하실 수도 있었습니다."
 가마슈는 미소를 지었다. "전장을 잘 골라야지. 이건 내가 싸울 필요가 없는 전장이야. 게다가 그녀는 변했을지도 몰라."
 "맙소사. 얼마나 더 데어 봐야 아시겠습니까?"
 "자네는 내가 똑같은 실수를 저지르고 있다고 생각하나?"
 "아닙니까?"
 가마슈는 유리창 밖으로 이미 컴퓨터 앞에 앉아 있는 니콜의 모습을 바라보았다.
 "뭐, 적어도 언제 움츠려야 할 때인지는 알 수 있을 걸세."

"지금 약간 움츠리고 계시는군요, 경감님. 정말로 그녀를 믿고 계신 것은 아니겠죠?"

가마슈는 작은 사무실 밖으로 나가 이자벨 라코스트가 있는 곳으로 향했다.

"무슨 일이지?"

"오전 내내 컴퓨터와 씨름했지만 세실리아 드 푸아티에나 그녀의 부모님에 대한 정보는 찾을 수 없었습니다. 아무것도요. 저는 그녀의 책을 훑어보다가 기묘한 생각이 들어 어떤 단서라도 발견할 수 있을지 알아보기로 했습니다. 경감님이 프랑스를 언급하신 적이 있었죠. 그래서 그쪽 경찰청에 협조 요청을 보내 보았습니다. 그리고 삼십 분 전에 답신을 받았습니다."

가마슈는 컴퓨터에 몸을 기울이고 파리에서 온 이메일을 읽었다.

이 따위 장난질로 우리를 귀찮게 하지 마시오.

"쥐트 알로zut alors 휴, 이런." 가마슈가 말했다. "무슨 짓을 한 건가?"

"이걸 썼습니다." 그녀는 그에게 다른 이메일을 보여 주었다.

친애하는 멍청이, 웃기는 개자식아. 그 전지전능하신 파리 경찰청에 빌붙어 사는 좆같은 새끼야. 대가리를 똥구멍에 처박고 다니느라 누가 네놈들의 말라비틀어진 불알을 물어뜯어 버린다 해도 제대로 수사하는 법을 모를 테지. 네까짓 것들이 우리의 절반만이라도 똑똑해졌으면 하는 헛된 꿈을 꾸고 앉았을 동안 우리는 여기서 사건을 해결하느라 바쁘시단다. 이 지겹도록 멍청한 자식들아.

퀘벡 경찰청 이자벨 라코스트 형사

"이것도 분명 일을 처리하는 방식이긴 하지." 가마슈는 미소 지었다.

깊은 인상을 받은 보부아르는 다른 판타지를 기대했다.

"아직 보내지 않았어요." 라코스트는 아쉬워하며 그 이메일을 바라보았다. "대신 파리 경찰청 살인반에 전화를 걸었습니다. 몇 분 안에 답신을 받지 못하면 다시 걸어 보려고요. 왜 저런 답신을 보냈는지 이해할 수가 없습니다. 저들이랑 거래를 해 보신 적 있죠, 경감님?"

"몇 번 있었지. 저런 답신을 받은 적은 한 번도 없었는데." 그는 파리에서 온 간결한 이메일을 다시 보았다. 이 사건에서 말이 안 되는 게 여전히 남아 있군.

그들은 왜 이 일을 장난질이라고 생각했을까?

가마슈는 책상에 앉아 서류 뭉치와 자신에게 온 이메일을 살펴보기 시작했다. 그러다가 르미외가 작성한 CC 드 푸아티에의 쓰레기 목록이 우연히 눈에 띄었다. 살인범들은 대부분 자신들의 쓰레기통에 무작정 증거를 버릴 정도로 멍청한 인간들이 아니었기 때문에 그것은 통상적인 조사였다. 그러나 멍청하지 않다면 그에 가까운 것은 어떨까 하는 생각에 리샤르 리옹이 떠올랐다.

그는 직접 커피를 들고 온 다음 자리에 앉아 목록을 읽기 시작했다.

여러 가지 음식물
우유 팩과 피자 상자
낡아서 망가진 팔찌
값싼 종류의 와인병 두 개
신문지
각종 과일 맛의 빈 시리얼 상자
비디오테이프 - 〈겨울의 라이온〉

플라스틱 주스 용기
캔디 포장지 – 마르스 바
선물 포장지
몬트리올의 이누이트 상점 포장용 상자

이 사람들은 재활용에 신경 쓰지 않는 게 분명해. 그는 비디오테이프는 망가졌고, 이누이트 상점의 상자에는 그 부츠가 들어 있었으리라고 추정했다. 전열기에 전선을 연결할 때 쓸 법한 물건은 없었다. 비어 있는 자동차 유리 결빙 방지액 용기도 보이지 않았다.

궁금한 게 너무 많아. 정말로.

사울 페트로프는 자신이 임대한 샬레 거실에서 서성거렸다. 바깥에서는 눈발이 약해지기 시작했다. 경찰에게 CC가 한 말을 이야기해야 하나? 그녀는 스리 파인스에서 무언가를 찾고 있었어. 그 사실은 너무나 명백해. 분명 돈일 테지. 그녀는 찾아냈을까?

그는 경찰청 형사들과 이야기를 나눈 후, 그날 아침 그녀의 남편을 찾아갔다. 그저 그곳의 분위기를 느끼기 위해서였다. 어쩌면 기웃거리며 염탐을 해 볼 수도 있을 터였다. 리샤르 리옹은 그를 쌀쌀맞게 대했고, 달갑게 여기지 않았다. 사실 그의 대응은 페트로프를 놀라게 했다. 그 남자가 혼자서 똑바로 설 수 있으리라고는 생각지 못했다. 리옹은 항상 굉장히 허약하고 우유부단하게 보였다. 그러나 그는 사울의 방문이 반갑지 않다는 의사 표시를 분명히 했다.

리옹에게는 나를 싫어할 이유가 있지. 그리고 곧 나를 훨씬 더 싫어하게 될 거야.

페트로프는 이제 가구가 지나치게 꽉 들어찬 거실 한쪽 끝에서 다른 쪽 끝까지 발에 걸리는 그날 신문을 벽난로 쪽으로 걷어차고 있었다. 인내심이 점점 바닥나는 중이었다. 경찰에 무슨 이야기를 해야 하지? 무슨 이야기를 하지 말고 숨겨야 하지? 어쩌면 사진이 현상될 때까지 기다려야 할까? 그는 경찰에게 사실대로 이야기했다. 사진을 현상소에 보내기는 했으니까. 하지만 전부는 아니었다. 그는 필름 한 통을 따로 보관하고 있었다. 어쩌면 그 필름으로 마침내 은퇴를 할 수 있을 정도의 돈을 벌 수 있을지도 몰랐다. 그리고 이곳을 사서 스리 파인스 사람들과 안면을 트고 지낼 수도 있을 터였다. 그리고 어쩌면 CC가 쓰레기통에 버린 그 환상적인 포트폴리오의 주인을 찾아낼지도 모르지.

그는 혼자 웃었다. CC는 스리 파인스에서 자신이 찾던 보물을 발견하지 못했을지도 모르지만, 그는 해냈다. 작은 필름 한 통을 집어 든 그는 손바닥 위에 놓인 검고 딱딱한 그 물건을 바라보았다. 그는 도덕적인 사람이었다. 그러나 그의 윤리 의식은 상황에 따라 변했고, 게다가 이것은 굉장히 앞날이 유망한 건이었다.

"아키텐프랑스 서남부, 중앙 고지대와 피레네 산맥 사이에 있는 삼각형 저지대. 고대 로마의 속령이며 중세의 공국이었다이라고 하셨습니까? 제 브즈앙 드 파를레 아 켈캉 라바 J'ai besoin de parler à quelqu'un làbas 그쪽에 알아보라고요? 매 푸르쿠아Mais pourquoi 하지만 왜죠?"

이자벨 라코스트는 짜증이 난 목소리를 내지 않으려 악전고투하고 있었다. 그녀는 자신을 가장 짜증 나게 하는 사람이 자기 자신이라는 사실을 알았다. 자신이 바보같이 느껴졌다. 그다지 자주 느끼는 감정은 아니었지만 참을성이 굉장한 데다 보자 하니 머리도 좋은 것 같은 파리 경찰청 형사가 아키텐 이야기를 꺼내는 순간 그런 감정을 느꼈다. 그녀는 아키텐이 무엇인지조차 몰랐다.

"아키텐이 뭐죠?" 그녀는 물을 수밖에 없었다. 이보다 더 멍청해 보일 수는 없으리라.

"프랑스 지명입니다." 그가 콧소리를 내며 말했다. 그의 목소리는 멋졌고, 단지 정보를 제공하려 할 뿐 자신의 기분을 상하게 하려는 태도는 아니었다.

"제가 왜 그곳으로 연락해야 한다는 거죠?" 통화는 점점 게임처럼 변하고 있었다.

"물론 당신이 말한 이름 때문이죠. 엘레오노르 드 푸아티에 말입니다. 아키텐의 엘레오노르. 그쪽 지역 경찰서 전화번호를 알려 드리겠습니다."

그는 그녀에게 전화번호를 알려 주었다. 그리고 아키텐의 경찰관 역시 웃으며 말했다. "아뇨, 엘레오노르 드 푸아티에와는 통화하실 수 없습니다. 조만간 저세상으로 가실 예정이 아니라면 말이죠."

"무슨 말씀이시죠?" 그녀는 비웃음을 당하는 데 지쳐 가고 있었고, 같은 질문을 반복하는 것은 훨씬 더 힘이 빠지는 일이었다. 그러나 그녀는 아르망 가마슈와 함께 일하면서 거의 무한한 것 같은 그의 인내심을 익히 보아 왔다. 지금이야말로 그런 인내심을 발휘할 때였다.

"그녀는 죽었으니까요." 경찰관이 말했다.

"죽었다고요? 살해당했습니까?"

더 큰 웃음소리가 들렸다.

"제게 하실 말씀이 있으면 부디 해 주세요." 그녀는 내일 치 인내심까지 끌어왔다.

"생각해 보세요. 엘레오노르 드 푸아티에." 그는 이 말을 아주 느릿느릿 크게 발음했다. 그게 도움이 될 거라고 믿는 듯했다. "가 봐야 합니다. 제 근무 시간은 열 시까지니까요."

그는 전화를 끊었다. 라코스트는 자동적으로 손목시계를 확인했다. 퀘벡 시간으로 4시 15분, 프랑스 시간으로는 10시 15분이었다. 적어도 그 경찰관은 그녀에게 시간을 좀 더 할애해 준 셈이었다.

하지만 무엇 때문에?

그녀는 주위를 둘러보았다. 가마슈와 보부아르는 이미 퇴근한 후였다. 그래서 니콜 형사 역시 없었다.

라코스트 형사는 다시 컴퓨터 앞에 앉아, 구글에서 '아키텐의 엘레오노르'를 검색해 보았다.

19

명상실 벽은 마음을 진정시켜 주는 청록색이었다. 바닥에는 따뜻한 느낌의 짙은 녹색 양탄자가 깔려 있었다. 천장은 흡사 대성당 같았고, 커다란 선풍기 날개가 천천히 돌아가고 있었다. 쿠션 몇 개가 사람들이 앉기를 기다리는 것처럼 구석 자리에 쌓여 있었다.

가마슈와 보부아르는 명상 센터에서 비 '어머니'를 만나러 차를 몰고 생 레미에 왔다. 가마슈는 바닥에서 어둠 속에 빛나고 있는 천창까지 주의 깊게 살펴보며 방 안을 거닐었다. 그가 볼 수 있는 것은 자신의 모습뿐이었고, 보부아르는 마치 지옥의 문에 들어선 것처럼 자신의 뒤에 서 있었다.

"유령이 덤비기라도 할 줄 알았나?"

"그야 모르죠."

"자네는 무신론자인 줄 알았는데."

"저는 신을 믿지 않지만 유령은 있을지도 모릅니다. 무슨 냄새가 나지 않습니까?"

"향냄새로군."

"욕지기가 날 것 같습니다."

그는 뒤쪽 벽을 향해 몸을 돌렸다. 비 캄이라는 글자가 붓글씨로 벽 윗부분에 가로질러 쓰여 있었다. 마담 메이어의 명상 센터 이름은 '비 캄'이었다. 그와 동시에 CC가 자신의 회사와 책에 붙인 이름이기도 했다.

비 캄 Be Calm.

그러나 아이러니하게도, 그가 알아낸 바로는 두 여성 모두 차분한 calm 재능은 타고나지 못했다.

그 글자 아래 벽에는 다른 글귀가 더 적혀 있었다. 태양은 이미 졌지만 방 안의 조명은 적당히 밝았다. 그가 서 있는 곳에서는 그 글귀를 읽을 수 없어서 조금 더 가까이 다가간 순간 '어머니'가 나타났다. 그녀의 보라색 카프탄은 부풀어 있었고, 머리카락은 활활 타오르는 불처럼 눈에 잘 띄었다.
"안녕하세요, 어서 오세요. 다섯 시 수업에 참관하러 온 건가요?"
"아닙니다, 마담." 가마슈는 미소를 지었다. "당신의 도움을 청하러 왔습니다."
그녀는 그의 앞에 조심스럽게 서 있었다. 그녀는 함정에 익숙한 여자처럼 보였다. 적어도 함정이 있다고 상상하는 것처럼 보였다.
"저는 당신이 매우 섬세한 분이라고 확신합니다. 당신은 다른 사람들이 보지 못하는 것을 보고, 느끼지 못하는 것을 느낄 수 있지요. 제가 주제넘은 말을 하지 않았길 바랍니다."
"내가 다른 사람들보다 직감이 뛰어나다고 생각한 적은 없는데요. 그런 축복을 받았더라면 내 일을 좀 더 잘할 수 있었겠죠. 그거야말로 내가 가장 필요한 재능인데요." 그녀는 가마슈에게는 미소를 지었지만 보부아르는 거들떠보지도 않았다.
"깨달음을 얻은 사람들은 항상 말을 아끼는 법입니다. 다른 사람이 없는 곳에서 이야기를 나누고 싶었습니다, 마담. 도움을 청하려고요. 마담 드 푸아티에에 대한 당신의 통찰이 필요합니다."
"그녀에 대해서는 잘 몰라요."
"굳이 알아내려고 노력할 필요도 없었을 테지요. 당신은 명상 센터의 스승이니 각계각층의 사람들을 많이 만날 겁니다. 그들이 자신에 대해 아는 것보다 그들에 대해 훨씬 더 잘 알고 계시겠지요."
"난 그들을 섣불리 판단하지 않으려 노력해 왔어요, 경감님."
"판단이 아니라 인상을 듣고 싶은 겁니다, 마담."
"CC 드 푸아티에는 굉장히 큰 고통 속에 빠져 있는 것 같았어요." '어머니'는 그들을 쿠션이 쌓여 있는 곳으로 데려가 쿠션 하나를 가리켰다. 가마슈는 쿠션 위에 앉다가 거의 넘어질 뻔했다. 뒤로 굴러가는 일을 겨우 모면할 수 있었다. 보부아르는 그런 위험을 감수하지 않기로 결정했다. 게다가, 살인반 형사에게 쿠션 위에 앉으라고 권유하는 것은 터무니없을 뿐더러 어쩌면 모욕적이기조차 한 일일 수도 있었다.

'어머니'가 몸을 능숙하게 낮추더니 공수부대원처럼 진홍색 쿠션 한가운데에 착지했다. 당연하게도 그녀는 웬만해서 떨어질 것 같지 않았다.

"길 잃은 영혼 같았지요. 그녀가 살해당하지 않았더라면, 그리고 좀 더 겸손했더라면, 내가 그녀를 도울 수 있었을 텐데요."

보부아르는 토할지도 모르겠다고 생각했다.

"아시다시피 그녀는 여기 한 번 왔었어요. 나는 용기를 내서 그녀를 만났어요. 그녀가 자신을 지도해 줄 사람을 찾으러 왔다고 상상하면서요. 하지만 오산이었죠."

"그녀가 무엇을 원하던가요?"

"모르겠어요." 이제 '어머니'는 정말로 어리둥절해하는 것 같았다. 보부아르는 속으로 이죽거렸다. 이거야말로 그녀가 처음 보이는 자신의 본모습이겠지. "내가 들어오자 그녀는 저쪽에서 그림들을 바로잡으며 서 있었어요." '어머니'는 벽에 걸려 있는 사진 액자 몇 개와 작은 신전 같은 곳에 놓인 액자 두 개를 가리켰다. "그녀는 이 방 안에 있는 모든 걸 건드리고 다녔어요. 다들 조금씩 움직이면서요."

"어떻게 말입니까?"

"음, 정렬했다고나 할까요. 보시는 대로, 수업이 끝나면 학생들은 쿠션을 그냥 구석으로 던져 버려요. 난 그런 모습이 좋아요. 쿠션이 어디

떨어지는지는 하느님의 뜻이니까요. 지나치게 참견하는 건 좋아하지 않아요."

욕지기의 파도가 한 번 더 보부아르를 휩쓸었다.

"하지만 CC는 보이는 것마다 매만지면서 정리하지 않고는 방에 들어올 수 없는 것 같았어요. 전혀 진화하지 않았다고나 할까. 그런 짓을 해야 한다면 영혼을 위한 방은 존재할 수 없어요. 쿠션들은 모두 벽에 줄지어 쌓여 있고, 그림은 모두 완벽하게 줄지어 걸려 있어야 한다니. 다 그런 식이었어요."

"그녀는 왜 이곳에 왔습니까?"

"정말 모르겠어요. 그녀는 나를 보자 놀란 것 같았어요. 마치 뭔가 잘못을 저지르다 내게 들킨 것처럼요. 그녀가 떠난 후 나는 혹시 없어진 물건은 없는지 둘러봤어요. 그럴 정도로 죄책감을 느끼는 모습이었으니까요. 그녀는 그런 죄책감을 공격성으로 가리려 애를 썼죠. 아주 전형적인 모습이에요."

"어떤 사람들이 그런 모습을 보이나요?" 가마슈가 물었다.

그녀는 이 질문에 당황한 것처럼 보였다. 질문을 받는 데 익숙하지 않은 건가? 보부아르는 의문을 품었다.

"음, 물론 불행한 사람들이오." 그녀는 잠시 후 말을 싹둑 잘랐다. "난 그녀가 무언가를 찾고 있다는 인상을 받았어요. 깨달음을 찾고 있었다는 뜻은 아니에요. 그녀는 이미 깨달음을 얻었다고 착각하고 있는 것 같았으니까요. 하지만 사람들은 대부분 남들만큼은 깨달음을 가진걸요."

"당신은 통찰력이 있는 분 같습니다만." 가마슈가 말했다. '어머니'는 비꼬는 기색이 있는지 그를 유심히 바라보았다. "어떤 점에서 그녀가 자신이 깨달음을 얻었다고 믿는 것 같았습니까?"

"그녀의 책을 읽어 봤나요? 우쭐해하는 데다 자기만족이 가득해요. 그녀에게는 중심이 없어요. 진실된 믿음도 없고요. 여기저기 떠다니는 철학을 마구잡이로 움켜쥐는 거예요. 여기서 조금, 저기서 조금. 그녀는 그런 식으로 신발을 만들어서 울퉁불퉁하고 구멍이 뚫린 진흙투성이 영적 길을 걸어 나갔던 거죠. 그런 모습이 꼭 프랑켄슈타인 같아요. 온갖 신념과 믿음을 재활용해서 '리 비앙'을 만들어 냈으니까요."

'쓰레기'라는 단어가 연상되는 평이었다.

"그녀는 균형을 잡지 못했어요." '어머니'는 들어 올린 두 팔을 포옹하듯 활짝 펼쳤다. 그녀가 입고 있는 보라색 카프탄의 주름이 아래로 늘어져, 그녀는 르네상스 시대 그림, 그것도 과히 솜씨가 좋지 못한 화가의 그림에서 튀어나온 사람 같았다.

"'리 비앙'에 대해 말씀해 주십시오." 가마슈가 말했다.

"감정을 마음속에 감추고 있는 상태 같은 거죠. 그녀는 감정을 모든 문제의 근원이라고 보고, 따라서 문제를 해결하는 비결은 감정을 드러내지 않고, 아예 느끼지 않는 것이 가장 좋은 방법이라고 생각한 것 같아요."

"그러면 '리 비앙'이라는 사상 자체는 고대로부터 전해 내려오는 가르침인가요? 선善 같은?"

"'리 비앙'이오? 그런 말은 처음 들어요. 내가 아는 한 그녀가 만들어 낸 말이에요."

CC 드 푸아티에의 책을 다 읽은 가마슈는 '어머니'의 평에 흥미를 느꼈다. 엄격할 만큼 정확했지만 중대한 조각을 빼놓았다. 가령 '리 비앙'

볼ball 같은 것을. 그 볼은 CC 드 푸아티에 사상의 근간이자 오래전 사망한 그녀의 어머니에게서 물려받은 유일한 물건이었다. 그녀는 책 속에서 이에 대해 상세히 서술했고, 가마슈는 그녀의 이야기에서 그녀에게 실제로 의미 있던 부분은 이것뿐인 것 같다는 인상을 받았다. CC는 정말로 어머니에게서 재능을 물려받았고, 그 재능이 귀중하다고 생각하는 것 같았다. 그러나 재능을 사용하는 방법과 사용해야 하는 이유에 대해서는 알지 못한 것처럼 보였다. 그래서 그녀는 그와 관련한 믿음 체계 전체를 만들어 낸 것이었다.

그녀는 '리 비앙'볼을 신성한 존재로 만들고 싶어 했다. 그런데 그것은 어느 곳에서도 발견되지 않았다. 그는 몬트리올 노트르담 드 그레이스 가에 있는 그녀의 집으로 형사들을 보내 수색을 명령했다. 그들은 살충제 냄새가 나는 공기 속을 떠도는 욕망의 흔적 말고는 아무것도 발견하지 못했다. 형사들은 다시 옛 해들리 저택을 수색했지만 역시 아무것도 발견할 수 없었다.

물론 자신이 잘못 넘겨짚었고 '리 비앙'볼이라는 것은 존재하지 않는 물건일 수도 있었다. 어쩌면 '어머니'의 말이 맞았고, CC는 그에 대한 이야기 또한 지어냈을지도 몰랐다.

"빛에 대한 내용 역시 없었습니까?" 그는 과연 '어머니'가 이에 대해 어떤 이야기를 할지 궁금했다.

"뭐, 있었어요. 하지만 훨씬 더 난해했어요. 그녀는 빛을 내는 것이나 흰색이라면 뭐든지 영적인 존재라고 생각했고, 빨간색이나 파란색 같은 색깔은 사악하다고 여겼어요. 더 나아가서 색깔마다 감정을 부여하는 데까지 이르렀어요. 빨간색은 분노, 파란색은 우울, 노란색은 겁이나 공포라는 식이었어요. 굉장히 기묘하다는 것 말고는 딱히 기억나는 게 없어요. 그녀 자신도 이를 믿었을지는 모르겠지만, 그녀가 쓸데없이 집착하는 메시지는 더 밝고 하얗게 될수록 더 좋아진다는 거였어요."

"그녀는 인종차별주의자였나요?"

'어머니'는 주저했다. 그런 태도는 가마슈에게 CC를 가능한 한 나쁜 색으로 애타게 칠하고 싶어 하는 것처럼 보였다. 그리고 인종차별주의자야말로 꽤 나쁜 색채이리라. 그러나 고맙게도 그녀는 그렇게 하지 않았다.

"그런 것 같지는 않아요. 그녀는 내부의 존재에 대해 이야기하고 있었다고 생각해요. 감정이나 느낌 말이에요. 모든 감정을 내부에 간직한다면, 모두 가지런하게 정리한다면, 사람들은 평정을 가질 수 있으리라는 게 그녀의 생각이었어요."

"가지런히 정리해 놓는다는 게 무슨 뜻입니까?"

"과학 수업 시간이 기억나죠? 이거야말로 CC가 사실 꽤 똑똑하고, 내 의견으로는 굉장히 위험하다는 뜻이에요. 그녀는 진실이나 사실이 일부 존재하는 부분을 잡아서 형체를 알아볼 수 없을 정도로 확장해요. 과학 수업에서 흰색은 모든 색이 존재하는 상태라고 배우죠. 모든 색을 결합하면 흰색이 된다는 거예요. 반면에 검은색은 모든 색이 부재한 상태인 거고요. 그래서 CC의 말에 따르면, 모든 감정은 색이고 사람들은 감정적이기 때문에 분노나 슬픔, 질투 같은 어떤 감정이든 하나의 색이 우세하게 되면 균형 상태가 깨지게 되죠. 이 사상의 요점은 흰색을 달성하는 거예요. 모든 색, 모든 감정을 가지런하게 정리하면서요."

보부아르의 귀에는 그저 시답잖은 말장난으로 들렸다. 그는 훨씬 전부터 관심을 끊고 벽에 걸린 인도 포스터를 응시하면서 황량한 산 위에 천 조각만 걸치고 있는 남자 옆에 서 있다는 상상을 하려고 노력했다. 최소한 지금보다야 낫겠지.

"그녀 말이 맞습니까?"

그녀는 이 간단한 질문에 충격을 받았다.

"아뇨, 그녀 말은 옳지 않아요. 그녀의 믿음은 터무니없는 데다 모욕적이에요. 그녀는 사람들에게 감정을 억눌러야 한다고 조언했어요. 따라 하는 사람이 있을지는 모르겠지만, 그녀의 책은 심각한 정신 질환을 야기할 거예요. 그녀는 미친 사람이에요."

그녀는 깊게 숨을 들이마시면서 평정을 되찾으려 애썼다.

"그렇지만," 가마슈는 계속해서 상냥한 목소리를 유지했다. "명상 수업에서 종종 가르치는 내용 아닌가요? 감정을 완전히 없애라든가 억누르라는 것은 아니겠지만, 감정에 지배당해서는 안 된다고 하지 않습니까? 그리고 차크라 명상 수련법에도 같은 내용이 있지 않습니까?"

"예, 그건 사실이지만, 좀 달라요. 나 자신부터 차크라 명상법을 가르치니까요. 저분께 배웠지요." 그녀는 보부아르가 들어가 있었던 포스터를 가리켰다. "인도에서 배웠어요. 내부와 외부의 균형 상태를 달성하는 법이었어요. 사람의 몸에는 일곱 개의 중심이 있어요. 머리 꼭대기부터, 음, 그 부분까지. 각각의 중심마다 고유의 색이 있고요. 그 각각의 색이 가지런히 놓이면 평정 상태가 되는 거죠. 관심 있으면 내 수업을 들어 봐요. 사실, 곧 시작하는 수업이 있어요."

그녀는 쿠션에서 몸을 흔들어 일어났다. 가마슈도 역시 자리에서 일어섰지만 그녀보다는 조금 덜 우아한 동작이었다. 그녀는 그들을 재촉하며 문가로 뒤뚱뒤뚱 걸었다. 가마슈는 걸음을 멈추고 벽에 적혀 있는 글귀를 좀 더 주의 깊게 바라보았다.

마음을 가라앉혀라 Be Calm**, 그리고 내가 하느님임을 알라.**

"아름답군요. 낯이 익은 말인데요."

'어머니'는 대답하기 전에 잠시 주저한 걸까?

"「이사야서」에 나오는 구절이에요."

"센터 이름도 '비 캄'이라고 지으셨지요. 그 이름도 여기서 따오신 겁니까?" 그는 벽을 향해 고갯짓을 했다.

"그래요. 본래는 기독교 격언인 구절을 명상 센터 벽에 적어 놓아서 조금 부끄럽네요. 하지만 여기는 포괄적인 공동체니까요. 여기에 요가와 명상을 하러 오는 사람들은 온갖 것들을 믿어요. 일부는 기독교인이고, 일부는 유대인에, 불교를 믿는 사람도 있고, 힌두교의 가르침에 좀 더 의지하는 사람도 있어요. 우리는 각각의 믿음에서 의미 있는 내용을 취한답니다. 이곳에서는 독단적으로 지내지 않아요."

가마슈는 그녀가 행하는 것이 미덕이라는 사실을 알아차렸다. 반면 CC가 행하는 것은 그로테스크했다.

"「이사야서」가 구약성경이긴 하지만, 당신은 기독교인은 아니군요." 가마슈는 미소를 지었다. "왜 그 성경 구절을 고르신 겁니까?"

"우리가 침착하고 평온한 상태가 되면 신을 발견하게 된다는 개념은 사실 불교적 믿음에 상당히 가까워요." '어머니'는 설명했다. "아름다운 사상이죠."

"사실 그렇습니다." 가마슈는 진심으로 말했다. "침착함과 평온함." 그는 글귀에서 몸을 돌려 자신의 옆에 있는 늙은 여인의 눈을 내려다보았다. "그리고 고요함도요."

'어머니'는 주저 없이 말했다. "그리고 고요함도요, 경감님."

"메르시, 마담." 그는 보부아르의 팔을 꼭 붙들고 문으로 향했다. 보부아르는 코트 지퍼를 채울 겨를도 없었다. 그는 문밖으로 재빨리 뛰쳐나와 몹시 차가운 밤공기 속으로 뛰어들었다. 마치 추운 산골짜기 속으로 뛰어든 것 같았다. 그는 차가운 공기가 폐를 때리기라도 한 것처럼 기침을 하며 쇳소리를 냈다. 그러나 그는 개의치 않았다. 마침내 제정신이 돌아오고 있었다.

"자, 열쇠를 내게 주게." 가마슈가 손을 내밀자 보부아르는 저항 한 번 하지 않고 열쇠를 그의 손안에 떨어뜨렸다. "자네 괜찮나?" 그는 경위를 조수석에 앉혔다.

"괜찮습니다. 저 여자와 저곳 때문입니다." 그는 피곤한 손을 머리 높이로 들고 흔들었다. 그는 여전히 욕지기가 났고, 비앤비로 돌아갈 때까지 참을 수 있기를 바랐다.

5분 후, 보부아르는 길가에서 구토하고 기침하며 그녀와 그녀의 넌더리 나는 폐소공포증 같은 평온함을 저주했다. 그러는 동안 가마슈는 그의 머리를 받치고 있었다.

20

"괜찮아질 겁니다." 보부아르는 시체처럼 보였다.

"그렇게 되긴 하겠지." 가마슈는 보부아르를 거의 짊어지다시피 끌고 비앤비의 계단을 올라가 보부아르의 침실로 갔다. 그는 보부아르가 옷을 벗는 것을 도와주고 욕조에 물을 채웠다. 결국 말쑥하고 따뜻해진 보부아르는 부드러운 플란넬 시트와 오리털 이불이 깔려 있는 커다랗고 편안한 침대 속에 파묻혔다. 가마슈는 베개를 매만져 준 다음 이불을 보부아르의 턱까지 올려 잘 덮어 주었다. 그러고는 차와 크래커가 놓인 쟁반을 손이 닿는 곳에 놓아두었다.

보부아르의 발은 천 주머니에 싸인 뜨거운 물주머니 위에 놓여 있었다. 온기가 그의 얼어붙은 발을 거쳐 떨리는 몸으로 올라갔다. 보부아르는 이토록 아팠던 적도, 이토록 다행이라고 생각했던 적도 없었다.

"좀 나아졌나?"

보부아르는 이빨을 딱딱 부딪치지 않으려 애를 쓰며 고개를 끄덕였다. 가마슈는 열에 달뜬 보부아르의 눈을 바라보며 커다랗고 차가운 손을 이 젊은 부하의 이마 위에 잠시 대고 있었다.

"뜨거운 물주머니를 하나 더 가져오지. 어때?"

"예, 감사합니다."

보부아르는 아버지의 강인하고 확고한 눈을 애원하듯 바라보는 세 살 난 어린아이 같은 기분이었다. 가마슈는 몇 분 후 뜨거운 물주머니를 갖고 돌아왔다.

"그녀가 저주를 건 거예요." 보부아르는 뜨거운 물주머니를 끌어안고 몸을 둥글게 말았다. 이제 더 이상 작은 소녀처럼 보일까 신경 쓰지 않았다.

"감기에 걸린 거야."

"그 '어머니'라는 여자가 감기에 걸리도록 저주를 건 겁니다. 오, 세상에, 혹시 제가 독을 먹은 걸까요?"

"감기야."

"조류독감이오?"

"그냥 감기네."

"아니면 사스중국에서 발병해 전 세계적으로 퍼진 중증 급성 호흡기 증후군일지도요." 보부아르는 힘겹게 몸을 일으켰다. "저는 사스로 죽는 겁니까?"

"감기라니까. 난 가야겠네. 휴대전화는 여기에, 차는 저기에 있네. 휴지통은 여기 있고." 그는 보부아르가 볼 수 있도록 양동이를 들어 올린 후 다시 침대 밑에 넣었다. 그의 어머니가 '트림 그릇'이라고 부르던 물건이었다. 비록 어린 시절 막상 아프게 되면 트림은 전혀 문젯거리가 아니라는 사실을 자신과 어머니 모두 알고 있었지만. "이제 푹 자 두게."

"돌아오시면 전 죽어 있을 겁니다."

"자네가 그리울 거야." 가마슈는 흰색 솜털 이불을 매만져 주고, 보부아르의 이마를 다시 짚어 본 다음 살금살금 밖으로 나왔다. 보부아르는 이미 잠이 들어 있었다.

"좀 어떻습니까?" 가마슈가 계단을 내려오자 가브리가 물었다.

"잠들었습니다. 당분간 여기 있을 건가요?"

"확실히 그럴 겁니다."

가마슈는 코트를 입고 문지방 앞에 섰다. "추워지는군요."

"눈은 그쳤습니다. 내일 아침에는 영하 이십 도까지 떨어질 거라고 하던데요."

두 남자는 문밖을 내다보았다. 태양은 오래전에 졌고, 나무와 연못이 반짝이고 있었다. 몇몇 사람들이 개를 산책시키며 스케이트를 타고 있었다. 비스트로는 사람을 환대하는 듯한 빛을 내고 있었고, 마을 사람들이 늦은 오후의 토디를 한잔하러 들르면서 비스트로 문을 계속해서 여닫았다.

"다섯 시 정각이겠군요." 가브리는 마을 광장 쪽을 턱으로 가리켰다. "루스예요. 거의 조각상 같죠?"

가마슈는 비앤비의 온기를 뒤로한 채 커먼스 길을 서둘러 걸었다. 그는 걸음을 멈추고 루스에게 말을 걸어 볼까 하는 생각을 했지만, 결국 그러지 않기로 했다. 그녀의 모습은 평상시와 달랐고, 어떤 대화도 거부할 것처럼 보였다. 그가 눈을 밟자 뻑뻑대는 소리가 났다. 기온이 급격히 떨어지고 있다는 확실한 조짐이었다. 얼굴이 마치 작은 바늘로 이루어진 구름 속을 걷는 것처럼 따가웠고, 눈에서는 눈물이 약간 흘렀다. 길을 나선 것을 후회하며 비스트로를 향해 걸음을 재촉했다. 그는 매일 오후가 되면 비스트로에 앉아 메모한 내용을 정리하고 마을 사람들을 만날 생각이었다.

비스트로는 살인범을 찾아내는 데 있어 그의 비밀 무기였다. 단지 스리 파인스에서뿐만 아니라 퀘벡의 그 어떤 도시나 마을에서도 마찬가지였다. 그는 우선 안락한 카페나 저렴한 식당, 비스트로 같은 곳을 찾아낸 다음 살인범을 찾아냈다. 아르망 가마슈는 그의 많은 동료들이 미처 짐작하지도 못하는 사실을 알고 있었다. 살인이란 살해된 사람과 살인을 저지른 사람이 얽힌, 굉장히 인간적인 일이었다. 살인자를 지나치게 흉물스럽고 기괴한 존재로 묘사하는 것은 그에게 부당한 이득을 안겨 주는 것이었다. 아니, 살인자는 인간이고, 모든 살인의 기저에는 감정이 깔려 있었다. 의심할 바 없이 비뚤어져 있고 뒤틀려 있으며 추악하기는 하지만 분명 사람의 감정이었다. 그리고 그중 하나의 감정이 지나치게 강대해지면 그 감정은 귀신을 만들어 내도록 사람을 몰아붙였다.

가마슈의 일은 증거를 모으는 것이었지만 또한 감정을 모으는 것이었다. 그리고 그가 아는 유일한 방법은 사람들을 알아 가는 것이었다. 그들을 관찰하고 그들의 이야기를 들었다. 사람들에게 주의를 기울이는 것이었다. 그리고 그렇게 하기 위해서는 사람을 현혹하는 편안한 태도와 현혹될 만큼 편안한 무대가 매우 필요했다.

비스트로 같은.

그는 사람들을 지나치며 지금 그곳에서 범인이 스카치나 뜨거운 사과술을 마시며 추운 밤의 정취를 즐기고 있지는 않을지 궁금했다. 친구들과 함께 벽난로 옆에서 몸을 데우며. 아니면 범인은 이 어둡고 차가운 밤공기 속에 있을까? 울분에 찬 불안정하고 낙담한 이방인일까?

그는 적막한 마을 정취를 즐기며 아치형 돌다리를 건넜다. 소박하고 하얀 이불이 내려와 모든 소리를 감쌌고, 살아 있는 모든 것들을 그 아래 숨겨 버렸다. 퀘벡의 농부와 정원사들은 겨울에 바라는 점이 두 가지 있었다. 바로 눈이 많이 내리고 계속해서 추워야 한다는 점이었다. 일찍 날씨가 풀리면 재앙이나 다름없었다. 그런 날씨는 어리고 연약한 작물들을 속여, 그것들을 죽이는 된서리에 뿌리를 노출시킬 뿐이었다.
"그러다 나처럼 몰락하리라." 가마슈는 이 대사를 읊다가, 이 대목을 선택했다는 데 놀랐다. 울지헨리 8세 시대의 가톨릭 교회 추기경이자 정치가. 헨리 8세와 앤 볼린의 결혼을 계기로 왕의 신임을 잃어 몰락했다의 고별사. 물론 셰익스피어가 쓴. 그런데 왜 갑자기 이 대목이 떠올랐을까?

> 사흘째 되는 날에는 서리가, 모두를 죽이는 된서리가 내리리라
> 그 순진한 인간이 자신은 괜찮을 거라고
> 권세는 무르익으리라 생각하는 동안, 뿌리부터 서리를 맞아
> 그러다 나처럼 몰락하리라셰익스피어의 희곡 「헨리 8세」 3막 2장 중 울지의 고별사.

나는 몰락하고 있는 중일까? 내가 상황을 통제하고 있다고 믿도록 안심시켜 놓고, 모든 일을 계획대로 진행하려는 걸까?
친구 미셸 브레뵈프가 경고했듯 아르노 사건은 끝나지 않았다. 된서리가 내리는 중일까? 가마슈는 몸에 온기를 돌게 하고 스스로를 안심시키기 위해 팔을 들어 몸을 몇 차례 두드렸다. 그는 재미있다는 듯 코를 킁킁거리고 고개를 흔들었다. 아주 변변찮은 행동이었다. 한순간 그는 살인 사건을 수사하면서 상상력을 발휘하여 시골 마을 곳곳을 누비는, 위엄 있는 가마슈 경감이자 퀘벡 경찰청의 살인반 반장이 되어 있었다.
이제 그는 걸음을 멈추고 서로 사랑하는 사람들이 살고 있는, 사랑받는 낡은 집들로 둘러싸인 고색창연한 마을을 눈에 담았다.
루스 자도마저 이곳에서는 사랑을 받았다. 루스처럼 상처 입은 사람들에게 마음 한구석을 기꺼이 내주려는 사람들이 살고 있기에 그것은

이 조용하고 평온한 마을에 바치는 찬사였다.

그리고 CC 드 푸아티에는? 그들은 그녀를 위해 마음 한구석을 내줄 수 있었을까? 혹은 그녀의 남편이나 딸을 위해서는?

그는 반짝이는 불빛이 원을 그리고 있는 스리 파인스에서 눈을 들어, 실수였다고 자인하는 듯 어둠 속에 웅크리고 있는 옛 해들리 저택을 바라보았다. 그 저택은 불빛이 그리는 원 바깥에 밀려나 마을 도로변에 자리 잡고 있었다. 마을 영역에서 벗어나.

적개심을 키우고 분출하는 것처럼 보이는 저 불길하고 금지된 장소에 살인범이 있을까?

가마슈는 얼어붙을 정도로 추운 공기 속에 서 있었다. CC는 왜 분한 마음을 키우고 싶어 했을까? 그녀는 왜 매번 분한 마음을 만들어 냈을까? 그녀는 아직 자신의 죽음을 진정으로 슬퍼하는 사람을 만나지 못했다. 그가 아는 바로, 그녀의 죽음은 그 누구도 심약하게 하지 못했다. 그녀의 가족들조차. 어쩌면 그녀의 가족들이 유독 더 영향을 받지 않았을 수도 있었다. 그는 고개를 한쪽으로 살짝 기울였다. 마치 그렇게 하면 생각이 더 잘 떠오르리라는 듯. 그러나 그렇지 않았다. 어떤 사소한 생각조차 떠오르지 않았다. 분한 마음을 키우는 심정에 대한 생각도.

이제 그는 몸을 돌려 옛 기차역을 향해 걸음을 옮겼다. 그곳 역시 거의 비스트로처럼 사람을 환대하는 듯한 불빛을 내고 있었다.

"경감님." 그가 안으로 들어가자마자 라코스트가 불렀다. 차가운 공기가 여전히 그에게 달라붙어 있었다. "뵙게 되어서 다행이에요. 보부아르 경위는요?"

"아파. 베아트리스 메이어가 저주를 걸었다고 생각하던데."

"그에게 저주를 건 여자가 어디 한둘이겠어요."

"맞아." 가마슈는 웃었다. "니콜 형사는 어디에 있나?"

"갔어요. 전화를 몇 통 걸더니 두 시간 전에 사라졌어요." 그녀는 자신이 느끼는 감정이 그의 얼굴에도 드러나 있는지 알아보려 그의 표정을 살폈다. 니콜이 또 일을 잡쳤어. 마치 자신의 경력과 우리가 맡은 사건들을 망치고 싶은 충동이라도 있는 것처럼. 그러나 가마슈는 아무런 반응도 보이지 않았다.

"뭘 알아냈지?"

"이메일이 산처럼 쌓였어요. 검시관이 전화를 했고요. 다섯 시 삼십 분에 올리비에의 비스트로로 오겠다고 하더군요. 그녀는 이 근처에 살지 않나요?"

"기찻길을 따라 내려가면 있는 클레그혼 홀트라는 마을에 살지. 집에서 오는 길인가 보군. 그녀가 뭔가 알아낸 일이 있다던가?"

"최종 보고서를 가져온다고 했습니다. 그에 대해 이야기를 나누고 싶다고 하면서요. 그리고 몬트리올에서 르미외 형사가 전화했습니다. 인터넷으로 뭔가 보냈다던데요. 본부에서요. 그런데 다시 연락을 달라고 하더군요. 하지만 그 전에……," 자신의 책상으로 돌아가는 그녀의 뒤를 가마슈가 따랐다. "엘레오노르 드 푸아티에를 찾아냈습니다."

라코스트는 자리에 앉아 컴퓨터 화면을 클릭했다. 사진 한 장이 나타났다. 말 위에서 깃발을 들고 있는 중세 시대 여성을 묘사한 흑백 그림이었다.

"계속해 보게."

"이거예요. 이게 그녀입니다. 엘레오노르 드 푸아티에는 아키텐의 엘레오노르였습니다. 바로 이 여자예요." 그녀는 화면을 가리켰다. 의자를 끌어온 가마슈는 라코스트 옆에 앉아 양 눈썹을 모으고 몸 전체를 앞으로 기울이며 화면을 향해 얼굴을 찡그렸다. 그는 그 그림을 이해하려 애쓰며 응시했다.

"뭘 알아낸 거지?"

"제가 알아낸 거요, 아니면 제가 추리해 낸 거요? 어느 쪽이든 그리 대단치 않아요. CC 드 푸아티에는 부모님의 이름을 각각 프랑스에 사는 엘레오노르와 앙리Henry 드 푸아티에라고 적었어요. 그녀의 책에 말이죠." 이자벨 라코스트는 자신의 책상 위에 놓인 책 한 권을 가리켰다. "그녀는 어린 시절 프랑스에서 상류층 생활을 했다고 묘사했죠. 그러다가 경제적으로 곤경에 처하게 되어 자신은 저 멀리 캐나다에 살고 있는 이름도 모르는 친척들에게 보내졌고요. 맞아요?"

가마슈는 고개를 끄덕였다.

"자, 엘레오노르는 저 여자예요." 라코스트는 한 번 더 중세 시대의 여자 기수를 턱으로 가리켰다. 그리고 그녀가 다시 한 번 화면을 클릭하자 그림이 바뀌었다. "그리고 이 사람이 그녀의 아버지예요." 그 그림은 왕관을 쓰고 있는 엄격하고 강인하게 생긴 금발 남자였다. "헨리Henry 플랜태저넷1154년부터 1399년까지 이어진 영국의 왕가이에요. 영국의 헨리 이세요."

"이해가 안 가는데."

"프랑스에 살았던 앙리와 엘레오노르 드 푸아티에는 오직 그들뿐이에요." 라코스트 형사는 이제 두 그림이 한꺼번에 뜬 화면을 가리켰다.

"하지만 말이 안 되는데." 가마슈는 느닷없는 정보에 허덕였다.

"십 대 소녀이셨던 적이 없었으니까요."

"무슨 말이지?"

"이건 낭만적인 성격의 소녀에게 매력적으로 보이는 이야기니까요. 강인하면서도 비극적인 여왕과 고귀한 국왕. 십자군 전쟁 같은 거 말이에요. 엘레오노르 드 푸아티에는 실제로 그녀의 첫 번째 남편과 함께 십자군 전쟁에 종군했어요. 삼백 명의 여성으로 구성된 군대를 창설하고 가슴을 드러낸 채 말을 달렸다나요. 어쨌든 그런 이야기예요. 그녀는 결국 프랑스의 루이와 이혼하고 헨리와 결혼했어요."

"그러면 그 후에는 행복하게 살았나?"

"엄밀히 따져서 그렇지는 못했어요. 네 명의 아이들을 낳은 후, 그가 그녀를 감옥에 가두었거든요. 그 아들 중 하나가 사자왕 리처드죠. 그녀는 놀라운 사람이었어요." 그녀는 말 위에 올라탄 여성을 응시하면서 그녀의 군대에 자원하는 상상을 했다. 이 경이로운 여성의 뒤를 따라 가슴을 드러낸 채 팔레스타인 평야를 달리는 상상을. 단지 아키텐의 엘레오노르에게 빠진 10대 소녀들만 하는 상상이 아니었다.

"사자왕 리처드? 하지만 CC라는 이름의 딸은 없나?"

"그래서 그 딸이 스리 파인스에 살던 디자이너가 아니냐는 말씀이신가요? 아뇨. 헨리 이세는 1189년에 죽었어요. 엘레오노르는 1204년에 죽었고요. 그러니 CC 푸아티에는 사실은 오래전에 죽었거나, 단순히 생각하면 그녀가 거짓말을 했다는 뜻이죠. 파리 경찰청 전체가 저를 비웃었던 것도 그리 놀라운 일은 아니에요. 제 이름을 니콜이라고 했던 게 얼마나 다행인지."

가마슈는 고개를 흔들었다. "그러면 그녀가 다 꾸며 낸 이야기란 말이군. 부모를 만들어 내기 위해 거의 천 년을 거슬러 올라간 셈이로군.

왜지? 왜 그러려고 했을까? 그리고 왜 그들이었지?"

두 사람은 생각에 잠겨 잠시 침묵을 지키며 앉아 있었다.

"그렇다면 그녀의 진짜 부모는 누구일까요?" 라코스트가 마침내 입을 열었다.

"그 질문이 중요한 것일지도 몰라."

가마슈는 자신의 책상으로 향했다. 5시 20분이었다. 해리스 박사를 만나기 전에 간신히 르미외와 이야기를 나눌 시간이 났다. 그는 이메일을 다운로드하고 르미외가 남긴 번호로 전화를 걸었다.

"르미외 형사입니다." 소리치는 듯한 대답이었다.

"가마슈네." 그는 왜 그래야 하는지 모르면서 수화기에 대고 마주 소리 질렀다.

"반장님, 통화할 수 있어서 다행입니다. 경찰청 몽타주 담당자가 그린 그림을 받으셨습니까? 이메일로 반장님께 보냈다고 하던데요."

"지금 메시지 함을 열고 있네. 그가 뭐라고 했고, 또 자네는 왜 소리를 지르는 건가?"

"지금 버스 정류장입니다. 방금 버스가 도착했습니다. 경찰청 몽타주 담당자는 엘이 죽었을 때 손에 무언가를 쥐고 있다가 거기에 베인 것처럼 보인다고 말했습니다."

"그러면 그녀의 손바닥에 난 상처에 무슨 패턴이라도 있던가?"

"맞습니다." 버스가 떠났던지 아니면 정차했음이 분명했다. 주위 소음이 잦아들었다. 르미외는 평상시 어투로 말했다. "저는 그에게 검시 사진을 건네주었고 그는 경감님께서 요구하신 대로 스케치를 작성했습니다. 보시면 아시겠지만 아주 정밀한 그림은 아닙니다."

르미외가 이야기를 하는 동안 가마슈는 경찰청 본부 가장 깊숙한 곳에서 일하는 괴짜 몽타주 담당자가 보내 준 그림을 찾기 위해 메시지 함을 뒤졌다. 메일을 클릭한 그는 극심하게 느린 전화 모뎀 속도로 그림이 다운로드되는 동안 잠자코 기다렸다.

조금씩 그림이 모습을 드러냈다.

"이곳에 있는 다른 부랑자들과 엘에 대한 이야기를 나눠 봤습니다." 르미외가 말을 이었다. "다들 그리 말하기를 좋아하는 사람들이 아니었지만 대부분 그녀를 기억하고 있었습니다. 그녀가 떠나자 그녀의 자리를 두고 실랑이가 벌어졌다더군요. 듣자 하니 그녀는 거의 펜트하우스와 맞먹는 자리를 차지하고 있었던 모양입니다. 열 배출구 철망 바로 위였다고 하니까요. 그녀가 그 자리를 버리고 떠났다는 건 이상합니다."

"확실히 이상하군." 가마슈는 모니터 위에 주춤주춤 떠오르는 그림을 보며 웅얼거렸다. 아직 절반밖에 뜨지 않았다. "잘했네, 르미외. 퇴근하도록."

"알겠습니다, 경감님."

그는 미소를 지었다. 르미외의 싱글거리는 얼굴이 눈앞에 떠오르는 것 같았다.

이후 5분 동안 가마슈는 그림이 다운로드되는 모습을 바라보며 모니터를 응시했다. 한 번에 1센티미터씩. 그리고 다운로드가 완료되자 가마슈는 의자 등받이에 몸을 기대고 두 손을 한데 모아 배 위에 얹었다. 그리고 그림을 보았다.

그는 갑자기 정신을 차리고 시계를 보았다. 5시 35분. 검시관을 만날 시간.

21

가마슈가 만면에 미안한 웃음을 지으며 도착했을 때, 샤론 해리스 박사는 막 안락의자에 앉아 듀보네칵테일용으로 많이 쓰이는, 키니네를 첨가한 레드 와인를 주문한 참이었다. 그 역시 듀보네를 주문하고 자리에 앉았다. 창가 자리에 앉은 그들은 중간 문설주 사이로 얼어붙은 연못과 크리스마스트리를 바라보았다. 그녀의 어깨 너머로 벽난로 안에서 불씨가 타닥거리며 춤추는 모습이 보였다. 해리스 박사는 무심코 자신들이 앉아 있는 탁자에 달린 흰색 꼬리표를 조심스레 만지작거리고 있었다. 그녀는 꼬리표를 힐끗 보았다.

"이백칠십 달러로군요."

"설마 듀보네 가격은 아니겠죠." 그는 아직 한입도 마시지 않은 잔을 입으로 가져가다가 멈췄다.

"아뇨, 탁자 말이에요." 그녀가 웃었다.

"상테Santé 건배." 그는 한 모금 마시고 미소를 지었다. 그는 잊고 있었다. 비스트로의 모든 물건은 올리비에가 모은 골동품이었다. 그리고 모든 물건은 판매용이었다. 잔을 비운 다음, 자신이 비운 세공한 크리스털 잔을 살 수도 있었다. 사실 굉장히 아름다운 잔이었다. 그가 잔을 들어 올려 자세히 바라보자 크리스털은 벽난로에서 나오는 호박색 불빛을 굴절시켜 여러 갈래로 퍼뜨렸다. 아주 따뜻한 무지개 같군. 아니면 차크라이거나.

"여전히 이곳으로 이사할 생각인가요?" 그는 다시 정신을 차리고 아쉬워하는 눈빛으로 창문 밖을 내다보는 그녀의 주의를 환기했다.

"매물이 나오면 그럴 거예요. 나온다고 해도 금세 팔리겠지만."

"일 년 전쯤 옛 해들리 저택이 나왔었지요."

"그곳만은 빼고요. 판매 리스트를 봤다는 사실은 인정할 수밖에 없지만요. 가격이 저렴했어요. 거의 거저 주는 수준이었죠."

"얼마를 부르던가요?"

"정확히는 기억하지 못하겠지만 십만 달러 이하였어요."

"세 앵크르와야블르C'est incroyable 믿을 수가 없군요." 가마슈가 캐슈너트를 한 움큼 집어 들었다.

해리스 박사는 손님으로 가득 찬 비스트로를 둘러보았다. "살인 때문에 마음을 쓰고 있는 사람은 없어 보이네요. 우리의 피해자는 인기가 없는 사람이었나 봐요."

"그래요. 그런 것 같아 보이더군요. 그녀가 해들리 저택을 산 사람입니다."

"으아."

"으아?"

"그 저택을 구입한 사람은 분명 극단적으로 둔감한 사람일걸요. 저는 컴퓨터 매물 사이트에 뜬 사진조차 보고 싶지 않았어요."

"사람마다 감수성이 다를 테니까요." 가마슈는 미소를 지었다.

"맞아요." 그녀는 동의했다. "경감님이라면 구입했을 것 같아요?"

"전 들어가 보는 것조차 내키지 않습니다." 그는 공모하듯 그녀에게 속삭였다. "굉장히 겁이 나거든요. 뭘 보여 주러 오셨습니까?"

해리스 박사는 아래로 몸을 굽혀 자신의 서류 가방에서 서류를 한 부 꺼냈다. 그녀는 서류를 탁자 위에 올려 두고 캐슈너트를 한 움큼 집어 다시 의자에 등을 기대고 창밖을 바라보았다. 그리고 짭짤한 캐슈너트를 먹는 사이사이 와인을 홀짝였다.

가마슈는 반달형 독서용 안경을 쓰고 10분 동안 보고서를 읽고는 마침내 서류를 내려놓고 사색하듯 듀보네를 한 모금 마셨다.

"니코틴산이로군요."

"니코틴산이에요." 그녀가 동의했다.

"자세히 알려 주십시오."

"니코틴산을 제외하면 그녀는 건강했어요. 마흔여덟 살 먹은 여자치고 몸무게가 덜 나가기는 했지만요. 출산 경험이 있고, 아직 폐경은 오지 않았어요. 모두 극히 자연스럽고 정상적이었어요. 그녀의 발은 강한 충격으로 검게 타 있었고, 손에는 그 의자 등받이 막대와 같은 모양의 수포가 있었어요. 그 아래로 작게 베인 자국이 있었지만 오래전에 입은 상처고 이미 완치되었어요. 단 하나만 빼고는 모든 게 감전사의 징후와 일치해요. 니코틴산만 빼면요."

가마슈는 안경을 벗어 서류철을 부드럽게 두드리며 몸을 앞으로 기울였다. "그게 뭡니까?"

"비타민이에요. 비타민B 복합체 중 하나죠." 그녀도 몸을 앞으로 기울여, 두 사람은 탁자 위에서 대화를 나누고 있었다. "니코틴산은 콜레스테롤 수치가 높은 사람에게 처방돼요. 어떤 사람들은 그게 지능을 높여 준다고 생각해서 섭취하죠."

"그런가요?"

"증거는 없어요."

"그러면 그 사람들은 왜 그렇게 생각하죠?"

"음, 니코틴산은 홍조를 유발하고, 어떤 사람들은 그게 피가 뇌로 쏠리는 뜻이라고 생각하나 봐요. 그게 의미하는 바는 하나뿐이라는 걸 아실 거예요."

"지능이 높아진다고 생각하는 거로군요."

"너무 뻔한 생각 아닌가요?" 그녀는 경멸하듯 고개를 흔들었다. "그런 결론을 낼 정도로 지능이 뒤떨어지는 사람들에게 어울리는 행동이에요. 일반적인 투여량은 오 밀리그램이에요. 심박동 수와 혈압을 약간 높이려면 그 정도만으로도 충분하죠. 아까 말했듯이 의사들이 자주 처방하지만 일반 의약품으로 구입이 가능해요. 보통은 과다 복용할 수 있는 게 아니거든요. 사실, 아침 식사용 시리얼에도 함유되어 있어요. 니코틴산과 티아민이."

"그래서 정상 투여량이 오 밀리그램이라면 CC는 얼마나 복용했던 겁니까?"

"이십 밀리그램이오."

"휴. 시리얼을 엄청나게 많이 먹었겠군요."

"캡틴 크런치 미국의 식품 회사에서 생산하는 시리얼 브랜드가 용의자인가요?"

가마슈가 웃자 그의 눈가에 친숙한 모양의 주름이 졌다.

"이십 밀리그램을 복용하면 어떤 일이 생깁니까?"

"굉장한 홍조를 유발하죠. 전신에 전형적인 발열이 일어나고요. 땀을 흘리고 얼굴빛도 변색이 되죠." 그녀는 조금 더 생각했다. "전 이쪽으로 익숙하지 않아서 약전藥典을 찾아봤어요. 니코틴산은 위험한 점이라고는 아무것도 없어요. 불쾌감을 유발하지만, 예, 위험한 건 아니죠. 누군가 그녀를 살해하려고 했다면 잘못 짚은 거예요."

"아뇨, 제대로 짚은 것 같습니다. 그녀를 죽인 공범은 니코틴산이었습니다. CC 드 푸아티에는 감전사한 게 맞죠?"

해리스 박사는 고개를 끄덕였다.

"그렇다면 그게 얼마나 어려운 일인지 누구보다도 더 잘 아실 테죠."

그녀는 다시 고개를 끄덕였다.

"특히 한겨울에는 말입니다. 그녀는 단지 전원에 접촉하는 것만으로는 부족했고 금속 장치가 달린 부츠를 신고 물웅덩이 위에 서 있어야 했습니다. 그리고······."

그는 굳이 말하지 않고 기다렸다. 해리스 박사는 잠시 생각에 잠겼다. 마음속으로 현장을 재현해 보려고 하면서. 의자 앞 물웅덩이 위에 선 그 여자는 손을 뻗는다······. "맨손. 그녀는 맨손이어야 했어요. 그게 살인범이 장갑을 벗긴 방법이었군요. 중독 상태에서 발생하는 왕성한 혈액순환에 대해 물으시는 줄 알았어요."

"장갑이 문제였습니다. 계속해서 자문해 보았죠. 왜 그녀는 장갑을 벗었을까? 왜 그런 짓을 했을까?"

"더워서 그랬던 거군요." 해리스 박사는 자신의 일을 사랑했지만 모든 조각을 하나로 맞출 수 있는 가마슈와 보부아르의 능력을 질투했다.

"조찬 모임에서 누군가가 홍조를 유발할 정도의 니코틴산을 그녀에게 투여한 겁니다. 약효가 발휘될 때까지 얼마나 걸립니까?"

"이십 분 정도요."

"효과가 나타났을 때 그녀는 이미 컬링 경기장에 가 있었겠군요. 어느 시점에서 그녀는 열이 오르기 시작해서 장갑을 벗고 어쩌면 모자도 벗었을 겁니다. 내일이면 사진으로 확인해 볼 수 있을 겁니다."

"어떤 사진이오?"

"당시 사진작가가 있었습니다. CC가 보통 사람들과 어울리는 모습을 찍어 언론 홍보용으로 쓰려고 고용한 사람이죠. 필름이 내일 현상소에 도착한다고 하더군요."

"그녀는 왜 그런 일을 하려고 했죠?"

"그녀는 디자이너였습니다. 작은 마사 스튜어트 같다고나 할까요. 이제 책을 한 권 냈고 잡지를 출간할 생각을 하고 있었습니다. 사진은 그런 활동을 위해 찍은 거죠."

"그녀 이름은 처음 들어요."

"대부분 그럴 겁니다. 그녀는 자신에게 성공적이고 역동적인 동기 부여자의 이미지를 입히고 싶어한 것 같습니다. 마사처럼 그녀의 사업은 벽에 무슨 색을 칠해야 하는지에 대한 이야기를 넘어서-물론 흰색일 테죠- 사람들 개개인의 인생관에까지 영향을 끼치려는 겁니다."

"끔찍하게 들려요."

"저도 전부 이해할 순 없군요." 가마슈는 편하게 등을 기댄 채 인정했다. "저는 그녀가 완전히 망상에 빠져 있었는지, 아니면 그녀에게 숭고하다고 할 수 있는 점이 있었는지에 대해서는 잘 모르겠습니다. 그녀에게는 꿈이 있었고, 그 꿈을 추구했습니다. 그리고 그것을 의심하는 사람들에게는 엄청난 폭언을 퍼부었고요."

"그녀의 철학에 동의하세요?"

"아뇨. 오늘 그녀의 철학을 일종의 프랑켄슈타인이라고 묘사한 사람과 이야기를 나눴습니다. 꽤 정확한 묘사라고 생각합니다. 사실, 이 사건에서 그런 언급이 계속해서 튀어나오고 있습니다. 어떤 사람은 마을 사람들이 괴물의 죽음에 축배를 들고 있다고 하더군요. 프랑켄슈타인의 경우처럼요."

"프랑켄슈타인은 괴물의 이름이 아니에요." 해리스 박사가 그를 일깨워 주었다. "프랑켄슈타인 박사가 그 괴물을 창조했죠."

아르망 가마슈는 그녀의 말을 듣자 가슴이 죄어드는 것 같았다. 무언가가 있어. 이 사건 내내 가까이 다가갔지만 놓치고 있는 점이 분명히 있어.

"그러면 이제 어쩌실 거죠, 파트롱patron 경감님?"

"니코틴산에 대해 알려 주신 덕분에 커다란 전진을 할 수 있었습니다. 감사합니다. 우리는 이제 막 전조등을 따라가기 시작했어요."

"뭐라고요?"

"저는 항상, 사건 수사란 이곳에서부터 가스페캐나다 퀘벡 주 동쪽 끝에 있는 반도 지역까지 운전하는 것 같다고 생각합니다. 매우 먼 거리여서 목적지를 볼 수가 없지요. 하지만 꼭 목적지를 볼 필요는 없습니다. 내가 해야 하는 일은 전방에 빛을 비추고 전조등을 따라가는 게 전부니까요. 결국에는 목적지에 가닿을 테지요."

"등불을 든 디오게네스처럼 말인가요?"

"반대입니다. 그는 정직한 사람을 찾아 등불을 들고 다녔지요. 전 살인범을 찾아다니고 있습니다."

"조심하세요. 살인범은 등불을 든 사람을 볼 수도 있으니까요."

"질문이 하나 더 있습니다, 박사님. 그녀에게 어떻게 니코틴산을 투여할 수 있었을까요?"

"니코틴산은 수용성이지만 꽤 쓴맛이 나요. 커피라면 그 맛을 감출 수 있을 거예요. 오렌지 주스도 가능할 테고요."

"차는요?"

"가능성이 적어요. 충분히 강한 차가 아니라면."

그녀는 자신의 물건을 챙긴 다음 주머니에서 열쇠를 꺼내 창문을 향해 작은 버튼을 눌렀다. 밖에 주차된 자동차 한 대에 시동이 걸려 전조등이 켜졌고, 히터가 가동되어 내부 공기를 데우려 분투할 터였다. 가마슈는 최근 20년 동안의 모든 발명품 중에서 가장 훌륭한 두 가지가 자동차 온열 시트와 원격 점화 장치라고 생각했다. 고작 자기磁氣 군인이나 발명한 리샤르 리옹에게는 너무나 안된 일이지만.

가마슈는 그녀를 문으로 바래다주다가, 그녀가 떠나려는 찰나 어떤 생각이 떠올랐다. "엘레오노르 드 푸아티에에 대해서 아십니까?"

해리스 박사는 잠시 동작을 멈췄다.

"전혀요. 그녀가 누구죠?"

"헨리 이세에 대해서는요?"

"헨리 이세요? 오래전에 죽은 영국 국왕에 대해 진지하게 묻는 거예요? 제가 가장 좋아하는 왕은 에설레드 이세11세기 데인족들의 침입을 막지 못한 무능한 영국 왕예요. 그가 왜요?"

"대단한 레퍼토리군요. 에설레드 이세에 캡틴 크런치라니."

"가톨릭식 교육이죠. 도움이 못 돼서 미안해요."

"니코틴산 이야기는 큰 도움이 됐습니다." 그는 탁자 위에 놓여 있는 서류를 가리켰다. "우리를 궁지에서 벗어나게 해 주셨습니다."

그녀는 터무니없을 정도로 기뻤다.

"사실," 그는 그녀가 코트를 입는 것을 도와주며 말했다. "한 가지가 더 있습니다. 아키텐의 엘레오노르."

"아, 그건 쉬워요. 〈겨울의 라이온〉."

"여보, 문 좀 열어 줄래? 나는 스튜디오에 있어." 클라라가 소리쳤다. 대답이 없었다. "됐어." 그녀는 두 번째 노크 소리가 들리자 재차 소리쳤다. "내가 나갈게. 신경 쓰지 마. 아니 정말로. 언제나 내가 나가잖아." 그녀는 그가 있는 스튜디오의 닫힌 문을 향해 소리 질렀다. 그녀는 피터가 안에서 프리셀 게임이나 하고 있으리라고 확신했다.

노크 소리가 들리는 일은 흔치 않았다. 그들이 알고 지내는 사람들 대부분은 노크 없이 곧장 들어오곤 했으니. 그리고 대부분의 사람들은 냉장고에서 무엇이든 꺼내 먹었다. 피터와 클라라는 가끔 집에 돌아와서 스카치 잔과 「타임즈 리터러리 리뷰」를 무릎방석 위에 올려놓고 잠든 루스를 발견했다. 한번은 목욕을 하고 있는 가브리를 발견한 적도 있었다. 듣자 하니 비앤비에 뜨거운 물이 떨어져서 왔다나.

클라라는 차가운 공기가 엄습해 올 것을 대비하며 문을 확 잡아당겨 열었다. 가마슈 경감을 본 그녀는 그다지 놀라지 않았다. 비록 뉴욕 현대 미술관의 수석 큐레이터가 자신의 작품을 보러 왔을지도 모른다는 실낱 같은 생각을 마음 한구석에 품고 있기는 했지만.

"들어오세요." 옆으로 한 걸음 움직인 그녀는 그가 들어오자 재빨리 문을 닫았다.

"오래 걸리지 않을 겁니다." 그가 살짝 고개를 숙이자 그녀도 고개를 숙였다. 그녀는 다리를 뒤로 빼고 무릎을 굽히는, 여성이 하는 인사를 하는 게 좋지 않았을까 생각했다. "비디오 플레이어가 있습니까?"

지금의 그 질문은 그녀가 전혀 예상치 못한 것이었다.

그는 파카 지퍼를 내리고 체온으로 따뜻해진 테이프 한 개를 꺼냈다.

"〈겨울의 라이온〉?" 그녀는 테이프를 바라보았다.

"프레시제멍Précisément 바로 그렇습니다. 가능한 한 빨리 이걸 보고 싶습니다." 그는 아주 침착하고 느긋해 보였다. 그러나 클라라는 이것이 일상적인 부탁이나 시골의 조용한 겨울 저녁 시간을 보내려는 게 아니라는 사실을 알 만큼은 그를 잘 알았다.

"있어요. 그런데 루스랑 머나가 저녁을 먹으러 올 텐데요."

"방해하고 싶지는 않습니다."

"절대 아니에요." 그녀는 그의 팔을 잡아 따뜻하고 매력적인 주방으로 이끌었다. "언제나 방은 여럿이니까요. 경감님이 그들을 신경 쓰지 않으셨으면 해요. 피터가 남은 칠면조와 채소를 가지고 자기 가문의 비전 요리를 만들었어요. 겉모양은 끔찍하지만 맛은 천국 같아요."

얼마 후 피터가 자신의 스튜디오에서 나왔고 사람들이 도착했다. 머나는 넉넉한 팔로 사람들을 한 번씩 끌어안았고 루스는 칵테일을 만들었다.

"이렇게 감사할 수가." 가마슈가 비디오를 보고 싶어 한다는 말을 들은 루스의 반응이었다. "지난 밤에 못 끝낸 대화를 계속해야 하는 줄 알았지 뭐야."

클라라는 리샤르와 크리에게 가져다줄 저녁 식사를 바구니에 담았고, 머나가 음식을 배달하겠노라 자원했다.

"태워 드릴까요?" 가마슈가 물었다.

"조금만 걸으면 돼요. 게다가 걸으면서 생각할 시간도 벌 수 있으니까요." 형형색색의 커다란 스카프를 목에 두른 머나는 추위 속에 던져진 아프리카 부족민 같은 모습을 하고 미소를 지었다.

"그 집에 도착하면 크리가 괜찮은지 봐 주시겠습니까?" 가마슈는 목소리를 낮췄다. "그 아이가 걱정되는군요."

"무슨 생각을 하고 계시죠?" 평상시 쾌활한 그녀의 얼굴이 무언가를 탐색하는 듯한 심각한 표정으로 변했다. "어머니가 살해당하는 모습을 본 아이가 잠시 동안 비정상적인 모습을 보이는 것은 자연스러운 일이잖아요."

"맞습니다. 하지만 뭔가 더 있는 것 같습니다. 그냥 살펴만 주시겠습니까?"

그녀는 수락하고 길을 떠났다.

이베트 니콜 형사는 몬트리올에서 타운십스로 향하는 고속도로의 추월 차선에서 앞차에 조금씩 접근했다. 그녀의 차 범퍼는 앞에 있는 차에서 고작 몇 센티미터 떨어져 있을 뿐이었다. 운전수가 금방이라도 눈치채리라.

한순간. 극히 예민한 순간. 앞차는 브레이크를 밟을까? 브레이크를 아주 살짝 밟기만 해도 시속 140킬로미터로 달리던 두 대의 자동차는 통제력을 잃고 수 초 내에 불덩이가 되리라. 니콜은 운전대를 더욱 꽉 움켜쥐었다. 그녀의 눈은 집중력과 분노로 날카로워져 있었다. 감히 내게 속도를 늦추게 해? 감히 내 차선에서 얼쩡대? 감히 내게 차를 비켜 주지 않겠다고? 느려, 이 멍청아. 그녀는 도로에서 자신의 앞길을 가로막는 차가 있을 때마다 하던 대로, 그에게 한 수 가르쳐 주려고 했다. 분노에 휩싸인 그녀를 아무도 꺾을 수 없었다. 그러나 분노 말고 다른 감정도 존재했다.

환희.
그녀는 앞차 운전수가 똥오줌을 다 지리게 만들어 줄 작정이었다.

"당신 책을 읽었습니다." 가마슈가 루스에게 말했다. 피터가 주방에서 꾸물거리고 클라라가 읽을거리를 찾으러 책장을 훑어보는 동안 두 사람은 활기차게 타오르는 벽난로 불길 앞에 앉아 있었다.
루스는 칭찬을 듣느니 펄펄 끓는 기름 속에 들어가겠다는 표정이었다. 그녀는 그를 무시하기로 결정하고 스카치를 벌컥벌컥 들이켰다.
"그런데 제 아내가 질문이 있다더군요."
"마누라가 있다고? 당신 같은 사람이랑 결혼하려는 사람도 있었군."
"그때 살짝 취했었다고 하더군요. 그녀는 당신이 제목으로 붙인 'FINE'의 뜻이 무엇인지 궁금해하고 있습니다."
"당신 마누라가 '괜찮다'의 뜻을 모른다고 해도 그리 놀랄 일은 아니지. 아마 '행복하다'나 '제정신이다' 같은 말도 모를 테지."
"그녀는 도서관 사서인데 자기 경험으로 사람들이 대문자를 사용할 때는 각 문자에 의미하는 바가 있다고 하더군요. 당신 책 제목 『난 괜찮아 I'm FINE』에서 'FINE'은 대문자로 썼더군요."
"머리가 좋은데. 당신 마누라 말이오. 그걸 처음으로 알아챈 사람, 아니면 적어도 처음으로 물어본 사람이군. 'FINE'은 개판 치고 Fuck up, 위태롭고Insecure, 전전긍긍하며Neurotic, 자기중심적이다Egotistical요. I'm FINE."
"확실히 그런 것 같군요." 가마슈는 동의했다.

로베르 르미외 형사는 고속도로에서 시속 140킬로미터의 속도로 자신의 꽁무니에 바짝 달라붙는 미치광이를 지나가게 두고 조심조심 서행차선으로 이동했다. 만약 그가 기분이 내키는 상태였더라면 차 지붕 위에 경광등을 얹고 저 정신병자를 추격했으리라. 그러나 그는 다른 일로 머리가 꽉 차 있었다.

그는 몬트리올에서 일을 잘 처리했다고 자신했다. 몽타주 담당자에게 그림을 그려야 하는 이유를 납득시켰다. 또한 버스 정류장과 노숙자 구호시설에도 찾아갔다. 그는 가마슈가 비밀로 하고 싶어 하는 것처럼 보이는 엘 사건 수사를 한층 더 진전시켰다.

그는 이 사실을 자신의 수첩에 메모했다.

르미외 형사는 자신이 원하고 필요로 하는 일을 달성했다. 가마슈 경감은 이제 나를 신뢰하리라. 그리고 그것이 바로 열쇠였다. 많은 것이 가마슈의 신뢰를 얻는 일에 달려 있었다.

"내가 기억하기로 컬링 시합 중에 돌아다녔던 사람은 그 사진 찍는 사람뿐이었어요." 몇 분 후 머나가 말했다. 그녀가 돌아오자마자 피터와 클라라는 사람들이 먹을 음식을 내왔다. 가마슈가 머나를 잠시 한쪽으로 데려가자, 그녀는 크리에게 무언가 잘못된 점이 있다는 사실에 동의했다. 두 사람은 다음 날 이에 대해 이야기를 나누기로 했다.

이제 음식은 거실에 있는 식사용 탁자 위에 차려져 있었다. 클라라의 말이 맞았다. 음식의 모양새는 크리스마스 때 접시 닦은 물이 빠진 뒤 싱크대 바닥에 남아 있던 찌꺼기들을 건져 낸 것 같았다. 그러나 맛은 기가 막혔다. 으깬 감자와 구운 칠면조, 그레이비소스, 완두콩 같은 음식들을 한꺼번에 캐서롤 냄비에 넣고 뭉근하게 끓인 음식이었다. 신선한 빵과 야채 샐러드를 담은 그릇은 커피 테이블 위에 있었다. 루시는 굶주린 상어처럼 이리저리 방황했다.

"그 사진작가는 어디든지 갑자기 나타났어요." 클라라는 빵을 크게 한 조각 잘라 버터를 발랐다. "하지만 오직 CC의 사진만 찍었죠."

"그는 그런 일을 하라고 고용된 사람이었으니까요. 다들 어디에 계셨습니까?" 가마슈는 레드 와인을 한 모금 마시고 다른 사람의 말에 귀를 기울였다.

"관중석 올리비에 옆에." 루스가 말했다.

"저는 머나와 가브리 사이에 앉아 있었어요. 피터는 컬링을 하고 있었고요." 클라라가 말했다.

"리샤르 리옹이 내 옆에 있었죠." 머나가 말했다.

"그가 그곳에 내내 있었습니까?" 가마슈가 물었다.

"분명해요. 그가 사라졌다면 눈치챘을걸요. 체온이라는 게 있잖아요. 하지만 케이 톰슨은 어때요?" 머나는 다른 사람들을 바라보았다. "그녀는 CC 바로 옆에 앉아 있었잖아요. 분명 뭔가를 봤을 거예요."

다들 고개를 끄덕이며 기대하는 눈빛으로 가마슈를 바라보았다. 그는 고개를 흔들었다. "오늘 그녀와 이야기를 해 봤습니다. 아무것도 보지 못했다고 하더군요. CC가 비명을 지르기 시작하자 비로소 뭔가 잘못되었다는 사실을 알았답니다."

"난 못 들었는데." 루스가 말했다.

"아무도 못 들었습니다. '어머니'가 집을 청소하는 소리에 묻혔거든요." 가마슈가 말했다.

"아, 맞아요. 다들 환호성을 지르고 있었죠." 피터가 말했다.

"크리는 어땠나요? 그 애를 보신 분 계십니까?" 가마슈가 물었다.

서로 말없이 바라보았다.

가마슈는 크리가 얼마나 슬픈 상황에 처해 있는지 깨닫고 충격을 받았다. 그 애는 자신의 모든 감정을, 모든 상처를 삼켜 버렸다. 그 애는 그토록 거대한 몸집을 하고 있지만 사람들에게 보이지 않았다. 아무도 그녀를 보지 못했다. 그는 다른 사람의 눈에 전혀 띄지 않는다는 게 가장 끔찍한 일이라는 것을 알았다.

"혹시 성서가 있습니까? 구약성서가 있다면 보여 주십시오. 영문판으로요."

그들은 책장을 뒤졌다. 클라라가 마침내 성서를 찾아냈다.

"내일 돌려 드려도 되겠습니까?"

"원하신다면 내년에 돌려주셔도 돼요. 마지막으로 구약성서를 읽었던 때가 언제인지 기억도 안 나요."

"마지막으로?" 피터가 물었다.

"처음이었거나." 클라라는 웃으며 인정했다.

"지금 영화를 보시겠습니까?" 피터가 물었다.

"엄청나게 보고 싶습니다."

피터가 거실 탁자 위에 놓인 테이프를 집으려 손을 뻗자 가마슈가 그의 손을 제지했다.

"괜찮으시다면 제가 직접 하겠습니다." 가마슈는 손수건을 꺼내 케이스에서 테이프를 살짝 빼냈다. 모두 눈치챘지만 아무도 입을 열지 않았다. 가마슈는 이 테이프가 죽은 여자의 쓰레기통에서 발견된 것이라는 정보를 자진해서 알려 줄 생각은 없었다.

"무슨 테이프죠?" 머나가 물었다.

"아키텐의 엘레오노르와 그녀의 남편인 헨리 이세에 대한 영화야." 루스가 말했다. 가마슈는 놀라서 그녀에게 몸을 돌렸다. "왜? 그건 명작이야. 캐서린 헵번과 피터 오툴이 주연이고. 내 기억이 맞다면 모두 크리스마스 주간에 벌어진 일이지. 이상하지 않나? 우리 역시 크리스마스 주간에 모두 모여 있으니까."

가마슈는 이 사건에 이상한 일들이 한둘이 아니라고 생각했다.

오프닝 크레딧이 나오면서 메트로 골드윈 메이어 영화사의 사자가 울부짖었고, 힘찬 고딕풍 음악이 예스러운 작은 거실을 가득 채웠다. 기괴하게 생긴 가고일이 화면 속에서 음흉하게 웃고 있었다. 벌써부터 권력의 흥망성쇠가 느껴졌다.

그리고 두려움도.

〈겨울의 라이온〉이 시작했다.

니콜 형사의 자동차는 눈 덮인 코너를 미끄러지듯 돌았고, 간신히 간선도로를 벗어나 스리 파인스로 향하는 작은 길로 들어설 수 있었다. 가마슈는 그녀에게 자신들과 함께 비앤비에 머무르라는 말을 하지 않았다. 그러나 그녀는 스스로 숙박비를 치르는 한이 있더라도 그렇게 할 작정이었다. 그녀는 몬트리올에서 크리가 다니는 문턱 높은 학교의 여교

장과 면담을 한 후 집으로 차를 몰았고, 여행 가방을 꺼내 들고 집을 나섰다. 그 작고 깔끔한 집에 모여 사는 친척들과 식사를 한술 뜨느라 잠시 지체하기는 했지만.

그녀의 아버지는 이런 상황이 닥치면 언제나 긴장하면서, 체코슬로바키아에서의 가족사는 절대 발설하면 안 된다고 딸에게 당부했다. 니콜은 몬트리올 동쪽 끝에 위치한 티 하나 없이 깔끔한 작은 집에서 자라면서, 자신들의 집에서 신세를 지려는 먼 친척들과 친구의 친구들의 가두 행렬이라기보다는 장례 행렬에 더 가까운 행렬을 끊임없이 보아 왔다. 검정색 옷을 빼입고 돌처럼 굳은 얼굴로 터덜터덜 들어와, 그녀가 이해할 수 없는 언어로 이야기하면서 전 세계의 관심을 빨아들였다. 그들은 끊임없이 뭔가를 요구하고 고함을 질렀으며 울부짖다가도 불평을 해 댔다. 그들은 폴란드와 리투아니아, 헝가리 등지에서 온 사람들이었고, 어린 이베트는 그들이 하는 말을 듣고, 모든 사람들이 제각각 다른 언어를 쓴다고 믿었다. 그녀는 한때 쾌적하고 고요했지만 이제는 사람들로 바글바글한 정신없는 작은 거실 문간을 맴돌면서, 귀에 들리는 말이 무슨 뜻인지 이해하려 갖은 애를 썼다. 새로 온 사람들은 그녀에게 친절하게 말을 건네다가도 그녀가 반응을 보이지 않으면 점점 목소리를 높이다가, 끝내 그녀가 게으르고 멍청하며 버릇이 없다고 만국 공통어인 고함을 질렀다. 한때는 온화하고 친절했던 그녀의 어머니도 인내심이 바닥나서 그녀에게 소리를 질렀다. 그나마 어머니가 하는 말은 이해할 수 있었다. 어린 이베트 니콜레프는 외국인이 되었다. 그녀는 평생 아웃사이더로 살았다. 그녀는 사람들과 어울리고 싶었지만 어머니조차 다른 사람들의 편을 들자, 자신은 그럴 수 없다는 사실을 알게 되었다.

이윽고 그녀는 불안에 빠지기 시작했다. 집이 이토록 이해할 수 없고 감당하기 어려운 곳이라면 밖에는 대체 무엇이 기다리고 있을까? 전혀 말이 통하지 않는 곳이 아닐까? 무슨 일이 벌어져도 말이 통하지 않을 텐데? 뭔가 필요하지 않을까? 하지만 누가 그런 걸 주지? 그래서 이베트 니콜은 스스로 구하는 법을 배웠다.

"그렇다면 가마슈랑 다시 일하게 되는구나." 아버지가 말했다.

"그렇습니다, 대장님." 그녀는 아버지에게 미소를 지었다. 그는 그녀의 어린 시절 그녀 편을 들어 주었던 유일한 사람이었다. 또 침입자들로부터 그녀를 보호해 주었던 유일한 사람이었다. 그는 그녀의 주의를 끌고 손을 흔들어 부른 다음, 소리가 나는 셀로판지에 싸인 버터스카치 캔디 하나를 주었다. 그는 그녀에게 사탕 포장을 벗길 때는 남의 눈에 띄지 않는 곳에서 하라고 가르쳤던 적이 있었다. 탐내며 훔쳐보는 사람들이 없는 곳에서. 그것은 두 사람만의 비밀이었다. 그녀의 아버지는 그녀에게 비밀의 가치와 필요성에 대해 가르쳤다.

"그에게 절대로 체코슬로바키아에 대해 말해서는 안 된다. 약속하렴. 그는 이해를 하지 못할 거야. 경찰청에서는 오직 순수한 퀘벡 주민들만 받을 테니까. 네가 체코인이라는 사실을 그가 알게 되면, 넌 쫓겨날 거다. 사울 삼촌처럼 말이다."

그 멍청한 사울 삼촌과 비교당하다니. 그녀는 욕지기가 났다. 바보 같은 사울 니콜레프 삼촌은 체코 경찰에서 떨려 나 가족을 보호할 수 없었다. 그래서 친지들은 모두 비명횡사했다. 아버지 아리 니콜레프와 어머니를 제외하고. 그리고 이전까지는 연락도 하지 않다가 갑자기 나타나, 자신들의 집을 변소처럼 마구잡이로 어지럽히던 사나운 친척들도 살아

남았다.

아리 니콜레프는 딸이 작고 깔끔한 침실의 벽장에서 엄청나게 을씨년스럽고 칙칙한 옷들을 꺼내 여행 가방을 꾸리는 모습을 바라보았다. 그것은 그의 제안이었다.

"난 남자를 안다." 그녀가 반항하자 그가 그렇게 말했다.

"이런 옷을 입으면 남자들의 시선을 끌지 못할 거라고요." 그녀는 손가락으로 옷 무더기를 쿡쿡 찔렀다. "가마슈가 저를 마음에 들어 하면 좋겠다고 말씀하셨잖아요."

"데이트할 것도 아니잖니. 나를 믿어라. 그런 옷을 입으면 너를 마음에 들어할 거야."

그녀가 세면도구를 챙기러 나가자 그는 버터스카치 캔디 두 개를 여행 가방 안에 밀어 넣었다. 밤에 가방을 정리하다가 발견하고 아버지를 생각해 주리라. 그리고 바라건대 내 작은 비밀을 절대 깨닫지 못하기를.

사울 삼촌이라는 사람은 존재하지 않았다. 공산주의자의 손으로 자행된 학살도 없었다. 국경을 넘을 때 숭고하면서도 용맹스러운 비행飛行을 한 적도 없었다. 그는 수년 전, 아내의 친척들이 자신들의 집에 캠프를 차렸을 때 이런 거짓말을 지어냈다. 그 거짓말은 빈곤과 극심한 고통으로 가득 찬 바다에 빠지지 않도록 자신을 잡아 주는 구명보트였다. 사실을 고백할 수도 있었다. 그러나 그에게는 자신만의 영웅적인 생존담이 필요했다.

그렇게 그는 안젤리나와 이베트를 잉태시킨 후, 사울 삼촌을 잉태했다. 가족을 지키려 경찰이 됐지만 끝내 실패했던 사람으로. 극적으로 몰락한 사울의 이야기를 지어낸 대가로 아리는 사울 가족 전체의 이야기를 꾸며 내야 했다.

그는 이베트에게 사실을 이야기해야 한다고 생각했다. 자신의 구명보트로 시작한 이야기가 이제는 어린 딸의 닻이 되었다는 사실을 알았다. 그러나 그녀는 자신을 숭배했고, 아리 니콜레프는 그녀의 회색 눈 속에 떠오른 흠모의 표정을 갈망했다.

"매일 전화하마." 그는 침대 위에 놓인 그녀의 가벼운 가방을 들며 말했다. "우리는 함께 뭉쳐야 해." 그는 미소를 지었다. 그리고 친척들이 각자 틀어박힌 곳에서 서로에게 소리를 질러 대는 거실의 불협화음을 향해 고개를 기울였다. "네가 자랑스럽단다, 이베트. 잘 해내리라고 생각한다. 또 그래야 하고."

"알겠습니다, 대장님."

빌어먹을 친척들은 자신이 나가는데도 고개 한 번 내밀지 않았다. 아버지가 자신의 가방을 들어 자동차 트렁크 속에 넣었다. "이렇게 넣어 놔야 사고가 나도 네 머리에 부딪치지 않을 거야."

그는 그녀를 끌어안고 속삭였다. "일을 망치지 말거라."

그리고 이제 그녀는 스리 파인스에 거의 다다랐다. 물랭 길 꼭대기에서 속도를 늦추자 젖은 도로를 달리던 자동차가 옆으로 약간 미끄러졌다. 아래쪽에서는 마을이 빛나고 있었다. 커다란 스테인드글라스처럼 커다란 나무들이 내뿜는 불빛이 얼음과 눈 위에서 빨간색과 초록색, 파란색으로 반사되어 빛났다. 그녀는 상점과 가정집 창문 앞에서 앞뒤로 움직이는 형체를 볼 수 있었다.

어떤 감정이 가슴을 휘저었다. 불안감? 따뜻한 집을 떠나 여기로 온

억울한 감정? 아니야. 그녀는 몇 분 동안 자동차 안에 앉아 있었다. 귓가에 있던 어깨는 천천히 아래로 처졌고 호흡은 길고 거칠었다. 그녀는 이 이상한 감정의 정체가 무엇인지 파악하려 애를 쓰며, 눈썹을 가운데로 모으고 앞 유리 밖으로 명랑한 작은 마을을 응시했다. 그녀는 갑자기 그 감정이 무엇인지 깨달았다.

안도감. 이렇게 몸에서 힘을 빼고 긴장을 풀고 싶은 감정이 안도감이라는 걸까?

휴대전화 벨이 울렸다. 그녀는 잠시 주저했다. 전화를 건 사람이 누구인지 알았고, 마지막에 떠오른 생각을 놓치고 싶지 않았다.

"위, 봉주르. 스리 파인스에 도착했습니다. 예의 바르게 지내겠습니다. 그를 제 편으로 끌어들이도록 하겠습니다. 얼마나 중요한 일인지 잘 알고 있습니다. 절대 일을 망치지 않겠습니다." 그녀는 그의 경고에 답하여 이렇게 말했다.

그녀는 전화를 끊고 브레이크에서 발을 뗐다. 자동차는 마을을 향해 미끄러지듯 내려가 비앤비 앞에 멈췄다.

엘레오노르와 헨리는 맹렬히 다투기 시작했다. 그들의 아들들도 분열하여 다른 형제들과 부모에게서 등을 돌렸다. 각 등장인물들은 폭발하면서 서로에게 파편을 날렸다. 굉장히 파괴적이면서도 눈부셨다. 영화가 끝나자 가마슈는 아래를 내려다보고 자신의 접시가 비어 있다는 사실에 놀랐다. 그는 음식을 먹은 사실이 기억나지 않았다. 심지어 숨을 쉬고 있었던 사실조차 기억나지 않았다.

그러나 가마슈는 한 가지 사실만은 알 수 있었다. 자신에게 선택권을 준다면 엘레오노르와 헨리는 지구 상에서 자신이 부모로 삼고 싶은 가장 마지막 사람들이리라. 가마슈는 자신이 놓친 게 무엇인지 고심하면서 클로징 크레디트를 주시하며 앉아 있었다. 무언가 분명히 놓친 점이 있었다. CC가 이 영화 테이프를 소장했던 이유가 있었고, 드 푸아티에라는 성을 택한 이유가 있었고, 아마도 이렇게 상태가 좋은 비디오테이프를 버린 이유가 있을 터였다. 왜지?

"어쩌면 DVD를 샀는지도 모르죠." 가마슈가 다른 사람의 생각을 구하자 클라라가 제시한 의견이었다. "우린 모은 영화들을 조금씩 DVD로 바꾸고 있는 중이거든요. 피터가 좋아하는 영화 테이프는 죄다 상태가 이상해졌어요. 그게 다 피터가 좋아하는 장면을 계속해서 돌려 봐서 그래요."

"안녕, 여러분." 가브리의 쾌활한 목소리가 주방에서 들렸다. "오늘 밤에 영화를 본다고 들었는데. 내가 너무 늦었나?"

"영화는 방금 끝났어. 안됐군, 친구." 피터가 말했다.

"일찍 올 수가 없었어요. 환자를 보살펴야 했거든요."

"보부아르 경위의 상태는 어떻습니까?" 가마슈가 주방으로 걸어가며 물었다.

"아직 자고 있어요. 감기에 걸렸거든." 가브리가 다른 사람들에게 설명했다. "혹시 나한테 열이 있어요? 옮지 않았으면 좋겠는데." 그는 이마를 피터에게 들이밀었지만 피터는 그를 무시했다.

"뭐, 자네가 감기에 옮았어도 우리가 위험한 건 아니니까." 루스가 말했다. "가브리가 사람한테 병을 옮길 걱정은 그리 안 해도 될 거야."

"망할 할망구."

"잡년."

"그러면 누가 그를 간호하고 있습니까?" 가마슈는 이제 돌아가야 하지 않을까 하는 생각을 하며 물었다.

"그 니콜 형사가 나타나더니 혼자 예약을 했어요. 꼬깃꼬깃 만 지폐로 직접 계산하던데요. 어쨌든 자기가 그를 돌보겠다고 했어요."

가마슈는 보부아르가 깨어나지 않기를 바랐다.

보부아르는 악몽을 꾸고 있었다. 열에 들뜬 그는 니콜 형사와 잠자리를 하는 꿈을 꾸었다. 다시 욕지기가 났다.

"여기요." 그에게 사뭇 즐거운 듯한 여자의 목소리가 들렸다.

어떻게 된 일인지 쓰레기통이 공중으로 떠오르더니 바로 자신의 입 아래에서 멈췄다. 쓰레기통에 대고 구역질을 했지만 위 속에는 게워 낼 것이 그리 많이 남아 있지 않았다.

다시 축축한 시트 속에 쓰러졌는데, 아주 이상한 느낌이 들었다. 누군가 차가운 천을 자신의 이마에 얹고 얼굴과 입을 깨끗하게 닦아 주었다. 장 기 보부아르는 다시 선잠에 빠졌다.

"디저트 가져왔어." 가브리가 카운터 위에 올려놓은 종이 상자를 가리켰다. "초콜릿 퍼지 케이크."

"자네가 좋아지기 시작했다는 사실 아나?" 루스가 말했다.

"게이가 만드는 건 확실히 다르죠." 그는 미소를 지으며 포장을 벗기기 시작했다.

"내가 커피를 끓일게." 머나가 말했다.

가마슈는 다 먹은 음식 접시를 치우고 설거지를 하려고 싱크대의 온수를 틀었다. 접시를 북북 문지른 다음 클라라에게 넘기자, 그녀가 마른 행주로 닦았다. 그는 서리가 내린 창문 밖으로 스리 파인스의 불빛을 바라보면서 영화에 대해 생각했다. 〈겨울의 라이온〉. 그는 등장인물과 구성, 엘레오노르와 헨리 사이에 오가던 불꽃 튀는 설전을 검토해 보았다. 제 모습을 잃은 뒤틀리고 허비된 권력과 사랑에 대한 영화였다.

그런데 왜 이 영화가 CC에게 중요했을까? 그것이 이 사건에서도 중요할까?

"커피는 아직 몇 분 정도 더 걸릴 거예요." 클라라가 축축한 행주를 의자 등받이에 널며 말했다. 실내는 이미 갓 내린 진한 커피와 유지방이 풍부한 초콜릿 향기로 가득했다.

"당신 스튜디오를 보여 주시겠습니까?" 가마슈는 손을 대고 싶은 유혹을 떨치기 위해 케이크에서 가능한 한 멀리 떨어지려고 클라라에게 물었다. "그러고 보니 당신 작품을 한 번도 본 적이 없군요."

두 사람은 서서히 주방을 가로질러 문이 활짝 열려 있는 클라라의 스튜디오로 향했다. 그녀의 작업실 바로 옆에는 문이 닫혀 있는 피터의 스튜디오가 있었다.

"예술적 영감이 빠져나가려 할 때를 대비해서라나요." 클라라가 설명하자 가마슈는 현명하게 고개를 끄덕였다. 이제 그는 클라라의 크고 복잡한 스튜디오 가운데로 걸어가 가만히 섰다.

내부에는 방수포가 사방에 펼쳐져 있었고, 유화 물감과 아크릴 물감과 캔버스에서는 안온한 냄새가 났다. 낡아서 해진 안락의자가 한쪽 구석에 있었고, 미술 잡지를 쌓아 올려 만든 탁자 위에는 커피를 마시고 둔 더러운 머그잔이 놓여 있었다. 그는 한가로이 몸을 돌려 석 점의 그림이 걸려 있는 벽 앞에 멈춰 그림을 바라보았다.

그는 좀 더 가까이서 바라보려 움직였다.

"케이 톰슨이로군요."

"잘 맞히시네요." 클라라가 그의 곁으로 다가왔다. "그리고 저쪽은 '어머니'예요." 그녀는 그 옆에 있는 그림을 가리켰다. "에밀리는 조금 전에 해리스 박사에게 팔았지만, 이쪽을 보세요." 그녀는 거대한 캔버스가 세워진 돌출된 벽을 가리켰다. "세 명 모두를 담은 작품이에요."

가마슈는 나이 든 세 여인이 서로 팔짱을 끼며 부드럽게 안고 있는 이미지 앞에 섰다. 여러모로 놀랄 만큼 복잡한 작품이었다. 사진과 그림, 심지어 글자까지 여러 번 겹쳐져 있었다. 중앙에 있는 엠은 과도하게 상체를 뒤로 젖히고 자유분방하게 웃고 있었고, 그녀를 떠받치고 있는 나머지 두 사람 역시 웃고 있었다. 작품에서 느껴지는 친밀감과 세 여성의 삶에서 포착한 은밀한 순간이 가슴을 아프게 울렸다. 그들의 우정과 상호 의존성을 잡아낸 작품이었다. 즐거운 오찬과 생일 축하를 넘어서는 사랑과 배려를 노래하는 작품이었다. 가마슈는 마치 세 사람의 영혼을 들여다보는 듯한 기분을 느꼈다. 그 세 사람의 영혼의 조합은 거의 견디기 힘들 지경이었다.

"〈삼덕의 성녀 The Three Graces 초기 기독교 시대에 순교한 세 자매. 기독교에서 하느님이 사람들을 교화하기 위해 내린 세 가지 덕인 믿음, 소망, 사랑을 뜻하기도 한다〉라고 이름 붙였어요."

"완벽하군요." 가마슈가 속삭였다.

"'어머니'가 믿음, 엠이 소망, 케이가 사랑이에요. 성녀를 항상 젊고 아름답게 묘사해 놓은 것을 보는 데 지쳤거든요. 지혜란 나이와 삶의 경험, 고통에서 나온다고 생각해요. 중요한 게 무엇인지 알게 되는 거죠."
 "다 완성된 작품입니까? 다른 게 들어갈 공간이 남은 것처럼 보이는데요."
 "통찰력이 정말 대단하세요. 작업은 다 끝났어요. 작품마다 작은 공간, 일종의 틈을 남겨 두려고 해요."
 "왜죠?"
 "그들 뒤에 있는 벽에 적힌 글귀를 알아보시겠어요?" 그녀는 자신의 그림을 향해 고갯짓을 했다.
 가마슈는 몸을 굽히고 독서용 안경을 썼다.

 "아직도 울리고 있는 종을 울리고
 너의 완벽한 공물은 잊어버려
 모든 것에는 틈이 존재하지
 그래야 빛이 들어올 수 있으니까레너드 코헨의 곡 〈Anthem〉의 가사."

 그는 소리 내어 읽었다. "아름답군요. 마담 자도의 시입니까?"
 "아뇨, 레너드 코헨이에요. 제 모든 작품은 일종의 용기 같은 것을 갖고 있어요. 그릇 말이에요. 때로는 물체에 둘러싸인 공간으로 만들기도 하고 때로는 뻔하게 만들어 놓죠. 〈삼덕의 성녀〉에서는 좀 더 분명하게 보여요."
 가마슈에게는 분명하게 보이지 않았다. 그는 작품에서 뒤로 물러나 그녀가 언급한 점을 찾아보았다. 그릇이라. 꽃병 같은 그릇이 세 명의 몸이 그리는 선으로 이루어져 있었다. 그가 그 공간에 주목하자 빛이 들어오는 틈처럼 보였다.

"피터를 위해 한 일이에요." 그녀가 조용히 말했다. 처음으로 가마슈는 자신이 잘못 들었을지도 모른다고 생각했다. 그러나 그녀는 자기 자신에게 이야기하는 것처럼 계속 말을 이어 나갔다. "그는 개랑 닮았어요. 루시를 닮았죠. 아주 충실한 사람이에요. 자신이 소유한 모든 것을 단 한 가지에 투영해요. 하나의 관심사에, 하나의 취미에, 한 명의 친구에게, 한 명의 연인에게. 저는 그의 연인이고 그게 얼마나 두려운지 몰라요." 그녀는 이제 가마슈에게 몸을 돌려 그의 사려 깊은 갈색 눈을 바라보았다. "그는 모든 사랑을 제게 쏟아부어요. 저는 그의 꽃병이니까요. 하지만 제게 갈라진 틈이 있다면요? 제가 깨져 버린다면요? 제가 죽는다면요? 그는 어떻게 할까요?"

"그래서 당신의 작품들은 모두 그 주제를 탐구하는 겁니까?"

"대부분은 불완전성과 비영구성에 대한 거예요. 모든 것에는 틈이 있기 마련이죠."

"빛이 들어올 수 있도록 말이죠." 그는 빛과 계몽, 조명에 대해 많은 글을 쓴 CC를 떠올리고, 그런 생각이 완벽을 추구하려는 태도에서 비롯했다고 생각했다. 그러나 CC는 자신의 곁에 서 있는 이 명민한 여성을 위해 촛불을 비춰 줄 수는 없을 것이었다.

"피터는 받아들이지 않아요. 절대 그러지 않을 거예요."

"루스를 그린 적 있습니까?"

"왜 그런 걸 묻죠?"

"음, 솔직히 말해서, 모든 사람들에게 틈이 있다면……." 그가 웃자 클라라도 따라 웃었다.

"아뇨. 그 이유가 뭔지 아세요? 두려워서요. 루스를 그린다면 굉장한 걸작이 될 거라고 생각하지만, 시도하기가 겁나요."

"걸작이 안 되면 곤란하니까?"

"예리하시네요. 루스에게도 뭔가 무서운 점이 있어요. 제가 그녀의 마음속 깊숙이 들여다보기를 바라는지 확실하지 않아요."

"보게 될 겁니다." 그가 그렇게 말했고, 그녀는 그의 말을 믿었다. 가마슈는 차분하고 평화로운 짙은 갈색 눈으로 그녀를 조용히 바라보았다. 그녀는 그가 그 눈으로 온갖 끔찍한 일들을 봐 왔다는 사실을 알고 있었다. 살해당하고 끔찍하게 훼손된 여자, 아이, 남편, 부인 들을. 그는 매일같이 잔혹한 죽음을 보았다. 그의 커다랗고 표현력이 풍부한 손을 내려다본 그녀는 그 손으로 해야 했던 온갖 끔찍한 일들을 알게 되었다. 천수를 누리기 전에 죽은 사람들의 시체를 다루었으리라. 자신과 다른 사람들의 생명을 지키려 사투를 벌였으리라. 그리고 그중에서 가장 끔찍했던 일은 굳게 움켜쥐었던 주먹을 느슨하게 펴고 그들이 사랑한 사람들의 현관문을 두드렸던 일인지도 몰랐다. 그들에게 그 소식을 가장 먼저 알려 주려고. 그들의 가슴을 가장 먼저 찢어 놓으려고.

가마슈는 다음 벽으로 걸어가 무엇보다 놀라운 미술 작품을 바라보았다. 이번 작품의 용기는 나무들이었다. 클라라는 나무들을 관능적이고 무르익은, 커다란 박 모양으로 그려 놓았다. 그리고 그것들 자신의 내면의 열이 너무 센 듯 녹아내리고 있었다. 나무들은 어둠 속에서 빛났다. 그야말로 빛나고 있었다. 그 색채는 새벽의 베니스처럼 우윳빛이었고, 전체적으로 따스하고 정제되어 있으며 고색창연했다.

"놀랍군요, 클라라. 빛이 나고 있어요." 그는 놀라움에 몸을 돌려 그녀를 바라보았다. 마치 클라라를 난생처음 만난 것 같은 느낌이었다. 그는 그녀가 통찰력이 있고 용감하며 연민의 정이 풍부하다는 사실을 알고 있었다. 그러나 그녀가 이처럼 재능 있는 사람인 줄은 미처 알지 못했다. "다른 사람들에게 작품들을 보여 준 적이 있습니까?"

"크리스마스 직전에 CC에게 포트폴리오를 줬어요. 그녀는 데니스 포틴이랑 친구 사이였어요."

"그 갤러리 운영자 말이로군요."

"퀘벡에서 가장, 어쩌면 캐나다에서 가장 영향력 있는 사람일 거예요. 그는 근현대 미술관과 뉴욕 현대 미술관에도 연줄이 있어요. 그 사람 눈에 띄면 데뷔할 수 있죠."

"흥미진진하군요."

"사실은 그렇지 않아요. 그는 내 작품을 싫어해요." 그녀는 자신의 실패를 인정하면 그 누구의 눈도 똑바로 바라볼 수 없다는 듯 몸을 돌렸다. "루스의 책 출간 기념 행사에 참석하려고 오길비 백화점에 갔을 때, CC와 포틴이 함께 온 것을 봤어요. 에스컬레이터에서 서로 지나쳤죠. 나는 올라가고 그들은 내려가고 있었어요. 그때 CC가 포틴에게 애석하다고 말하는 걸 들었어요. 그는 내 작품이 서투르고 시시하다고 생각하나 봐요."

"그가 그렇게 말했습니까?" 가마슈는 놀랐다.

"뭐, 그가 아니라 CC가 말했지만요. 그녀는 그가 했던 말을 반복하고 있었고, 포틴은 그녀 말에 토를 달지 않았어요. 그렇게 서로 지나간 다음, 정신을 차려 보니 밖에 나와 있지 뭐예요. 그 부랑자에게 얼마나 감사한지."

"어떤 부랑자 말입니까?"

그에게 말해야 할까? 그녀는 이미 벌거벗고 손발이 묶인 기분이었고, 게다가 자신이 온 세상에서 유일한 존재인 듯 이야기를 들어 주는 이 남자에게조차 더 이상 속내를 드러내고 싶지 않았다. 그녀는 하느님이 여자 노숙자라고 믿는 자신을 인정할 수 없었다.

여전히 그 사실을 믿고 있는 걸까?

그녀는 잠시 멈추고 생각에 잠겼다. 그래, 간단하면서도 분명한 답인 걸. 그래, 나는 지난 크리스마스에 춥고 어둡고 축복받은 몬트리올의 거리에서 하느님을 만났다는 사실을 믿고 있어. 그러나 그녀는 아직도 그날 밤 자신의 모습이 충분히 당황스러웠다.

"아, 아무것도 아니에요. 그녀에게 커피를 한 잔 주니 기분이 좀 나아졌거든요. 세상일이란 게 그런 거 아니겠어요?"

친절하고 연민 어린 사람들에게는 그렇겠지만 모든 사람이 그렇게 생각하는 건 아니지. 가마슈는 그녀가 무언가 숨기고 있다는 사실을 눈치챘지만 그녀를 압박하지 않기로 했다. 게다가 그 일은 이 사건과 관련이 없는 것 같았고, 가마슈는 그저 그럴 수 있다는 이유만으로 다른 사람의 경계를 함부로 침범하는 사람이 아니었다.

"CC가 그 말을 했을 때, 그녀는 당신이 거기 있다는 사실을 알고 있었습니까?"

클라라는 생각을 더듬는 척했지만 이미 답을 알고 있었다. 자신이 에스컬레이터에서 CC를 발견했던 순간부터 CC는 알고 있었으리라.

"예, 눈이 잠깐 마주쳤었거든요. 그녀는 알고 있었어요."

"몹시 충격을 받았겠군요."

"사실, 심장이 멎는 줄 알았어요. 포틴이 내 작품을 좋아해 줄 거라고 정말로 믿었거든요. 그가 좋아하지 않을 거라는 생각은 전혀 하지 못했어요. 그런 환상 속에 빠져 살았으니, 제 잘못이죠."

"누군가 당신을 칼로 찔렀다면 당신이 고통을 느끼는 건 당신 잘못이 아닙니다."

그는 그녀의 얼굴을, 그리고 그녀의 주먹을 바라보았다. 그녀는 주먹을 꽉 쥐고 있어 관절 부분이 하얗게 변해 있었고, 그녀의 호흡은 직접 펌프질이라도 하는 것처럼 무거웠다. 그는 클라라 모로가 친절하고 사랑스러우며 너그러운 사람이라는 사실을 알고 있었다. CC 드 푸아티에가 그런 클라라에게서 이런 반응을 이끌어 낼 정도라면 다른 사람들에게는 어떤 짓을 했을까?

그리고 그는 클라라의 이름을 긴 용의자 목록 마지막에 추가했다. 그녀가 이 방 안에 깊이 숨겨 두고 그녀 자신에게마저 감추고 걸어 잠근 것은 무엇일까? 조금 전의 침묵 속에서 나를 엿보았던 것은 무엇일까?

"디저트요." 가브리가 스튜디오 안으로 머리를 불쑥 들이밀었다.

22

"누가 CC를 죽인 것 같아요?" 머나는 포크를 핥고 진한 블랙 커피를 한 모금 마시며 물었다. 갓 내린 커피와 초콜릿 퍼지 케이크의 조합을 대하니 머나는 거의 현기증이 날 지경이었다.

"우선 그녀가 누구인지부터 알아내야 할 것 같군요." 가마슈는 마지못해 털어놓았다. "제 생각에 살인범은 그녀의 과거와 관련된 사람 같습니다." 이어서 그는 사람들에게 CC라는 사람과 그녀가 꾸며 낸 세계에 대해 이야기해 주었다. 가마슈는 늙은 이야기꾼처럼 낮고 차분한 목소리로 말했다. 친구들은 원을 그리며 모였고, 그들의 얼굴은 벽난로 불빛이 어려 호박색으로 빛났다. 그들은 케이크를 먹고 커피를 홀짝이며 이야기를 듣다가 수수께끼와 사기극의 전말이 드러나기 시작하자 눈을 점점 더 크게 떴다.

"그러니까 그녀는 자신이 꾸며 댔던 인물과는 전혀 다른 사람이었네요." 그의 이야기가 끝나자 클라라가 말했다. 그녀는 자신의 목소리에 승리감이 묻어 나오지 않기를 바랐다. 결국 그녀는 미친 사람이었다는 거야.

"하지만 왜 그 사람들을 부모로 선택했을까요?" 그녀는 텔레비전 쪽으로 머리를 홱 돌렸다.

"모릅니다. 혹시 떠오르는 생각이 있습니까?"

모두 생각에 잠겼다.

"아이들이 자신이 입양됐다고 생각하는 건 그리 이상한 일이 아니에요. 행복하게 지내는 아이들조차 그런 단계를 거치죠." 머나가 말했다.

"맞아요. 저도 어렸을 때 영국 여왕이 내 진짜 어머니라고 믿었던 적이 있었어요. 저를 평민으로 키우려고 식민지로 보낸 거라고요. 초인종이 울릴 때마다 저를 데려가려고 진짜 어머니가 오신 거라고 생각했죠."

클라라는 아직도 몬트리올 노트르담 드 그레이스 가에 있는 자신의 평범한 집 현관에 엘리자베스 여왕이 서 있는 모습을 상상했던 기억이 눈에 선했다. 이웃들은 왕관을 쓰고 보라색 예복을 걸친 여왕을 보려고 목을 길게 빼고 있었다. 그리고 여왕은 핸드백을 들고 있었다. 클라라는 여왕이 그 속에 무엇을 넣고 다니는지 알았다. 바로 자신의 사진과 자신을 집으로 데려갈 비행기 표가 분명했다.

"하지만 다 크면 그런 생각은 안 하니까." 피터가 말했다.

"맞아." 클라라는 조금 거짓말을 했다. "하지만 다른 판타지가 그 자리를 차지하지."

"오, 제발. 이성애 판타지는 저녁 식사 자리에 어울리지 않아." 가브리가 말했다.

그러나 클라라의 판타지는 섹스와는 전혀 관련이 없는 것이었다.

"그게 문제입니다. 어린 시절에는 모두 자신만의 세계를 구축하기 마련이죠. 카우보이 놀이나 우주 비행사, 왕자와 공주 같은 거 말입니다." 가마슈가 말했다.

"내 판타지를 말해 줄까요?" 가브리가 제안했다.

"오, 하느님, 제발. 차라리 이 집을 폭파하고 말지." 루스가 말했다.

"나는 이성애자가 되기를 바랐어요."

간단하고도 충격적인 말이 그들이 형성한 원 한가운데에 내려앉았다.
"나는 유명해지는 꿈을 꿨지." 루스가 침묵을 깨고 말했다. "그리고 예뻐지는 상상도."
"난 백인이 되기를 바랐어." 머나가 말했다. "그리고 날씬해지길."
피터만 침묵을 지켰다. 그는 어릴 때 어떤 판타지를 품고 있었는지 도통 기억이 나지 않았다. 그는 현실에 부대끼느라 마음을 지나치게 썼다.
"그러면 당신은?" 루스가 가마슈에게 물었다.
"부모님을 구하는 모습을 상상했죠." 그는 거실 창문 밖을 바라보던 꼬마를 기억해 냈다. 그 꼬마는 소파 등받이에 몸을 기대고 거친 천 위에 뺨을 대고 있었다. 가끔 겨울 바람이 불 때면 그는 여전히 뺨에 거칠거칠한 감촉을 느꼈다. 부모님이 저녁 식사를 하러 갈 때마다 그는 자동차 헤드라이트를 기다리며 어둠 속을 바라보았다. 그리고 부모님은 매일 밤 돌아왔다. 하루만 빼고.
"우린 저마다 판타지가 있어요. CC라고 다를까요?" 머나가 말했다.
"다른 점이 하나 있습니다. 당신은 여전히 날씬한 백인이 되고 싶습니까?" 가마슈가 말했다.
머나는 진심으로 웃었다. "절대 아니에요. 이제 그런 생각은 절대 안 해요."
"이성애자가 되는 건요?" 그가 가브리에게 물었다.
"올리비에가 절 죽이려고 할걸요."
"결국, 어린 시절의 판타지는 사라지거나 다른 것으로 대체됩니다. 하지만 CC의 경우에는 아니었습니다. 그게 다른 점입니다. 그녀는 그 사실을 믿었던 것 같았고, 심지어 드 푸아티에라는 성을 고르는 지경까지 그 규모를 확장했습니다. 우리는 그녀의 진짜 이름이 무엇인지조차 모릅니다."

"난 그녀의 부모님이 누구였는지 궁금한데요?" 가브리가 말했다. "그녀는 사십 대 후반이죠? 그러면 부모님이 적어도 칠십 대는 됐을 거예요. 당신처럼요." 가브리가 루스에게 고개를 돌리자 그녀는 잠시 기다리다 입을 열었다.

"오래전에 죽어 다른 도시에 묻혔나니
내 어머니는 아직 나를 포기하지 않았다네."

"시구인가요?" 루스가 낭독을 끝내자 가마슈가 물었다. 친숙하게 들리는 구절이었다.
"그렇게 생각하시나?" 루스가 으르렁대며 말했다.

"죽음이 우리를 갈라놓는 날이 오면
용서받은 자와 용서하는 자는 다시 만나게 되리
과연 그렇게 될까, 아니면 언제나처럼 너무 늦어 버렸을까?"

"오, 하느님, 감사합니다. 하루라도 당신 시가 없는 밤은 상상할 수 없어요." 가브리가 말했다. "제발, 계속해요. 아직 자살 충동이 충분히 생기지 않았어요."
"당신의 시는 놀랍습니다." 가마슈가 말했다. 루스는 가브리가 한 모욕보다 그의 칭찬에 더 진저리 치는 것처럼 보였다.

"꺼져 버려." 그녀는 가마슈를 밀치고 문가로 향했다.

"할망구가 난처해하네요." 가브리가 말했다.

가마슈는 그 시를 어디서 들었는지 기억났다. 이 사건을 처음 수사하러 오는 길에 차 안에서 읽었다. 그는 신중하게 비디오 플레이어에서 테이프를 꺼냈다.

"고맙습니다." 그는 클라라와 피터에게 말했다. 보부아르 경위에게 가 봐야겠습니다. 포트폴리오 남은 게 있습니까?" 그가 클라라에게 물었다. "한 부 가져가고 싶은데요."

"그럼요." 그녀는 그를 스튜디오에 있는 잔뜩 어질러진 책상으로 데려갔다. 그녀는 램프를 켜고 책상에 쌓여 있는 종이 뭉치를 뒤지기 시작했다. 그는 그녀를 바라보다가 책상 아래 놓여 있는 책꽂이 속에 무언가 빛나고 있는 것을 발견하고 눈을 커다랗게 떴다. 그는 그 자리에 잠시 가만히 서 있었다. 만일 자신이 움직이기라도 하면 그 물건이 날아가 버릴 것 같아 겁이 날 지경이었다. 그는 조용히 물건을 향해 슬금슬금 다가갔다. 그는 움직이면서 주머니에 손을 넣어 손수건을 꺼냈다. 손을 흔들림 없이 똑바로 뻗어 손수건으로 세심하게 물체를 감싼 다음 놓여 있는 곳에서 들어 올렸다. 손수건을 사이에 두고도 거의 온기가 전해졌다.

"아름답지 않아요?" 그가 물러나 그 물체를 램프 아래에 비추자 그녀가 말했다. "피터가 크리스마스 선물로 준 거예요."

가마슈는 손안에 타오르는 구체를 들고 있었다. 표면에는 어떤 풍경이 그려져 있었다. 가지마다 눈이 높이 쌓인 소나무 세 그루였다. 아래쪽에는 '노엘'이라는 글이 적혀 있었고, 그 아래에는 아주 희미하게 다른 글자가 적혀 있었다. 한 개의 알파벳 대문자였다.

L.

가마슈는 '리 비앙'볼을 찾았다.

피터 모로는 진퇴양난의 처지에 처한 것처럼 보였고, 실제로 구석에 몰려 있었다. 질문을 받은 클라라는 이 아름다운 장식품이 피터가 처음으로 사 준 크리스마스 선물이라고 행복한 듯 당당하게 말했다. 그녀는 작년까지 몹시 가난한 처지여서 크리스마스 선물을 사지 못했다고 설명했다.

"아니면 싸구려 선물이나 주고받았겠지." 루스가 말했다.

"이건 어디서 났습니까?" 가마슈가 물었다. 그의 목소리는 공손했지만 단호하게 대답을 요구했다.

"잊어버렸습니다." 그는 이렇게 말을 꺼냈다가 가마슈의 단호한 눈을 보고 마음을 바꿨다. "당신한테 뭔가 사 주고 싶었는데," 피터가 클라라를 돌아보며 설명을 하려 애썼다.

"그런데?" 클라라는 이 대화가 어떻게 흘러갈지 알 수 있었다.

"어, 윌리엄스버그에 쇼핑하러 차를 몰고 가고 있었는데······."

"북부의 파리라고 하는 곳이야." 가브리가 머나에게 설명했다.

"상점가로 유명하지." 머나가 동의했다.

"······그러다가 쓰레기장을 지나쳤는데······."

"쓰레기장?" 클라라는 소리쳤다. "쓰레기장이라고 했어?"

개 루시가 클라라가 낸 목소리 주파수에 기분이 상해 클라라의 다리 사이로 꿈틀꿈틀 기어 들어갔다.

"조심하라고. 산산조각 낼 것 같군." 루스가 말했다.

"쓰레기장이란 말이지." 클라라는 목소리를 낮추면서 고개를 숙이고 피터를 노려보았다. 피터는 아까 루스가 바랐던 것처럼 차라리 집이 폭발해 버리기를 바랐다.

"쓰레기통 탐험계의 자크 쿠스토께서 또 보물을 발견하셨나 보네." 가브리가 말했다.

"이걸 발견했다고요?" 가마슈는 '리 비앙'볼을 들어 보였다. "윌리엄 스버그 쓰레기 하치장에서요?"

피터는 고개를 끄덕였다. "그냥 재미 삼아 뒤적거리던 중이었습니다. 그날은 날씨가 온화해서 모조리 얼어붙지는 않았어요. 그리 오래 머물지는 않았는데 그게 딱 눈에 들어왔습니다. 왜인지는 아실 겁니다. 고작 램프 불빛 아래서도 저렇게 빛나는데, 대낮의 밝은 햇빛 아래에서는 어떻게 보일지 상상하실 수 있을 겁니다. 마치 봉화 같았어요. 나를 부르고 있었다니까요." 그는 이 설명이 효과가 있는지 알아보려 클라라를 바라보았다. "제가 그걸 찾도록 되어 있던 것 같았습니다. 운명이었어요."

그녀는 아직 자신의 선물의 신성함에 대해 납득하지 못하는 듯했다.

"그때가 언제였습니까? 가마슈가 물었다.

"기억이 안 납니다."

"기억해 내십시오, 모로 씨." 사람들이 모두 가마슈를 바라보았다. 이 남자는 덩치가 더욱 커진 것처럼 보였고, 이제는 루스 자도마저 입을 다물게 하는 권위와 고집을 내뿜었다. 피터는 잠시 생각에 잠겼다.

"크리스마스 며칠 전이었습니다. 알겠어요. 당신 책 출간 기념 행사 다음 날이었어요." 그가 루스에게 말했다. "십이월 이십삼일. 클라라는 집에 있었는데, 제가 크리스마스 쇼핑을 하는 동안 루시와 산책을 했는지도 모르겠습니다."

"크리스마스 쓰레기 감별이었겠지, 안 그래?" 클라라가 말했다.

피터가 한숨을 쉬며 입을 다물었다.

"그건 쓰레기 처리장 어디에 있었습니까?" 가마슈가 물었다.

"바로 가장자리에요. 마치 누가 그 자리에 놓고 간 것 같았습니다. 던져 놓은 것도 아니었고요."

"다른 것은 찾지 못했습니까?"

가마슈는 피터가 거짓말을 하고 있는지 면밀히 관찰했다. 피터는 고개를 흔들었고, 가마슈는 그를 믿었다.

"그게 뭔데요? 그렇게 중요한 건가요?" 머나가 물었다.

"이건 '리 비앙'볼이라고 합니다." 가마슈가 말했다. "그리고 CC의 소유였죠. 그녀는 자신의 영적인 철학 체계를 여기에 맞춰 세웠습니다. 그녀의 책에서 묘사한 것과 똑같이 생겼습니다. 그리고 이게 어머니에게서 물려받은 유일한 물건이라고 하더군요. 사실 그녀의 어머니가 이 그림을 그렸다고도 했습니다."

"소나무 세 그루가 그려져 있는데요." 머나가 말을 받았다.

"그리고 이니셜도 L이야." 클라라가 말했다.

"그래서 CC가 여기로 이사를 온 거구나." 가브리가 말했다.

"왜?" 피터는 자신에게 직면한 문제 속에서 허우적대고 있어서 대화에 제대로 집중할 수가 없었다.

"스리 파인스?" 가브리는 창가로 걸어가 손짓으로 밖을 가리켰다. "스리 파인스. 스리 파인스?"

"스리 파인스를 세 번 말했군." 루스가 말했다. "뒤꿈치를 세 번 부딪

처야지, 도러시「오즈의 마법사」에서 동쪽의 마녀가 신고 있던 루비 구두. 이 구두를 신고 뒤꿈치를 세 번 부딪치며 가고 싶은 곳을 말하면 그곳으로 데려다준다."
"우린 더 이상 캔자스에 있지 않아요." 가브리가 말했다. "아니에요?" 그가 피터에게 간절히 물었다.
"스리 파인스." 피터는 이렇게 말하고는 결국 이해했다. "CC의 어머니가 이곳 출신인가?"
"그리고 그녀의 이니셜은 L이고." 머나가 말했다.

에밀리 롱프레는 침대에 누워 있었다. 아직 10시도 되지 않은 이른 시간이었지만 그녀는 피곤했다. 책을 집어 들고 읽어 보려 했지만 책을 들고 있는 손만 무거울 뿐이었다. 그녀는 이야기를 다 읽고 결말이 어떻게 되는지 알고 싶어서 책을 고생 고생 들고 있었다. 책을 다 읽는 데 시간이 부족하지는 않을까 걱정하면서.
이제 하드커버 책은 그녀의 허벅지를 무겁게 눌렀다. 데이비드를 잉태하고 있을 때와 조금 비슷한 느낌이 들었다. 그녀는 그때도 바로 이 침대에 누워 있었다. 거스는 자신의 옆에서 크로스워드 퍼즐을 풀며 혼잣말을 중얼거렸다. 그리고 그녀의 배 속에는 아기가 있었다.
그리고 이제 자신의 곁에는 오직 책 한 권뿐이었다. 아니, 그녀는 정신을 차렸다. 단지 책 한 권만이 아냐. 비랑 케이도 있어. 그들 역시 자신과 함께 있었고 마지막 순간까지 그러할 터였다.
엠은 활자로 가득한 무거운 책이 자신의 배 위에서 오르락내리락하는 모습을 바라보았다. 그녀는 책갈피를 내려다보았다. 절반 정도 읽은 상태였다. 이제 고작 절반이군. 에밀리는 다시 책을 들었다. 이번에는 양

손으로 책을 잡고 조금 읽어 나가며 이야기에 몰두했다. 그녀는 해피 엔딩이기를 바랐다. 주인공 여자가 사랑과 행복을 찾기를. 아니면 자기만이라도 찾을 수 있기를. 그거면 충분해.

엠은 책을 덮고 눈을 감았다.

비 '어머니'는 미래를 볼 수 있었고, 미래는 그리 밝아 보이지 않았다. 미래는 좋았던 적이 없었다. 그녀에게는 아무리 좋을 때라 할지라도 최악을 보고야 마는 재능이 있었다. 자신에게 좋은 결과를 내놓지 못하는 것도 일종의 자질이었다. 미래의 잔해 속에서 살면 현재의 즐거움을 빼앗기는 게 확실했다. 그녀가 두려워하던 것들이 실제로는 거의 일어나지 않았다는 점이 유일한 위안거리였다. 비행기가 사고가 일어난 적도, 엘리베이터가 곤두박질친 적도, 다리가 무너진 적도 없었다. 남편이 자신을 떠났을 때는 그러저럭 버틸 만했지만 사실 그것은 재앙이라고 할 수 없었다. 어떤 사람은 그것을 두고 자기 충족적인 예언이라고 할지도 몰랐다. 자신이 그를 내쫓았으니까. 그는 항상 자신들의 관계가 삼각관계라고 투덜대곤 했다. 베아트리스와 그, 그리고 하느님. 하나는 떠나야 했다.

그리 힘든 결정은 아니었지.

이제 비 '어머니'는 부드럽고 따뜻한 플란넬 시트의 품에서 두툼한 이불로 자신의 통통한 몸을 덮고 침대 속에 아늑하게 누워 있었다. 그녀는 남편보다는 하느님을 선택했지만, 남편보다는 따뜻한 이불을 선택했다는 점 역시 진실이었다.

이곳이야말로 전 세계에서 자신이 가장 좋아하는 장소였다. 안전하고 평화로운 자신의 침대 속. 왜 잠을 이룰 수 없지? 왜 더 이상 명상을 할 수 없지? 왜 심지어 음식을 먹을 수조차 없는 거지?

케이는 침대에 누워 참호 속에서 자신을 둘러싼 젊고 겁에 질린 보병들에게 명령을 내리고 있었다. 그들의 납작하고 얇은 철모는 머리에 비뚜름하게 걸려 있었고, 그들의 얼굴은 오물과 거뭇거뭇 난 수염으로 지저분했다. 자신은 이번이 처음이자 마지막 돌격이라는 사실을 알았지만 그들에게 말해 주지 않기로 결정했다. 대신 자신은 그들을 고무시키는 연설을 했다. 때가 되면 자신이 가장 먼저 참호에서 뛰쳐나가 룰 브리타니아영국의 비공식 국가. 제국주의적인 요소가 있어 현재에는 그리 많이 불리지 않는다를 소리 높여 선창하겠다고.

그들은 곧 전부 죽을 거야. 케이는 평생 엄마 배 속에 든 아기처럼 겁쟁이로 지내 온 사실이 부끄러워 몸을 웅크려 단단하게 말았다. 아버지의 명백한 용기와는 극명한 대조를 이루었다.

"미안해." 피터가 1백 번째 그 말을 했다.
"당신이 쓰레기장에서 그걸 주워 와서가 아냐. 내게 거짓말을 해서지." 클라라는 거짓말을 했다. 그가 그 빌어먹을 물건을 쓰레기장에서 주워 왔기 때문이었다. 다시 한 번 그는 크리스마스 선물로 자신에게 쓰레기를 준 것이다. 자신들이 선물을 살 여유가 없었을 때는 중요한 문제가 아니었다. 자신은 그에게 뭔가를 만들어 주곤 했다. 자신은 손재주가 좋았기 때문에. 그리고 그는 쓰레기통을 뒤지곤 했다. 그는 손재주가 없었기 때문에. 그리고 두 사람 모두 서로의 선물을 좋아하는 척했다.

그러나 이제는 사정이 달랐다. 그들은 이제 선물을 살 수 있었지만 그는 여전히 쓰레기장에서 쇼핑을 했던 것이다.

"미안해." 그는 그 말만으로는 충분하지 않다는 사실을 알고 있었지만 어떤 말을 해야 할지 몰랐다.

"됐어."

그는 자신이 그리 현명한 행동을 하지 못했다는 사실을 알 만큼은 현명했다.

가마슈는 보부아르 옆에 앉았다. 열은 이미 내렸지만 그는 뜨거운 물주머니를 하나 더 가져왔다. 방에서 물주머니를 하나 발견한 가마슈는 다른 하나는 어떻게 됐을지 궁금했다. 이제 그는 자리에 앉아, 때때로 장기를 바라보고 때때로 허벅지에 놓인 무거운 책을 읽었다.

그는 그저 무엇을 좀 확인하려 「이사야서」를 훑어본 다음 「시편」을 펼쳤다. 그는 비앤비로 돌아와 교구 신부에게 전화를 걸었고, 네롱 신부는 그에게 출처를 알려 주었다.

"크리스마스이브에 볼 수 있어서 반가웠어요, 아르망." 네롱 신부가 말을 꺼냈고, 가마슈는 잠자코 기다렸다. "그리고 손녀딸도요. 렌 마리를 꼭 빼닮았더군요. 운도 좋지." 가마슈는 계속 기다렸다. "온 가족이 함께 모여 있으니 얼마나 보기 좋습니까. 당신만 지옥으로 떨어져 다른 가족과 영생을 보내지 못할 거라는 사실이 얼마나 안타까운지." 짜잔.

"다행스럽게도, 몽 페르mon père 신부님, 가족들도 지옥에 갈 겁니다."

네롱 페르Père 신부는 웃었다. "내 말이 맞다면 당신은 매주 교회에 오지 않으니 당신의 불쌍한 영혼을 위험에 빠뜨리는 행동이 아니겠습니까?"

"그렇게 되면 당신의 쾌활한 직장이 영원히 그리워지겠죠. 마르셀."
"무엇을 도와줄까요?"
가마슈는 용건을 말했다.
"「이사야서」가 아닙니다. 「시편」 사십육 편이지. 정확히 몇 절인지는 몰라요. 내가 가장 좋아하는 구절 중 하나지만, 사실 신부들에게는 그리 인기가 없죠."
"왜 그렇습니까?"
"음, 생각해 봐요, 아르망. 모든 사람이 주님께 다가가기 위해 필요한 게 그저 멈춰 있는 거라면 누가 나를 필요로 하겠습니까?"
"그 구절이 옳다고 생각하십니까?"
"그렇다면 당신과 나는 영원히 만나겠죠. 그러기를 바랍니다."
이제 가마슈는 「시편」을 읽었다. 가끔 반달형 안경 너머로 보부아르를 바라보기도 하면서. 왜 '어머니'는 이 구절이 「이사야서」에 있다고 거짓말을 했을까? 그녀는 이 사실을 알고 있음이 분명했다. 그리고 그녀는 왜 그 구절을 틀리게 인용하여 마음을 가라앉혀라. 그리고 내가 하느님임을 알라라고 비 캄 센터 벽에 적어 놓았는지가 더욱 주목해야 할 점이었다.
"제가 심하게 앓았었나요?"
가마슈는 고개를 들어 보부아르가 명민한 눈으로 웃으며 자신을 바라보고 있는 모습을 보았다.
"내가 애도하는 건 자네 몸이 아니라 자네의 영혼이라네, 친구."
"그곳에 진리가 있습니다, 주교님." 보부아르는 힘겹게 팔꿈치를 짚고 일어났다. "제가 얼마나 사악한 꿈을 꾸었는지 믿지 못하실걸요. 니콜 형사가 제 옆에 있는 꿈까지 꾸었지 뭡니까." 그는 목소리를 낮춰 고백했다.

"상상의 나래를 펼쳐 보게나." 가마슈가 말했다. "좀 나아 보이는군."
그는 자신의 차가운 손을 보부아르의 차가운 이마에 갖다 댔다.

"한결 낫군요. 지금 몇 시죠?"

"자정이네."

"가서 주무세요, 경감님. 전 괜찮습니다I'm Fine."

"개판 쳤다, 위태롭고, 전전긍긍하며, 자기중심적이다?"

"제 다음 수행 평가서 내용이 아니기를 바랄 뿐입니다."

"아니, 그건 시의 한 구절이네."

보부아르는 녹초가 되어 다시 안락한 침대 속으로 가라앉으며 생각했다. 그게 시라면 나도 시라는 걸 좋아할 수 있겠는데.

"왜 성경을 읽고 계셨습니까?" 그는 이미 반쯤 잠든 채 웅얼거렸다.

"'어머니'의 명상 센터에 적힌 글귀야. 「시편」 사십육 편 십 절. 원래는 이런 구절이지. 멈추어라Be Still. 그리고 내가 하느님임을 알라."

보부아르는 그 목소리와 생각에 위로를 받으며 잠에 빠져들었다.

23

침대 옆에 놓인 시계는 5시 51분을 가리키고 있었다. 아직 어두웠고, 잠시 동안은 계속 그럴 터였다. 가마슈는 살짝 열린 창문 틈으로 들어오는 신선하고 차디찬 공기를 얼굴에 느끼며 따뜻한 이불을 덮고 누워 있었다.

일어날 시간이었다.

그는 샤워를 하고 싸늘한 방 안에서 재빨리 옷을 입었다. 흰색 벽으로 둘러싸인 방 안에는 짙은 색 목재 가구와 푹신한 깃털 침구가 갖춰져 있었다. 방 안은 우아했고, 어떤 의미에서는 지나치게 매력적이었다. 가마슈는 비앤비의 어두운 계단을 살금살금 내려가 아래층으로 향했다. 가져온 옷 중에서 가장 따뜻한 옷을 입은 후, 그 위에 커다란 파카를 걸쳤다. 어젯밤 돌아왔을 때 그는 털모자를 아무렇게나 벗어 던지고 벙어리장갑을 파카 소매 속에 밀어 넣어 두었고, 이제 오른팔을 파카 속에 쑤셔 넣자 소매가 막혀 있었다. 익숙한 동작으로 힘껏 밀치자 막혀 있던 소매에서 벙어리장갑에 이어 털모자 방울이 튀어나왔다. 출산의 한 장면 같았다.

밖에 나가서 걷기 시작하자 그의 발이 눈 위에서 사각사각 소리를 냈다. 바람 한 점 없이 부서질 듯 바삭바삭한 아침이었지만, 가마슈는 일기예보가 실제로 정확할 것 같다고 생각했다. 이날도 퀘벡의 겨울철 표준 날씨처럼 추운 하루가 될 터였다. 가마슈는 몸을 앞으로 살짝 굽히고, 머리를 숙이고, 벙어리장갑을 낀 손을 뒷짐 지고 걸었다. 그는 걸으면서 용의자와 단서 모두 골칫거리인 이 당혹한 사건에 대해 고심했다. 결빙 방지액 웅덩이, 니코틴산, 〈겨울의 라이온〉, 부스터 케이블, 「시편」 46편 10절, 그리고 오래전에 연락이 끊긴 어머니. 그녀의 어머니야말로 그가 아직까지 들춰 보지 않은 유일한 단서였다. CC는 이틀 전에 사망했고, 그는 정말로 깨달음의 순간이 필요했다.

겨울이라고는 해도 밤이 칠흑 같지는 않았다. 바닥에 쌓인 눈이 반짝이고 있었기 때문이다. 그러나 커먼스 길을 걸으며 생각이 어둠 속에 빠졌다. 그는 마을 사람들이 잠자고 있는 집들을 터덜터덜 지났다. 굴뚝에서는 연기가 똑바로 솟아오르고 있었다. 상점들은 모두 불이 꺼져 있었지만, 사라의 불랑제리 지하실에서는 크루아상이라도 굽는 듯 불빛이 새어 나오고 있었다.

가마슈는 이 고요한 마을의 놀랄 만한 정적과 안락함 속에서 계속 돌았다. 단단하게 다져진 눈 위에서 그의 발자국 소리가 뽀드득거렸고, 그의 숨소리는 귓가에서 크게 울려 퍼졌다.

저 집들 중 한 곳에 CC의 어머니가 잠들어 있을까? 그녀는 단잠에 빠져 있을까? 아니면 폭력에 여념이 없는 침입자처럼 찾아온 양심의 가책 때문에 쉬이 잠을 이루지 못하고 있을까?

CC의 어머니는 누구일까?

CC는 그녀를 찾아냈을까?

어머니는 CC가 찾기를 바라고 있었을까?

CC가 어머니를 찾은 동기는 가족이 필요해서였을까, 아니면 다른 좀 더 어두운 목적에서였을까?

그리고 '리 비앙'볼에 대해서는? 누가 그 물건을 버렸을까? 그리고 왜 얼어붙은 쓰레기장에 간단히 버린 다음, 알아볼 수 없도록 조각조각 부수지 않았을까?

다행스럽게도 아르망 가마슈는 수수께끼를 사랑했다. 바로 그때, 마을 광장에서 어두운 형체 하나가 가마슈에게 달려들었다.

"앙리! 비앙 이시Viens ici 이리 오렴." 앙리는 그토록 큰 귀를 가진 개였음에도 그 말이 들리지 않는 것 같았다. 가마슈가 옆으로 비켜서자 매우 신이 난 앙리가 미끄러져 지나갔다.

"데졸레Désolée 미안해요." 에밀리 롱프레가 다가오며 숨을 헐떡거렸다. "앙리, 정말 버릇이 없구나."

"앙리의 놀이 상대로 선택되다니 영광입니다."

앙리가 장난감으로 얼어붙은 개똥 역시 선택한다는 사실을 두 사람 모두 알고 있었으니, 앙리가 친구를 고르는 기준은 그리 높지 않았다. 그런데도 엠은 그의 공손한 태도에 감사의 뜻을 표하려 고개를 살짝 숙였다. 에밀리 롱프레는 퀘벡 사람 중에서도 점점 사라져 가는 부류에 속한 사람, 즉 귀부인이었다. 그들이 사라지는 이유는 떠밀리고 강요당하고 괴롭힘을 당해서가 아니라 그들의 엄청난 품위와 친절 때문이었다.

"아침 산책 중에 사람을 만나는 일은 드물어서요." 에밀리가 말했다.

"지금 몇 시입니까?"

"일곱 시를 막 지났어요."

"함께 산책해도 되겠습니까?"

가마슈가 그녀의 옆에서 보조를 맞추었고, 셋은 커먼스 길을 천천히 걸었다. 가마슈가 무아지경에 빠진 앙리에게 눈 뭉치를 던져 주는 동안,

마을의 창문에는 하나둘씩 불이 켜졌다. 저 멀리 올리비에가 비앤비에서 비스트로로 건너가면서 손을 흔들었다. 잠시 후 비스트로의 창문을 통해 부드러운 빛이 흘러나왔다.
"CC에 대해 얼마나 아십니까?" 앙리가 눈 뭉치를 쫓아 얼어붙은 연못 위를 느릿느릿 미끄러져 가는 모습을 바라보며 가마슈가 물었다.
"그렇게 잘 알지는 못해요. 고작 몇 번 만났을 뿐인걸요."
어둠 속이라 가마슈는 엠의 표정을 읽을 수가 없었다. 그는 불구가 된 기분으로 그녀의 어조에 집중했다.
"저를 만나러 왔었어요."
"왜죠?"
"제가 초대했거든요. 그래서 일주일 후, 어쩌면 그보다 좀 더 지나서 '어머니'의 명상 센터에서 그녀를 만났어요." 에밀리의 목소리에서 유머러스한 기미가 엿보였다. 그녀는 아직도 당시 광경을 그릴 수 있었다. '어머니'의 얼굴은 그녀의 카프탄과 그날의 하늘 색깔처럼 진홍색으로 변해 있었다. 여윈 CC가 정의로운 표정으로 '어머니'가 살아온 인생 전체의 여정을 품평하면서 명상실 한가운데에 서 있었다.
"물론 이해는 할 수 있어요." CC는 '어머니'에게 거들먹거렸다. "당신의 영적인 길은 너무 오래돼서 갱신이 필요해요. 모든 게 퀴퀴해요." 그녀는 비유를 섞어 이야기하더니, 밝은 보라색 명상용 쿠션을 두 손가락으로 집어 들었다. 그 쿠션이 마치 '어머니'의 사상이 비참하게 화석화되었다는 증거이기라도 하다는 듯. 공들여 치장한 계략이었다. "내 말은, 대체 언제부터 보라색이 신성한 색깔이었느냐는 거죠."
'어머니'는 두 손으로 머리를 감쌌고, 입이 말없이 벌어졌다. 그러나

CC는 그 모습을 보고 있지 않았다. 그녀는 고개를 젖혀 천장을 바라보며 두 손을 높이 들고 커다란 소리굽쇠처럼 노래를 흥얼거렸다.

"아니, 이곳에는 영혼이 없어요. 당신의 자존심과 감정이 모두 내쫓아 버렸어. 이런 시끄러운 색깔들 틈바구니에서 신성함이 어떻게 살아남을 수 있겠어요? 당신이 감당하기에는 역부족이지. 신격에 도달하기에는 턱없이 부족해. 그래도 당신은 최선을 다하고 있고, 이곳 타운십스에 명상이라는 걸 도입한 선구자이긴 하니까. 삼십 년 전에……,"

"사십 년 전이야." '어머니'는 드디어 입 밖으로 말을 낼 수 있었지만 목소리는 불안정해 보였다.

"어쨌든. 당신이 뭘 가르쳐 왔든 상관없어요. 어차피 제대로 아는 사람은 없었으니까."

"뭐라고 했지?"

"이곳에 오면서 카르마를 공유할 수 있는 사람을 찾을 수 있길 바랐는데." CC는 한숨을 쉬며 주위를 둘러보았다. 그녀는 환멸감을 표하며 진리를 깨달은 하얗게 표백한 머리를 흔들었다. "뭐, 내 길은 명확하네요. 난 보기 드문 재능을 타고났으니 그 재능을 나눠야 하지 않겠어요? 인도에서 스승님께 배운 가르침을 전파할 명상 센터를 내 집에서 열 작정이에요. 내 회사 이름과 책 제목을 '비 캄'이라고 지었으니, 명상 센터 이름도 그렇게 지어야겠죠. 이 조그만 곳의 이름을 바꿔야겠네요. 사실, 난 여기 문을 완전히 닫을 때가 온 것 같다는 생각이 드는데요."

엠은 CC의 목숨을 걱정했다. '어머니'가 CC의 목을 조를 기력은 아마 충분할 테고, 그녀는 실제로 행동에 나설 것처럼 보였다.

"당신에게서 분노가 느껴져요." CC가 곧바로 무언가 실체가 있는 물건을 움켜잡는 듯한 동작을 취하며 말했다. "아주 해로워요."

"물론, '어머니'는 그녀를 대수롭지 않게 여겼죠." 엠은 당시 상황을 가마슈에게 설명한 다음 덧붙였다.

"하지만 CC는 '어머니'의 명상 센터 이름을 사용할 작정이었습니다. '어머니'에게는 재앙과도 같은 일이었을 텐데요."

"맞아요. 하지만 '어머니'가 그 말을 믿었던 것 같지는 않아요."

"명상 센터 이름이 '비 캄'이죠? 그 구절이 계속해서 등장하는군요. 그건 당신의 컬링 팀 이름이 아닙니까?"

"그 말을 어디서 들으셨어요?" 엠은 웃었다. "오십 년, 어쩌면 육십 년 전에 정한 이름이에요. 고대사에서나 다룰 법할 이야기죠."

"하지만 흥미로운 이야기입니다, 마담."

"그렇게 생각하신다니 기쁘네요. 팀 이름을 그렇게 정한 건 농담이었어요. 우리는 그다지 심각하게 생각하지 않았어요. 이기든 지든 별로 신경 쓰지 않았어요."

그것은 전에도 들은 이야기였지만 그는 그녀의 표현 방식이 어떤지 알고 싶었다.

앙리가 차례대로 발을 하나씩 들어 올리면서 절뚝거렸다.

"오, 불쌍한 앙리. 우리가 너무 오래 나와 있었구나."

"제가 녀석을 안을까요?" 가마슈는 살을 엘 듯한 차가운 눈이 개의 발을 얼릴 수도 있다는 생각을 미처 못한 걸 미안해하며 그렇게 말했다. 이제 가마슈는 지난겨울 다리가 굳어 움직이지 않는 늙은 소니를 들고 집까지 세 블록을 걷느라 악전고투했던 것을 기억했다. 그와 소니 모두 비탄에 젖었었다. 그리고 몇 달 후 수의사가 소니를 안락사시키러 왔을 때 소니를 끌어안고 있었던 기억도 떠올랐다. 그는 냄새나는 늙은 개의 귀에 대고 녀석을 진정시키며 슬픈 기색이 어린 갈색 눈을 바라보았다. 소니는 애정을 담아 누더기가 된 꼬리로 부드럽게 바닥을 한 번 치고 눈을 감았다. 가마슈는 소니의 심장이 마지막으로 뛰는 소리를 듣고 아직 심장이 멈춘 게 아니라고 생각했지만 결국 소니는 떠나고 말았다.

"거의 다 왔군요." 이제 엠의 목소리는 잠겨 있었고, 그녀의 입술과 뺨은 차갑게 얼기 시작했다.

"제가 식사를 대접해도 될까요? 이 대화를 마저 끝내고 싶군요. 비스트로에서 식사를 하시면 어떻겠습니까?"

에밀리 롱프레는 잠시 주저하다가 수락했다. 그들은 앙리를 집에 데려다 놓고, 새벽 공기를 뚫고 올리비에의 비스트로로 향했다.

"주아이요 노엘Joyeux Noël 메리 크리스마스." 젊고 잘생긴 웨이터가 가마슈에게 인사하며 불을 갓 지핀 벽난로 옆 탁자로 안내했다. "다시 뵙게 되어 반갑습니다."

가마슈는 엠에게 의자를 빼 준 후, 그 젊은이가 카페라테를 준비하러 카푸치노 머신으로 향하는 모습을 바라보았다.

"필립 크로프트군요." 엠이 그의 시선을 좇아 말했다. "좋은 아이죠."

가마슈는 반색했다. 크로프트네 아들. 지난 사건 수사 중 필립을 만났을 때는 그리 호감이 가는 청년이 아니었다.

아직 8시밖에 안 된 때라, 둘이 비스트로를 독점하고 있었다.

"이렇게 한적한 적은 드물어요, 경감님." 엠이 메뉴를 살피며 말했다.

그녀의 머리카락은 털모자를 벗으면서 생긴 정전기 때문에 곤추서 있었다. 하지만 그의 머리카락 역시 마찬가지였다. 두 사람 모두 약간 놀란 듯 서로를 바라보았다. 이제 그들은 커피를 마시며 온몸에 퍼져 나가는 온기를 느꼈다. 얼굴이 발그레해지면서 얼어붙은 뺨이 녹기 시작했다. 갓 내린 커피의 향이 새로 지핀 난롯불의 연기 냄새와 어우러져, 세상이 아름답고 바르게 느껴졌다.

"여전히 오늘 아침에 컬링 수업을 받고 싶으신가요?" 가마슈는 약속을 잊지 않았고, 그 수업을 고대했다.

"너무 춥지만 않다면요."

"오늘 오전이라면 완벽할 거예요. 하늘을 봐요." 그녀는 창문 밖을 고갯짓했다. 하늘은 태양이 막 떠오르면서 은은한 빛으로 반짝였다. "맑고 추워요. 오후가 되면 죽을 만큼 추워지겠죠."

"계란과 소시지 요리가 어떠세요?" 필립이 주문서를 들고 그들 바로 옆에 섰다. "소시지는 무슈 파제의 농장에서 가져온 거예요."

"아주 훌륭한 소시지랍니다." 엠이 알려 주었다.

"먼저 주문하시겠습니까?" 가마슈는 그녀에게 주문 순서를 양보했다.

"난 소시지를 좋아하긴 하지만, 얘야 필립, 내 나이에는 조금 부담스러울 것 같은데. 무슈 파제가 아직도 등심 베이컨을 가져다주니?"

"매 위Mais oui 네. 물론이죠. 직접 훈제한 베이컨이에요, 마담 롱프레. 퀘벡에서 제일일 거예요."

"메르베이유Merveilleux 훌륭해. 이렇게 호사스러울 수가." 그녀는 진정으로 즐거워하며 탁자 건너 가마슈에게 몸을 기울였다. "난 수란 하나랑 사라네 바게트 한 조각, 그리고 가장 좋은 베이컨으로 부탁해."

"크루아상은요?" 필립은 장난스럽게 그녀를 바라보았다. 옆 가게와 연결된 문이 활짝 열려 있어 크루아상을 굽는 냄새가 이곳까지 풍겼다.

"그럼 하나 먹으마."

"무슈는요?"

가마슈가 주문을 마치고 몇 분 지나지 않아 소시지와 프렌치토스트가 담긴 접시가 도착했다. 그의 옆에는 인근에서 생산된 메이플 시럽이 담긴 단지가 놓였고, 김이 모락모락 나는 크루아상과 직접 만든 잼 병이 담긴 바구니가 그릇들 사이에 자리 잡았다. 두 사람은 활기차고 따뜻하게 타오르는 벽난로 앞에서 음식을 먹으며 이야기를 나누었고, 마지막으로 커피를 홀짝였다.

"그래서 CC에 대해 어떻게 생각하십니까?"

"아주 외로운 여자라는 생각이 들었어요. 참 안됐어요."

"다른 사람들은 그녀를 대단히 이기적이고 옹졸하며 사람들의 마음을 상하게 하는 여자로 묘사하더군요. 솔직히 조금 멍청하다고도 하고요. 그 사람들의 의견에는 동의하지 않으십니까?"

"물론 맞는 말이에요. 그녀는 지독하게 불행한 데다 그 화풀이를 다른 사람에게 하는 사람이죠. 다들 그렇지 않나요? 다른 사람이 행복하면 견딜 수 없어 하고요."

"하지만 그녀를 집에 초대하지 않으셨습니까?"

이것이야말로 그가 그녀와 함께 산책을 하던 때부터 묻고 싶었던 말이었다. 그러나 그녀의 표정을 살펴야 했기에 참아야 했다.

"나는 평생 끔찍이도 불행하게 살았어요." 그녀가 조용한 목소리로 말했다. "당신은 어떤가요, 경감님?"

그가 예상했던 대답이 아니었다. 그는 고개를 끄덕였다.

"그럴 거라고 생각했어요. 나는 그런 경험을 겪고도 살아남은 사람들은 다른 사람을 도와야 할 책임이 있다고 생각해요. 구원받은 우리가 다른 사람을 못 본 척할 수는 없죠."

실내는 극도로 고요해졌고, 가마슈는 자신이 숨을 참고 있다는 사실을 깨달았다.

"무슨 말씀인지 알겠습니다, 마담. 그리고 그 말에 동의합니다." 그는 결국 입을 열었다. 이어서 부드럽게 물었다. "당신이 겪은 슬픔에 대해 이야기해 주시지 않겠습니까?"

그녀는 그의 눈을 바라보았다. 이내 카디건 주머니에 손을 넣어 휴지 뭉치와 다른 무언가를 꺼냈다. 그녀는 휴지 틈바구니에서 휴지 찌꺼기가 잔뜩 묻은 여기저기 갈라진 흑백사진을 집어 테이블 위에 내려놓고 숙달된 손놀림으로 사진을 깨끗하게 쓸었다.

"이쪽은 내 남편 거스, 이 애는 아들 데이비드랍니다."

키가 큰 남자가 멋쩍은 젊은이의 어깨에 팔을 올려놓고 있었다. 아니, 젊은이라기보다는 소년에 가까웠다. 10대로 보이는 그 소년은 텁수룩한 머리를 하고 옷깃이 넓은 코트를 입고 있었다. 그가 매고 있는 타이 역시 그들 뒤에 있는 자동차만큼이나 넓었다.

"1976년 크리스마스 직전이었어요. 데이비드는 바이올리니스트였죠. 아니, 사실은 딱 한 곡만 연주했지만." 그녀는 웃음을 터뜨렸다. "사실 굉장히 훌륭한 연주였어요. 그 애는 어렸을 때, 막 갓난아기 시절을 벗어났을 때부터 그 곡을 듣고 자랐죠. 거스랑 나는 스테레오 전축에 음반을 걸어 놓았는데, 그 애가 하던 일을 멈추더니 바로 그 앞으로 다가오는 게 아니겠어요. 그러고는 그 곡만 반복해서 틀었답니다. 그 애는 말을 떼자마자 바이올린을 사 달라고 했어요. 물론 농담인 줄 알았죠. 하지만 농담이 아니었어요. 하루는 그 애가 지하실에서 연습을 하고 있는 소리를 들었어요. 음정도 불안했고 끽끽거렸지만 분명 그 곡이었어요."

가마슈는 손과 발에 몰려 있던 피가 심장으로 달음박질해 심장을 쥐어짜는 듯한 기분을 느꼈다.

"데이비드는 독학으로 그 곡을 연습했어요. 여섯 살 때 일이었죠. 데이비드는 다른 곡을 절대로 연주하려 하지 않았기 때문에 선생조차 결국 그 애를 포기하고 말았어요. 딱 한 곡만 연주했죠. 고집 센 아이였어요. 친가 쪽 기질을 물려받았죠."

"어떤 곡이었습니까?"

"차이코프스키 〈바이올린 협주곡 D장조〉요."

가마슈는 그 곡이 기억나지 않았다.

"데이비드는 평범한 십 대 아이였어요. 아이스하키 팀에서 골리를 맡았고, 고등학교에 다니는 거의 내내 차트랜드 집안의 여자애랑 사귀었죠. 몬트리올 대학에서 산림 관리학을 공부하고 싶어 했어요. 사랑스러운 아이였지만 특별한 아이는 아니었죠. 그 재능만 빼고는요."

눈을 감은 그녀는 잠시 후 한 손을 들어 올려 푸른색 혈관이 비치는 가냘픈 손목을 드러냈다. 그 손은 앞뒤로 불안정하게 움직였다. 음악이 환영처럼 그들 사이를 채우다가 탁자를 감쌌고, 결국에는 비스트로 전체를 가득 메웠다. 가마슈는 그 음악을 들을 수 없었지만 상상할 수 있었다. 엠은 분명히 그 음악을 듣고 있으리라.

"운이 좋은 아이였군요. 열정을 쏟을 곳이 있었으니 말입니다." 그가 조용히 말했다.

"바로 그거예요. 만일 제가 하느님을 만나지 못했다면 그 곡을 연주하는 그 애의 표정을 보고 신성함이란 이런 것라고 깨달았을 거예요. 그 애는 축복받은 아이였어요. 덩달아 우리도 그런 셈이었죠. 하지만 난 그 애가 그 상태에서 더 나아갈 계획은 없었을 거라고 생각해요. 하지만 그 일이 일어났죠. 크리스마스 기말고사가 끝나고 집에 오면서 안내문 한 장을 가져왔어요. 그 애가 다니던 리세Lycée 고등학교에서는 매년 음악 경연 대회를 열었죠. 위원회에서는 그해의 연주곡 하나를 선정했죠. 그해에는," 그녀는 턱으로 사진을 가리켰다. "차이코프스키 〈바이올린 협주곡 D장조〉였어요. 데이비드는 흥분해서 이성을 잃을 지경이었어요. 대회는 십이월 십오일에 가스페에서 열렸죠. 거스가 그 애를 태워다 주기로 했고요. 기차나 비행기를 탈 수도 있었지만, 거스는 데이비드와 둘만의 시간을 보내고 싶어 했어요. 십 대 애들이 어떤지 아실 테죠? 데이비드는 전형적인 열일곱 살 난 남자아이였어요. 감정 표현이 서툴렀죠. 거스는 저만의 방식으로 아들에게 자신이 그 애를 사랑한다는 걸, 무엇이든지 다 해 주겠다는 사실을 알려 주고 싶었던 거예요. 이 사진은 두 사람이 떠나기 직전에 찍은 거랍니다."

엠은 사진을 내려보며 나무 탁자 위에서 손가락을 천천히 사진으로 가져갔지만 바로 앞에서 멈췄다.

"데이비드는 대회에서 이등을 했어요. 상당히 흥분해서 전화를 했죠." 그녀는 여전히 얼마나 행복한지 표현할 수 없다는 듯 몰아쉬는 아들의 가쁜 숨소리를 들을 수 있었다. "두 사람은 남아서 다른 참가자의 연주를 들을 생각이었지만 날씨를 보아하니 폭풍이 닥칠 것 같은 거예요. 그래서 바로 돌아오라고 두 사람을 설득했죠. 나머지는 짐작하실 수 있을 테죠. 아름다운 날이었어요. 마치 오늘처럼. 맑으면서도 추운 날이었어요. 하지만 지나고 보니 너무 춥고, 너무 밝은 날이었어요. 빙판 때문이었다고 그러더군요. 그리고 태양이 거스에게는 눈이 부셨나 봐요. 너무 밝은 날이었어요."

24

"그래서 누가 CC의 어머니라는 겁니까?" 보부아르가 물었다. 그들은 수사본부에서 30분 동안 오전 회의를 하는 중이었고, 그는 자신이 예전과 다름없이 회복되었다고 생각했다.

한 가지 중대한 차이점만 제외하면.

예전의 그는 니콜 형사를 경멸했지만 오늘 아침에는 그녀가 사뭇 마음에 들 뿐더러 뭐가 문제였었는지 기억도 잘 나지 않는다는 사실을 깨달았다. 그들은 비앤비에서 함께 아침 식사를 하며 그녀가 물주머니를 데우려 애쓴 일을 듣고 결국 히스테릭하게 웃음을 터뜨렸다. 전자레인지에 돌렸던 것이다.

"퍽이나 재미있겠네요." 가브리가 그들 앞에 에그 베네딕트를 거칠게 놓으며 말했다. "당신들은 집에 돌아와 전자레인지 속에서 고양이가 폭발해 있는 것 같은 모습을 본 적 없으실 테죠. 당신들, 고양이는 절대 키우지 마세요. 물주머니나 끌어안고 있으라고요."

이제 그들은 오전 브리핑을 위해 수사본부 탁자에 빙 둘러앉아 있었다. '리 비앙불'은 증거물로 제출되어 지문 채취가 이루어졌다. 몬트리올에 있는 과학수사 연구소로 보낼 증거품이 셋으로 늘어나 있었다.

니콜은 자신이 알아낸 일을 보고했다. 그녀는 크리의 학교 생활에 대해 알아보려 몬트리올에 다녀온 참이었다.

"성적표에 나와 있는 것보다는 더 자세한 정보를 얻고 싶었습니다. 들어 보면 아시겠지만, 그녀는 성적은 좋지만 그렇게까지 똑똑한 아이는 아닌 것 같습니다. 꾸준하고 꼼꼼한 노력형이라고나 할까요. 크리는 미스 에드워드 여학교에서 조금 왕따였다는 느낌을 받았습니다. 교감 선생님은 그녀를 딱 한 번 브리 치즈라고 부른 적도 있었지만 지금은 그러지 않는다고 하더군요. 크리는 과학 성적이 가장 좋았고, 연극에도 관심을 보이기 시작했답니다. 최근 몇 년 동안은 장비 담당을 하면서 숨어 다녔지만 올해는 실제로 연극에 참여했습니다. 듣자 하니 작은 사고가 일어났던 모양입니다. 무대 공포증이었죠. 그래서 무대에서 끌어내야 했다고 합니다. 다른 아이들은 그리 친절하게 굴지 않았습니다. 부모들도 마찬가지였던 것 같습니다."

"그러면 교사들은?" 가마슈가 물었다.

니콜은 고개를 흔들었다. "그런데 흥미로운 점이 있습니다. 수업료 수표가 몇 번 지급정지된 적이 있었습니다. 그래서 그들의 재정 상태를 조사해 봤습니다. CC와 리옹은 분수에 넘치는 생활을 하고 있었던 것 같습니다. 사실 파국은 두 달 전에 이미 닥쳤습니다."

"CC는 보험에 가입해 있었나?" 보부아르가 물었다.

"이십만 달러짜리에 가입되어 있습니다. 리샤르 리옹의 배경은 그리 대단치 않습니다. 워털루 대학에서 공학 학위를 받았지만 전공을 살린 일자리를 얻지 못했습니다. 지금 하고 있는 일은 십팔 년 전에 시작했고요. 현재 하는 일은 하위직 관리인 비슷한 겁니다. 스케줄을 관리하죠. 업무 평가는 그리 좋지 않습니다. 연봉은 사만이천 달러고, 그중 삼만 달러가 채무 변제로 지출됩니다. CC는 최근 육 년 동안 자신의 회사에서 이익을 내지 못했습니다. 작은 인테리어 디자인 사업을 하고 있었지만 작년에는 대부분의 시간을 책을 쓰고 가정용품 라인업을 구상하는 데 쓴 모양입니다. 이걸 보십시오." 니콜은 탁자 위로 카탈로그 한 부를 아무렇게나 던졌다. "그녀가 발행하려고 했던 카탈로그 시제품입니다. 그 사진작가가 찍은 사진 같습니다."

보부아르가 카탈로그를 잡았다. '리 비앙' 비누, 평정심의 커피잔, 비캄 목욕 가운 같은 물건들이 있었다.

"CC는 다음 주에 다이렉트 메일 주식회사와 만날 약속을 잡아 놨습니다." 니콜은 말을 이었다. "미국에서 가장 큰 통신 판매 회사입니다. 그녀는 자신의 상품을 온라인으로 판매할 계획을 세우고 있었습니다. 만일 그렇게 된다면 굉장히 큰 사업이 됐을 겁니다."

"그 회사에서는 뭐라고 하던가요?" 이자벨 라코스트가 물었다.

"내가 전화를 걸어 봤죠." 니콜은 말하면서 미소를 지었다. **물어봐 줘서 고맙다**고 말하고 싶은 듯한 표정이었다.

"현상소에서는 그가 컬링 시합 때 찍은 사진에 대해 아무 말이 없었나?" 보부아르가 끼어들어 라코스트에게 물었다.

"현상된 원본 사진을 가지러 형사를 한 명 보냈어요. 곧 연락이 올 거예요."

"좋아." 가마슈는 그렇게 말한 다음 모두에게 니코틴산과 〈겨울의 라이온〉, 「시편」 46편 10절 이야기를 해 주었다.

"그래서 누가 CC의 어머니라는 겁니까?" 보부아르가 문제의 핵심을 찔렀다.

"스리 파인스에 나이 대가 맞는 여자가 몇 명 있어요." 라코스트가 말했다. "에밀리 롱프레, 케이 톰슨, 그리고 루스 자도요."

"하지만 그중 단 한 명만이 L로 시작되는 이름입니다." 르미외 형사가 처음으로 입을 열었다. 그는 니콜 형사를 유심히 쳐다보고 있었다. 이유는 알 수 없었지만 그는 그녀가 마음에 들지 않았다. 그녀가 갑자기 나타난 것도 싫었고, 보부아르 경위가 그녀에게 전에 없이 동지애를 보이는 것은 더욱 싫었다.

"제가 조사해 보죠." 라코스트가 말했다. 회의가 끝났다.

가마슈는 자신의 책상에 있던 나무 상자에 손을 뻗어 무의식적으로 그것을 뒤집어 바닥에 끼여 있는 알파벳을 바라보았다.

"그게 뭡니까?" 보부아르가 대장의 옆으로 의자를 당겨 앉았다.

"다른 사건의 증거품 중 하나지." 가마슈는 그 상자를 보부아르에게 건네주었다. 그가 상자를 받아 들자, 가마슈는 불현듯 보부아르라면 자신이 보지 못한 사실을 발견할 수도 있으리라는 직감이 들었다. 그는 상자 외부와 내부에 있는 알파벳들을 바라보다가 한 곳에 모아 조합했다.

"경감님의 크리스마스 사건 중 하나입니까?"

가마슈는 집중하고 있는 보부아르를 방해하고 싶지 않아 고개만 끄덕였다.

"알파벳을 모아요? 미친 놈이로군요." 그는 상자를 가마슈에게 돌려주었다.

뭐, 직감이란 게 다 그렇지.

가마슈는 수사본부를 나서면서 라코스트에게 말했다. "베아트리스 메이어도 조사 대상에 포함하게."

쏜살같이 거친 얼음판을 질주하는 컬링 스톤이 저쪽 끝에 있는 바위에 커다란 소리를 내며 부딪쳤고, 잠시 후 그 소리는 브림 호수를 둘러싼 야트막한 산에 반사되어 메아리쳤다. 지독하게 추운 아침이었다. 올겨울 중 가장 추운 날이었고, 수은주는 계속해서 떨어지고 있었다. 한낮이 된다 한들 피부가 단 몇 초 안에 얼어 버릴 터였다. 눈에 반사되어 확산된 햇빛이 찬 공기를 희롱하고 있었지만 온기는 느껴지지 않았고, 고글을 쓰지 않은 사람들의 눈을 못 뜨게 할 뿐이었다.

빌리 윌리엄스가 그들을 위해 브림 호수의 컬링 경기장을 손질해 놓았고, 이제 그와 보부아르, 르미외, 가마슈는 조그마한 에밀리 롱프레가 자세를 취하는 모습을 바라보고 있었다. 그녀가 헉헉대자 입김이 들쭉날쭉하게 피어올랐다.

가마슈는 오래 머물면 안 되겠다고 생각했다. 그녀가 얼어 버리기 전에 어서 데리고 들어가야겠군. 우리 모두 얼어 버리기 전에.

"당신 차례예요." 그녀가 예의 바른 태도로 지켜보고 있던 보부아르에게 말했다. 그는 컬링 따위는 대수롭게 여기지 않았다. 보부아르는 쭈그리고 앉아 8미터 가까이 떨어져 있는 건너편 얼음판 끝을 바라보면서 돌의 예상 진행 방향을 가늠했다. 사람들이 내 타고난 실력에 깜짝 놀라겠지. 이제 캐나다 컬링 올림픽 대표 팀의 참가 요청을 받고 진땀깨나 빼게 될 텐데. 물론 거절하겠지만. 이런 우스꽝스러운 취미 생활에 엮이게 되다니 정말 쑥스럽군. 그렇기는 해도 나중에 진짜 스포츠를 못하는 나이가 되면 컬링 올림픽 대표 팀에 참가하는 걸 고려해 봐야겠어.

클라라는 고양이 발 욕조에 미끄러지듯 들어갔다. 그녀는 여전히 피터가 쓰레기통을 뒤진 일로 화가 나 있었지만 기분이 조금씩 나아지기 시작했다. 그녀는 향이 나는 뜨거운 물속으로 몸을 깊이 담그며 발가락으로 피터의 어머니가 크리스마스 선물로 보내 준 허브 입욕제 덩어리를 만지작거렸다. 클라라는 그녀에게 감사 전화를 해야 한다는 걸 알고 있었지만 조금 미뤄도 될 터였다. 시어머니는 고집스레 클라라에게 전화를 걸어 댔고, 올해까지 쭉 요리 도구들을 선물로 보내곤 했다. 요리책이나 냄비 세트 같은 것들을. 한번은 앞치마를 보낸 적도 있었다. 클라라는 요리를 싫어했고, 시어머니가 그 사실을 알고 있는 건 아닌지 의심했다.

클라라는 두 손을 앞뒤로 휘두르며 가장 좋아하는 공상 속에 빠져들었다. 뉴욕 현대 미술관 관장이 자신의 집 문을 두드리는 상상을. 지독하게 추운 날씨 탓에 그의 차가 멈춰 버려서 그는 도움이 필요했다.

클라라는 그 모든 걸 상상할 수 있었다. 집 안으로 들어온 그에게 커피를 내왔지만 그의 모습이 보이지 않는다. 그는 자신의 스튜디오에 있었다. 거기서 자신의 작품을 응시하고 있는 그를 발견한다.

아니. 눈물을 흘리고 있는 거지.

그는 내 작품에서 풍기는 아름다움과 고통, 탁월함에 눈물을 흘리게 되리라.

"누구 작품입니까?" 그는 흐르는 눈물을 닦으려 하지도 않고 이렇게 묻는다.

그녀는 아무 말도 하지 않았지만 그는 바로 자신 앞에 위대한 예술가가 겸손하고 아름다운 모습으로 서 있다는 사실을 깨닫는다. 그는 동세대에서, 어쩌면 전 세대를 통틀어 가장 위대한 예술가가 바로 자신이라고 선언하리라. 전 세계에서 유사 이래 누구보다 재능 있고, 경이롭고, 훌륭한 예술가라고.

공평을 기해야 하기에 그를 피터의 스튜디오로도 안내하자 뉴욕 현대미술관의 수석 큐레이터는 공손하게 뒤를 따른다. 그러나 의심의 여지는 없다. 둘 중에서 정말로 재능 있는 사람은 자신인 것이다.

클라라는 콧노래를 흥얼거렸다.

"이제 무릎을 굽혀요, 경위님. 악수를 하는 것처럼 스톤의 손잡이를 잡고요." 그녀는 보부아르 위로 몸을 굽혔다. "이제 오른손으로 스톤을 뒤로 끌어당기고, 왼쪽 다리도 뒤로 빼요. 그다음에는 양쪽을 모두 앞으로 내밀면서 얼음 위로 미끄러져야 해요. 스톤을 앞으로 빼고요. 스톤을 밀면 안 돼요. 그냥 놓기만 해요."

보부아르는 컬링 경기장 저쪽 끝에 있는 그녀의 돌덩어리를 내려다보았다. 갑자기 굉장히 멀어 보였다.

가마슈는 보부아르가 숨을 깊이 들이마시고, 오른손을 뒤로 당기는 모습을 보았다. 돌덩어리를 붙잡고 있다 보니 진작에 균형이 흔들리기 시작했다. 보부아르는 바보 같은 빗자루를 들고 있다는 사실을 떠올리고 부츠가 미끄러지는 것 같아 빗자루에 몸을 기댔다. 그는 오른손을 불쑥 앞으로 내밀었지만 제때 돌을 놓지 못했고, 왼쪽 다리는 디딜 곳을 찾다가 꼬이고 말았다. 그는 자신이 넘어지는 것을 느낄 수 있었다.

보부아르는 사지를 편 채 얼음판에 납작하게 쓰러졌다. 돌은 여전히 손에 쥔 채였다.

빌리 윌리엄스가 알아들을 수 없는 말을 하며 웃어 댔다. 아마도 "아이쿠, 깜짝 놀랐네." 같은 말일 터였다.

클라라는 지난밤에 본 영화에 대해 생각하고 있었다. 비디오테이프로 영화를 본 것은 꽤 오랜만이었다. 피터가 좋아하는 영화 테이프가 대개 망가졌기 때문에 그들이 소장한 영화는 대부분 DVD였다. 자기가 좋아하는 장면에서 정지 버튼을 누른 채 반복해서 들여다보곤 했기 때문에 테이프가 늘어났던 것이다. 그렇게 망가져 버렸지.

클라라는 갑자기 일어나 욕조에 걸터앉았다. 몸에서 향기로운 허브 냄새가 났다. 진짜일까?

"여보, 몬트리올에서 어머니가 전화하셨어. 우리가 보내 드린 선물 고맙다고 인사하신대." 피터가 전화기를 들고 걸어왔다. 클라라는 그에게 저리 가라는 손짓을 했지만 너무 늦었다. 그녀는 손을 닦으며 피터를 노려보았다.

"안녕하세요, 모로 부인. 아, 별말씀을 다 하세요. 저도 메리 크리스마스예요. 약국 일은 잘되느냐고요? 아주 잘돼요. 고맙습니다." 그녀는 피터를 비수처럼 쏘아보았다. 그녀는 최근 15년 동안 약국에서 일한 적이 없었다. "그리고 선물 감사드려요. 그렇게까지 생각해 주시다니요."

지금 쓰고 있는 중이에요. 보나페티Bon appétit 예, 잘 먹겠습니다." 클라라는 전화를 끊고 전화기를 피터에게 건넸다. "어머님이 건조 수프를 보내셨나 봐. 야채 수프라던데."

클라라가 발 쪽을 보니 완두콩 한 알이 물 위에 떠 있었고, 그 옆에는 물에 불어 제 형태로 돌아간 말린 당근 한 조각이 보였다.

"제가 이겼습니까?" 보부아르는 옷을 털며 발치에 놓인 돌덩어리를 바라보았다.

"무슨 게임을 하고 있었느냐에 달렸죠." 엠이 미소 지었다. "분명 돌을 정지시키는 게임을 마스터하셨군요. 펠리시타시옹Félicitations 축하해요."

"메르시, 마담." 보부아르는 끔찍한 추위가 친절하게 느껴질 지경이었다. 혹시 얼굴이 상기되었더라도 추위가 감추어 줬을 테니. 그는 자신의 발치에 쓸쓸히 놓여 있는 돌을 보자 내키지는 않아도 컬링 선수들에 대한 비밀스러운 존경의 감정이 샘솟는 것이 느껴졌다.

가마슈는 부하들이 찍은 사건 현장 사진을 꺼냈다. '어머니'가 '집을 청소한' 자리에 다섯 개의 컬링 스톤이 눈 속에 박혀 있었다.

가마슈의 머릿속에서 어떤 생각이 구체적인 형태를 그리기 시작했다.

25

"죄송합니다. 가마슈 경감님은 지금 안 계십니다, 모로 부인." 라코스트 형사는 모니터를 보고 있다가 눈을 돌려 문가에 서 있는 여인을 발견하고 그렇게 말했다.

"언제 돌아오실까요?"

"잘 모르겠어요." 그녀는 시계를 보았다. 이제 곧 정오였다. "곧 돌아오실 것 같긴 해요. 중요한 일인가요?"

클라라는 주저했다. 사실 그녀는 확신할 수 없었지만 중요한 일이라는 예감이 들었다.

"아뇨, 나중에 올게요." 그녀는 돌아가려고 몸을 돌리다가 다른 컴퓨터 앞에서 일을 하고 있는 이베트 니콜의 모습을 발견했다. 두 사람이 서로 미워할 일은 없었지만, 1년 전 처음 만났을 때 이 젊은 형사가 드러냈던 적의 때문에 클라라는 심히 당황스러웠다. 니콜 형사는 책상에 앉아 고개를 들어 바라보다가, 클라라의 눈과 마주치자 재빨리 고개를 숙였다.

뭐, 저번에 받았던 악랄한 눈초리보다는 낫네.

이제 경찰청 수사관들만이 얼음판 위에 남아 있었다. 에밀리 롱프레는 윌리엄스버그에서 케이와 함께 점심을 먹으러 떠났고, 빌리 윌리엄스는 월드컵 스키 대회에 나갈 준비를 해야 한다느니 우주선을 발사하려면 벌목을 해야 한다느니 하는 이해할 수 없는 말을 중얼거리면서 떠났다. 가마슈가 보기에 다른 사람들은 빌리 윌리엄스와 완벽하게 의사소통이 되는 것 같았지만 그는 이 남자의 말을 한 마디도 이해할 수 없었다.

가마슈는 관중석을 향해 걸어가 오랜 시간 추위에 떨면서 얼음판을 보며 앉아 있었다. 그러고는 CC가 앉아 있던, 그리고 죽었던 자리로 향했다. 그리고 관중석 주변을 걸으며 빌리 윌리엄스가 트럭을 주차한 곳까지 가 보았다.

"살인범은 이곳에 서 있었어." 가마슈는 눈 위에 자리 잡고 서서 단호하게 말했다. 컬링 경기를 보면서 때를 기다린 거야. CC가 일어나 자신의 앞에 있는 의자를 붙잡은 순간 범인은 케이블을 연결한 거지."

"연구소에서는 우리가 이미 알고 있는 사실만 확인해 주었습니다." 로베르 르미외가 말했다. "윌리엄스 씨의 케이블에는 사용한 흔적이 있었습니다. 케이블은 모두 검게 그을린 채 그의 트럭에서 발견되었습니다. 하지만 그는 그 케이블로 발전기와 전열기를 연결했다고 말했습니다. 그렇다면 범인은 어떻게 컬링 시합이 한창인 와중에 다른 사람들의 눈에 띄지 않고 전열기에서 케이블을 떼어 의자에 연결했을까요?"

"그럴 필요는 없었네." 가마슈가 말했다. "살인범은 다른 사람들이 오기 전에 전열기에서 케이블을 제거한 다음 의자에 연결해 놓은 게 분명해." 그는 가상의 트럭에서 가상의 전열기를 거쳐 상상 속의 의자까지 얼음 위를 성큼성큼 걸었다. "모두 조찬 모임에 참석하고 있을 때 범인은 전열기에서 케이블을 떼어 그 야외용 의자 다리에 물려 놓았지. 그다음 다른 한쪽 끝을 발전기에 연결한 거야."

"하지만 전열기가 작동하지 않았다면 사람들이 알아차렸을 것 아닙니까?" 르미외가 물었다.

"알아차렸지. 적어도 그날이 얼마나 추웠는지 이야기했던 두 사람은. 케이 톰슨을 포함해서. 그래서 그날 전열기는 작동된 적이 없다고 믿게 되었네."

"전 왜 아무도 수상한 모습을 보지 못했는지 아직도 이해할 수 없습니다." 보부아르가 말했다.

"뭐, 그 이유는 하나밖에 없네. 부츠를 신고 눈 위를 걷느라 다소 소리가 났더라도 발전기 소리에 묻혔을 거야. 그리고 윌리엄스 씨의 트럭이 관중석 뒤에 있었네. 트럭에 완전히 가려지지는 않았지만, 관중석에 있던 사람이 그 광경을 보려면 노력깨나 해야 했을 테지. 뭐라도 봤을 가능성이 있는 사람은 케이와 CC일 걸세. 하지만 더 있네. 처음에는 살인범이 아주 운이 좋았다고 생각했지만, 이제 보니 운이 아니라 신중한 계획이었어. 살인범은 범행 시각을 정확히 골랐네. 사람들의 눈이 컬링 경기에 확실히 쏠릴 때까지 기다린 거지."

르미외 형사는 그 광경을 그려 보려 애썼다. 컬링 선수들과 구경꾼, 야외용 의자에 앉아 있는 두 명의 여인을. 그리고 그들 바로 앞에 놓인 전기의자를.

"시합에서 뭔가 특별한 일이 벌어졌네." 가마슈는 이제 얼음판으로 향하다가, 당혹스러워하는 두 부하들을 바라보려 몸을 돌렸다. "비 '어머니'가 집을 청소했지. 그건 전통이었어. 지난 이틀간 그 소리를 몇 번이나 들었지? 어떤 사람들은 단지 그 광경을 보러 나왔지. 왜? 우리는 오늘 그 이유를 발견했네. 미묘하고 교묘한 재간을 즐기는 스포츠에서는 그 대목이 가장 열광적인 플레이지. 가장 강렬한 플레이. '어머니'가 있는 힘을 다해 자신의 스톤을 얼음 위로 돌진시킬 때 들리는 소리를 상상해 봐. 그 스톤이 저쪽 끝에 있는 다른 스톤들을 때리고, 스톤들이 서로 부딪치는 모습을 상상해 보게. 모두가 연쇄반응에 휘말렸을 거야. 그 찰나의 순간에 컬링 스톤들이 제각기 사방으로 충돌하면서 무시무시한 소음을 냈을 걸세. 굉장히 흥미진진했겠지."

"사람들은 눈을 떼지 못했겠군요." 보부아르가 말했다.

"그리고 엄청 시끄러웠을 테고요." 말을 꺼낸 르미외는 아르망 가마슈 경감이 만면에 의기양양한 웃음을 지으며 기쁨이 생생하게 넘치는 눈으로 자신을 돌아보는 모습에 만족했다.

"맞았어. 그렇게 된 거야. 살인을 저지르기에 최적의 순간이었을 테지. 누가 그런 장관에서 눈을 뗄 수 있었겠나? 그리고 누가 감전사하는 여인의 비명 소리를 들을 수 있었겠나? 완벽한 타이밍이었지."

"하지만 범인은 어떻게 CC가 의자를 붙잡으리라는 사실까지 알았던 걸까요? 그 정확한 타이밍은 고사하고 말입니다." 보부아르가 물었다.

"좋은 질문이네." 가마슈는 고개를 끄덕이며 비교적 따뜻한 자신들의 자동차로 씩씩하게 걸음을 옮겼다. 날씨는 위험할 정도로 추워지고 있어서 이야기를 나누기도 어려웠다. "그리고 케이 톰슨은 왜 아무것도 보지 못했을까? 그리고 살인범은 어떻게 다른 사람의 눈에 띄지 않고 케이블을 회수해서 빌리의 트럭 속에 다시 가져다 놓을 수 있었을까?"

차에 올라탄 그들은 차를 예열하는 동안 잠시 앉아 있었다. 발가락에 감각이 없어진 르미외 형사는 피가 통하도록 부츠 속에서 발가락을 아래위로 꼼지락거렸다. 보부아르는 서리가 내린 창밖을 내다보았다.

"흠, 컬링 선수들은 용의자 명단에서 제외해야겠군요. 그들이 그 일을 하기는 불가능했으니까요. 그리고 머나 랜더스가 자신의 증언을 고수한다면, 리샤르 리옹은 내내 그녀 옆에 있었으니 그도 제외해야 합니다. 하지만 저는 아직도 그가 범행을 저질렀다고 생각합니다."

"자네 생각은 어떤가, 형사?" 가마슈가 르미외에게 물었다.

"저는 말이 안 되는 것 같습니다. 살인범은 조찬 모임 중에 그녀에게 니코틴산을 먹였고, 의자 뒤에 결빙 방지액을 뿌려 놓았습니다. 그리고 그녀가 금속 밑창이나 금속 갈고리가 달린 부츠를 신고 오리라 확신하고 있었고, 부스터 케이블을 연결했으며, 다른 사람들의 눈에 띄지 않을 완벽한 타이밍까지 기다렸습니다. 그리고 직접 뒷정리까지 했다고요? 너무 복잡합니다. 왜 그냥 그녀를 총으로 쏘지 않았을까요?"

"나도 그게 궁금하네." 가마슈가 말했다.

현상소에서 보낸 사진은 점심시간이 지나서 도착했고, 가마슈가 봉투를 개봉하자 반원들은 걱정스럽게 웅송그리며 모여들었다. 사람이 죽기 직전의 얼굴을 보는 게 으스스했다. 가마슈는 언제나 사진 속 사람들의 눈에서 어떤 전조나 예감을 찾을 수 있기를 기대했다. 그러나 이와 같은 사진을 수천 장도 넘게 봐 왔지만, 그랬던 적은 한 번도 없었다.

그럼에도 으스스했다. 사진은 피해자를 직접 만나는 것과 비슷할 정도로 가까이서 찍은 것이었다. 가마슈는 지금까지 자신이 본 유일한 사진이 그녀의 책 표지였으며, 그 사진은 캐리커처에 더 가까웠다는 사실을 깨달았다. 그리고 여기에 생을 마치기 몇 분 전 그녀의 모습이 담겨 있었다. 애석하게도 그녀는 즐거운 시간을 보냈던 것 같지 않았다. 대신 그녀는 완고한 표정과 방어적인 태도를 취하며 조찬 모임 자리에 앉아 있었다. 그녀 주위 사람들은 이야기를 나누고 폭소하며 고개를 뒤로 젖히는 등 활기찬 모습이었지만, CC 드 푸아티에는 뻣뻣한 자세였다. 그녀 옆에는 리샤르가 음식 접시를 내려다보고 있었다.

그는 살인 계획을 짜고 있는 중이었을까? 소시지가 컬링 선수고 팬케이크가 의자인 걸까? 베이컨은 부스터 케이블이고? 그리고 CC는? 그의 접시에서 그녀는 무엇이었을까? 나이프?

사진은 더 있었다. 비 '어머니'와 머나가 CC 뒤에 있었다. CC는 갑자기 침울해진 한 무리의 마을 사람들과 포즈를 취하고 있었다. 그들은 마치 CC가 자신들의 하늘에 날아온 먹구름이기라도 하다는 표정이었다.

다른 사진들은 컬링 경기장에서 찍은 것이었다. CC는 의자에 앉아 알프스 산에서 휴가를 보내는 오드리 헵번처럼 보이려고 지나치게 애쓰고 있었다. 그러나 흥미로운 변화가 나타났다. CC의 얼굴이 상기되어 있었다. 사실, 급격한 홍조는 추위 속에서 흔히 있는 일이었다. 그러나 그녀 옆에 앉아 있는 케이의 얼굴빛은 옅은 분홍색이었고, CC의 얼굴은 점점 보랏빛으로 변하고 있었다.

"보세요." 라코스트가 사진 한 장을 가리켰다. "의자 주변에 결빙 방지액의 푸른 자국이 보이시죠?"

"그녀가 장갑을 벗었군요." 르미외가 다른 사진을 가리키며 말했다. 모두 가까이 모였다. 가마슈는 다른 봉투를 개봉했다. 사람들은 모두 봉투에 눈을 고정한 채 탁자 너머로 몸을 기울였다. 마치 1천 분의 1초라도 빨리 사진을 보려고 애쓰는 것 같았다. 가마슈는 포커 게임을 하는 듯한 동작으로 사진들을 탁자 위에 펼쳐 놓았다.

CC가 땅에 쓰러져 있었다. 루스가 손짓을 하는 중이었다. 올리비에는 시체 옆에 몸을 굽히고 있었고, 가브리는 그의 뒤에서 날카로운 집중력이 담긴 눈으로 바라보고 있었다.

다음 일련의 사진들은 아무도 좋아하지 않는 여인을 구하기 위한 영웅적이면서도 미친 듯한 노력을 보여 주었다. 클라라는 크리에게 그 소름 끼치는 광경을 보여 주지 않으려 애쓰면서 그녀를 다른 쪽으로 데리고 갔다. 가브리는 리샤르 옆에서 그의 팔을 잡고 서 있었다. 피터와 빌리 윌리엄스는 CC를 들고 트럭으로 뛰었다. 마지막 사진에는 빌리의 트럭이 모퉁이를 돌아 사라지는 모습이 찍혀 있었다.

이 사진들은 비록 축약적이었지만 당시 정황을 매우 잘 보여 주었다.

"빠진 사진이 좀 있는데." 가마슈가 굳은 얼굴로 말했다. 라코스트가 보부아르와 르미외를 거느리고 문으로 향하는 가마슈를 쫓았다.

"모로 부인이 경감님을 만나러 왔었어요. 그리고 CC의 어머니일지도 모르는 여자들에 대한 배경 조사를 마쳤습니다. 케이 톰슨은 너무 늙었어요. 에밀리 롱프레는 아이가 있었지만 사고로 죽었고요. 그렇지만 다른 아이가 있었을 수도 있습니다. 입양을 보낸 거라면요. 하지만 베아트리스 메이어에 대한 아주 흥미로운 사실을 알아냈습니다. 베아트리스 루이즈Louise 메이어."

가마슈는 새로운 정보를 머리에 입력하고 단호하게 자동차로 걸음을 옮겼다. 보부아르가 그를 따라잡으려 서둘렀다.

사울 페트로프는 거실 창문 옆 안락의자에 앉아 커피를 홀짝였다. 이틀 전 이 집에 왔을 때는 이 의자를, 사실은 샬레 전체를 혹평했었다. 천은 칙칙한 데다 올이 나가 있었고, 카펫은 낡았으며, 장식은 유행에 뒤떨어졌다. 캐나다 각지에서 모은 스푼 컬렉션이 색이 바랜 나이아가라 폭포 사진 옆에 걸려 있었다.

그러나 오늘 그가 잠에서 깨어나 흠이 난 계단을 느긋하게 내려갔을 때, 이 집이 꽤 마음에 든다는 생각이 들었다. 그리고 해가 떠오르고 벽난로에 불이 지펴지고 커피가 끓자, 사울은 자신이 이곳을 정말로 좋아한다는 사실을 깨달았다.

그래서 이제 그는 창문을 통해 내리쬐는 햇빛을 받으며 눈부시게 아름다운 바깥 경치를 바라보며 앉아 있었다. 그가 빌린 샬레 앞뜰과 그 너머에 있는 숲, 그리고 그 너머 온통 회색 바위투성이인 산은 티 하나 없이 완벽했다.

그는 이런 평화로움을 느껴본 적이 없었다.

그의 옆 탁자 위에 밴프 국립공원 컵받침과 현상하지 않은 필름 한 통이 놓여 있었다.

"여보세요, 클라라." 가마슈가 휴대전화에 대고 큰 소리로 말했다. 휴대전화가 너무 작아서 마치 크리스마스 크래커_{영국에서 크리스마스 파티 때 쓰는 튜브 모양의 꾸러미로 속에는 보통 종이 모자나 작은 선물 등이 들어 있다} 속에서 꺼낸 것 같았다. "가마슈입니다. 휴대전화로 걸고 있는데 통화 상태가 고르지 못하군요. 저를 찾아왔었다고요?"

"제가······, 비디오······, 피터가."

"뭐라고요?"

"어젯밤에 본 비디오 말이에요." 갑자기 그녀의 이야기가 아주 또렷하게 들려서, 가마슈는 비로소 산 정상에 이르렀다는 사실을 깨달았다. 그러나 그들은 곧 골짜기로 내려가 숲을 지날 예정이어서 신호는 곧 끊길 터였다. 그는 그녀가 요점만 빠르게 말해 주기를 바랐다.

"피터는 이제 DVD를 모으거든요." 빨리, 좀 더 빨리. 그는 속으로 되뇌었지만 소리 내어 말하지 않을 정도의 분별은 있었다. 다른 사람에게 빨리 하라고 말할수록 일 전체가 늦어지기 마련이었다. 자동차는 이제 막 골짜기로 향하는 긴 내리막길에 진입하는 중이었다. "비디오테이프가 죄다 화면을 볼 수 없을 정도로 늘어났거든요. 자기가 좋아하는 장면을 정지 화면으로 보다가 전부 날려 먹은 거죠." 빨리, 더 빨리. 가마슈는 골짜기가 다가오는 광경을 보며 조바심을 냈다. "CC도 그랬을 거라고 생각하세요?" 클라라의 목소리는 이미 멀어지고 있었다.

"테이프가 늘어났기 때문에 버린 게 아니라고 확신합니다."

"⋯⋯알아요. 그리 나쁜⋯⋯, 필요한데요."

전화가 끊겼다.

사울은 자동차 한 대가 눈 덮인 길을 구불구불 올라오는 모습을 보았다. 그는 필름을 집어 손바닥에 꽉 쥐었다. 필름을 쥐고 있으면 마치 그 필름이 자신에게 해야 할 행동을 서서히 알려 줄 것이라는 듯. CC가 항상 그랬던 것처럼.

그러자 그는 답을 얻었다. 마침내 자유의 몸이 되었다. 그는 몇 달 만에 처음으로 자신감 넘치는 가벼운 기분을 느꼈다. 수년 만인가. 심지어 머리가 똑똑해진 것 같았다. 어쩌면 대화를 나눌 때 자신의 입장을 고수할 수 있을지도 모를 만큼. 하룻밤 사이에 새로 태어난 기분이었다.

그는 더 이상 바보가 아니었다.

그는 감사하는 마음으로 부드럽게 미소를 지으며 눈을 감았다. 햇빛이 따뜻하게 비쳐 그의 눈꺼풀 속을 붉게 물들였다. 이곳, 이토록 밝게 빛나는 곳에서 다시 시작할 수 있으리라. 이 멋지고 안락한 샬레를 사고, 어쩌면 주변의 아름다운 풍경 사진을 찍을 수 있을지도 몰랐다. 어쩌면 CC가 무참히 버린 그 포트폴리오의 주인을 찾아 무슨 일이 일어났는지 말해 줄 수도 있을 터였다. 그리고 자신이 한 일에 대해 사과를 건네고 나면 그 예술가와 친구가 될 수 있을지도 몰랐다.

자동차에서 남자들이 내리고 있었다. 경찰청 수사관들이겠지. 그는 손에 쥔 필름을 바라보다 벽난로로 걸어가 그 안에 필름을 던졌다.

26

"앉으세요." 사울은 그들의 무거운 코트를 받아 옷장 속에 쑤셔 넣고 옷이 떨어지기 전에 재빨리 문을 닫았다. 그는 오늘을 새로운 인생이 시작되는 첫날로 정했다. 새로운 인생은 응당 후회 없이 시작해야 할 터였다. 사울 페트로프는 모든 사실을 털어놓기로 했다. 뭐, 거의 대부분.

가마슈는 실내를 둘러보다 코를 킁킁거렸다. 벽난로 속 장작 외에 뭔가 타는 냄새가 났다. 좀 더 톡 쏘는 게 천연 소재 같지 않았다. 그는 신경이 날카로워지면서 모든 것이 느리게 보이기 시작했다. 불이 났었나? 누전으로 인한 화재인가?

이렇게 오래된 샬레는 계절의 변화에 대해서는 많은 것을 알고 있지만 배선에 대해서는 전혀 모르는 오지 개척자들이 날림으로 지은 경우가 많았다. 그는 눈살을 찌푸리고 벽과 콘센트, 전등을 훑어보며 연기가 피어나지 않는지 확인했다. 귀로는 전기가 튈 때 반드시 나는 소리를 탐색했고, 코로는 이 이상하게 메케한 냄새가 무엇인지 파악하려 갖은 애를 썼다.

그의 곁에 있는 르미외가 대장이 집중력을 끌어올리고 있다는 것을 갑자기 눈치챘다. 그는 무엇이 문제인지 알아차리려 애쓰며 가마슈를 응시했다.

"이건 무슨 냄새입니까, 무슈 페트로프?" 가마슈가 물었다.

"아무 냄새도 안 나는데요."

"납니다." 보부아르가 말했다. "플라스틱 종류가 타는 냄새군요."

이제 르미외도 그 냄새를 맡을 수 있었다.

"아, 그거 말이군요." 페트로프가 웃으며 말했다. "오래된 필름 몇 통을 태웠거든요. 아주 낡은 물건이오. 생각해 보니 그냥 쓰레기통에 버렸어야 하지 않나 싶군요. 정신이 나갔었나 봐요." 그는 편안한 미소를 지어 보였다. 가마슈는 벽난로로 다가가, 까맣고 노란 색으로 지글지글 끓고 있는 물체가 있다는 사실을 확인했다. 오래된 필름 한 통. 아니면 그렇게 오래되지 않았을지도 모른다. 어쨌든 사라져 버렸군.

"당신 말이 맞군요." 가마슈가 말했다. 페트로프는 사람들이, 특히

CC가 자신을 훑어보는 데 익숙했지만 이런 경험은 처음이었다. 그는 가마슈가 자신을 꿰뚫어 보고 있다는 느낌을 받았다. "정신이 나갔었군요. 이건 현명한 행동이 아닐 텐데요."

페트로프의 새 인생에서 이제 겨우 30분이 흘렀지만 그는 벌써 후회하기 시작했다. 계속해서 이 조용한 남자는 모든 것을 다 안다는 듯 바라보고 있었다. 페트로프는 그들을 의자로 안내한 다음 자신도 앉았다. 그는 기대감으로 아찔할 지경이었다. 고백을 하고 새로운 삶을 영위할 때를 기다리기 어려웠다. 다시 시작하는 거야. 그는 거의 울먹일 지경이 되어 자신의 고백을 들으러 와 준 이 살인과 수사관에게 깊이 감사했다. 사울 페트로프는 독실한 가톨릭 집안에서 자랐고, 그의 세대가 대부분 그러했듯 교회나 성직자 등의 모든 종교적 강요를 거부해 왔다. 그러나 이제 벽에 스테인드글라스 대신 비닐 식탁 깔개가 스테이플러로 박혀 있는 이 수수하고 우스꽝스럽기까지 한 방 안에서 그는 무릎을 꿇고 기도하고 싶은 기분에 사로잡혔다.

그래, 새로운 시작을 위해서.

"말씀드려야 할 게 있습니다."

가마슈는 한 마디도 하지 않았다. 페트로프가 그의 친절하고 사려 깊은 눈을 바라보자 갑자기 다른 사람들은 존재하지 않는 듯했다.

"CC와 저는 관계를 맺고 있었습니다. 일 년쯤 됐습니다. 확실하지는 않지만 그녀의 남편도 이 사실을 알고 있었다고 생각합니다. 그다지 신중하게 굴지 못했던 것 같아 걱정이군요."

"마지막으로 함께 지낸 게 언제였습니까?" 보부아르가 물었다.

"그녀가 죽던 날 아침입니다." 가마슈에게서 시선을 떼어 다른 의자에 앉아 있는 이 신경이 날카로운 남자에게 옮기기 위해서는 강한 의지가 필요했다. "그녀가 갑자기 들러서 우리는 섹스를 했습니다. 단지 육체적인 관계였을 뿐 그 이상은 아니었습니다. 그녀는 제게 별 애정이 없었고, 저도 그녀에게 애정을 품고 있지 않았습니다."

바로 이거야. 별일 아니지. 그는 숨을 내쉬었다. 벌써 몸이 가벼워진 기분이었다.

"그녀가 이곳에 집을 산 이유를 말했습니까?" 보부아르가 물었다.

"스리 파인스에요? 아닙니다. 저도 그게 궁금했습니다. 그녀의 행동에는 다 이유가 있었거든요. 대부분의 경우 돈 때문이기는 하지만요."

"돈이 그녀의 동기라고 생각합니까?"

"항상 그랬습니다. 우리 관계조차 말이죠. 저는 제가 섹스를 잘해서 그녀가 저랑 잤다고 생각할 만큼 바보는 아닙니다. 싼 값에 사진작가를 고용하기 위해서죠. 현물 지급 같은 겁니다."

그는 이처럼 수치스러운 기분이 든다는 사실에 깜짝 놀랄 지경이었다. 말을 하고 있는 이 순간에조차 믿기지 않았다. 내가 정말로 섹스에 대한 대가로 CC에게 요금을 깎아 주었었나?

"제가 틀릴 수도 있지만 자신에게 뭔가 이득이 되는 게 있어서 CC가 이곳에 집을 샀다는 느낌이 들었습니다. 평화롭고 조용하다는 이야기를 하려는 게 아닙니다. CC에 대해 딱 하나만 말할 수 있다면, 그건 바로 돈을 사랑한다는 점입니다. 그리고 위신도요."

"그녀가 죽던 날 당신의 행적에 대해 설명해 주시죠." 보부아르가 말했다.

"저는 일곱 시쯤에 일어나서 벽난로에 불을 지폈습니다. 그러고는 커피를 끓이고 기다렸죠. 그녀가 올 것을 알고 있었고, 여덟 시쯤이면 도착하리라고 확신했습니다. 우리는 그리 대화를 나누지 않았습니다. 크리스마스는 어떻게 지냈는지 물었지만, 그녀는 어깨를 으쓱할 뿐이었습니다. 그녀의 딸을 생각하니 마음이 편치 않았습니다. 그런 어머니 밑에서 지내다니, 상상도 하지 못할 일입니다. 어쨌든 그녀는 약 한 시간 후에 떠났습니다. 우리는 조찬 모임에서 만나기로 약속을 했죠."

"그녀는 언제 갈 마음을 먹었습니까?"

"예?"

"음, 조찬 모임과 컬링 시합에 참석하려던 게 시간이 임박해서 내린 결정입니까, 아니면 예전부터 계획하고 있던 일이었습니까?"

"아, 사전에 계획된 일이었습니다. 제가 그 행사 이야기를 그녀에게 했는데, 그녀는 이미 알고 있었습니다. 작년에 그 집을 산 직후에도 간 적이 있었다더군요. 그녀는 평민들에게, 이건 그녀의 표현입니다. 제가 아니라. 어쨌든 그들에게 둘러싸여 있는 자신의 모습을 찍어 달라고 했습니다. 그래서 저는 조찬 모임에 나가서 두어 통 정도 찍었습니다. 그 다음에 컬링 경기장으로 갔죠. 엄청나게 춥더군요. 카메라도 결국 얼어 버렸습니다. 그래서 코트 속 겨드랑이 밑에 넣고 녹일 수밖에 없었죠. 저는 다른 앵글을 찾아보려 돌아다니는 중이었습니다. CC는 그다지 사진을 잘 받는 사람이 아니어서, 적당한 조명과 앵글을 확보하고 가급적이면 사진 속에 흥미로운 장면을 넣는 게 중요했죠. 그녀 옆에 앉아 있던 노부인은 멋진 분이었습니다. 얼굴에 개성이 넘쳐흘렀고, CC를 보는 그 표정이란, 환상적이었습니다." 페트로프는 의자에 몸을 기대어 과거를 더듬다가 케이가 CC를 노려보던 모습을 기억하고 웃음을 터뜨렸다.

마치 그녀가 자신의 강아지를 내던지기라도 한 듯한 표정이었다. "그리고 그녀는 CC를 자리에 가만히 앉아 있도록 했어요. 가만히 있도록요. CC가 말을 따르는 사람은 그리 많지 않았어요. 사실, 제 경험으로는 한 명도 없었습니다. 하지만 이 노부인의 말은 듣더군요. 저라도 그랬을 겁니다. 굉장히 무서운 사람이었으니까요. CC마저 가만히 앉아 있을 정도였습니다. 어느 정도는요. 어쨌든 제 작업이 수월해지긴 했습니다."

"왜 케이 톰슨은 CC에게 가만히 앉아 있으라고 계속 말했습니까?" 가마슈 경감이 물었다.

"CC는 신경이 과민한 사람이었습니다. 항상 재떨이, 그림, 램프 같은 것들을 똑바로 정렬하려고 달려들곤 했습니다. 뭐든지 가만히 놓아두는 법이 없었어요. 그러다가 결국 그 늙은 아가씨의 신경을 건드린 게 아니었을까 합니다. 그녀는 마치 CC를 죽이기라도 할 것처럼 노려보았죠."

가마슈는 단지 비유적인 표현이라고 생각했고, 페트로프는 자신이 무슨 말을 했는지조차 깨닫지 못한 게 분명했다.

"오늘 아침에 현상소에서 보낸 사진을 받았습니다." 보부아르가 탁자로 다가가 그 위에 사진을 꺼내 놓으며 말했다. 페트로프는 다른 사람들처럼 그의 뒤를 따랐다. 탁자 위에 연이어 찍은 사진들이 놓였다. CC의 마지막 순간과 그 이후의 사진들.

"특별한 점이라도 있습니까?" 보부아르가 물었다.

약 1분 후, 페트로프는 몸을 똑바로 펴고 고개를 흔들었다. "제가 기억하고 있는 것과 비슷합니다."

"빠진 것은 없습니까? 가령, 아, 여기서부터 여기까지 사진이 모두 다 있습니까? CC가 살아 있었을 때부터 죽었을 때까지 말입니다. 살인 장면이 통째로 사라졌습니다." 보부아르의 언성이 높아졌다. 자리에 앉아 용의자들이 결국 마음을 열게 되기를 바라며 하루 종일 대화를 나눌 수 있는 가마슈와는 달리, 보부아르가 용의자를 다루는 유일한 방식은 바로 누가 주도권을 잡고 있는지 보여 주는 것이었다.

"카메라가 얼어 버렸을 때 같군요." 페트로프가 사진을 훑어보며 말했다. 그는 공포를 몰아내려 애썼다. CC와 함께 지내던 시절에 그의 인생의 대부분을 차지했던 성마른 감정과 자기 연민 속으로 빠져들지 않도록 애썼다.

"그것 참 편리하군요." 보부아르가 숨을 아주 깊이 삼키며 말했다. "어쩌면 내가 살인 장면이 찍힌 그 사진들을 이렇게 삼켜 버렸을 수도 있겠군요. 어떻게 생각하십니까? CC가 살해당하는 장면이 찍힌 필름을 태웠습니까?"

"제가 왜 그런 짓을 하겠습니까? 제 말은, 제가 CC가 살해당하는 장면을 찍었다면 제가 그녀를 살해하지 않았다는 증거가 되지 않을까요?"

보부아르는 갑자기 말문이 막혔다.

"그날 찍은 필름을 모두 당신에게 넘겼습니다. 맹세합니다."

보부아르는 이 작은 남자가 겁에 질려 몸을 웅크리는 모습을 보면서 눈살을 찌푸렸다. 이 남자는 무언가 잘못을 저질렀다. 그건 분명해. 하지만 무슨 짓을 했는지 어떻게 밝혀내지?

수사관들은 돌아갔다. 보부아르는 차를 향해 쿵쿵거리며 걸었고, 르미외는 그의 뒤에서 발을 끌었다. 그는 보부아르의 해소되지 못한 좌절감을 온몸으로 감당하고 싶지 않았다. 가마슈는 현관에 서서 눈을 찡그리며 태양을 바라보았다. 매운 추위 때문에 콧구멍이 줄어든 것 같았다.

"여기는 아름다운 곳이군요. 운이 좋으십니다." 가마슈는 그렇게 말하며 한쪽 장갑을 끼고 장갑을 끼지 않은 한 손을 내밀었다. 사울 페트로프는 사람과 접촉하는 데서 오는 온기를 느끼며 그의 손을 마주 잡았다. 그는 CC와 너무 오랜 시간을 함께한 터라 대부분의 사람들이 열을 발생시킨다는 사실을 거의 잊고 지냈다. "어리석은 짓은 하지 마십시오, 페트로프 씨."

"사실대로 말씀드린 겁니다, 경감님."

"그랬기를 바랍니다." 가마슈는 미소를 짓고 재빨리 자동차를 향해 걸었다. 얼굴이 벌써 얼기 시작했다. 페트로프는 따뜻한 거실로 돌아가 모퉁이를 돌아 사라지는 자동차를 지켜보았다. 그리고 밝은 새 세상을 멍하니 응시하며 왜 그렇게 멍청하게 굴었는지 의문에 빠졌다. 그는 서랍을 뒤져 펜 하나와 새 크리스마스카드 한 장을 찾아냈다. 그는 카드에 짧은 메시지를 쓴 다음 다음 우체통을 찾아 생 레미로 향했다.

"차를 세우게." 가마슈가 말했다. 보부아르는 브레이크를 밟고 대장을 바라보았다. 가마슈는 조수석에 앉아 입술을 약간 움직이고 눈을 찌푸린 채 창밖을 바라보고 있었다. 1분 후 그는 고개를 흔들며 눈을 감고 미소를 지었다.

"케이 톰슨이랑 이야기를 나눠 봐야겠어. 나는 윌리엄스버그에서 내릴 테니 스리 파인스로 돌아가서 클라라 모로에게 〈겨울의 라이온〉 테이프를 건네주게. 그녀에게 아까 말한 대로 보여 달라고 해. 그러면 무슨 뜻인지 알 거야."

보부아르는 윌리엄스버그를 향해 차를 돌렸다.

가마슈는 이제야 클라라가 잘 들리지 않는 전화 통화로 했던 말을 이해할 수 있었다. 그리고 그녀의 말이 맞다면 커다란 진전이 되리라.

"교황 따윈 엿이나 먹으라고요?"
비록 질문이었지만 가마슈는 자신의 입에 그런 말을 담게 될 줄은 꿈에도 몰랐다. 특히 질문으로.
"그들은 그렇게 말했지요." 케이는 날카로운 푸른색 눈으로 그를 바라보았지만 이제 그 눈은 다른 무언가에 가려져 있었다. 극도의 피로. 그녀가 앉아 있는 소파 옆자리에서 에밀리 롱프레가 친구를 친밀하게 바라보며 이야기를 듣고 있었다.
"왜 그랬을까요?" 케이가 그에게 물었다.
물론 그것은 그가 항상 다른 사람들에게 하는 질문이었지만 이제 다른 사람이 자신에게 같은 질문을 던지고 있었다. 그는 자신이 이해하지 못하는 무언가가, 자신의 눈에 띄지 않는 미묘한 의미를 가진 대화가 진행 중이라는 느낌을 받았다. 그는 양로원 내 그녀의 소박한 방에 나 있는 전망 창 밖을 내다보며 잠시 생각에 잠겼다. 그녀의 방에서는 브륌 호수를 가로질러 굉장히 멋진 경치가 보였다. 해가 지고 있어 길게 드리워진 산 그림자가 호수를 반으로 갈라, 한쪽은 눈이 부셨고 다른 한쪽은 어두컴컴했다. 마치 음양 기호 같았다. 가마슈의 눈에 풍경이 천천히 사라지면서 겁에 질린 눈으로 참호 속에 틀어박힌 소년병들이 떠올랐다. 그들은 상상하기조차 어려운 일을 하라는 명령을 받았고, 상상하기조차 어렵게 그 일을 수행하려고 하는 중이었다.
"그들이 말로 사람을 죽일 수 있다는 사실을 알고 있었는지 궁금하군요." 가마슈는 느릿느릿 생각한 바를 소리 내어 이야기했다. 그의 눈앞에는 무방비 상태인 데다가 변명의 여지가 없을 만큼 어린 소년병들이 죽음을 맞이할 준비를 하고 있었다.

무엇이 그런 행동을 하도록 만들었을까? 나라면 그렇게 할 수 있었을까? 아무 생각도 하지 않고 위험한 곳으로 돌격하고, 무엇이 다가오는지 알면서도 계속해서 기다리고 기다리며 또 기다리는 일을 할 수 있었을까? 어쨌든 그렇게 하게 되겠지. 아무런 목적도 없이. 끝도 없이.

"우스꽝스러운 모습이었죠. '교황은 엿이나 먹어.'라는 말을 외친다 한들, 독일군을 한 명이라도 더 죽일 수는 없었을 거예요. 그런 말을 탄약 대신 쓸 수 있을까요? 살인범이 당신에게 총을 쏘면 어떻게 하시나요? 그를 쫓아가 '타바르나클르Tabernacle 제기랄!', '사크레Sacré 빌어먹을!', '샬리스Chalice 염병할!' 이렇게 외칠 건가요? 나와 당신의 관계가 절대로 그런 생사의 갈림길에 놓이지 않기를 바라요. 메르드Merde 젠장."

가마슈는 웃었다. 그의 통찰력 있는 지적은 분명 깊은 인상을 남기는 데 실패했다. 그리고 어쩌면 그녀의 말이 맞을 수도 있었다. 그는 솜 전투에서 그 소년병들이 왜 그런 말을 외쳤는지 조금도 이해할 수 없었다.

"사진을 몇 장 가져왔는데, 두 분께서 봐 주셨으면 합니다." 그는 사울이 찍은 사진을 탁자 위에 펼쳤다.

"저 사람이 누구죠?" 케이가 물었다.

"당신이잖아, 마 벨ma belle 우리 자기." 에밀리가 말했다.

"농담이지? 빨래 바구니 속에 담긴 감자처럼 보이는데."

"이 사진들 중 몇 장에서는 당신이 CC에게 말을 하고 있는 것 같습니다." 가마슈가 말했다. "무슨 말을 하셨습니까?"

"아마 가만히 앉아 있으라는 말을 했을 거예요." 그녀는 계속해서 꼼지락거렸다. 몹시 거슬리는 행동이었다.

"그러면 그녀는 당신 말을 들었습니까? 왜죠?"

"모두들 케이의 말을 들어요." 엠이 웃으며 말했다. "케이는 아버지처럼 타고난 리더예요."

가마슈는 그 말은 전혀 사실이 아닐 거라고 생각했다. 세 친구들 중에서는 에밀리 롱프레가 가장 조용했지만 진짜 리더로 보였기 때문이다.

"우리 케이는 에코 산에 있는 톰슨 제재 회사를 수십 년 동안 혼자서 경영했어요. 산 사나이 무리들을 훈련시키고 조직했는데, 그 사람들이 그녀를 얼마나 숭배했다고요. 이 근처에서 가장 성공적인 벌목 사업체였죠."

"나는 그 짐승 같은 사내들을 일주일에 한 번씩 목욕시키려고 잿물 속에 집어넣었던 사람이라 CC가 꼼지락거리는 짓을 못하게 할 수도 있는 거죠. 난 신경 거슬리는 꼴은 못 참아요." 케이가 말했다.

"우리는 드 푸아티에가 그녀의 진짜 이름이 아니라고 믿고 있습니다." 가마슈는 말하면서 그들의 반응을 관찰했다. 두 여자 모두 사진들을 바라보고 있었다. "그녀의 어머니가 스리 파인스 출신이어서, 그녀가 이곳으로 이사를 왔다고 생각합니다. 어머니를 찾으러요."

"불쌍한 아이 같으니." 엠은 여전히 고개를 숙인 채 말했다. 가마슈는 그녀가 고의적으로 눈을 마주치길 꺼려하는지 궁금했다. "찾았나요?"

"그녀의 어머니 말입니까? 모르겠습니다. 하지만 그녀의 어머니 이름이 L로 시작한다는 사실은 알고 있습니다. 혹시 아는 사람 있습니까?"

"음, 한 사람요." 에밀리가 말했다. "롱프레라는 여자인데요."

케이가 웃음을 터뜨렸다. "말도 안 돼요, 경감님. 엠을 용의자로 삼을 수 있을 것 같아요? 그녀가 아이를 버릴 수 있는 사람이라고 생각하나요? 엠은 컬링 대회에서 이기는 일 이상은 할 수 없는 사람이에요. 도대체가 쓸모가 없어요."

"이렇게 고마울 수가 있나, 자기."

"다른 사람은요?" 두 여자는 잠시 동작을 멈추더니 결국 고개를 흔들었다. 가마슈는 그들이 무언가 숨기고 있다는 사실을 알았다. 그들은 그래야만 했으리라. 두 사람 모두 CC의 어머니가 스리 파인스에 있었을 때도 이곳에 살고 있었고, 50년대 퀘벡의 작은 마을에서 임신한 여자아이는 주목을 받았을 것이기 때문이다.

"돌아가는 길에 태워다 드릴까요?" 길고 불편한 침묵 끝에 엠이 그렇게 말했다.

가마슈가 사진을 정리하려 몸을 굽혔을 때, 사진 속의 뭔가가 눈에 띄었다. 케이는 확실히 짜증 난 표정으로 CC를 노려보고 있었다. 그리고 CC는 앞에 놓여 있는 빈 의자에 간절히 도달하고 싶은 듯 정면을 바라보고 있었다. 그 순간 그는 살인범이 어떻게 살인을 저질렀는지 알았다.

27

클라라와 피터 모로 부부가 텔레비전과 VCR을 켜자 보부아르는 구멍 속으로 테이프를 아무렇게나 밀어 넣었다.

그는 이런 일을 기대한 게 아니었다. 영어를 쓰는 오래된 영화를 두 시간 동안이나 봐야 하다니. 아마 나오는 사람마다 이야기에 이야기에 이야기만 지껄이겠지. 폭발 장면도 없고, 섹스 장면도 없을 테지. 〈겨울의 라이온〉을 보느니 차라리 감기에 걸리는 편이 더 낫겠어. 소파에 앉은 그의 옆에는 르미외 형사가 잔뜩 흥분해 있었다.

어린애 같으니.

에밀리 롱프레는 가마슈가 부탁한 대로 그를 옛 해들리 저택에 내려 주었다.

"여기서 기다릴까요?"

"매 부 제트 트레 정티mais vous êtes très gentile 아닙니다. 어쨌든 감사합니다. 걸어서 돌아가는 편이 운동이 될 테지요."

"날이 추워요, 경감님. 그리고 더 추워질걸요." 그녀는 자동차 계기판을 가리켰다. 시간과 온도가 표시되어 있었다. 이미 영하 15도였고, 태양은 이제 막 진 후였다. 아직 4시 30분밖에 되지 않았다.

"이 집이 마음에 들었던 적은 한 번도 없어요." 그녀가 작은 탑과 텅 빈 창문을 바라보며 말했다. 저택 앞에서 스리 파인스가 손짓하고 있었다. 따뜻하게 타오르는 불빛은 고마운 난롯불 앞에서 사람들과 함께 식전 반주를 한잔할 수 있다고 이야기하는 것 같았다. 가마슈는 자동차 문을 비틀어 열었다. 문이 항의하며 비명을 질러 댔고, 얼어붙은 자동차 문의 경첩은 울부짖었다. 그는 에밀리의 자동차가 작은 언덕을 넘어 마을을 향해 사라지는 모습을 지켜본 다음 저택을 향하여 몸을 돌렸다. 거실에 조명이 하나 켜져 있는 모습을 볼 수 있었고, 그가 벨을 울리자 복도 조명에도 불이 들어왔다.

"들어와요, 들어와." 리샤르 리옹은 거의 그를 잡아당기다시피 안쪽으로 들이고 문을 쾅 닫았다. "끔찍한 밤입니다. 들어오세요, 경감님."

오 제발, 그렇게 다정하게 말하지 말라고. 그저 한번만이라도 평범한 어조로 말할 수는 없는 거야? 네가 존경하는 사람처럼 행동하려고 노력해 봐. 그러니까 루스벨트 대통령이나 장 뤽 피카드 선장미국의 SF 시리즈 《스타트렉》의 주인공 같은 사람 말이지.

"무슨 일로 오셨습니까?" 리샤르 리옹은 방금 낸 목소리가 마음에 들었다. 침착하고 신중하며 잘 통제된 목소리군. 그냥 일을 망치지나 마.

"몇 가지 질문이 있어 왔습니다. 그런데 우선, 따님은 어떻습니까?"

"크리 말인가요?"

가마슈는 자신이 크리에 대해서 물을 때마다 리옹은 왜 그렇게 당혹스러워하는 태도를 취하는지 궁금했다. 거의 자신에게 딸이 있다는 사실이나, 혹은 신경을 써 주는 사람이 있다는 사실에 놀란 모습이었다.

"애는 좋아지고 있는 것 같습니다. 점심때 뭔가 먹더라고요. 난방 온도를 높였으니 그리 춥지는 않을 겁니다."

"이야기는 하던가요?"

"아뇨, 하지만 원래 말을 많이 하던 애가 아니라서요."

가마슈는 목화솜으로 둘러싸여 외부와 단절된 세상에서 살고 있는 것처럼 보이는 이 무기력한 남자를 마구 흔들고 싶었다. 가마슈는 허락도 구하지 않은 채 거실로 들어가 크리의 맞은편에 앉았다. 전에 입었던 옷은 갈아입은 모습이었다. 이제 그녀는 다리에 꽉 끼는 흰색 반바지와 분홍색 홀터 상의를 입고 있었다. 머리카락은 땋은 채였고, 얼굴은 공허해 보였다.

"크리, 가마슈 경감이란다. 어떻게 지내니?"

대답이 없었다.

"여긴 추울 텐데. 괜찮다면 내 카디건을 입지 않겠니?" 그는 카디건을 벗어 그녀의 드러난 어깨 위에 덮어 주고 리옹을 향해 몸을 돌렸다.

"제가 돌아가면 이 아이에게 담요를 두르고 벽난로에 불을 피워 주시겠습니까?"

"하지만 벽난로는 그렇게 따뜻하지 않던데요." 리옹이 말했다. 심통 사나운 소리는 내지 마. 강인한 소리를 내. 이 집의 주인다운 소리를. 결단력 있는 목소리를 내라고. "게다가 장작도 없습니다."

"지하실에 장작이 있습니다. 제가 장작 나르는 일을 도와 드리죠. 벽난로가 그리 따뜻하지 않다는 말은 맞을지도 모르지만 불길은 쾌활하고 밝게 빛나지요. 그런 모습 역시 중요합니다. 자, 당신에게 몇 가지 질문이 있습니다." 가마슈는 거실을 나와 복도로 들어갔다. 그는 이곳에서 많은 시간을 보내고 싶지 않았다. 머나의 책방 문이 닫기 전에 그곳에 가 보고 싶었다.

"부인의 실명이 무엇입니까?"

"드 푸아티에요."

"그녀의 실명 말입니다."

리옹은 전혀 갈피를 잡지 못하는 것처럼 보였다. "드 푸아티에가 아니라고요? 무슨 말씀 하시는 겁니까?"

"그건 그녀가 지어 낸 이름입니다. 모르고 계셨습니까?"

그는 고개를 흔들었다.

"당신의 재정 상태는 어떻습니까, 무슈 리옹?"

그는 입을 열었지만 거짓말이 흘러나오기 전에 간신히 입을 막았다. 더 이상 거짓말을 할 필요가 없었고 자기 자신이 아닌 다른 사람으로 꾸밀 이유도 없었다. 고집을 부리며 자신이 따라오도록 한 사람은 CC였으니까. 이런 영주의 장원 같은 저택에서 태어난 척하라고 고집을 부렸다. 지체 높은 집에서 태어난 척을. 부잣집에서 태어난 척을.

"이 집을 사려고 제 연금을 양도했죠." 그는 인정했다. "우리가 감당하기에 벅찬 집이었습니다."

그는 털어놓는 게 이렇게 쉽다는 사실에 놀랐다. CC는 절대로 그 사실을 인정해서는 안 된다고 말했다. 사람들이 자신들의 실제 삶에 대해 알게 된다면, 자신들은 파멸하게 되리라고 했다. 그러나 속임수와 비밀 역시 자신들을 파멸로 몰아갔다. 이제 리샤르 리옹은 사실을 털어놓았지만 아무런 나쁜 일도 일어나지 않았다.

"더 이상은 아닐 테죠. 당신 부인은 수십만 달러짜리 보험에 가입해 있었습니다."

무언가 나쁜 일이 일어난 것 같아 그는 사실을 털어놓은 것을 뼈저리게 후회하기 시작했다. 루스벨트 대통령이라면 어떻게 했을까? 피카드 선장이라면? CC라면?

"무슨 말씀 하시는지 모르겠군요."

거짓말.

"보험 증서에 당신 서명이 있더군요. 우리는 서류를 갖고 있습니다."

정말로 나쁜 일이 일어나는 중이었다.

"당신은 교육을 받은 엔지니어에 발명가이기도 하죠. 당신이라면 아내를 감전시키려 부스터 케이블을 쉽게 연결할 수 있었을 겁니다. 당신은 그녀가 장갑을 벗은 채 젖은 물 위에 서 있을 필요가 있다는 사실을 알고 있었을 테죠. 조찬 모임에서 그녀에게 니코틴산을 먹일 수도 있었을 겁니다. 당신은 그녀가 어떤 사람인지 잘 알고 있어서 그녀라면 전열기 옆 가장 좋은 자리를 차지할 거라는 사실도 알고 있었을 테죠." 굉장히 합리적으로 들려서 어떤 의미에서는 더욱 악몽과도 같은 가마슈의 목소리가 점점 더 조용해졌다. 그는 배낭 속에 손을 넣어 사진 한 장을 꺼냈다. "살인범이 어떻게 CC가 자신의 앞에 있는 의자를 잡을 거라는 사실을 알았을까 하는 점이 처음부터 골칫거리였습니다. 사람들은 보통 그런 식으로 행동하지 않습니다. 이제 알아냈습니다. 이렇게 한 거죠."

그는 리옹에게 그 사진을 보여 주었다. 그는 죽기 직전에 처한 아내의 모습을 바라보았다. 그녀의 옆에서 케이 톰슨이 무슨 이야기를 하고 있었지만 CC의 관심은 앞에 있는 의자에 못 박혀 있었다.

리샤르 리옹의 얼굴이 핼쑥해졌다.

"당신도 알 수 있을 겁니다."

"제가 한 짓이 아닙니다." 그가 가냘픈 목소리로 말했다. 머릿속에서 말을 걸던 목소리마저 그를 홀로 남겨 두고 사라진 듯했다. 홀로 남겨 두고.

"그가 저지른 게 아니에요." 20분 후 머나가 말했다.
"어떻게 아십니까?" 가마슈가 흔들의자에 앉으며 물었다. 그는 긴 다리를 열기를 뿜어내고 있는 장작 스토브 앞으로 뻗었다. 그녀는 그를 위해 핫 럼 토디를 만들어 자신들 사이에 놓여 있는 「뉴욕 북 리뷰」가 쌓인 상자 위에 놓았다. 가마슈의 몸이 녹고 있었다.
"그는 관중석 내 옆자리에 내내 앉아 있었으니까요."
"그 이야기는 기억하고 있습니다. 하지만 그가 당신 모르게 몇 분 동안 자리를 비울 수도 있지 않을까요?"
"당신이 해들리 저택에서 이리로 걸어오는 동안, 단 몇 분 동안이라도 입고 있던 코트가 없어진다면 그 사실을 눈치채겠죠?" 그녀는 그렇게 물으며 눈을 반짝였다.
"아마도요." 그는 그녀가 무슨 지적을 하려는지 알고 있었지만 실제로 듣기는 싫었다. 완벽한 용의자가, 이 사건에서 유일한 완벽한 용의자가 범행을 저지를 수 없었다는 말을 듣고 싶지 않았다. 그가 중간에 사라졌다면 여기 있는 머나가 그의 체열이 갑자기 사라졌다는 사실을 눈치챘으리라.
"이것 봐요, 난 그 남자에게 마음이 있는 게 아니라고요. 누군가 여러 해에 걸쳐 크리를 정신적으로 학대해서 거의 혼수상태에 이를 정도로 몰아붙였어요. 처음에는 그녀에게 자폐증이 있는 게 아닐까 하는 생각도 해 봤지만, 그 애와 몇 분 동안 함께 있어 보니 그게 아니었어요. 그 애는 달아나고 있던 것 같아요. 그녀의 머릿속에서요. 그리고 저는 그 책임이 리샤르 리옹에게 있다고 생각해요."

"말씀해 주시죠." 가마슈는 따뜻한 머그컵을 집어 들었다. 럼과 향신료 냄새가 났다.

"음, 여기부터는 조심스럽게 접근해야 해요. 제 의견으로는, 크리는 평생 감정적으로 학대를 당해 왔어요. 언어 폭력으로요. CC가 학대의 주범 같지만, 아동 학대에는 일반적으로 세 종류의 관계자가 존재해요. 학대를 가하는 사람, 학대를 당하는 사람, 학대를 방관하는 사람. 부모 중 한 사람이 학대를 자행하면, 다른 한 사람은 무슨 일이 벌어지고 있는지 알면서도 아무 행동도 하지 않는 거죠."

"CC가 크리를 감정적으로 학대했다면 남편도 마찬가지로 학대하지 않았을까요?" 가마슈는 겁을 먹은 채 뭘 해야 할지 몰라 갈팡질팡하던 리옹의 모습을 기억했다.

"그건 거의 확실해요. 그럼에도 그는 크리의 아버지이니 그녀를 구해야 했어요."

"하지만 그렇게 하지 않았죠."

머나는 고개를 끄덕였다. "그런 집에서 산다는 게 어떤 것인지 상상이나 할 수 있을까요?" 머나는 창문에 등을 돌리고 있어 옛 해들리 저택을 볼 수 없었지만 그 저택의 존재를 느낄 수 있었다.

"가족 복지 기관에 연락해야 할까요? 다른 곳에서라면 크리가 좀 더 잘 지낼 수 있을까요?"

"아뇨, 최악의 상황은 지났다고 봐요. 그녀에게 필요한 건 자신을 사랑해 주는 부모와 집중 치료예요. 학교에서는 뭐라고 하던가요?"

"교사들은 그녀가 똑똑한 학생이라고 하더군요. 사실 성적이 매우 우수합니다. 하지만 학교에서 어울리지 못하더군요."

"아마 지금으로서는 절대 잘 어울릴 수 없겠죠. 이미 마음에 너무 많은 손상을 입었어요. 우리는 자신이 믿는 대로 따라가요. 그리고 크리는 자신이 굉장히 끔찍한 존재라고 믿어요. 평생 들어 온 말이고, 지금 그 말이 그 애에게 유령처럼 달라붙어 있어요. 친어머니의 목소리로요. 우리 중 대부분이 조용한 순간에 귓가에 속삭이는 말을 들어요. 다정한 말이든 비난하는 말이든. 바로 어머니의 목소리로요."

"아버지의 목소리일 수도 있죠. 하지만 이 경우에 그는 아무 말도 하지 않았습니다. 그녀가 너무 말을 많이 해서 그는 충분히 말을 할 수 없었던 거죠. 그래서 살인으로 이어졌다고 해도 놀랍지 않습니다."

"우리는 미사일은 잘 유도하지만 사람은 잘못 유도하는 세상에 살고 있다죠." 머나가 말했다. "마틴 루터 킹 주니어 목사가 한 말이에요."

가마슈는 고개를 끄덕이고 다른 구절을 기억해 냈다.

"당신의 신념은 당신의 사상이 되고
당신의 사상은 당신의 말이 되며
당신의 말은 당신의 행동이 되고
당신의 행동은 당신의 운명이 된다.

마하트마 간디가 한 말입니다. 빼먹은 부분이 있는 것 같은데 기억나지 않는군요."

"간디가 그렇게 수다스러운 사람인 줄 몰랐지만 그의 말에 동의해요. 대단히 설득력이 있어요. 모든 것은 자신의 믿음에서 출발하고, 그 믿음은 부모에게서 받죠. 그러니 병적인 부모가 있으면 병적인 믿음을 갖게 되고, 그건 우리가 생각하고 행동하는 모든 활동을 감염해요."
 가마슈는 CC의 어머니가 누구며, 그녀가 딸에게 어떤 믿음을 심어 주었는지 궁금했다. 그는 토디를 마시고 비로소 떨리던 몸이 따뜻해지자 주변을 둘러보았다.
 이 가게는 시골집에 차린 낡은 도서관 같은 분위기가 났다. 벽마다 따뜻한 느낌의 나무 선반이 줄지어 달려 있었고, 책들이 차례차례 꽂혀 있었다. 코바늘로 짠 깔개가 여기저기 흩어져 있었고, 버몬트 캐스팅스사의 장작 스토브가 가게 한가운데에 놓여 있었다. 스토브 앞에 놓인 소파 양쪽으로 흔들의자가 있었다. 서점을 사랑하는 가마슈는 이곳이야말로 직접 와 본 서점 중 가장 매력적인 곳이라고 생각했다.
 그는 5시 몇 분 전에 이곳으로 오면서 루스를 지나쳤다. 그 늙은 시인은 또다시 마을 광장 한가운데에 걸음을 멈추고는 얼어붙은 벤치에 털썩 주저앉았다. 그는 서점 창문 밖으로 그녀가 그곳에 여전히 앉아 있는 모습을 바라보았다. 크리스마스트리에서 나오는 발랄한 불빛 속에서 그녀의 완고하고 냉담한 윤곽이 드러났다.
 "음, 모든 아이들은 슬프지만 몇몇은 슬픔을 극복하지요." 가마슈는 마거릿 애트우드의 말을 인용했다.
 머나가 그의 시선을 좇았다.
 "비어 워크Beer Walk예요."

 "비어 워크라." 로베르 르미외는 그 말을 반복했다. 그는 모로네 집 텔레비전에서 물러나 방황하는 중이었다. 클라라와 보부아르 경위는 여전히 위성방송 수신 안테나처럼 눈을 동그랗게 뜨고 화면을 응시하고 있었다. 〈겨울의 라이온〉이 시작하면서 르미외는 보부아르가 가끔씩 내는 헉하는 소리 외에 그가 살아 있다는 증거를 찾을 수 없었다. 르미외도 영화에 집중해 보려고 노력했지만 졸음만 밀려들 뿐이었다. 그는 보부아르의 어깨에 머리를 기댄 채 입을 벌리고 침을 흘리는 모습을 상상해 보았다. 일어나서 돌아다니는 게 최선이었다.

그가 창문 밖을 내다보자 피터 모로가 그의 곁으로 다가왔다.

"저 여자는 뭘 하고 있죠?" 르미외가 벤치에 앉아 있는 늙은 여자를 가리켰다. 다른 마을 사람들은 공기 자체가 단단하게 얼어 버리기라도 한 듯 몸을 웅크리고 실내로 피하거나 밤공기를 뚫고 종종걸음으로 사라졌다.

"아, 저건 루스의 비어 워크입니다."

르미외는 고개를 흔들었다. 한심한 주정뱅이 노인네.

머나가 설명을 마치자 가마슈는 코트가 걸려 있는 곳으로 걸어가 찾고 있는 물건이 나올 때까지 양쪽 주머니를 뒤졌다. 엘의 시체에서 발견된 루스의 시집을.

그는 자리로 돌아가 시집을 아무 곳이나 펼쳐 읽기 시작했다.

"그녀는 굉장한 시인이에요." 머나가 말했다. "평소에는 그렇게 엉망진창으로 지내는 사람이라는 게 안타깝지만요. 좀 봐도 되나요?" 그녀가 책으로 손을 뻗어 첫 페이지를 폈다. "클라라가 빌려준 건가요?"

"아뇨. 왜 그런 걸 묻죠?"

"흠, 이건 루스가 클라라에게 서명을 해 준 책인데요." 그녀가 그에게 보여 주었다. "당신 냄새나. 사랑을 담아, 루스."

"'당신 냄새나'가 클라라를 지칭하는 말이었습니까?"

"뭐, 그날에는 그랬죠. 우습지 않아요? 클라라는 그 책을 잃어버렸다고 했는데. 다시 찾은 줄 알았더니 그녀에게서 받은 게 아니라고요?"

"아닙니다. 사건 수사 과정에서 나온 겁니다."

"살인 사건인가요?"

"그녀가 사인을 받은 다음에 잃어버렸다고 했죠? 어디서 잃어버렸습니까?" 가마슈는 몸을 굽히며 빛나는 눈으로 머나를 바라보았다.

"오길비 백화점에서요. 그녀는 루스의 책 출간 기념 행사에서 그 책을 사서 사인을 받았어요. 그다음에 우리는 자리를 떠야 했어요." 머나는 활기가 넘치고 마음이 들뜨기 시작했다. 비록 그 이유는 알 수 없었지만.

"당신들은 곧장 돌아왔습니까?"

"저는 주차된 차를 빼서 그녀를 태웠어요. 중간에 어디 들르지도 않았고요."

"그녀가 당신 차에 타기 전에 어디 들른 곳이 있었습니까?"

머나는 잠시 생각하다가 고개를 저었다. 가마슈는 자리에서 일어났다. 모로네 집에 어서 가 봐야 했다.

"음, 그녀가 다음 날 해 준 이야기가 있어요. 밖에 있는 늙은 거지에게 음식을 사 줬다고 했어요. 그녀는······." 머나는 말을 멈췄다.

"계속하세요." 가마슈가 문가에서 돌아섰다.

"아무것도 아니에요."

가마슈는 그저 바라만 보았다.

"제가 말할 수는 없어요. 클라라가 할 말이에요."

"그 거지는 죽었습니다. 살해당했죠." 그는 루스의 책을 들고 부드럽게 말했다. "지금 말해 주셔야겠습니다."

28

피터는 가마슈를 집 안으로 안내하고 그의 코트를 받아 들었다. 집 안에서는 의심할 바 없는 팝콘 냄새가 풍겼고, 중세 시대 합창 소리가 흘러나왔다.

"영화가 막 끝났습니다." 피터가 말했다.

"끝났어요." 클라라는 가마슈에게 인사를 건네러 주방으로 잠시 나왔다. "두 번째로 보니 훨씬 나은 것 같아요. 그리고 뭔가 찾아냈어요."

그들은 거실로 들어갔다. 엔딩 크레딧이 올라가는 동안, 장 기 보부아르는 눈이 휘둥그레진 채 화면을 들여다보고 있었다.

"몽 디유Mon Dieu 맙소사, 당신네 영국군이 아브라함 평원 전투18세기 캐나다 퀘벡 시에 인접한 아브라함 평원에서 벌어진 영국군과 프랑스군 사이의 전투. 영국군은 이 전투에서의 승리로 퀘벡 시에 대한 통제권을 확립했다에서 이긴 게 당연한 일이었군요. 당신들은 다 미쳤어."

"전쟁에선 그게 도움이 되죠." 피터가 동의했다. "하지만 우린 아키텐의 엘레오노르나 헨리 같은 사람들과는 전혀 달라요." 그는 엘레오노르와 헨리 모두, 사실은 프랑스인이라는 점을 지적하고 싶은 유혹에 빠졌지만 그렇게 낯뜨거운 짓은 하지 않기로 했다.

"다르다고요?" 보부아르가 물었다. 퀘벡에 사는 영국계들은 그를 놀라게 했다. 그들의 비밀 엄수 태도를 항상 무서워했다. 그들이 무슨 생각을 하는지 도통 이해할 수가 없었다. 그가 그들의 생각을 이해할 수 없다면 그들이 무엇을 하려는지 알아낼 수 없을 터였다. 그는 영국계들 사이에 노출되어 위험에 빠진 듯한 기분을 느꼈다. 그리고 이런 상황이 마음에 들지 않았다. 솔직히 그들이 마음에 들지도 않았고, 이 영화는 그의 생각을 전혀 바꾸지 못했다.

몹시 겁이 났다.

"여기예요." 클라라가 되감기 버튼을 누르자 테이프가 윙 소리를 냈다. "십칠 분 정도 지난 부분이에요. 테이프 상태가 이상하더라고요."

가마슈는 그제야 띄엄띄엄 들렸던 클라라의 통화 내용을 이해했다. 비디오테이프에서 특정 부분을 정지해 놓는 일을 여러 번 반복하면 테이프가 늘어났다. 그리고 테이프가 늘어나면 화면이 불안정해졌다. 클라라가 하고 싶었던 말은, 피터가 중요한 부분에서 테이프를 정지해 놓곤 했기 때문에 테이프가 늘어났다면 어쩌면 CC도 같은 행동을 하지 않았을까 하는 이야기였다.

"테이프가 이상하게 재생되는 부분이 한 군데 있었습니다." 르미외가 말했다. "하지만 계속해서 돌려 보았지만 이상한 점은 발견할 수 없었습니다."

가마슈는 젊은 형사에게 몸을 돌렸다. "이 영화는 매 장면 의미를 담고 있다는 사실을 알아야 할 것 같군. CC가 이 부분에서 테이프를 정지한 이유가 있네."

르미외는 얼굴을 붉혔다. 다시 첫 번째 교훈으로 돌아갔다. 모든 것에는 이유가 있다. 가마슈는 담담하게 사무적으로 이야기했지만 이번이 두 번째 지적이라는 사실을 두 사람 모두 알고 있었다.

"좋아요, 시작해요." 클라라가 바닥에 앉아 재생 버튼을 눌렀다.

바지선 한 척이 황량한 해안으로 접근하고 있었다. 나이 든 엘레오노르 역을 맡은 캐서린 헵번이 숄을 두르고 아름답지만 불안해 보이는 모습으로 등장했다. 대사 한 마디 없이 노잡이와 왕비를 태운 배가 도착하는 장면을 목가적인 롱테이크로 찍은 장면이었다.

바지선이 거의 해안에 다다르자 화면 상태가 이상하게 변했다. 아주 잠깐 동안. 화면이 구겨졌다.

"저기요." 클라라는 일시정지 버튼을 눌렀다. "다시 한 번 보세요."

그녀는 한 번 더 테이프를 되감고 재생 버튼을 눌렀다. 엘레오노르는 한 번 더 해안에 다다랐다. 엄청난 파장을 몰고 올 크리스마스를 가족과 함께 보내러.

클라라는 화면이 구겨지는 바로 그 장면에서 화면을 정지했다. 바지선의 뱃머리가 화면을 거의 가득 채웠다. 사람의 얼굴은 보이지 않았다. 배우들도 전혀 등장하지 않았다. 그저 잎사귀 하나 없이 죽은 나무들과 거의 죽어 버린 듯한 주변 풍경, 회색 바다와 배의 이물뿐이었다. 아무것도 없었다. 르미외의 말이 맞을지도 몰라.

가마슈는 소파에 등을 기대고 화면을 응시했다. 결국 일시정지 모드가 저절로 풀려, 클라라는 다시 한 번 다시 테이프를 되감고 재생한 다음 일시정지 버튼을 눌러야 했다.

몇 분이 지났다.

"뭐가 보입니까?" 그가 방 안에 있는 모두에게 물었다.

"배요." 클라라가 말했다.

"나무요." 피터가 말했다.

"물이 좀 보이네요." 보부아르는 다른 사람들이 다 말해 버릴까 불안해서 한마디 했다.

르미외는 자책하고 싶었다. 말할 게 아무것도 남지 않았던 것이다. 그는 흥미롭게 자신을 바라보는 가마슈의 시선을 눈치챘다. 그 시선에는 다른 감정이 담겨 있었다. 자신을 인정해 주는 눈빛. 그저 말을 하기 위해 아무 이야기나 하는 것보다는 아무 말도 하지 않는 게 더 나을 수 있었다. 르미외는 마주 미소를 지으며 긴장을 풀었다.

가마슈는 화면으로 시선을 돌렸다. 배, 나무, 물. CC가 이 장면에서 영화를 정지했던 건 단순한 우연이었을까? 여기서 지나치게 많은 의미를 읽으려 하는 걸까? 그녀는 그저 마실 것을 가지러 가거나 화장실에 가려고 일시정지 버튼을 누른 게 아닐까? 하지만 일지정지를 한 번 한 것 갖고 테이프가 늘어날 수는 없어. 이 정도의 손상을 입히려면 굉장히 여러 번 이 장면에서 일시정지를 했다는 뜻이지.

그는 일어나 다리를 폈다.

"더 이상 볼 필요는 없을 것 같군요. 여긴 아무것도 없네. 자네 말이 맞고 내가 틀렸군. 미안하네." 가마슈가 르미외에게 그렇게 말하자 그는 어떤 행동을 해야 할지 몰라 망연자실하게 있을 뿐이었다.

"죄송해요." 클라라가 그들을 배웅하러 머드룸으로 향하며 말했다. "뭔가 알아냈다고 생각했어요."

"뭔가 알아낸 건지도 모릅니다. 범죄 수사에 대한 소질이 있으시군요, 마담."

"아부하신다는 거 알아요, 무슈."

만약 피터가 개였더라면, 그는 목 주변의 털을 곤두세웠으리라. 그는 애를 써 보았지만 클라라와 그토록 손쉽게 친밀해지는 가마슈에 대한 질투를 완전히 억누를 수 없었다. 머드룸에서 가마슈는 코트 주머니 안에 들어 있던 책을 꺼내 다정하게 클라라에게 내밀었다. 그는 머나와 이야기를 나눈 다음, 자신이 앞으로 어떤 일을 해야 하는지에 대한 힌트를 얻었다. 그리고 그렇게 할 필요가 없기를 바랐다.

"친절도 하셔라. 그런데 루스의 최근 시집은 갖고 있는데요."

"하지만 이건 아닐 텐데요." 그는 거의 속삭이듯 말했다. 피터는 무슨 말인지 들으려 안간힘을 썼다. 다른 사람들도 마찬가지였다.

클라라는 책을 펼쳐 보고 활짝 미소를 지었다. "당신 냄새나. 사랑을 담아, 루스. 이걸 찾아내셨군요. 제가 잃어버린 건데. 길에 떨어뜨렸나요? 아니면 비스트로에?"

"아뇨, 몬트리올에서 떨어뜨리셨더군요."

클라라는 어리둥절해서 가마슈를 바라보았다. "그런데 이걸 찾으셨다고요? 그건 불가능할 텐데요."

"죽은 여자의 몸에서 발견했습니다." 그는 클라라가 방금 한 말을 듣고 이해할 수 있도록 충분한 기회를 주면서 느리고 신중하게 말했다. "그녀는 크리스마스 직전에 오길비 백화점 옥외에서 발견되었습니다."

가마슈는 클라라를 응시하며 그녀의 얼굴과 반응을 관찰했다. 여전히 그녀는 어리둥절하고 놀란 채였다. 그 외 다른 감정은 보이지 않았다.

"그녀는 부랑자였습니다. 노숙자 말입니다."

그러자 이제 그녀라는 전등에 불이 켜진 것 같았다. 그녀는 눈을 살짝 치켜뜨고 고개를 젖혀 그에게서 물러났다. 마치 그의 말에 속이 메스꺼워진 것 같았다.

"안 돼." 얼굴이 창백해진 클라라가 속삭였다. 그녀는 조용히 두어 번 심호흡을 했다. "그 늙은 여자 부랑자가요?"

침묵이 계속되었다. 모든 사람들의 눈이 이 소식을 듣고 허우적대는 클라라에게 쏠렸다. 클라라는 추락하는 듯한 기분이었다. 바닥이 아니라 그 아래로. 으스러진 꿈들로 가득한 심연 속으로.

나는 언제나 네 작품을 사랑했단다, 클라라.

아니야. 그 여자가 죽었다는 의미는 그 부랑자가 결국 하느님이 아니었다는 뜻이야. 그저 한심한 늙은 여자였을 뿐. 나처럼 과대망상에 빠진 여자. 둘 다 내 작품을 좋아했고, 둘 다 틀렸어. CC와 포틴의 말이 맞았던 거야.

네 작품은 서투르고 시시해. 너는 실패자야. 너는 개성도, 상상력도, 아무런 가치도 없어. 그저 인생을 낭비하고 있을 뿐이야.

"오, 하느님." 클라라는 이 말밖에는 할 수가 없었다.

"피터, 차 한 잔만 끓여 주시겠습니까? 뜨겁고 달콤하게?" 가마슈가 부탁했다. 피터는 가마슈가 그런 생각을 했다는 게 짜증이 나면서도 할 일이 생겨서 고마운 마음이 들었다.

"수사본부로 돌아가서 라코스트 형사가 어디까지 진행했는지 확인하게." 가마슈는 재빨리 보부아르에게 속삭였다. 그러고는 몸을 돌려 클라라를 거실로 데려갔다. 그는 보부아르에게 비디오테이프를 챙기라고 진작에 말하지 않은 것에 대해 자책했다. 보부아르가 잊어버리지 않았기를.

"그 이야기를 좀 해 주시겠습니까?" 그는 클라라를 따뜻한 벽난로 옆 의자에 앉힌 다음 말했다.

"저는 오길비 백화점에 들어갈 때 그녀를 넘어갔어요. 루스의 시집 출간 기념 행사가 있던 밤이었어요. 전 내 모든 행운이, 내 모든 것이 다 했다는 생각에 아주 참담한 기분이었어요." 그녀는 가마슈라면 이해하리라고 생각하면서 입가에 매달려 있던 문장을 마저 뱉었다. 다시 한 번 당시 광경이 떠올랐다. 행사장을 떠나 음식을 사서 그 운명적인 에스컬레이터를 오르던 모습이. CC를 지나치던 모습이.

네 작품은 서투르고 시시해.

혼란스러워하며 차가운 밤공기 속으로 걸어가면서 서둘러 자리를 뜨고 싶다고 생각했다. 악을 쓰고 울부짖으며 흥청대는 사람들을 모두 한쪽으로 밀어제치면서. 그러나 그 대신 악취가 나는 오물과 절망에 싸여 있는 노숙자에게 몸을 굽혀, 눈물이 그렁그렁한 그 눈을 바라보았다.

"나는 언제나 네 작품을 사랑했단다, 클라라."

"그녀가 그렇게 말했습니까?" 가마슈가 물었다.

클라라는 고개를 끄덕였다.

"아는 사람이었습니까?"

"한 번도 본 적이 없는 사람이었어요."

"하지만 분명 만난 적이 있었을 거예요." 르미외 형사는 이 대화에서 처음으로 입을 열었다. 그의 입에서 예상 밖의 말이 튀어나왔다. 그는 입을 꽉 다물고 가마슈를 바라보면서 질책에 대비했다. 그러나 가마슈는 흥미롭다는 듯 그를 바라볼 뿐이었다. 이윽고 그는 시선을 돌렸다.

안도한 르미외는 귀를 기울였지만 자리에서 꼼지락대고 싶었다. 그는 이 대화가 동요하고 있다는 사실을 알아차렸다.

"그걸 어떻게 설명하시겠습니까?" 아르망 가마슈는 클라라를 엄중히 바라보며 물었다.

"못해요."

"아뇨, 할 수 있습니다." 가마슈는 그녀를 격려했다. 그녀를 살피고 탐색하며 질문을 던지면서 그녀의 마음속으로 들어가려 했다. "말해 주십시오."

"난 그 여자가 하느님이라고 생각해요. 하느님이라고 생각했어요." 클라라는 터져 나오려는 울음을 삼키며 입을 막고 심란한 마음을 가라앉히려 악전고투했다.

가마슈는 앉아서 조용히 기다렸다. 그는 시선을 돌려 그녀에게 겉보기로나마 사생활을 보장해 주려 했다. 텔레비전을 바라보자 마음의 눈에 바지선의 얼어붙은 이미지가 비쳤다. 아니. 바지선이 아니라 이물 부분만이. 도안이 그려진. 큰 바다뱀. 뱀. 아니, 새.

독수리.

울고 있는 독수리.

그렇게 가마슈는 CC가 왜 그 장면에서 테이프를 정지해 놓았는지 알아냈다. 그는 라코스트가 퇴근하기 전에 수사본부에 가야 했다. 벽난로 선반에 놓인 시계를 보니 6시가 막 지나 있었다. 어쩌면 이미 너무 늦어 버렸을 수도 있었다. 그는 르미외에게 몸을 기울여 그 젊은이의 귀에 대고 속삭였다. 르미외는 재빠르고 조용하게 거실을 나섰다. 잠시 후 가마슈는 그가 서둘러 현관으로 난 길을 따라 문을 나서는 모습을 보았다.

가마슈는 르미외에게 비디오테이프를 가져가서 증거품 상자 속에 다시 넣어 놓으라고 지시하는 일을 잊어버린 자신에게 저주를 퍼부었다. 그는 속으로 자신도 테이프를 가져가는 것을 잊어버리는 게 아닐지 의심스러웠다. 피터가 차를 들고 들어오자 클라라는 정신을 차렸다.

"이 질문을 다시 해야겠군요, 클라라. 이전까지 엘을 한 번도 만난 적이 없는 게 확실합니까?"

"엘? 그게 그녀의 이름인가요?"

"경찰 보고서에는 그렇게 적혀 있습니다. 진짜 이름은 모릅니다."

"전 그날 밤 이래 굉장히 많은 생각을 했어요. 머나도 똑같은 질문을 했죠. 전 그녀를 몰랐어요. 믿어 주세요."

가마슈는 그녀를 믿었다.

"그녀는 어떻게 죽었나요? 동사했나요?" 클라라가 물었다.

"그녀는 살해당했습니다. 당신에게 말을 건넨 직후에요."

29

아르망 가마슈는 잊지 않고 〈겨울의 라이온〉 테이프를 수사본부로 가지고 돌아왔다. 그는 테이프를 책상 위에 두고 사람들이 옹송그리며 모여든 라코스트의 컴퓨터로 향했다. 그는 니콜 형사가 자신의 책상 앞에 앉아 있는 모습을 보고 손을 흔들어 그녀를 불렀다.

"르미외가 경감님의 지시 사항을 전달해 주었습니다." 라코스트는 그를 재빨리 흘낏 쳐다보았다. "이걸 보세요." 그녀의 컴퓨터 화면은 두 개로 분할되어 있었다. 양쪽의 이미지는 서로 거의 동일해 보였다. 양식화된 독수리 머리가 울부짖고 있었다.

"이쪽은," 라코스트는 왼쪽에 있는 이미지를 가리켰다. "아키텐의 엘레오노르 문장이에요."

"그러면 저쪽은?" 가마슈는 화면의 남은 절반을 가리켰다.

"그건 CC의 회사 로고예요. 그녀의 책에도 같은 종류의 로고가 찍혀 있어요. 죄다 잉크가 번져 있어서 제대로 인쇄되지는 않았지만, 어쨌든 같은 로고예요."

"경감님 말씀이 맞았습니다." 보부아르가 말했다. "CC는 보트 정면이 잘 보이는 십칠 분 지점의 장면에서 비디오를 정지한 겁니다. 그녀는 분명 이게 엘레오노르의 문장이라는 걸 알고 그걸 베끼고 싶었던 겁니다."

"전부 이치에 맞습니다." 르미외가 중얼거렸다.

"어떻게 연관 관계를 아셨습니까?" 보부아르가 물었다.

"내게는 자네들이 모르는 이점이 있었네." 가마슈는 사실을 털어놓았다. "리옹이 내게 CC의 책을 보여 주면서 로고를 가리킨 적이 있었지. 잊을 수가 없었지." 이렇게 해서 호전적인 독수리를 회사 로고로 선택한 터무니없는 이유가 설명이 되었다. 엘레오노르의 문장이었던 것이다.

"자네들에게 보여 줘야 할 게 있네." 가마슈는 자신의 가방에서 사울 페트로프가 찍은 사진을 꺼냈다. 가마슈가 사진을 펼쳐 놓는 동안 반원들은 의자를 끌고 회의용 탁자로 모였다.

"CC가 왜 자신의 앞에 놓인 의자를 붙잡았는지 그 이유를 알아냈네." 그는 턱으로 사진들을 가리켰다. "다 여기 나와 있었지."

그들은 사진을 응시했다. 1분 후, 가마슈는 그들이 애처롭게 보였다. 그들은 모두 지치고 배를 곯고 있었고, 라코스트 형사는 몬트리올까지 먼 길을 운전해야 했다.

"여기 보이나?" 그는 CC가 컬링 경기를 보고 있는 비교적 이른 시점의 사진 한 장을 가리켰다.

"의자는 이상 없어 보이지, 맞나?"

다들 고개를 끄덕였다.

"그러면 이걸 보게." 그는 CC를 찍은 나중 시점의 사진 한 장을 가리켰다.

"세상에, 이렇게 명백할 수가. 어떻게 제가 이걸 놓칠 수가 있었죠?" 보부아르는 사진을 바라보다 놀라서 가마슈에게 시선을 돌렸다. "비뚤어져 있군요."

"그런데요?" 라코스트가 말했다.

"그녀를 알고 지낸 사람들은, 심지어 그녀와 우연히 만났던 사람들마

저 같은 말을 반복했지. CC는 주변의 모든 것들을 똑바르게 재배치하려는 강박관념에 사로잡혀 있었다고. 이런 의자라면," 가마슈는 비뚜름하게 놓여 있어 한쪽 모서리가 눈 속으로 가라앉은 의자를 가리켰다. "확실히 그녀의 반응을 이끌어 냈겠지. 그렇게 오랫동안 참고 있었다는 게 놀라울 지경이야."

"경감님께서 지적하신 대로." 니콜이 말했다. "의자는 처음에는 바르게 놓여 있었습니다. 분명 누군가 의자를 비뚜름하게 밀친 겁니다."

가마슈는 고개를 끄덕였다. 사울 페트로프가 태워 버린 필름에 찍힌 장면이 바로 이것이었을까? 마을 사람 하나가 우연히 지나가다가 의자에 기대는 장면이 찍혀 있었을까? 그리고 그녀가 의자를 붙잡았을 때, 그가 해야 할 일은 부스터 케이블을 연결하는 것뿐이었다. 그리고 쾅. 살인이 완료되었다.

훌륭한 데다 거의 우아하기까지 한 방법이었다.

그렇지만 누가 한 일이지? 리샤르 리옹은 완벽한 용의자였다. 그는 자신의 아내가 삐딱하게 놓인 의자를 가만두지 않으리라는 사실을 알고 있었으리라.

"그 사진작가는 뭔가 숨기고 있습니다." 보부아르가 말했다.

"나도 그렇게 생각하네. 그는 우리가 도착하기 직전에 벽난로에서 필름 한 통을 태워 버렸지. 살인범이 찍힌 필름일 거야."

"그렇지만 그가 왜 필름을 없애려 했을까요?" 르미외가 물었다. "그의 말로는, 살인범의 사진을 찍었더라면 자신의 결백을 증명할 수 있었을 거라고 하지 않았습니까?"

"그가 협박을 할 계획이었다면 어떻습니까?" 니콜이 물었.

"하지만 왜 필름을 없앴을까요? 당신 같으면 안전하게 보관했을 텐데요. 그렇지 않나요?" 라코스트는 이 말을 하고 나서 니콜의 당황스러울 만큼 친근한 미소를 받아들여야 했다.

개 같은 년. 니콜은 주변을 둘러보다 가마슈가 자신을 바라보고 있다는 사실을 알아차렸다. 내 속을 알고 있을까? 그는 부하들에게 둘러싸인 채 의기양양하고 편안하게 서 있었다. 그리고 자신은 밖으로 밀려나 있었다. 언제나 이런 꼴이었다. 뭐, 그것도 이제 변하게 될 거야.

"왜 CC가 살해당하는 장면이 찍힌 사진을 없앴을까?" 가마슈는 자문해 보았다. 그는 자리에 앉아 사진을 바라보았다. "살인범을 보호하려는 의도가 아닐 바에야."

"그가 왜 그런 짓을 하겠습니까? 이곳에는 아는 사람 하나 없지 않습니까?" 르미외가 물었다.

"사울 페트로프에 대해 조사해 보게." 가마슈가 니콜에게 말했다. "그에 대해 캘 수 있는 건 전부 캐내도록." 그는 지친 손으로 눈을 비볐다.

그는 자신의 책상으로 걸어가서 비디오테이프를 집어 증거 보관실로 가져갔다. CC의 쓰레기통에서 나온 물건들이 들어 있는 작은 상자가 바닥에 놓여 있었다. 그는 〈겨울의 라이온〉 테이프를 제자리에 돌려놓기 전에 증거품 목록표를 꺼내 익숙한 명단을 바라보다가 다시 내려놓았다. 시리얼 상자, 따로 치워 버렸지만 여전히 목록에는 남아 있는 먹다 남은 음식물, 망가진 팔찌, 부츠 상자, 크리스마스 선물 포장지. 비디오테이프만 빼고는 평범한 목록이었다. 그리고 팔찌도 빼고.

가마슈는 장갑을 끼고 쓰레기통에서 보물을 찾으려는 사람처럼 상자를 뒤졌다. 약 1분 후, 텅 빈 상자에는 구석에 동그랗게 감겨 있는 더럽고 작은 물건밖에 남지 않았다. 마치 유기견 보호소에서 아무도 데려가지 않은 채 남아 있는 강아지 같았다. 그 갈색 물건은 아주 더러웠고 부서져 있었다. 그게 무엇이든 간에 팔찌는 아니었다. 가마슈는 독서용 반달 안경을 쓰고 그 물건을 집어 팔을 쭉 편 상태로 들어 보았다. 그는 호흡을 가다듬고는 얼굴을 가까이 대고 낡은 가죽 끈에 매달린 작은 물체를 자세히 관찰했다.

그것은 팔찌가 아니라 목걸이였다. 펜던트가 달려 있는. 작고 변색되어 더러운. 울부짖는 독수리 모양.

가마슈는 강박적으로 깔끔을 떠는 CC라면 절대로 이런 더러운 물건을 지니고 다니지 않았으리라는 사실을 알았다. 그리고 그는 이 물건의 주인이 누구인지도 알았다.

가마슈는 천천히 자리에서 일어났다. 이미지와 생각들이 차례대로 끼워 맞춰지고 있었다. 그는 목걸이를 가지고 자신의 책상으로 걸어가 두 부의 서류를 꺼냈다. 하나는 몽타주 담당자가 그린 그림이었고, 다른 하나는 엘의 검시 사진이었다.

그가 처음 엘의 검시 사진을 보았을 때 엘의 가슴에는 얼룩이 하나 있었다. 그 얼룩은 둥글고 균형 잡힌 모양이었으며 그녀의 몸에 묻어 있는 오물과는 색깔이 달랐다. 불순물이 섞인 금속이 땀과 반응하여 부식된 자국이었다. 그는 검시 사진을 보자마자 엘이 목걸이를 걸고 있었다는 사실을 알 수 있었다. 싸구려 목걸이였지만 그녀에게는 소중한 물건이었으리라.

그런데 그녀가 목걸이를 걸고 있었다는 증거가 또 있었다. 그녀의 목 아랫부분에 작고 어두운 멍 자국이 있었다. 아마도 가죽 끈이 끊어질 때

난 자국일 터였다. 그리고 그녀의 손에 난 상처 자국도 있었다. 그는 르미외 형사를 노숙자 구호시설로 보내, 엘이 목걸이를 걸고 있었다는 사실을 기억하는 사람이 있는지 문의하도록 한 적이 있었다. 그녀가 목걸이를 걸고 있었다는 사실을 기억하는 사람은 있었지만 아무도 그 목걸이가 어떤 것인지 기억할 정도로 그녀와 가까웠던 사람은 없었다. 그는 증거물 상자에서 목걸이를 찾아보았지만 아무것도 발견하지 못했다. 그는 목걸이를 발견하게 되면 그녀를 살해한 사람을 찾을 수 있으리라고 생각했었다.

뭐, 목걸이는 찾았군. 엘의 시체가 발견되고, 엘이 목걸이를 빼앗긴 몬트리올의 얼어붙은 거리에서 1백 킬로미터나 떨어진 스리 파인스에서. 어떻게 여기까지 흘러오게 되었을까?

아르망 가마슈는 눈을 감고 마음속 영화관에서 사건을 재구성해 보았다. 그는 엘의 살해범이 그녀와 싸우는 모습을 그려볼 수 있었다. 살인범은 목걸이를 거머쥐고 끈을 끊었으리라. 그러자 엘은 목걸이를 도로 잡아챘을 것이다. 그녀가 목걸이를 아주 맹렬하게 쥐고 있던 탓에 목이 조이면서 손에 쿠키 틀 모양의 상처가 난 것이었다. 가마슈는 경찰청 몽타주 담당자에게 피가 배어 나온 상처 부분을 연결해서 목걸이가 어떻게 생겼는지 재구성해 달라고 부탁했었다.

이제 그는 그 그림을 바라보았다. 몽타주 담당자는 움푹 들어간 부분과 목 같은 것이 있는 양식화된 원을 그려 냈다. 처음에는 잘 이해가 가지 않았지만 이제는 알 수 있었다. 들어간 부분은 입을 벌리고 울부짖는 독수리의 부리였다. 나머지 부분은 독수리의 머리와 목이었다.

그렇게 엘은 목걸이를 움켜쥐고 죽었다. 왜 엘은 죽어 가면서까지 쥐고 있을 정도로 그 목걸이를 소중히 여겼을까? 그리고 왜 살인범은 그녀의 손에서 억지로 목걸이를 빼내는 데 시간을 허비했을까?

그리고 또? 가마슈는 의자에 기대고 두 손을 배 위에 얹었다. 수사본부에서, 이 마을에서, 퀘벡 지방에서 들려오던 소리들이 점점 멀어졌다. 그는 살인범과 함께 자신만의 세계 속에 있었다. 오직 두 사람만이. 그는 어떤 짓을 했을까, 그리고 왜 그랬을까?

그는 엘의 손에서 펜던트를 빼앗아 집으로 가져갔다. 그리고 쓰레기통에 버렸다. CC의 쓰레기통에. 그는 진상에 가까워지고 있다고 느꼈다. 아직은 또렷하지 않고 흐릿했지만, 이제 전조등이 어둠을 찢어발기며 빛을 밝혔다. 가마슈는 누가 범인인지 알아내기 전에, 우선 범인이 왜 그랬는지 알아야 했다. 왜 살인범은 그냥 달아나지 않았을까? 왜 엘의 손에서 목걸이를 빼내려 시간을 허비했을까?

그것이 울부짖는 독수리였기 때문이었다. 이 독수리는 조금 전 저녁때 비디오 화면에서 본 문양의 색이 바래고 더러워진 싸구려 버전이었다. 아키텐의 엘레오노르의 문장과 CC 드 푸아티에의 회사 로고, 이 거지의 목걸이는 모두 똑같은 형태였다.

살인범은 그 목걸이가 엘을 죽이는 것보다 더욱 끔찍한 사태를 의미했기에 목걸이를 가져갔으리라. 그것은 엘과 CC가 연관되어 있다는 증거였다. 그들은 단순한 문장 이상의 의미를 공유하고 있었다.

엘이 CC의 어머니였다.

"말도 안 됩니다." 보부아르는 목걸이를 받으려 장갑 낀 손을 내밀며 말했다. "어떤 죽은 부랑자가 CC 드 푸아티에의 어머니라고요?"

가마슈는 전화 버튼을 누르고 있었다. "맞아."

"이거 혼란스러운데요." 보부아르가 이렇게 말하자, 르미외는 그가 그렇게 말했다는 게 기뻤다. 컴퓨터 앞에 앉아 있던 니콜은 세 남자가 이야기하는 모습을 살짝 훔쳐보았다. 그녀는 라코스트가 일어나 그들에게 향하는 모습도 바라보았다.

"위 알루Oui, allô 여보세요." 경감이 말했다. "테리 모셔 씨 계십니까? 예, 기다리겠습니다." 그는 송화기를 손으로 막았다. "죽은 부랑자와 CC 두 사람 모두 같은 문장을 갖고 있을 가능성이 얼마나 되지? 그게 나비나 꽃이었다면? 자네 말을 인정하지. 아주 흔한 이미지니까. 하지만 이건?" 그는 보부아르의 주먹에 매달린 펜던트를 가리켰다. "저런 장식이 달려 있는 목걸이를 한 사람을 본 적 있나?"

보부아르는 자신이 이 미친 독수리가 달린 목걸이를 아내에게 선물했다가는 고맙다는 말 한마디 듣지 못하리라는 걸 인정할 수밖에 없었다. 이게 단순한 우연은 아닐 테지만 두 사람이 모녀 관계라는 뜻이 될 수 있을까?

"여보세요. 무슈 모셔? 가마슈 경감입니다. 예, 잘 지냅니다. 그런데 질문이 하나 있습니다. 엘이 노숙자 구호시설에서 머물 때, 소지품 목록에 몇 번 서명했던 적이 있다고 하셨죠? 그 목록을 다시 확인해 주시겠습니까? 예, 기다리겠습니다." 그는 팀원들을 바라보았다. "목걸이를 연구소로 보내 검사를 해 보라고 하게."

"제가 퇴근할 때 가지고 가겠습니다." 라코스트가 말했다.

"좋아. 하루 안에 결과가 나와야 하네. 지문도 있겠지만 피도 묻어 있으니까. 예, 말씀하시죠." 가마슈는 다시 전화에 집중했다. "알겠습니다. 예. 그 페이지를 지금 팩스로 보내 주시겠습니까? 오늘 밤 원본을 가지러 부하를 보내겠습니다. 메르시 앙피니멍Merci infiniment 정말 감사합니다."
가마슈는 전화를 끊었다. 그의 얼굴이 사색적으로 보였다.
"뭔데요? 뭐라고 합니까?" 보부아르가 물었다.
"난 바보였네. 지난번에 내가 그에게 소지품 목록을 살펴봐 달라고 부탁했을 때, 그는 목록에 엘이 서명했다고 확인해 주었지. 아니, 적어도 나는 그가 그렇게 말했다고 생각했네." 팩스가 벨 소리를 내며 인쇄를 시작했다. 그들은 모두 팩스에서 몇 센티미터씩 종이가 나오는 모습을 보면서 고통스러운 시간을 보냈다. 마침내 인쇄가 완료되자 보부아르는 종이를 잡아채서 서명 목록을 훑어 내려갔다.

TV 밥미국의 코미디언 밥 뉴하트의 시트콤 시리즈. 1960년대부터 큰 인기를 얻었다
프렌치
리틀 신디1960년대에 찬송가를 불러 인기를 끌었던 어린이 가수
L

"L이었군요." 그는 가마슈에게 종이를 건네며 부드럽게 말했다. "엘이 아니라 L이었어요."
"그녀의 이름은 L이었네." 가마슈는 종이를 책상 위에 올려 놓고 '리비앙'볼을 집어 들었다. 그는 서명이 보이도록 볼을 뒤집었다. L. 명부에 적힌 글자와 정확히 같은 필체였다.
여러 해 전 이 아름다운 작품을 만든 사람은 극심한 추위를 피하려 몬트리올의 노숙자 구호시설에 서명을 남긴 적이 있었다. 그녀는 부랑자였고, 노숙자였다. 그리고 끝내 시체가 되어 살인반의 미제 사건 목록에 오르게 되었다. 그러나 이제 가마슈는 적어도 그녀를 집으로 데려다주

었다는 느낌이 들었다. 스리 파인스로. L은 CC의 어머니였다. 그는 이 사실을 확신했다. 그런데 이 사실이 의미하는 바가 더 있었다. L은 죽었다. CC도 죽었다.

누군가 혈연 관계인 여자들을 죽이고 있었다.

30

가마슈와 보부아르는 서둘러 코트를 입고 부츠를 신었다. 보부아르는 1분이라도 시간을 아끼려 리모컨 키를 눌러 자동차 시동을 걸었다.

"잠시만." 가마슈는 털모자를 벗고 책상으로 돌아가, 전화를 들고 번호를 눌렀다. "퀘벡 경찰청의 아르망 가마슈 경감이다. 당직 경관인가?"

보부아르는 문밖으로 거의 나가다가 돌아서서 니콜에게 따라오라는 신호를 보냈다. 그녀는 책상에서 뛰쳐나왔다.

"아니." 가마슈는 송화기를 덮고 니콜에게 말했다. "자네는 남아 있도록. 르미외 형사, 자네가 따라오게."

니콜은 따귀라도 맞은 듯 꼼짝할 수 없었다. 그녀는 가만히 서서, 르미외 형사가 미안한 듯 미소를 살짝 지으며 서둘러 자신을 지나치는 모습을 보았다. 저걸 죽여 버릴 수도 있었는데.

보부아르는 어리둥절한 채 잠시 동안 대장을 바라보다 서둘러 차가운 공기 속으로 나갔다. 그는 바깥 추위에 충분히 대비를 했다고 생각했지만, 그 생각은 틀렸다. 기온은 훨씬 더 급강하하여, 그가 걸음을 옮기자 피부가 타오르는 것 같았다. 그는 걸음을 재촉하다 자동차를 몇 미터 앞에 두고는 뛰었다. 자동차는 계속 엔진을 돌리려 분투했다. 엔진오일이 거의 얼 정도의 추위였다. 유리창에는 성에가 내려앉아 있었고, 보부아르는 삐걱대는 문을 열고 성에 긁는 도구를 양손에 움켜쥐었다. 깎아 낸 성에가 날 위로 튀어 올랐다. 그는 마치 자동차에 대패질을 하는 목수가 된 기분이었다. 르미외도 성에 긁는 작업에 합류하여, 두 사람은 미친 듯이 유리창을 긁어 댔다. 냉기가 노출된 살갗을 찌르면서 눈물이 나와 보부아르의 시야를 가렸다.

"미리 전화를 해 뒀네. 그가 우리를 기다리고 있을 거야." 가마슈는 자동차에 올라타 반사적으로 안전벨트를 채웠지만 그들이 가려는 곳은 고작 1킬로미터도 채 안 되는 곳이었다. 여느 날 밤이었다면 걸어갔으리라. 하지만 이날 밤은 아니었다.

저 위쪽에 그들의 목적지가 있었다. 보부아르는 자동차를 움직이게 하는 데 너무 몰두한 나머지 목적지에 대해서는 그다지 생각하지 않았다. 그러나 브레이크를 밟고 차를 세우자 현실이 뼈저리게 느껴졌다. 옛 해들리 저택. 지난번 이곳에 왔을 때는 피를 토하는 상황에 처해야 했다. 이 건물은 피와 공포를 갈망하는 것처럼 보였다. 르미외는 차에서 뛰어내려 보부아르가 미처 자신을 추스르기도 전에 벌써 절반 가까이 다가가 있었다. 팔에 무거운 느낌이 든 보부아르가 돌아보니 가마슈가 그의 옆에 있었다.

"괜찮아."

"무슨 말씀을 하시는지 모르겠군요." 보부아르가 딱딱거렸다.

"당연히 그렇겠지."

마침내 문이 열렸고, 리옹은 한 발짝 물러나 사람들을 들였다.

"크리를 만나고 싶습니다. 부탁합니다." 경감의 목소리는 다정했지만 단호했다.

"그 애는 주방에 있습니다. 막 저녁을 먹으려던 참이거든요."

리옹의 공허한 눈에 당황한 빛이 서렸다. 보부아르가 보기에는 마치 눈을 파낸 사람 같았다. 리옹의 머릿속에는 어떤 소리가 울릴지 궁금했다. 그는 주변을 둘러보았다. 지난번 왔을 때는 전기가 모두 나가 있어 회중전등에 비친 모습만 볼 수 있었다. 그리 많은 부분은 아니었다. 그는 이제 이 집을 제대로 보고 보통 집과 다름없다는 사실에 놀랐다. 그러나 이제 이 장소와 이 사람들에게서 느껴지는 진짜 공포가 시작되었다. 겉보기에는 평범하지만 안으로 들어가 천천히 문이 닫히면 함정에 빠진다. 괴물이 있다. 이 안에 괴물이 있다.

그런 생각은 그만둬. 그의 정신이 명령을 내렸다. 이건 그냥 평범한 집이야. 그냥 평범한 집이라고.

"이쪽으로 가시면 됩니다."

그들은 리옹을 따라 주방으로 들어갔다. 보부아르는 보통 집의 저녁 식사처럼 좋은 냄새가 난다는 사실에 놀랐다.

"미스 랜더스가 음식을 좀 가져왔습니다." 리옹이 설명했다.

식탁에 앉은 크리 앞에 놓인 접시가 식어 가고 있었다.

"요즘엔 그리 많이 먹지 않습니다."

"크리, 가마슈 경감이야. 기억나지?" 가마슈는 그녀 옆 의자에 앉았다. 그는 자신의 커다랗고 감정이 풍부한 손을 그녀의 하얗게 튼 손 위에 부드럽게 올려놓았다. "그저 네가 괜찮은지 확인해 보고 싶은 거란다. 뭐라도 내가 해 줄 일은 없니?" 그는 참을성 있게 대답을 기다렸지만 아무 대답도 들을 수 없었다. "부탁 하나만 해도 되겠니?" 그의 목소리는 차분하면서도 상냥했다. "저녁을 조금이라도 먹을 수 있겠니? 식욕이 그다지 없다는 건 알지만 먹어 두는 게 좋을 거야. 네가 계속 건강하고 아름다웠으면 좋겠구나."

주방은 정적에 휩싸였다. 그녀는 아무런 감정도 내비치지 않은 채 정면만 응시하고 있었다. 가마슈는 결국 일어났다.

"잘 자렴, 크리. 또 보자꾸나. 혹시 볼일이 있으면, 나는 언덕 아래 비앤비에 묵고 있으니 연락하려무나."

가마슈는 몸을 돌려 부하들과 리옹에게 고갯짓을 했다. 그가 주방을 나서자 모두 그의 뒤를 따랐다. 이 경감 옆에 있으면 이상하게 안도감이 느껴진다는 사실을 알아차린 리옹 역시 마찬가지였다.

"CC의 친어머니를 찾은 것 같습니다." 그는 현관 복도에서 리옹에게 말했다.

"누군가요?"

"음, 그녀의 이름은 모릅니다만 스리 파인스 출신인 것 같습니다. 우리가 알고 있는 것은 그녀가 크리스마스 직전에 살해당했다는 사실입니다." 가마슈는 리옹을 면밀히 관찰하고는 리옹의 얼굴에 어떤 감정이 재빨리 스치다가 이내 사라졌다고 생각했다.

"살해당했다고요? 두 사람 모두 말입니까? CC랑 그녀의 어머니가요? 하지만 그게 무슨 뜻이죠?"

"누군가 따님을 살해할지도 모른다는 뜻입니다." 가마슈는 강한 경고의 의미를 담아 그를 바라보았다. "지역 경찰서에서 순찰차를 보내 주기로……."

"도착했습니다." 다가오는 전조등을 눈치챈 르미외가 말했다.

"……그래서 이십사 시간 내내 경비를 세울 겁니다. 따님에게는 아무 일도 일어나지 않도록 하겠습니다. 내 말을 이해했습니까?"

리옹은 고개를 끄덕였다. 일들이 너무 빠르게 일어나고 있었다. 너무 빨리. 그는 생각할 시간이 필요했다.

가마슈는 딱딱하게 고개를 끄덕이고 저택을 나섰다.

올리비에는 비스트로의 벽난로에 장작을 하나 더 던져 넣고 불을 휘저었다. 장 기 보부아르와 가마슈 경감은 벽난로 옆에 앉아 조용히 이야기를 나누고 있었다. 비스트로는 절반쯤 차 있었고, 소근거리는 작은 대화 소리가 실내를 채웠다. 올리비에가 레드 와인 병을 들어 그들의 잔을 다시 채웠다.

"식사 나왔습니다. 보나페티 Bon appétit 맛있게 드세요." 그가 웃으며 자리를 떴다.

보부아르 앞에 양념이 된 가는 감자튀김과 숯불에 익혀 지글거리는 스테이크와 마요네즈가 담긴 작은 접시가 놓였다. 보부아르는 천천히 소용돌이치는 검은빛을 띤 와인을 한 모금 마시고 난롯불을 바라보았다. 이곳은 천국이었다. 길고 추운 하루였지만 마침내 끝났다. 이제 그는 가마슈와 이야기를 나누며 사건을 되새겼다. 이 순간이 보부아르가 자신의 일에서 가장 좋아하는 부분이었다. 이 순간이 숯불에 구운 스테이크, 감자튀김, 와인 그리고 활기 넘치는 불과 함께라면 더욱 좋았다.

가마슈 앞에는 마늘 냄새를 빼고 로즈메리를 곁들인 양 갈비가 작은 감자와 콩으로 장식한 접시에 놓여 나왔다. 두 사람 사이 테이블 위에는 김이 무럭무럭 나는 바구니와 버터 조각들이 담긴 작은 접시가 놓였다.

그의 맞은편에서 가마슈는 접시가 놓이도록 앞에 있던 냅킨을 옮겼고, 이제 보부아르는 가마슈가 냅킨에 해 놓은 낙서를 알아챘다. 그는 거꾸로 뒤집힌 글자를 읽었다.

B KLM. L 자 위에는 동그라미가 여러 개 있었다.

"L의 상자에 있던 거군요." 보부아르가 알파벳을 알아보고 말했다. "여러 해 동안 이 알파벳들을 모아 왔을 게 분명합니다. 강박적이군요. 딸처럼 말입니다. 이런 기질도 유전이 됩니까?"

"나도 궁금하네." 와인과 난롯불, 음식이 선사하는 따스함이 모두 가마슈를 유혹하고 있었다. 그는 편안한 기분을 느끼며 이날 하루 동안의 진전에 대해 만족스러워했다. 비록 크리에 대해서는 여전히 걱정스러웠지만. 그럼에도 크리는 안전하리라고 확신했다. 리옹에게는 경고를 해 주었다. 경찰들이 지키고 있었다. 아르망 가마슈는 여전히 리샤르 리옹이 범인이라고 확신했다. 그가 아니라면 달리 누구겠는가? 그는 미묘한 풍미를 음미하며 양고기를 먹었다. "살인범은 왜 L의 손에서 목걸이를 빼앗으려 시간을 지체했을까, 장 기?"

"분명 그 물건이 중요했기 때문이겠죠. 그자와 연관된 물건일 겁니다. 그래서 가져갔을 테고요."

"어쩌면." 가마슈는 롤빵을 하나 집어 반으로 갈랐다. 빵가루가 날려

나무 탁자 위에 떨어졌다. "왜 L을 죽였을까? 왜 CC를 죽였을까? 왜 두 사람을 죽였을까? 그리고 이제 와서 왜? 무슨 일이 있었기에 살인범은 며칠 사이에 두 사람을 죽여야 했을까?"

"CC는 미국 회사와 계약을 앞두고 있었습니다. 그걸 저지하려고 했던 것일지도 모릅니다."

"그런데 왜 그녀를 저지하려 들지? 그녀는 나중에 더 가치가 있을 텐데. 그뿐만 아니라 그 미국 회사와 계약한다는 것도 CC의 또 다른 망상이 아닐까 하는 생각이 드네. 그 점은 앞으로 알게 되겠지. 그런데 그렇다 할지라도, 그녀의 어머니는 왜 죽였지?"

"L이 스리 파인스 출신이라고 생각하십니까?"

"그래. 내일은 그녀를 알고 있는 사람을 찾는 데 집중해야겠어. 자네가 할 일은 따로 있네." 음식 접시가 얼추 비워지자 보부아르는 스테이크 육즙을 닦은 롤빵을 모조리 먹어 치웠다. "왜 비디오테이프를 버렸을까요? 경감님도 보셨겠지만 상태가 아주 괜찮았는데요."

웨이트리스가 그들의 접시를 치우고 치즈 플래터를 내왔다.

"모두 생 브느와 뒤 라크에 있는 수도원에서 제조한 겁니다." 올리비에가 접시 위에서 치즈 나이프를 휘두르며 말했다. "그들의 소명은 치즈와 그레고리안 성가를 만드는 거라지요. 그들이 만드는 치즈에는 모두 성인의 이름이 붙습니다. 이건 생 탕트레_{프랑스 노르망디 지역의 특산 치즈. 캐나다 성직자의 이름이기도 하지만 양쪽 사이에 직접적인 관련은 없다}이고, 이건 생 알브레입니다."

"그러면 이건요?" 보부아르는 나무 접시 위에 놓인 커다란 쐐기 모양의 치즈를 가리켰다.

"그건 생 블루 치즈가 되겠죠. 그리고 이건 생 체다고요. 젠장. 훌륭한 학설이 될 수도 있었는데." 올리비에는 각각의 치즈를 자른 다음, 바게트와 크래커가 든 바구니를 내려놓은 후 가 버렸다.

"저 친구의 마음을 알겠군." 가마슈는 웃으며 크래커에 생 탕트레를 펴 발랐다. 그들은 조용히 음식을 먹었다. 가마슈는 테이블 건너편에 앉은 젊은 부하를 바라보았다. "뭐가 신경 쓰이는 거지?"

보부아르는 와인 잔 가장자리를 넘겨보다가 카푸치노가 나오자 마지막 와인을 비웠다. "왜 니콜에게 남아 있으라고 명령하셨습니까?"

"내가 자네 명령을 철회해서 화가 났나?"

"아닙니다." 보부아르는 그렇게 말했지만, 사실은 그런 이유 때문이기도 하다는 사실을 알고 있었다. "저는 제 명령이 뒤집히는 걸 좋아하지 않습니다. 특히 반원들 앞에서는요."

"자네 말이 맞아, 장 기. 내가 어디 평소에 그러던가."

그 말은 사실이었다. 그들이 함께 일해 온 내내 그런 일은 손에 꼽을 정도였고, 그것도 극도로 긴박한 상황에서만 있던 일이었다.

그때가 긴박한 상황이었을까? 가마슈는 이제 몸을 당겨 앉았다. 그의 얼굴은 갑자기 지쳐 보였다. 그제야 보부아르는 자책했다. 내가 왜 이걸 미처 몰랐을까?

"그녀를 믿으시지 않는 거죠? 니콜을 믿으시지 않는 겁니다."

"자네는?"

보부아르는 잠시 생각에 잠긴 다음 고개를 끄덕였다. "그녀는 제게 좋은 인상을 줬습니다. 아시다시피 저는 그 여자에게 애정 따위는 없습니다. 지난번 사건에서는 엄청난 재앙이었다고 생각하고요. 하지만 이번 사건에서는요? 그녀가 변하는 게 가능할 거라는 생각이 듭니다. 하지만 그렇게 생각하시지 않는군요?"

가마슈는 그 의견을 묵살하려는 듯 손을 살짝 흔들었다. 그리 설득력 있는 손짓은 아니었다.

"무엇 때문입니까?" 보부아르는 몸을 앞으로 기울였다. "말씀해 주십시오."

그러나 가마슈는 입을 다물고 있었다. 보부아르의 경험에 따르면, 대장이 이런 침묵을 지키는 이유는 단 하나뿐이었다.

"세상에. 아르노 사건은 아니죠? 아니라고 말씀해 주세요." 그는 분노가 치밀어 오르는 것을 느끼는 동시에 먹은 음식이 얹히는 기분이었다. 그는 피에르 아르노와 그가 한 짓을 생각할 때마다 이 같은 감정에 휩싸였다. 그가 사람들에게 한 짓, 경찰청에 한 짓, 가마슈에게 한 짓. 그러나 분명히 지난 일이었다. 그러니 그 사건이 니콜과 관련이 있을 리 없었다. 그렇겠지?

"말씀해 주세요." 그는 강력히 요구했다. "전부 다요." 이제 이 젊은 부하는 거의 소리치고 있었다. 그는 갑자기 말을 멈추더니 혹시 들은 사람이 없는지 주변을 둘러보다가 목소리를 낮춰 다급하게 으르렁거리는 소리를 냈다. "제게 숨기시면 안 됩니다. 이걸 혼자 짊어지시면 안 된다고요. 처음에 그러셨을 때, 아르노는 경감님을 거의 죽일 뻔했습니다. 니콜과 아르노가 무슨 관계입니까?"

"내버려 두게, 장 기." 가마슈는 탁자 너머로 손을 뻗어 보부아르의 손을 다정하게 두드렸다. "아무런 관계도 없어. 그저 그녀를 경계하고 있을 뿐이야. 그게 전부라네. 니콜은 지난번보다는 확실히 나아졌지. 난 그녀에게 너무 심하게 대하고 있는지도 모르네."

보부아르는 그를 잠시 관찰했다. "헛소리 마세요. 저를 달래고 계신 겁니까? 정말로 무슨 생각을 하고 계신 겁니까?"

"그냥 감이 안 좋아서 그래." 가마슈가 쓴웃음을 짓자 보부아르는 눈알을 굴리기 시작했다.

"경감님의 감이 항상 망상적이진 않습니다."

"가끔 그럴 뿐이라고? 그건 중요하지 않네, 장 기."

가마슈는 카푸치노를 마시며 생각에 잠겼다. 결국 나도 냉소적인 인간이 되어 사람들은 변할 수 없다고, 변하려고 하지 않는다고 생각하는 걸까?

모든 증거가 이베트 니콜 형사가 이제껏 달고 다니던 끝도 없는 불평불만과 오만함을 벗어던졌다는 사실을 가리키고 있었다. 그녀는 전날 팀에 합류한 이래 명령을 수행할 수 있다는 사실을, 지도와 비판을 수용할 수 있다는 사실을 입증했다. 그녀는 열심히 일하면서 자발적으로 행동하는 사람이라는 사실을 입증했다. 그리고 크리에 대한 조사도 훌륭히 수행해 냈다. 심지어 직접 비앤비에 방을 잡았다. 스스로 숙박료를 치러 가면서까지.

정말로 새로 태어난 니콜이었다.

그렇다면 나는 왜 그녀를 믿지 않지?

가마슈는 의자에 등을 기대며 올리비에에게 신호를 보냈다. 그러고는 보부아르를 바라보았다.

"자네에게 사과하겠네. 자네 명령을 철회하지 말았어야 했어. 확실히 반원들 앞에서 그래서는 안 되는 거였지. 코냑 한 잔 사도 되겠나?"

보부아르는 뇌물이라는 사실을 알았지만 기꺼이 받아들였다. 올리비에가 호박색 액체를 담은 불룩한 잔을 내오자, 두 사람은 사건에 대한 의견을 나누었다. 모든 이야기를 다했지만 속으로는 단 한 가지 생각뿐이었다. 이베트 니콜 형사에 대한.

31

새벽 2시 20분에 경보가 울렸다. 사이렌 소리가 얼어붙은 공기를 뚫고 마을의 각 집에 도달했다. 자연석 석재와 회반죽을 지나, 두꺼운 분홍색 단열재와 물막이 판자를 지나, 달콤한 꿈과 불안한 잠을 지나 악몽을 외치기 시작했다.

불.

가마슈는 침대에서 뛰쳐나왔다. 울부짖는 사이렌 소리 사이로 발자국 소리와 고함 소리, 전화벨이 울리는 소리가 들렸다. 그는 가운을 잡아당기고 복도를 내려다보았다. 어둠 속에서 어렴풋한 사람 형상이 보였다.

보부아르.

아래층에서는 긴장한 하이톤의 여자 목소리가 들렸다.

"뭐예요, 무슨 일이죠?"

가마슈가 재빨리 계단을 내려가자 보부아르가 뒤를 따랐다.

"타는 냄새는 안 나는데." 가마슈는 그렇게 말하며 분홍색 플란넬 파자마를 입고 자신의 방문 앞에 서 있는 니콜에게 성큼성큼 다가갔다. 그녀는 눈을 희번덕거리며 극도로 경계 태세를 취하고 있었다. "따라오게." 그의 목소리는 침착하고 차분했다. 니콜은 다시 숨을 쉴 수 있을 것 같았다.

그들이 1층으로 내려가자 가브리와 올리비에가 서로를 부르는 소리가 들렸다.

"올드 스테이지 로드를 따라오면 돼. 루스가 주소를 알아." 올리비에가 소리쳤다. "나는 먼저 출발할게."

"잠시만요. 무슨 일입니까?" 가마슈가 물었다.

올리비에는 유령이라도 본 듯이 그 자리에 멈춰 섰다.

"봉 디유Bon Dieu 오, 하느님. 당신들을 잊고 있었네요. 화재가 났습니다. 이 사이렌은 의용 소방대원들은 모두 집결하라고 기차역에서 울리는 겁니다. 루스가 방금 전화해서 불이 난 장소를 알려 줬어요. 전 펌프 차 운전수예요. 루스는 가브리와 함께 곧장 현장으로 갈 거예요."

가브리가 카키색과 노란색이 섞인 소방대원 소방복을 입고 머드룸에서 복도를 달려왔다. 팔과 다리, 가슴에 야광 띠를 둘렀고, 겨드랑이에는 검은색 헬멧을 끼고 있었다.

"나 갈게." 그는 올리비에에게 키스하고 그의 팔을 꼭 쥔 다음 살을 에는 추위 속으로 달려 나갔다.

"우리가 도울 일은 없습니까?" 보부아르가 물었다.

"옷을 단단히 껴입고 옛 기차역에서 만나요." 올리비에는 뒤도 돌아보지 않고 파카 자락을 펄럭이며 어둠 속으로 달려갔다. 마을 도처에서 집마다 불이 켜지고 있었다.

세 사람은 위층으로 뛰어올라 갔다가 몇 분 만에 정문 근처에서 다시 모였다. 마을 광장을 가로질러 달리는 보부아르는 타는 듯한 추위에 거의 숨을 쉴 수가 없었다. 숨을 쉴 때마다 콧구멍이 얼어붙어 막혀 버렸고, 공기는 얼음 깨는 송곳처럼 비강을 찔러 댔다. 찌르는 듯한 고통이 이마를 관통하자 눈에서 눈물이 흘러 얼어붙었다. 기차역까지 거의 절반쯤 가자 그는 거의 앞을 볼 수가 없었다. 왜 불은 밤에만 나는 거지? 그는 그렇게 생각하며 눈을 뜨고 숨을 고르려 악전고투했다. 마치 벌거벗은 듯 냉기가 이미 그의 몸속에 침투했다. 스웨터와 바지를 껴입고 그 위에 따뜻한 옷을 걸쳤지만 이런 악랄한 추위에는 무력할 뿐이었다. 그의 옆에서 니콜과 가마슈가 역시 호흡을 가다듬으려 기침을 했다. 마치 산(酸)을 들이마신 것 같았다.

그들이 어느 정도까지 다다르자 사이렌이 그쳤다. 보부아르는 경보가 울리는 것과 땅이 울리는 것 중 어느 쪽이 더 나쁜 상황인지 알 수가 없었다. 지구가 사람들이 내딛는 발걸음마다 고통에 못 이겨 비명을 지르는 것 같았다. 그는 어둠에 묻혀 보이지 않는 마을 사람들이 기침을 하고 비틀거리며 신이 지옥이라 명명한 곳을 향해 돌진하는 소리를 들을 수 있었다.

스리 파인스에 동원령이 내렸다.

"저걸 입어요." 올리비에가 문이 열린 로커 안에 단정하게 걸려 있는 소방복을 가리켰다. 세 사람은 이야기를 듣자마자 소방복을 입기 시작했고, 곧 주변은 다른 의용 소방대원들로 가득 찼다. 모로 부부와 머나, 무슈 벨리보 등 열두어 명의 마을 주민들이 당황하지 않고 재빠르게 장비를 착용하고 있었다.

"엠이 비상 연락망을 가동했고 버스들은 예열 중이야." 클라라가 올리비에에게 보고하자 그가 고개를 끄덕였다.

그들은 침울한 표정으로 벽에 붙은 커다란 타운십스 지도를 바라보며 섰다.

"화재가 난 곳은 여기입니다. 올드 스테이지 로드를 내려가 생 레미로 향하는 길에 있어요. 이 길을 따라 약 사 킬로미터 정도 가면 왼쪽으로 분기점이 있습니다. 주소는 트리오른 가 십칠 번지로, 일 킬로미터 정도 올라가서 오른편이에요. 출발하죠. 당신들은 나를 따라와요." 그가 가마슈와 다른 두 명에게 손짓하고 펌프 차를 향해 성큼성큼 걸었다.

"사울 페트로프의 집입니다. 확실합니다." 보부아르는 니콜이 뒷좌석에 몸을 구겨 넣는 사이 몸을 날려 가마슈의 옆자리에 올라탔다.

"뭐라고요?" 올리비에는 거대한 트럭을 올드 스테이지 로드로 몰았다. 다른 차량들이 뒤를 따랐다.

"맙소사, 자네 말이 맞아." 가마슈는 올리비에를 향해 소음을 이기려 큰 소리를 질렀다. "집 안에 사람이 있어요. 이름은 사울 페트로프입니다. 경보가 잘못 울렸을 가능성은 없습니까?"

"이번에는 아닙니다. 이웃 주민이 신고를 했어요. 그녀가 불길을 봤대요."

가마슈는 차창 너머로 전조등이 눈 덮인 도로를 따라 펼쳐진 어둠을 베어 내는 모습을 지켜보았다. 트럭은 거의 불빛을 앞서기라도 할 듯 질주했다.

"영하 삼십 도." 올리비에는 혼잣말을 하듯 이야기했다. "주님께서 보우해 주시기를."

운전석 안은 고요했다. 트럭이 얼음과 눈 위를 마구 달리면서 조금씩 미끄러졌다. 다른 차량들도 마찬가지였다.

현장에서 맞닥뜨린 광경은 가마슈의 상상보다 훨씬 끔찍했다. 마치 지옥으로 순례를 온 것 같았다. 윌리엄스버그에서 펌프 차 한 대가 막 도착해서 불타는 집에 물을 뿜어 대고 있었다. 물은 화염에 도달하기도 전에 얼어붙을 지경이어서 물보라가 닿는 곳마다 얼음의 층으로 덮이고 있었다. 불을 겨냥하여 물보라를 날리는 의용 소방대원들의 모습은 크리스털 옷을 입고 활발하게 움직이는 천사들 같았다. 남녀노소 할 것 없이 잘 훈련된 팀으로 함께 임무를 수행해 나갔다. 그들의 헬멧과 소방복, 그리고 타고 있는 집에서 아직 불길이 번지지 않은 부분에는 마치 유리처럼 고드름이 열렸다. 특별히 섬뜩한 잔혹 동화 속 장면 같았다. 아름다운 동시에 소름이 끼쳤다. 두 가지 점에서 모두 장관이었다.

가마슈는 트럭에서 뛰쳐나와 소방대장 옷을 입고 근처에 서서 작업 지시를 하달하고 있는 루스 자도에게 향했다.

"조만간 수원水源이 하나 더 필요해질 텐데." 그녀가 말했다. "근처에 연못이 있을 거야." 피터와 클라라는 얼어붙은 연못을 찾으려 주위를 둘러보았지만 눈에 보이는 것이라고는 어둠과 눈뿐이었다.

"어떻게 찾죠?" 피터가 물었다.

루스가 주변을 둘러보며 가리켰다. "저기 마을 주민한테 물어봐."

피터는 펌프 차로 달려가 휴대용 굴착기를 급히 꺼냈고, 클라라는 홀로 서 있는 여인에게 뛰어갔다. 그녀는 마친 자신이 목격하고 있는 공포를 들이마실 위험에 처한 사람처럼 장갑 낀 손으로 입을 틀어막고 있었다. 잠깐 사이에 모로 부부와 그 여인은 멀리 사라져, 깜빡거리는 회중전등 불빛밖에 보이지 않게 되었다.

불타는 집은 그 목적에 걸맞게 배치해 놓은 자동차들의 전조등 불빛을 받아 환하게 빛났다. 사람들 중에서 지도자를 구분할 수 있는 능력이 있는 가마슈는 이제 스리 파인스 사람들이 루스 자도를 소방대장으로 추대한 이유를 이해했다. 가마슈는 그녀가 지옥에 익숙해져 있는 나머지, 이 정도는 전혀 두렵게 여기지 않는 게 아닐까 하는 의심을 품었다. 그녀는 침착하고 결단력 있게 행동했다.

"집 안에 사람이 있습니다." 그는 불길에 물을 뿌리는 굉음과 자동차 엔진 소리에 지지 않으려 소리쳤다.

"아니, 집주인들은 플로리다로 갔다던데. 이웃에게 물어봤다오."

"잘못 알고 있습니다." 가마슈는 소리쳤다. "오늘 오전에 여기 왔었습니다. 사울 페트로프라는 남자가 빌려 쓰고 있습니다."

이제 그는 루스의 주목을 한 몸에 받았다.

"그를 꺼내 와야지." 그녀는 돌아서서 집을 바라보았다. "가브리, 앰뷸런스를 불러."

"이미 불렀어요. 오는 중이에요. 루스, 집이 거의 다 타 버렸어요."

그 말이 함축하는 바는 명백했다.

"뭐라도 해 봐야지." 루스는 주변을 둘러보았다. "그 사람을 저 안에 놔둘 순 없어." 그녀는 불타는 집을 가리켰다. 가브리의 말이 맞았다. 불길이 집 절반을 감싼 채 치익 하는 소리를 내며 으르렁대고 있었다. 마치 소방대원들이 귀신 들린 집에 성수를 끼얹는 것 같았다. 가마슈는 얼음과 불이 공존할 수 없다고 생각했지만, 이제 그는 둘이 공존하는 광경을 보게 되었다. 얼음집이 불타고 있었다.

소방대원들은 패퇴하고 있었다.

"니콜은 어디 있습니까?" 보부아르가 가마슈의 귀에 대고 소리쳤다.

소음은 거의 귀청이 터질 정도로 요란했다. 가마슈는 몸을 빙 돌렸다. 쓸데없이 싸돌아 다닐 리가 없어. 그렇게 멍청할 리가 없는데.

"저쪽에서 그녀를 봤습니다." 잡화상을 하는 무슈 벨리보가 고함을 질렀다. 물보라에 노출된 그의 얼굴에는 얼음이 피어 있었다.

"그녀를 찾게." 가마슈가 보부아르에게 말하자, 그는 무슈 벨리보가 가리킨 방향으로 출발했다. 그의 가슴은 달음박질쳤다. 멍청한 짓은 하지 마. 제발 부탁이니, 멍청한 짓은 하지 말라고.

그러나 그녀는 멍청한 짓을 하고야 말았다.

보부아르는 눈 위에 난 발자국을 따라 달렸다. 빌어먹을 년. 그는 마음속으로 외쳤다. 발자국은 곧장 집 뒷문을 향해 나 있었다. 빌어먹을, 빌어먹을, 빌어먹을. 그는 그녀를 밖에서 발견하길 바라면서 절망적으로 몸을 두 바퀴 돌렸다. 그는 집 안에 대고 그녀의 이름을 불러 보았지만 아무런 대답도 들을 수 없었다.

빌어먹을. 그는 마음속으로 비명을 질렀다.

"그녀는 어디 있나?" 가마슈가 그의 옆으로 다가와 귀에 대고 큰 소리로 외쳤다. 이 근방은 그나마 덜 시끄러운 편이었지만 조용하다고는 할 수 없었다. 보부아르가 문을 가리키자 가마슈의 표정이 굳어졌다. 보부아르는 대장이 렌 마리의 이름을 속삭이는 것을 들었다고 생각했다. 그러나 이내 정신이 잠시 헛갈렸다고 단정했다. 이런 혼란 상황에서는 하지도 않은 말이 제멋대로 들리기 마련이었다.

"기다리게." 자리를 뜬 가마슈는 1분 후 루스와 함께 돌아왔다.

"무슨 뜻인지 알겠어." 루스가 말했다. 이 나이 많은 여자는 다리를 심하게 절었고 목소리도 약해져 있었으며 얼굴은 얼어붙었다. 보부아르 역시 얼굴에 아무런 감각이 없었고 손가락의 감각도 잃어 가는 중이었다. 그는 소방대원들을 바라보았다. 제빵사와 잡화점 주인, 잡역부를 바라보며 그들이 어떻게 이런 일을 하는지 궁금했다. 그들은 모두 얼음을 뒤집어썼고, 물보라와 불길 때문에 눈을 찡그렸으며, 얼굴은 연기로 검게 그을렸다. 그들은 작업하는 내내 헬멧에 달라붙은 고드름을 떼려고 커다란 장갑을 낀 손으로 얼굴 주변을 쓸어 내렸다.

"가브리, 호스 여섯 개를 이리로 가져와. 이쪽 부분에 집중해." 루스 자도는 아직 불길에 휩싸이지 않은 4분의 1 지점으로 손을 흔들었다.

즉시 알아듣고 출발한 가브리는 연기와 물보라 속으로 사라졌다. 보부아르는 이제 더 이상 연기와 물보라를 구분할 수 없었다.

"자." 그녀가 가마슈를 향했다. "이걸 가져가요." 그녀는 가마슈에게 도끼를 건넸다.

가마슈는 도끼를 감사히 받아 들고 미소를 지어 보이려 했지만 얼굴은 이미 얼어붙어 있었다. 연기와 극심한 추위 때문에 그의 눈에서는 눈물이 거세게 흘렀고 눈을 깜빡일 때마다 다시 눈을 뜨려고 갖은 고생을 해야 했다. 그의 호흡은 거칠었고 발에는 더 이상 감각이 없었다. 아드레날린이 폭주하여 땀으로 젖은 그의 옷은 이제 차갑고 축축해져 그의 몸에 달라붙었다.

"빌어먹을 년." 그는 낮은 목소리로 말하며 집을 향해 전진했다.

"지금 뭐 하시는 겁니까?" 보부아르가 그의 팔을 잡았다.

"뭐 하려는 것 같나, 장 기?"

"하지만 안 됩니다." 보부아르는 머리가 터져 버릴 것 같았다. 지금 일어나고 있는 일은 상상도 하기 싫은 것이었거니와 번개 같은 속도로 진행되고 있었다. 그가 따라가기에는 너무 빨랐다.

"안 되는 게 어디 있나." 가마슈가 보부아르를 바라보며 말했다. 미친 듯한 소음이 잠시 가라앉는 것 같았다. 보부아르는 가마슈를 잡은 손을 떨어뜨렸다.

"이리 주시죠." 그는 대장의 손에서 무거운 도끼를 가로챘다. "이걸로 누구 눈알을 파내시려고요? 가시죠."

보부아르는 흡사 벼랑 끝을 향해 걷는 기분이었다. 그럼에도 가마슈와 마찬가지로 그에게도 선택의 여지가 없었다. 그는 대장이 혼자 불타는 집 안으로 걸어 들어가는 모습을 두고 볼 수 없었다. 혼자서는 안 돼.

집 안은 불가사의할 정도로 조용했다. 엄밀히 따지면 조용한 것은 아니었지만 바깥의 소란스러움과 비교하면 마치 속세와 격리된 수도원 같았다. 전기가 나갔기 때문에 두 사람은 손전등을 켰다. 적어도 내부는 따뜻했다. 그 이유는 차마 생각하고 싶지 않았지만. 그들은 주방에 들어섰다. 보부아르가 뭔가에 부딪히자 스푼이나 나이프 등이 담겨 있던 나무 상자가 쨍그랑 하는 소리를 내며 바닥에 떨어졌다. 뼛속까지 밴 가정교육 탓에 그는 정말로 몸을 굽혀 바닥을 정리해야 하나 하는 고민에 빠졌다.

"니콜." 가마슈가 소리쳤다.

정적이 흘렀다.

"페트로프." 그는 다시 시도했다. 배고픈 짐승이 으르렁대는 듯한 둔

탁한 소리 외에는 역시 정적이 흘렀다. 두 사람은 몸을 돌려 뒤를 바라보았다. 옆방으로 통하는 문이 닫혀 있었지만 문 바닥 틈으로 깜박거리는 불빛이 흘러나왔다.

불길이 다가오고 있었다.

"이 층으로 가는 계단은 저기를 지나야 합니다." 보부아르가 문을 가리켰다. 가마슈는 대답하지 않았다. 그럴 필요가 없었다. 밖에서 루스가 얼어붙은 목소리로 불분명하게 명령을 내리는 소리가 들렸다.

"이쪽이야." 가마슈가 보부아르를 끌고 화염에서 물러났다.

"여기 뭔가 발견했습니다." 보부아르는 주방 바닥에 있는 작은 문을 잡아당겨 열고 손전등을 아래로 비췄다. "니콜?"

아무것도 없었다.

그는 사다리를 발견하고, 자신이 하려는 일을 스스로도 믿지 못한 채 손전등을 가마슈에게 넘겼다. 그러나 한 가지는 알았다. 빨리 끝낼수록 좋아. 그는 다리를 휙 돌려 구멍 안으로 집어넣고는 사다리를 딛고 재빨리 내려갔다. 가마슈는 손전등을 돌려주고 자신의 손전등으로 아래를 비춰 주었다.

이곳은 지하 저장실이었다. 몰슨 맥주와 와인 상자들이 있었고 감자와 순무, 파스닙 배추 뿌리같이 생긴 채소이 담긴 상자가 있었다. 흙과 거미 냄새가 났고 연기 냄새가 풍겼다. 보부아르가 손전등으로 저쪽 끝을 비추자 연기가 자신을 향해 느릿느릿 밀려오는 게 보였다. 거의 넋이 나갈 것 같은 모습이었다. 거의.

"니콜? 페트로프?" 그는 형식상 소리를 질러 보고 사다리 쪽으로 물러났다. 이곳엔 아무도 없었다.

"서두르게, 장 기." 가마슈의 목소리는 긴박했다. 저장실 입구 밖으로 머리를 내민 보부아르는 옆방에서 연기가 난다는 사실을 알아차렸다. 옆방에 곧 불이 타오르리라는 사실을 두 사람 모두 알았다.

가마슈는 보부아르를 지하 저장실 입구에서 억지로 끌어냈다.

불길이 다가오면서 소리가 점점 커지기 시작했다. 바깥에서 들려오는 고함 소리 역시 흥분을 더해 갔다.

"이런 오래된 집에는 대개 위층으로 통하는 계단이 하나 더 있을 텐데." 가마슈가 손전등으로 주방 여기저기를 비추며 말했다. "여긴 작은 집이라 어쩌면 막아 놓았을지도 모르겠군."

가마슈가 나무 벽을 두드려 보는 동안, 보부아르는 벽장 문을 홱 열어젖혔다. 보부아르는 샤를르부아에 사셨던 할머니 댁 주방에 작은 비밀 계단이 있었다는 사실을 그간 잊고 있었다. 그는 그 계단에 대한 생각을 수년 동안 하지 않고 지냈다. 하고 싶지 않았기에. 깊숙하게 묻어 놓고 봉인해 버린 기억이었다. 그러나 불길에 휩싸인 이 이상한 집 안에 있으니 예전의 기억이 되살아나기로 작정한 듯했다. 지하실에서 밀려오던 연기처럼 그 기억이 그를 서서히 에워싸며 가차 없이 밀려들었다. 갑자기 그는 예전의 그 집으로, 그 비밀 계단으로 돌아갔다. 형을 피해서 그 계단에 숨은 참이었다. 이윽고 지루해져서 밖으로 나가려고 했다. 문은 밖에서 잠겨 있었다. 불빛 한 점 없었고 갑자기 공기가 사라진 것 같았다. 사방의 벽이 밀려들어 자신을 으스러뜨리려 했다. 계단이 신음했다. 그토록 안락하고 친숙했던 그 집이 자신을 공격했다. 히스테리에 빠진 어린아이가 구출되자 형은 단지 사고였을 뿐이라고 했다. 그러나 장 기는 그 말을 절대로 믿지 않았다. 그리고 그를 절대로 용서하지 않았다.

장 기 보부아르는 여섯 살의 나이에 안전한 곳은 세상 어디에도 없고, 믿을 만한 사람 역시 한 명도 없다는 사실을 배우게 되었다.

"이쪽입니다." 그는 반쯤 열린 출입구 안을 들여다보며 외쳤다. 처음에 그는 당연히 청소 도구함일 거라고 생각했지만 손전등을 비추자 위로 향해 있는 가파르고 좁은 계단이 드러났다. 꼭대기까지 불빛을 비추자 천장에 난 작은 문이 있었다. 하느님 제발, 잠겨 있지 않기를.

"가세." 가마슈가 앞장서서 계단을 올라가려 했다. "어서." 그는 어리둥절해하는 보부아르를 돌아보았고, 보부아르는 잠시 주저하더니 어둡고 좁은 공간 속으로 몸을 들이밀었다.

계단은 한 세기 전 영양 결핍이었던 퀘벡 농부들처럼 작은 사람들에게 맞는 크기여서 특대 사이즈 겨울용 소방복을 입고 있는 건장한 경찰청 수사관에게는 너무 좁았다. 가까스로 기어갈 수 있는 공간이었다. 가마슈가 헬멧을 벗자, 보부아르도 따라서 벗었다. 크고 무거운 장비를 벗어 좀 더 자유롭게 움직이려는 것이었다. 가마슈가 좁은 계단을 조금씩 오르자 그의 소방복이 벽을 긁는 소리가 들렸다. 앞쪽은 어두컴컴했고, 손전등 불빛이 닫혀 있는 바닥 문 위에서 어지러이 움직였다. 보부아르의 심장은 방망이질했고, 호흡은 급박하고 얕았다. 연기가 점점 짙어지고 있나? 분명 그랬다. 등 뒤에서 화염이 다가오고 있다고 확신한 그는 뒤를 돌아보았으나 어둠뿐이었다. 그 사실은 그다지 위안이 되지 못했다. 제발, 여기서 나갈 수만 있다면. 2층 전체가 화염에 휩싸여 있더라도 이 계단에 묻혀 있는 것보다는 나을 터였다.

가마슈는 어깨를 천장에 난 바닥 문에 대고 밀었다.

아무 일도 일어나지 않았다.

그는 다시 조금 더 세게 밀었다. 미동도 하지 않았다.

보부아르는 조금 전까지 있던 곳을 내려다보았다. 문 밑으로 연기가 스며들고 있었다. 그리고 위쪽의 문은 잠겨 있었다.

"자, 제가 지나가겠습니다." 그는 가마슈를 밀어젖히며 나아가려 했지만 종이 한 장 밀어 넣을 틈도 없었다. "도끼를 사용하세요." 그의 목소리가 높아졌다. 그는 피부가 따끔거린다는 느낌을 받으며 얕은 호흡을 급하게 뱉어 내었다. 머리가 어지러워 기절할지도 모르겠다는 생각이 들었다.

"여기서 나가야 합니다." 그가 주먹으로 벽을 때리며 말했다. 이 계단 통로가 그의 멱살을 잡고 목을 조르고 있었다. 그는 이제 거의 숨을 쉴 수가 없었다. 여기 갇혀 버렸어.

"장 기." 가마슈가 불렀다. 그는 뺨을 천장에 대고 밀어붙였다. 그는 앞으로 나아갈 수도, 뒤로 물러날 수도, 공포에 질린 보부아르를 달래 줄 수도 없었다.

"더 세게, 더 세게 밀어 보세요." 보부아르가 소리쳤다. 그의 목소리는 이제 히스테릭하게 높아졌다. "오 맙소사, 연기가 들어옵니다."

가마슈는 보부아르가 연기와 불길에서 조금이나마 더 멀어지려고 몸을 자신에게 밀어붙이는 것을 느꼈다.

우린 여기서 죽게 될 거야. 벽이 다가오고 있어. 이 어둡고 좁은 곳에서 꽁꽁 묶여 질식하게 될 거야.

"장 기." 가마슈가 외쳤다. "그만두게."

"그녀는 그럴 가치가 없어요. 제발 가시죠." 그는 소리를 지르며 가마슈의 팔을 잡아끌고 옛 기억의 악몽 속으로 돌아가고 있었다. "그녀는 그럴 가치가 없어요. 어서 여기서 나가야 합니다."

"그만두라고 했네." 가마슈가 명령했다. 그가 이 좁은 공간에서 할 수 있는 만큼 몸을 돌리자 보부아르의 손전등 불빛이 얼굴을 강타해 눈을 뜰 수 없었다. "내 말 듣게. 듣고 있나?" 그는 짖어 댔다. 미친 듯이 자신을 잡아당기던 손이 누그러졌다. 이제 계단통은 연기로 가득 차 있었다. 가마슈는 이제 시간이 얼마 남지 않았다는 사실을 알았다. 그는 손전등 빛을 피해 그 불빛 뒤에 있는 얼굴을 붙잡으려 안간힘을 썼다.

"자네가 사랑하는 사람은 누구지, 장 기?"

보부아르는 환청을 들은 게 분명하다고 생각했다. 세상에, 이 마당에 대장은 시를 인용하려는 건가? 그는 루스 자도의 음울한 시를 들으며 죽고 싶지 않았다.

"뭐라고요?"

"자네가 사랑하는 사람을 생각해 보게." 대장의 목소리는 고집스러우면서도 한결같았다.

당신을 사랑합니다. 보부아르는 주저하지 않고 생각했다. 그다음에 아내와 어머니를 떠올렸다. 그러나 첫 번째는 아르망 가마슈였다.

"그들을 구하려고 여기 있다고 상상해 보게." 그것은 제안이 아니었다. 명령이었다.

보부아르는 가마슈가 불타는 이 집 안에 갇혀 있다고 상상했다. 부상을 입은 채 자신의 이름을 부르고 있었다. 갑자기 이 좁은 계단이 그렇게 좁지 않다고, 겁내고 있는 만큼 어둡지 않다고 느껴졌다.

가마슈는 렌 마리를 계속해서 생각했다. 불타는 건물 안에 들어가야 한다는 사실을 알았을 때부터 그 생각을 하고 있었다. 니콜 형사를 찾아서 들어온 게 아니었다. 사울 페트로프 때문도 아니었다. 바로 렌 마리 때문이었다. 그녀를 구해야겠다는 발상이 위험하다는 생각을 모조리 지워 버렸다. 그에게 공포는 존재하지 않았고, 존재할 수도 없었다. 그에게는 그녀를 찾는 것이 중요했다. 니콜은 렌 마리가 되었고, 공포는 용기가 되었다.

그는 문을 밀고 또 밀었다. 그는 기침을 하면서 보부아르가 기침하는 소리 역시 들었다.

"움직였네." 그는 보부아르에게 소리치며, 더욱 힘을 내서 밀어붙였다. 그는 누군가 문 위에 가구 같은 것을 올려놓았다는 사실을 깨달았다. 문틈으로 손을 넣어 만져 보니 냉장고 같았다.

잠시 뒤로 물러나 정신을 바짝 차렸다. 문을 바라보며 입을 다물었다. 그다음에는 눈을 감았다. 눈을 뜨며 문을 강하게 들어 올렸다. 문은 열린 틈 사이로 도끼를 끼워 넣을 수 있을 만큼 움직였다. 도끼를 지렛대 삼아 바닥 문을 밀어 올리자, 연기가 쏟아져 들어와 그의 눈을 가렸다. 그는 어깨에 얼굴을 묻고, 옷으로 입을 막고 숨을 쉬려 애썼다. 문을 누르고 있던 가구가 넘어지는 소리가 들리더니 문이 활짝 열렸다.

"니콜." 그는 고함을 치다가 연기를 가득 들이마시고 다시 기침을 했다. 거의 앞을 볼 수 없었지만 손전등 불빛을 비추니 작은 침실이었다. 바닥 문 옆에 침대가 있었고, 그 옆에 서랍장이 보였다. 보부아르는 그의 뒤를 따라 허둥지둥 계단을 빠져나왔고, 이곳이 계단보다 연기가 더 짙다는 사실을 알아차렸다. 이제 시간이 얼마 남지 않았다.

보부아르는 이제 불길이 다가오는 소리를 들을 수 있었고 온기마저 느껴졌다. 얼어붙을 것만 같은 추위에서 벗어나 곧장 지독한 열기 속으로 들어온 셈이었다. 너는 곧 죽을 거야. 할머니가 그렇게 말하는 소리가 들린 것 같았다.

"니콜! 페트로프!" 두 사람은 동시에 소리쳤다.

그들은 소리를 듣고 복도로 나갔다. 화염의 벽이 천장을 집어삼키고, 숨을 고르기라도 하는 듯 점점 줄어들고 있었다. 가마슈는 불을 피해 몸을 굽히며 재빨리 복도를 지나 급히 옆방으로 들어갔다. 그가 문지방을 넘으려 할 때 무언가가 발에 걸렸다.

"여기 있습니다." 니콜이 무릎을 꿇은 채 가마슈의 주의를 끌었다. "감사합니다. 정말 감사합니다." 그녀는 마치 그의 피부 속으로 파고들어 가려고 애를 쓰는 것 같았다. "전 그럴 가치가 있어요. 정말이에요. 죄송합니다." 그녀는 물에 빠진 사람처럼 가마슈에게 매달렸다.

"페트로프는? 내 말 듣게. 페트로프는 어디 있나?"

그녀는 고개를 흔들었다.

"알았네. 이걸 받게." 그는 그녀에게 손전등을 건넸다. "보부아르, 앞장서게."

보부아르가 몸을 돌리자 세 사람은 몸을 웅크리고 화염과 연기를 향해 복도를 달음박질쳤다. 작은 침실에 도착하자 보부아르는 바닥에 난 구멍으로 거의 굴러떨어지듯 내려갔다. 뜨거웠다. 그가 손전등을 아래로 비추자 아래에 연기와 화염이 일렁이고 있었다.

"이쪽으로는 못 갑니다." 그가 소리쳤다. 불길이 으르렁대는 소리가 더욱 가까워졌다. 거의 그들 머리 위에서 들렸다. 가마슈는 창가로 다가가 팔꿈치로 유리창을 깼다.

"저쪽이야." 그는 루스가 외치는 소리를 들었다. "저기 위야. 사다리를 대."

잠깐 사이에 빌리 윌리엄스의 얼굴이 창문가에 나타났다. 이윽고 세 사람 모두 비틀거리며 건물에서 나왔다. 가마슈는 밝은 오렌지색 잉걸불이 건물을 집어삼키는 모습을 바라보려 몸을 돌렸다. 연기와 사울 페트로프가 천국을 향해 올라가고 있었다.

32

다음 날 아침 늦게 일어난 그들은 매혹적인 하루를 맞이했다. 한파가 누그러졌고, 그들이 느릿느릿 일상으로 복귀하는 동안 눈이 내려 자동차와 집과 사람들의 머리 위에 높이 쌓이고 있었다. 가마슈는 자신의 방에서 피터 모로가 새 모이통에 씨앗을 쏟아붓는 모습을 볼 수 있었다. 그가 자리를 떠나자마자 검은머리박새와 큰어치들이 내려왔고, 배고픈 다람쥐와 북미 얼룩다람쥐 들이 재빨리 그 뒤를 따랐다. 빌리 윌리엄스는 눈삽으로 스케이트장에 내린 눈을 치우고 있었다. 그의 뒤쪽에 쌓이는 눈을 감안하면 아무리 낙관해도 승산 없는 싸움이었다. 에밀리 롱프레는 앙리와 산책하고 있었다. 아주 천천히. 모두 오늘만큼은 평상시 절반 정도의 속도만 내고 있는 것 같았다. 가마슈는 샤워를 하고 코듀로이 바지를 입고 터틀넥 스웨터 위에 풀오버 스웨터를 겹쳐 입으며 생각에 잠겼다. 이상하군. 사람들은 CC가 죽었을 때보다 알지도 못하는 사진작가의 죽음에 더 의기소침해 있는 것 같았다.

오전 10시였다. 그들은 6시 30분에 비앤비로 돌아왔다. 가마슈는 아무 생각도 하지 않으려 노력하면서 뜨거운 욕조에 오랫동안 몸을 담갔다. 한 마디 말이 자꾸만 머릿속에 떠올랐다.

"전 그럴 가치가 있어요. 정말이에요." 니콜이 침을 흘리고 눈물을 쏟아 내며 자신을 붙잡고 한 말이었다. 전 그럴 가치가 있어요.

이유는 알 수 없었지만 그 말이 가마슈를 주저하게 했다.

장 기 보부아르는 물을 거세게 틀고 재빨리 샤워를 마친 다음 곧바로 잠자리에 들었다. 그는 마치 트라이애슬론 경기에서 막 우승한 듯한 기분이었다. 그는 컬링 선수들도 같은 기분을 느껴 본 적이 있을지 짧게 고민했다. 육체적으로 한계에 이르러 있었다. 춥고 기진맥진했다. 그러나 그의 마음은 부산하게 움직이고 있었다.

우리는 사울 페트로프는 잃었지만 불타는 건물 속에 들어가 니콜을 구출했어.

루스 자도는 목욕을 마친 다음 플라스틱 식탁에 앉아 스카치를 홀짝이며 시를 썼다.

　　여기 훌륭한 사람이 임종을 앞두고 있습니다
　　삶은 앞으로 단 한 시간

당신이 만나야 하는 사람이 정확히 누군가요?
용서하려면 평생이 걸리는 사람이.

이베트 니콜은 곧장 침대 속으로 들어갔다. 아주 지저분하고 악취를 풍기고 기진맥진한 상태였지만 어떤 감정을 느끼고 있었다. 그녀는 안전하고 따뜻한 침대에 드러누웠다.

가마슈가 자신의 목숨을 구했다. 문자 그대로. 불타는 건물에서. 그녀는 마치 둥실 떠오르기라도 할 듯 굉장히 기뻤다. 마침내, 누군가가 자신을 보살펴 준 것이다. 그리고 다른 사람도 아닌 바로 그 가마슈 경감이.

이걸로 희망을 품을 수 있을까?

그런 생각을 하니 그녀는 몸과 마음이 따뜻해져서 마침내 응접실에서 자리 하나를 차지하고 앉아 다른 사람들과 어울릴 수 있을 거라는 희망을 품고 잠자리에 들 수 있었다.

그녀는 가마슈에게 사울 삼촌에 대한 이야기를 털어놓았다.

"왜 안에 들어갔지?" 가마슈가 물었다. 그들은 스쿨버스 안에서 몸을 덥히고 있었다. 나이 든 의용대원들이 샌드위치와 따뜻한 음료를 가져다주었다.

"그를 구하려고요." 그녀는 그의 눈 속에 빠져들 것만 같았다. 몸을 동그랗게 말고 그의 품에 안기고 싶었다. 연인으로서가 아니라 어린 자식으로서. 사랑을 받을 수 있는 안전한 품속에. 그가 자신을 구했다. 자신을 위해 사투를 벌이며 불길을 뚫고 와 주었다. 그리고 이제 그는 자신이 평생 바라 마지않았던 것을 주었다. 소속감. 그가 자신에게 관심이 없었다면 자신을 구하러 오지 않았으리라. "경감님께서 그 사진작가가 안에 있다고 말씀하셔서 그 사람을 구하고 싶었습니다."

가마슈는 커피를 홀짝이며 계속해서 그녀를 물끄러미 바라보았다. 그는 주위에 아무도 없을 때까지 기다렸다가 목소리를 낮춰 입을 열었다.

"괜찮아, 이베트. 말해 보게."

그래서 그녀는 이야기를 했다. 그는 주의 깊게 들어 주었다. 중간에 말을 끊지도 않고 웃음을 터뜨리기는커녕 작은 미소조차 보이지 않은 채. 때때로 그의 눈은 동정심으로 가득 차 있는 것처럼 보였다. 그녀는 티 하나 없이 깔끔한 집 밖에 절대 나가지 못했던 일들을 이야기했다. 체코슬로바키아 경찰에서 쫓겨나 가족들을 구하는 데 실패한 멍청한 사울 삼촌에 대해서도 이야기했다. 그가 경찰로 성공했더라면 가족들에게 쿠데타 시도에 대해 경고하고 자신들을 보호해 주었으리라. 그러나 그는 그렇게 하지 못했다. 그렇게 하지 않고 죽었다. 친지들은 모두 죽어 버렸다. 그들은 소속된 곳이 없었기에 죽었다.

"그의 이름이 사울이었기 때문에 안에 들어간 건가?" 가마슈는 놀리려는 의도에서가 아니라 사실을 확실히 해 두고 싶어서 그렇게 물었다.

그녀는 방어적인 태도를 취하거나 해명이나 누구를 탓할 필요성조차 느끼지 못한 채 고개를 끄덕였다. 그는 의자에 등을 기대고 앉아 창문 밖으로 여전히 불타고 있는 집을 바라보았다. 소방대원들의 노력은 집을 구하는 대신 안전하게 전소되도록 하는 쪽에 맞춰졌다.

"내가 조언 한마디 해도 될까?"

그녀는 가마슈가 무슨 말을 할지 어서 듣고 싶어서 다시 고개를 끄덕였다.

"그냥 내버려 두게. 자네에게는 자네의 인생이 있네. 사울 삼촌의 인생도, 부모님의 인생도 아니야." 가마슈의 얼굴은 진지한 표정으로 바뀌었고, 눈은 무엇을 살피는 듯했다. "과거 속에서 살아갈 수는 없고, 지나간 일을 다시 되돌릴 수도 없어. 사울 삼촌에게 무슨 일이 일어났든 자네와는 아무 상관없는 일이야. 기억이 자네를 죽일 수도 있네, 이베트. 과거는 자네에게 곧장 다가와 자네 멱살을 움켜쥐고, 있어서는 안 될 곳으로 끌고 갈 수도 있네. 불타는 건물 같은 곳 말이지."

그는 다시 배고픈 듯 혀를 날름거리는 불길을 내다보다가 그녀에게 시선을 돌렸다. 그는 두 사람의 머리가 거의 맞닿을 때까지 몸을 굽혔다. 그녀가 경험한 가장 친밀한 순간이었다. 그는 부드러운 목소리로 속삭였다. "죽은 사람은 묻어 버리게."

이제 그녀는 따뜻하고 안전한 침대에 누워 있었다. 다 괜찮아질 거야. 그녀는 혼잣말을 했다. 창턱에는 부드러운 눈이 쌓이고 있었다. 그녀는 이불을 턱까지 끌어올리고 코를 이불 속에 묻었다. 연기 냄새가 났다.

그 냄새를 맡자 연기를 뚫고 들려오던 거친 말이 떠올랐다. 겁에 질린 채 홀로 마룻바닥에 몸을 웅크리고 있던 자신을 찾으며 연기를 헤치고 다가왔다. 그녀는 죽을 거라고 생각했다. 혼자서. 그리고 구조자들은 자신을 찾는 대신 그 말을 했다.

그녀는 그럴 가치가 없어요.

그녀는 혼자 불에 타 죽게 되어 있었다. 구해 줄 가치가 없기 때문에. 보부아르의 목소리였다. 복도 아래쪽에서 메케한 연기를 뚫고 들려온 그 목소리에 이어, '아니, 그녀는 그럴 가치가 있네.'라고 말하는 가마슈의 목소리는 들리지 않았다.

그녀가 들을 수 있었던 것이라고는 불길이 다가오는 소리와 자신의 심장이 울부짖는 소리뿐이었다.

빌어먹을 가마슈는 날 죽도록 내버려 둘 작정이었어. 내가 아니라 사울 페트로프를 찾고 싶었던 거야. 그가 자신을 찾아냈을 때 그의 입에서 나온 첫마디는 '페트로프는 어디 있나?'였다. '자네 괜찮은가?'나 '자네를 찾아서 정말 다행이야.' 같은 말이 아니었다.

그리고 그는 나를 속여서 사울 삼촌에 대한 이야기를 하도록 만들었어. 아버지를, 가족을 배신하도록. 이제 그는 모든 사실을 알아. 이제 그는 내가 그럴 가치가 없다는 사실을 확신하고 있을 거야.

빌어먹을 가마슈.

"방화가 분명합니다." 보부아르는 스크램블드에그를 입에 마구 퍼 넣으며 말했다. 그는 배가 고파 죽을 지경이었다.

"루스의 의견은 다르더군." 가마슈는 크루아상에 딸기 잼을 바르고, 진하고 뜨거운 커피를 홀짝였다. 그들은 커다란 벽난로가 활활 타오르고 있는, 따뜻하고 아늑한 비앤비의 식당 안에 있었다. 창문 밖 저 너머 숲과 산 들이 보였지만, 지금은 폭설로 쉽게 알아볼 수 없었다.

두 사람은 속삭이듯 이야기를 나눴다. 전날 밤 연기 속에서 고함을 지르다 보니 목이 잠겼다. 가브리의 몰골은 말이 아니었고, 올리비에는 비스트로의 문을 닫고 점심때만 열기로 했다.

"오늘 아침에는 드리는 대로 드셔야 합니다. 특별 주문은 안 돼요." 두 사람이 식당에 나타나자 가브리가 딱딱거렸다. 그러고는 계란 요리와 단풍나무로 훈제한 등심 베이컨, 시럽을 곁들인 프렌치토스트라는 극상의 아침 식사를 내왔다. 그리고 김이 피어오르고 버터 냄새가 향긋한 크루아상을. "두 분은 운이 좋으시군요. 전 스트레스를 받으면 요리를 하거든요. 엄청난 밤이었어요. 비극이었죠."

그가 주방으로 철수하자 보부아르는 다시 가마슈를 바라보았다.

"그녀가 방화라고 생각하지 않는다는 게 무슨 뜻입니까? 다른 요인일 수가 있습니까? 살인 사건의 핵심 용의자가, 적어도 목격자일 사람이 화재로 사망했는데 살인이 아니라고요?"

"그녀는 이웃 주민에게서 굴뚝 위로 불길이 튀어나오는 모습을 봤다는 말을 들었다고 했네."

"그래서요? 불은 어디로든 튀어나옵니다. 제 똥구멍에서도 튀어나올 뻔 했다니까요."

"이웃 주민은 사고라고 생각하는 모양이야. 굴뚝 화재 말이네. 곧 알게 되겠지. 화재 조사관이 지금 그리로 가고 있으니까. 오늘 오후에는 보고서를 받아 볼 수 있을 걸세. 때로 시가는 그냥 시가일 때도 있네지그문트 프로이트가 한 말로 모든 행동에 저의가 있는 것은 아니라는 뜻, 장 기."

"그 시가가 갑자기 불길에 휩싸였다면, 그래도 시가일까요? 아닙니다, 경감님. 방화입니다. 사울 페트로프는 살해당했습니다."

모두들 화재의 여파에서 몸을 추스르고 소방대장의 조사 결과를 기다리면서 그날의 남은 시간은 느릿느릿 흘러갔다. 르미외가 사울 페트로프의 가장 가까운 친척이 퀘벡 시에 사는 누이라는 사실을 밝혀냈다. 그녀에게 사고 소식을 알리고 그의 뒷조사를 좀 더 하기 위해 형사가 한 명 파견되었다.

아침 식사 후, 보부아르는 무릎까지 차오르는 푹신푹신한 눈을 걷어차면서 눈밭을 헤치며 집집마다 느릿느릿 돌아다녔다. 그는 혹시 45년 전에 이 근방에 살았던, 이름이 L로 시작하는 여자를 아는 사람을 찾을 수 있을까 하는 희망을 품고 마을 사람들과 인터뷰를 진행했다. 르미외는 행정 기록을 조사했다.

고요하면서도 꿈결 같은 하루였다. 그들의 삶은 피로와 두껍게 쌓여 있는 눈 더미에 덮여 있었다. 가마슈는 자신의 책상에 앉아 있었다. 그의 뒤편에서는 의용 소방대원들이 펌프 차를 닦고 장비들을 순서대로 정리했다. 그는 때때로 다리를 책상 위에 올려놓고 배 위에 두 손을 모은 채 눈을 감고 졸았다.

그녀는 그럴 가치가 없어요.

그는 깜짝 놀라 잠에서 깨어났다. 보부아르의 겁먹은 목소리가 다시 그의 머릿속을 가득 채웠고, 연기 냄새도 다시 풍겼다. 그는 바닥에 다리를 내려놓았다. 심장이 마구 뛰었다. 커다란 방의 한쪽에서는 의용대원들이 느릿느릿 작업을 계속하고 있었지만 그는 다른 한쪽에 홀로 있었다. 그는 잠시 고민에 잠겼다. 저 의용 소방대에 가입하면 어떨까? 은퇴를 한 다음 스리 파인스에 낡은 집을 하나 사는 거야. 그리고 데텍티브 프리베Détective privé 사립탐정 A. 가마슈라는 간판을 내거는 거지.

그러나 이내 그는 예상과 달리 혼자 있는 게 아니라는 사실을 알아차렸다. 기차 터미널에 조용히 앉아 있는 사람은 니콜 형사였다. 그는 잠시 생각에 잠겨 자신이 하려는 일이 굉장히 멍청한 짓은 아닐지 고민했다. 그는 일어나 그녀에게 다가갔다.

"우리가 자네를 구하려고 했을 때 불길이 절정이었는데……," 그는 자리에 앉아 그녀가 억지로 자신을 바라보도록 했다. 그녀의 얼굴은 창백했으며 피부 아래에 배어 있는 듯 몸에서는 연기 냄새가 났다. 그녀가 입고 있는 옷은 몸에 맞지 않았고, 조금 더럽기까지 했다. 그녀의 옷깃에는 기름 얼룩 자국이 있었고, 소매에는 검은 때가 묻어 있었다. 아무렇게나 자른 머리카락은 자꾸 눈을 찔렀다. 그는 그녀에게 괜찮은 옷을 좀 사라고 신용카드를 쥐어 주고 싶었다. 자신의 크고 피곤한 손을 그녀의 이마로 가져가 그녀의 사나운 눈에서 윤기 없는 머리카락을 쓸어 주고 싶었다. 물론 그는 어느 쪽도 하지 않았다. "그때 무슨 말이 나왔었지. 아마 자네도 들었을 거야. 우리 둘 중 한 명이 '그녀는 그럴 가치가 없어.'라고 소리쳤었지."

이제 그녀는 그를 똑바로 바라보았다. 그녀의 얼굴은 비통함으로 가득 차 있었다.

가마슈는 그녀를 바라보았다. "미안하네. 이제 진실을 말할 시간이네, 우리 둘 모두."

그는 그녀에게 마음속에 품고 있던 생각을, 자신의 계획을 말해 주었다. 그리고 그녀는 그의 말을 들었다. 그는 말을 마치고 그녀에게 혼자만 알고 있으라고 부탁했다. 그녀는 약속한 다음 두 가지 생각을 떠올렸다. 하나는 그가 자신이 생각했던 것보다 훨씬 똑똑할지도 모른다는 생각이었고, 다른 하나는 그가 무너지고 있다는 생각이었다. 가마슈가 떠나자 그녀는 휴대전화를 꺼내 재빠르고 신중하게 전화를 걸었다.

"그에게 사울 삼촌 이야기를 하기로 결심했어요." 그녀는 속삭였다. "알아요, 알아요. 처음에 세웠던 계획은 아니었어요. 예, 그래요. 하지만 저는 여기 현장에 있고, 그건 마지막 순간에 내려야 했던 결정이었어요." 그녀는 거짓말을 했다. 그녀는 마음이 약해졌던 순간에 자신도 모르게 한 말이라는 사실을 도저히 인정할 수 없었다. 내가 나약하다고 생각할 테지. "예, 그게 위험했다는 걸 알아요. 저는 그가 오해할지도 모른다고 걱정했지만 제대로 먹혔다고 봐요. 그 이야기가 그의 마음을 끈 것 같아요." 적어도 이 부분만은 사실이었다. 그리고 그녀는 가마슈가 자신에게 해 준 이야기를 모조리 말했다.

하루가 끝나 갈 무렵, 푹신푹신한 눈이 적어도 25센티미터는 쌓였다. 눈사람을 만들기에 적합한 눈은 아니었지만 눈 위에 쓰러져 천사 모양을 만들기에는 더할 나위 없었다. 가마슈는 아이들이 푹신푹신한 눈 위에 몸을 내던져 팔다리를 펄럭이는 모습을 볼 수 있었다.

화재 조사관은 조금 전에 돌아갔다. 물론 조사 결과가 나오려면 시간이 좀 걸릴 테지만 초기 조사에 의하면 화재는 크레오소트 때문이었다.

"그렇다면 누군가 크레오소트에 불을 질렀고, 그 때문에 페트로프가 죽은 거로군요." 보부아르가 말했다.

"틀림없습니다." 화재 조사관이 확언했다. "페트로프가 크레오소트에 불을 질렀습니다."

"뭐라고요?"

"그날 페트로프가 불을 붙였을 때, 자신은 몰랐겠지만 자살 행위나 다름없었습니다. 크레오소트는 천연 물질입니다. 충분히 마르지 않은 나무에서 생깁니다. 그 굴뚝은 몇 년 동안 청소를 하지 않은 것 같고, 장작도 덜 말랐더군요. 그리고……," 조사관은 이런 사고는 어쩔 수 없으며 그리 드문 일도 아니라는 뜻으로 두 손바닥을 위로 향해 보였다.

사울 페트로프는 성냥을 켜다가 결국 자신마저 죽이고 말았다. 어쨌든 사고였던 것이다.

가마슈는 창밖으로 화재 조사관이 픽업트럭을 몰고 눈을 헤치며 달려가는 모습을 바라보았다. 해는 이미 져 버렸다. 마을 사람들이 산책로와 자동차 진입로에 쌓인 눈을 치우면서 눈가루가 날려, 그는 크리스마스 장식물 불빛 속에서 눈이 작은 폭풍처럼 흩날리는 모습을 볼 수 있었다. 마을 광장에서는 루스 자도가 벤치를 거세게 두들겨 눈을 떨어낸 다음, 그 위에 털썩 주저앉았다.

5시 정각일 테지. 가마슈는 손목시계를 확인하고 전화기를 들어 라코스트 형사에게 전화를 걸었다. 그녀는 경찰청 연구소에서 목걸이와 '리비앙'볼의 검사 결과를 기다리고 있었었다.

"위 알루?"

"가마슈네."

"지금 운전 중입니다. 거의 도착했어요, 경감님. 연구소에서 뭘 발견했는지 믿지 못하실 거예요."

30분 후, 반원들이 수사본부에 다시 소집되었다.

"보세요." 라코스트는 반달형 독서용 안경을 쓰고 있는 가마슈에게 보고서를 건넸다. "전화로 말씀드리기보다는 보고서를 가지고 오는 게 나을 거라고 판단했습니다. 직접 보셔야 할 것 같아서요."

그는 양 눈썹을 모은 채 서류에 집중했다. 마치 잘 모르는 언어로 적혀 있는 문서를 읽으려 애쓰는 모습 같았다.

"뭡니까?" 보부아르는 보고서를 잡으려 손을 뻗으며 딱딱거렸다. 그러나 가마슈는 그에게 서류를 넘겨주지 않았다. 대신 그는 계속해서 서류를 바라보며 마지막 장까지 넘겼다가, 다시 처음부터 읽기 시작했다. 마침내 그는 안경 너머로 부하들을 올려다보았다. 그의 짙은 갈색 눈은 얼떨떨하고 걱정스러운 빛을 띠고 있었다. 그가 거의 꿈을 꾸는 듯한 태도로 보고서를 보부아르에게 건네자, 그는 서류를 낚아채서 읽기 시작했다.

"하지만 이건 헛소리입니다." 그는 약 1분가량 보고서를 훑어본 후 말했다. "이건 말이 안 됩니다. 이걸 작성한 감식반원이 누굽니까?" 그는 아랫부분에 적혀 있는 서명을 확인하고 끙 앓는 소리를 냈다. "분명 컨디션이 안 좋았을 때 작성했을 겁니다."

"저도 그렇게 생각했어요." 라코스트는 그들의 얼굴에 떠오른 표정을 즐겁게 바라보며 말했다. 어쨌든 그녀는 몬트리올에서 여기까지 1시간 30분 동안 운전을 하면서 이 결과에 대해 줄곧 생각했던 것이다. "그래서 다시 한 번 검사해 달라고 했어요. 그래서 늦었습니다."

보고서는 방을 한 바퀴 돌아 마지막으로 니콜 형사에게 도착했다.

가마슈는 다시 돌려받은 보고서를 앞에 가지런히 정리했다. 모두들 생각에 잠긴 수사본부는 정적에 휩싸였다. 장작 스토브에서 불꽃이 탁탁 튀는 소리와 수사본부를 옅은 커피 향기로 채우며 보글보글 끓는 퍼컬레이터 소리뿐이었다. 라코스트는 일어나 자신이 마실 커피를 한 잔 따랐다.

"이게 무슨 뜻이라고 생각하나?" 가마슈가 그녀에게 물었다.

"크리는 더 이상 위험하지 않다는 뜻입니다."

"계속하게." 가마슈는 몸을 앞으로 기울여 팔꿈치를 탁자에 괴었다.

"우리가 L을 살해한 사람을 알아냈다는 뜻입니다. 그 사람은 크리에게 더 이상 위협이 될 수 없다는 뜻이기도 하고요." 라코스트가 사람들의 얼굴을 둘러보며 말했다. 그녀는 비록 한 발짝 물러나 있을지언정 가마슈만이 자신과 보조를 맞추고 있다는 사실을 알았다. 보부아르는 귀를 기울이며 이야기에 뒤처지지 않으려 갖은 애를 쓰고 있었고, 다른 두 사람은 그야말로 당황해하고 있을 뿐이었다.

"무슨 소리를 하고 있는 거지?" 보부아르가 참지 못하고 따져 물었다.

"유전자 검사 결과가 L이 확실히 CC의 어머니라고 말하고 있습니다. 우리는 검사 결과 혈액 샘플로 확인했습니다." 그는 가마슈 앞에 놓인 보고서를 톡톡 두드렸다.

"흥미로운 부분은 그게 아니야." 가마슈는 서류에서 종이 한 장을 따로 꺼내 보부아르에게 건넸다. "이거라네."

보부아르는 종이를 받아 다시 읽었다. 목걸이에 대한 검사 결과를 담은 부분이었다. 울부짖는 독수리 펜던트 위에 튄 피는 L의 것이라고 적혀 있었지만, 그 사실은 이미 알고 있었다. 그는 다음 문단을 읽었다. 가죽 끈 위에 튄 피에 대하여 언급하고 있었다.

물론 같은 혈액형일 테지. 어쩌고저쩌고. 그 순간 그는 읽기를 멈췄다. 같은 혈액형이지만 동일인의 피는 아님. 가죽 끈에 튄 피는 L의 것이 아니라 CC 드 푸아티에의 것이었다. 하지만 CC의 피가 왜 목걸이에 튀어 있는 거지?

그는 자신의 책상에서 서류철을 하나 꺼내고 있는 가마슈를 바라보았다. 그는 서류를 가지고 회의용 탁자로 돌아왔다. 그는 서류철을 펼치고 몇 쪽을 훑어본 다음, 동작을 늦추더니 좀 더 주의 깊게 읽기 시작했다.

"이걸 보게. 이게 자네가 말한 뜻인가?" 그가 CC의 검시 보고서를 라코스트 형사에게 넘겨주자 그녀는 그가 가리킨 부분을 읽고 미소를 지으며 고개를 끄덕였다.

"그렇습니다."

가마슈는 의자에 등을 기대고 숨을 크게 내쉬었다.

"크리는 이제 위험에 처해 있지 않아. L을 죽인 사람은 이미 죽었기 때문이지."

"그 사진작가 말씀이시군요." 르미외가 말했다.

"아니에요." 라코스트가 말했다. "CC 드 푸아티에죠. 그녀가 자신의 어머니를 죽였어요. 그게 유일하게 말이 되는 해석이죠. CC는 어머니의 목에 걸린 목걸이를 잡아채면서 끈을 끊었어요. 그러는 와중에 L의 목 뒤에 멍이 들었고 CC 역시 손을 뎄어요. 손바닥요. CC의 검시 보고서에서 이 부분이 보이나요? 그녀의 손바닥에는 그을린 자국이 있었지만 검시관은 그것 말고도 그 아래에 난, 일부 치유된 상처에 대해 언급했어요. CC가 자신의 어머니를 죽인 다음 그녀의 손에서 목걸이를 빼앗은 후 집에 돌아와 쓰레기통에 던져 버린 거죠."

"그렇다면 비디오테이프와 '리 비앙'볼은 누가 버린 거지?" 보부아르가 물었다.

"역시 CC가 한 일입니다. '리 비앙'볼에서는 세 사람의 지문이 검출되었어요. 피터와 클라라 모로 부부, 그리고 CC의 지문이오."

"다른 사람이 그걸 훔친 다음 버렸다면, 네 번째 지문이 검출되었겠지." 가마슈가 말했다.

"CC는 왜 '리 비앙'볼을 버렸을까요?" 르미외가 물었다.

"이건 추측일 뿐이지만," 라코스트가 말했다. "죄책감을 느꼈기 때문이라고 봐요. 그녀의 집에서 그녀의 어머니를 떠올리게 하는 것은 그 두 물건이었어요. 〈겨울의 라이온〉 비디오테이프와 '리 비앙'볼. 그 물건들은 증거로서는 아무런 가치가 없을 거라고 생각해요. 그녀는 그 물건들을 더 이상 바라볼 수가 없어서 버린 게 아닐까 해요."

"하지만 왜 비디오테이프는 쓰레기통에 버리고, '리 비앙'볼은 쓰레기 하치장까지 가져가서 버린 거죠?"

"모르겠어요." 라코스트는 마지못해 시인했다. "각각 다른 날에 버렸을 가능성도 있어요. 어쩌면 비디오테이프는 목걸이를 버리면서 함께 버렸지만 '리 비앙'볼을 처리하는 건 고민이 됐을 수도 있죠."

"그게 좀 더 소중한 물건이었을 거야." 가마슈가 그녀의 의견에 동의했다. "그녀는 '리 비앙'볼을 파괴하길 주저했을 테지. 그건 그녀의 가문과 철학, 판타지의 상징이 되었으니까. 어쩌면 그 때문에 '리 비앙'볼을 던져 버리는 대신 쓰레기 하치장에 얌전히 놓아둔 것일 수도 있지."

"CC가 자신의 어머니를 살해했다고요." 보부아르는 이 말을 반복했다. "왜죠?"

"돈 때문에요." 그에 대해 생각할 시간이 있었던 라코스트가 말했다. "그녀는 미국 바이어와 만날 예정이었어요. 자신의 철학을 팔고 싶었겠죠. '리 비앙'을 시장에 내놓아서 돈을 벌려고 했을 테죠."

"하지만 그건 아마 그녀의 망상이었을 텐데요." 르미외가 말했다.

"어쩌면요. 하지만 그녀가 그 점을 믿고 있는 한, 그게 망상인지는 중요하지 않았어요. 모든 게 '리 비앙'을 미국 회사에 팔 수 있는지의 여부에 달려 있었던 거죠."

"그런데 주정뱅이 노숙자가 어머니라고 나타났던 거로군." 가마슈는 고개를 끄덕였다. "그녀는 거짓말을 해 가며 자신의 인생을 구축해 왔지. 그녀의 꿈과 그녀의 어머니 둘 중 하나는 죽어야 했던 거야. 선택의 여지가 별로 없었겠군." 그는 손에 들고 있는 상자를 내려다보았다. 그는 그 상자를 다시 한 번 뒤집었다.

B KLM

엘은 왜 이 알파벳들을 모았을까? 그는 상자를 열고 집게손가락으로 다른 알파벳 대문자들을 휘저었다. K와 M과 C와 L과 B를.

그는 천천히 상자를 닫고 허공을 바라보며 상자를 자신의 책상 위에 놓았다. 그리고 일어나 수사본부 안을 걷기 시작했다. 그는 고개를 숙이고 뒷짐을 진 채 서두르지 않고 신중하게 방 안을 계속해서 돌았다.

몇 분 후 그는 걸음을 멈췄다.

답을 알아냈다.

33

"마담 롱프레." 가마슈는 자리에서 일어나 자신의 앞에 선 가냘픈 여인에게 고개를 숙였다.

"무슈 가마슈." 그녀는 고개를 까닥하며 그가 빼 준 의자에 앉았다.

"주문은 무엇으로 하시겠습니까?"

"에스프레소, 실 부 플레s'il vous plait 부탁해요."

두 사람은 비스트로에 자리를 잡았다. 그들이 앉은 자리는 벽난로에서 한쪽으로 살짝 벗어난 곳이었다. 시간은 이튿날 오전 10시였고, 눈발이 떨어지고 있었다. 이날은 퀘벡의 겨울에서는 결코 드물지 않지만 여전히 놀라운 기상학적 현상으로 여겨지는 날씨였다. 눈이 오는 동시에 해가 비치고 있었다. 가마슈는 창밖을 흘끗 바라보며 경탄했다. 크리스털로 만든 프리즘 같았다. 눈은 섬세하고 연약한 모습으로 떠다니다가 스리 파인스 위에 부드럽게 내려앉았다. 나무들과 산책을 나온 마을 사람들의 옷 위에서 눈은 분홍색과 파란색과 녹색으로 반짝거렸다.

커피가 나왔다.

"화재를 겪고 나서 몸은 좀 괜찮나요?" 그녀가 물었다. 엠은 그곳에 있었다. '어머니'는 물론이고 케이조차 나와 있었다. 그들은 꽁꽁 언 의용 소방대원들에게 샌드위치와 뜨거운 음료를 대접하고 담요를 가져다주면서 밤을 지새웠다. 그들 모두 기진맥진했기 때문에 가마슈는 에밀리와 이야기를 나누는 일을 이날 오전까지 미루기로 결정한 터였다.

"끔찍한 밤이었습니다. 이제껏 겪은 최악의 밤 중 하나였습니다."

"그 사람은 누구였나요?"

"사울 페트로프라는 남자였습니다." 가마슈는 어떤 반응이 나타나는지 보려고 기다렸다. 의례적인 호기심뿐이었다. "사진작가였습니다. CC의 사진을 찍고 있었죠."

"왜요?"

"그녀의 카탈로그에 수록될 사진이었습니다. 자신의 사업 계획에 미국 회사를 끌어들이려 그 회사와 만날 약속을 잡아 놓고 있었습니다. 그녀는 인생을 디자인하는 스승이 되려는 포부를 갖고 있었지요. 비록 그녀의 포부는 디자인과 상관없는 것처럼 보였지만요."

"원스톱 상점 같은 거로군요. 그녀는 사람의 안팎을 모두 새로 단장해 줄 생각이었군요."

"CC 드 푸아티에는 원대한 꿈을 꾸었습니다. 그건 분명합니다." 가마슈는 그녀의 말에 동의했다. "CC를 몇 번 만났다고 하셨는데요. 그녀의 가족을 만났던 적이 있습니까? 그녀의 남편이나 딸은요?"

"멀리서만 봤을 뿐이에요. 이야기를 나눈 적은 없고요. 물론 박싱 데이 컬링 시합에 오기도 했죠."

"그리고 이곳 교회에서 열린 크리스마스이브 미사에도 왔다고 알고 있습니다."

"세 브레 C'est vrai 맞아요." 엠은 그때를 떠올리며 미소를 지었다. "그녀는 우리를 현혹했죠. 딸 말이에요."

"왜 그런 생각을?" 가마슈는 그 말을 듣자 놀라서 물었다.

"아, 나쁜 뜻은 아니에요. 그 애는 어머니를 닮지 않았어요. CC도 자신이 믿고 싶어 한 것만큼 기만적인 사람은 아니었지만요. 속이 너무 빤히 들여다보였으니까요. 아니, 크리는 숫기가 없고 내성적인 아이였어요. 다른 사람 눈을 똑바로 바라보는 법이 없었죠. 하지만 그 애는 굉장히 매혹적인 목소리를 갖고 있었어요. 거의 숨이 멎을 지경이었죠."

엠은 사람들로 가득 찬 교회에서의 크리스마스이브 미사를 돌이켜 보았다. 그녀는 크리를 바라보다가 한 소녀가 변신하는 모습을 보게 되었다. 환희가 그녀를 사랑스럽게 만들었다.

"그 애는 데이비드가 차이코프스키를 연주할 때의 모습과 닮았어요."

그리고 교회 밖에서 벌어진 일도 떠올랐다.

"무슨 생각을 하고 계십니까?" 가마슈는 엠의 얼굴에 떠오른 불안한 표정을 감지하고 조용히 물었다.

"미사가 끝난 후, 우리는 바깥에 서 있었어요. CC는 교회 한쪽 편에 있었고요. 그쪽에 그들의 집으로 향하는 지름길이 나 있거든요. 그녀의 모습을 볼 수는 없었지만 목소리는 들을 수 있었어요. 아주 이상한 소리도 들렸어요." 에밀리는 그 소리를 기억해 내려 입을 오므렸다. "내가 마룻바닥에서 앙리의 발톱을 깎아 줄 때 나는 소리와 비슷했어요. 딸깍하는 소리요. 그보다는 더 큰 소리였다는 것만 달랐어요."

"당신의 수수께끼를 풀어 드릴 수 있을 것 같군요. 그건 그녀의 부츠 소리였다고 생각합니다. 그녀는 자신에게 주는 크리스마스 선물로 새끼 바다표범 가죽으로 만든 방한화 한 켤레를 샀습니다. 밑창에는 금속 갈고리가 부착되어 있었죠."

엠은 놀라고 넌더리를 내는 것처럼 보였다.

"몽 디유Mon Dieu 하느님 맙소사, 하느님은 우리를 어떻게 생각하실까요?"

"부츠 소리 말고 다른 소리도 들으셨다고요?"
"그녀는 딸에게 악을 썼어요. 그 애를 맹렬히 비난했죠. 지독했어요."
"무슨 일로 그런 겁니까?"
"크리가 입고 있는 옷 때문이었어요. 사실, 일상적인 차림은 아니었어요. 분홍색 여름용 원피스였을 거예요. 하지만 CC의 주된 불평 대상은 크리의 목소리, 그러니까 그 애의 노래였어요. 그 애의 목소리는 신성했어요. 가브리가 뜻한 그 말의 뉘앙스와는 다르지만, 어쨌든 정말로 신성했어요. CC는 그녀를 조롱하고 깔아뭉갰죠. 아니, 그보다 훨씬 심했어요. 그 애의 내장을 뽑아 내는 것 같았으니까요. 끔찍했죠. 나는 그녀의 말을 전부 듣고도 아무런 행동도 하지 않았어요. 아무 말도요."
가마슈는 침묵을 지켰다.
"그 애를 도와주어야 했어요." 엠의 목소리가 잔잔하게 잦아들었다. "우리 모두 크리스마스이브에 거기 서서 살인을 목격한 거예요. 그거야 말로 살인이었어요, 경감님. 난 착각했던 게 아니에요. CC는 그날 밤 자신의 딸을 살해했어요. 그리고 내가 도왔죠."
"그 정도까지는 아닙니다, 마담. 격한 감정을 양심의 가책으로 혼동하지 마세요. 그날 벌어진 일에 대해 불편한 감정을 느끼셨다는 사실은 알고 있고, 무언가 했어야 한다는 점에도 동의합니다. 하지만 교회 밖에서 벌어진 그 일이 단 한 번뿐이었다고 생각하지 않습니다. 크리의 인생은 그 자체가 비극이었습니다. 그녀가 당한 짓은 밖에서 내리는 눈 같았습니다." 두 사람은 창밖을 바라보았다. "크리에 대한 학대 행위는 그녀가 그 속에 파묻혀 사라질 때까지 가해졌습니다."
"내가 무슨 일이라도 해야 했어요."

그들은 잠시 동안 말없이 앉아 있었다. 에밀리는 창밖을 바라보았고, 가마슈는 그녀를 바라보았다.

"내일은 눈보라가 칠 거라고 들었어요." 엠이 말했다. "폭풍경보가 내렸더군요."

"얼마나 내린다던가요?" 가마슈는 처음 듣는 소식이었다.

"기상 예보 채널에서는 삼십 센티미터는 쌓일 거라고 하던데요. 눈보라에 갇혀 보신 적이 있나요?"

"아비티비에서 차를 몰고 가다 한 번 그랬던 적이 있습니다. 날은 어두웠고 도로는 텅 비어 있었죠. 방향 감각을 잃고 말았습니다." 그는 다시 자동차 전조등에 비치던 눈발을 떠올렸다. 온 세상이 그 눈부신 깔때기 모양으로 좁혀져 있었다. "방향을 잘못 틀어서 퀴 드 삭cul de sac 막다른 길에 처하게 되었죠. 길은 점점 좁아졌습니다. 물론 제 탓이었습니다만." 그는 몸을 앞으로 굽히고 속삭였다. "저는 고집이 센 사람이었죠. 쉿." 그는 주위를 둘러보았다.

에밀리는 미소를 지었다. "우리 둘만의 작은 비밀로 남겨 두겠어요. 게다가 그 사실을 믿을 사람은 아무도 없을 거라고 확신해요. 그래서 어떻게 됐나요?"

"길이 점점 좁아졌습니다." 그는 두 손을 한 점으로 모으며 시연해 보였다. 두 손을 모으자 마치 기도하는 사람처럼 보였다. "더 이상 차가 지나갈 수 없을 정도로 길이 좁아졌습니다. 그때까지는 그래도 실제 길이었지만 그다음에는," 그는 두 손을 뒤집어 손바닥을 위로 했다. "아무것도 없었습니다. 숲과 눈 외에는 모두 사라져 버렸죠. 눈이 자동차 문 높이까지 쌓였습니다. 앞으로 나아갈 수도, 뒤로 물러날 수도 없었죠."

"그래서 어떻게 했나요?"

그는 어떤 대답을 내놓을지 확신하지 못해 주저했다. 그의 마음속에 떠오른 모든 답은 진실이었다. 단지 진실의 층위가 다를 뿐이었다. 그는 자신이 그녀에게 어떤 질문을 하려고 했는지 알았고, 그녀도 똑같이 존중받아야 한다고 생각했다.

"기도했습니다."

그녀는 이 덩치 크고 자신감이 넘치며 명령을 내리는 데 익숙한 남자를 바라보다가 고개를 끄덕였다. "뭐라고 기도하셨는데요?" 그녀는 그가 낚싯바늘에서 빠져나가도록 놓아두지 않았다.

"그 일이 일어나기 직전에 보부아르 경위와 베 데 무통이라고 하는 작은 어촌 마을에서 일어난 사건을 수사하러 갔었습니다. 로어 노스 해안에 있는 마을 말입니다."

"하느님께서 카인에게 하사하신 땅이죠." 그녀는 뜻밖의 대답을 했다. 가마슈는 이 인용구에 익숙했지만 이 말을 알고 있는 사람들을 그리 많이 만나지 못했다. 16세기에 활동했던 모험가 자크 카르티에는 바위들이 노출되어 있는 황량한 세인트 로렌스 강 어귀를 처음 보고 일기장에 다음과 같이 적었다. 이곳은 분명 하느님께서 카인에게 하사하신 땅이리라.

"아마도 저는 지옥에 떨어진 사람에게 매력을 느끼는 것 같습니다." 가마슈는 미소를 지었다. "어쩌면 카인 같은 살인범들을 추적하기 때문일지도 모릅니다. 그 지역은 척박하고 황량한 곳입니다. 사실상 아무것도 자라지 않는 곳이지만, 제게는 거의 참을 수 없을 정도로 아름다운 곳이었습니다. 어디서 바라보아야 하는지만 안다면 말입니다. 이곳에서는 그리 어려운 일이 아니죠. 아름다운 광경이 사방에 있습니다. 아름다운 강, 산, 마을 같은 곳들이 도처에 널려 있습니다. 특히 스리 파인스가 그렇지요. 하지만 머튼 베이베 데 무통의 영어식 지명에서는 그렇게 명백하지 않습니다. 아름다움을 찾아가야 합니다. 그곳의 아름다움은 바위 위에 낀 이끼와 조그마한 보라색 꽃 속에 있습니다. 거의 눈에 띄지 않는 모습이라 바라보려면 무릎을 굽혀야 합니다. 봄이 되면 야생 나무딸기에 꽃이 피지요."

"그곳에서 살인범을 찾아냈나요?"

"찾아냈습니다."

그러나 그녀는 그의 어조에서 아직 할 말이 남았다는 느낌을 받았다. 그녀는 기다렸지만 끝내 아무 말도 나오지 않자 묻기로 결심했다.

"그리고 또 무엇을 찾아냈나요?"

"하느님을 찾았습니다." 그는 간단히 말했다. "식당에서요."

"무엇을 드시던가요?"

너무나 예기치 않은 질문이라 가마슈는 주저하다가 웃음을 터뜨렸다.

"레몬 머랭 파이였습니다."

"그러면 그분이 하느님이라는 사실을 어떻게 알았죠?"

인터뷰는 그가 상상한 대로 진행되지 않았다.

"모르겠습니다." 그는 시인했다. "그저 한 사람의 어부였을 수도 있습니다. 확실히 어부 복장을 하고 있었죠. 하지만 그가 방 저편에 있는 나를 그토록 다정하고 사랑스러운 눈빛으로 바라봐서 저는 깜짝 놀랐습니다." 그는 그녀의 시선을 피해 자신의 손이 놓여 있는 따뜻한 나무 탁자 표면을 바라보고 싶다는 유혹에 시달렸다. 그러나 아르망 가마슈는 내려다보지 않았다. 그는 그녀를 똑바로 바라보았다.

"하느님께서는 무엇을 하셨나요?" 엠은 고요한 목소리로 물었다.

"그는 파이를 다 먹고 벽을 향해 돌아서셨습니다. 잠시 동안 벽을 문지르는 것처럼 보였죠. 그러더니 이제까지 제가 본 중에서 가장 환한 미소를 띠며 다시 제게로 돌아서셨습니다. 저는 기쁨으로 충만해졌죠."

"당신은 자주 기쁨으로 충만해지는 분 같던데요."

"저는 행복한 사람입니다, 마담. 저는 매우 운이 좋은 사람이라는 사실을 알고 있죠."

"세 사C'est ça 바로 그거예요." 그녀는 고개를 끄덕였다. "그게 깨달음이죠. 나는 내 가족들이 죽고 나서야 비로소 진정으로 행복해졌어요. 입 밖에 내기는 끔찍한 이야기이지만요."

"이해할 수 있을 것 같습니다."

"그들의 죽음 이후로 난 변했어요. 언젠가는 우리 집 거실에서 옴짝달싹하지 못한 채 서 있었던 적도 있었어요. 얼어붙어 있었죠. 그래서 눈보라에 대해 물은 거예요. 몇 달 동안이나 꼭 그런 심정이었죠. 방향 감각을 상실한 것처럼요. 모든 것이 혼란스럽고 정신이 없었어요. 앞으로 나아갈 수가 없었죠. 죽을 셈이었던 거죠. 어떻게 알았는지는 몰랐지만, 더 이상 이런 상실을 견딜 수 없으리라는 사실을 알고 있었어요. 나는 비틀거리면서 종착역으로 걸어갔어요. 눈보라 속에 갇힌 당신처럼요. 길을 잃고 방향 감각을 상실한 채 막다른 길로 향했던 거죠. 그곳이야말로 모든 장소 중에서 가장 친숙하고 안락한 곳이었어요."

"무슨 일이 일어났습니까?"

"초인종이 울렸어요. 그 초인종 소리에 대답해야 할지 아니면 자살해야 할지 결정하려 애를 쓰던 모습이 기억나요. 하지만 초인종이 다시 울렸어요. 어쩌면 그게 사회화 훈련이었는지도 모르겠어요. 나도 모르는 사이에 나가 볼 정도로 기운을 차렸거든요. 그리고 밖에는 하느님이 와 계셨어요. 입가에 레몬 머랭 파이 부스러기를 묻히신 채로요."

가마슈의 짙은 갈색 눈이 커졌다.

"농담이에요." 그녀는 웃으며 손을 뻗어 그의 손목을 잠시 잡았다. 가마슈는 자조했다. "도로 인부였어요." 그녀는 말을 이었다. "안내판을 하나 들고 있었고요."

그녀는 말을 멈추고, 잠시 더 이상 잇지 못했다. 가마슈는 기다렸다. 그는 그 안내판에 종말이 임박했도다 같은 말이 적혀 있지 않기를 바랐다. 실내가 희미해졌다. 온 세상에 조그맣고 노쇠한 에밀리 롱프레와 아르망 가마슈 단 두 사람뿐이었다.

"전방에 빙판 주의라고 적혀 있었죠."

그들은 잠시 침묵을 지켰다.

"어떻게 그 사람이 하느님이라는 사실을 알았습니까?"

"불이 붙은 가시덤불이 언제 불이 붙어도 타지 않는 가시덤불'출애굽기' 3장 2절. 하느님이 모세에게 현신하는 대목이 되는지 아시나요?" 엠이 묻자 가마슈는 고개를 끄덕였다. "내 절망감은 사라졌어요. 물론 비탄의 감정은 남아 있었지만, 세상이 그토록 어둡고 절망적인 곳은 아니라는 사실을 알게 되었죠. 나는 굉장히 안도했어요. 그 순간 희망을 찾았던 거예요. 안내판을 들고 있던 낯선 사람이 내게 희망을 선사했어요. 우스꽝스럽게 들릴 거라는 사실은 알지만 갑자기 우울한 마음이 해소되었죠."

그녀는 만면에 미소를 띠고 기억을 더듬느라 잠시 말을 멈췄다.

"'어머니'가 얼마나 약이 올랐는지 이야기하지 않을 수 없군요. 그녀는 하느님을 만나기 위해 인도까지 가야 했어요. 그녀는 카슈미르에 갔지만, 나는 우리 집 문가로 간걸요."

"둘 다 기나긴 여정이었겠군요. 그러면 케이는요?"

"케이요? 그녀는 그런 여행을 떠날 것 같지 않아요. 겁이나 집어먹을 걸요. 케이는 겁내는 게 한두 가지가 아닌 것 같아요."

"클라라 모로가 당신들을 삼덕의 성녀로 그렸더군요."

"이제 다 완성했대요? 언젠가 그녀가 데뷔하게 되면 그녀가 얼마나 놀라운 예술가인지 온 세상이 알게 될 거예요. 그녀는 다른 사람이 보지 않는 것들을 보죠. 사람들에게서 가장 큰 장점을 찾아내요."

"그녀는 분명히 당신들 세 분이 서로를 얼마나 사랑하는지 알고 있더군요."

엠은 고개를 끄덕였다. "나는 그들을 정말로 사랑해요. 이 모든 것을 사랑해요." 엠은 쾌활한 분위기가 넘치는 실내를 둘러보았다. 쇠살대 위에서 불꽃이 탁탁 소리를 내며 타고 있었고, 올리비에와 가브리는 손님들에게 이야기를 건네고 있었으며, 모든 의자와 탁자, 샹들리에마다 가격표가 매달려 있었다. 언젠가 올리비에에게 짜증이 난 가브리가 자신에게 가격표를 붙이고 손님들 식사 시중을 들었던 적이 있었다.

"그 문을 연 후 내 인생은 결코 예전과 같을 수 없었어요. 난 지금 행복해요. 만족하고 있어요. 우습지 않아요? 나는 행복을 찾으러 지옥에 가야만 했어요."

"사람들은 제 직업을 보고 제가 냉소적일 거라 생각하지요." 가마슈는 자신도 모르게 입을 열었다. "하지만 그들은 이해하지 못합니다. 당신이 말한, 바로 그걸 이해하지 못해요. 저는 사람이라는 집의 마지막

방을 조사하면서 하루하루를 보냅니다. 스스로에게도 걸어 잠그고 숨기곤 하는 방이오. 그런 방에는 악취가 나도록 썩어 가는 괴물이 기다리고 있습니다. 제 직업은 생명을 앗아 가는 사람들을 찾는 겁니다. 그러기 위해서는 그 동기를 알아내야 하지요. 그러기 위해서는 그 사람들의 머릿속으로 들어가서 그 마지막 문을 열어야 합니다. 하지만 다시 밖으로 나오게 되면," 그는 커다란 동작을 취하며 팔을 벌렸다. "세상은 갑자기 더욱 아름다워지고, 더욱 생기가 넘치고, 그 어느 때보다 더욱 사랑스러워집니다. 최악의 상황에 직면했을 때야말로 최선을 알아볼 수 있죠."

"바로 그거예요." 에밀리가 고개를 끄덕였다. "당신은 사람들을 좋아하는군요."

"사람들을 사랑합니다." 가마슈는 고백했다.

"당신의 하느님께서는 식당 벽을 보면서 무엇을 하고 계셨나요?"

"글을 쓰고 있었습니다."

"하느님께서 식당 벽에 글을 쓰셨다고요?" 그녀는 못 믿겠다는 듯한 표정을 지었다. 그러나 그녀는 자신이 왜 그런 표정을 짓는지 알 수가 없었다. 자신의 하느님은 조립식 공사 안내판을 들고 어슬렁거리며 걸어오지 않았던가.

가마슈는 고개를 끄덕이며, 머리가 반백이 된 아름다운 어부를 식당 밖에서 보았던 기억을 떠올렸다. 그는 파리가 날아다니는, 바다 냄새나는 식당 스크린 도어 앞에 서 있었다. 그는 가마슈를 돌아보고 미소를 지었다. 몇 분 전에 보았던 강렬한 빛 줄기를 뿜어내는 듯한 환한 미소가 아니라 따뜻하고 위안이 되는 웃음이었다. 마치 다 이해했으니 모든 것이 괜찮아지리라는 이야기를 건네는 것 같았다.

가마슈는 일어나서 점포 안으로 들어가 벽에 적힌 글을 읽었다. 그는 죽음과 살인, 슬픔에 관련된 사실로 빽빽하게 차 있는 수첩을 꺼내 네 줄의 단순한 글귀를 적었다.

그러자 그는 이제 무엇을 해야 할지 알 수 있었다. 그 일을 해야 하는 이유는 자신이 용감하거나 선량한 사람이어서가 아니라 선택의 여지가 없었기 때문이었다. 그는 몬트리올로, 경찰청 본부로 돌아가야 했다. 그리고 아르노 사건을 해결해야 했다. 그는 몇 달 동안이나 그렇게 해야 한다는 사실을 알고 있었지만, 이제까지 그 사건에서 달아나 일 뒤에서 숨어 지내고 있었다. 시체 뒤에서, 살인범을 잡아야 한다는 엄숙하고 숭고한 요구 뒤에서. 마치 자신만이 책임을 떠맡은 사람인 양 굴었다.

벽에 적혀 있는 글귀는 자신에게 무엇을 해야 하는지 말해 주지 않았다. 그는 이미 알고 있었다. 그 글귀는 자신에게 실행할 수 있는 용기를 주었다.

"하지만 옳은 일을 했는지 어떻게 알죠?" 엠이 묻자 가마슈는 자신의 생각을 큰 소리로 말했다는 사실을 깨달았다.

그녀의 푸른 눈은 변함없이 차분했다. 그러나 무언가 달라져 있었다. 그들의 대화는 이제 다른 목적을 띠고 있었다. 그녀에게서 이전까지 보지 못한 격렬함이 느껴졌다.

"모르겠습니다. 지금에 와서도 전적으로 확신할 수 없습니다. 많은 사람들이 제가 틀렸다고 확신하고 있습니다. 당신도 아시겠지요. 분명 신문에서 그 이야기를 읽으셨을 테죠."

에밀리는 고개를 끄덕였다. "당신은 아르노 경정이 두 명의 동료들과 함께 더 많은 사람들을 살해하려는 계획을 저지했어요."

"저는 그들이 자살하려는 것을 막았습니다." 그는 그때의 회의 장면을 또렷하게 기억해 낼 수 있었다. 그는 그때까지만 해도 경찰청 핵심층의 일원이었다. 피에르 아르노는 경찰 내부로부터 존경을 받는 고위 간부였다. 하지만 가마슈는 그를 존경하지 않았다. 그는 신참이었던 시절부터 아르노를 알고 있었다. 두 사람은 절대로 잘 어울리지 못했다. 가마슈는 아르노가 자신을 심약한 사람으로 생각한다는 의심을 품고 있었고, 그는 아르노가 약자를 괴롭히는 사람이라고 생각했다.

아르노와 그의 최측근 부하들이 저지른 짓이 명확해지자, 그의 친구들조차 더 이상 사태를 부정할 수 없는 지경에 이르게 되자, 아르노는 한 가지 요청을 했다. 체포당하지만 않게 해 달라는 것이었다. 당분간은. 아르노는 몬트리올 북쪽에 있는 아비티비 지역에 사냥용 오두막을 한 채 갖고 있었다. 그들은 그곳으로 떠나 돌아오지 않았다. 그것이 최선이라는 결정이 내려졌다. 아르노에게도, 공동 피고인들에게도, 가족들에게도.

모두 그 결정에 동의했다.

가마슈만 빼고.

"왜 그들을 막았나요?" 에밀리가 물었다.

"이미 많은 사람들이 죽었습니다. 정의를 행해야 할 시간이었습니다. 낡은 사고방식이었죠." 그는 고개를 들고 그녀에게 미소를 지었다. 잠시 침묵이 흐른 후 그는 말을 이었다. "그게 옳은 일이라고 믿지만, 여전히 가끔씩 벗어나려고 발버둥을 치곤 합니다. 빅토리아 시대 성직자 같다고나 할까요. 제게는 확신이 없습니다."

"정말로요?"

가마슈는 다시 벽난로 불길을 바라보며 많은 생각에 잠겼다. "그때로 다시 돌아간다고 해도 같은 일을 했을 겁니다. 최소한 제게는 옳은 일이었으니까요."

그는 그녀에게 시선을 되돌리고 잠시 멈추었다.

"L이 누구입니까, 마담?"

"엘?"

가마슈는 배낭 안에 손을 넣어 나무 상자를 꺼내 바닥에 테이프로 붙여 놓은 알파벳이 보이도록 상자를 뒤집었다. 그는 알파벳 L을 가리켰다. "알파벳 L 말입니다, 마담 롱프레."

여전히 그를 바라보고 있던 그녀의 눈이 서서히 표류하여 저 멀리 떨어진 한 지점에 초점을 맞췄다.

전방에 빙판 주의. 그들은 이제 거의 그곳에 다다랐다.

34

"그녀는 우리들의 친구였어요." 에밀리는 가마슈의 시선을 계속 받으며 말했다. "우리는 그녀를 엘티이라고 불렀지만, 그녀는 서명을 할 때 알파벳 L만 썼어요." 엠은 최근 며칠 중 처음으로 차분해지는 것을 느꼈다. "그녀는 내 옆집에 살았죠." 엠은 경사가 급한 금속 지붕과 작은 지붕창이 달려 있는 조그마한 퀘벡식 집을 가리켰다. "그녀의 가족들은 여러 해 전에 집을 팔고 이사를 갔어요. 그녀가 사라진 후에요."

"무슨 일이 있었습니까?"

"그녀는 우리 중 나이가 가장 어렸어요. 아주 상냥하고 친절한 아이였죠. 그런 아이들은 괴롭힘을 당하기 마련이에요. 다른 아이들은 그런 애들이라면 반항하지 않을 거라는 사실을 알거든요. 하지만 엘은 달랐어요. 그녀는 사람들에게서 최선을 이끌어 내는 사람 중 하나였어요. 그녀는 다방면에 박식했어요. 반짝반짝 빛나는 아이였죠. 그녀가 방 안에 들어서면 전등에 불이 켜지고 태양이 떠올랐죠."

엠은 여전히 그녀의 모습을, 너무나 사랑스러워서 차마 질투조차 나지 않는 아이의 모습을 볼 수 있었다. 어쩌면 자신들 역시 그토록 친절하고 훌륭한 사람은 명이 길지 않다는 사실을 눈치채고 있었는지도 몰랐다. 엘에게는 보기 드문 훌륭한 점이 있었다.

"그녀의 이름은 엘레오노르가 아닙니까?" 가마슈는 어떤 대답이 나올지 확신했다.

"엘레오노르 알레어였어요."

가마슈는 한숨을 쉬며 눈을 감았다. 자, 끝내 알아냈군.

"엘은 엘레오노르의 애칭이었군요." 그는 속삭였다.

에밀리는 고개를 끄덕였다. "봐도 되나요?" 그녀의 조그만 손이 탁자를 가로질러 상자를 붙잡았다. 그녀는 마치 상자더러 날아가라고 부탁하듯 상자를 두 손바닥 위에 올려놓았다. "수년 동안 이걸 보지 못했어요. 엘이 인도 아시람힌두교도들이 영적인 수행을 하며 거주하는 곳을 떠났을 때 '어머니'가 준 물건이죠. 아시다시피, 두 사람은 인도에 함께 갔었거든요."

"그녀가 B KLM에서 L이지 않습니까?"

엠은 고개를 끄덕였다.

"비 '어머니'가 B, 케이가 K, 당신이 M이지요. 비, 케이, 엘, 엠."

"매우 영리하시군요, 경감님. 우리는 이름이야 어찌 됐든 친구로 지냈을 테지만, 우리의 이름이 모두 알파벳 이름 소리가 난다는 우연의 일치는 굉장히 매력적이었어요. 특히 우리들 모두 독서를 좋아했기 때문에요. 일종의 낭만적인 암호처럼 보이기도 했으니까요."

"'비 캄'이라는 이름 역시 여기서 나온 겁니까?"

"그것까지 알아냈나요? 어떻게요?"

"이 사건에는 '비 캄'이 아주 여러 번 언급되더군요. 게다가 '어머니'의 명상 센터를 방문했습니다."

"비 캄."

"그렇습니다. 하지만 결정적인 단서는 벽에 적힌 글귀였습니다."

"그런 경험이 많은가 봐요. 당신네 업계에서는 벽에 적힌 해답을 모으는 게 분명 도움이 될 테죠."

"트릭이라는 점이 눈에 뻔히 보였습니다. 그 글귀는 잘못된 인용일뿐더러 그곳에 어울리는 것 같지도 않았으니까요. '어머니'는 이 세상에 별로 관심이 없다는 인상을 주려 했는지는 모르지만, 저는 그녀가 이곳에 끔찍이 애착을 갖고 있지 않을까 의심하고 있었습니다. 그녀라면 특별한 의도가 있지 않는 한 절대로 마음을 가라앉혀라Be Calm, 그리고 내가 하느님임을 알라 같은 글귀를 붙여 두지 않았을 겁니다."

"멈추어라Be Still, 그리고 내가 하느님임을 알라." 엠은 성서의 올바른 인용구를 읊었다. "그게 엘의 문제점이었어요. 그녀는 도통 가만히 멈춰 있지 못했어요. 우리의 알파벳들을 한데 묶어 단어 같은 것을 만들 수 있다는 사실을 눈치챈 사람은 케이였어요. B KLM. Be Calm. 우리에게는 충분히 뜻이 통하는 말이었죠. 게다가 비밀로 삼을 수 있을 정도로 적당히 원 단어에서 동떨어져 있었으니까요. 우리의 비밀이었어요. 하지만 당신이 알아내고 말았군요, 경감님."

"이걸 알아내는 데 너무 오래 걸렸습니다."

"이걸 알아내는 데 시간제한이라도 있나요?"

가마슈는 웃음을 터뜨렸다. "아뇨, 그런 것 같진 않군요. 하지만 때로는 제 무지함에 놀라곤 합니다. 이 알파벳들이 엘에게 중요한 의미일 거라는 사실을 알고 며칠 동안 줄곧 들여다보았습니다. 게다가 루스의 시집에서 예시까지 얻었는데도요. 『난 괜찮아ᴵ'm FINE』에서 대문자는 모두 다른 단어들을 상징하고 있습니다."

"매 농Mais non 아니, 무슨 뜻인데요?"

"개판 치다, 위태롭고, 전전긍긍하며, 자기중심적이다." 가마슈는 이 말을 하면서, 이처럼 품위 있는 여성 앞에서 불경스러운 단어를 사용하려니 조금은 쑥스러웠다. 그러나 그녀는 신경 쓰는 것 같지 않았다. 사실, 그녀는 웃고 있었다.

"자도르J'adore 사랑스러운 루스. 그녀가 혐오스럽다는 생각이 들 때마다 이런 짓을 한다니까요. 파르페Parfait 완벽하군요."

"저는 계속 상자 속에 들어 있는 알파벳들을 바라보며 B와 KLM 사이의 공간은 그리 중요하지 않을 거라고 가정했습니다. 하지만 중요했습니다. 그곳은 해답을 담고 있는 지점이었죠. 그곳에 나타나 있지 않은 무언가가 존재했습니다. 알파벳들 사이의 그 작은 공간에 말입니다."

"하느님께서 카인에게 하사하신 땅에 피어난 그 야생화들처럼 말이죠. 그걸 보려면 잔뜩 노려봐야 할 거예요."

"전 그곳이 일부러 띄워 놓은 공간이라고 생각하지 않았습니다. C가 들어갈 자리라고 생각했죠." 가마슈는 고백했다.

"C요?"

"상자를 열어 보세요."

엠은 상자를 열고 그 안을 오랫동안 응시했다. 그녀는 상자 안으로 손을 넣어 작은 알파벳 하나를 꺼냈다. 그리고 그 알파벳을 손가락 위에 반듯이 내려놓고 가마슈에게 보여 주었다. 한 개의 알파벳 C.

"그녀는 자신의 딸 역시 상자 속에 넣어두었네요. 이게 그녀가 사랑하는 방식이로군요."

"무슨 일이 일어났습니까?"

엠은 세상이 새롭게 바뀌었던 시절을 돌이켜 보았다. "엘은 천성이 순례자였어요. 우리들은 모두 정착했지만 엘은 점점 더 가만히 있지 못했죠. 그녀는 노쇠하고 허약해 보였어요. 예민하기도 했고요. 우리는 계속해서 그녀에게 진정하라고 간곡히 부탁했어요."

"당신은 컬링 팀 이름조차 '비 캄'이라고 정했습니다. 그게 또 다른 단서였지요. 당신은 팀의 원 멤버로 단지 세 명만 언급했습니다. 하지만 컬링은 네 명이 한 팀입니다. 누군가 빠져 있었던 거죠. 당신들 세 명을 삼덕의 성녀로 묘사한 클라라의 그림을 봤을 때, 누군가 빠져 있다는 느낌을 받았습니다. 구도에 빈 곳이 있었으니까요."

"하지만 클라라는 엘을 만난 적이 없는데요. 내가 아는 한 그녀에 대한 이야기조차 들은 적이 없어요."

"맞습니다. 하지만 당신이 말했듯이 클라라는 다른 사람들이 보지 않는 모습을 봅니다. 그녀는 당신들 세 명으로 작품을 만들면서 꽃병 모양의 빈 공간을 남겨 놓았습니다. 그녀는 그 부분을 '용기'라고 부르더군요. 단 한 곳에 틈이 있었습니다. 엘이 있어야 할 곳이었죠.

아직도 울리고 있는 종을 울리고
너의 완벽한 공물은 잊어버려
모든 것에는 틈이 존재하지
그래야 빛이 들어올 수 있으니까."

"대단히 훌륭한 시로군요. 루스 자도의 시인가요?"
"레너드 코헨입니다. 클라라는 이 가사를 자기 식대로 해석했더군요. 그녀는 이 글귀를 당신들의 그림 뒤쪽 벽에 그래피티처럼 적어 놓았습니다."
"모든 것에는 틈이 존재하지. 그래야 빛이 들어올 수 있으니까." 에밀리가 말했다.
"엘에게 무슨 일이 일어났습니까?" 그는 검시 사진들을 떠올렸다. 시체 처리대 위에는 극도로 지저분하고 수척하며 애처로운 늙은 주정뱅이가 누워 있었다. 엠이 묘사했던 반짝반짝 빛나는 젊은 여성과는 천양지차였다.
"그녀는 인도로 가고 싶어 했어요. 그곳에서라면 마음이 안정되고 평화를 찾을 수 있을 거라고 생각했는지도 모르겠어요. 나머지 셋은 제비

뽑기를 했고, '어머니'가 그녀와 함께 가기로 결정됐어요. 정작 엘은 인도를 별로 마음에 들어 하지 않았지만 '어머니'가 자신이 품고 있는지조차 몰랐던 의문에 대한 답을 발견했다는 게 아이러니했죠."

"'어머니'는, 베아트리스 메이어는 역시 굉장히 현명한 사람이군요. 클라라에게 왜 사람들이 그녀를 비 '어머니'라고 부르는지 물었더니 그녀는 직접 알아맞혀 보라고 하더군요."

"그래서 알아냈군요."

"오래 걸렸습니다. 〈겨울의 라이온〉을 보고 비로소 알게 되었죠."

"어째서요?"

"그 영화는 MGM 영화사에서 제작했습니다. MGM은 메트로Metro, 골드윈Goldwyn, 메이어Mayer죠. 메이어는 'mère'와 발음이 같습니다. 프랑스어로 어머니 말입니다. 그렇게 베아트리스 메이어는 비 '어머니'가 된 거죠. 그제야 저는 단지 책뿐 아니라 말 자체를 사랑하는 사람들 사이에 끼어 있다는 사실을 알게 되었습니다. 말과 글에서 드러나는 말의 힘을 사랑하는 사람들이었죠."

"케이가 그녀의 아버지와 다른 소년병들이 죽음을 향해 돌격하면서 왜 '교황은 엿이나 먹어.'라고 악을 썼는지 아느냐고 물었을 때, 당신은 말이 사람을 죽일 수 있다는 사실을 그들은 알았기 때문일지도 모른다고 이야기했었죠. 케이는 그 말을 일축했지만 난 당신 말이 맞다고 생각해요. 나는 말이 사람을 죽일 수 있다는 사실을 알아요. 크리스마스이브에 똑똑히 목격한걸요. 당신은 내가 과장했다고 생각할지도 몰라요, 경감님. 하지만 나는 CC가 말로 그녀의 딸을 살해하는 모습을 봤어요."

"엘에게 무슨 일이 일어났습니까?" 그는 다시 물었다.

보부아르는 차를 세우고 잠시 차 안에 앉아 있었다. 히터가 켜져 있어 차 안은 따뜻했다. 카오디오에서는 보 도마주가 부르는 〈바다표범에게 바치는 애가〉가 흘러나오고 있었다. 그는 학교 댄스 파티에서 이 곡에 맞춰 춤을 추었다. 이 곡은 언제나 마지막 곡이었고, 언제나 여자애들의 눈에서 눈물을 뽑아냈다.

그는 차에서 내리고 싶지 않았다. 정확히는 온기와 끈적끈적한 추억으로 가득 차 있는 차 안이 안락해서가 아니라 자신을 기다리고 있는 존재 때문이었다. 명상 센터가 날카로운 아침 햇살을 받으며 일광욕을 하고 있었다.

"봉주르, 경위님." 그가 문을 두드리자 '어머니'가 문을 열며 미소를 지었다. 그러나 그녀의 눈은 웃고 있지 않았다. 그녀의 미소는 핏기가 가실 정도로 꽉 다문 입술에만 간신히 걸려 있었다. 그녀의 긴장감을 감지한 그는 반대로 자신의 긴장이 풀리는 것을 느꼈다. 그는 이제 자신이 우위를 점하고 있다는 사실을 알았다.

"들어가도 되겠습니까?" 그는 "어머니' 들어가도 되겠습니까?'라고 물을 바엔 차라리 죽는 게 낫다고 생각했다. 그리고 사람들이 왜 그녀를 '어머니'라고 부르는지 직접 물을 바엔 죽는 게 낫다고 생각했다. 비록 알고 싶어 죽을 지경이었지만.

"이곳은 당신이 선호하는 장소가 아니라고 생각하고 있었는데요." 그녀가 다시 그에게 가까이 다가오며 말했다. 보부아르는 그녀에게서 느껴지는 기운이 무엇인지 알 수 없었다. 그녀는 땅딸막했고 외모도 변변찮았다. 그녀는 걷는 대신 뒤뚱거렸고, 머리카락은 사방으로 뻗쳐 있었다. 그리고 그녀는 침대 시트, 혹은 커튼처럼 보이는 천을 뒤집어쓰고 있었다. 어쩌면 소매가 없는 스웨터일지도 몰랐다. 어떤 기준으로 봐도 그녀는 터무니없는 모습을 하고 있었다. 그럼에도 그녀에게는 뭔가가 있었다.

"지난번에 여기 왔을 때 감기에 걸렸습니다. 그때 행동이 불쾌하셨다면 사과드립니다." 그는 사과를 하면서 목이 막히는 것 같았지만 가마슈는 사과를 하게 되면 실제로 상대방보다 유리한 위치에 서게 된다는 사실을 지적해 주었다. 그리고 그는 수년간의 경험으로 가마슈의 말이 사실임을 알았다. 상대방의 불리한 점을 쥐고 있다고 생각하는 사람들은 틀림없이 우월감을 느끼기 마련이었다. 그러나 그들에게 사과를 하는 순간, 그들이 가진 우위는 사라진다. 그들을 열받게 할 수 있었다.

이제 보부아르는 마담 메이어와 동등한 위치였다.

"나마스테." 그녀는 기도하듯 두 손을 합장하고 머리를 조아리며 말했다.

빌어먹을 여자. 그는 다시 균형이 깨진 듯한 느낌을 받았다. 그는 그 뜻을 묻지 않으면 안 된다는 사실을 알고 있었지만 묻지 않았다. 그는 부츠를 벗고 명상실 안을 성큼성큼 걸어갔다. 벽은 마음을 달래 주는 물빛이었고 바닥에는 초록색 양탄자가 깔려 있었다.

"몇 가지 질문이 있습니다." 그는 마담 메이어가 자신에게 뒤뚱뒤뚱 다가오는 모습을 보려 몸을 돌렸다. "CC 드 푸아티에를 어떻게 생각하십니까?"

"그 질문에 대해서는 이미 경감님께 대답했는데요. 사실, 그때 당신도 여기 있었잖아요. 귀를 기울이고 있기에는 너무 아팠던 것처럼 보였지만."

그녀는 기진맥진했다. 동정심은 모조리 소진된 터였다. 그녀는 더 이상 남을 배려하려 들지 않았다. 그녀는 자신이 계속해서 그런 태도를 유지할 수 없다는 사실을 알고 있었고, 이제는 어서 끝나기만을 고대할 뿐이었다. 그녀는 더 이상 한밤중에 잠에서 깨어 불안감에 빠지지 않았다. 이제는 아예 잠을 잘 수 없었으니까.

'어머니'는 죽을 만큼 피곤했다.

"CC는 망상에 빠져 있었어요. 그녀의 철학은 모조리 쓰레기였어요. 여러 가르침을 가져다가 이리저리 섞어, 사람들은 감정을 내비쳐서는 안 된다는 해로운 발상이나 해 대는 거죠. 터무니없었다고요. 사람들은 감정을 갖고 살아가는 존재예요. 감정이야말로 우리를 사람답게 만들어 주죠. 그녀의 생각은, 사람들은 아예 감정을 가져서는 안 된다는 쪽으로 진화해 버렸으니, 그게 터무니없지 않으면 뭐겠어요. 예, 우리는 균형을 이루는 상태를 바라지만, 그건 감정을 표현해서는 안 된다거나 아예 감정을 가지지 말라는 뜻이 아니에요. 사실은 정반대예요. 사실은," 그녀는 이제 흥분했다. 계속해서 자제심을 발휘하기에는 너무 지쳤다. "사실은 모든 감정을 열렬하게 만끽하라는 뜻이에요. 삶을 수용한 다음 흘려보내라는 뜻이고요. 그녀는 자신이 퍽 위대하다고 생각한 나머지, 이리로 와서 우리들 위에 군림하려고 했어요. 한 손에는 '리 비앙'을, 다른 손에는 '비 캄'을 쥐고 말이에요. 그 고상한 흰색 옷이랑 가구, 침대 시트, 빌어먹을 오라 베개, 아기를 달래 준다는 담요, 하느님만이 용도를 아실 쓰레기 같은 것들을 내세우면서요. 그녀는 병이 들었어요. 그녀의 감정은 부정당해서 성장하지 못했고, 뒤틀려서 뭔가 기괴한 것으로 변했어요. 그녀는 균형 상태를 이루어야 한다고, 현실에 발을 딛고 있어야 한다고 주장했죠. 뭐, 그녀는 그 현실에서 발을 떼지 못해 죽어 버린 거예요. 카르마죠."

보부아르는 카르마라는 단어가 반어법을 뜻하는 인도어가 아닌지 궁금히 여겼다.

'어머니'는 분노를 내뿜었다. 그것은 그가 가장 좋아하는 용의자들의 행동이었다. 그들은 통제력을 상실한 채 이것저것 다 떠벌리고 아무 행동이나 저질렀다.

"그런데 당신이랑 CC 모두 각자의 명상 센터 이름을 '비 캄'이라고 지었는데요. 그건 동요하지 말라는 뜻 아닌가요? 아무 감정도 내비치지 말라는 뜻 말입니다."

"감정이 말라 버린 상태와 평정심을 유지하는 상태는 달라요."

"제가 보기에는 그저 말장난을 하고 계신 것 같은데요. 저렇게 해 놓은 것처럼 말입니다." 그는 그 인용구가 찍혀 있는 벽을 가리켰다. 그러고는 그 앞으로 다가갔다.

"마음을 가라앉혀라Be Calm, 그리고 내가 하느님임을 알라. 가마슈 경감님이 이 구절을 「이사야서」에서 따온 거라고 말씀하셨습니다. 하지만 실제로는 「시편」에서 따온 게 아닙니까?"

이 대목이야말로 수사 과정에 있어서 그가 가장 좋아하는 부분이었다. 그는 그녀가 자신 앞에서 풍선에서 공기가 빠지듯 기가 꺾이는 모습을 바라보았고, 바람 빠지는 소리가 조금도 나지 않는다는 사실에 놀랐다. 그는 천천히 수첩을 꺼냈다.

"「시편」 사십육 편 십 절입니다. 멈추어라Be Still, 그리고 내가 하느님임을 알라. 당신은 거짓말을 했고, 의도적으로 잘못된 인용구를 붙여 놓았습니다. 왜죠? '비 캄'이라는 말의 진짜 의미는 무엇입니까?"
두 사람 모두 가만히 서 있었다. 보부아르는 그녀의 숨소리를 들을 수 있었다.
이내 어떤 일이 일어났다. 그는 자신이 방금 어떤 짓을 했는지 깨달았다. 그는 한 노인을 망가뜨렸다. 무언가 바뀌었고, 그는 자신의 앞에 있는 한 패배한 늙은 여인을 바라보았다. 그녀의 머리는 산발이 되었고 포동포동한 몸은 축 늘어졌다. 주름이 진 연약한 얼굴은 극도로 창백해졌고, 혈관이 다 비치는 앙상한 손은 떨리고 있었다.
그녀는 머리를 조아렸다.
그도 같은 동작을 취했다. 그는 일부러 그렇게 했고, 그렇게 해서 고소했다.

"엘레오노르와 '어머니'는 그곳 공동체에 여섯 달 동안 머물렀어요." 엠이 가마슈에게 말했다. 그녀의 손은 갑자기 가만히 있지 못하고 에스프레소 잔 손잡이를 만지작거렸다. "'어머니'는 점점 더 깊이 빠져들었지만 엘은 다시 마음이 흔들리기 시작했어요. 결국 그녀는 그곳을 떠나 캐나다로 돌아왔지만 집으로는 오지 않았어요. 우리는 얼마 동안 그녀의 흔적을 놓치고 말았죠."
"그녀가 불안정하다는 사실을 언제 깨달았습니까?"
"항상 그 사실을 알고 있었어요. 그녀의 마음은 항상 바쁘게 돌아갔어요. 어느 한 곳에 도통 집중하지 못하고 이 목표에서 저 목표로 깡총깡총 뛰어다녔죠. 그녀는 모든 분야에 뛰어났어요. 하지만 공평하게도, 그녀는 뭔가 마음에 드는 일을 발견하면 그 일에 완전히 홀려 버렸어요.

자신의 모든 재능과 에너지를 바쳤죠. 그녀가 그렇게 온 힘을 기울일 때면 정말 엄청났어요."

"'리 비앙'처럼 말입니까?" 가마슈는 배낭에서 판지 상자를 꺼냈다.

"그 가방 안에는 또 뭐가 들어 있죠?" 그녀는 탁자 옆으로 몸을 기울여 그의 가죽 배낭을 바라보았다. "몬트리올 카나디앙몬트리올을 연고지로 하는 북미 하키 리그 소속 프로 아이스하키 팀도 있나요?"

"그렇지 않기를 바랍니다. 오늘 밤 시합에 나가야 하니까요." 엠은 그의 커다랗고 섬세한 손이 포장지를 벗기고 그 아래에 있는 물건을 천천히 드러내는 모습을 바라보았다. 그는 그 물건을 탁자 위 다른 상자 옆에 세워 두었다. 빛나는 찰나의 순간 에밀리 롱프레는 젊었던 시절로 돌아가 처음으로 '리 비앙'볼을 바라보고 있었다. '리 비앙'볼은 빛을 발하고 있었고, 투명한 유리층 아래에 갇혀 있는 아름다움은 왠지 현실에 존재하는 것 같지 않았다. 그것은 사랑스러우면서도 무시무시했다.

그것은 엘레오노르 알레어였다.

젊은 시절로 돌아간 에밀리 롱프레는 자신들이 그녀를 잃게 될 거라는 사실을 이미 알고 있었다. 반짝거리던 친구가 현실에서 살아남을 수 없을 거라는 사실을 이미 알고 있었다. 그리고 이제 '리 비앙'볼이 스리 파인스로 돌아왔지만 이것을 만든 사람은 더 이상 없었다.

"만져 봐도 되나요?"

가마슈는 상자를 놓았던 것처럼 '리 비앙'볼을 그녀의 손에 놓았고, 그녀는 다시 받아 들었다. 그러나 이번에는 두 손으로 단단히 움켜쥐었다. 마치 뭔가 소중한 존재를 껴안고 보호하려는 것처럼.

그는 배낭 속에 마지막으로 손을 넣어 먼지와 기름, 피로 얼룩진 긴 가죽 끈을 꺼냈다. 그 가죽 끈에는 독수리 머리가 매달려 있었다.
"모든 진실을 알아야겠습니다, 마담."

보부아르는 이제 '어머니'의 옆에 앉아서, 그가 어린아이였을 때 어머니가 모험과 비극으로 가득 찬 이야기를 읽어 주었을 때처럼 골똘하게 귀를 기울였다.
"CC가 처음 여기 왔을 때 그녀는 우리에 대해서 거의 비정상적일 정도의 흥미를 보였어요." '어머니'는 설명하기 시작했다.
보부아르는 직관적으로 '우리'라는 말이 에밀리, 케이, 그녀 자신을 지칭한다는 사실을 알아차렸다.
"그녀는 여기에 들르더니 우리를 심문하려는 것처럼 굴었어요. 그건 일반적인 사교적 방문 같은 게 아니었어요. CC가 아무리 인간관계가 삐걱거리는 사람이었을지라도요."
"언제 그녀가 엘의 딸이라는 사실을 알아차렸습니까?"
'어머니'는 주저했다. 보부아르는 그녀가 거짓말을 지어 내려는 게 아니라 과거를 돌이켜 보고 있다는 인상을 받았다.
"마치 폭포 같았죠. 그녀는 책 속에서 라멘 다스를 언급했어요. 내게는 그 사실만으로도 의심의 여지가 없었죠." '어머니'는 벽 앞에 놓여 있는 제단을 고갯짓했다. 악취가 나는 기다란 향이 받침대에 꽂혀 있었고, 받침대 아래에는 밝은 색깔의 반질반질한 천 조각이 깔려 있었다. 그 위 벽에는 포스터 한 장이 붙어 있었고, 그 아래에는 사진 액자 하나가 걸려 있었다. 보부아르는 일어나 벽에 붙은 것들을 바라보았다. 포스터 속에는 한 수척한 인도인이 기저귀 같은 옷을 입고 돌담 옆에 서서 긴 지팡이를 움켜쥐고 미소를 띠고 있었다. 그는 영화 〈간디〉에서 간디 역을 맡은 벤 킹슬리를 닮았지만, 보부아르에게는 나이 든 인도인은 모두 그렇게 보였다. 그가 지난번 방문했을 때, 안에 들어가 사라졌던 바로 그 포스터였다. 그보다 좀 더 작은 사진 속에는 같은 남자가 두 명의 서양 여자와 함께 앉아 있었다. 그 여자들은 호리호리했고, 역시 미소를 짓고 있었으며, 소용돌이치는 듯한 나이트가운을 입고 있었다. 어쩌면 커튼을 입고 있는지도 몰랐다. 아니면 소파 덮개거나. 그는 놀라 '어머니'를 돌아보았다. 흐트러진 머리에 조롱박 같은 몸매의 지친 모습을 한 '어머니'가 서 있었다.

"이게 당신입니까?" 그녀는 두 여자 중 한 명을 가리켰다. '어머니'는 그에게 다가와, 그가 놀라움을 감추지 못하는 것을 보고 미소를 지었다. 그녀는 모욕당했다고 생각하지 않았다. 자신도 이 사진을 보면서 종종 놀라곤 했으니까.

"그리고 이쪽이 엘이에요." 그녀는 다른 여자를 가리켰다. 스승과 '어머니'는 웃고 있었지만 다른 여자는 반짝반짝 빛나고 있는 것 같았다. 보부아르는 가까스로 그녀에게서 눈을 뗄 수 있었다. 그는 가마슈가 보여 주었던 그녀의 검시 사진들을 떠올렸다. '어머니'가 변한 것은 사실이었지만 알아볼 수 있을 정도의 자연스러운 변화였다. 비록 매력적인 모습은 아니었지만. 그러나 다른 여자는 아예 사라져 버렸다. 반짝반짝 빛나던 모습이 온데간데없었다. 희미하게 남은 빛은 점차 수그러들더니 오물과 절망으로 이루어진 층 밑에서 결국 사라져 버렸다.

"라멘 다스에 대해 아는 사람은 그리 많지 않았어요. 물론 다른 이유도 있었죠." '어머니'는 쿠션 위에 털썩 주저앉았다. "CC는 자신의 철학을 '리 비앙'이라고 불렀어요. 나는 칠십 년이 넘는 세월을 살았지만, 그녀 외의 사람에게서 그 말을 들은 적은 단 한 번밖에 없었어요. 엘에게서였죠. CC는 자신의 사업체와 책에 '비 캄'이라는 이름을 붙였죠. 그리고 그녀는 우리들만이 알고 있는 로고를 사용했어요."

"독수리 말입니까?"

"아키텐의 엘레오노르의 문장이었죠."

"설명해 주시기 바랍니다, '어머니'." 보부아르는 자신이 그녀를 '어머니'라고 불렀다는 사실을 믿을 수 없었다. 그러나 막상 불러 보니 자연스럽게 느껴졌다. 그는 조만간 젖을 빨게 되지는 않기를 바랐다.

"우리는 학교에서 영국과 프랑스 역사를 공부했어요. 캐나다에는 이렇다 할 역사라는 게 없어 보이잖아요. 어쨌든, 아키텐의 엘레오노르 부분에 이르자 엘은 그녀에게 홀딱 사로잡혔어요. 아키텐의 엘레오노르가 되겠다고 결심했죠. 그렇게 의기양양한 표정 짓지 마세요, 경위님. 카우보이 놀이를 하거나 슈퍼맨이나 배트맨 흉내를 내면서 설치고 다니지 않았다는 말은 하지 못할걸요."

보부아르는 콧방귀를 뀌었다. 그는 그런 놀이를 한 적은 없었다. 미친 짓이지. 그는 세계에서 가장 위대한 올림픽 스키 선수인 장 클로드 킬리가 되고 싶었다. 그는 심지어 어머니에게 자신을 장 클로드로 불러 달라고 했던 적도 있었다. 물론 그의 어머니는 거부했지만 아직도 그는 침대 속에서 스키를 타고 믿을 수 없는 레이스를 펼치며 올림픽 금메달을 따내곤 했고, 보통은 거대한 눈사태를 넘어 다니며 수녀나 백만장자를 구해 내어 감사의 인사를 받았다.

"엘은 그때까지도 무언가 잘못됐다는 생각을 하면서 방황하고 있었어요. 그녀는 자신의 몸에 속한 사람이 아닌 것 같았죠. 자신이 아키텐의 엘레오노르라고 생각하면서 마음의 안정을 찾았어요. 그리고 엠은 그녀에게 엘레오노르의 문장으로 목걸이를 만들어 주기까지 했죠. 독수리 말이에요. 특별히 공격적으로 보이는 독수리였어요."

"그렇게 모든 점을 조합해서, CC가 이곳으로 당신을 찾아왔을 때 그녀가 엘의 딸이라는 사실을 알아냈군요."

"맞아요. 우리는 그녀에게 자식이 있다는 사실을 알고 있었어요. 엘은 몇 년 동안 사라졌었는데, 그 후 별안간 토론토에서 온 카드를 한 장 받았어요. 어떤 남자와 사귀었는데 자기가 임신하자 재빨리 도망쳐 버렸다나요. 그녀는 당시 결혼을 하지 않았고, 오십 년대 후반에 그런 일은 상당한 스캔들이었어요. 나는 그녀가 인도를 떠났을 때, 감정적으로 그다지 좋은 상태가 아니었다는 사실을 알고 있었죠. 그녀는 머리가 좋았지만 지나치게 섬세하고 정신적으로 좀 불안한 면이 있었어요. 불쌍한 CC. 그런 가정환경에서 자랐으니 말이에요. 균형 상태가 그녀에게 그토록 중요했던 것도 당연했어요." '어머니'는 보부아르를 바라보았다. 그녀는 그가 먹먹해하고 있다는 생각이 들었다. "CC에게 동정심이나 연민 따위는 갖고 있지 않았어요. 그녀가 우리가 사랑하던 엘의 딸이라는 사실을 처음 알았을 때는 그녀를 우리들의 인생 속으로 초대하려고 노력했어요. 우리가 그녀를 좋아했다는 말은 못 하겠네요. 그녀는 극단적으로 호감이 가지 않는 사람이었어요. CC는 어머니의 그림자 속에서 살았던 게 아니에요. 그녀가 엘의 그림자였어요."

"이걸 엘의 손에서 발견했습니다." 가마슈는 부드럽게 말하려 애썼지만 그 안에 담긴 공포는 숨길 수 없다는 사실을 알았다. "엘은 정신이 불안정했을지도 모르지만, 그녀의 심장은 한결같이 뛰고 있었습니다. 그녀는 무엇이 중요한지 알고 있었죠. 거리에서 생활하던 기간 내내 그녀는 이 두 가지 물건을 줄곧 간직하고 있었습니다." 그는 상자를 만지며 목걸이를 턱으로 가리켰다. "당신들 세 명이었습니다. 그녀는 친구들로 자신을 감싸고 있었습니다."

"우리는 그녀와 함께하려고 했지만 그녀는 병원을 들락거리다가 결국 거리로 나서게 됐어요. 엘이 거리에서 생활한다는 사실을 상상할 수 없었죠. 그녀를 보호소에 넣으려고 애를 썼지만 항상 뛰쳐나왔죠. 우리는 그녀의 소망을 존중하는 법을 배워야 했어요."

"CC는 언제 그녀에게서 떨어졌습니까?"

"정확한 시기는 모르겠어요. 엘이 병원에 들어갔을 때 그녀는 열 살쯤이었던 것 같아요."

그들은 집에서 끌려 나와야 했던 어린 소녀를 상상하며 잠시 조용히 앉아 있었다. 더럽고 비위생적이었지만 그럼에도 집은 집이었으리라.

"언제 엘을 다시 만났습니까?"

"'어머니', 케이와 나는 종종 버스를 타고 몬트리올로 갔어요. 이 년 전에 버스 정류장에서 그녀를 보았죠. 그녀의 그런 모습이 충격적이었지만, 결국 그 모습에도 익숙해졌죠."

"그녀에게 클라라의 작품을 보여 주신 적이 있습니까?"

"클라라요? 우리가 왜 그러겠어요?" 엠은 분명히 어리둥절해 보였다. "우리는 그녀와 오래 있지 않았어요. 단지 몇 분 정도였죠. 우리는 그녀에게 옷가지와 담요, 음식, 약간의 돈 같은 것을 주곤 했어요. 하지만 클라라의 작품을 보여 준 적은 한 번도 없었어요. 왜 그러겠어요?"

"클라라의 사진을 보여 주신 적이 있습니까?"

"아니요." 엠은 다시 그 질문을 도저히 이해할 수 없다는 표정이었다.

도대체 왜?

나는 언제나 네 작품을 사랑했단다, 클라라. 그녀는 클라라가 우울하고 고통스러워할 때 그렇게 말해 주었다.

나는 언제나 네 작품을 사랑했단다.

가마슈는 얼굴에 벽난로 불의 따스함을 느꼈다.

"엘이 살해당했다는 사실을 어떻게 알았습니까?" 이 질문에는 아무런 완충 기제가 없었다.

엘은 이 질문에 대비하고 있었던 게 분명했다. 그녀는 거의 아무런 반응을 보이지 않았다.

"우리는 그녀에게 크리스마스 선물을 주러 십이월 이십삼일에 몬트리올에 다시 갔어요."

"왜 다시 갔죠? 루스의 시집 출간 기념 행사가 끝난 후에 그녀에게 선물을 줄 수도 있었을 텐데요."

"엘은 습관의 동물이었어요. 규칙적인 일상을 벗어나는 일은 뭐든지 그녀의 기분을 상하게 했죠. 몇 년 전 우리는 오전 일찍 그녀에게 선물을 주려고 했는데, 그녀는 호의적으로 반응하지 않았어요. 그때 배웠죠. 이십삼 일이어야만 했어요. 이해하지 못하는 것 같군요."

그는 이해할 수 없었다. 거리에서 생활하는 여자가 데이 타이머달력이나 플래너를 주로 제작하는 미국의 기업의 방식을 따라 한다는 사실을 믿을 수 없었다. 심지어 날짜를 어떻게 알았을까?

"앙리는 저녁 식사 시간이랑 산책을 나갈 시간을 아는걸요." 가마슈가 궁금증을 표하자 그녀가 한 말이었다. "엘을 내 강아지에 비교하고 싶지는 않지만, 결국에는 그런 식이었어요. 거의 본능적이었죠. 그녀는 거리에서 생활했어요. 정상이 아니었어요. 자신의 배설물에 뒤덮여 살았고, 강박관념에 사로잡혀 있었던 데다, 알코올중독이었어요. 그러나 그녀는 여전히 내가 만나 본 사람 중에서 가장 순수한 영혼을 갖고 있었어요. 우리는 오길비 백화점 밖에서 그녀를 찾다가 버스 정류장에 가 봤어요. 그러다 결국 경찰에 신고했죠. 그때 엘이 살해당했다는 사실을 알았어요."

엠은 마주친 시선을 피했다. 침착함이 사라지고 있었다. 그러나 여전히 가마슈에게는 그녀가 견뎌 내야 하는 질문이 하나 더 남아 있었다.

"엘을 죽인 사람이 그녀의 딸이었다는 사실을 언제 알았습니까?"

엠의 눈이 휘둥그레졌다. "사크레Sacré 빌어먹을." 그녀는 속삭였다.

35

"안 돼." 보부아르는 텔레비전에 대고 비명을 질렀다. "막아. 수비, 수비를 하란 말야."

"조심해, 조심하라고." 그의 옆에서는 로베르 르미외가 뉴 포럼몬트리올 카나디앙의 홈 구장인 벨 센터의 얼음 위를 질주하는 뉴욕 레인저스 선수를 막으려 애를 쓰며 소파 위에 앉아 몸을 배배 꼬고 있었다.

"슛!" 아나운서가 비명을 질렀다. 보부아르와 르미외는 몸을 앞으로 기울이고 거의 손을 맞잡은 채 레인저스 선수의 스틱에서 발사된 작고 검은 점이 화면 속에서 움직이는 모습을 바라보았다. 가브리는 앉아 있던 안락의자를 붙잡고 있었고, 올리비에는 손을 치즈 접시로 뻗다가 중간에 멈췄다.

"골입니다!" 아나운서가 소리를 질렀다.

"토머스. 빌어먹을 토머스." 르미외가 보부아르에게 몸을 돌렸다. "저 놈한테 얼마나 퍼 주고 있는 겁니까? 일 년에 십육 조나 받아먹는데 그걸 못 막아." 그는 화면에 삿대질을 했다.

"오백만 달러밖에 안 주는데요." 가브리는 커다란 손가락으로 바게트 한 조각 위에 생 알브레 치즈를 섬세하게 펴 바르고, 그 위에 잼을 살짝 얹었다. "와인 더 하실래요?"

"감사합니다." 보부아르는 자신의 잔을 내밀었다. 감자튀김과 맥주 없이 아이스하키 경기를 보는 것이 이번이 처음이었다. 그러나 치즈와 와인도 꽤 괜찮았다. 게다가 그는 르미외가 점점 마음에 들었다. 이 순간까지 그는 르미외를 바퀴 달린 의자 같은, 걸어 다니는 가구 정도로 취급했다. 일부러 그랬는데 친해지기 위해서는 아니었다. 그러나 이제 그들은 뉴욕 레인저스에게 당한 굴욕적인 패배를 함께 나누다 보니, 르미외가 충직하고 식견이 높은 팬이라는 사실이 드러났다. 그래, 가브리와 올리비에도.

〈하키 나이트 인 캐나다CBC 방송국의 하키 전문 방송〉의 테마곡이 울려 퍼지자 다리를 뻗으러 자리에서 일어난 보부아르는 비앤비의 응접실 안을 서성였다. 다른 의자에서는 가마슈가 전화를 걸고 있었다.

"토머스가 또 한 골 먹었습니다." 보부아르가 말했다.

"봤네. 골대를 비우고 너무 많이 나왔더군." 가마슈가 말했다.

"그게 플레이 스타일이니까요. 상대방을 위압해서 성급하게 슛을 하도록 만드는 겁니다."

"그런데 그게 통하던가?"

"오늘은 아니었습니다." 보부아르는 인정했다. 그는 대장의 빈 잔을 집어 들고 정처 없이 걸었다. 빌어먹을 토머스. 내가 해도 너보다는 잘하겠다. 그리고 광고가 나오고 있는 동안 장 기 보부아르는 자신이 카나디앙의 골리가 되는 상상을 했다. 그러나 보부아르는 골리가 아니라 공격수였다. 그는 관중의 주목을 받으며 퍽을 몰고 헐떡거리면서 스케이트를 지치다가 슛을 하는 상상을 했다. 상대 팀 선수를 펜스에 처박았을 때 툴툴대는 소리를 들었다. 어쩌면 추가로 팔꿈치도 한 번 날렸던가.

그래, 나는 나를 잘 알지. 골리 같은 건 어울리지 않아.

골리는 가마슈였다. 다른 동료들을 위해 골을 막는 사람.

그는 잔에 와인을 채워 탁자 위 전화기 옆에 내려놓았다. 가마슈는 미소를 지으며 감사를 표했다.

"봉주르?" 그는 낯익은 목소리를 듣자 심장이 수축했다.

"위, 봉주르. 마담 가마슈 사서이신가요? 당신한테 연체된 책이 있다고 들었는데요."

"연체된 남편이 있죠. 그 양반이 좀 책벌레거든요." 그녀는 말하며 웃었다. "안녕, 아르망. 일은 어떻게 되고 있어?"
"그 여자의 이름은 엘레오노르 알레어야."
잠시 침묵이 흘렀다.
"고마워, 아르망. 엘레오노르 알레어라." 렌 마리는 그 이름을 기도하듯 말했다. "아름다운 이름이네."
"그리고 아름다운 여자였다고 들었어."
그는 아내에게 모든 일을 말해 주었다. 엘레오노르에 대해서, 그녀의 친구들에 대해서, 인도에 대해서, 그리고 딸에 대해서. 용기(勇氣) 속 틈에 대해서, 거리로 나서게 된 일에 대해서도 말해 주었다. CC에 대한 이야기도 했다. 강제로 집을 떠나야 했던 이야기, 하느님만이 아실 곳에서 자랐던 이야기, 어머니를 찾아 헤맸던 이야기, 그리고 스리 파인스로 온 이야기까지.
"CC는 왜 어머니가 거기 있다고 생각했을까?" 렌 마리가 물었다.
"그녀의 어머니가 크리스마스 장식물에 그려 놓은 이미지가 그곳이었기 때문이지. '리 비앙볼'. CC가 엘에게서 물려받은 유일한 물건이지. 그 볼에 스리 파인스가 있는 이유가 그곳이 자신의 어머니가 나서 자란 마을이기 때문이라는 이야기를 들었거나, 아니면 그런 추측을 했을 거야. 오늘 오후에 마을에서 오랫동안 살아온 사람들과 이야기를 나눴는데, 알레어 집안을 기억하더군. 딸이 한 명 있었는데 바로 엘레오노르였지. 그 집안은 거의 오십 년 전에 마을을 떠났다고 하는군."
"그러면 CC는 어머니를 찾으려고 스리 파인스에 집을 산 거야? 왜 이제 와서 그랬을까? 왜 훨씬 전에 그러지 않았지?"
"이제는 아무도 알 수 없을 거야." 가마슈는 와인을 홀짝이며 말했다.

전화기 너머로 〈하키 나이트 인 캐나다〉 테마곡이 들렸다. 렌 마리 역시 토요일 밤에 아이스하키 경기를 보고 있었다. "토머스는 오늘 밤 일진이 좋지 않은가 봐."

"그는 골대에 좀 더 바싹 붙어 있어야 해. 레인저스가 그의 등 번호만큼 골을 넣었다고."

"그녀가 이제 와서 갑자기 어머니를 찾으려고 한 이유가 뭐라고 생각해? 그리고 CC는 카탈로그를 만드는 일로 미국 회사와 접촉했다고 그랬지?"

"뭐 떠오르는 거라도 있어?"

"CC는 자신이 성공했다고 생각할 때까지 기다렸던 게 아닐까?"

그는 텔레비전을 바라보며 생각에 잠겼다. 선수들이 퍽을 패스하다가 빼앗겨 상대 팀 선수들에게 공격을 당하자 미친 듯이 후퇴하고 있었다. 보부아르와 르미외는 도로 소파에 앉아서 신음하고 있었다.

"미국 회사와 계약을 맺는 것 말이로군." 그는 고개를 끄덕였다. "그리고 그 책 말이야. 엘은 그 때문에 버스 정류장에서 오길비 백화점으로 자리를 옮긴 것 같아. CC는 책을 광고하느라 광고 포스터를 여기저기 붙여 놓았어. 버스 정류장에도 한 장 붙어 있었지. 엘은 그 포스터를 보고 CC 드 푸아티에가 자신의 딸이라는 사실을 깨닫고 그녀를 찾으러 오길비 백화점에 갔을 거야."

"그리고 CC는 자신의 어머니를 찾으러 스리 파인스로 갔고." 렌 마리는 두 명의 상처 입은 여자들이 서로를 찾아 헤맸다는 생각을 하니 가슴이 미어지는 것 같았다.

가마슈의 머릿속에 영상이 하나 떠올랐다. 세월과 추위 때문에 노쇠

해진 작은 엘이 자신의 딸을 찾겠다는 희망만으로 소중한 지하철 열 배 출구를 포기하고 다리를 질질 끌며 한참 동안 걷고 있었다.

"슛, 슛을 하라고." 응접실에 있는 남자들이 소리치고 있었다.

"슛, 골입니다!" 아나운서가 뉴 포럼의 관중들이 보내는 격렬한 박수갈채와 보부아르, 르미외, 가브리, 올리비에가 일으키는 집단 광기에 가까운 소동을 뚫고 고함을 질렀다. 응접실에 있는 사람들은 서로 껴안고 춤을 추며 방 안을 돌아다녔다.

"코발스키가 골을 넣었어요." 보부아르가 가마슈를 불렀다. "결국 해냈어요. 이제 삼 대 일입니다."

"CC는 그 마을에서 뭘 했어?" 렌 마리가 물었다. 그녀는 거실에 있는 텔레비전을 끄고 대화에 집중했다.

"뭐, 그녀는 여기에 사는 나이 든 여성들 중 하나가 자신의 어머니라고 생각했나 봐. 그 모두와 인터뷰하려 들었지."

"그러다가 오길비 백화점에서 진짜 어머니를 발견했구나."

"엘은 분명 CC를 알아봤을 거야. 그녀는 CC에게 접근했지만 CC는 분명 그저 거리에 널린 부랑자라고 생각해서 거들떠보지도 않았을 테지. 하지만 엘은 고집스럽게 계속 다가갔을 거야. 그녀를 쫓아가다가 어쩌면 그녀의 이름을 불렀을지도 몰라. 하지만 그렇게 했더라도 CC는 이 부랑자가 책에서 자신의 이름을 본 거라고 생각했겠지. 결국 그녀는 자포자기해서 앞섶을 열어 목걸이를 보여 준 거야. CC는 그 목걸이를 보고 숨이 멎는 것 같았겠지. 그녀는 어린 시절 그 목걸이를 봤던 걸 기억하고 있을 테니까. 그 목걸이는 에밀리 롱프레가 만든 거야. 비슷한 물건조차 존재하지 않았지."

"그러면 CC는 그제야 그 여자가 자신의 어머니라는 사실을 알게 되었구나." 렌 마리는 그 장면과 그녀가 느꼈을 감정을 상상하며 온화하게 말했다. 어머니를 찾길 갈망했다. 단지 어머니를 만나기 위해서가 아니라 어머니에게 인정받기 위해서. 그녀의 늙은 팔이 자신을 높이 들어 주기를 갈망하면서.

그러다가 엘과 마주쳤다. 악취를 풍기고 만취한, 한심한 여자 노숙자와. 그녀의 어머니와.

그래서 CC는 어떻게 했을까?

그녀는 미쳐 버렸겠지. 렌 마리는 어떤 일이 일어났을지 추측할 수 있었다. CC는 목걸이를 거머쥐고 그녀의 목에서 잡아챘으리라. 이내 긴 스카프를 움켜쥐고 계속해서 더욱 세게 잡아당겼으리라.

그녀는 친어머니를 살해했다. 그녀가 평생 해 온 것처럼 진실을 숨기기 위해서. 물론 이것이 사건의 진상임이 틀림없었다. 달리 무슨 이유가 있겠는가? CC는 미국 회사와 계약하기 위해 그 일을 저질렀다. 만일 그들이 '리 비앙'과 '비 캄'을 만들어 낸 사람의 어머니가 알코올중독에 걸린 노숙자이기까지 하다는 사실을 알게 되면 계약을 따낼 수 없으리라고 생각했을 테니. 아니면 소비자들에게 조롱을 당하게 될 거라는 생각을 했을 수도 있었다.

그러나 그녀는 그런 일을 신경조차 쓰지 않았을 것 같았다. 그녀는 본능적으로 행동하는 사람이었고, 어머니에게 한 짓도 마찬가지였으리라. 그리고 CC의 본능은 언제나 마음에 들지 않는 것은 무엇이든 제거해 버렸다. 지우고 사라지게 만들었다. 나약하고 나태한 남편과 거대하고 말이 없는 딸에게 했던 것처럼.

그리고 엘은 그중에서도 특별히 불쾌하고 냄새나는 존재였다.
엘레오노르 알레어는 자신의 유일한 자식의 손에 죽었다.
그리고 그 자식도 죽었다. 렌 마리는 그런 생각을 하니 슬퍼져 한숨을 쉬었다.
"CC가 친어머니를 죽였다면, CC는 누가 죽인 거지?" 그녀가 물었다.
가마슈는 잠시 입을 다물었다가 그녀에게 말해 주었다.

비앤비의 위층에서는 이베트 니콜이 〈하키 나이트 인 캐나다〉의 테마곡과 응접실에서 이따금 들려오는 함성을 들으며 침대에 누워 있었다. 그녀는 그들 틈에 간절히 끼고 싶었다. 토머스의 새 계약금은 적절한지, 끔찍한 시즌을 보내는 책임이 코치에게 있는지, 토론토는 파제의 부상 사실을 알면서도 그를 카나디앙으로 이적시켰는지에 대해 토론하고 싶었다.
그녀는 그날 밤 보부아르를 간호하면서, 그리고 다음 날 아침 함께 아침 식사를 하면서 그에 대해 특별한 감정을 느꼈다. 그에게 반한 것은 아니었다. 단지 안도의 감정을 느꼈을 뿐이었다. 마치 짊어지고 다녔는지조차 몰랐던 짐이 없어져 버린 듯한 안도감이었다.
그리고 화재가 일어났다. 멋대로 건물 안에 들어간 자신의 멍청함이 드러났다. 멍청한 사울 삼촌을 싫어할 이유가 하나 더 생긴 셈이었다. 물론 그의 잘못이었다. 가족들에게 일어난 나쁜 일들은 모두 그의 책임이었다. 그는 가문의 암적인 존재였다.
그녀는 그럴 가치가 없어요. 그 말은 뜨거운 물에 데고 불에 타올랐다. 처음에는 그 상처가 얼마나 심한지 몰랐다. 넌 안 돼. 넌 바보야. 그러나 시간이 지남에 따라 명확해졌다. 그녀는 심각한 상처를 입었다. 가마슈는 자신에게 이야기를 해 주었고, 그 이야기는 꽤 흥미로웠다. 실제로 도움이 되기도 했다. 어떻게 해야 할지 명확해지면 좋을 텐데. 그녀는 휴대전화를 집어 들고 전화를 걸었다. 어떤 남자가 전화를 받았다. 전화기 너머로 아이스하키 경기가 열리고 있었다.

"당신에게 물어볼 게 있어." 가마슈는 어조를 바꿔 렌 마리의 주의를 끌며 말했다. "내가 아르노에 대해 옳은 일을 한 걸까?"

렌 마리는 아르망의 말을 듣고 가슴이 찢어졌다. 오직 그녀만이 그가 치른 대가를 알고 있었다. 그는 용기와 단호함으로 빚은 가면을 쓰고 있었다. 장 기도, 미셸 브레뵈프도, 자신들의 가장 친한 친구들조차 그가 겪어야 했던 고통을 알지 못했다. 그러나 그녀는 알고 있었다.

"지금 왜 그런 걸 묻는데?"

"이 사건도 마찬가지니까. 단순한 살인 이상의 사건이 되어 버렸어. 어떤 점에서는 신념에 대한 문제일 거야."

"당신이 맡았던 살인 사건들은 모두 신념에 대한 문제였잖아. 살인범의 신념과 당신의 신념."

맞아. 우리는 모두 신념을 갖고 있지. 그리고 그는 자신의 신념을 배신해야 하는 위험에 심각하게 직면했던 적이 단 한 번 있었다. 바로 아르노 사건이었다.

"어쩌면 나는 그들을 죽게 내버려 뒀어야 했는지도 몰라."

그랬다. 아르노 사건에서 나는 내 자아에 휩쓸려 버린 걸까? 내 자만심에? 내가 맞고 다른 사람들은 모두 틀렸다는 확신에?

가마슈는 경찰청 본부에서 열린 조용하고 급박한 회의를 떠올렸다. 경찰의 이익을 위하여 그들이 자살하도록 내버려 둔다는 결정이 내려졌다. 그는 자신이 제기한 이의가 거부당했던 일을 떠올렸다. 그렇게 되자 그는 자리를 떴다. 그다음 일을 떠올리면 아직도 부끄러움이 맹렬하게 엄습했다. 그는 가능한 한 본부에서 가장 멀리 떨어질 수 있는 머튼베이에서 일어난 사건을 맡았다. 그곳에서 그는 머리를 비울 수 있었다. 그러나 그는 자신이 해야 할 일을 줄곧 알고 있었다.

그리고 그 어부가 자신이 해야 할 일을 적어 놓았다는 점은 의심의 여지가 없었다.

가마슈는 비행기에 올라타 몬트리올로 돌아갔다. 때는 아르노가 아비티비로 가려고 결정한 주말이었다. 가마슈는 자동차에 올라타 북쪽을 향해 오랫동안 달렸다. 그리고 그가 거의 목적지에 다다르자 기상이 악화되기 시작했다. 그해 겨울의 첫 폭풍이 신속하고 난폭하게 밀고 내려왔다. 그리고 가마슈는 길을 잃고 오도 가도 못하는 처지가 되었다.

그러나 그가 기도하면서 액셀러레이터를 밟자 결국 타이어가 눈을 제대로 움켜쥐면서 돌기 시작했고, 자동차는 다시 왔던 길로 돌아가 간선도로에 진입했다. 이번에는 맞는 길이었다. 그는 겨우 시간에 맞춰 그 오두막을 찾아냈다.

가마슈가 안으로 들어가자 아르노는 주저하다가 총이 있는 곳을 향하여 몸을 날렸다. 그리고 아르노가 달려든 순간, 가마슈는 진실을 알게 되었다. 아르노는 다른 사람들이 죽는 모습을 지켜본 다음 사라질 작정이었던 것이다.

가마슈는 방 안을 가로질러 그보다 먼저 총을 움켜쥐었다. 그리고 갑자기 사태가 종료되었다. 세 남자는 몬트리올로 압송되어 재판에 회부되었다. 아무도 원하지 않았던 재판이었다. 아르망 가마슈만 빼고.

그 재판은 경찰과 지역사회 전체를 찢어발기며 엄청난 사회적 파장을 일으켰다. 그리고 많은 사람들이 가마슈를 비난했다. 그가 상상도 할 수 없는 일을 저질렀기 때문이었다. 바로 경찰 내부의 문제를 표면화했던 것이다.

가마슈는 그러한 사태가 일어나리라는 사실을 알고 있었고, 주저했던 이유는 바로 그 때문이었다. 자신이 속해 있는 집단 구성원들의 존경심을 잃어버리는 것은 끔찍한 일이었다. 따돌림을 당하는 일은 고통스러웠다.

그 순진한 인간이 자신은 괜찮을 거라고
권세는 무르익으리라 생각하는 동안 뿌리부터 서리를 맞아
그러다 나처럼 몰락하리라.

"그리고 그는 몰락하리라. 루시퍼처럼 몰락하리라." 가마슈는 낮은 목소리로 중얼거렸다.

"다시는 희망을 품을 수 없으리라." 그녀가 인용구의 마지막 대사를 읊었다. "당신의 몰락이 전설이 될 정도로 당신이 그렇게 위대한 사람이었던 거야, 아르망?"

그는 짧게 웃었다. "그냥 조금 풀이 죽었을 뿐이야. 보고 싶어."

"나도 보고 싶어, 자기야. 그리고 맞아, 아르망. 당신은 옳은 일을 했어. 하지만 당신이 그런 의문을 품는 것도 이해해. 그런 행동과 의문 때

문에 당신이 위대한 사람인 거지, 당신이 확신을 갖고 있었기 때문이 아니야."

"빌어먹을 토머스. 저거 보셨어요?" 보부아르가 텔레비전 앞에 서서 머리를 두 손으로 감싼 채 주변을 둘러보고 있었다. "트레이드나 해 버려라!" 그가 화면에 대고 소리를 질렀다.

"자, 그래서 오늘 밤에는 차라리 누가 되는 게 나아?" 렌 마리가 물었다. "아르망 가마슈야, 아니면 칼 토머스야?"

가마슈는 웃음을 터뜨렸다. 그는 회의감이 자신에게 엄습하도록 내버려 둔 적이 별로 없었지만 오늘이 딱 그런 날이었다.

"아르노 사건은 아직 끝난 게 아니지?" 렌 마리가 말했다.

니콜 형사가 계단을 내려와서 미소를 지으며 그의 눈길을 끌었다. 그녀는 고개를 까닥하고 사람들 틈에 끼어들었다. 그들은 경기에 너무 몰두해서 그녀를 알아차리지 못했다.

"농, 스네파 피니 Non, ce n'est pas fini 그래, 아직 끝나지 않았어."

36

스리 파인스의 집마다 하나둘씩 불이 꺼졌고 마침내 커다란 크리스마스트리의 불도 꺼져 마을은 어둠 속에 잠겨 들었다. 가마슈는 의자에서 일어났다. 모두들 잠자리에 들었지만 가마슈는 응접실의 불을 끈 채 조용히 평화로움을 즐기며 자리에 앉아 마을이 베갯머리에 머리를 누이는 모습을 바라보았다. 그는 조용히 코트를 입고 부츠를 신은 후 밖으로 나가 뽀드득거리는 눈을 밟았다. 에밀리 롱프레는 캐나다 환경부가 다음 날 폭풍을 예보했다고 했지만 날씨를 보니 그 말을 믿기 어려웠다. 그는 길 한복판으로 걸어갔다.

주변은 온통 고요하고 밝았다. 그는 별을 바라보려 고개를 젖혔다. 하늘 전체에 별이 빛나고 있었다. 그는 이때가 하루 중 자신이 가장 좋아하는 때가 아닐까 하는 생각을 했다. 겨울 하늘 아래에 서 있으니, 하느님이 폭풍을 멈추고 수백만 개의 밝은 조각들을 하늘에 걸어 놓은 것 같았다. 밝고 활기가 넘치는 모습이었다.

그는 걸을 기분이 나지 않았거니와 굳이 걸을 필요도 없었다. 그는 해답을 알고 있었다. 그는 단지 한밤중에 스리 파인스 한가운데에 홀로 있고 싶어 나왔을 뿐이었다. 주변은 굉장히 평화로웠다.

그들은 다음 날 폭풍 소리에 잠에서 깨어났다. 가마슈는 침대에 누워서 폭풍을 볼 수 있었다. 아니, 정확히 말하면 그는 아무것도 볼 수 없었다. 눈이 그의 방 창문에 들러붙어 있었고, 심지어 열린 창문 사이로 방에 들이닥친 눈이 나무 바닥에 쌓여 작은 산을 이뤘다. 방 안은 얼어붙을 정도로 춥고 어두웠다. 극도의 고요. 그는 자명종이 꺼져 있다는 사실을 알아차렸다. 그는 불을 켜려고 했다.

아무런 변화가 없었다.

전기가 완전히 나가 버렸다. 그는 침대에서 기어나와 창문을 닫고 가운을 입고 슬리퍼를 신은 후 문을 열었다. 아래층에서 숨죽인 목소리가 들렸다. 1층에서 그는 마법 같은 광경을 목격했다. 가브리와 올리비에가 석유 램프와 허리케인 양초_{바람이 불어도 꺼지지 않도록 병이나 긴 용기 속에 넣은 양초}에 불을 붙여 놓았다. 방 안에는 호박색 불빛의 물결로 넘실거렸다. 불꽃만으로 빛나는 세상은 극도로 아름다웠다. 벽난로에도 불이 지펴져 깜빡거리는 빛과 열기를 내뿜고 있었다. 그는 벽난로에 가까이 다가갔다. 난방이 몇 시간 동안 꺼져 있었던 듯 건물 전체가 싸늘했다.

"봉주르, 경감님." 올리비에의 활기찬 목소리가 들렸다. "난방이 다시 들어올 겁니다. 비상용 발전기가 있어서 다행이에요. 하지만 따뜻해지려면 한 시간 정도 걸릴 겁니다."

그 순간 건물이 전율했다. "몽 디유_{Mon Dieu 하느님 맙소사}." 올리비에가 말했다. "바깥이 정말 거세지고 있어요. 어젯밤 뉴스에서 눈이 오륙십 센티미터는 쌓일 거라고 했죠."

"지금 몇 시입니까?" 가마슈는 차고 있던 손목시계를 석유 램프에 비춰 보려 애를 쓰며 물었다.

"여섯 시 십 분 전입니다."

가마슈가 사람들을 깨웠고, 그들은 예전에 이 낡은 여행객용 여인숙을 이용했던 사람들이 했던 방식대로 아침 식사를 했다. 난롯가에 둘러앉아 구운 잉글리시 머핀 위에 잼을 발라 카페라테와 함께 먹었다.

"가브리가 오븐이랑 에스프레소 머신 전원을 발전기에 꽂았어요." 올리비에가 설명했다. "조명은 안 들어오지만 필요한 건 다 있어요."

그들이 수사본부로 가려고 사투를 벌이는 와중에 전기가 들어왔지만 여전히 불안정했다. 하늘에서 눈이 날카롭게 수평으로 날아와 그들을 강타했다. 그들은 몸을 앞으로 굽히고 고개를 푹 숙인 채 친숙했던 마을을 가로지르며 길을 잃지 않으려 악전고투했다. 눈발이 그들에게 불어닥쳐 소매를 타고 올라가서 옷깃을 타고 내려가는 길을 찾아냈다. 마치 맨살을 찾으려는 듯 그들의 귓속으로, 옷의 빈틈 사이로 들이닥쳤다. 그리고 결국에는 찾아냈다.

수사본부에 도착하자 그들은 스카프를 풀고, 눈이 쌓여 흠뻑 젖은 털모자를 털고, 바닥에 부츠를 쾅쾅 굴렀다. 부츠에 달라붙은 눈이 최악이었다.

폭풍 때문에 몬트리올에 갇힌 라코스트는 이날을 본부에서 보낼 예정이었다. 보부아르는 오전 내내 전화를 붙들고 최근 몇 주 사이에 니코틴산을 판매했다는 기록을 갖고 있는 약사를 코완스빌에서 찾아냈다. 눈 때문에 도로는 거의 통행 불능 상태였지만 그는 직접 그곳으로 가기로 결심했다.

"별거 아닙니다." 그는 사건 수사가 막바지에 달했다는 생각에 기뻐하면서 폭풍 속으로 향하며 이렇게 말했다. 영웅, 사냥꾼, 고난에 도전하고 역경과 대결하는 사람, 그 누구도 어디에서도 본 적이 없는 눈보라와 맞서 싸우는 사람. 이 몸은 놀라운 분이시라고.

그는 뛰쳐나갔지만 눈이 새로 그의 무릎까지 쌓여 있다는 사실만 실감했을 뿐이었다. 그는 눈을 헤치며 자동차까지 걸어가 자동차에 쌓인 눈을 치우는 데 30분을 허비했다. 그럼에도 여전히 솜털같이 가볍게 내리는 눈은 휴교를 바라며 눈보라가 몰아치기를 기도했던 기억을 떠올리게 했다.

폭풍은 마을 사람들을 집 안에 가둬 놓지 못했다. 몇몇 사람들이 눈신이나 크로스컨트리 스키를 신고 다니는 모습이 돌풍 사이로 간신히 보였다. 보부아르만이 차를 타고 도로에 나와 있었다.

"경감님." 한 시간 후 르미외가 가마슈에게 다가왔다. "이걸 문 밑에서 발견했습니다."

그는 길고 두꺼운 봉투를 하나 들고 있었다. 그 위에 쌓였던 눈이 녹아 축축했다.

"누가 가져왔는지 본 사람 있나?" 가마슈는 르미외와 니콜을 번갈아 바라보았다. 그녀는 어깨를 으쓱하고 자신의 컴퓨터 앞으로 돌아갔다.

"보지 못했습니다, 경감님. 이런 폭풍 속이라면 누구라도 눈에 띄지 않고 건물 앞까지 올 수 있었을 겁니다."

"누군가 왔어." 가마슈가 말했다. 봉투 위에는 정확하고 정교한 필체로 '퀘벡 경찰청, 아르망 가마슈 경감 앞'이라고 적혀 있었다. 그는 봉투를 찢으면서 두려움이 스멀스멀 올라오는 것을 느꼈다. 그는 두 쪽짜리 내용물을 재빠르게 훑어보고는 급히 자리에서 일어나 수사본부 안을 성큼성큼 가로질러 코트를 걸치고 지퍼를 올리지도 않은 채 인정사정없는 폭풍 속으로 뛰쳐나가려 했다.

"무슨 일입니까?" 르미외가 뒤에서 그를 불렀다.

"코트를 입게. 니콜 형사, 이리 오게. 코트를 입고 내 차에 쌓인 눈을 치우는 걸 도와줘."

그녀는 더 이상 자신의 감정을 숨기는 귀찮은 수고를 굳이 감수하지 않고 그를 노려보았다. 그러나 그녀는 그의 명령을 따랐다. 눈이 계속 쌓이고 있었지만 세 사람은 분투하여 몇 분 만에 그의 볼보에 쌓인 눈을 치울 수 있었다.

"이 정도면 됐어." 가마슈는 자동차 문을 홱 잡아당겨 성에 긁는 도구와 눈삽을 차 안에 던져 넣었다. 르미외와 니콜은 서로 먼저 조수석에 타려고 자동차 반대편으로 달음박질을 했다.

"여기 남아 있게." 가마슈는 두 사람을 제지한 후 문을 닫고 자동차를 출발시켰다. 타이어가 자꾸만 눈 위에서 헛돌다가 갑자기 자동차가 앞으로 튀어나갔다. 가마슈는 백미러로 르미외가 자동차를 밀던 자리에서 여전히 몸을 굽히고 있는 모습을 보았다. 니콜은 엉덩이에 두 손을 얹은 채 느긋하게 서 있었다.

가마슈는 심장이 두근거렸지만 속도를 내지 않도록 자신을 억눌렀다. 눈이 너무 많이 내려 도로와 도로가 아닌 곳을 구분하기가 점점 어려워졌다. 그는 물랭 길 꼭대기에서 주저했다. 와이퍼가 미친 듯이 움직이며 간신히 시야를 확보해 주었다. 눈이 높이 쌓이고 있어 너무 오래 차를 세워 두었다가는 오도 가도 못할 터였다. 하지만 어느 길이지?

그는 차에서 뛰쳐나가 도로 위에서 양쪽 길을 번갈아 바라보았다. 어느 길이지? 생 레미 쪽인가? 윌리엄스버그 쪽? 어느 길이지?

그는 강하게 자신을 억눌렀다. 마음을 진정시켜. 움직이지 마. 그는 바람이 윙윙대는 소리를 들으며 몸에 쌓이는 차가운 눈을 느꼈다. 아무것도 나타나지 않았다. 글이 적혀 있는 벽도 없었고, 바람을 뚫고 속삭이는 목소리도 없었다. 그러나 그의 머릿속에서 한 목소리가 들렸다. 귀에 거슬리고 격렬하면서도 또렷한 루스 자도의 목소리였다.

죽음이 우리를 갈라놓는 날이 오면
용서받은 자와 용서하는 자는 다시 만나게 되리
과연 그렇게 될까. 아니면 언제나처럼 너무 늦어 버렸을까?

그는 자동차에 도로 뛰어올라 용기가 허락하는 만큼 속도를 올리며 윌리엄스버그로 향했다. 용서받은 자와 용서하는 자가 다시 만나려는 곳이었다. 하지만 너무 늦지는 않을까?
그 편지는 그곳에 얼마나 오래 놓여 있었을까?
영원과도 같았던 시간이 흐른 후, 재향군인회관이 시야에 들어왔다. 그는 그 건물을 지나 오른쪽으로 방향을 꺾었다. 그곳에 자동차가 한 대 있었다. 그는 안도해야 하는지, 간담이 서늘해져야 하는지 알 수 없었다. 그는 그 뒤에 차를 세우고 뛰쳐나왔다.
그는 작은 언덕 꼭대기에 서서 브룀 호수 위를 살펴보았다. 눈이 그의 얼굴 전체를 때리고 있어 거의 눈이 멀 지경이었다. 그는 돌풍 사이로 저기 먼 곳 얼음 위에서 사람처럼 보이는 형체 셋이 버둥거리는 모습을 간신히 알아볼 수 있었다.

"나마스테, 나마스테." '어머니'는 입술이 말라 터져 피가 흘러 더 이상 말을 할 수 없을 때까지 이 말을 계속해서 반복했다. 말은 입안에 틀어박혀 버렸지만 그녀는 속으로 계속 되뇌었다. 그러나 그 말은 그녀의 마음속 공포 위에서 자꾸만 미끄러져 발 디딜 곳을 찾을 수 없었다. 그녀는 그저 자신이 혼자라는 공포와 불신에 빠져 침묵에 잠겼다.

케이는 가운데에서 버둥대고 있었다. 그녀는 친구들 사이에서 부축을 받아 다리를 간신히 움직일 수 있었다. 그녀는 평생 그렇게 지냈다는 사실을 깨달았다. 왜 이제까지 그 사실을 알아차리지 못했을까? 그리고 이제, 마지막 순간에도, 마지막 순간이기 때문에, 그녀는 친구들에게 전적으로 의지하고 있었다. 그들이 자신을 붙들고 지탱하며 다음 생애로 인도해 줄 터였다.

그녀는 자신이 품었던 수수께끼의 답을 알았다. 왜 아버지와 동료 소년병들이 죽음을 향해 전진하면서 '교황은 엿이나 먹어'라고 외쳤는지.

해답은 없었다. 그 말은 그의 말이었고, 그의 삶이었으며, 그의 길이었고, 그의 죽음이었다.

이 상황은 자신의 것이었다. 그녀는 자신과 아무런 관련이 없는 수수께끼를 풀어 내려 온 생애를 다 바쳤다. 자신은 절대로 그 해답을 알아낼 수 없을 터였고, 그럴 필요도 없었다. 자신이 알아야 하는 것은 자신의 삶과 죽음뿐이었다.

"사랑해." 그녀는 잠긴 듯한 목소리로 말했지만 그 말을 바람이 앗아가 늙은 귓가에서 먼 곳에 흩뜨렸다.

세 사람이 호수 위에서 계속해서 비틀거리며 걸어가는 동안 엠은 케이를 떠받쳤다. '어머니'는 더 이상 몸을 떨지 않았다. 울음소리마저 그쳐, 폭풍이 울부짖는 소리밖에 들리지 않았다.

그들은 거의 마지막 순간에 도달했다. 엠은 더 이상 손발에 아무런 감각이 없었다. 유일한 위안거리라면 몸을 녹일 때 겪게 되는 바늘로 찌르는 듯한 고통을 견디지 않아도 된다는 것뿐이었다. 바람이 거세게 불자, 그녀는 바람의 울부짖음 사이로 다른 소리를 들을 수 있었다. 호수 저편에서 바이올린 한 대의 선율이 들려왔다.
엠은 눈을 떴지만 하얀색 말고 아무것도 보이지 않았다.
전방에 빙판 주의.

아르망 가마슈는 방죽 위에 서 있었다. 산에서 무지막지한 바람이 불어닥쳤다. 바람은 호수를 가로질러 세 여자를 지나치고 눈 덮인 컬링 경기장과 CC가 죽은 자리를 지나치면서 고통과 공포를 그러모아 마침내 그의 얼굴을 때렸다. 그는 거칠게 숨을 몰아쉬며 엠의 편지를 움켜쥐었다. 흰색 편지지는 사방에서 내리는 눈 때문에 보이지 않았다. 그는 봉투 속에 들어 있는 편지지처럼 새하얀 눈으로 덮여 있었다.
그는 앞으로 발을 한 걸음 내디뎠다. 그들을 쫓아 호수 위를 달려가고 싶은 마음이 간절했다. 온몸이 그들을 구하라는 요구에 직면하여 들썩였지만 그는 움직이지 않으려 노력하며 흐느꼈다. 에밀리는 편지에서 자신들을 죽게 내버려 달라고 간곡히 부탁했다. 마치 유빙 위로 올라가 죽을 때까지 표류하는 전설 속의 이누이트 노인들처럼.
물론, 그들이 CC를 살해했다. 전날부터 그 사실을 알고 있었다. 그는 그보다 더 일찍부터 알고 있었던 것은 아닐까 자신을 의심했다. 그는 내내 아무도 살인을 목격하지 않았다는 것이 불가능하다는 사실을 알았다. CC의 옆에 앉아 있던 케이가 살인범을 목격하지 않았을 리 없었다.
그리고 살인 그 자체도 마찬가지였다. 지나치게 복잡했다. 니코틴산,

녹은 눈, 기울어진 의자, 점퍼 케이블 같은 것들. 그리고 마지막으로 '어머니'가 집을 청소해서 모든 눈과 귀가 그녀에게 쏠린 순간을 완벽하게 맞춘 감전사 또한 마찬가지였다.

그리고 범행 후에 케이블을 정리했다.

그 어떤 사람도 눈에 띄지 않고 그런 일을 할 수 없었다.

쓴맛이 나는 니코틴산은 '어머니'가 박싱 데이 조찬 모임에 내온 차 속에 들어 있었다. 엠이 의자를 그 장소에 옮기면서 결빙 방지액을 뿌려 놓았다. 그녀는 그 의자에 직접 앉아 CC가 접근하지 못하도록 했다.

케이가 중심이었다. 가마슈는 CC를 감전시킨 사람이 누구든 먼저 케이블을 의자에 연결했고, 그다음 빌리의 트럭 주변을 서성거리다가 정확한 타이밍에 케이블을 발전기에 연결했다고 추측했다. 그러나 엠의 편지에 의하면 그 반대였다. 그들은 빌리의 발전기에 케이블을 연결했고, '어머니'가 집을 청소하려고 할 때 엠이 케이에게 신호를 보냈다. 케이는 신호를 받고 빈 의자로 다가가 한쪽 모서리에 체중을 실어 의자를 비뚜름하게 놓은 후 케이블을 연결했다. 그 순간부터 의자에 전기가 흐르기 시작했다.

그때쯤 니코틴산이 효과를 발휘하여 CC는 장갑을 벗었으리라.

'어머니'가 밀어낸 스톤이 번개처럼 얼음 위를 미끄러지자 관중석에 있던 사람들이 자리에서 일어나 환호했다. 그리고 CC도 자리에서 일어났다. 그녀는 앞으로 나아가 물웅덩이에 발을 디디고 맨손으로 금속 의자의 등받이를 잡았다. 바로 그렇게 된 것이었다.

그들은 물론 위험을 감수했다. 케이가 있어서는 안 되는 장소에 놓여 있는 밝은 오렌지색 케이블을 회수하여 깨끗이 처분해야 했다. 그러나 그들은 모두들 CC에게 집중할 것이기 때문에 케이블을 다시 주워 모을 수 있으리라는 도박을 걸었다. 엠이 케이블을 회수하여 빌리의 트럭 짐칸에 던져 넣었다. 빌리가 트럭 시동을 걸고 CC를 태울 짐칸을 치우기 위해 그녀 쪽으로 달려왔을 때 그녀는 거의 들킬 뻔했다. 그녀는 CC와 응급처치할 사람들을 태우려고 트럭 짐칸을 치울 생각이었다고 말하면서 사실을 은폐했다.

가마슈가 놓치고 있었던 유일한 사항은 동기였다. 그러나 엠과 '어머니'가 동기를 제공해 주었다.

크리.

그들은 엘의 손녀를 어머니라는 이름의 괴물에게서 구해야 했다. 그들은 크리의 노래를 들었고, CC가 그녀를 짓밟으며 모욕하는 소리를 들었다. 그리고 그들은 직접 그 소녀를 보았다.

크리는 분명히 죽어 가고 있었다. 지방과 공포와 침묵으로 만들어진 층 아래에서 질식해 죽어 가고 있었다. 그녀는 자신만의 세계에 틀어박혀 이제는 빠져나올 수 없는 처지까지 이르게 되었다. CC는 자신의 딸을 살해하고 있었다.

이제 그는 셋 중 가운데 있는 가장 작은 점이 바닥으로 가라앉는 모습을 보았다. 다른 두 명은 비틀거리며 그녀를 일으켜 세우려고 애를 썼다. 조금이라도 더 나아가기 위해서. 가마슈는 무릎이 덜덜 떨렸다. 그는 눈 위에 쓰러져 버릴 수 있기를 간절히 바랐다. 자신이 느끼는 공포를 두 손으로 감출 수 있도록. 삼덕의 성녀가 죽어 가는 광경에서 시선을 돌릴 수 있도록.

대신 그는 똑바로 섰다. 눈이 그의 옷깃과 소매 틈으로 밀고 들어왔고 그의 얼굴과 깜빡이지 않는 눈 위에 달라붙었다. 그는 그들이 차례대로 무릎을 꿇는 모습을 지켜보았다. 그는 그들과 함께 있었다. 그의 갈라진 입술 사이에서 기도문 하나가 반복해서 흘러나왔다.

그런데 다른 생각 하나가 비집고 들어왔다.

가마슈는 자신의 손안에서 구겨진 편지를 내려보고, 다시 눈 위에 제멋대로 뻗어 나간 검은 자취를 바라보았다. 그는 잠시 얼어붙어 움직일 수 없었다.

"안 돼." 그는 비명을 지르며 앞으로 나아갔다. "안 돼." 그는 소리치며 몸을 빙글 돌려 자신의 뒤편에서 이미 반쯤 눈 속에 파묻힌 자동차를 바라보았다. 저 아래 여자들과 똑같은 모습이었다. 그는 정신없이 자동차로 달려갔다.

그는 너무 늦었다는 것을 알았지만 그래도 노력은 해 봐야 했다.

37

가마슈는 차를 돌려 윌리엄스버그 쪽으로 쏜살같이 달려갔다. 그는 곧장 프랑시팔 거리에 있는 간이식당으로 향했다.

"도움이 필요합니다." 그는 레스토랑 문 앞에서 말했다. 사람들의 눈이 그에게 쏠렸다. 온통 눈을 뒤집어쓴 덩치 큰 이방인이 무언가 요구하고 있었다. "저는 경찰청의 가마슈 경감입니다. 세 명의 여성이 브륌 호수에 갇혔습니다. 그들을 구하려면 스노모빌이 필요합니다."

잠깐 동안의 정적이 흐른 후 사람들 속에서 한 남자가 일어나며 이해할 수 없는 말을 했다. 빌리 윌리엄스였다.

"나도 함께 가겠습니다." 다른 남자가 일어났다. 잠깐 사이에 식당 안은 텅 비었고, 몇 분 후 정신을 차린 가마슈는 빌리 윌리엄스에게 달라붙어 있었다. 일군의 스노모빌이 프랑시팔 거리를 날카로운 소리를 내며 질주하다가 브륌 호수로 뛰어들었다.

폭풍이 울부짖고 있었지만 가마슈는 앞을 보며 여자들이 쓰러진 곳으로 빌리를 안내하려 안간힘을 썼다. 그는 그들이 눈 속에 파묻히지 않았기를 간절히 기도했다.

"여기 어딘가에 있습니다." 가마슈는 빌리의 카나디앙 털모자 옆에 대고 울부짖었다.

빌리는 속도를 늦췄다. 자신들 주위의 다른 스노모빌들이 여자들을 치지 않으려 조심하며 자신들을 따라오고 있었다. 빌리는 안장에서 일어나 깊은 눈 속을 헤치며 우아하게 스노모빌을 몰았다. 사람이 묻혀 있을 만한, 불룩 튀어나온 부분을 찾았다.

빌리가 가마슈에게는 보이지 않는 곳을 가리키며 뭐라고 소리쳤다. 천지가 온통 하얀색이어서, 그들은 이제 방향 감각을 상실했다. 윌리엄스버그가 사라졌고, 호숫가도 온데간데없었으며, 다른 스노모빌들도 폭풍 속에서 사라져 버렸다. 빌리는 스노모빌을 돌려 한 지점을 향해 똑바로 나아갔다. 가마슈에게는 호수 위 다른 곳과 똑같아 보이는 지점이었다. 그러나 그들이 가까이 접근하자 약간의 윤곽이 드러났다.
 여자들은 서로 껴안은 채 쓰러져 있었다. 그리고 이제는 정말로 눈 속에 파묻혀 있었다. 빌리 윌리엄스가 그들을 찾아냈다. 가마슈가 여자들에게 다가가려 깊은 눈 속을 헤치며 비틀거리는 동안, 빌리가 장갑을 벗어 던지고 손가락을 입안에 넣어 휘파람을 불었다. 휘파람 소리는 폭풍이 울부짖는 소리를 뚫고 퍼져 나갔다. 가마슈가 무릎을 꿇고 엠과 '어머니'와 케이가 있는 곳으로 눈을 파헤쳐 가는 동안 빌리는 계속해서 휘파람을 불었고, 가마슈가 여자들을 덮고 있던 눈을 다 파헤칠 때쯤에는 다른 사람들도 도착하고 있었다. 그들은 서둘러 세 여자를 스노모빌에 싣고 다시 호숫가를 향해 달렸다.
 가마슈는 빌리에게 매달렸다. 모든 것이 하얀색이었다. 눈이 자신들에게 밀어닥쳐, 보는 것은 고사하고 숨을 쉬는 것조차 불가능할 정도였다. 모두들 호숫가가 어느 쪽인지 빌리가 알고 있다고 짐작만 할 뿐이었다. 가마슈는 자신들이 호숫가에서 점점 멀어져 호수 안쪽으로 더욱 깊이 들어가고 있는 것만 같았다. 그는 빌리에게 소리치려 입을 열었다가 다물었다.
 그는 자신이 방향 감각을 상실했다는 것을 알았다. 그러니 빌리를 믿어야 했다. 빌리에게 바짝 붙은 그는 스노모빌이 호숫가에 도달해 프랑시팔 가로 향하는 야트막한 비탈길을 오르기를 기다렸다. 그러나 그런 일은 일어나지 않았다. 5분이 흐르고, 10분이 흘렀다. 가마슈는 그제야 자신들이 브륌 호수 한가운데에 있다는 사실을 알아차렸다. 폭풍 속에서 길을 잃고 말았다.
 "우리는 어디에 있는 겁니까?" 그는 털모자에 대고 악을 썼다.

빌리는 도무지 알아들을 수 없는 말로 소리치며 계속해서 전속력으로 스노모빌을 몰았다.

마치 영원과도 같은 3분이 지나자 스노모빌은 둔탁한 소리를 내며 작은 언덕 위에 올라섰다. 빌리는 뒤를 돌아보았다. 그들은 별안간 소나무 사이에 있었다. 가마슈는 기가 찼다. 호숫가야. 호숫가를 만들어 내다니. 그가 뒤를 돌아보니, 다른 스노모빌들이 자신들의 뒤를 따라 일렬로 달려오고 있었다.

빌리는 전속력으로 길을 달려 아직 눈을 치우지 않은 도로에 접어들었다. 도로를 지나는 차량은 보이지 않았다. 가마슈는 자신의 자동차를 찾아보았다. 코완스빌 병원까지는 한참을 달려야 하기 때문에. 그러나 빌리는 다른 방향으로 사람들을 인도했다.

이 빌어먹을 인간. 아까는 호수 위에서 길을 잃더니. 지금 여기가 어디인지는 하느님만이 아실 테지.

빌리가 뭐라고 소리치며 전방을 가리켰다.

그곳에는 파란색 커다란 네온사인이 있었다. 알파벳 H. 병원이었다.

빌리 윌리엄스는 폭풍을 뚫고 호수를 가로질러 그들을 병원으로 곧장 데려왔다.

"어떻게 아셨습니까?" 보부아르가 가마슈에게 물었다. 두 사람은 케이 톰슨을 내려다보고 있었다. 그녀는 기계를 주렁주렁 매달고 정맥 주사를 꽂은 채 은색 전기 담요에 싸여 있었다. 그녀는 구운 감자처럼 보였다. 그녀 이전에 그녀의 아버지가 그랬던 것처럼 확실한 죽음과 대면하여 고난을 극복해 냈다.

가마슈는 주머니에서 엉망으로 흠뻑 젖은 종이 뭉치를 꺼냈다. 그는 그 종이를 보부아르에게 건네고 케이를 보려고 몸을 돌렸다. 그녀는 마지막 며칠을 어떻게 보냈을까? 자신들이 어떻게 될지 거의 확신하며.

보부아르는 자리에 앉아 편지 모양으로 펼쳐질 때까지 종이 뭉치를 부드럽게 떼어 내었다. 에밀리는 또렷한 구식 필체의 아름다운 프랑스어로 편지를 썼다. 그녀는 편지에서 모든 것을 설명했다. 크리가 어떻게 자신의 아들 데이비드를 생각나게 했는지 적혀 있었다. 그녀가 노래를 불렀을 때, 얼마나 재능을 타고났으며 얼마나 기뻐했는지에 대해서도 적혀 있었다. 크리스마스 미사 이후 CC가 크리를 공격하는 소리를 들었을 때 선택의 여지가 없다고 생각했던 이야기도 있었다. 그들은 크리를 구하기 위해 CC를 살해했다.

"많은 부분이 설명됩니다." 보부아르는 편지를 다 읽은 후 입을 열었다. "이 범죄의 복잡성이라든지, 케이가 왜 아무것도 보지 못했다고 주장했는지 같은 것들 말입니다. 모두 말이 됩니다. 이제 다 이해가 갑니다. 이 범죄에는 세 사람 모두 필요했어요. 니코틴산은 '어머니'의 차 속에 있었고, 엠은 '어머니'가 컬링 시합에서 시끄러운 소리를 낼 수 있도록 유도했습니다. 케이는 의자를 비뚤게 해 놓았고요. 그들은 CC가 의자를 바로잡으리라는 것을 알고 있었던 겁니다." 보부아르는 자신의 무릎에 놓인 편지를 가리켰다. "마담 롱프레는 자신들이 죽을 수 있도록 내버려 달라고 경감님께 애원했더군요. 그리고 경감님께서는 그러려고 하셨죠."

그는 교묘하게 이야기를 하는 재주는 없지만 실제보다 다소 덜 가혹하게 들리게 하려고 애를 썼다.

가마슈는 응급실 밖으로 나와 사람들이 바삐 움직이는 복도에 들어섰다. 의사들과 간호사들이 바삐 움직이고 있었다. 응급실은 자동차 사고 환자들과 스키를 타다 뼈가 부러진 사람들, 이번 폭풍으로 저체온증이나 동상에 걸린 사람들로 가득 차 있었다. 두 사람은 의자를 발견하고 자리에 앉았다.

"자네 말이 맞아. 난 그들을 죽게 내버려 두려고 했네." 그는 자신이 그런 말을 했다는 사실을 가까스로 믿을 수 있었다. "그들이 CC를 죽일 수 있었던 유일한 사람들이라는 사실을 어제 알게 되었지. 엠의 편지는 내가 추측하던 점을 확인해 주었을 뿐이야. 그런데 그들이 호수 위에서 버둥거리는 모습을 바라보다가 이누이트 노인들이 생각났지. 기아가 닥치는 시기가 되면 공동체를 구하기 위해 유빙 위에 올라가 죽을 때까지 표류하는 사람들 말이야. 그들이 자신의 생명을 포기했기에 다른 사람들이 살 수 있었지. 그리고 CC의 부츠 문제도 생각났네."

"그 방한화 말씀이시죠. 이누이트 부츠 말입니다. 설마 이누이트가 연루되었다는 말씀이십니까?" 보부아르는 혹시 그럴 수도 있지 않을까 고민했다.

"아니야." 가마슈는 그에게 작은 미소를 지어 보였다.

"잘됐군요. 그러니까 그들 세 명뿐이라는 말씀이시죠. 저는 온 마을 사람들이 연루되지는 않았을까 걱정했습니다."

젊은 의사가 손을 닦으며 복도를 달려 그들에게 다가왔다.

"가마슈 경감님이십니까? 방금 마담 메이어의 상태를 확인하고 오는 길입니다. 그녀는 살아날 것 같습니다. 나약해 보이지만 손톱처럼 단단하더군요. 그녀는 당연히 동상에 걸렸고 저체온증도 좀 있습니다. 흥미롭게도 눈이 그들의 생명을 구했는지 모릅니다. 쌓인 눈이 담요 역할을 해서 바깥 추위를 막아 주었거든요. 다른 환자들이오? 에밀리 롱프레라고 했나요?" 가마슈는 아주 잠깐 동안 눈을 감았다. "유감이지만 그녀는 이미 사망한 상태였습니다."

가마슈는 알고 있었다. 자신이 그녀를 들어 올렸을 때, 그녀는 어처구니없을 정도로 가벼웠다. 자신이 엠에게 매달리지 않으면 그녀는 자신의 팔에서 벗어나 하늘로 떠오를 것 같았다. 그는 엠을 들어 올리면서 자신이 알고 있는 기도를 모조리 그녀에게 쏟아 냈다. 그러나 그녀라는 용기에 난 틈은 너무나 깊었다.

에밀리 롱프레는 이제 따뜻하고 안전한 거스의 품 안에서 행복하게 몸을 웅크리고 있으리라. 아들이 연주하는 차이코프스키 〈바이올린 협주곡 D장조〉를 듣고 있으리라. 엠은 집으로 돌아갔다.

"마담 메이어가 깨어났으니 그녀와 이야기를 하셔도 좋습니다."

"감사합니다." 가마슈는 의사를 따라 복도를 내려갔다.

"한 가지 말씀드릴 게 있습니다." 그들이 병실 문에 다다르자 의사가 말했다. "마담 메이어는 계속 뭔가를 반복해서 말하고 있습니다. 혹시 뭔가 아시는 거라도 있습니까?"

"나마스테." 보부아르가 말했다. "내 안의 신이 당신 안의 신을 환영한다는 뜻입니다." 놀란 가마슈가 그에게 몸을 돌렸다. "조사해 봤죠."

"아닙니다. 나마스테는 저도 아니까요." 의사는 이렇게 말하며 문을 열었다.

가마슈는 보부아르를 바라보았다. "그 이누이트 부츠 말인데. 에밀리 롱프레는 편지에 그 이야기를 언급하지 않았네. 그녀는 내가 말해 주기

전까지는 그에 대해 모르고 있었어. 그게 중요하다는 사실조차 알아차리지 못했네." 가마슈는 베아트리스 메이어의 병실 안으로 사라졌다.

보부아르는 병실 문턱에 홀로 서 있었다. 대장이 무슨 말씀을 하시는 거지?

이내 그 생각이 그를 엄습했다. 삼덕의 성녀들은 이누이트처럼 다른 사람을 살리기 위해 스스로 죽으려 했다. 진짜 살인범을 구하기 위해.

그들은 CC를 살해하지 않았다. 다른 누군가가 저지른 일이었다.

병실 안에서 베아트리스 메이어의 목소리가 들렸다.

"교황 따윈 엿이나 먹으라지!"

보부아르는 다시 한 번 그 집 앞에 차를 세웠다. 그가 브레이크를 밟자 타이어 자국이 길게 남았다. 자동차 역시 이곳에 멈추기 싫어하는 것처럼 보였다.

옛 해들리 저택은 거의 어둠 속에 잠겨 있었다. 정문으로 통하는 길에는 아직 눈이 쌓여 있었고, 발자국 하나 찍혀 있지 않았다. 하루 종일 이 집 밖으로 나가거나 안으로 들어간 사람은 아무도 없었다.

"지원 요청을 할까요?"

"아니야. 그가 우리를 보고 놀랄 것 같지는 않네. 오히려 더 안심할지도 몰라."

"아직도 CC가 그와 결혼한 이유를 모르겠습니다." 보부아르는 닫힌 문을 바라보며 중얼거렸다.

"그의 이름 때문이지." 가마슈가 말했다. "니콜이 그 해답을 가르쳐줬네."

"어떻게 그녀가 그걸 알아냈죠?"

"뭐, 엄밀히 따지면 그녀가 말해 준 건 아닐세. 하지만 그녀는 사울 페트로프의 이름 때문에 그를 구하러 불 속에 뛰어들었다고 했어. 사울이라는 이름 때문에. 그녀에게는 사울이라는 삼촌이 있었고, 그녀의 가족들은 체코슬로바키아에서 죽은 사람들에 대해 공통의 죄책감을 갖고 있었네. 사울 삼촌을 포함해서 말이야. 그런 죄책감은 원시적인 수준에서 작용하지. 합리적으로 작용하는 게 아니라."

"그녀의 행동에 말이 되는 건 하나도 없습니다."

가마슈는 길 중간에 멈춰 서서 보부아르를 바라보았다. "모든 것은 말이 된다네. 그녀를 과소평가하지 말게나, 장 기." 그는 이 젊은이의 시선을 필요한 만큼보다 조금 더 오래 붙잡고 있다가 이야기를 이어 나갔다. "이 모든 사건은 신념과 말이 주는 힘에 관련되어 있지. CC 드 푸아티에는 자신이 결혼할 수 있는 유일한 남자와 결혼한 걸세. 다른 왕족과 결혼한 거지. 아키텐의 엘레오노르가 가장 아끼던 아들은 리샤르 쾨르 드 리옹이었지. 사자왕 리처드 말이야. 즉 리샤르 리옹이지."

"그녀는 남자가 아니라 그 이름에 끌린 겁니까?"

"그런 일은 언제나 일어나지. 만약 자네가 로제라는 이름을 가진 사람을 좋아하게 되면, 별안간 로제라는 이름을 가진 사람들 모두에게 다정한 태도를 취하게 될 걸세."

보부아르는 콧방귀를 뀌었다. 자기가 다정한 태도를 취했던 때가 한 번이라도 있었는지 기억할 수 없었다.

"그리고 그 반대도 성립하네." 가마슈는 말을 이었다. "자네가 조르주라는 사람을 싫어하게 되면, 어떤 조르주든 간에 처음에는 싫어할 가능성이 있는 거지. 나도 그러곤 하지. 자랑할 만할 일은 아니지만, 분명 그런 경우가 있어. 내 가장 친한 친구 중 하나는 브레뵈프 경정이지. 나는 미셸이라는 이름을 가진 사람을 만날 때마다 그가 생각나면서 즉시 그 사람이 좋아지곤 하지."

"경감님은 누구라도 만난 즉시 좋아해 버리시니까요. 그걸 계산에 넣으시면 안 되죠. 누구를 싫어하셨던 예를 하나 들어 보세요."

"좋아. 수잔 이야기를 해 볼까? 중학교 때 수잔이라는 아이가 내게 심술궂게 굴었지."

"아, 그녀가 경감님께 심술궂게 굴었다고요?" 보부아르는 웃느라 눈가에 주름이 졌다.

"아주 못되게 굴었네."

"어떤 짓을 했는데요? 칼로 찔렀나요?"

"그녀는 내 욕을 하고 다녔지. 사 년 동안이나. 복도에서 나를 따라다녔네. 세월의 아치를 지나 내 마음속 미궁 같은 길로."

"마지막 부분은 어디서 인용하신 거 아닙니까?" 보부아르가 의혹을 제기했다.

"유감스럽지만 그래. 「천국의 사냥개」영국의 시인 프랜시스 톰슨의 시지. 그리고 어쩌면 그녀도 천국의 사냥개 같은 사람이었는지 모르네. 그녀는 내게, 말은 사람들에게 상처를 입히고 때로는 죽일 수도 있다는 사실을 가르쳐 주었지. 그리고 때로, 말은 사람을 치유하기도 하지."

그들이 문 앞에 도착해서 초인종을 누르자 문이 열렸다.

"무슈 리옹." 보부아르가 문턱을 넘으며 말했다. "말씀 좀 나눠야겠습니다."

가마슈는 크리 옆에 무릎을 꿇었다. 보라색 목욕 가운이 그녀의 팔과 다리를 옥죄고 있었다.

"누가 저 애를 돌봐 줄 겁니까?" 리웅이 물었다. "제가 없어도 괜찮을까요?"

보부아르는 왜 이제 와서 갑자기 그런 걸 신경 쓰느냐고 따질 뻔했다. 당신이랑 함께 살면서 그녀에게 무슨 일이 일어났는지 보라고. 혹시 이렇게 물어라도 보는 것이 개선의 징조일 수도 있지 않을까? 그러나 보부아르는 리웅의 체념하고 겁먹고 패배감에 젖은 얼굴을 보면서 털모자를 썼다.

"걱정하지 마세요." 가마슈가 천천히 몸을 일으키며 말했다. "잘 보살펴 줄 겁니다."

"진작에 CC를 말렸어야 했어요. 이런 꼴이 되도록 내버려 두어서는 안 됐는데. 크리가 태어났을 때부터 CC는 그녀에게 앙심을 품었어요. 몇 번이나 CC에게 말해 보려고 했는데." 리웅은 이해해 달라고 애원하는 듯한 눈빛으로 가마슈를 바라보았다. "하지만 그럴 수 없었어요."

세 사람은 사탕과 사탕 포장지에 둘러싸인 채 침대 가장자리에 앉아 있는 크리를 내려다보았다. 마치 초콜릿 폭풍이 휩쓸고 지나간 것 같았다. 그녀는 어머니와 할머니의 공포와 망상을 담아 두는 보고로 살아왔다. 이제 그것도 한계에 이르렀군. 그들이 크리라는 저장소를 만들었다. 프랑켄슈타인의 괴물처럼. 자신들의 공포를 누덕누덕 기워서.

가마슈 경감은 그녀의 손을 잡으며 그 공허한 눈을 바라보았다.

"크리, 왜 어머니를 죽였니?"

크리는 해변에 누워 자신의 얼굴과 늘씬하고 나긋나긋한 몸을 태우는 뜨거운 태양을 만끽했다. 그녀의 남자 친구는 그녀의 눈을 다정하게 바라보면서 그녀의 손을 꼭 쥐었다. 그의 젊은 몸은 자체 발광이라도 하듯 환하게 반짝였다. 그가 그녀를 끌어당겨 부드럽게 키스하며 꼭 안았다.

"사랑해, 크리." 그가 속삭였다. "누구라도 당신을 원하지 않을 수 없을 거야. 자기가 얼마나 아름답고 재능이 넘치는 사람인지 모르지? 당신은 세상에서 가장 멋진 여자야. 내게 노래를 불러 줄래?"

그래서 크리는 노래를 불렀다. 그녀가 목소리를 높이자, 그 젊은이는 그녀를 끌어안은 채 한숨을 쉬며 기쁨에 겨운 미소를 지었다.

"난 절대 당신을 떠나지 않아, 크리. 그리고 그 누구라도 당신에게 상처를 주지 못하게 하겠어."

그리고 그녀는 그의 말을 믿었다.

38

가마슈와 렌 마리가 노크도 하기 전에 문이 열렸다.

"기다리고 있었습니다." 피터가 말했다.

"거짓말이야." 루스가 아늑한 오두막 안에서 외쳤다. "당신들을 기다리지 않고 이미 먹고 마시고 있다고."
"사실, 그녀가 제일 많이 먹었어요." 피터가 속삭였다.
"다 들려." 루스가 소리쳤다. "사실이라 해서 덜 모욕적인 건 아니야."
"본 안네Bonne année 새해 복 많이 받으세요." 클라라가 가마슈 부부의 양쪽 뺨에 키스를 한 후 그들의 코트를 받았다. 그녀가 렌 마리를 만나는 것은 이번이 처음이었고, 그녀는 클라라가 상상했던 그대로였다. 몸에 잘 맞는 편안한 스커트와 셔츠를 입고 그 위에 낙타털 스웨터와 실크 스카프를 걸친 그녀는 명랑하고 온화했으며 친절하고 우아했다. 가마슈는 트위드 재킷에 타이를 매고 플란넬 바지를 입고 있었다. 옷은 그의 몸에 잘 맞아 편안하면서도 점잖게 보였다.
"새해 복 많이 받으세요." 렌 마리는 미소를 지었다. 그녀는 올리비에, 가브리, 머나, 루스와 인사를 나눴다.
"'어머니'와 케이는 어떻습니까?" 피터가 그들을 거실로 안내하며 물었다.
"회복 중입니다." 가마슈가 말했다. "하지만 매우 쇠약한 데다 엠이 없어서 마음을 잡지 못하고 있어요."
"믿을 수 없어요." 올리비에가 가브리가 앉아 있는 의자 팔걸이에 걸터앉으며 말했다. 벽난로가 탁탁 소리를 내며 타고 있었고, 음료가 담긴 쟁반이 피아노 위에 놓여 있었다. 크리스마스트리는 언제나 거실에 훨씬 활기찬 분위기를 선사했다.
"굴은 피아노 위에 있어요. 루시가 못 건드리게 하려고요." 클라라가 설명했다. "굴을 사랑하는 개는 오직 모로 집안에만 있답니다."
"들어오면서 나무통을 봤어요." 렌 마리는 모로네 집 문가 눈 속에 굴이 가득 찬 작은 나무통이 묻혀 있는 모습을 떠올리며 고백했다. 시골에 살았던 어린 시절 이후로 처음 보는 모습이었다. 새해에 먹을 굴을 나무통에 담아 놓는 것은 퀘벡 지역의 전통이었다.

껍데기에 담긴 굴을 먹어 치우자 버터를 바르고 쐐기 모양의 레몬을 곁들인, 얇게 썬 호밀 흑빵이 나왔다. 두 사람은 벽난로 앞에 앉아 있는 다른 사람들과 합류했다.

"크리는 어떻게 지내요?" 클라라가 피터 옆에 자리잡으며 물었다.

"정신병원에 수감되어 있습니다. 당분간은 재판을 받지 않을 겁니다. 어쩌면 영원히."

"크리가 자기 어머니를 살해했다는 걸 어떻게 아셨어요?" 머나가 물었다.

"그 세 분이 범인이라고 생각했었습니다." 가마슈는 와인을 홀짝이며 고백했다. "그들은 완벽하게 저를 속였죠. 하지만 그 새끼 바다표범 가죽으로 만든 부츠가 생각났어요."

"못된 것들." 루스가 후루룩 소리를 내며 굴을 삼키면서 말했다.

"에밀리는 편지에서 니코틴산과 결빙 방지액, 점퍼 케이블에 대한 이야기를 했습니다. 하지만 그녀는 중요한 점을 하나 빠뜨렸습니다." 사람들은 가마슈의 이야기에 완전히 집중하고 있었다. "만약 그들이 편지에 적혀 있는 대로 범행을 저질렀다면, CC는 아직도 살아 있었을 겁니다. 에밀리는 자신이 쓴 편지에서 부츠에 대한 언급을 하지 않았습니다. 하지만 CC는 금속 갈고리가 달린 이누이트 방한화를 신고 있었습니다. 그게 이 살인 사건의 성패를 가르는 열쇠였죠. 제가 그 전날 그녀에게 그 핵심 단서에 대해 이야기하자 그녀는 역겨워하더군요. 그리고 그녀는 그 이상으로 놀라워했습니다. 그녀는 크리스마스이브 미사가 끝난 후 CC가 걸어갈 때 딸깍딸깍 소리가 나는 것을 들었지만 정작 그녀의 모습은 보지 못했습니다. 그녀로서는 왜 그런 소리가 났는지 알 도리가 없었을 겁니다."

"우리 모두 몰랐어요." 클라라가 말했다. "발톱 달린 괴물이 내는 소리 같았거든요." 그녀는 가마슈의 이야기를 듣자니, 친숙한 크리스마스 캐럴이 떠올랐다. 슬픔과 한숨, 출혈과 죽음은 차디찬 무덤 속에 봉해졌네. 아이러니하게도 클라라는 이 가사가 〈세 명의 동방 박사〉라는 사실을 깨달았다.

"저는 그 세 여자가 CC를 죽일 수 없었다는 사실을 깨달았습니다. 하지만 그들은 범인이 누구인지 알고 있었죠." 가마슈가 그렇게 말하자 그의 말을 들은 사람들, 심지어 루시마저 조용히 바라볼 뿐이었다. "'어머니'가 모두 자백했습니다. 케이는 단지 이름과 노인 복지 등급과 일련번호만 말하더군요. 사실 그 번호도 그녀의 전화번호였습니다. 그녀에게 솔직한 답변을 얻을 수는 없었습니다."

가브리는 렌 마리를 향해 몸을 돌렸다. "저도 경감님께 다 털어놓지는 않아요."

"다 털어놔서는 안 돼요, 가브리." 렌 마리가 말했다.

"'어머니'의 증언에 따르면 케이가 전부 목격했고, 그녀가 보지 못한 것은 나중에 추측했다고 합니다. 예를 들어, 크리가 CC의 차에 니코틴산을 타는 장면은 보지 못했답니다. 하지만 그들은 그녀가 의자 뒤에 자동차 유리용 결빙 방지액을 뿌리는 장면을 보았습니다. 그리고 에밀리가 빌리의 트럭 근처에서 서성거리는 크리의 모습을 보았죠. 이런 일들은 처음에는 아무런 의미도 없는 것처럼 보였습니다. 그러나 케이가 의자를 일부러 삐뚜름하게 놓고 점퍼 케이블을 연결하는 크리의 모습을 봤을 때, 그녀의 호기심은 불쾌감으로 변했다고 합니다. 비록 그녀는 살인이 벌어지리라는 것은 알지 못했지만요. 케이는 물론 컬링 경기에 집중하고 있었지만 CC가 의자를 붙잡고 감전되었을 때 그녀는 무슨 일이 일어났는지 알 수 있었습니다. 어쨌든 그녀는 평생 벌채 캠프에서 일했으니까요. 그녀는 발전기와 승압기에 대해서도 알고 있었습니다. 케이는 CC를 도우러 가기 전에 의자에서 케이블을 분리해 한쪽에 던져 놓았습니다. 사람들이 열광하는 사이 케이블은 발에 밟혀 눈 속에 파묻혔습니다. 그리고 당신들이 CC를 구조하려 분주히 움직이는 사이, 케이가 케이블을 회수했습니다. 엠이 그녀를 발견하고 뭘 하고 있느냐고 물었죠. 케이는 그녀에게 전부 이야기해 줄 시간이 없었습니다. 그녀가 한 말은 부스터 케이블을 빌리의 트럭에 도로 갖다 놓아야 한다는 것뿐이었습니다. 에밀리에게는 더 이상의 설명이 필요하지 않았습니다."

"그래서 그들은 크리가 자신의 어머니를 살해했다는 사실을 알았군요." 머나가 말했다. "CC가 자신의 친모를 살해했다는 사실은 알고 있었나요?"

"아뇨. 그들은 지난번 제가 엠에게 말해 줄 때까지 몰랐습니다. 그리고 CC는 친모를 살해했기 때문에 죽은 것이 아니었습니다. 어쨌든 기본적으로는 아니었죠. '어머니'라면 카르마였다고 말할지도 모르지만요."

"제 생각도 그래요." 클라라가 말했다.

"크리가 자신의 어머니를 살해한 것은 정당방위였습니다. 그 애는 너무나 상처를 입은 나머지, 마침내 더 이상 견딜 수가 없었던 거죠. 학대

받은 아이들에게 가끔 나타나는 현상입니다. 그런 아이들은 자살하거나 자신을 학대한 사람을 살해하죠. 에밀리는 크리를 남을 현혹하는 아이라고 묘사하더군요. 그녀가 음흉하다는 뜻은 아니었습니다. 번뜩이는 재능 같은 것이 없는 것 같았지만, 사실은 아니었습니다."

"크리스마스이브에 그 애의 노래를 들었어요." 올리비에가 말했다. "숭고할 정도였어요."

모두 고개를 끄덕였다.

"그 애는 또 전 과목 A를 받는 학생이었습니다. 굉장히 똑똑했죠. 특히 과학 과목에서요. 사실, 지난 몇 년간, 학교 연극제에서 조명을 담당했다더군요."

"루저들이나 하는 짓이야." 루스가 말했다. "나도 그랬지."

"올해 그녀가 수업 시간에 배운 것들 중에는 비타민과 미네랄에 대한 내용이 있었습니다. 비타민B 복합체, 즉 니코틴산에 대해서도 배웠죠. 그 애는 학기말 시험에서 구십사 점을 받았습니다. 그 애는 어머니를 어떻게 죽여야 할지 충분히 알고 있었습니다."

"혹시 크리는 전기의자라는 개념에 끌렸던 것이 아니었을까요?" 머나가 말했다.

"그랬을 수도 있습니다. 진실은 알 수 없을지도 모릅니다. 그 애는 긴장증 증세를 보입니다."

"그러니까 당신은 그 세 명이 저지른 일이 아니라는 사실을 알고 있었다는 거죠? 하지만 크리가 범인이라는 사실은 어떻게 아셨습니까?" 피터가 물었다.

"CC의 부츠 때문이었습니다. 단 두 사람만이 그것에 대해 알고 있었습니다. 리샤르와 크리. 저는 리샤르가 범인이라고 믿고 싶었습니다. 어쨌든 그는 완벽한 용의자였으니까요."

"왜 그런 말씀을 하시죠?" 머나의 말은 약간 공격적으로 들렸고, 다른 사람들은 호기심을 가지고 그녀를 바라보았다. "그는 오늘 이걸 가지고 제 가게에 들렀어요." 그녀는 자신의 토트백 속에 손을 넣어 단순하고 가벼운, 장갑처럼 보이는 물건을 꺼냈다. "환상적인 물건이에요. 보세요. 이걸 저한테 주고 갔어요." 그녀는 무릎방석 위에 펼쳐져 있는 하드커버 책을 가리켰다. 그녀는 장갑을 낀 다음 그 책을 들어 보였다. "보세요. 잡기 편하게 되어 있죠. 그는 장갑에 무슨 장치를 보강해 놓았어요. 이 장갑을 끼고 하드커버 책을 들면 페이퍼백보다 훨씬 가볍게 느껴진다니까요."

"이리 줘, 나도 해 볼래." 클라라가 말했다. 그녀는 장갑을 끼고 책을 들어 보더니, 힘들이지 않고 편안하게 들 수 있다는 사실을 확인했다. "이거 훌륭한데."

"우리가 하드커버를 좋아하지 않는다는 이야기를 듣고 이걸 만들었대." 머나가 장갑을 렌 마리에게 건넸다. 그녀는 리샤르 리옹이 마침내 뭔가 쓸모 있는 물건을, 어쩌면 꽤 수익성이 좋은 물건을 만들어 낸 것이 아닐까 생각했다.

"그는 자기한테 반했다네." 가브리가 노래 불렀다. 머나는 그의 말을 바로잡으려 하지 않았다.

"당신은 리옹이 컬링 관중석에서 내내 당신 곁을 떠나지 않았다는 주장을 고수했죠."

"맞아요."

"그리고 전 당신 말을 믿었습니다. 리샤르 리옹이 범인이 아니라면, 그의 딸이 범인일 수밖에 없었죠."

"크리는 빠져나갈 구멍이 없었군요." 피터가 말했다.

"저도 그렇게 생각합니다." 가마슈가 말했다. "하지만 그 애에게는 유리한 점이 하나 있었습니다. 그 애는 아무것도 신경 쓰지 않았습니다. 그 애에게는 갈 곳도 잃을 것도 없었으니까요. 그 애는 자신의 어머니를 살해하는 것 외에는 아무 계획도 없었습니다."

"다섯 시 정각. 갈 시간이군." 루스는 일어나서 렌 마리를 향해 몸을 돌렸다. "당신을 만나고 나니 이제야 당신 남편이 그렇게까지 바보 천치는 아닐 거라는 생각이 드는구려."

"메르시, 마담." 렌 마리는 에밀리를 연상시키는 동작으로 머리를 숙였다. "에Et 그리고, 본 안네bonne année 새해 복 많이 받으세요."

"그럴 수 있을까." 루스는 절뚝거리며 거실을 나섰다.

리샤르 리옹은 지하실에 있는 작업실에서 일명, 하드커버 손잡이를 손보고 있었다. 그의 옆에 있는 작업대에는 이날 오전에 우편함에 들어 있던 크리스마스카드 한 장이 놓여 있었다. CC와의 불륜 관계에 대한 사울 페트로프의 사과 편지였다. 그는 CC가 낯 뜨거운 포즈를 취하고 찍은 필름 한 통을 갖고 있다고 말하려 했었지만, 끝내 그날 아침에 태워 버리기로 결심했다. 그는 언젠가 그녀가 벼락부자가 되면 협박이라도 할 생각에 필름을 갖고 있었고, 리옹에게도 똑같은 협박을 할 수 있지 않을까 하는 생각에 계속 갖고 있으면 어떨까 하는 생각까지 했었다. 그러나 그는 최근 영원히 사라져 버렸다고 생각했던 양심을 새로 발견했고, 이제 그는 리옹에게 미안하다고 말하고 싶었다. 페트로프는 편지 마지막에 비록 두 사람이 친구가 되지는 못하더라도 적어도 편하게 대할 수 있는 날이 왔으면 좋겠다고 적었다. 두 사람은 이웃이 될 수도 있었기에.

리옹은 편지가 의미하는 바에 꽤 놀라면서 어쩌면 그와 친구가 될 수 있었을지도 모른다는 생각을 했다.

가마슈와 렌 마리는 비스트로 밖에 세워 둔 차를 향해 걸어가다가 로베르 르미외 형사와 우연히 만났다.

"브레뵈프 경정과 만날 계획이 있는데 말이지," 가마슈는 이 젊은이와 악수를 나눈 후 그를 렌 마리에게 소개하며 입을 열었다. "자네를 살인반에 배정해 달라고 요청하겠네."

르미외는 놀라서 입을 떡 벌렸다. "오, 세상에. 경감님, 감사합니다. 감사합니다. 절대 실망시켜 드리지 않겠습니다."

"알고 있네."

렌 마리가 비스트로 안에 있는 화장실에 간 사이, 르미외는 가마슈를 도와 차에 쌓인 눈을 치웠다.

"불쌍한 마담 자도." 르미외는 들고 있던 성에 긁는 도구로 마을 광장 벤치에 앉아 있는 루스를 가리켰다.

"왜 그런 말을 하지?"

"뭐, 술에 취했으니까요. 마을 사람 한 명이 저걸 그녀의 비어 워크라고 하더군요."

"비어 워크가 무슨 뜻인지 아나?"

르미외는 안다고 대답하려다 고민에 빠졌다. 어쩌면 잘못 알고 있는 건지도 몰라. 섣불리 결론으로 건너뛰어 버린 걸까? 대신 그는 고개를 흔들었다.

"나도 몰랐네." 가마슈는 미소를 지었다. "머나 랜더스가 설명해 주었지. 루스 자도에게는 데이지라는 개가 있었네. 나도 그 개를 본 적이 있지. 둘은 불가분한 사이였다네. 둘 다 다리를 절고 평생 으르렁대던 냄새나는 늙은 여자였지. 지난가을에 데이지는 몸이 약해져서 방향 감각을 잃게 되었네. 그러다가 끝내 최후의 순간이 임박했지. 루스는 오랜 친구를 데리고 마지막 오후 산책을 나섰네. 그때가 오후 다섯 시였고, 그들은 매일 가곤 했던 숲 속으로 향했지. 그녀는 데이지가 볼 수 없도록 총을 한 자루 숨겨 가지고 나갔네. 그녀가 데이지를 쐈지."

"끔찍한 이야기로군요."

"그걸 비어 워크라고 하는 이유는, 대부분의 농부들은 키우던 반려동물을 안락사시키기 전에 열두 개짜리 맥주 팩을 가지고 가서 그저 취할 때까지 마시기 때문이지. 그리고 그 일을 한다네. 루스는 취하지 않았어. 그것은 사랑과 자비, 그리고 어마어마한 용기에서 나온 행동이야. 그 후 올리비에와 가브리가 그 벤치 아래에 데이지를 묻는 일을 도왔네. 그리고 매일 오후 다섯 시에 루스는 데이지를 찾아가지. 그레이프라이어의 보비주인의 묘지를 14년 동안 지킨 스코틀랜드의 개. 에든버러의 그레이프라이어 교회 묘지에 보비를 기리는 동상이 있다처럼."

르미외는 가마슈가 언급한 이야기를 알지 못했지만 자신이 잘못했다는 사실은 알 수 있었다.

"신중해야 하네. 자네에게 기대를 걸고 있으니까."

"죄송합니다, 경감님. 더욱 노력하겠습니다."

경찰청 본부에 전화벨이 울리자 경정은 재빨리 수화기를 들었다. 그가 기다리고 있던 전화였다. 그는 잠시 동안 이야기를 들은 다음 입을 열었다.
"잘 해냈군."
"이런 일을 하게 되어 기분이 좋지 않습니다, 경정님."
"나는 기분이 좋을 것 같나? 나도 짜증이 난다고. 하지만 꼭 해야 하는 일이라네."
그 말은 사실이었다. 경정은 자신이 처한 상황에 대해 몸서리를 치고 있었다. 그러나 그는 가마슈를 거꾸러뜨릴 수 있는 유일한 사람이었다.
"예, 경정님. 알겠습니다."
"좋아." 미셸 브레뵈프가 말했다. "용건은 끝났네. 다른 전화가 와 있군. 앞으로 계속해서 정보를 알려 주게나." 그는 로베르 르미외 형사의 전화를 끊고 다른 전화를 받았다.
"봉주르." 가마슈의 깊고 따뜻한 목소리가 전화선을 타고 들렸다.
"본 안네, 아르망. 무슨 일인가, 몬 아미 mon ami 친구?"
"문제가 생겼네. 니콜 형사에 대한 이야기를 좀 해야겠어."

이베트 니콜은 다시 집으로 돌아와 짐을 풀고 더러운 옷가지를 서랍 속에 쑤셔 넣었다. 그녀의 아버지는 문가에 서서 입을 열 용기를 짜내고 있었다. 사울 삼촌에 대한 진실을 밝히고 새해를 맞는 거야.
"이베트."

"뭔데요?" 그녀는 칙칙한 회색 스웨터를 단단히 뭉치며 돌아보았다. 심통 사나운 목소리였다. 그는 그녀가 이런 어조로 다른 사람들을 쏘아붙이며 만족스러워하는 모습을 본 적이 있었지만 자신에게 그렇게 말한 것은 처음 들었다. 이제 그는 연기 냄새를 눈치챘다. 그가 가까이 다가가자 냄새는 더욱 강해졌다. 마치 자신의 딸이 그을려 있는 것 같았다.

"네가 자랑스럽단다." 그가 말했다. 물론 그녀는 이미 자신에게 화재 이야기를 했었다. 그러나 전화로 스리 파인스에서 발생한 화재 이야기를 듣고 있자니 현실 같지가 않았다. 이제 실제 연기 냄새를 맡으며 그녀가 화염에 가까이 접근하는 상상을 하니 공포에 압도당하는 기분이었다. 그런데도 그녀를 잃어버릴 위험을 감수해야 할까? 고작 거짓말 하나 때문에? 사울 삼촌 이야기를 꾸며 낸 것 때문에?

"그 이야기는 더 이상 하기 싫어요. 이미 다 말씀드렸잖아요." 그녀는 그에게서 돌아섰다. 처음으로. 그 우아하고 사납고 계산된 동작 하나만으로 그녀는 그의 삶을 영원히 변화시켰다. 그녀는 그에게 등을 돌렸다.

입을 거의 열 수 없을 만큼 참담한 심정의 아리 니콜레프는 자신이 한 거짓말 때문에 그녀가 목숨을 잃을 뻔했다는 이야기를 꺼내려 애를 썼다. 그렇게 그녀의 인생 전체를 다시 쓰고 싶었다.

물론 딸은 자신을 증오하게 되리라. 니콜레프는 딸의 등을 바라보며 앞으로 자신의 인생이 얼마나 황량하고 차가워질지 상상해 보았다. 온기와 웃음과 사랑은 얼음장으로 변해, 거짓말과 후회로 점철된 세월 아래 묻히리라. 진실이 그 정도로 가치가 있을까?

"하고 싶은 말이……,"

"왜 그러시는데요?" 그녀는 그를 돌아보았다. 다시 물어봐 달라고 부추기는 듯한 모습이었다. 그에게 마음을 열고, 그 엄청난 화재 이야기가 가족들 사이에서 전설이 되도록 몇 번이나 계속해서 말하고 싶었다. 이 야기를 반복하다 보면 그 사건의 뾰족한 일면이 닳아서 부드럽게 변하지 않을까?

제발, 제발, 제발. 그녀는 소리 없이 아버지에게 애원했다. 제발 다시 물어봐 주세요.

"이걸 주고 싶어서 그래." 그는 주머니에 손을 집어넣어 아무것도 쥐지 않은 그녀의 손에 버터스카치 캔디 하나를 떨어뜨렸다. 사탕을 내려놓자 셀로판 포장지에서 불이 붙는 듯한 소리가 났다. 그는 몸에 연기 냄새를 묻히고 어둑어둑한 복도를 내려갔다. 그의 딸이 그랬던 것처럼.

"누구랑 통화하고 있었어?" 렌 마리가 차에 타면서 물었다.

"미셸 브레뵈프." 가마슈는 자동차 기어를 넣었다. 이제 계획이 시작됐어. 그들은 스리 파인스를 빠져나가던 중에 자동차에서 손을 흔드는 사람을 지나쳤다.

"저 사람 데니스 포틴이었지?" 그 아트 딜러를 조금 아는 가마슈가 물었다.

"난 못 봤는데. 그런데 그 말을 들으니 생각나는 게 있네. 비스트로에서 당신 친구라는 사람을 만났어. 당신한테 또 보자고 전해 달라던데."

"정말? 누구지?"

"빌리 윌리엄스."

"그러면 그 사람이 하는 말을 이해했다는 거야?" 가마슈는 놀라서 물었다.

"전부 다. 당신한테 이걸 전해 달라고 하더라." 그녀는 무릎에 놓아둔 작은 종이봉투를 들어 올려, 최근에 가족이 된 녀석이 건드리지 못하게 막았다. 앙리가 뒷좌석에 앉아 그들의 대화를 주의 깊게 들으며 꼬리를 흔들고 있었다. 렌 마리는 봉투를 열어 가마슈에게 레몬 머랭 파이 한 조각을 보여 주었다. 가마슈는 두 팔에 소름이 돋는 것 같았다.

"이것 봐. 함께 들어 있는 냅킨에 뭔가 적혀 있어." 렌 마리는 봉투 속에 손을 넣어 냅킨을 꺼냈다. "웃기지 않아?"

가마슈는 물랭 길 꼭대기 근처 길가에 차를 세웠다.

"내가 맞혀 보지." 그의 심장이 쾅쾅 울렸다.

"사랑이 있는 곳에 용기가 있고
용기가 있는 곳에 평화가 있고
평화가 있는 곳에 신이 있다
그리고 신을 소유하면 세상 전부를 가질 수 있다."

"어떻게 알았어?" 두 손으로 냅킨을 조심스레 든 그녀는 놀라서 눈을 크게 떴다.

백미러에 비친 스리 파인스가 보였다. 가마슈는 차에서 내려 마을을 내려다보았다. 따뜻하게 손짓하는 불빛으로 빛나는 집들은 가끔은 너무 차가운 세상으로부터 사람들을 보호해 주려는 것처럼 보였다. 그는 눈을 감고 달음박질하는 가슴을 진정시켰다.

"당신 괜찮아?" 렌 마리는 장갑을 낀 손으로 그의 손을 잡았다.

"괜찮다마다." 그는 미소를 지었다. "세상 전부를 가졌으니까."

|역자의 말|

아무도 애도하지 않는 죽음

캐나다의 외딴 고즈넉한 마을에 비극의 광풍이 들이닥친 지 1년이 흘렀다. 낙엽이 떨어지는 가을과 눈보라가 휘날리는 겨울을 지나 또 한 번의 겨울이 찾아왔다. 사건이 일어난 장소는 여전히 흉가 같은 분위기를 치렁치렁 흩뜨렸고, 사람들의 마음은 결코 살인 사건 이전으로 돌아갈 수는 없었지만 그 비극이 남긴 상처는 얼추 아물어 가는 듯했다. 하지만 크리스마스캐럴로 꽉 채워진 마을 한구석에서는 벽난로의 온기로도 녹일 수 없는 차가운 악의가 도사리고 있었고, 끝내 스리 파인스에 또 하나의 죽음을 불러오고야 만다. 그리하여 퀘벡 경찰청의 아르망 가마슈 경감은 다시 이 마을을 찾는다.

퀘벡의 겨울은 사람을 죽인다. 쌓인 눈은 마냥 포근하게 보여도 그 아래에는 사람의 발을 잡아채는 얼음이 도사리고 앉았을 수도 있다. 한 걸음만 발을 잘못 디디면 조금 전까지 누리고 있던 문명의 이기에서 떨려 나 혹독한 자연의 섭리를 마주할 수도 있다. 친구들끼리 술을 한잔 마시고 집으로 돌아가는 길이 모험이 되는 곳, 전날까지 왁자지껄 떠들며 놀았던 호수 위 얼음판이 오늘은 빠져나갈 수 없는 미궁이 되는 곳, 함께 드라이브를 나서 옆자리에 탄 사람을 길 옆으로 밀어 버리는 것이 권장하는 살인 방법 목록 1번에 올라 있는 곳. 그렇게 『동사Dead Cold』라는 제목이 탄생했다.

지극히 캐나다스러운 이 제목은 미국에서 출간되면서 좀 더 보편적이고 중의적이며 시적인 『치명적인 은총A Fatal Grace』이라는 제목으로 바뀌게 된다. 루이즈 페니 본인은 캐나다의 지역색을 좀 더 잘 드러내는 전자를 더 마음에 들어 했던 것 같다. 그러나 후자의 제목은 그녀의 작품이 비단 캐나다뿐만이 아니라 전 세계적으로 공감을 얻을 수 있는 보편적인 정서를 갖고 있다고 웅변하는 듯하다. 작가가 서문에서 자신의 책을 읽는 한국의 독자들과 정서를 공유하려는 것처럼, 이 작품은 전 세계의 독자들에게 질문을 던진다. 선의는 존재하는가?

전편인 『스틸 라이프』에서는 모든 사람이 사랑하는 사람이 살해당했다. 그러나 이번 작품에서는 모든 사람이 싫어하는 사람의 죽음을 다룬다. 마치 프랑켄슈타인의 괴물처럼, 마을 사람들은 괴물의 죽음에 애도를 보내기보다는 안도의 한숨을 내쉰다. 그들에게는 프랑켄슈타인이 괴물의 이름인지 아니면 괴물을 만든 사람인지는 중요하지 않다. 선량한 스리 파인스 주민들을 이렇게 만든 CC 드 푸아티에라는 사람은 누구인가? 그녀는 왜 스리 파인스에 왔을까? 그리고 무엇을 찾고 있었을까?

가마슈는 아무도 애도하지 않는 사람의 죽음을 파헤치며 천천히 그녀의 행적을 추적한다. 그리고 그의 한쪽 손에는 아무도 관심을 갖지 않는 사람의 죽음이 담긴 파일이 들려 있다. 언제나 사람들의 관심을 갈구했던 여자와 이름마저 알 수 없었던 여자의 죽음은 서로 대구를 이루면서 흘러간다. 그리고 사건을 수사하는 가마슈에게도, 두 여자의 죽음과 간접적으로 연관되어 있던 클라라에게도, 두 사건은 여러 맥락에서 각별한 의미를 지닌다.

컬링 경기가 벌어지는 얼음판에서 모두가 지켜보는 가운데 살인이 일어난다는 아이디어는 루이즈 페니의 남편 마이클 화이트헤드의 발상이었다. 루이즈 페니는 이 작품 속의 살인에 캐나다의 지역적인 특색을 담아 내고 싶었고, 이에 마이클은 컬링이라는 스포츠를 제안했다. 뒤이어 야외 얼음판 위에서의 감전이라는 굉장히 이질적인 살해 방법도 제시해 주었다. 루이즈 페니는 그 아이디어를 받아들여, 우연처럼 보이는 요소 요소를 하나의 뚜렷한 목적으로 꿰어 근사한 살인 방식을 완성했다.

이렇게 만들어 낸 살인 사건과 이를 둘러싼 갖가지 이야기들은 전통적인 후더닛 미스터리의 꽉 짜인 얼개를 구성함과 동시에, 스리 파인스를 마술적 리얼리즘이 살아 숨 쉬는 세상으로 그려 내었다. 스리 파인스는 애거서 크리스티와 가브리엘 가르시아 마르케스가, 조르주 심농과 이사벨 아옌데가 공존하는 장소이며, 논리와 관찰에 근거한 사건 해결과 황당하게까지 보이는 종교적 체현이 동시에 일어나는 세계이다. 이러한 점 때문에 스리 파인스는 살인 사건이라는 비극이 벌어지는 무대이면서도 루이즈 페니가 제시하고자 하는 이상적인 삶의 공간이라는 지위를 고스란히 유지한다.

루이즈 페니는 『스틸 라이프』를 처음 구상할 때 이미 긴 시리즈를 염두에 두고 있었다고 한다. 그러나 그녀는 데뷔작의 성공을 가늠할 수 없었기에, 『스틸 라이프』에서는 비교적 온건한 수위의 복선만을 제시했을 뿐이었다. 하지만 전작의 성공에 힘입어 이 작품에서는 보다 풍성한 암시와 복선이 넘실거린다. 가마슈를 옭아매던 과거 사건의 정황이 구체적으로 드러나며 그를 둘러싼 음모가 가시적인 형태를 띠기 시작한다. 이베트 니콜이나 클라라 모로를 위시한 다른 등장 인물들의 이야기도 좀 더 풍성하게 가지를 뻗는다.

그리하여 『치명적인 은총』을 위시한 이후의 가마슈 경감 시리즈들은 각기 독립된 작품이면서도 긴밀한 관계를 형성한다. 필자가 초기 세 작품을 한데 묶어 삼부작이라고 부르는 것도, 첫 네 작품이 사계四季의 테마로 구성되는 것도, 그렇게 사계절이 지나면서 스피 파인스의 외피가 한 꺼풀 벗겨지는 것도, 모두 작가가 긴 호흡으로 안배해 놓았기 때문이다. 그리하여 이 작품의 마지막 장을 덮는 동시에 다음 작품에 대한 기대감이 부풀어 오른다. 역자 개인으로서도 『스틸 라이프』부터 맺어 온 인연을 계속해서 이어 갈 수 있기를 바랄 뿐이다.

치명적인 은총
A FATAL GRACE

초판 1쇄 발행 2012년 2월 11일
개정판 1쇄 발행 2016년 8월 30일
개정판 2쇄 발행 2021년 2월 18일

지은이 | 루이즈 페니
옮긴이 | 이동윤
발행인 | 박세진
불어감수| 김문영, 박선일
교　정 | 양은희, 윤숙영, 이형일
표지디자인 | 허은정
출　력 | 대덕문화사
용　지 | 두송지업
인　쇄 | 대덕문화사
제　본 | 자현제책사

펴낸곳 | 피니스 아프리카에
출판등록 | 2010년 10월 12일 제25100-2010-000041호
주소 | 03958 서울시 마포구 망원동 419-3 참존 1차 501호
전화 | 02-3436-8813
팩스 | 02-6442-8814
블로그 | https://blog.naver.com/finisaf
메일 | finisaf@naver.com

책값은 뒤표지에 있습니다.